DETTE D'HONNEUR
TOME I

Avec *Octobre rouge, Tempête rouge, Jeux de guerre, Le Cardinal du Kremlin, Danger immédiat, La Somme de toutes les peurs, Sans aucun remords, Dette d'honneur* et les quatre volumes de la série *Op-Center*, Tom Clancy est aujourd'hui le plus célèbre des auteurs de best-sellers américains, l'inventeur d'un nouveau genre : le thriller technologique.

Paru dans Le Livre de Poche :

OCTOBRE ROUGE

TEMPÊTE ROUGE

JEUX DE GUERRE

LE CARDINAL DU KREMLIN

DANGER IMMÉDIAT

LA SOMME DE TOUTES LES PEURS

SANS AUCUN REMORDS

TOM CLANCY

Dette d'honneur

1.

ROMAN TRADUIT DE L'AMÉRICAIN PAR JEAN BONNEFOY

ALBIN MICHEL

Titre original :

DEBT OF HONOR

Pour mon père et ma mère.

Le destin d'un homme est dans son caractère.

HÉRACLITE

PROLOGUE

Orient, Occident

Rétrospectivement, cela pouvait sembler une curieuse façon de commencer une guerre. Un seul des participants était réellement au fait de ce qui se passait, et encore, par pure coïncidence. Le notaire avait dû avancer la date de répartition des biens, à la suite d'un deuil familial, de sorte qu'il était bon pour un vol de nuit, départ dans deux heures, direction Hawaï. C'était la première cession immobilière de M. Yamata sur le sol américain. Bien qu'il détînt de nombreuses propriétés sur le territoire métropolitain des États-Unis, les transferts de titres avaient toujours été réalisés par des collègues, invariablement des citoyens américains, qui avaient toujours scrupuleusement suivi les instructions de M. Yamata, sous le contrôle de l'un de ses employés. Mais pas cette fois, ceci pour plusieurs raisons. D'abord, l'achat se faisait à titre personnel et non pour le compte d'une société. Ensuite, la propriété n'était qu'à deux heures en jet privé du sol natal. M. Yamata avait expliqué au notaire chargé de la transaction qu'elle lui servirait également de résidence secondaire pour le week-end. Vu le coût astronomique de l'immobilier à Tokyo, il pouvait s'acheter plusieurs centaines d'hectares pour le prix d'un appartement en terrasse de taille raisonnable dans la capitale. La vue depuis la maison qu'il envisageait de construire sur le promontoire serait à couper le souffle, offrant un large panorama sur le bleu du Pacifique et les autres îles de l'archipel des Mariannes, au loin, dans cet air d'une pureté inégalée.

Pour toutes ces raisons, M. Yamata avait proposé une somme princière, et ce avec le sourire.

Il y avait une raison supplémentaire.

Les divers documents circulaient dans le sens des aiguilles d'une montre autour de la table ronde, s'arrêtant devant chaque siège pour l'apposition des signatures à l'emplacement approprié, marqué par un Post-it jaune. Puis vint le moment pour M. Yamata de chercher dans sa poche intérieure une enveloppe. Il en sortit le chèque qu'il donna au notaire.

« Merci, monsieur », dit celui-ci sur ce ton respectueux qu'emploient toujours les Américains quand il y a de l'argent sur la table. Stupéfiant, le pouvoir de l'argent sur ces gens-là. Trois ans plus tôt, l'achat de ces terres par un citoyen nippon était encore illégal, mais un bon avocat, une bonne procédure, plus une bonne somme d'argent avaient également réglé ce problème. « Le transfert de propriété sera enregistré dès cet après-midi. »

Yamata sourit au vendeur, hocha la tête avec courtoisie, puis il se leva et quitta le bâtiment. Une voiture l'attendait dehors. Yamata s'installa à l'avant et, d'un geste péremptoire, fit signe au chauffeur de démarrer. La transaction était terminée et, avec elle, la nécessité de se montrer aimable.

Comme nombre d'îles du Pacifique, Saipan est d'origine volcanique. Sa côte orientale borde la fosse des Mariannes, une faille profonde de onze kilomètres qui marque l'endroit où une plaque tectonique glisse sous une autre. Il en résulte une succession d'éminences coniques dont les îles ne sont que les sommets émergés. Le Toyota Land Cruiser suivait une piste qui remontait vers le nord en contournant le mont Achugao et le Marianna Country Club, vers Marpi Point, sa destination.

Yamata descendit du véhicule, et considéra les bâtiments de cette ferme promis à la démolition, mais au lieu de visiter le site de construction de sa prochaine résidence, il se dirigea vers le bord de la falaise. Bien que sexagénaire, il parcourut le terrain inégal d'une démarche vigoureuse. S'il s'était bien agi d'une ferme, elle n'avait pas été prospère et n'était guère hospitalière. Le reste de l'île ne l'était pas non plus, et ce pour bien des raisons, en particulier historiques.

Son visage était impassible lorsqu'il atteignit la crête de ce que les autochtones appelaient la falaise de Banzaï. Une brise de mer soufflait et il pouvait voir et entendre les vagues progressant en rangs serrés pour s'écraser contre les éboulis au pied de la falaise — ces rochers sur lesquels s'étaient écrasés les corps de ses parents et de ses proches après que, comme tant d'autres, ils eurent sauté pour éviter la capture par les Marines américains débarqués sur l'île. Les Marines avaient été horrifiés par ce spectacle mais M. Yamata n'aurait jamais voulu l'admettre et, du reste, ce n'était pas une consolation.

L'homme d'affaires claqua une fois des mains puis inclina la tête, pour convoquer les esprits rôdant en ces lieux et témoigner de son obéissance à leur influence sur son destin. Il était juste, songea-t-il, qu'avec son achat de cette parcelle de terrain, 50,016 % des biens immobiliers de Saipan soient à nouveau aux mains des Japonais, plus d'un demi-siècle après le massacre de sa famille par les Américains.

Il ressentit un brusque tressaillement, qu'il attribua à l'émotion du moment, ou peut-être à la proximité des esprits de ses ancêtres. Même si leurs corps avaient été balayés par le ressac, leur *kami* n'avait jamais quitté ces lieux, attendant son retour. Il frissonna, reboutonna son pardessus. Oui, il construirait ici, mais seulement après avoir fait ce qu'il estimait nécessaire. D'abord, il devait détruire.

C'était un de ces instants de perfection, à un océan de distance. Le driver s'écarta lentement de la balle, remonta en décrivant un arc, s'arrêta une fraction de seconde, puis repartit en sens inverse, en accélérant. L'homme qui tenait la crosse de golf fit passer son poids d'une jambe sur l'autre. Au moment propice, ses mains basculèrent comme il convenait, faisant pivoter la tête autour de l'axe vertical, de sorte que, lorsqu'elle frappa la balle, elle était exactement perpendiculaire à la trajectoire recherchée. Le bruit était éloquent : un tink parfait (c'était un fer). Ajouté à l'impact tactile retransmis par le manche en graphite, ce bruit indiquait au golfeur tout ce qu'il avait besoin de savoir : inutile de regarder. La crosse acheva son arc de cercle avant que l'homme ne tourne la tête pour suivre la trajectoire de la balle.

Malheureusement, ce n'était pas Ryan qui tenait la crosse. Jack hocha la tête avec un sourire piteux en se penchant pour poser sa balle sur le té. « Joli coup, Robby. »

Le contre-amiral Robert Jefferson Jackson, de la marine des États-Unis, prit la pose, son œil d'aviateur fixant la descente puis les rebonds de la balle sur l'allée à deux cent cinquante mètres de là. Rebonds successifs qui lui en firent parcourir encore une trentaine. Il resta silencieux jusqu'à ce qu'elle s'immobilise, pile dans l'axe. « Je voulais lui mettre un poil d'effet.

— Chienne de vie, hein ? » observa Ryan, tout en se préparant. Genoux fléchis, le dos bien droit, la tête penchée mais pas trop, une bonne prise, oui, c'était à peu près ça. Il refit tout ce que l'instructeur du club lui avait enseigné la semaine précédente, et la semaine d'avant, et la semaine... faire redescendre la crosse... pas si mal, finalement, juste un tantinet trop à droite, un tir de cent quatre-vingts mètres, en tout cas son meilleur au fer numéro un depuis... depuis toujours. Et à peu près la distance qu'aurait parcourue Robby avec un fer sept. La seule bonne nouvelle était qu'il n'était que sept heures quarante-cinq et qu'il n'y avait personne alentour pour partager son embarras.

Au moins, t'as déjà évité la flotte.

« Tu joues depuis combien de temps, Jack ?

— Deux mois pleins. »

Jackson sourit en se dirigeant vers l'endroit où était garée la voiturette. « J'ai commencé quand j'étais en deuxième année à Annapolis. J'ai de l'avance, mon gars. Enfin, profite de la journée. »

C'était toujours ça. Le domaine de Greenbrier, « La Bruyère », était une propriété datant de la fin du XVIIIe siècle, située dans les montagnes de Virginie occidentale. En ce matin d'octobre, la masse blanche du corps de bâtiment principal se détachait dans le cadre écarlate et jaune des feuillus enflammés par l'automne.

« Enfin, je n'escomptais pas te battre », reconnut Ryan en s'asseyant dans la voiturette.

Coup d'œil, sourire. « Pas de risque. Remercie le ciel de ne pas bosser aujourd'hui, Jack. Moi, si. »

Aucun des deux hommes n'était en congé, même si l'un et l'autre en auraient eu bien besoin, et aucun des deux non plus ne se reposait sur ses lauriers. La nécessité, pour Robby, signifiait un bureau au Pentagone. Pour Ryan, à sa grande surprise, cela s'était traduit par un retour au monde des affaires au lieu du poste universitaire qu'il avait convoité — du moins, le croyait-il — alors qu'il se trouvait en Arabie Séoudite, deux ans et demi plus tôt.

Peut-être était-ce le goût de l'action — y aurait-il accoutumance ? se demanda Jack en choisissant un fer trois. Ce ne serait pas suffisant pour rejoindre le green, mais il n'avait pas encore appris à se servir des bois. Ouais, c'était l'action qu'il aimait, beaucoup plus que ces parenthèses.

« Prends ton temps et ne cherche pas à écraser la balle. Elle ne t'a rien fait, d'accord ?

— Oui, amiral. A vos ordres, amiral, répondit Jack.

— Et garde la tête baissée. Je regarde pour toi.

— D'accord, d'accord, Robby. » Quelque part, la certitude que Robby ne se moquerait pas de lui, si mauvais soit-il, était pire que la crainte qu'il puisse le faire. Au dernier moment, il décida de se redresser un peu avant le swing. Il fut récompensé par un son bienvenu : *Chlac*. La balle avait déjà parcouru trente mètres quand il leva la tête pour observer sa trajectoire : elle filait toujours vers la gauche... mais avec déjà une tendance à repiquer sur la droite.

« Jack ?

— Ouais, répondit Ryan sans tourner la tête.

— Ton fer trois, dit Jackson en étouffant un rire, tout en calculant du regard la trajectoire de la balle. Ne change rien. Refais exactement pareil à chaque fois. »

Sans trop savoir comment, Jack réussit à ranger le fer dans le sac sans chercher à fracasser le manche sur le crâne de son ami. Il éclata de rire quand la voiturette démarra, remontant le rough par la droite en direction de la balle de Robby, petite tache blanche sur l'impeccable tapis vert du green.

« Toujours la nostalgie du manche ? » demanda-t-il doucement.

Robby le regarda. « Les rosseries, ça te connaît, toi aussi », observa-t-il. Mais c'était la vérité, somme toute. Une fois terminé son service d'active, il avait postulé pour une fonction à l'État-major, et il avait été pressenti pour le poste de commandant du centre d'essais en vol à la base aéronavale de Patuxent River, Maryland, où son titre officiel aurait été Chef pilote d'essai de l'US Navy. Mais au lieu de cela, Jackson travaillait au J-3, le service opérationnel de l'État-major intégré interarmes. Les Plans de guerre, planque bizarre pour un guerrier dans un monde où la guerre n'allait pas tarder à appartenir au passé. C'était meilleur pour le plan de carrière mais bien moins satisfaisant que le billet de vol qu'il avait convoité. Jackson essayait de se faire une raison. Il avait eu sa part comme pilote, après tout. Il avait fait ses classes sur des Phantom[1], décroché ses galons sur Tomcat, obtenu le poste de chef d'escadrille, puis de commandant de groupe aérien sur porte-avions, puis il avait demandé à être affecté à l'État-major, en faisant valoir une carrière solide et exemplaire au cours de laquelle il n'avait jamais failli.

Sa prochaine promotion, s'il la décrochait, serait celle de commandant d'escadre aéronavale, un poste qui à une époque lui avait paru un objectif quasiment inaccessible. Et voilà qu'il en était à se demander où était passé tout ce temps et ce qui l'attendait encore. « Qu'arrive-t-il quand on se fait vieux ?

— Certains se mettent au golf, Rob.

— Ou retournent à la corbeille », rétorqua Jackson. *Un fer huit*, songea-t-il. *Un coup en douceur*. Ryan le suivit jusqu'à sa balle.

« La banque d'affaires, précisa Jack. Ça a marché pour toi, non ? »

---

1. Pour tout ce qui est acronyme, sigle, détail technique, le lecteur intéressé pourra se reporter au glossaire en fin d'ouvrage *(NdT)*.

Cela força l'aviateur — dans l'active ou non, Robby resterait toujours un pilote, à ses propres yeux comme aux yeux de ses amis — à lever la tête et sourire. « Ma foi, j'avoue que vous avez réussi à faire quelque chose de mes cent plaques, Sir John. » Sur quoi, il joua son coup. C'était une façon d'égaliser. La balle atterrit, rebondit et finit par s'immobiliser à six mètres du trou.

« De quoi me payer des cours ?

— Et t'en avais sacrément besoin. » Robby se tut, reprit son sérieux. « Un sacré bail, Jack. Nous avons changé le monde. Et ce n'était pas un mal, non ?

— Si l'on veut », concéda Jack, sourire crispé. Certains appelaient ça la fin de l'histoire, mais Ryan avait un doctorat dans cette matière, et la notion le dérangeait.

« T'es vraiment mordu, tu fais quoi en ce moment ?

— Je suis à la maison tous les soirs, en général avant six heures. Je me tape tout le championnat de seconde division l'été, et la plupart des matches de foot à la rentrée. Et quand Sally sera prête pour son premier rendez-vous, je serai pas dans un putain de VC-20B en route pour Pétaouchnok et une quelconque réunion qui de toute façon ne rime pas à grand-chose. » Jack sourit, détendu. « Et je crois que j'aime encore mieux ça qu'être bon joueur de golf.

— Eh bien, c'est une chance, vu que je crois bien que même Arnold Palmer serait pas fichu de rectifier ton swing. Enfin, je vais essayer, ajouta Robby, mais c'est bien parce que Cathy me l'a demandé. »

Jack avait tiré trop fort, ce qui l'obligea à cocher — mal — sa balle pour retrouver le green où trois putts lui donnèrent le trou en sept coups contre le « par quatre » de Robby.

« Quand on joue au golf comme toi, on devrait s'entraîner plus souvent », observa Jackson alors qu'il se dirigeait vers le second té. Ryan n'eut pas l'occasion de trouver une réplique. Il avait un bip à la ceinture, évidemment. Relié par satellite, il vous permettait d'être touché quasiment n'importe où. Les tunnels de montagne ou les grandes masses d'eau offraient une certaine protection, mais sans plus. Jack le décrocha de sa ceinture. C'était probablement le contrat de Silicon Alchemy, songea-t-il ; il avait pourtant laissé des instructions au bureau. Quelqu'un avait dû tomber en panne de trombones. Il consulta le numéro sur l'écran à cristaux liquides.

« Je croyais que ton siège était à New York », nota Robby. L'indicatif de zone affiché sur l'écran était le 202, et non le 212 que Jack s'était attendu à voir.

« Tout à fait. Je peux faire l'essentiel de mon boulot par téléconférence depuis Baltimore, mais une fois par semaine au moins, je dois monter là-haut par le Metroliner. » Ryan plissa le front. 757-5000. Le service des transmissions de la Maison Blanche. Il consulta sa montre. Il était sept heures cinquante-cinq du matin, et l'heure soulignait avec éloquence le caractère urgent de l'appel. Malgré tout, ce n'était pas franchement une surprise, n'est-ce pas ? Pas avec ce qu'il lisait dans les journaux tous les jours. La seule chose inattendue était l'horaire. Il avait escompté que l'appel viendrait bien plus tôt. Il se dirigea vers la voiturette et le sac de golf dans lequel était rangé son téléphone cellulaire. C'était le seul accessoire du sac dont il savait en vérité se servir.

Cela ne prit que trois minutes, sous le regard amusé de Robby qui attendait au volant. Oui, il était à Greenbrier. Oui, il savait qu'il y avait un aéroport à proximité. Quatre heures ? Moins d'une heure pour l'aller retour, guère plus d'une sur place : il serait revenu à temps pour le dîner. Il pourrait même finir son parcours, prendre une douche et se changer avant de partir, se dit-il en repliant le téléphone avant de le glisser dans la pochette du sac de golf. C'était un des avantages qu'il y avait à disposer du meilleur service de chauffeur qui soit au monde. Le problème était qu'une fois qu'ils vous tenaient, ils étaient enclins à ne plus vous lâcher. Si le système était efficace, c'était pour rendre la prison plus confortable. Jack hocha la tête alors qu'il se tenait au départ du second trou, et sa distraction eut un effet bizarre. Le drive expédia sa balle sur l'herbe rase, à deux cent dix mètres de là, et Ryan regagna la voiturette sans mot dire ; il se demandait ce qu'il allait raconter à Cathy.

18

L'usine était flambant neuve, immaculée, mais avec quelque chose d'obscène, estima l'ingénieur. Ses compatriotes détestaient le feu mais ils haïssaient franchement le genre d'objet que cette salle était destinée à fabriquer. Il ne pouvait se défaire de ce sentiment, qui traînait comme un bourdonnement d'insecte dans l'atelier — bien improbable car chaque molécule d'air de cette salle blanche avait traversé le meilleur système de filtrage que pût concevoir son pays. L'excellence de ses collègues ingénieurs faisait son orgueil, d'autant plus qu'il était parmi les meilleurs. C'était cet orgueil qui le soutenait, il le savait, oubliant ce bourdonnement imaginaire pour se consacrer à l'inspection des machines-outils. Après tout, si les Américains pouvaient le faire, tout autant que les Russes, les Anglais, les Français, les Chinois, et même les Indiens et les Pakistanais, alors pourquoi pas eux ? Il y avait une certaine symétrie là-dedans, somme toute.

Dans une autre partie de l'atelier, la matière première bien particulière était déjà en cours d'élaboration. Des acheteurs avaient passé un bon bout de temps à se procurer les composants. Ceux-ci étaient fort peu nombreux. Pour l'essentiel, ils avaient été élaborés ailleurs, mais certains avaient été manufacturés dans son pays pour une utilisation à l'étranger. Conçus pour un usage précis, on les avait adaptés à un autre, même si avait toujours existé l'éventualité — lointaine, quoique bien réelle — d'un retour à l'application d'origine. C'était devenu une plaisanterie classique parmi les personnels des diverses entreprises impliquées dans la production : une éventualité à ne pas prendre au sérieux.

Mais ils n'allaient pas tarder à devoir changer d'avis, songea l'ingénieur. Il éteignit la lumière, referma la porte derrière lui. Il avait un délai à respecter et s'y mettrait dès aujourd'hui, après un sommeil de quelques heures.

Ryan avait beau s'y être souvent rendu, il était toujours resté sensible à la force mystique des lieux, et ce n'était pas sa façon d'y arriver aujourd'hui qui aurait pu l'amener à changer d'avis. Un discret coup de fil à son hôtel lui avait fourni une voiture pour l'aéroport. L'avion était prêt, bien entendu, un bimoteur d'affaires qui attendait en bout de piste, banal si ce n'était l'inscription USAF sur le fuselage et l'équipage vêtu de combinaisons ignifugées vert olive. Toujours des sourires amicaux, bien entendu, et même respectueux. Un sergent pour s'assurer qu'il savait comment boucler sa ceinture, et l'exposé traditionnel sur la sécurité et les procédures d'urgence. Un discret coup d'œil du pilote qui avait un horaire à respecter, et ils étaient partis, avec un Ryan qui se demandait où étaient ses instructions tout en sirotant un Coca-Cola de l'US Air Force ; regrettant de ne pas avoir enfilé son costume trois pièces, puis se rappelant que c'était de propos délibéré... Idiot, mine de rien. La durée du vol était de quarante-sept minutes, avec approche directe sur Andrews. Le seul détail qu'ils avaient omis était le trajet en hélicoptère depuis Andrews, mais cela aurait risqué d'attirer l'attention. Accueilli avec déférence par un commandant d'aviation qui l'avait conduit vers une banale voiture de service et un chauffeur taciturne, Ryan s'installa sur la banquette arrière tandis que le commandant montait à l'avant. Il essaya de dormir un peu. L'autoroute, il l'avait déjà vue, et il connaissait l'itinéraire par cœur : de Suitland à la I-295, qu'on quittait tout de suite pour prendre la 395, puis la sortie sur Maine Avenue. L'heure, juste après le déjeuner, garantissait une progression rapide, et bientôt, la voiture s'arrêtait devant le poste de garde de West Executive Drive, où le planton, fait inhabituel, se contenta de leur faire signe de passer. Le perron couvert au rez-de-chaussée de la Maison Blanche les accueillit comme un visage familier.

« Salut, Arnie. » Jack tendit la main vers le Secrétaire de la présidence. Arnold van Damm était simplement trop bon et Roger Durling avait eu besoin de son aide pour la transition. Le Président Durling avait eu tôt fait de comparer Arnie à son poulain et de découvrir les carences de ce dernier. Il n'avait guère changé, nota Ryan. Les mêmes chemises L.L. Bean, la même franchise bourrue sur le visage, mais Arnie était un peu plus marqué par la fatigue et par les ans. Après tout, c'était notre lot à tous. « Notre dernière discussion ici, c'était pour me flanquer à la porte », ajouta aussitôt Jack, pour avoir un rapide aperçu de la situation.

« On commet tous des erreurs, Jack. »

Oh-oh. Ryan fut instantanément sur ses gardes, mais son interlocuteur prolongea sa poignée de main pour l'attirer à l'intérieur. Les agents du Service secret qui étaient restés en faction lui avaient déjà préparé un laissez-passer et tout se déroula sans encombre jusqu'au moment où il déclencha le détecteur de métaux. Ryan tendit sa clé d'hôtel, refit une tentative, entendit à nouveau la sonnerie. Le seul autre accessoire métallique en dehors de sa montre se révéla être son escalope [1].

« Depuis quand t'es-tu mis au golf ? demanda van Damm avec un rire qui fit pendant à l'air ahuri de l'agent secret.

— Ça fait toujours plaisir de voir qu'on est suivi à la trace. Deux mois, et je ne suis pas encore à un contre dix. »

Le Secrétaire général de la présidence indiqua à Ryan l'escalier dérobé sur la gauche. « Tu sais pourquoi on appelle ça "golf" ?

— Ouais, parce que "merde" était déjà pris. » Ryan s'arrêta sur le palier. « Qu'est-ce qui se passe, Arnie ?

— Je pense que tu le sais, fut tout ce qu'il obtint comme réponse.

— Bonjour, Dr Ryan ! » L'agent spécial Helen D'Agustino était toujours aussi jolie, et toujours membre du détachement présidentiel. « Suivez-moi, je vous prie. »

La fonction présidentielle n'était pas faite pour entretenir la jeunesse. Ancien para qui avait gravi les collines des hauts plateaux du Viêt-nam, Roger Durling continuait à faire du jogging et il aimait, disait-on, jouer au squash pour garder la ligne. Malgré tout, il avait l'air bien las cet après-midi. Plus important, nota Jack dès son arrivée, on ne l'avait pas fait patienter dans l'une des innombrables antichambres, et tous les sourires qu'il avait surpris sur les visages en cours de route étaient parfaitement élo-

---

1. Petit instrument utilisé par les golfeurs pour tasser les mottes de gazon *(NdT)*.

quents. Durling se leva avec une promptitude censée traduire son plaisir à voir son hôte... Ou autre chose ?

« Comment va le courtage, Jack ? » La poignée de main qui accompagnait la question était ferme et sèche, mais également insistante.

« Ça occupe, monsieur le président.

— Pas tant que ça. On joue au golf en Virginie occidentale ? » Durling invita Ryan à s'asseoir près de la cheminée. « Ce sera tout », dit-il aux deux agents du Service secret qui avaient accompagné Jack. « Merci.

— Mon dernier vice, monsieur », expliqua Ryan ; il entendit derrière lui se refermer la porte. C'était inhabituel de se retrouver si proche du chef de l'exécutif sans la présence protectrice de gorilles du Service secret, d'autant qu'il avait depuis longtemps renoncé à toute fonction officielle.

Durling s'assit dans son fauteuil, se cala contre le dossier. Son langage corporel traduisait la vigueur, celle qui émane moins du corps que du mental. Il était temps de parler affaires. « Je pourrais dire que je suis heureux d'interrompre vos vacances mais je m'en abstiendrai, lui dit le Président des États-Unis. Vous avez eu deux ans de vacances, Dr Ryan. C'est fini maintenant. »

Deux ans. Les deux premiers mois, il n'avait strictement rien fait, sinon envisager plusieurs postes d'enseignement dans le sanctuaire de son bureau, regarder son épouse partir tous les matins à l'aube exercer son activité de chirurgien à Johns Hopkins, préparer le panier-repas des gosses pour l'école, et se répéter à quel point c'était super de se détendre. Il lui avait fallu ces deux mois pour admettre que l'inaction était plus stressante que tout ce qu'il avait pu faire jusqu'ici. Il n'avait fallu que trois entretiens pour lui permettre de retrouver un boulot dans le milieu des affaires, de battre de justesse sa femme au départ tous les matins, de râler après ce rythme effréné — bref, de s'empêcher peut-être de sombrer dans la folie. Incidemment, il avait ramassé un bon paquet d'argent, mais il devait bien l'admettre, même l'appât du gain avait perdu de son attrait. Il n'avait toujours pas trouvé sa place, et se demandait s'il la trouverait un jour.

« Monsieur le président, la conscription est supprimée

depuis déjà pas mal d'années », suggéra-t-il avec un sourire. C'était une remarque irrévérencieuse qu'il regretta aussitôt.

« Vous avez déjà dit « non » à votre pays une fois. » Le reproche éteignit tout sourire. Durling était-il à cran ? Il y avait de quoi, et le stress engendrait l'impatience, ce qui était surprenant pour un homme dont la fonction principale était de montrer à l'opinion publique un visage agréable et rassurant. Mais Ryan n'était pas l'opinion, n'est-ce pas ?

« Monsieur, j'étais brûlé à ce moment-là. Je ne crois pas que j'aurais été...

— Très bien. J'ai lu votre dossier, de bout en bout, ajouta Durling. Je sais même que je ne serais pas là si vous n'aviez pas fait ce que vous avez fait en Colombie, il y a quelques années [1]. Vous avez bien servi votre pays, Dr Ryan, vous avez eu le temps de faire une pause, vous avez pu rejouer avec de l'argent — avec un certain succès, apparemment ; aujourd'hui, il est temps de revenir.

— A quel poste, monsieur ?

— Au bout du couloir, après le coin. Les derniers occupants ne s'y sont pas spécialement illustrés. » Cutter et Elliot n'avaient pas fait des étincelles. Le chef du Conseil national de sécurité de Durling n'avait tout bonnement pas été à la hauteur de la tâche. Il s'appelait Tom Loch et s'apprêtait à partir, Ryan l'avait lu dans le journal du matin. Il semblait que, pour une fois, la presse ne s'était pas trompée. « Je ne vais pas tourner autour du pot. Nous avons besoin de vous. J'ai besoin de vous.

— Monsieur le président, c'est très flatteur, mais pour parler franchement...

— Pour parler franchement, j'ai un agenda trop chargé, les journées n'ont que vingt-quatre heures, et mon administration s'est bien trop souvent pris les pieds dans les tapis. Résultat : nous n'avons pas servi le pays aussi bien qu'il aurait fallu. Cela, je ne peux pas le dire ailleurs que dans cette pièce, mais ici, je ne m'en prive pas. L'État est faible. Notre défense est faible.

---

1. Voir *Danger immédiat*, Albin Michel et Le Livre de Poche *(NdT)*.

— Fiedler est excellent aux Finances, concéda Ryan. Si vous voulez des conseils en matière internationale, donnez une promotion à Scott Adler. Il est jeune, mais il sait traiter les affaires et il a de la hauteur de vues.

— Pas sans être sérieusement encadré par la maison, et je n'ai pas le temps de le faire. Je transmettrai votre approbation à Buzz Fiedler, ajouta Durling avec un sourire.

— C'est un brillant technocrate et c'est ce dont vous avez besoin dans le bâtiment d'en face. Si vous voulez réduire le différentiel d'inflation, pour l'amour du ciel, vous devez le faire tout de suite...

— Et en assumer la responsabilité politique, ajouta Durling. Ce sont précisément ses instructions : protéger le dollar et ramener l'inflation à zéro. Je l'en crois capable. Les premiers signes sont prometteurs. »

Ryan acquiesça. « Je crois que vous avez raison. » *D'accord, tablons là-dessus.*

Durling lui tendit le dossier contenant les instructions. « Lisez.

— Oui, monsieur. » Jack ouvrit la chemise, sauta les pages cartonnées traditionnelles indiquant toutes les sanctions légales encourues par quiconque divulguerait ce qu'il s'apprêtait à lire. Comme toujours, les informations protégées par le Code civil américain n'étaient guère différentes de ce que n'importe quel citoyen pouvait trouver dans *Time*, en moins bien écrit. Sa main droite se tendit vers la tasse de café, qui n'était malheureusement pas le mazagran qu'il affectionnait. La porcelaine de la Maison Blanche était fort élégante mais guère pratique. Venir ici lui faisait toujours l'effet de rendre visite à un patron particulièrement fortuné. Tant de rendez-vous étaient tellement...

« J'étais en partie au courant de tout ceci mais j'ignorais que c'était si... intéressant, murmura Jack.

— *Intéressant* ? » Durling cachait mal son sourire. « J'apprécie le choix des termes.

— Mary Pat est maintenant directeur adjoint des opérations ? » Ryan leva les yeux, nota le bref signe de tête.

« Elle était ici le mois dernier pour défendre la modernisation de son service. Elle s'est montrée très persuasive.

Al Trent a obtenu l'accord de la commission parlementaire pas plus tard qu'hier. »

Jack étouffa un rire. « L'Agriculture ou l'Intérieur, ce coup-ci ? » Cette fraction du budget de la CIA n'était quasiment jamais dévoilée. La Direction des opérations était toujours en partie financée par des tours de passe-passe.

« La Santé et les Affaires sociales, je crois.

— Mais il faudra encore deux ou trois ans avant que...

— Je sais. » Durling se trémoussa dans son fauteuil. « Écoutez, Jack, si ça vous pose un tel problème, alors pourquoi...

— Monsieur, si vous avez lu mon dossier jusqu'au bout, vous savez pourquoi. » *Bon Dieu*, avait envie de dire Jack, *qu'attend-on de moi*, mais il ne pouvait pas, pas ici, pas devant cet homme, alors il se tut. Et revint au dossier de présentation, feuilletant les pages, lisant aussi vite que le permettaient ses facultés de compréhension.

« Je sais, c'était une erreur de minimiser le facteur intelligence humaine de la maison. Trent et Fellows le disent. Mme Foley le dit. Il y a de quoi être surmené dans ce bureau, Jack. »

Ryan leva les yeux et faillit sourire jusqu'à ce qu'il découvre le visage du Président. Il y avait autour de ses yeux une lassitude qu'il était incapable de dissimuler. Et puis Durling vit lui aussi l'expression de Jack.

« Quand pouvez-vous commencer ? » demanda le président des États-Unis.

L'ingénieur était revenu ; il ralluma d'un coup sec, contempla ses machines-outils. Son bureau de surveillance presque entièrement vitré était légèrement en surplomb : il n'avait qu'à lever la tête pour embrasser toute l'activité de l'atelier. D'ici quelques minutes, son personnel commencerait à arriver, et sa présence au bureau avant tous les autres — dans un pays où la norme était d'arriver avec deux heures d'avance — donnerait le ton. Le premier n'arriva que dix minutes plus tard, il accrocha son pardessus et se dirigea vers le bout de la pièce et la machine à café. Pas de thé, songèrent-ils en même temps.

Étrangement occidental. Les autres arrivèrent en groupe, à la fois jaloux et envieux de leurs collègues, car tous avaient noté que le bureau du chef était allumé et occupé. Quelques-uns firent des mouvements d'assouplissement devant leur paillasse, tant pour se détendre que pour manifester leur dévotion. A H moins deux, le chef sortit de son bureau et demanda à son équipe de se réunir pour la première discussion matinale sur ce qu'ils faisaient. Tous étaient au courant, bien sûr, mais il fallait le leur dire néanmoins. Cela prit dix minutes. Ensuite, ils se mirent au travail. Et ce n'était pas une façon si bizarre de commencer une guerre.

Le dîner était élégant, servi dans l'immense salle à manger haute de plafond, au son du piano, du violon et parfois d'un tintement de cristal. Les conversations étaient banales, du moins c'est l'impression qu'en avait Jack tout en sirotant son vin et en tâtant du plat principal. Sally et petit Jack réussissaient bien à l'école, et Kathleen, qui aurait deux ans dans un mois, trottinait dans toute la maison de Peregrine Cliff — envahissante et dominatrice, c'était la chérie de son papa et surtout la terreur de la garderie. Robby et Sissy, toujours sans enfants malgré leurs efforts, jouaient les oncle et tante de substitution pour les trois petits Ryan, et semblaient aussi fiers que Jack et Cathy de leur progéniture. Jack en concevait une certaine tristesse, mais c'était la destinée, et il se demandait si Sissy pleurait toujours quand elle se retrouvait seule au lit parce que Robby était en mission quelque part. Jack n'avait jamais eu de frère. Robby lui était plus proche que n'importe quel frangin, et son ami aurait mérité d'avoir plus de chance. Quant à sa femme, c'était véritablement un ange.

« Je me demande ce qu'ils fabriquent, au bureau.

— Sans doute en train d'ourdir un plan d'invasion du Bangladesh, répondit Jack en levant les yeux.

— Ça, c'était la semaine dernière, nota Jackson avec un sourire.

— Comment peuvent-ils se débrouiller sans nous ? remarqua tout haut Cathy, évoquant sans doute un patient.

— Eh bien, ma saison des concerts ne commence pas avant le mois prochain, observa Sissy.

— Hmmmm, nota Ryan, qui replongea le nez dans son assiette en se demandant comment il allait annoncer la nouvelle.

— Jack, je sais, dit enfin Cathy. Tu le caches bien mal.

— Qui...

— Elle a demandé où tu étais, expliqua Robby, de l'autre côté de la table. Un officier de marine ne peut pas mentir.

— Tu croyais que je piquerais une colère ? demanda Cathy à son mari.

— Oui.

— Vous ne savez pas comment il est, dit-elle aux autres. Tous les matins, il prend ses journaux et bougonne. Tous les soirs, il regarde les infos et bougonne. Tous les dimanches, il regarde les émissions politiques et bougonne. Jack, dit-elle doucement, crois-tu que je pourrais un jour renoncer à la chirurgie ?

— Sans doute pas, mais ce n'est pas pareil...

— Non, bien sûr que non, mais cela vaut également pour toi. Tu commences quand ? » demanda Caroline Ryan.

1

ANCIENS ÉLÈVES

Jack avait un jour entendu dire à la radio qu'une université, quelque part dans le Midwest, avait mis au point un bloc d'instrumentation destiné à pénétrer à l'intérieur d'une tornade. Tous les printemps, les étudiants, accompagnés d'un ou deux professeurs, délimitaient une portion de territoire, et dès qu'ils avaient repéré une tornade, ils essayaient d'expédier le bloc d'instrumentation (évidemment baptisé « Toto ») au beau milieu de la tempête en formation. Jusqu'ici, sans succès. Peut-être choisissaient-ils mal leur site, estima Ryan, en contemplant derrière la fenêtre les arbres dénudés de Lafayette Park. Le bureau du chef du Conseil national de sécurité était sans aucun doute situé dans une zone de fortes turbulences, et celle-ci, malheureusement, était bien plus facile d'accès.

« Vous savez, dit Ryan en se calant contre le dossier, c'était censé se dérouler beaucoup plus simplement. » *Moi aussi, je le croyais*, se garda-t-il d'ajouter.

« Le monde avait des règles, dans le temps, observa Scott Adler. Il n'en a plus aujourd'hui.

— Comment va le Président, Scott ?

— Vous voulez réellement la vérité ? » fit Adler — sous-entendu : nous sommes à la Maison Blanche, vous vous souvenez ? — en se demandant si *réellement* cette pièce était truffée de micros. « On a déconné en Corée, mais on a eu la veine de s'en tirer. Dieu merci, on n'a pas merdé autant en Yougoslavie, pour la bonne et simple raison qu'il n'y a aucun risque de se laisser coincer dans un trou pareil. On ne s'est pas trop bien débrouillés avec la Russie. Tout le continent africain part à vau-l'eau. Le seul truc qu'on a su gérer à peu près ces derniers temps, c'était le traité commercial...

— Et encore, sans le Japon et la Chine, acheva pour lui Ryan.

— Hé, vous et moi, on a réglé la question du Moyen-Orient, rappelez-vous [1] ? Ça ne se passe pas trop mal.

— Le point le plus chaud, aujourd'hui ? » Ryan ne cherchait pas les compliments. Ce « succès » avait entraîné de bien fâcheuses conséquences, et c'était la raison essentielle de sa démission de la fonction publique.

« Faites votre choix », suggéra Adler. Ryan acquiesça en bougonnant.

« Les Affaires étrangères ?

— Hanson ? Un politicien », rétorqua le diplomate de carrière. Et fier de l'être, qui plus est, se souvint Jack. Adler avait débuté aux Affaires étrangères sitôt sorti major de Fletcher, puis il avait grimpé les échelons, malgré les embûches et les intrigues qui lui avaient coûté à la fois un premier mariage et une bonne partie de ses cheveux. Ce devait être l'amour du pays qui l'aidait à tenir, Jack en était sûr. Fils d'un rescapé d'Auschwitz, Adler aimait l'Amérique comme bien peu de ses concitoyens. Mieux encore, cet amour n'était pas aveugle, même à présent qu'il avait quitté la carrière administrative pour entrer en politique. Comme Ryan, il était au service du Président et n'avait toujours pas eu le cran de répondre honnêtement aux questions de Jack.

« Pis que ça, poursuivit pour lui Ryan. C'est un avocat. Ces gars-là font toujours de l'obstruction.

— Toujours les mêmes préjugés, observa Adler avec un sourire, avant d'exercer à son tour ses facultés d'analyse. Vous avez déjà quelque chose sur le feu, n'est-ce pas ? »

Ryan acquiesça. « Un vieux compte à régler. J'y ai mis deux éléments de valeur. »

---

1. Voir *La Somme de toutes les peurs*, Albin Michel et Le Livre de Poche *(NdT)*.

La tâche tenait du forage pétrolier et de l'exploitation minière, avant un travail de finition d'une précision extrême, et le tout devait être achevé dans les délais. La phase initiale de percement était quasiment terminée. Cela n'avait pas été une sinécure de creuser à la verticale dans le substrat basaltique de la vallée, encore moins de recommencer dix fois ; chaque trou faisait quarante mètres de profondeur et dix de diamètre. Les neuf cents ouvriers travaillant en trois postes avaient réussi à prendre quinze jours d'avance sur le planning officiel, malgré toutes les précautions. On avait posé six kilomètres de voie ferrée près de la ligne de Shinkansen la plus proche, et sur toute la longueur de l'embranchement, les poteaux normalement destinés à supporter la caténaire d'alimentation électrique servaient en fait à soutenir six kilomètres de filet de camouflage. L'histoire géologique de cette vallée japonaise n'avait pas dû être inintéressante, songea le chef de travaux. On n'y voyait jamais le soleil avant qu'il ne soit levé depuis une bonne heure, tant la pente à l'est était escarpée. Pas étonnant qu'après avoir considéré la vallée les ingénieurs des chemins de fer aient décidé de faire passer leur voie ailleurs. La gorge étroite — par endroits, elle faisait moins de dix mètres de large à sa base — avait été découpée par une rivière, depuis longtemps endiguée par un barrage, et ce qu'il en restait était essentiellement une tranchée rocheuse, évoquant les vestiges d'une guerre. *Ou les préparatifs de la prochaine*, songea-t-il. C'était assez évident, après tout, même si on ne lui avait jamais rien dit, sinon de garder le silence sur l'ensemble du projet. La seule issue était vers le haut ou par les extrémités. La première solution était à la portée d'un hélicoptère, la seconde d'un train, mais toute autre eût requis de jouer avec les lois de la balistique, ce qui n'était pas une mince affaire.

Sous ses yeux, une énorme pelleteuse Kowa déversa un nouveau godet de roche pulvérisée dans un wagon tombereau. C'était le dernier du train-bloc et bientôt la loco diesel de manœuvre allait rejoindre avec sa rame la voie principale où une loco électrique à voie normale prendrait le relais.

« Terminé », annonça l'homme en indiquant le fond du

trou. Tout en bas, un autre ouvrier tenait l'extrémité d'un long ruban d'arpenteur. Quarante mètres pile. L'orifice avait déjà été mesuré au laser, bien sûr, mais la tradition exigeait que ces mesures soient contrôlées par la main d'un ouvrier qualifié, tel que le mineur d'âge mûr qui rayonnait d'orgueil au fond de ce puits — et qui n'avait aucune idée de la raison de ce projet.

« *Hai* », dit le contremaître avec un signe de tête ravi, avant de saluer plus cérémonieusement, d'une gracieuse révérence, l'homme resté au fond, salut auquel on lui répondit avec respect mais fierté. Le prochain train allait amener une toupie à béton géante. Les voussoirs préassemblés étaient déjà empilés autour du forage — et des neuf autres, d'ailleurs —, prêts à être descendus et mis en place. En achevant le premier trou, son équipe avait battu ses plus proches concurrents de près de six heures, et les plus attardés de plus de deux jours — des irrégularités dans le sous-sol rocheux avaient créé des problèmes au numéro six et, à vrai dire, ils avaient quand même fait du bon boulot pour combler leur retard et parvenir à ce résultat. Il faudrait qu'il leur parle et les félicite de leurs efforts herculéens, histoire de tempérer leur honte d'être les derniers. La six était sa meilleure équipe, dommage qu'ils aient été si malchanceux.

« Trois mois encore et nous aurons tenu les délais, dit en confiance le contremaître.

— Dès que le 6 est terminé, on organise une fête pour les hommes. Ils l'ont bien mérité. »

« C'est pas le pied, observa Chavez.

— Sans parler de la chaleur », reconnut Clark ; la clim de leur Range Rover était en rade, à moins qu'elle ne soit morte de désespoir. Une veine, ils avaient des stocks de bouteilles d'eau de source.

« Mais c'est une chaleur sèche », rétorqua Ding, comme si ça importait lorsqu'on frôlait les cent quarante Fahrenheit. On pouvait toujours calculer en degrés Celsius, ça faisait quand même soixante, et ça ne soulageait que le temps de prendre une nouvelle inspiration. Qui vous rappelait les dégâts de l'air surchauffé sur les poumons, quelle que soit la façon d'en mesurer la température. Il dévissa le bouchon de la bouteille en plastique ; l'eau devait bien frôler un glacial trente-cinq. Incroyable comme elle semblait fraîche en de telles circonstances.

« Fera frisquet ce soir, vingt-sept, vingt-huit peut-être.

— J'ai bien fait d'amener un chandail, monsieur C. » Chavez marqua une pause pour éponger la sueur avant de reprendre sa veille aux jumelles. Elles étaient excellentes, mais pas d'un grand secours, sinon pour mieux distinguer le miroitement de l'air roulant à la surface comme une invisible mer agitée. Rien ne vivait ici, à part de temps en temps un vautour qui avait sans aucun doute depuis longtemps nettoyé les carcasses de tout ce qui avait pu commettre l'erreur de naître en ces lieux. Et dire qu'il avait toujours cru le désert de Mojave sinistre. Au moins, on y voyait des coyotes.

C'était toujours pareil, songea Clark. Il faisait ce genre de boulot depuis combien... trente ans ? Non, mais pas loin. Seigneur, trente ans. Il n'avait pas encore eu la chance de l'accomplir dans un endroit où il se sente vraiment à l'aise, mais ça paraissait plutôt secondaire à présent. Leur couverture commençait à s'effilocher. L'arrière du Range était bourré de matériel d'arpentage et de boîtes d'échantillons de roche, de quoi convaincre ces autochtones illettrés qu'il pouvait bien exister un énorme gisement de molybdène quelque part sous cette montagne isolée. Les gens du coin savaient reconnaître de l'or, comme tout le monde, mais le minéral que les géologues appelaient familièrement *Molly-be-damned* — « Maudite Molly » — demeurait mystérieux pour les non-initiés ; tout juste en connaissait-on la valeur commerciale, considérable. Clark avait souvent joué là-dessus. Une découverte géologique fournissait invariablement l'occasion rêvée de titiller l'avidité des gens. Ils adoraient cette idée d'avoir quelque chose de valeur sous leurs pieds, et John Clark tenait à la perfection son rôle d'ingénieur géologue, visage honnête et buriné, prêt à délivrer confidentiellement la bonne nouvelle.

Il vérifia l'heure à sa montre. Le rendez-vous était dans quatre-vingt-dix minutes, aux alentours du crépuscule, et il s'était pointé en avance, pour mieux surveiller le secteur. Un coin torride et désert, ce qui n'était pas vraiment une surprise, et situé à trente kilomètres de la montagne qui allait faire, brièvement, l'objet de leur conversation. Il y avait un carrefour, deux pistes en terre battue, l'une orientée en gros nord-sud, l'autre est-ouest, et toutes deux encore à peu près visibles malgré les vents de sable et de poussière qui auraient dû recouvrir toute trace d'occupation humaine. Clark ne comprenait pas. Les années de sécheresse n'avaient pas aidé, mais même avec quelques rares pluies, il était forcé de se demander comment des gens avaient bien pu vivre ici. Pourtant, des hommes avaient vécu là et, pour autant qu'il sache, y vivaient encore aujourd'hui, quand il y avait de l'herbe pour nourrir leurs chèvres... et pas de bandes armées pour les abattre et tuer les bergers. Les deux agents de la CIA n'avaient guère d'autre choix que de rester dans la voiture, les vitres descendues, à boire et transpirer après avoir épuisé leur stock de phrases à échanger.

Les camions apparurent peu avant le coucher du soleil. Ils aperçurent d'abord les panaches de poussière, comme les gerbes d'écume derrière des hors-bord, jaunes dans la pénombre grandissante. Dans un pays aussi désertique et désolé que celui-ci, comment se faisait-il qu'ils sachent faire marcher des camions ? Quelqu'un savait les entretenir et cela paraissait tout à fait remarquable. Paradoxe pervers, ça voulait dire que tout n'était pas perdu pour cet endroit désolé. Si des crapules en étaient capables, alors de braves gens pouvaient y arriver aussi. Et c'était la raison de la présence ici de Clark et Chavez, non ?

Le premier véhicule avait une bonne avance sur les autres. Une vieille guimbarde, sans doute un ancien camion militaire, même si, vu l'état de sa carrosserie, la marque et le pays d'origine restaient du domaine de la spéculation. Il se mit à tourner autour du Range dans un rayon de cent mètres, le temps pour l'équipage de les mater à distance prudente, en particulier l'homme posté derrière une mitrailleuse russe de 12,7 mm montée à l'arrière. Des « policiers », comme les appelait leur chef — naguère, c'étaient des « techniciens ». Au bout d'un moment, ils s'arrêtèrent, descendirent et continuèrent d'observer le Range en tenant leurs vieux fusils G3 crasseux, mais sans doute en état de marche. Bientôt, la surveillance se relâcherait. C'était le soir, après tout, et on avait sorti le Qat. Chavez avisa un homme en train de mastiquer son herbe, assis à l'ombre de son camion à cent mètres de là.

« Pourraient pas la fumer, ces bougres de fils de pute ? grommela, exaspéré, l'officier de renseignements, dans l'air brûlant de l'habitacle.

— Mauvais pour les bronches, Ding. Je vais pas te l'apprendre. » Leur rendez-vous de ce soir gagnait d'ailleurs grassement sa vie en important par avion la marchandise. En fait, près de quarante pour cent du produit intérieur brut du pays provenait de ce négoce et finançait une petite flotte aérienne qui faisait la navette avec la Somalie. Cela choquait Clark comme Chavez, mais leur mission était indépendante de leurs sentiments personnels. Elle était destinée à régler une vieille dette. Le général Mohammed Abdul Corp — un grade en grande partie dû aux journalistes qui ne savaient pas trop comment l'appeler — avait été responsable de la mort de vingt soldats américains. Cela remontait à deux ans, pour être précis, bien au-delà de l'horizon événementiel des médias, parce que après avoir tué des soldats américains, il avait repris son activité habituelle, à savoir tuer ses propres compatriotes. C'était pour cette dernière raison que Clark et Chavez étaient officiellement sur le terrain, mais la justice avait de multiples facettes, et ça ne déplaisait pas à Clark de mener deux affaires de front. Que Corp soit en outre trafiquant de drogue lui semblait un cadeau venu d'un ciel particulièrement bien disposé.

« On se débarbouille avant qu'il se pointe ? » demanda Ding, un peu plus crispé maintenant, et le laissant légèrement paraître. Assis près de leur camion, les quatre hommes les fixaient en mastiquant leur Qat, le fusil posé en travers des jambes. Ils avaient déjà oublié la lourde mitrailleuse installée à l'arrière. A eux quatre, ils constituaient en fait la sécurité avancée de leur général.

Clark secoua la tête. « Ce serait du temps perdu.

— Merde, ça fait *six* semaines qu'on est ici. » Tout ça rien que pour un rendez-vous. Enfin, on n'avait pas le choix, hein ?

35

« J'avais trois kilos à perdre, répondit Clark, sourire crispé. Même plus, sans doute. Ça prend du temps, si on veut bien faire les choses.

— Je me demande comment ça marche à la fac, pour Patsy », murmura Ding, alors qu'une nouvelle série de panaches de poussière approchait.

Clark ne répondit pas. Il devait bien admettre qu'il y avait quelque chose d'incongru à ce que sa fille trouve son collègue exotique, intéressant et... séduisant. Même si Ding était un peu plus petit qu'elle — Patsy tenait de sa mère sa taille élancée — et même s'il avait une hérédité pour le moins bigarrée, John devait toutefois reconnaître qu'il avait fait tout ce qui était humainement possible pour acquérir ce que le destin avait pris un malin plaisir à lui refuser. Le garçon allait sur ses trente et un ans. Le *garçon* ? Il en avait quand même dix de plus que sa petite Patricia Doris. Clark aurait pu soulever l'objection de leur vie passablement sordide sur le terrain, mais Ding aurait rétorqué que la décision ne lui appartenait pas, et c'était vrai. Sandy, sa femme, n'y avait rien trouvé à redire, elle non plus. Ce que Clark avait du mal à avaler, c'était l'idée que Patricia, son bébé, puisse avoir une activité sexuelle avec... Ding ? Son côté paternel trouvait la notion déroutante mais pour le reste, il devait bien admettre qu'il avait été jeune, lui aussi. Les filles, se dit-il, étaient la vengeance dont Dieu vous faisait payer votre virilité : vous viviez dans la crainte mortelle qu'elles puissent accidentellement rencontrer quelqu'un comme... vous au même âge. Dans le cas de Patsy, la similitude en question était par trop frappante pour être acceptée de gaieté de cœur.

« On se concentre sur la mission, Ding.

— Compris, monsieur C. » Clark n'eut pas besoin de tourner la tête. Il devinait le sourire se dessiner sur le visage de son partenaire. Et il put presque le sentir se dissiper quand d'autres panaches de poussière apparurent dans l'air miroitant.

« On va t'avoir, fils de pute », souffla Ding, se concentrant de nouveau sur sa mission. Il ne s'agissait pas uniquement de la mort de soldats américains. Les gens comme Corp détruisaient tout ce qu'ils touchaient, et cette partie du monde méritait d'avoir un avenir, elle aussi. Une chance qui aurait pu survenir deux ans plus tôt, si le Président avait écouté ses agents de renseignements plutôt que l'ONU. Enfin, il semblait avoir compris la leçon, ce qui n'était déjà pas si mal pour un président.

Le soleil était bas, au ras de l'horizon, et la température descendait. Encore des camions. Pas trop quand même, espéraient-ils tous les deux. Chavez quitta des yeux les quatre hommes postés à cent mètres de là. Grisés par le Qat, ils avaient une conversation animée. D'habitude, il aurait été dangereux de se trouver à proximité d'individus sous l'empire de la drogue et portant des armes de guerre, mais ce soir, le danger se retournait, comme il arrive parfois. Le deuxième camion était parfaitement visible à présent, et il approchait encore. Les deux agents de la CIA descendirent de leur 4X4 pour s'étirer, avant d'accueillir les nouveaux venus, avec prudence, bien sûr.

La garde personnelle de « policiers » d'élite du général ne valait guère mieux que les éléments arrivés précédemment, bien que certains fussent vêtus quand même d'une chemise, déboutonnée. Les premiers arrivés empestaient le whisky, « prélevé » sans doute sur la réserve personnelle du général. C'était un affront à sa foi islamique, mais après tout, le trafic de drogue aussi. L'un des traits que Clark appréciait le plus chez les Séoudiens, c'était leur méthode expéditive pour se débarrasser de cette catégorie de criminels.

« Salut. » Clark sourit. « Je m'appelle John Clark. Voici M. Chavez. Nous attendons votre général, selon vos instructions.

— Que transportez-vous ? » demanda le « policier », surprenant Clark par sa connaissance de l'anglais. John brandit son sac d'échantillons, tandis que Ding montrait deux appareils électroniques. Ils effectuèrent une rapide inspection du véhicule ; on leur épargna même une fouille au corps — agréable surprise. Corp arriva ensuite, accompagné des hommes de sa sécurité rapprochée, si on pouvait employer ce terme. Ils étaient à bord d'une jeep russe ZIL. Le « général » roulait quant à lui dans une Mercedes qui avait jadis appartenu à un bureaucrate officiel, avant la désintégration du gouvernement de son pays. Elle avait connu des jours meilleurs, mais c'était encore sans doute la plus belle voiture du pays. Corp s'était mis sur son trente et un, chemise kaki, treillis avec un vague insigne de grade sur les épaulettes, et des bottes qu'on avait dû cirer à un moment ou un autre la semaine précédente. Le soleil venait de passer sous l'horizon. La nuit allait tomber vite, et l'atmosphère raréfiée du désert laissait déjà voir plein d'étoiles.

Le général était un homme affable — à son aune personnelle, du moins. Il avança d'un pas vif, la main tendue. Tout en la serrant, Clark s'interrogea sur le sort du propriétaire de la Mercedes. Fort probablement assassiné en même temps que les autres membres du gouvernement. Leur mort était due en partie à leur incompétence, mais surtout à la barbarie de cet homme à la poignée de main amicale et ferme.

« Avez-vous terminé votre arpentage ? demanda Corp, surprenant à nouveau Clark par son élocution.

— Tout à fait, monsieur. Puis-je vous montrer ?

— Certainement. » Corp le suivit à l'arrière du Range Rover. Chavez sortit une carte géologique et plusieurs photos satellite obtenues de sources commerciales.

« Ce pourrait bien être le plus gros gisement depuis la découverte de celui du Colorado, et le minerai est d'une pureté étonnante. Pile, là. » A l'aide d'un stylet métallique, Clark tapota l'endroit sur la carte.

« A trente kilomètres d'ici... »

Clark sourit. « Vous savez, j'ai beau être dans la partie depuis un bail, ça me surprend toujours. Il y a deux milliards d'années, une grosse bulle de ce matériau est simplement montée du centre de la terre. » Son ton était lyrique. Il avait reçu une instruction poussée et, avantage supplémentaire, il se distrayait en lisant des ouvrages de géologie — auxquels il avait emprunté les meilleures phrases pour son laïus.

« Quoi qu'il en soit, intervint Ding, prenant le relais quelques minutes plus tard, la surcharge n'est pas un problème, et nous avons parfaitement localisé le gisement.

— Comment faites-vous ça ? » demanda Corp. Les cartes de son pays étaient le produit d'un autre âge, bien moins précis.

« Avec ceci, monsieur. » Ding lui tendit l'appareil.

« Qu'est-ce que c'est ? demanda le général.

— Une balise GPS, expliqua Chavez. C'est grâce à ça qu'on se situe, monsieur. Il vous suffit de presser cette touche, là, le bouton caoutchouté. »

Corp obéit et éleva le mince boîtier de plastique vert du récepteur pour déchiffrer l'écran à cristaux liquides. Celui-ci lui donna d'abord l'heure exacte, puis se mit à faire le point, indiquant qu'il s'était calé sur un, puis trois et enfin quatre satellites en orbite du *Global Positioning Satellite System*, le Système planétaire de localisation par satellite. « Quel appareil incroyable », dit-il, même s'il était loin de connaître le fin mot de l'histoire. En pressant le bouton, il avait en même temps émis un signal radio. Il était si facile d'oublier qu'ils n'étaient qu'à cent soixante kilomètres à peine de l'océan Indien, et qu'au-delà de l'horizon pouvait se trouver un navire équipé d'une plate-forme d'appontage. Une large plate-forme vide · pour l'instant, car les hélicoptères qu'elle accueillait en temps normal avaient décollé une heure plus tôt, et attendaient, prêts à intervenir, soixante kilomètres plus au sud.

Corp jeta un dernier coup d'œil à la balise GPS avant de la restituer. « C'est quoi, ce cliquetis ? demanda-t-il à Ding lorsque celui-ci la reprit.

— C'est la pile qui se balade, monsieur », expliqua Chavez avec un sourire. En fait, c'était leur seule arme de poing, et pas bien grosse, en plus. Le général ignora le détail incongru pour se retourner vers Clark.

« Combien ? demanda-t-il simplement.

— Eh bien, déterminer précisément la taille du gisement requerra...

— Je parle d'*argent*, monsieur Clark.

— L'Anaconda est prête à vous offrir cinquante millions de dollars, monsieur. Payables en quatre règlements échelonnés de douze millions et demi, plus dix pour cent du bénéfice brut des opérations minières. L'avance et les redevances ultérieures seront payées en dollars américains.

— Pas assez. Je sais ce que vaut le molybdène. » En cours de route, il avait consulté un exemplaire du *Financial Times*.

« Mais il va falloir deux ans, et plus probablement trois, pour commencer l'extraction. Ensuite, il faudra envisager le meilleur moyen de transporter le minerai jusqu'à la côte. Sans doute par camions, éventuellement par voie ferrée si le gisement a l'importance que j'imagine. Nos frais d'investissement initiaux vont tourner autour des trois cents millions. » Même au prix de la main-d'œuvre locale, évita-t-il d'ajouter.

« J'ai besoin de plus d'argent pour assurer le bonheur de mon peuple. Vous devez bien le comprendre », déclara Corp sur un ton raisonnable. S'il avait été un homme d'honneur, estima Clark, la négociation eût sans doute été intéressante. Corp voulait récupérer le montant de l'avance pour s'acheter des armes afin de reconquérir le pays qui naguère lui avait presque appartenu. Les Nations unies l'avaient exilé, mais pas encore assez loin. Relégué dans la dangereuse obscurité de la brousse, il avait survécu à l'année passée en écoulant du Qat dans les villes, ou ce qui en tenait lieu, trafic qui lui avait rapporté suffisamment pour qu'il constitue de nouveau une menace contre la sûreté de l'État, ou ce qui en tenait lieu. Évidemment, une fois équipé d'armes neuves et assuré d'avoir repris en main le pays, il pourrait renégocier le pourcentage des redevances d'extraction du molybdène. La ruse était habile, jugea Clark, mais évidente, vu qu'il l'avait lui-même concoctée pour débusquer le salopard.

« Eh bien oui, nous sommes préoccupés par la stabilité politique de la région », avoua John, avec un sourire entendu pour signifier qu'il n'était pas dupe. Les Américains avaient la réputation de commercer dans le monde entier, après tout ; du moins, c'est ce que croyaient Corp et ses semblables.

Chavez tripotait le récepteur GPS, tout en surveillant l'écran à cristaux liquides. Dans l'angle supérieur droit, un pavé passa brusquement au noir. Ding toussa — satanée poussière —, puis il se gratta le nez.

« D'accord, dit Clark. Vous êtes un homme sérieux, nous en sommes convaincus. Les cinquante millions pourront être réglés d'avance. Sur un compte en Suisse ?

— Voilà qui est déjà mieux », admit Corp, en prenant son temps. Il contourna le Range par l'arrière, montra du doigt la soute ouverte. « Ce sont vos échantillons de roche ?

— Oui, monsieur », acquiesça Clark. Il lui tendit un fragment d'un kilo et demi à fort pourcentage de minerai, même s'il venait du Colorado et pas d'Afrique. « Vous voulez le montrer à vos spécialistes ? »

Mais Corp montrait deux autres objets dans le Range. « Qu'est-ce que c'est ?

— Nos lampes, monsieur. » Clark sourit en en prenant une. Ding l'imita.

« Je vois une arme, là », nota Corp, amusé, en indiquant un fusil à culasse mobile. Deux de ses gardes du corps s'avancèrent aussitôt.

« Mine de rien, nous sommes en Afrique, monsieur. J'avais peur des...

— Des lions ? » Corp la trouva bien bonne. Il se retourna pour parler à ses « policiers », qui se mirent à rire de bon cœur de la stupidité des Américains. « Les lions, nous les tuons, leur expliqua Corp quand les rires retombèrent. Rien ne vit dans le coin. »

Clark accusa le coup sans broncher, en homme, se dit le général. Il tenait toujours sa torche. Elle avait l'air bien grosse. « C'est pour quoi faire ? fit-il.

— Eh bien, j'aime pas trop l'obscurité et puis, quand on campe dans la brousse, j'aime bien faire des photos de nuit.

— Ouais, confirma Ding. Ces trucs sont vraiment super. » Il se retourna et parcourut du regard les positions du détachement de sécurité du général. Un groupe de quatre hommes, un autre de six, plus deux gardes à proximité et Corp lui-même.

« Vous voulez que je vous prenne en photo avec vos hommes ? » demanda Clark sans faire mine de prendre son appareil.

C'était le signal : Chavez alluma sa torche et la braqua sur le plus important des deux groupes les plus éloignés. Clark se chargea des trois hommes proches du Range. Les « lampes » fonctionnèrent à la perfection. Au bout de trois secondes à peine, les deux agents de la CIA pouvaient les éteindre et s'occuper de ligoter les hommes.

« Tu croyais qu'on avait oublié ? » demanda Clark au

général alors que le grondement de pales d'hélicoptères devenait audible, un quart d'heure plus tard. Entre-temps, les douze gardes du corps s'étaient retrouvés le nez dans le sable, les mains ligotées dans le dos à l'aide des serre-câbles en plastique qu'utilisent les policiers quand ils sont à court de menottes. Tout ce que le général pouvait faire, c'était gémir et se tordre de douleur sur le sol. Ding alluma une poignée de blocs chimioluminescents qu'il répartit en cercle sous le vent du Range Rover. Le premier UH-60 Blackhawk vint les survoler prudemment, illuminant le terrain de ses feux d'atterrissage.

« CHIEN D'ARRÊT UN pour RAMASSAGE.

— Bonsoir, RAMASSAGE, CHIEN D'ARRÊT UN a la situation en main. Descendez, vite ! » cracha Clark dans son micro.

Le premier hélico à descendre était bien au-delà de la zone illuminée. Les Rangers sortirent de l'ombre comme des spectres, espacés de cinq mètres, l'arme basse, prêts à tirer.

« Clark ? » Une voix sonore, très tendue.

« Ouais ! répondit Clark avec un signe de main. On l'a ! »

Un capitaine de Rangers se présenta. Visage juvénile de Latino, tartiné de peinture camouflage, il était en tenue de désert. Encore lieutenant la dernière fois qu'il avait débarqué sur le continent africain, il se souvenait du service funèbre à la mémoire des victimes de sa section. Faire revenir les paras était une idée de Clark qu'il avait été facile de mettre en pratique. Quatre autres hommes arrivèrent derrière le capitaine Diego Checa. Le reste de l'escouade se dispersa pour fouiller les « policiers ».

« Et ces deux-là ? demanda l'un des hommes en désignant l'un des gorilles de Corp.

— On les laisse, répliqua Ding.

— Pigé, monsieur », répondit un sous-off avant de sortir des menottes qu'il passa aux poignets des deux prisonniers en complément des serre-câbles en plastique. Le capitaine Checa se chargea lui-même de menotter Corp. Aidé du sergent, il souleva l'homme, tandis que Clark et Chavez sortaient du Range leurs affaires personnelles et suivaient les soldats jusqu'à l'hélico. L'un des Rangers tendit une gourde à Chavez.

« Vous avez le bonjour d'Oso », dit le sergent. Ding tourna la tête.

« Qu'est-ce qu'il fait, maintenant ?

— L'école des sous-off. Il est en rogne d'avoir raté ce coup-ci. Je suis Gomez, Foxtrot, 2e bataillon du 175e. J'étais ici, dans le temps, moi aussi.

— A vous entendre, ça paraît bête comme chou, observa Checa, s'adressant à Clark, quelques mètres devant lui.

— Six semaines », répondit l'agent sur le terrain en affectant un ton dégagé. Les règles exigeaient une telle attitude. « Quatre semaines à zoner dans la brousse, deux pour organiser la rencontre, six heures à attendre qu'elle se produise, et environ dix secondes pour l'épingler.

— Bref, une opération dans les règles », fit Checa. Il tendit une gourde pleine de Gatorade. Les yeux du capitaine étaient rivés sur son aîné. Sa première idée était que, qui que soit le bonhomme, il avait passé l'âge de faire joujou dans la brousse, à chasser le barbouze. Puis il scruta Clark plus attentivement.

« Merde, comment vous avez fait un truc pareil ? » questionna Gomez, arrivé avec Chavez au pied de l'hélico. Les autres Rangers tendirent l'oreille pour saisir sa réponse. Gomez était embêté qu'on n'ait pas répondu à sa question. « Alors, on les laisse là, tous ces types ?

— Ouais, c'est rien que des barbouzes. » Chavez se retourna pour jeter un dernier coup d'œil. Tôt ou tard, l'un d'eux, c'était probable, parviendrait à dégager ses mains, récupérer un couteau et libérer ses collègues « policiers » ; ensuite, il serait temps de se préoccuper de leurs deux copains menottés. « C'est leur chef qui nous intéressait. » Gomez scruta l'horizon. « Des lions ou des hyènes, dans le secteur ? » Ding fit non de la tête. Dommage, songea le sergent.

Les paras hochaient la tête en se harnachant sur leurs sièges dans l'hélico. Sitôt qu'ils eurent décollé, Clark coiffa un casque et attendit que le pilote ait établi la liaison radio.

« PIERRE DE FAÎTE pour CHIEN D'ARRÊT », commença-t-il.

Avec les huit heures de décalage horaire, c'était le début de l'après-midi à Washington. Le message UHF de l'hélico parvint à l'USS *Tripoli* d'où il monta sur satellite. Le service des transmissions bascula la communication directement sur le poste téléphonique de Ryan à son bureau.

« Oui, CHIEN D'ARRÊT, ici PIERRE DE FAÎTE. »

Ryan avait du mal à reconnaître la voix de Clark, mais le message était compréhensible malgré les parasites : « Dans le sac, pas de bobo chez nous. Je répète, le canard est dans le sac et zéro perte de notre côté.

— Bien compris, CHIEN D'ARRÊT. Procédez à la livraison comme prévu. »

Un scandale, vraiment, se dit Jack en raccrochant. Certes, mieux valait déléguer la responsabilité de ce genre d'opération aux instances locales, mais c'était le Président qui avait insisté cette fois-ci. Il se leva pour gagner le Bureau Ovale.

« Vous les avez eus ? s'enquit D'Agustino au moment où Jack filait dans le couloir.

— Vous n'étiez pas censée être au courant.

— Le patron s'inquiétait, expliqua Helen, sans broncher.

— Eh bien, il a plus besoin.

— C'était un compte qu'il fallait régler. Bienvenue à la maison, Dr Ryan. »

Le passé allait hanter un autre homme, ce même jour.

« Poursuivez, dit la psychologue.

— C'était affreux, dit la femme, les yeux baissés. C'est la seule fois de ma vie qu'il m'arrive une chose pareille et... » Même si la voix demeurait monocorde et dénuée d'émotion, c'était l'aspect de la jeune femme qui déroutait le plus la psychologue. Sa patiente avait trente-cinq ans ; elle aurait dû être mince, menue et blonde alors que son visage présentait au contraire la bouffissure de la boulimie et de l'alcoolisme, et que ses cheveux étaient à peine coiffés. Au lieu d'un teint clair, elle avait une peau décolorée, crayeuse, avec une texture granuleuse bien mal dissimulée par le maquillage. Seule son élocution trahissait ce qu'elle avait été, et cette voix retraçait les événements remontant à trois ans comme si son esprit fonctionnait sur deux niveaux, celui de la victime et celui d'un observateur, s'interrogeant avec une distance tout intellectuelle sur sa participation aux actes.

« Je veux dire, il est comme il est, j'ai travaillé pour lui, et je l'aimais bien, malgré tout... » La voix se brisa de nouveau. « Enfin, j'ai vraiment de l'admiration pour lui, pour tout ce qu'il fait, tout ce qu'il représente. » Elle leva les yeux, et cela semblait si bizarre qu'ils soient secs comme de la cellophane, réfléchissant la lumière sur leur iris sans larmes. « Il est si charmeur, si attentionné, et...

— C'est bien, Barbara. » Comme bien souvent, la psychologue luttait contre l'envie d'étendre le bras vers sa patiente, mais elle savait qu'elle devait rester neutre, masquer sa rage devant ce qui était arrivé à cette femme brillante et douée. Et par la faute d'un homme qui tirait profit de son pouvoir et de son statut pour attirer les femmes comme une lampe attire par son éclat les papillons qui tournent autour et finissent par s'y brûler. Tout cela reflétait tellement l'existence dans cette ville. Depuis ces événements, Barbara avait rompu avec deux hommes qui auraient pu l'un et l'autre être des partenaires convenables pour refaire sa vie. C'était une femme intelligente, diplômée de l'université de Pennsylvanie, titulaire d'une maîtrise de sciences politiques et d'un doctorat de droit administratif. Ce n'était ni une secrétaire aux grands yeux écarquillés, ni une intérimaire « estivale », et elle n'en avait peut-être été que plus vulnérable à cause de cela, de sa facilité à s'intégrer à l'équipe politique, de la conscience de ses capacités. Si seulement elle avait pu se résoudre à

prendre sur elle ou à sauter le pas — selon l'euphémisme actuellement en cours sur la Colline. Le problème était que ce pas était à sens unique, et qu'il
n'était pas facile de savoir ce qui vous attendait tant
que vous ne l'aviez pas franchi.

« Vous savez, je l'aurais fait de toute manière, avoua
Barbara dans un brusque éclair de franchise. Il n'avait
pas besoin de...

— Cela vous culpabilise ? » demanda le Dr Clarice
Golden. Barbara Linders acquiesça. Golden retint un
soupir et reprit doucement. « Et vous pensez que vous
l'auriez...

— Allumé. » Elle hocha la tête. C'était son terme
à lui : « Vous m'avez allumé. » Peut-être qu'il avait
raison.

« Non, Barbara. Il faut que vous poursuiviez, maintenant.

— Je n'avais pas la tête à ça, c'est tout. Ce n'est
pas que je ne l'aurais pas fait, à un autre moment, un
autre jour, qui sait, mais là, je ne me sentais pas bien.
J'étais en forme en arrivant au bureau, mais je devais
couver la grippe ou je ne sais quoi, et après déjeuner
j'étais patraque, je pensais même rentrer plus tôt, mais
c'était le jour où l'on examinait les amendements à la
loi sur les droits civils qu'il soutenait, alors j'ai pris
deux Tylénol pour faire tomber la fièvre, et à neuf
heures du soir, il n'y avait plus que nous au bureau.
"Les droits civils sont ma spécialité", expliqua Linders.
J'étais assise sur le canapé de son bureau, et lui faisait
les cent pas, comme toujours quand il met ses idées
au clair, et il se trouvait derrière moi. Je me souviens
que sa voix s'est faite douce et plutôt amicale et il
m'a dit : "Vous avez des cheveux superbes, Barbara",
comme ça, à brûle-pourpoint, et moi, j'ai répondu
"Merci". Il m'a demandé comment je me sentais, et je
lui ai dit, je m'en souviens très bien, que je couvais
quelque chose, c'est là qu'il m'a dit qu'il allait me
donner un truc qu'il utilisait dans ce cas-là — du
cognac. » Son débit s'était précipité, sans doute espé-
rait-elle se débarrasser de ce passage au plus vite,
comme lorsqu'on passe une cassette en accéléré pour

46

sauter les spots publicitaires. « Je ne l'ai rien vu mettre dans le verre. Il avait toujours une bouteille de Rémy Martin dans le buffet derrière son bureau ; il a dû y ajouter quelque chose, je suppose. J'ai bu cul sec.

« Il est resté là, à m'observer, sans dire un mot, il me regardait, c'est tout, comme s'il savait que ça serait rapide. C'était comme... je ne sais pas. Je me suis rendu compte qu'un truc clochait, une sensation d'ivresse soudaine, d'incapacité à me maîtriser. » Puis elle se tut durant une quinzaine de secondes et le Dr Golden la regarda — comme l'autre avait dû la regarder, songea-t-elle. L'ironie de la chose lui fit honte, mais c'était le métier ; c'était un regard clinique, censé aider, pas blesser. La patiente était en train de revoir la scène, désormais. Ça se lisait dans ses yeux, c'était manifeste. Comme si son esprit était un véritable magnétoscope, elle se déroulait à nouveau devant elle, et Barbara Linders se contentait de commenter ce qu'elle voyait, sans vraiment s'impliquer dans la terrible épreuve qu'elle avait subie. Durant dix minutes, elle décrivit les faits, sans omettre un seul détail, en y mettant tout son professionnalisme. Ce n'est qu'à la fin que l'émotion reprit le dessus.

« Il n'avait pas besoin de me violer. Il aurait pu... demander. J'aurais... je veux dire, un autre jour, le week-end... je savais qu'il était marié, mais il me plaisait, et puis...

— Mais il vous a quand même violée, Barbara. Il vous a droguée et violée. » Cette fois, le Dr Golden se pencha pour lui saisir la main, car maintenant tout était dévoilé au grand jour. Barbara Linders avait narré la scène dans toute son horreur, sans doute pour la première fois depuis qu'elle s'était produite. Dans l'intervalle, elle l'avait revécue par bribes, surtout la partie la plus pénible, mais c'était la première fois qu'elle retraçait les événements dans l'ordre chronologique, du début jusqu'à la fin, et l'effet en était, comme de juste, fortement traumatisant et cathartique.

« Il doit y en avoir eu d'autres, reprit Golden quand ses sanglots se furent apaisés.

— Oui, confirma aussitôt Barbara, à peine surprise

que la psychologue ait pu deviner. Au moins une autre collègue de bureau, Lisa Beringer. Elle... s'est suicidée l'année d'après, elle a jeté sa voiture contre une pile de pont, ça ressemblait à un accident, elle avait bu, mais elle avait laissé un message dans son bureau. Je l'ai découvert en vidant ses tiroirs. » Puis, à l'ébahissement du Dr Golden, Barbara Linders plongea la main dans son sac et le sortit. Le « message » était une enveloppe bleue, contenant six pages de papier à lettres personnalisé recouvert de l'écriture serrée, appliquée, d'une femme qui avait pris la décision de mettre fin à ses jours mais qui voulait que quelqu'un sache.

Clarice Golden, docteur en médecine, avait déjà lu beaucoup de lettres de ce genre, et c'était toujours pour elle une source d'étonnement mélancolique que des gens puissent commettre un tel acte. Elles parlaient toujours d'une douleur trop lourde à supporter, mais, constat déprimant, elles révélaient aussi le désespoir d'un être qui aurait pu être sauvé, soigné et rendu à une vie normale si seulement il avait eu l'idée de passer un simple coup de fil ou de se confier à un ami proche. Il ne fallut que deux paragraphes à Golden pour comprendre que Lisa Beringer n'avait été qu'une autre de ces victimes inutiles, une femme qui se sentait seule, si fatalement seule, alors qu'elle était entourée de collègues qui seraient accourus pour lui venir en aide.

Les professionnels de la santé mentale sont habiles à masquer leurs émotions, un talent indispensable dans leur métier. Clarice Golden faisait ce boulot depuis presque trente ans, et à ses talents innés s'ajoutait une vie entière d'expérience professionnelle. Particulièrement douée pour aider les victimes de sévices sexuels, elle savait manifester compassion, compréhension et soutien mais ces témoignages, bien que sincères, ne servaient qu'à masquer ses sentiments réels. Elle haïssait les violeurs autant et même plus que ne les haïssait la police. Un flic voyait le corps de la victime, il voyait ses ecchymoses et ses larmes, il entendait ses pleurs. Le psychologue était là plus longtemps, sondant l'esprit pour y traquer les souvenirs mortifères, et trouver le moyen de les extraire. Le viol était un crime contre l'esprit, pas contre le corps, et si horribles que soient les blessures constatées par le policier, bien pires encore étaient celles, sournoises, que Clarice Golden avait consacré sa vie à soigner. Douce et attentionnée de nature, elle n'aurait jamais pu venger physiquement de tels crimes, et pourtant elle n'en détestait pas moins leurs auteurs.

Cependant, ce problème-ci était particulier. Elle entretenait une relation de travail régulière avec les unités chargées des crimes sexuels de tous les commissariats dans un rayon de huit kilomètres, mais ce crime s'était produit dans un bâtiment fédéral, et elle allait devoir vérifier de quelle juridiction il relevait. Pour ça, elle n'avait qu'à s'en ouvrir à son voisin, Dan Murray du FBI. Et il y avait encore une autre complication. Le criminel en question avait été sénateur des États-Unis, et d'ailleurs il avait toujours un bureau au Capitole. Mais il avait changé de poste entre-temps. Ancien sénateur de Nouvelle-Angleterre, il était désormais vice-président des États-Unis.

Le ComSubPac était naguère encore une sorte de bâton de maréchal, mais aujourd'hui c'était de l'histoire ancienne. Le premier grand commandant à ce poste avait été le vice-amiral Charles Lockwood, et parmi tous les hommes qui avaient vaincu le Japon, seuls Chester Nimitz ou peut-être Charles Layton avaient été des personnages plus importants. C'était Lockwood, depuis ce même bureau sur les hauteurs dominant Pearl Harbor, qui avait envoyé Mush Morton, Dick O'Kane, Gene Fluckey et autres figures légendaires se battre avec les navires de leur flotte. Même bureau, même porte — jusqu'à la plaque sur celle-ci qui était identique : *Commandant en chef de la force sous-marine. Flotte américaine du Pacifique* — mais le grade requis pour le poste était moins élevé désormais. Le contre-amiral Bart Mancuso, USN, s'estimait heureux d'être arrivé jusqu'ici. C'était la bonne nouvelle.

La mauvaise était qu'il avait hérité pour l'essentiel

d'une affaire sur le déclin. Lockwood avait commandé une authentique flotte de sous-marins et de navires ravitailleurs. Plus récemment, Austin Smith avait expédié sa quarantaine de bâtiments croiser sur tous les océans de la planète, mais Mancuso en était réduit à dix-neuf sous-marins d'attaque et six sous-marins stratégiques — et ces derniers étaient tous à quai, désarmés, attendant leur démantèlement à Bremerton. On n'en conserverait pas un seul, même pour un quelconque musée, ce qui ne troublait pas Mancuso autant qu'il aurait pu l'être. Il n'avait jamais aimé les sous-marins lanceurs d'engin, jamais aimé leur mission répugnante, jamais aimé leurs schémas de patrouille sans imagination, jamais aimé la tournure d'esprit de leurs commandants. Formé à l'école de l'attaque éclair, Mancuso avait toujours préféré se trouver au cœur de l'action — quand il y avait encore de l'action...

C'était fini désormais. Ou presque. La mission des sous-marins nucléaires d'attaque avait changé depuis Lockwood. Jadis chasseurs de navires de surface, navires marchands ou bâtiments de guerre, ils s'étaient spécialisés dans l'élimination des submersibles ennemis, à l'instar des chasseurs aériens destinés à l'extermination de leurs homologues étrangers. Cette spécialisation avait réduit leur champ d'action, mais rendu leur équipement et leur formation plus pointus, jusqu'à ce qu'ils excellent dans leur domaine. Rien ne surpassait un SSN pour la traque d'un de ses semblables.

Ce que personne n'avait pu prévoir, c'est que les SSN de l'autre camp disparaîtraient. Mancuso avait consacré sa vie professionnelle à s'entraîner pour une éventualité qu'il avait espéré ne jamais voir se produire : détecter, localiser, traquer et détruire les sous-marins soviétiques, qu'ils soient d'attaque ou lance-missiles. En fait, il avait réussi un exploit qu'aucun commandant de sous-marin n'aurait rêvé d'accomplir : il avait contribué à la capture d'un submersible russe, un fait d'armes demeuré l'une des prouesses les plus secrètes de son pays [1] — et capturer, c'était encore

_____

1. Voir *Octobre rouge*, Albin Michel et Le Livre de Poche *(NdT)*.

mieux que détruire, non ? Mais voilà, le monde avait changé. Il avait tenu son rôle, et il en était fier. L'Union soviétique n'existait plus.

Hélas, maintenant qu'il y pensait, il en allait de même de la marine soviétique, et sans la menace de sous-marins ennemis, son pays, comme bien souvent par le passé, avait récompensé ses combattants en les oubliant. Ses bateaux n'avaient plus guère de missions à remplir. La formidable marine soviétique de jadis n'était quasiment plus qu'un souvenir. Pas plus tard que la semaine précédente, il avait vu des photos satellite des bases de Petropavlovsk et Vladivostok. Tous les bateaux que l'on savait avoir appartenu aux Soviétiques — pardon, aux Russes ! — étaient ancrés, bord à bord, et sur certains clichés à la verticale, il avait pu déceler des traînées orange de rouille sur les coques, aux endroits où la peinture noire était partie.

Les autres missions possibles ? Traquer la marine marchande était une vaste plaisanterie — pis encore, l'aéronavale avait une imposante collection de P-3C Orion, conçus à l'origine pour la lutte anti-sous-marine et qu'elle avait depuis longtemps modifiés pour emporter des missiles air-surface : ces appareils étaient dix fois plus rapides que n'importe quel sous-marin, et dans l'éventualité improbable où quelqu'un chercherait à couler un navire marchand, ils se chargeraient du boulot bien mieux et bien plus vite.

C'était également vrai des bâtiments de surface — ou de ce qu'il en restait. La triste vérité, si l'on peut dire, était que la marine américaine, même réduite à sa plus simple expression, pouvait encore tenir la dragée haute à n'importe quelle autre force navale de la planète, en moins de temps qu'il n'en fallait à l'ennemi pour mobiliser et diffuser un communiqué de presse sur ses intentions criminelles.

Et maintenant, quoi ? Même quand on gagnait la finale du championnat, il restait toujours des équipes à affronter la saison suivante. Même dans ce jeu d'une autre gravité, la victoire signifiait précisément cela. Il ne restait plus d'ennemis en mer, et bien peu sur terre, et au train où allait le monde, les sous-mariniers seraient les premiers des petits gars en uniforme à se retrouver au chômage. L'unique raison pour laquelle on maintenait un ComSubPac était l'inertie bureaucratique. Il y avait un ComPac pour tout le reste ; aussi, par souci d'égalité sociale et militaire, les sous-mariniers se devaient d'avoir leur officier général, à l'instar des autres services — aéronavale, unités de surface et logistique.

Sur ses dix-neuf sous-marins d'attaque, sept seulement étaient actuellement en mer. Quatre étaient en radoub, et les chantiers navals faisaient traîner le boulot au maximum pour justifier le maintien de leurs infrastructures. Le reste de la flotte était soit bord à bord avec ses avitailleurs, soit ancrée à quai, pendant que les personnels d'entretien s'escrimaient à trouver des trucs nouveaux et intéressants à faire, pour préserver leur infrastructure et leur statut militaro-civil. Sur les sept unités en mer, l'une pistait un sous-marin nucléaire d'attaque chinois ; ces engins étaient si bruyants que Mancuso avait des craintes pour les tympans des opérateurs sonar. Les repérer était à peu près aussi difficile que de surveiller un aveugle sur un parking désert en plein jour. Deux autres faisaient de la recherche écologique, en fait ils recensaient les populations de baleines en haute mer — non pas pour les baleiniers mais pour les groupes de défense de l'environnement. Ce faisant, ses bateaux avaient réellement réussi à décrocher le ticket auprès des Verts. Il y avait plus de baleines que prévu au milieu de l'océan. Leur extinction était loin d'être la menace que tout le monde redoutait naguère encore ; résultat, les divers mouvements écologistes se retrouvaient avec des problèmes de financement. Tout cela était bel et bon pour Mancuso. Il n'avait jamais voulu tuer de baleines.

Les quatre autres subs étaient en manœuvres ; en gros, ils s'entraînaient en se prenant mutuellement pour cible. Mais les écologistes avaient trouvé le moyen de se venger de la force sous-marine de la flotte américaine du Pacifique. Après avoir passé trente ans à protester contre la construction et la mise en service des sous-marins nucléaires, ils protestaient désormais contre leur démantèlement, et Mancuso consacrait plus de la moitié de ses heures de travail à remplir toutes sortes de rapports, à répondre aux questions et à justifier en détail ses réponses. « Bande d'ingrats », grommelait-il. Il leur filait un coup de main pour les baleines, non ? L'amiral bougonna, le nez dans sa tasse de café, puis ouvrit une nouvelle chemise.

« Bonne nouvelle, amiral, lança une voix, sans prévenir.

— Qui diable vous a laissé entrer ?

— Je me suis arrangé avec votre supérieur, expliqua Ron Jones. Il dit que vous êtes noyé sous la paperasse.

— Il devrait le savoir. » Mancuso se leva pour accueillir son hôte. Le Dr Jones avait lui aussi ses problèmes. La fin de la guerre froide avait également touché les fournisseurs de la Défense nationale, et Jones s'était spécialisé dans les systèmes de sonar utilisés par les sous-marins. La différence était que lui, il avait eu le temps de se ramasser d'abord un beau pécule. « Alors, c'est quoi cette bonne nouvelle ?

— Notre nouveau logiciel de traitement a été optimisé pour écouter nos frères mammifères marins opprimés. Le *Chicago* vient d'appeler. Ils ont identifié vingt autres baleines à bosse dans le golfe d'Alaska. Je crois que je vais pouvoir décrocher le contrat de la NOAA. Je vais enfin pouvoir vous inviter à déjeuner », conclut Jones en se laissant choir dans un fauteuil en cuir. Il se plaisait à Hawaï et sa tenue en témoignait : chemisette ouverte, les pieds nus dans ses Reebok.

« Toujours la nostalgie du bon vieux temps ? demanda Bart, sourire en coin.

— Vous parlez de courir les océans, quatre cents pieds sous la surface, coincé deux mois d'affilée dans un tube d'acier qui pue comme l'intérieur d'un bidon d'huile avec une touche d'odeur de vestiaire pour l'ambiance, à bouffer les mêmes trucs toutes les semaines, à subir de vieux films et de vieilles séries sur un écran de télé grand comme un bloc-notes, à se taper des quarts de six heures de boulot, douze de repos, à se carrer peut-être cinq heures de sommeil correct par nuit, et à passer le reste du temps concentré comme un chirurgien du cerveau ? Ouais, Bart, c'était ça, le bon temps. » Jones marqua une brève pause pour réfléchir. « Non, je ne suis plus assez jeune pour penser que c'était le pied. Mais on était quand même des bons, mine de rien. Hein ?

— Mieux que la moyenne, reconnut Mancuso. C'est quoi, cette histoire de baleines ?

— Le nouveau logiciel qu'ont concocté mes gars est capable d'isoler leur respiration et leurs battements cardiaques. Il se trouve que leur spectre de fréquence est parfaitement net. Quand ces mastodontes nagent... eh bien, si vous leur colliez un stéthoscope sur la peau, vous auriez des chances d'avoir les tympans qui se croisent au milieu du crâne.

— A quoi servait ce logiciel, à l'origine ?

— A repérer les subs de classe Kilo, évidemment. » Jones sourit en contemplant par la fenêtre les vastes installations désertes de la base navale. « Mais ce n'est plus vrai. On a changé quelques centaines de lignes de code, concocté un nouvel habillage pour le produit et mis au courant de son existence les océanographes de la NOAA. » Mancuso aurait eu son mot à dire sur l'application de ce logiciel dans le golfe Persique pour traquer les sous-marins de classe Kilo que possédaient les Iraniens, mais les rapports du Renseignement indiquaient qu'il en manquait un. Le bâtiment avait sans doute croisé la route d'un supertanker et s'était fait écrabouiller, aplatir contre les hauts-fonds par un pétrolier dont l'équipage n'avait même pas dû noter le crissement de la tôle. Toujours est-il que les autres Kilo étaient en sûreté, à quai. A moins que les Iraniens n'aient fini par apprendre le surnom que leur donnaient les vieux loups de mer et décidé de ne plus jamais toucher à leurs nouvelles acquisitions — après tout, on les appelait bien dans le temps des « cochons de mer ».

« Sûr que tout ça paraît bien vide », nota Jones en indiquant ce qui avait été jadis la plus grande base navale de l'histoire. Pas un seul porte-avions en vue, juste deux croiseurs, une demi-escadre de destroyers, à peu près autant de frégates, et cinq bâtiments de soutien logistique. « Qui commande la flotte du Pacifique, aujourd'hui, une huile ?

— Seigneur, Ron, n'allez pas donner des idées à quelqu'un, d'accord ? »

2

FRATERNITÉ

« Vous l'avez eu ? s'enquit le Président Durling.

— Il y a moins d'une demi-heure, confirma Ryan en prenant un siège.

— Pas de blessé ? » C'était important pour le Président. Pour Ryan aussi, mais de façon moins morbide.

« Clark n'indique aucun blessé chez nous.

— Et dans l'autre camp ? » La question venait de Brett Hanson, l'actuel *secrétaire d'État*. Et avant les Affaires étrangères, Choate School et Yale. Le gouvernement faisait la razzia sur les anciens de Yale, se dit Ryan, mais Hanson était loin d'égaler l'ancien « Eli »[1] avec lequel il avait collaboré. Petit, mince, nerveux, Hanson était un touche-à-tout dont la carrière avait oscillé entre le service public, le conseil dans le privé, une activité secondaire de consultant sur PBS — là où l'on pouvait réellement exercer une influence — et une activité lucrative au sein d'un des cabinets les plus cotés de la capitale. C'était un spécialiste du droit commercial et du droit international — domaine de compétences qu'il avait mis à profit pour négocier moult contrats avec l'étranger. Avec succès, Jack le savait. Hélas, il était entré au cabinet en croyant que les mêmes méthodes devaient s'appliquer — pis, s'appliquaient réellement — aux relations entre États.

Ryan prit une seconde ou deux avant de répondre. « Je n'ai pas demandé.

— Pourquoi ? »

---

1. Ancien élève de Yale *(NdT)*.

Jack avait le choix entre plusieurs réponses mais il décida qu'il était temps pour lui d'arrêter sa position. D'où cette pique : « Parce que c'était sans importance. L'objectif, monsieur le ministre, était d'appréhender Corp. C'est ce qui a été fait. D'ici une demi-heure, il sera remis aux autorités légales de son pays — ou ce qui en tient lieu —, pour être traduit en justice et jugé par ses pairs, ou selon la procédure en vigueur là-bas. » Ryan n'avait pas pris la peine de vérifier.

« C'est l'équivalent d'un meurtre.

— Ce n'est pas de ma faute s'il n'est pas aimé de ses compatriotes, monsieur le ministre. Il est également responsable de la mort de soldats américains. Même si nous avions décidé de l'éliminer nous-mêmes, ça n'aurait pas été un meurtre, mais une mesure de sécurité nationale. Enfin, en un autre temps, c'eût été le cas », concéda Ryan. Les temps avaient changé, et lui aussi devait se réadapter à une réalité nouvelle. « Au lieu de cela, nous nous comportons en citoyens responsables : nous appréhendons un dangereux criminel international pour le remettre aux autorités de son pays qui le jugeront pour trafic de drogue, ce qui est un crime auprès de toutes les juridictions. Ce qui se produira ensuite est du ressort de la justice de son pays. Un pays avec lequel nous avons des relations diplomatiques ainsi que divers accords d'assistance et dont nous devons par conséquent respecter les lois. »

Ce n'était pas du goût de Hanson. C'était visible à sa façon de se caler contre le dossier de son siège. Mais il soutiendrait publiquement cette position parce qu'il n'avait pas le choix. Les Affaires étrangères avaient réitéré le soutien officiel des États-Unis à ce gouvernement une bonne demi-douzaine de fois au cours de l'année écoulée. Le pire, toutefois, pour Hanson était de se voir doubler sous son nez par ce jeune arriviste.

« Il se pourrait même qu'ils aient une chance de réussir, maintenant, Brett », observa doucement Durling, donnant par là son sceau à l'opération BALADEUR. « Et d'abord, rien ne s'est produit.

— Oui, monsieur le président.

— Jack, vous aviez manifestement raison en ce qui concerne ce Clark. Que fait-on de lui ?

— Je laisse ça à la Direction centrale du Renseignement, monsieur. Peut-être lui décerner une étoile supplémentaire ? » suggéra Ryan, espérant que Durling
transmettrait l'idée à Langley[1]. Sinon, il passerait peut-
être un discret coup de fil à Mary Pat. L'heure était venue
de ménager ses intérêts ; de l'inédit pour Ryan. « Monsieur le ministre, au cas où vous l'ignoreriez, nos agents
avaient ordre de ne pas recourir à des armes mortelles,
dans la mesure du possible. En dehors de cela, mon seul
souci est la vie de nos hommes.

— J'eusse aimé que vous l'ayez expliqué d'abord à
mes services », grommela Hanson.

On respire un grand coup, on se calme, s'ordonna
Ryan à lui-même. En vérité, la pagaille était du fait des
Affaires étrangères, ainsi que de son prédécesseur à la
tête du Conseil national de sécurité. Après être entrées
dans le pays pour restaurer un ordre mis à mal par les
« seigneurs de la guerre » locaux — encore un terme utilisé par les médias pour étiqueter de vulgaires bandits —,
les autorités constituées avaient ensuite décidé, constatant
l'échec complet de la mission, qu'il convenait d'associer
les « seigneurs de la guerre » en question à la « solution
politique » du problème. On s'empressa d'oublier que
ledit problème venait à l'origine justement de ces fameux
« seigneurs de la guerre ». C'était l'aspect circulaire du
raisonnement qui irritait le plus Ryan, au point qu'il se
demandait s'il y avait un cours de logique à Yale. En
option, sans doute. A l'université de Boston, c'était une
matière obligatoire.

« C'est fait, Brett, dit tranquillement Durling, et personne ne regrettera la disparition de M. Corp. Quoi d'autre ? » Il se tourna vers Ryan.

« Les Indiens deviennent un rien nerveux. Ils ont augmenté le rythme d'opérations de leur marine et ont
entamé des manœuvres non loin du Sri Lanka...

— Ce n'est pas la première fois, intervint le ministre.

— Mais pas avec cette ampleur, et je n'aime pas leur
manie de poursuivre leurs discussions avec les "Tigres
tamouls" — ou quel que soit le nom que se donnent à

---

1. Langley est le siège de la CIA *(NdT)*.

présent ces fous furieux. Mener des négociations poussées avec un groupe de guérilla qui opère sur le sol d'un État voisin n'a rien d'un acte amical. »

C'était un nouveau souci pour le gouvernement américain. Les deux anciennes colonies britanniques avaient toujours vécu en bonne entente mais depuis plusieurs années, les Tamouls résidant sur l'île de Sri Lanka entretenaient une insurrection larvée. Les Sri Lankais, dont beaucoup avaient des parents sur le continent indien, avaient réclamé la présence de troupes étrangères pour assurer le maintien de la paix. L'Inde leur avait obligeamment rendu ce service, mais le climat était en train de changer. Le bruit courait que le gouvernement sri lankais n'allait pas tarder à demander aux soldats indiens de repartir. On évoquait également de prétendues « difficultés techniques » qui retarderaient ce retrait. Dans le même temps, on avait eu vent d'une conversation entre le ministre indien des Affaires étrangères et l'ambassadeur américain lors d'une réception à Delhi.

« Vous savez », avait dit le ministre après quelques verres de trop, mais sans doute était-ce voulu, « que l'étendue d'eau au sud de notre pays s'appelle l'océan *Indien* et que nous avons une marine pour la surveiller. Avec la disparition de la menace ex-soviétique, nous nous demandons pourquoi la marine américaine semble à ce point vouloir y maintenir une force. »

L'ambassadeur américain avait été nommé pour des motifs politiques — pour quelque obscure raison, l'Inde était devenue un poste de prestige, malgré le climat — mais il faisait également exception à la tradition de snobisme professionnel lancée par Scott Adler. L'ancien gouverneur de Pennsylvanie avait souri et marmonné une vague remarque sur la liberté des mers, puis il avait transmis illico un message chiffré à Washington avant de se coucher ce soir-là. Ça apprendrait à Adler qu'ils n'étaient pas tous idiots.

« Nous n'avons relevé jusqu'ici aucun signe d'actes de nature hostile dans cette direction, dit Hanson après un instant de réflexion.

— L'élément ethnique est troublant. L'Inde ne peut pas s'étendre vers le nord, à cause des montagnes.

L'ouest est exclu : les Pakistanais ont l'arme atomique, eux aussi. A l'est, c'est le Bangladesh — pourquoi aller au-devant des ennuis ? Le Sri Lanka a de réelles potentialités stratégiques, ce pourrait être une première étape...

— Vers où ? demanda le Président.

— L'Australie. De l'espace, des ressources, pas grand monde, et encore moins de militaires pour les arrêter.

— Je ne vois vraiment pas se produire une chose pareille, décréta le secrétaire d'État.

— Si les Tigres mitonnent un coup, moi, je vois très bien l'Inde accentuer sa présence de maintien de l'ordre. L'étape suivante pourrait être une annexion, sous un quelconque prétexte, et nous nous retrouverions du jour au lendemain avec une puissance impériale qui nous joue les grandes manœuvres à l'autre bout du monde, et pourrait menacer l'un de nos alliés historiques. » Et donner un coup de main à un groupe comme les Tigres était une tactique facile et qui avait fait ses preuves. Les pions pouvaient toujours être utiles, n'est-ce pas ? « Du point de vue historique, il est toujours moins coûteux de freiner au plus tôt ce genre d'ambition.

— C'est bien pourquoi la Navy manœuvre dans l'océan Indien, observa Hanson.

— Certes, concéda Ryan.

— Sommes-nous assez forts pour les dissuader de sauter le pas ?

— Oui, monsieur le président, pour l'instant, mais je n'aime pas trop voir notre marine écartelée comme elle l'est. Tous les porte-avions qui nous restent, mis à part les deux actuellement en radoub, sont soit déployés, soit en manœuvres préparatoires au déploiement. Nous n'avons aucune réserve stratégique digne de ce nom. » Ryan marqua un temps avant de poursuivre, conscient d'aller un peu trop loin, mais poursuivant tout de même : « Nous avons trop réduit nos forces, monsieur. Elles sont par trop éparpillées. »

« Ils ne sont tout bonnement pas aussi doués que nous le pensons. C'était bon dans le temps », expliqua Raizo

Yamata. Vêtu d'un élégant kimono de soie, il était assis par terre, devant une table basse traditionnelle.

Chacun des invités consulta discrètement sa montre. On approchait des trois heures du matin et, même si c'était l'une des plus agréables maisons de geisha de la capitale, il se faisait quand même tard. Malgré tout, Raizo Yamata était un hôte captivant. Un homme extrêmement fortuné et fort sagace, estimaient les autres. Enfin, la plupart.

« Ils nous protègent depuis des générations, suggéra quelqu'un.

— Contre quoi ? Contre nous-mêmes ? » répliqua Yamata, crûment. C'était permis, à présent. Même si tous les invités réunis autour de la table étaient des hommes aux manières exquises, tous se connaissaient bien, sans pour autant être des amis proches, et tous avaient dépassé leur dose limite d'alcool. En de telles circonstances, les convenances sociales s'altéraient quelque peu. Ils pouvaient s'exprimer grossièrement. Des paroles qui en temps normal auraient constitué de mortelles insultes étaient désormais acceptées avec calme, puis réfutées sans ambages, et sans la moindre rancœur. C'était également une règle, mais comme toute règle, elle demeurait largement théorique. Car, même si les amitiés ou les relations n'allaient pas être rompues à cause de ces paroles, celles-ci ne seraient pas non plus complètement oubliées. Yamata poursuivit : « Combien des nôtres ont-ils été les victimes de ces gens ? »

Il n'avait pas dit « barbares », relevèrent ses concitoyens réunis autour de la table. La raison en était la présence de deux autres hommes. L'un d'eux, le vice-amiral V.K. Chandraskatta, était commandant de flotte dans la marine indienne, pour l'heure en permission. L'autre, Jang Han San — son nom signifiait « Froide Montagne » et ne lui venait pas de ses parents —, était un haut diplomate chinois, en mission commerciale à Tokyo. Ce dernier invité était mieux accepté que l'amiral indien. Avec son teint basané et ses traits burinés, Chandraskatta faisait l'objet d'un mépris poli. Tout en étant un allié potentiel cultivé et fort intelligent, il demeurait encore plus *gaijin* que l'hôte chinois, et chacun des huit *zaibatsus* réunis autour de la table était persuadé de déceler l'odeur de l'homme, malgré leur absorption préalable de saké, réputé pourtant pour endormir les sens. C'est pourquoi Chandraskatta occupait la place d'honneur, à la droite de Yamata, mais le *zaibatsu* se demandait si l'Indien avait saisi que cet honneur illusoire n'était en fait qu'une manière raffinée de lui témoigner leur mépris. Sans doute pas. C'était un barbare, après tout, quoique peut-être utile.

« Ils ne sont pas aussi formidables qu'ils l'ont été, je l'admets, Yamata-san, intervint Chandraskatta, avec son meilleur anglais de Dartmouth, mais je vous assure que leur marine l'est toujours, elle. Leurs deux porte-avions déployés dans mon océan suffisent à donner bien du fil à retordre à mes hommes. »

Yamata tourna la tête. « Vous ne pourriez pas les vaincre, même avec vos sous-marins ?

— Non », répondit honnêtement l'amiral, quasiment pas affecté par les beuveries de la soirée, et se demandant où allait aboutir cette discussion. « Vous devez comprendre que cette question est largement un exercice technique — une expérimentation scientifique, dirons-nous. » Chandraskatta rajusta le kimono que Yamata lui avait donné — pour en faire un membre à part entière de ce groupe, avait-il expliqué. « Pour défaire une flotte ennemie, il convient de s'en approcher suffisamment pour que ses bateaux soient à la portée de vos armes. Mais avec leur équipement de surveillance, ils peuvent contrôler notre présence et nos mouvements de fort loin. Cela leur permet de maintenir une couverture dans un rayon d'environ six cents kilomètres. Puisque nous sommes incapables de leur rendre la pareille, il ne nous est pas facile de les amener à déguerpir.

— Et c'est pour cela que vous n'avez pas encore débarqué au Sri Lanka ? demanda Tanzan Itagake.

— C'est l'un des éléments pris en considération, reconnut l'amiral.

— Combien leur reste-t-il de porte-avions ?

— Dans leur flotte du Pacifique ? Quatre. Deux dans notre océan, deux basés à Hawaï.

— Et les deux autres ? s'enquit Yamata.

— Le *Kitty Hawk* et le *Ranger* sont en carénage et ne

61

reprendront pas la mer avant un et trois ans respectivement. Tous leurs porte-avions sont actuellement regrou-
pés dans la VIIe flotte. La Ire n'en a aucun. La marine
américaine en dispose de cinq autres, assignés aux IIe et
VIe flottes, et l'un d'eux doit entrer en refonte dans six
semaines. » Chandraskatta sourit. Ses informations
étaient parfaitement à jour et il tenait à le faire savoir à
ses hôtes. « Je dois vous dire que si affaiblie que puisse
paraître l'US Navy par rapport à ce qu'elle était encore il
y a cinq ans à peine, comparée à n'importe quelle autre
marine du monde, elle reste toujours extraordinairement
puissante. Un seul de leurs porte-avions équivaut à l'ensemble des bâtiments similaires de la planète.

— Vous êtes donc d'accord pour dire que leurs porte-
avions constituent leur arme la plus efficace ? demanda
Yamata.

— Naturellement. » Chandraskatta changea les objets
de place sur la table. Au milieu, il posa une bouteille de
saké vide. « Imaginez que ce soit le porte-avions. Tracez
autour un cercle de mille kilomètres de rayon. Rien ne
peut se trouver à l'intérieur sans l'autorisation de sa flotte
aérienne. En fait, pour peu qu'ils accroissent leur rythme
d'opérations, le rayon s'étend jusqu'à quinze cents kilomètres. Ils peuvent frapper encore plus loin s'il le faut,
mais même à la distance minimale que j'ai indiquée, ils
peuvent encore contrôler une vaste zone maritime. Élimi-
nez ces porte-avions, et vous n'avez plus qu'une flotte de
frégates comme une autre. La partie délicate de l'exercice
est justement de les éliminer », conclut l'amiral, qui avait
recouru à un langage simple pour ces industriels.

Chandraskatta supposait à juste titre que ces marchands
n'y connaissaient pas grand-chose en affaires militaires.
Il avait toutefois sous-estimé leurs capacités d'apprentissage. L'amiral venait d'un pays à la tradition guerrière
méconnue au-delà de ses frontières. Des Indiens avaient
stoppé Alexandre le Grand, émoussé son armée, blessé le
conquérant macédonien, fatalement peut-être, et mis en
tout cas un terme à son expansion, prouesse dont les
Égyptiens et les Perses avaient été incapables. Des troupes indiennes avaient combattu aux côtés de Montgomery
pour vaincre Rommel — et elles avaient écrasé l'armée

nippone à Imphal, un fait qu'il n'avait pas l'intention de rappeler, vu que l'un des invités à cette table avait été soldat dans cette armée. Il se demandait ce qu'ils avaient en tête, mais se contentait pour l'heure de jouir de leur hospitalité et de répondre à leurs questions, si élémentaires fussent-elles. Le bel officier d'état-major étira sa haute taille, regrettant l'absence de siège et de boisson digne de ce nom. Ce saké que servaient ces petits marchands chichiteux était plus proche de l'eau que du gin, son breuvage favori.

« Mais si vous y parvenez ? s'enquit Itagake.

— Comme je l'ai dit, répondit avec patience l'amiral, alors il reste une flotte de frégates. Avec des bâtiments superbes, je vous l'accorde, mais la "bulle" contrôlée par chacun est bien plus réduite. Vous pouvez protéger une frégate, vous ne pouvez pas *projeter* de force avec elle. » Il nota que le choix de ses termes avait brusquement interrompu la conversation des autres.

L'un d'eux maîtrisait les subtilités linguistiques et Itagake se redressa avec un grand « Ahhh », comme s'il venait d'apprendre quelque subtile leçon. Chandraskatta jugeait l'argument presque simpliste, oubliant momentanément qu'il en allait souvent ainsi de tout ce qui était profond. Il sentait toutefois que quelque chose d'important venait de se produire.

A quoi penses-tu ? Il aurait versé le sang, même le sien, pour avoir la réponse à cette question. Quelle qu'elle soit, exploitée à temps, elle pourrait être utile. Il aurait été surpris d'apprendre que les autres personnages attablés ruminaient exactement la même idée.

« Sûr qu'ils brûlent du mazout », commenta l'officier responsable des opérations en ouverture à son briefing matinal. L'USS *Dwight Eisenhower* suivait une course à quatre-vingts degrés, à deux cents nautiques au sud-est de l'atoll de Felidu. La flotte filait dix-huit nœuds, et accélérerait pour le début des opérations aériennes. Le tableau de situation tactique avait été mis à jour quarante minutes auparavant grâce au radar d'un E-3C Hawkeye de surveillance, et il ne faisait aucun doute que la marine indienne consommait une bonne quantité de *Bunker-Charlie*, terme d'argot maritime pour le « bunker fuel » — le mazout ou le carburant, quel qu'il soit, employé aujourd'hui pour propulser leurs bateaux. Le tableau devant lui aurait pu sans peine décrire le groupe de bataille d'un porte-avions américain. Les deux bâtiments indiens, le *Viraat* et le *Vikrant*, étaient au centre d'une formation circulaire, disposition inventée par un Américain nommé Nimitz près de quatre-vingts ans plus tôt. En escorte rapprochée, on trouvait le *Delhi* et le *Mysore*, destroyers lance-missiles de construction locale armés d'un système SAM sur lequel on avait fort peu d'informations — ce qui constituait un souci de plus pour les aviateurs. Le deuxième cercle était composé de la version indienne des vieux destroyers russes de classe Kashin, également équipés de SAM. Le plus intéressant, toutefois, c'étaient deux autres facteurs.

« Les ravitailleurs *Rajaba Gan Palan* et *Shakti* ont rejoint le groupe de bataille après une brève escale à Trivandrum...

— Quelle durée, l'escale ? demanda Jackson.

— Moins de vingt-quatre heures, répondit le capitaine de frégate Ed Harrison, qui commandait les opérations. Ils ont fait drôlement vite, amiral.

— Donc, ils sont juste retournés au port compléter le plein. Combien peuvent-ils embarquer ?

— En mazout, dans les treize mille tonnes chacun, plus quinze cents par unité de kérosène aviation. Le sister-ship *Deepak* s'est détaché du groupe de combat pour mettre cap au nord-ouest, sans doute vers Trivandrum lui aussi, après avoir procédé hier à des opérations de transbordage.

— Donc, ils font des heures sup pour maintenir leurs soutes pleines à ras bord. Intéressant. Continuez, ordonna Jackson.

— On pense que quatre sous-marins accompagnent le groupe. Nous avons un relèvement approximatif pour l'un d'eux et nous en avons perdu deux autres en gros ici. » La main de Harrison décrivit un cercle approximatif sur le tableau. « La position du numéro 4 reste inconnue, monsieur. Nous allons nous y atteler aujourd'hui.

— Nos subs sont dans le secteur ?

— Le *Santa Fe* est tout près et le *Greeneville* entre eux et nous. Le *Cheyenne* reste à proximité des bâtiments de surface, en chien de garde », répondit le contre-amiral Mike Dubro, qui sirotait son café matinal.

Harrison poursuivit : « Le plan pour la journée est de lancer quatre F/A-18 Echo avec des ravitailleurs, qui feront route plein est jusqu'à ce point, baptisé POINT BAUXITE, d'où ils obliqueront au nord-ouest, pour s'approcher à moins de trente milles de la flotte indienne, et musarder une trentaine de minutes, puis retour à BAUXITE faire le plein avant de regagner le bercail après un vol d'une durée de quatre heures quarante-cinq minutes. » Pour cela, les quatre appareils avaient besoin de huit autres afin d'assurer leur ravitaillement en vol. Deux chacun, un à l'aller, un au retour. D'où l'importante flotte de ravitailleurs embarqués sur l'*Ike*.

« Ce qui veut dire qu'on veut leur faire croire qu'on est toujours de l'autre côté. » Jackson hocha la tête avec un sourire et s'abstint de rappeler le surcroît de fatigue qu'un tel plan de mission infligeait aux équipages. « Toujours aussi astucieux, je vois, Mike.

— Ils ne nous ont toujours pas repérés. On va tâcher que ça se prolonge, ajouta Dubro.

— Quelle est la charge des Punaise ? » demanda Robby, employant le sobriquet que son nom de « Hornet » (frelon) avait valu au F/A-18.

« Quatre Harpoon chacun. Des blancs », ajouta Dubro. Dans la marine, les missiles d'exercice étaient peints en bleu. Les charges réelles étaient généralement peintes en blanc. Le Harpoon était un missile air-surface. Jackson n'avait pas besoin de s'enquérir des Sidewinder ou des missiles air-air AMRAAM qui constituaient l'armement standard du Hornet.

« Ce que j'aimerais bien savoir, c'est ce qu'ils sont en train de fricoter », observa tranquillement le commandant de groupe de combat.

C'était ce que tout le monde voulait savoir. Le groupe de combat indien — ils l'appelaient ainsi de propos délibéré — était en mer depuis maintenant huit jours et croisait au large de la côte sud du Sri Lanka. Sa mission supposée était de soutenir le contingent de maintien de l'ordre envoyé par l'armée indienne en vue de régler la situation avec les Tigres tamouls. Le seul problème était que les Tigres tamouls se prélassaient au nord de l'île alors que la flotte indienne était au sud. Les deux porte-avions indiens et leur escorte manœuvraient en permanence pour éviter le trafic commercial, sous l'horizon pour le continent mais dans le rayon d'action de l'aviation. Rester hors de portée de la marine sri lankaise était tâche aisée : sa plus grosse unité aurait pu faire un élégant canot à moteur pour nouveau riche, guère plus. Bref, la marine indienne menait une opération de présence furtive loin du site habituel pour ce genre de manœuvres. Le soutien de bateaux ravitailleurs indiquait qu'ils comptaient y demeurer un certain temps, mais aussi que les Indiens voulaient rester le plus possible en haute mer pour effectuer leurs manœuvres. En définitive, la marine indienne opérait exactement comme l'US Navy depuis des générations. Si ce n'est que les États-Unis n'avaient aucune visée territoriale sur le Sri Lanka.

« Ils font des exercices tous les jours ? demanda Robby.

— Avec une assiduité extrême, amiral, confirma Harrison. Vous pouvez être certain qu'un duo de leurs Harrier va venir gentiment faire un brin de conduite à nos Hornet.

— Ça ne me plaît pas trop, observa Dubro. Racontez-lui ce qui s'est passé la semaine dernière.

— C'était plutôt marrant à observer. » Harrison rappela sur l'ordinateur la séquence en question, qu'il fit dérouler en accéléré. « Tenez, l'exercice débute à peu près maintenant, monsieur. »

Sur l'enregistrement, Robby vit un escadron de destroyers indiens se détacher du gros de la formation pour mettre le cap au sud-ouest ; la manœuvre s'était produite sous le nez du groupe d'escorte du *Lincoln*, ce qui avait provoqué un certain branle-bas à son bord. Au signal, les destroyers indiens avaient entamé un déploiement, apparemment au hasard, avant de filer à toute vitesse plein nord. Observant un silence radio et radar total, la flottille avait ensuite viré à l'est ; elle évoluait rapidement.

« Ce commandant DesRon m'a l'air de connaître son affaire. Le groupe du porte-avions s'attendait évidemment à les voir mettre le cap à l'est pour se glisser sous ce front stationnaire. Comme vous pouvez le constater, leur force aérienne est partie de ce côté. » Cette erreur de jugement avait permis aux destroyers de se placer à portée de tir de leurs missiles avant que les Harrier indiens puissent être catapultés pour attaquer le groupe de bâtiments de surface en approche.

Durant les dix minutes nécessaires pour visionner la version sur ordinateur de la manœuvre, Robby avait compris qu'il venait d'assister à la simulation d'une attaque contre des porte-avions ennemis et leur groupe de soutien, lancée par un escadron de destroyers qui avait démontré à la perfection qu'il était prêt à sacrifier hommes et bâtiments pour l'accomplissement de cette mission périlleuse. Plus déroutant encore, l'attaque avait été menée avec succès. Même s'il était probable que les coquilles de noix auraient été coulées, leurs missiles — une partie tout du moins — auraient réussi à pénétrer les défenses des porte-avions et à désemparer leurs cibles. Si imposants et robustes qu'ils soient, il suffisait de leur infliger des dégâts limités pour les empêcher de mener à bien des opérations aériennes. Et cela équivalait à les couler. Les Indiens étaient les seuls à avoir des porte-avions déployés dans cet océan, exception faite des Américains dont la présence, Robby le savait, ne manquait pas de les ennuyer. Le but de l'exercice n'était pas l'élimination de leurs propres porte-avions.

« Z'auriez pas l'impression qu'on dérange ? demanda Dubro, sourire en coin.

— J'ai surtout l'impression qu'on aurait besoin d'être mieux tuyauté sur leurs intentions par le Renseignement. Jusqu'ici, on n'a que dalle, Mike.

— Ma foi, ça ne me surprend qu'à moitié, observa Dubro. Et qu'en est-il de leurs visées sur Ceylan ? » L'ancien nom de ce pays était plus facile à mémoriser.

« Aucune à ma connaissance. » Son poste d'adjoint au J-3, le directeure de l'État-major intégré, permettait à Robby d'avoir accès à la quasi-intégralité des informations générées par l'ensemble des services de renseignements américains. « Mais ce que vous m'avez montré est éloquent. »

Il suffisait de contempler l'écran, la position des masses d'eau, celle du continent, celle des bateaux. La marine indienne était déployée de manière à s'interposer entre le Sri Lanka et quiconque chercherait à s'en approcher par le sud. Comme l'US Navy, par exemple. Elle s'était entraînée à une attaque contre une telle force. Dans cette optique, elle était manifestement prête à rester longtemps en mer. Si c'était un exercice, il était coûteux. Sinon ? Enfin, on ne pouvait jamais être sûr, n'est-ce pas ?

« Où sont leurs amphibies ?

— Pas à proximité, répondit Dubro. A part cela, je n'en sais rien. Je n'ai pas les moyens d'aller vérifier et je n'ai aucune info les concernant. Ils ont au total seize LST, et j'imagine que douze peuvent opérer en groupe. Qu'ils peuvent emporter une brigade lourde, avec son équipement de combat, pour la débarquer à tout moment sur une plage quelconque. Plusieurs sites s'y prêtent sur la côte nord de cette île. Ils ne nous sont pas accessibles, ou alors, difficilement. Il me faut plus de moyens, Robby.

— Je n'ai rien de plus à vous donner, Mike.

— Deux subs. Je ne demande pas grand-chose, non ? » Les deux SSN se déploieraient pour couvrir le golfe de Mannar, qui était la zone d'invasion la plus probable. « Et j'ai également besoin d'un peu plus de soutien, côté Renseignement, Rob. Vous devinez pourquoi.

— Ouais. » Jackson hocha la tête. « Je ferai ce que je peux. Je repars quand ?

— Dans deux heures. » Il devait décoller sur un S-3 Viking de lutte anti-sous-marine. Le *Hoover*, comme on l'appelait, était réputé pour son large rayon d'action. C'était important. L'avion se dirigerait vers Singapour, pour renforcer l'impression que le groupe de combat de Dubro se trouvait au sud-est, et non au sud-ouest du Sri Lanka. Jackson s'avisa qu'il aurait volontiers parcouru quarante mille kilomètres en avion pour avoir une petite demi-heure de briefing et croiser le regard d'un aviateur d'aéronavale expérimenté. Il recula sa chaise sur le sol carrelé, tandis qu'Harrison réduisait l'échelle de l'affichage à l'écran. Celui-ci montrait à présent l'*Abraham Lincoln* filant vers le nord-est depuis Diego Garcia, pour renforcer les effectifs aériens placés sous les ordres de

Dubro. Ce n'était pas du luxe. Le rythme des opérations exigé pour couvrir les évolutions des Indiens — surtout sans se faire repérer — prélevait un lourd tribut sur les hommes et le matériel. Les océans étaient tout bonnement trop vastes pour être surveillés par seulement huit porte-avions opérationnels, mais là-bas à Washington, personne ne voulait comprendre ça. L'*Enterprise* et le *Stennis* mettaient les bouchées doubles pour relever l'*Ike* et l'*Abe* d'ici quelques mois, et même ainsi, la présence américaine dans la zone serait fatalement réduite pendant un certain laps de temps. Les Indiens devaient également s'en douter. On ne pouvait tout simplement pas dissimuler aux familles la durée de rapatriement des groupes de combat. La nouvelle s'ébruiterait, et les Indiens l'apprendraient ; que feraient-ils alors ?

« Salut, Clarice. » Murray se leva pour accueillir son hôte à déjeuner. Il voyait en elle son Dr Ruth personnel. Petite, un rien boulotte, le Dr Golden avait la cinquantaine, des yeux bleus pétillant dans un visage qui semblait toujours prêt à vous livrer la chute d'une bonne blague. C'était leur similitude de caractère qui les avait unis. Tous deux étaient des professionnels brillants et sérieux, et tous d'eux savaient dissimuler leur talent avec élégance. L'un comme l'autre chaleureux et enjoués, sachant toujours s'adapter aux circonstances, mais rires et sourires dissimulaient des esprits aiguisés auxquels rien n'échappait et qui engrangeaient quantité de détails. Murray voyait en Golden une sacrée flic potentielle. Golden avait à peu près le même jugement professionnel à l'égard de Murray.

« A qui dois-je cet honneur, m'dame ? » s'enquit Dan avec sa courtoisie habituelle. Le maître d'hôtel leur donna les menus et Clarice attendit, souriante, qu'il soit reparti. C'était le premier indice de Murray et, même s'il ne s'était pas départi de son sourire, ses yeux se fixèrent plus attentivement sur son invitée.

« J'aurais besoin d'un conseil, monsieur Murray, répondit Golden, lui fournissant un nouveau signal. De quelle juridiction relève un crime commis sur une propriété fédérale ?

— Du Bureau, toujours », répondit Dan qui se recala dans son siège en tâtant son arme de service. Le boulot de Murray était de faire appliquer la loi, et sentir la présence de son pistolet à sa place habituelle était une sorte de pierre de touche personnelle, le moyen de se souvenir que, quelle que soit aujourd'hui l'importance du poste indiqué par la plaque apposée à la porte de son bureau, il avait débuté en s'occupant des braquages de banque à la Criminelle de Philadelphie : son arme et son insigne faisaient toujours de lui un membre assermenté du meilleur service de police de son pays.

« Même sur le Capitole ? demanda Clarice.

— Même sur le Capitole », répéta Murray. Le silence qui suivit le surprit. Golden n'était pas quelqu'un de cachottier. On savait toujours ce qu'elle pensait — enfin, rectifia Murray, on savait ce que la psychologue voulait bien vous laisser savoir. Elle jouait ses petits jeux, tout comme lui. « Dites-m'en plus, Dr Golden.

— Un viol. »

Murray secoua la tête, reposa le menu. « D'accord. Avant tout, parlez-moi de votre patiente, je vous prie.

— Une femme, trente-cinq ans, célibataire, jamais mariée. Elle m'a été envoyée par son gynéco, un vieil ami. Elle m'est arrivée cliniquement déprimée. J'ai eu trois séances avec elle. »

Seulement trois, songea Murray. En la matière, Clarice était une sorcière, tellement elle était perspicace. Bon Dieu, quelle interrogatrice elle aurait pu faire avec son gentil sourire et sa douce voix maternelle. « Ça remonte à quand ? » Pour les noms, ça pourrait attendre. Murray voulait commencer par les faits bruts.

« Trois ans. »

L'agent du FBI — il préférait toujours « agent spécial » à son titre d'officiel de sous-directeur adjoint — fronça aussitôt les sourcils. « Ça fait un bail, Clarice. Pas de preuve médico-légale, je suppose.

— Non, c'est sa parole contre celle de l'agresseur — à un détail près. » Golden ouvrit son sac et en sortit des copies de la lettre de Beringer, agrandies à la photocopieuse. Murray parcourut lentement les pages ; le Dr Golden le dévisagea pour épier ses réactions.

« Bordel de merde », souffla Dan tandis que le serveur attendait, discret, à six mètres de là, persuadé que ses clients étaient un journaliste et sa source, ce qui n'avait rien d'exceptionnel à Washington. « Où est l'original ?

— A mon bureau. Je l'ai manipulé avec le plus grand soin », précisa Golden. Cela fit sourire Murray. Le papier à monogramme était un avantage immédiat. Au surplus, le papier était un matériau excellent pour retenir les empreintes digitales, surtout lorsqu'il était conservé dans un endroit frais et sec, comme c'est en général le cas avec les lettres. On devait avoir les empreintes de cette secrétaire au Sénat — c'était la procédure pour obtenir un agrément officiel —, ce qui voulait dire que l'auteur présumé de ce document pourrait être formellement identifié. Les papiers indiquaient l'heure, les lieux, les faits, et ils annonçaient l'intention de leur auteur d'en finir avec la vie. C'était regrettable, mais cela rendait ce document assimilable à une déclaration formelle susceptible d'être retenue comme preuve dans un procès criminel en cours d'assises. L'avocat de la défense soulèverait une objection — ils le font toujours —, l'objection serait rejetée — elle l'était toujours — et les membres du jury n'en perdraient pas un mot, penchés en avant comme pour mieux entendre cette voix d'outre-tombe. Hormis que, dans le cas présent, il ne s'agirait pas d'un jury, enfin, pas tout de suite.

Murray n'aimait guère les affaires de viol. Comme homme et comme flic, il éprouvait un mépris particulier pour cette catégorie de criminels. Il ressentait comme une atteinte à sa virilité qu'un homme pût commettre un acte aussi lâche et odieux. Plus troublant, d'un point de vue professionnel, était le fait que les affaires de viol se ramenaient trop souvent à la parole d'une personne contre celle d'une autre. Comme la majorité des enquêteurs, Murray se méfiait des témoignages oculaires. Les gens étaient de piètres observateurs, tout simplement, et les victimes d'un viol, écrasées par cette expérience, faisaient souvent de piètres témoins, sans compter que leur témoignage prêtait le flanc aux attaques de la défense. En revanche, les preuves médico-légales étaient quelque chose de concret, de démontrable, d'irréfutable. C'était le genre de preuve que Murray appréciait.

« Est-ce suffisant pour ouvrir une enquête criminelle ? »

Murray leva les yeux et répondit doucement : « Oui, m'dame.

— Et le fait qu'il soit...

— Mon poste actuel est... eh bien, disons que je suis la version grand public du secrétaire particulier de Bill Shaw. Vous connaissez Bill, n'est-ce pas ?

— Seulement de réputation.

— Elle est parfaitement méritée, je vous l'assure. On était dans la même classe à Quantico, et on a suivi la même voie, au même endroit, à faire la même chose. Un crime est un crime, et on est des flics, et il n'y a pas à tortiller, Clarice. »

Mais, alors même que ses lèvres énonçaient le credo de l'Agence, son esprit s'exclamait : *Bordel de merde !* C'est que l'affaire prenait une sacrée dimension politique. Le Président n'avait pas besoin de ce problème. Ma foi, personne n'en avait besoin. Ce qui était bigrement sûr aussi, c'est que Barbara Linders et Lisa Beringer n'avaient pas besoin de se faire violer par un homme en qui elles avaient confiance. Pourtant, le nœud du problème restait simple : trente ans plus tôt, Daniel E. Murray était sorti diplômé de l'académie du FBI à Quantico, Virginie, il avait levé la main droite et prêté serment en son âme et conscience. Certes, tout n'était pas toujours blanc. C'était inévitable. Un bon agent devait faire usage de son jugement, savoir quelles lois on pouvait contourner, et jusqu'où. Mais pas à ce point, et pas cette loi-là. Bill Shaw était de la même trempe. Béni des dieux pour occuper une fonction aussi apolitique que pouvait l'être un poste dans la capitale fédérale, Shaw avait bâti sa réputation sur son intégrité et il était trop âgé pour changer. Une affaire telle que celle-ci partirait de son bureau au septième étage.

« Je dois vous poser une question : est-ce que c'est du bidon ?

72

— Mon point de vue professionnel est que ma patiente dit la vérité jusqu'au moindre détail.

— Déposera-t-elle ?

— Oui.

— Votre opinion sur la lettre ?

— Tout aussi sincère, psychologiquement parlant. »

Son expérience personnelle en avait déjà convaincu Murray mais on avait toujours besoin — lui d'abord, puis d'autres agents, et enfin un jury — d'en avoir la confirmation de la bouche d'un professionnel.

« Et maintenant ? » demanda la psychologue. Murray se leva, au grand dépit du garçon, surpris.

« Maintenant, on descend au quartier général rencontrer Bill. On va charger des agents d'ouvrir une enquête. Ensuite, avec Bill et l'agent chargé de l'affaire, on va traverser la rue pour avoir un entretien avec le ministre de la Justice. Après, je ne sais pas trop. Nous n'avons jamais eu de cas similaire — pas depuis le début des années soixante-dix en tout cas — et je ne suis pas encore certain de la procédure applicable. D'ici là, le truc habituel avec votre patiente : de longs entretiens en profondeur. Nous allons interroger la famille et les amis de Mad. Beringer, chercher des papiers, un journal. Mais ça, c'est l'aspect technique. L'aspect politique risque d'être épineux. » Et pour cette raison, Dan le savait, c'est à lui qu'allait échoir l'affaire. Un autre *Bordel de merde !* traversa son esprit, lorsqu'il se rappela quels articles de la Constitution gouvernaient l'ensemble de la procédure. Le Dr Golden lut de l'hésitation dans ses yeux et, fait rare pour elle, se méprit sur sa signification.

« Ma patiente a besoin... »

Murray plissa les yeux. *Eh bien quoi ?* se dit-il. *Ça reste toujours un crime.* « Je sais, Clarice. Elle réclame la justice. Lisa Beringer aussi. Et vous savez quoi ? Le gouvernement des États-Unis d'Amérique aussi. »

Il ne ressemblait pas à un ingénieur informaticien. Il n'était pas du tout débraillé. Il portait un costume rayé, portait une petite mallette. Il aurait pu prétendre que c'était un déguisement exigé par sa clientèle et le climat professionnel du secteur, mais la simple vérité était qu'il aimait bien avoir l'air soigné.

La procédure était aussi simple que possible. Le client utilisait des unités centrales Stratus, machines compactes et puissantes faciles à relier en réseau — en fait, elles constituaient la configuration choisie par une majorité de services télématiques à cause de leur prix raisonnable et leur fiabilité élevée. Il y en avait trois dans la salle. « Alpha » et « Bêta » — ainsi étaient-elles étiquetées en lettres blanches sur des cartons bleus — étaient les unités principales qui se chargeaient des tâches en alternance, chaque machine assurant la sauvegarde de l'autre. La troisième, « Zoulou », était l'unité de secours en cas de pépin, et chaque fois que Zoulou opérait, on pouvait être sûr qu'une équipe de maintenance était déjà là, ou sur le point d'arriver. Une autre installation, identique en tous points sinon par le nombre de techniciens réunis autour, était située sur l'autre rive de l'East River, dans un site entièrement différent, avec une alimentation électrique indépendante, des lignes téléphoniques indépendantes, des liaisons montantes satellite indépendantes. Les deux bâtiments étaient des tours à structure résistant au feu, équipées d'un système d'arrosage automatique à l'extérieur de la salle informatique et d'un système DuPont 1301 à l'intérieur — ce qui se faisait de mieux question rapidité pour éteindre un incendie. Chaque triplet de système était alimenté par des onduleurs et des batteries de secours autorisant une autonomie de douze heures. Perversité de la bureaucratie, les règlements de sécurité et d'environnement de New York interdisaient la présence de groupes électrogènes dans les bâtiments, un handicap pour les ingénieurs système payés pour se soucier de ce genre de détail. Et soucieux, ils l'étaient, même si la duplication et les redondances élaborées, que dans un contexte militaire on appelait « défense en profondeur », devaient protéger le système contre absolument tout ce qui était imaginable. Enfin, presque.

Le panneau de service frontal de chaque unité centrale était équipé d'un port SCSI. C'était une innovation pour les nouveaux modèles, la reconnaissance implicite que les ordinateurs de bureau étaient désormais si puissants qu'ils pouvaient charger d'importantes quantités d'informations, bien plus aisément que par la méthode classique, celle du transfert par dérouleur de bande magnétique.

En l'occurrence, le terminal de téléchargement faisait partie intégrante du réseau. Un Power PC de troisième génération était directement relié au tableau de commande général qui contrôlait Alpha, Bêta et Zoulou, et ce PC était équipé d'une sauvegarde à disque Bernoulli, un « grille-pain », comme on disait vulgairement, à cause de l'épaisseur du disque dans sa cartouche amovible. Sa capacité de stockage était d'un gigaoctet, largement supérieure à celle exigée par ce programme.

« Prêt ? » demanda l'ingénieur.

Le contrôleur système fit glisser sa souris et sélectionna Zoulou sur l'écran d'options. Un responsable posté derrière lui confirma qu'il avait effectué la sélection adéquate. Alpha et Bêta continuaient à fonctionner normalement, sans perturbation aucune.

« Tu es bien sur Zoulou, Chuck.

— Compris », confirma Chuck avec un sourire. L'ingénieur en complet rayé glissa la cartouche dans la fente du lecteur et attendit qu'apparaisse à l'écran l'icône correspondante. Il cliqua dessus, ouvrant une nouvelle fenêtre qui révéla le contenu de PORTA-1, le nom qu'il avait attribué à la cartouche. La nouvelle fenêtre ne contenait que deux fichiers : INSTALLER et ELECTRA-CLERK 2.4.0. Un programme antivirus automatique balaya aussitôt les nouveaux fichiers et décréta au bout de cinq secondes qu'ils n'étaient pas infectés.

« Ça m'a l'air tout bon, Chuck », lui dit le contrôleur système. Son superviseur confirma d'un signe de tête.

« Bon, alors, Rick, je peux le charger, maintenant ?

— Vas-y. »

Chuck Searls sélectionna l'icône INSTALLER et cliqua deux fois dessus. ÊTES-VOUS SÛR DE VOULOIR REMPLACER « ELECTRA-CLERK 2.3.1 » PAR LE NOUVEAU PROGRAMME « ELECTRA-CLERK 2.4.0 » ? lui demanda une boîte de dialogue. Searls cliqua sur la case OUI. EN ÊTES-VOUS *VRAIMENT SÛR ? ? ? ? ?* demanda aussitôt une autre boîte de dialogue.

« Qui a mis ça ?

— Moi, répondit le contrôleur système avec un sourire.

— Marrant. » Searls cliqua de nouveau sur OUI. Le « grille-pain » se mit à ronronner. Searls aimait bien les systèmes qu'on pouvait entendre fonctionner, quand le chuintement des têtes en déplacement s'ajoutait au bourdonnement du disque en rotation. Le programme ne faisait que cinquante mégaoctets. Le transfert prit moins de secondes qu'il n'en fallut à l'informaticien pour s'ouvrir la bouteille d'eau gazeuse et en boire une gorgée.

« Bon. » Searls fit reculer sa chaise. « Tu veux vérifier si ça marche ? »

Il se retourna. La salle informatique était enfermée dans une cage vitrée, mais derrière il apercevait le port de New York. Un bateau de croisière en sortait ; taille moyenne, tout blanc. Où allait-il ? Vers un pays chaud, avec du sable blanc, du ciel bleu et un soleil radieux à longueur d'année. En tout cas, un coin bougrement différent de New York, il en était sûr. Les endroits comme la Grosse Pomme n'étaient pas des destinations de croisière. Ce serait chouette d'embarquer sur ce bateau et de s'en aller loin des rafales de vent de l'automne. Mais plus chouette encore de ne pas revenir, songea Searls avec un sourire désabusé. Enfin, les avions allaient plus vite, et on n'était pas non plus obligé d'avoir un billet de retour. Installé derrière sa console, le contrôleur système raccorda Zoulou au réseau. A seize heures précises, heure de la côte Est, la machine de secours se mit à dupliquer les tâches effectuées par Alpha et simultanément sauvegardées par Bêta. Avec une différence, toutefois : le moniteur de contrôle indiquait que Zoulou tournait légèrement plus vite. D'ordinaire, Zoulou avait plutôt tendance à rester à la traîne ; or, à présent, il allait si vite que la machine devait littéralement se reposer plusieurs secondes par minute.

« Ça déménage, Chuck ! » observa le contrôleur système. Searls vida sa bouteille d'eau gazeuse, la jeta dans la poubelle la plus proche et s'approcha de la console.

« Ouais, j'ai supprimé pas loin de dix mille lignes de code. C'étaient pas les machines, c'était le programme. Il

76

m'a pas fallu longtemps pour refaire les arborescences logiques. Je crois qu'on tient le bon bout.

— Qu'est-ce qu'il y a comme différences ? » s'enquit le contrôleur. Il s'y connaissait pas mal en programmation.

« J'ai modifié la hiérarchie du système, la gestion du pilotage des unités en parallèle. Faut encore affiner la synchro, l'horloge de comptage en lecture n'est pas encore aussi rapide que l'enregistrement. Je pense que j'aurai réglé ça d'ici un mois ou deux, en dégraissant un peu sur la programmation de l'ordinateur frontal. »

Le contrôleur système tapa une commande pour lancer le premier test de performances. Le résultat vint aussitôt. « Six pour cent plus rapide que la version deux-trois-un. Pas dégueu.

— C'était pas du luxe », commenta le superviseur, sous-entendu : il nous faudrait encore plus. Le volume de transactions était parfois carrément trop monstrueux, et comme tout le monde à la DTC, c'est-à-dire la *Depository Trust Company*, la Compagnie fiduciaire de dépôt, il vivait dans la hantise d'être en retard sur les autres.

« Envoyez-moi quelques données à la fin de la semaine et peut-être que je pourrai vous arracher quelques petits points supplémentaires, lui promit Searls.

— Bon boulot, Chuck.

— Merci, Bud.

— Qui d'autre l'utilise ?

— Cette version ? Personne. Une variante personnalisée pilote les machines de la Bourse de Chicago...

— Eh bien, vous êtes la perle rare », observa le superviseur, généreux. Il l'aurait été moins s'il avait su le fin mot de l'affaire. Le superviseur avait participé à la conception de l'ensemble du système : toutes les redondances, tous les dispositifs de sécurité, ainsi que la procédure consistant à retirer les bandes tous les soirs et à les mettre en sûreté dans un site isolé en banlieue. Il avait travaillé avec une commission d'experts pour mettre au point toutes les sauvegardes nécessaires dans la profession qu'il exerçait. Mais la recherche du rendement — et aussi, perversité du système, celle de la sécurité — avait créé un point faible qui, bien sûr, lui avait échappé. Tous les ordinateurs utilisaient le même logiciel. Bien obligé. Des logiciels différents sur les diverses machines, de même que des langages différents, auraient empêché, ou à tout le moins entravé, les fuites entre systèmes ; mais au prix d'une baisse d'efficacité. Résultat, malgré toutes les sauvegardes, il restait un point faible commun aux six bécanes. Toutes parlaient le même langage. Forcément. Elles constituaient le lien le plus important, sinon le plus connu, au sein du système boursier américain.

Même ici à la DTC, on n'ignorait pas le risque potentiel. ELECTRA-CLERK 2.4.0 ne serait chargé sur Alpha et Bêta qu'après avoir tourné une semaine entière sur Zoulou, et il s'écoulerait une semaine encore avant qu'on le charge sur le site de secours, dont les trois machines étaient baptisées « Charlie », « Delta » et « Tango ». Cela pour s'assurer que la version 2.4.0 était efficace et « résistante aux crashes », un terme d'ingénierie récupéré depuis un an par les programmeurs informatiques. Bientôt, les utilisateurs allaient s'habituer au nouveau logiciel, s'extasier de sa vitesse. Toutes les configurations Stratus parleraient exactement le même langage de programmation, échangeant sans cesse leurs informations sous la forme d'une conversation électronique composée de 1 et de 0, comme des amis causant affaires autour d'une table de poker. Bientôt, toutes connaîtraient la même blague. Certains la trouveraient bonne. Mais ce ne serait pas le cas de tout le monde à la DTC.

3

COLLÈGE

« Donc, nous sommes bien d'accord ? » demanda le gouverneur de la Réserve fédérale. Autour de la table, tout le monde acquiesça. Ce n'était pas bien sorcier. Pour la deuxième fois depuis trois mois, le Président Durling avait fait savoir, tranquillement, par la voix de son ministre des Finances, qu'il ne verrait pas d'objection à une nouvelle hausse d'un demi-point du taux d'escompte. C'était le taux d'intérêt que la Réserve fédérale appliquait aux banques qui lui empruntaient de l'argent — où auraient-elles pu emprunter de telles sommes, sinon à la Réserve ? Toute hausse du taux d'escompte était bien sûr immédiatement répercutée sur le consommateur.

C'était un exercice d'équilibre permanent, pour les hommes et les femmes réunis autour de la table de chêne. Ils géraient la quantité d'argent injectée dans l'économie américaine. Comme s'ils tournaient la vanne contrôlant l'ouverture ou la fermeture de la digue d'un barrage d'irrigation, ils réglaient la quantité de liquidités en circulation, cherchant en permanence à ne pas en fournir trop ou trop peu.

C'était plus complexe que ça, bien entendu. L'argent n'avait pas de réalité physique. L'hôtel des Monnaies, situé à moins de quinze cents mètres de là, n'avait pas assez de papier ou d'encre pour imprimer la quantité de billets redistribuée chaque jour par la Réserve fédérale. L'« argent » était tout au plus une « réalité électronique », une façon d'envoyer un message : *Vous, la Banque nationale de Pétaouchnok, vous avez désormais trois millions de dollars de plus qu'il ne vous est loisible de prêter à la quincaillerie Machin ou au garage Truc, ou en garantie hypothécaire aux nouveaux propriétaires pour rembourser leurs traites sur vingt ans.* Rares étaient ces clients payés en liquide — avec les cartes de crédit, ça faisait toujours ça de moins à piquer pour les braqueurs, à détourner pour un employé, ou, ce qui était le plus pénible, à compter, recompter et trimbaler à l'agence, pour un caissier. En conséquence, ce qui apparaissait par la magie du courrier électronique ou d'un télécopieur était prêté par un ordre écrit, en attendant d'être remboursé ultérieurement par une opération théorique similaire, en général un chèque rédigé sur un bout de papier spécial, souvent décoré de l'image d'un aigle en plein essor ou d'une barque de pêche voguant sur un lac imaginaire, parce que les banques se disputaient les clients et que c'était le genre de truc qui plaisait aux gens.

Le pouvoir dévolu aux individus présents dans cette

pièce était si incroyable que même eux n'y songeaient que rarement. Une simple décision leur avait suffi pour que, d'un seul coup, tout soit devenu plus cher en Amérique. Tous les emprunts à taux modulable, tous les crédits auto, toutes les cartes bancaires avec revolving allaient coûter plus chaque mois. A cause de cette décision, toutes les entreprises et tous les ménages d'Amérique auraient moins d'argent à consacrer aux primes du personnel ou aux jouets de Noël. Ce qui n'était pour l'instant qu'un simple communiqué de presse allait toucher tous les porte-monnaie du pays. Les prix de tous les articles de grande consommation allaient augmenter, des ordinateurs personnels au chewing-gum, réduisant d'autant le pouvoir d'achat des ménages.

Et c'était bien, estimait la Réserve fédérale. Tous les indicateurs statistiques indiquaient un début de surchauffe de l'économie. Il y avait un réel danger de dérapage de l'inflation. En fait, il y en avait toujours plus ou moins, mais la hausse des taux d'intérêt la contiendrait dans des limites tolérables. Les prix monteraient encore un peu, et la hausse du taux d'escompte les ferait grimper un peu plus.

C'était un exemple de lutte contre le mal par le mal. Augmenter les taux d'intérêt signifiait qu'à terme les gens emprunteraient moins, ce qui diminuerait concrètement la masse monétaire en circulation, et donc réduirait la demande, et donc entraînerait une stabilisation approximative des prix, empêchant ce que tout le monde savait être bien plus dangereux qu'un sursaut momentané des taux d'intérêt.

Comme des ondes se répercutant à partir d'un caillou jeté dans un lac, il y aurait encore d'autres effets. Les bons du Trésor verraient leur intérêt augmenter. C'étaient les reconnaissances de dette du gouvernement. Les souscripteurs — il s'agissait en fait en majorité d'investisseurs institutionnels : banques, fonds de retraite et sociétés d'investissement qui devaient bien stocker quelque part l'argent de leurs clients en attendant le bon filon sur le marché boursier — prêtaient de l'argent, électroniquement, au gouvernement, pour une durée allant de trois mois à trente ans, et en échange, le gouvernement devait leur verser un intérêt (en grande partie récupéré sous forme de prélèvement à la source, bien sûr). La hausse du taux d'escompte de la Réserve fédérale allait faire monter le taux de l'intérêt que devait verser le gouvernement et qui était déterminé par la loi de l'offre et de la demande. Ce qui accroîtrait le déficit budgétaire, forçant le gouvernement à puiser un peu plus dans la masse monétaire intérieure, réduisant d'autant le volume de liquidités disponibles pour les prêts aux particuliers et aux entreprises, ce qui entraînerait une hausse supplémentaire des taux d'intérêt pour le public, par l'entremise de forces du marché qui dépassaient les mesures mises en œuvre par la Réserve fédérale.

Finalement, le simple accroissement des taux d'intérêt bancaires et des bons du Trésor rendrait le marché boursier moins attractif pour les investisseurs, car les revenus garantis par le gouvernement étaient plus « sûrs » que les dividendes, toujours plus hypothétiques, d'une entreprise dont les produits et/ou les services devaient affronter la concurrence du marché.

A Wall Street, les investisseurs privés et les courtiers professionnels qui surveillaient les indicateurs économiques prirent avec flegme l'annonce au journal du soir (les hausses du taux d'escompte étaient en général décidées de manière à être révélées après la clôture des marchés) et rédigèrent leurs ordres indiquant qu'ils « avaient » (vendaient) tel ou tel titre. Cela en ferait descendre un certain nombre, ce qui produirait une dégringolade du Dow Jones, l'indice moyen des valeurs industrielles. En fait, il s'agissait moins d'une moyenne que de la somme des valeurs de trente titres phares du marché, avec Allied Signals à un bout de la liste alphabétique, Woolworth's à l'autre et Merck au milieu. C'était un indicateur dont l'utilité aujourd'hui était surtout de fournir aux médias quelque chose à donner en pâture au public, qui dans sa grande majorité ignorait de toute manière ce qu'il représentait. La plongée du « Dow » rendrait certains nerveux, d'où nouvelles ventes et nouvelle chute du marché jusqu'à ce que quelqu'un voie la bonne affaire à saisir avec des titres plus déprimés qu'ils méritaient de l'être. Sentant que la valeur réelle de ces actions était supérieure à celle

81

indiquée par le cours du marché, ils les achèteraient en quantités raisonnables, permettant au Dow (comme à d'autres indicateurs) de remonter jusqu'à ce que soit atteint un point d'équilibre et que la confiance soit restaurée. Et tout ce tourbillon de changements était imposé à la vie quotidienne de tout un chacun par une poignée d'individus réunis dans un salon décoré de Washington, dont l'identité n'était connue que de rares professionnels de l'investissement, et quasiment pas du grand public. Le plus étonnant était que tout le monde acceptait l'ensemble du processus, qui paraissait aussi normal que la loi de la gravitation universelle, en dépit du fait qu'il était aussi impalpable qu'un arc-en-ciel. L'argent n'avait pas d'existence matérielle. Même la « vraie » monnaie n'était jamais que du papier de fabrication spéciale imprimé à l'encre noire d'un côté et verte de l'autre. Ce qui la garantissait, ce n'était pas l'or ou quelque autre matière première ayant une valeur intrinsèque, mais plutôt la croyance collective que l'argent avait effectivement telle ou telle valeur parce qu'il *fallait* qu'il l'ait. C'est ainsi que le système monétaire des États-Unis et de tous les autres pays du monde reposait entièrement sur un phénomène psychologique, une vue de l'esprit, et en conséquence, il en allait de même de tous les autres aspects de l'économie américaine. Si l'argent se réduisait à une croyance partagée, il en allait de même de tout le reste. Ce que la Réserve fédérale avait accompli cet après-midi était un petit exercice destiné d'abord à ébranler cette foi, puis à lui permettre de se rétablir d'elle-même grâce à l'esprit des croyants. Parmi eux, il y avait les gouverneurs de la Banque fédérale, parce qu'ils comprenaient réellement tout — ou du moins le pouvaient-ils. Ils pouvaient plaisanter en privé et dire que personne ne comprenait réellement le fonctionnement de tout ça, pas plus qu'on ne pouvait expliquer la nature de Dieu, mais à l'instar de théologiens cherchant toujours à définir et transmettre la nature de la divinité, c'était leur boulot de continuer à faire fonctionner le système, de rendre les piliers de la foi concrets et tangibles, sans jamais franchement reconnaître que tout cela était fondé sur quelque chose de guère plus solide que le papier-monnaie qu'ils avaient sur eux pour les cas où l'emploi de la carte de crédit n'était pas pratique.

On leur faisait confiance, de cette même confiance lointaine que les gens accordaient à leur clergé, pour maintenir l'édifice sur lequel reposait toute foi temporelle, en proclamant la réalité d'une chose à jamais invisible, dont les manifestations matérielles se trouvaient uniquement dans des bâtiments de pierre et dans le regard grave de ceux qui y travaillaient. Et, se disaient-ils, ça marchait. Non ?

Par bien des aspects, Wall Street était la seule partie de l'Amérique où les citoyens japonais, en particulier ceux originaires de Tokyo, se sentaient presque chez eux. Les immeubles étaient si hauts que l'on voyait à peine le ciel, les rues si encombrées qu'un extra-terrestre aurait pu prendre les taxis jaunes et les limousines noires pour la forme de vie principale de cette planète. Les gens se pressaient sur les trottoirs sales en une cohue anonyme, gardant les yeux braqués droit devant eux à la fois pour montrer leur détermination et pour éviter tout contact, même visuel, avec ceux qui pourraient être d'éventuels rivaux ou se trouvaient simplement sur leur chemin. Toute la ville de New York avait calqué son comportement sur celui de ce quartier : brusque, rapide, impersonnel, rigide dans sa forme mais pas dans sa substance. Ses habitants se disaient qu'ils étaient là où ça bougeait, et ils étaient tellement polarisés sur leur objectif personnel et professionnel qu'ils finissaient par mépriser tous ceux qui pensaient exactement comme eux. En un sens, c'était un monde parfait. Tout le monde éprouvait strictement la même chose. Personne ne se préoccupait des autres. Du moins était-ce l'impression que ça donnait. En réalité, les gens qui travaillaient ici avaient des épouses et des enfants, des pôles d'intérêt et des passe-temps, des désirs et des rêves, comme tout un chacun, mais entre huit heures du matin et six heures du soir, tout cela était relégué au second plan, derrière le boulot. Le boulot — c'est-à-dire, bien sûr, l'argent, un produit qui ignorait les mots stabilité ou fidélité. Et c'est ainsi qu'au cinquante-huitième étage du 6, Columbus Lane, dans l'immeuble abritant le nouveau siège du Groupe Columbus, une passation de pouvoirs était en train de se produire.

A tous points de vue, la pièce était à couper le souffle. Les cloisons étaient en noyer massif, pas en placage, et entretenues par une équipe d'ébénistes grassement payés. Deux des murs étaient formés de panneaux vitrés qui allaient du sol au faux plafond de Celotex, offrant un panorama sur le port de New York et les environs. La moquette était assez épaisse pour engloutir les chaussures — et vous flanquer de méchantes décharges d'électricité statique, ce que les gens présents dans la salle avaient appris à tolérer. La table de conférence était une dalle de granit rouge longue de douze mètres, et les sièges disposés autour étaient estimés à près de deux mille dollars pièce.

Le Groupe Columbus, qui n'avait que onze ans, était passé du stade de jeune loup à celui d'*enfant terrible*[1], puis de brillante valeur qui monte, puis de partenaire sérieux, puis d'élément parmi les meilleurs de la profession, pour atteindre son statut actuel de pierre angulaire dans la petite communauté des sociétés d'investissement. Fondé par George Winston, la compagnie contrôlait aujourd'hui virtuellement une véritable flotte d'équipes de gestion de fonds. Les trois premières s'appelaient, comme il se doit, Niña, Pinta et Santa Maria, parce que, lorsque Winston avait créé l'entreprise à l'âge de vingt-neuf ans, il venait de lire, fasciné, *La Découverte du Nouveau Monde par les Européens*, de Samuel Eliot Morison, et encore émerveillé par le courage, l'ampleur de vues et le véritable culot des hardis navigateurs de l'école du prince Henry, il avait décidé de tracer son chemin dans la vie en prenant exemple sur eux. Aujourd'hui, à quarante ans, riche comme Crésus, il estimait venue l'heure de décrocher, de humer l'odeur des roses et de partir sur son voilier de vingt-sept mètres pour entreprendre de longues croisières. En fait, il avait dans l'idée de passer les prochains mois à apprendre à barrer le *Cristobol* aussi bien que tout ce qu'il avait accompli dans sa vie, puis à

---

1. En français dans le texte *(NdT)*.

refaire les voyages des Grandes Découvertes, un par été, jusqu'à ce qu'il ait épuisé les exemples à suivre ; alors, peut-être écrirait-il son propre livre sur la question.

C'était un homme de taille moyenne que sa personnalité faisait paraître plus grand. Fanatique de la forme — le stress était la principale cause de mortalité à Wall Street —, Winston rayonnait positivement de la confiance que lui procurait son excellente condition physique. Il pénétra en dernier dans la salle de conférence, avec l'air d'un élu politique retrouvant son QG à l'issue d'une campagne réussie, le pas vif et assuré, le sourire franc et courtois. Ravi de parvenir en ce jour au summum de sa carrière professionnelle, il salua même d'un signe de tête son principal invité.

« Yamata-san, quel plaisir de vous revoir, dit George Winston, la main tendue. Vous avez fait un long chemin.

— Pour un événement de cette importance, répondit l'industriel japonais, comment aurais-je pu hésiter ? »

Winston escorta le petit homme jusqu'à son siège à l'autre bout de la table, avant de rejoindre sa place à l'extrémité opposée. Entre eux, une cohorte d'avocats et de cadres financiers — un peu comme deux équipes de football avant le coup d'envoi, songea Winston en longeant la table, mais il garda ses sentiments pour lui.

Et merde, c'était la seule porte de sortie, se répéta-t-il. Rien d'autre n'aurait pu marcher. Les six premières années à la tête de cette boîte, il s'était éclaté comme jamais dans toute sa vie. Parti avec moins de vingt clients, il avait fait fructifier leur argent en même temps que sa réputation. Il revoyait son itinéraire : le travail à la maison, le cerveau qui fonce à cent à l'heure, comme pour devancer ses pas quand il arpentait son bureau ; l'installation d'un ordinateur et d'une ligne téléphonique supplémentaire ; le souci de nourrir sa famille ; le bonheur d'être épaulé par une femme aimante, bien qu'enceinte pour la première fois — de jumeaux, en plus ! Et pourtant elle n'avait jamais manqué une occasion de lui exprimer son amour et sa confiance, contribuant à métamorphoser son talent et son instinct en succès. A trente-cinq ans, tout était dit, en fait. Deux étages dans une tour de bureaux du centre-ville, un bureau somptueux, une brillante équipe de jeunes « techno-cadres » de pointe pour se charger de l'intendance. C'était à cette époque que pour la première fois lui était venue l'idée de décrocher.

En même temps qu'il faisait fructifier les fonds de ses clients, il avait également investi son propre argent, bien sûr, de sorte que sa fortune personnelle, après impôts, s'élevait aujourd'hui à six cent cinquante-sept millions de dollars. La prudence élémentaire lui interdisait de laisser tout cet argent derrière lui. Par ailleurs, l'évolution actuelle du marché le préoccupait, aussi avait-il décidé de se retirer entièrement, de réaliser ses parts et de transférer les fonds à un gestionnaire plus prudent encore. Cela pouvait sembler une attitude étrange, même à ses propres yeux ; mais il ne voulait tout simplement plus s'embêter avec toutes ces histoires. Opter pour une gestion « pépère » n'avait rien de folichon et allait obligatoirement gâcher de formidables perspectives d'avenir, mais, s'était-il répété depuis des années, où était le problème ? Il possédait six résidences somptueuses, chacune avec deux voitures personnelles, il avait un hélicoptère, il louait un jet privé, le *Cristobol* était son principal jouet. Il avait tout ce qu'il avait jamais désiré avoir, et même en gérant son portefeuille en père de famille, sa fortune personnelle continuerait à s'accroître plus vite que le taux d'inflation parce qu'il n'avait pas besoin, pour satisfaire son ego, de dépenser plus que les intérêts capitalisés pourraient lui rapporter chaque année. Il avait donc divisé sa fortune en paquets de cinquante millions de dollars, pour couvrir tous les segments du marché, par l'entremise de collègues qui n'avaient pas connu sa réussite personnelle mais au flair et à l'intégrité desquels il se fiait. Le transfert s'était déroulé en douceur depuis trois ans, le temps nécessaire pour qu'il se trouve un digne successeur à la tête du Groupe Columbus. Malheureusement, le seul à émerger du lot avait été ce petit salopard.

« Propriété » n'était pas le terme adéquat, bien sûr. Les véritables propriétaires du groupe étaient les investisseurs particuliers qui lui confiaient leur argent, et c'était une marque de confiance que Winston n'oubliait jamais. Même après qu'il eut pris sa décision, il restait rongé de scrupules. Ces gens comptaient sur lui et son équipe, mais sur lui avant tout, parce que c'était son nom qui était inscrit sur la porte principale. La confiance de tous ces gens était un lourd fardeau qu'il avait enduré avec orgueil et talent, mais il y a une limite à tout. Il était temps de s'occuper des besoins de sa propre famille, cinq gosses et une épouse fidèle qui étaient las de « comprendre » pourquoi papa devait si souvent s'absenter. Les besoins du plus grand nombre. Ceux de quelques-uns. Mais ces derniers étaient plus proches, non ?

Raizo Yamata engageait une bonne partie de sa fortune personnelle ainsi qu'une part non négligeable des capitaux de ses multiples entreprises industrielles afin de compenser les fonds que retirait Winston. Celui-ci avait beau souhaiter la discrétion, et estimer que son initiative serait aisément comprise par le milieu des affaires, elle ferait malgré tout l'objet de commentaires. Par conséquent, il était nécessaire que son remplaçant soit prêt à investir ses propres fonds dans l'affaire. Cela permettrait de rétablir une confiance susceptible de vaciller. Cela cimenterait en outre le mariage entre les systèmes financiers nippon et américain.

Pendant que Winston regardait, on signait des protocoles « autorisant » le transfert de fonds pour lesquels des cadres de services financiers internationaux avaient dû veiller tard à leurs bureaux dans six pays. Un homme à la solide assise personnelle, ce Raizo Yamata.

Ou plutôt, rectifia Winston, aux vastes liquidités personnelles. Depuis qu'il était sorti de Wharton, il avait connu quantité de financiers brillants et coriaces, des types intelligents et roublards qui cherchaient toujours à dissimuler leur nature rapace derrière une façade d'humour et de bonhomie. On finissait par les repérer. Ça n'avait rien de sorcier. Peut-être Yamata considérait-il que son héritage le rendait plus indéchiffrable, tout comme il devait sans aucun doute s'estimer plus malin que la moyenne de ces blaireaux — ces requins, plutôt, sourit Winston. Peut-être, ou peut-être pas, songea-t-il, en regardant à l'autre bout de la table. Pourquoi ne sentait-il aucune excitation chez cet homme ? Les Japonais éprouvaient des émotions, eux aussi. Ceux avec lesquels il avait fait des affaires s'étaient montrés plutôt affables, ravis comme il se doit de faire un coup à Wall Street. Vous leur donniez deux ou trois verres et ils n'étaient pas différents des Américains, c'est vrai. Oh, un peu plus réservés, un rien timides, peut-être, mais toujours polis. C'était d'ailleurs ce qu'il préférait chez eux : leurs bonnes manières ; les New-Yorkais auraient pu en prendre de la graine. Oui, c'était ça, songea Winston. Yamata était certes poli, mais ce n'était pas sincère. C'était une politesse de pure forme, et la timidité n'avait rien à y voir. Comme un petit robot...

Non, ce n'était pas vrai non plus, se dit Winston tandis que les papiers glissaient peu à peu sur la table pour venir vers lui. Le mur dressé par Yamata était juste un peu plus épais que la moyenne, dissimulant d'autant mieux ses sentiments. Pourquoi s'était-il bâti un tel mur ? Ici, ce n'était pas nécessaire, non ? Dans cette pièce, parmi des égaux ; mieux même, il était désormais avec des partenaires. Il venait de confier son argent, de s'embarquer dans le même bateau que tant d'autres. En transférant près de deux cents millions de dollars, il détenait désormais plus de un pour cent des fonds gérés par Columbus, ce qui faisait de lui le premier investisseur individuel de la compagnie. Un statut qui lui donnait le contrôle sur le moindre dollar, la moindre action, la moindre obligation détenue par la société d'investissement. Ce n'était pas la plus importante firme de Wall Street, loin de là, mais le Groupe Columbus restait l'un des leaders du marché boursier. Les gens s'y référaient pour trouver des idées et des tendances. Yamata avait acheté bien plus qu'une société de Bourse. Il avait désormais acquis une position dans la hiérarchie des gestionnaires américains. Son nom, quasiment inconnu en Amérique jusqu'à ces derniers temps, serait à présent prononcé avec respect, ce qui aurait dû amener un sourire sur ses traits, estima Winston. Mais non.

La dernière feuille de papier parvint devant lui, glissée par l'un de ses principaux collaborateurs qui, avec sa signature, allait devenir celui de Yamata. Ce n'était pas plus compliqué. Une simple signature, une infime quantité d'encre bleue arrangée d'une certaine manière, et voilà que s'en allaient onze années de sa vie. Une simple signature donnait son affaire à un homme qu'il ne comprenait pas.

Enfin, personne non plus ne m'y oblige. Il va essayer de gagner de l'argent, pour lui et pour les autres, exactement comme moi. Winston prit son stylo et signa sans lever les yeux. *Pourquoi n'as-tu pas regardé d'abord ?* Il entendit sauter un bouchon de champagne et, relevant la tête, découvrit les visages souriants de ses anciens employés. En concluant l'affaire, il était devenu pour eux un symbole. Quarante ans, la fortune, la réussite, et maintenant la retraite pour lui permettre de réaliser ses rêves, sans avoir à rester éternellement coincé au boulot.

C'était l'objectif visé par tous ceux qui bossaient dans ce genre de boîte. Si brillants qu'ils soient, rares étaient ceux qui avaient pourtant le cran d'essayer. Et même, la plupart échouaient, se rappela Winston, mais il était la preuve vivante que c'était possible. Si âpres et cyniques qu'ils soient — ou prétendent l'être —, ces professionnels de la finance nourrissaient dans le fond le même rêve : faire leur pelote et se tirer, fuir l'incroyable stress dû à l'obligation de traquer le bon filon noyé dans les piles de comptes rendus et d'analyses financières, l'obligation de se constituer un fichier, d'attirer les gens et leur fric, de ménager leurs intérêts et le leur... oui, fuir tout cela et se barrer pour de bon. Le magot attendait au bout de la route et, avec, la sortie. Un voilier, une maison en Floride, une autre aux îles Vierges, une troisième à Aspen... pouvoir dormir parfois jusqu'à huit heures ; jouer au golf. C'était une vision d'avenir puissamment attirante.

Mais pourquoi pas tout de suite ?

Dieu du ciel, qu'avait-il fait ? Demain matin, il se lèverait sans savoir quoi faire. Était-il possible de décrocher comme ça ?

Un peu tard pour y penser, George, se dit-il en acceptant le verre de Moët, pour boire la gorgée de rigueur. Il leva sa flûte pour saluer Yamata, parce que ça aussi, c'était de rigueur. Puis il vit le sourire, attendu mais surprenant. Ce n'était pas un sourire de vainqueur. Pourquoi ? se demanda Winston. Il avait payé rubis sur l'ongle. Ce n'était pas le genre de marché où l'on pouvait avoir « gagné » ou « perdu ». Winston retirait ses billes,

Yamata plaçait les siennes. Et pourtant, ce sourire. C'était crispant, et d'autant plus qu'il ne le comprenait pas. Son esprit tournait à toute vitesse alors que le vin pétillant lui descendait dans la gorge. Si seulement il avait été amical et gracieux, ce sourire, mais non. Leurs yeux se croisèrent, à quinze mètres de distance, à l'insu de tous les autres, et en dépit du fait qu'il n'y avait eu ni combat ni vainqueur défini, c'était comme si une guerre venait de se livrer.

Pourquoi ? L'instinct. Winston laissa aussitôt parler le sien. Il y avait quelque chose — mais quoi ? De la méchanceté chez Yamata. Était-il de ceux qui en tout voient un combat ? Winston avait été ainsi naguère, mais il en était revenu. La compétition était toujours âpre mais civilisée. A Wall Street aussi, tout le monde était en compétition avec tout le monde — pour la sécurité, les conseils, les ententes ; une compétition rude, mais amicale tant que tout le monde obéissait aux mêmes règles.

Tu ne joues pas le même jeu, c'est ça ? eut-il envie de demander, trop tard.

Winston tenta une autre ruse, soudain intéressé par cette nouvelle partie qui avait commencé de manière si inattendue. Il leva son verre et, sans un mot, salua son successeur, tandis que le reste des participants continuaient à deviser autour de la table. Yamata lui rendit son salut et sa mine se fit encore plus arrogante : il irradiait le mépris devant la stupidité de l'homme qui venait de lui brader son affaire.

Tu étais si fort pour dissimuler tes sentiments jusqu'ici, pourquoi cesser maintenant ? Tu crois vraiment m'avoir dupé, avoir réussi un coup... encore plus gros que je l'imagine. Mais lequel ?

Winston détourna les yeux vers les baies vitrées pour contempler les eaux du port, calmes comme un miroir. Il était soudain las de ce petit jeu, indifférent à l'espèce de compétition que ce petit salopard s'imaginait avoir remportée. *Merde*, se dit-il, *je me suis retiré. Je n'ai rien perdu. J'ai gagné ma liberté. J'ai récupéré mes billes. J'ai tout ce qu'il me faut. Alors, OK, tu peux bien tenir la boutique et faire de l'argent, avoir ton siège attitré dans tous les clubs et restaurants de la ville chaque fois que tu reviendras ici, et te persuader de ton importance, si tu crois que ça représente une victoire, libre à toi. Mais cette victoire, elle ne se fait pas au détriment de qui que ce soit*, conclut Winston.

Pas de veine, vraiment. Comme toujours il avait tout saisi, identifié tous les éléments. Mais pour la première fois depuis des années, il n'avait pas réussi, avec, à reconstituer le bon scénario. Ce n'était pas de sa faute. Il maîtrisait parfaitement son propre jeu mais avait simplement fait la supposition, erronée, qu'il n'en existait pas d'autre.

Chet Nomuri déployait de gros efforts pour ne pas être un citoyen américain. Cela faisait quatre générations que sa famille résidait aux États-Unis — le premier de ses ancêtres était arrivé juste au tournant du siècle et avant le *gentlemen's agreement* signé entre le Japon et l'Amérique pour restreindre l'immigration. Il se serait senti insulté d'y songer outre mesure. Mais plus insultant encore avait été le traitement infligé à ses grands-parents et arrière-grands-parents, malgré leur passeport américain. Son grand-père avait saisi l'occasion de prouver sa loyauté à sa nouvelle patrie en servant dans le 442e d'infanterie ; il en était revenu avec deux citations et les galons de sergent-chef pour découvrir que l'affaire de famille — une entreprise de fournitures de bureau — avait été bradée pour une bouchée de pain et sa famille expédiée en camp d'internement. Avec une patience stoïque, il avait tout repris à zéro, choisissant une raison sociale sans équivoque, « Mobilier de bureau des anciens combattants », et gagné assez d'argent pour envoyer ses trois fils poursuivre leurs études à l'université et même au-delà.

Le père de Chet, chirurgien vasculaire, était un petit bonhomme jovial né en captivité et dont les parents, pour cette raison — et puis aussi pour plaire au grand-père —, avaient préservé certaines des traditions, la langue, par exemple.

Et ils avaient drôlement bien fait, songea Nomuri. Il avait surmonté ses problèmes d'accent en l'affaire de quelques semaines, et aujourd'hui, alors qu'il était assis dans un établissement de bains de Tokyo, tout le monde autour de lui se demandait de quelle préfecture il était natif — Nomuri avait plusieurs jeux de papiers d'identité. Il était officier supérieur des renseignements américains, mais détail retors, il était cette fois en mission non pas pour le compte de la CIA, mais pour celui du ministère de la Justice, et totalement à l'insu des Affaires étrangères. L'une des leçons qu'il avait apprises de son père chirurgien était qu'il fallait toujours garder les yeux fixés sur ce qui était possible, pas sur ce qu'on ne pouvait pas changer. En cela, la famille Nomuri s'était américanisée, en douceur, sans heurts, et en définitive avec succès.

Chet était assis jusqu'au cou dans l'eau brûlante. Les règles du bain étaient d'une clarté parfaite. Vous pouviez discuter de tout sauf du boulot, ou plutôt, vous pouviez en parler mais uniquement pour raconter les derniers potins, sans aborder les aspects concrets de votre vie professionnelle — l'argent, les affaires. A l'intérieur de ce cadre souple, tous les sujets semblaient pouvoir être abordés dans ce forum étonnamment décontracté au sein d'une société des plus rigides. Nomuri s'y rendait tous les jours à peu près à la même heure, et il le faisait depuis suffisamment longtemps pour que ceux qu'il y rencontrait à chaque fois le connaissent et se sentent en confiance avec lui. Il savait déjà tout ce qu'il y avait à savoir sur leurs épouses et leurs familles, et eux de même — ou plutôt, ils savaient tout de la « légende » qu'il s'était bâtie mais qui était désormais aussi réelle pour lui que le quartier de Los Angeles où il avait grandi.

« J'ai besoin d'une maîtresse, dit pour la énième fois peut-être Kazuo Taoka. Depuis que notre fils est né, ma femme, tout ce qui l'intéresse, c'est de regarder la télé.

— Elles sont tout juste bonnes à se plaindre », renchérit un autre employé. Concert de grognements d'approbation des autres hommes dans le bassin.

« Une maîtresse, c'est ruineux, observa Nomuri depuis son coin du bassin, en se demandant de quoi les épouses pouvaient bien se plaindre dans leur propre piscine. En temps et en argent. »

De ces deux éléments, l'essentiel était le temps. Chacun de ces jeunes cadres — enfin, pas exactement, mais la frontière entre ce qui était en Amérique considéré comme un poste de simple employé et un poste de responsable restait floue au Japon — gagnait bien sa vie, mais c'était au prix d'un lien avec son entreprise aussi étroit que celui des mineurs de charbon du Tennessee au temps d'Ernie Ford. Souvent levés avant l'aube, ils parcouraient de longs trajets en train de banlieue pour gagner des bureaux surpeuplés, ils travaillaient dur, et tard, et quand ils rentraient chez eux, c'était le plus souvent pour découvrir leur femme et leurs enfants endormis. Malgré tout ce qu'il avait appris par la télé et ses recherches avant d'arriver ici, Nomuri était toujours scandalisé de découvrir que la pression des affaires arrivait quasiment à détruire le tissu social du pays, et que la structure de la cellule familiale elle-même était déjà atteinte. C'était d'autant plus surprenant que c'était la force de cohésion de la famille japonaise qui seule avait permis à ses propres ancêtres de réussir dans une Amérique où le racisme aurait pu sembler un obstacle insurmontable.

« Ruineux, certes, approuva Taoka, morose, mais où diantre un homme peut-il trouver ce dont il a besoin ?

— C'est vrai », confirma un autre, de l'autre côté du bassin. Enfin, pas vraiment un bassin, mais c'était trop grand pour être une baignoire. « Ça coûte bien trop cher, mais à quoi bon être un homme ?

— Toujours plus facile pour les chefs », poursuivit Nomuri, en se demandant sur quoi tout ceci allait déboucher. Il en était encore au début de sa mission ; il continuait à en établir les fondations avant de s'y lancer pour de bon et il prenait son temps, selon les instructions d'Ed et Mary Pat.

« Vous devriez voir qui Yamata-san s'est mis dans la poche, observa un autre employé avec un rire sombre.

— Oh ? fit Taoka.

— Il est copain comme cochon avec Goto, poursuivit l'homme avec des mines de conspirateur.

— Le politicien ? Ah, oui, bien sûr ! »

Nomuri se laissa couler dans l'eau à près de quarante degrés et ferma les yeux pour ne pas donner l'impression d'être intéressé, même si son cerveau avait déjà déclenché son magnétophone interne. « Un politicien, murmura-t-il d'une voix pâteuse. Hmmph.

— Je devais transmettre des papiers à Yamata-san le mois dernier, dans une maison tranquille pas loin d'ici. Des papiers concernant l'affaire qu'il vient de signer aujourd'hui, en fait. C'est Goto qui recevait. On m'a laissé entrer ; j'imagine que Yamata-san voulait me faire profiter du spectacle. La fille avec eux... » Son ton se fit un rien intimidé. « Grande, blonde, et de si jolis seins...

— Où peut-on s'acheter une maîtresse américaine ? grasseya un autre.

— Et elle savait se tenir, poursuivit le narrateur. Elle est restée assise sans broncher pendant que Yamata-san parcourait les papiers. Patiente. Sans la moindre honte. De si jolis seins », conclut l'homme.

Donc les récits colportés sur Goto sont vrais, songea Nomuri. *Bon sang, comment de tels individus peuvent-ils faire un tel chemin en politique ?* se demanda l'agent de renseignements. Il ne lui fallut qu'une seconde pour se reprocher la stupidité de sa question. Ce genre de comportement chez les politiciens datait au bas mot de la guerre de Troie.

« Tu ne peux pas en rester là », insista Taoka, enjoué. L'homme ne se fit pas prier, détaillant la scène et captivant l'attention des autres, qui connaissaient déjà tout ce qu'il y avait à savoir sur les épouses de leurs collègues et se sentaient tout émoustillés d'entendre la description d'une « nouvelle » fille avec un luxe de détails cliniques.

« Qu'est-ce qu'on peut leur trouver ? ronchonna Nomuri, les yeux clos. Elles sont trop grandes, elles ont de trop grands pieds, ne savent pas se tenir, et...

— Laisse-le poursuivre son récit », l'interrompit une voix excitée. Haussant les épaules, Nomuri se soumit à la volonté générale, tandis que son esprit continuait à enregistrer chaque mot. L'employé avait le sens du détail, et en moins d'une minute, Nomuri disposait d'une description physique complète. Via le chef de station, le rapport atterrirait à Langley, car la CIA tenait un fichier des manies personnelles de tous les hommes politiques de par le monde. Il n'y avait jamais de fait inutile, même s'il espérait obtenir des informations d'un intérêt un peu plus immédiat que les penchants sexuels de Goto.

Le debriefing avait lieu à la Ferme, de son nom officiel Camp Peary, un centre d'entraînement de la CIA situé à l'écart de l'Interstate 64, entre Williamsburg et Yorktown, Virginie. Les sodas descendaient aussi vite qu'on pouvait ouvrir les boîtes, tandis que les deux hommes parcouraient les cartes en expliquant leurs six semaines de séjour qui s'étaient si bien achevées.

Le procès de Corp, annonçait CNN, allait s'ouvrir la semaine suivante. Son issue ne faisait guère de doute. Làbas, quelque part dans ce pays équatorial, quelqu'un avait déjà acheté cinq mètres de corde en chanvre de deux centimètres, même si les deux officiers se demandaient d'où viendrait le bois du gibet. Sans doute faudrait-il l'importer, songea Clark. Ils n'avaient pas vu des masses d'arbres.

« Eh bien, dit Mary Patricia Foley après avoir entendu l'ultime version. Ça m'a l'air d'être du bon boulot, les gars.

— Merci, m'dame, répondit galamment Ding. Sûr que John sait parfaitement jouer les licenciés ès sciences.

— Tu parles d'expérience, nota Clark avec un rire. Comment se débrouille Ed ?

— Il apprend son rôle », répondit le directeur adjoint des opérations, avec un sourire malicieux. Elle et son mari étaient passés ensemble à la Ferme, et Clark avait été un de leurs instructeurs. S'ils avaient formé naguère la meilleure équipe conjugale qu'ait connue l'Agence, il n'en restait pas moins que Mary Pat était plus douée pour opérer sur le terrain, alors qu'Ed avait de meilleures capacités d'organisation. En conséquence, c'était Ed qui aurait dû avoir la prééminence hiérarchique, mais le poste proposé à Mary Pat avait été simplement trop séduisant, politiquement parlant, et de toute façon, ils continuaient à collaborer en tant que codirecteurs adjoints, même si le titre officiel d'Ed restait quelque peu nébuleux. « Vous avez bien mérité un congé, vous deux, et au fait, vous avez droit aux félicitations officielles du locataire d'en face. » Ce n'était pas une première pour l'un et l'autre agents. « Vous savez, John, il est vraiment temps que vous reveniez au bercail. » Ce qui, dans sa bouche, signifiait retrouver à titre permanent un poste d'instructeur ici, sur ces côtes de Virginie. L'Agence *renforçait ses ressources humaines en matière de Renseignement* — la formule bureaucratique pour réclamer une augmentation du nombre des agents de renseignements (baptisés espions par les ennemis de l'Amérique) à déployer sur le terrain. Mme Foley désirait que Clark aide à les former. Après tout, il avait fait un bon boulot avec elle et son mari, vingt ans plus tôt.

« A moins que vous ne vouliez me forcer à prendre ma retraite. Je me plais bien, moi, en plein air.

— Il en tient une couche, m'dame, observa Chavez avec un sourire espiègle. Je suppose que c'est l'âge. »

Mme Foley s'abstint de discuter. Ces deux-là étaient parmi ses meilleurs agents sur le terrain et elle n'était pas si pressée de dissoudre une équipe qui réussissait. « Bon, d'accord, les gars. Debriefing terminé. L'Oklahoma et le Nebraska sont au programme de cet après-midi.

— Comment vont les gamins, MP ? » C'était son surnom dans le service, même si tout le monde n'avait pas le grade pour l'utiliser.

« Très bien, John. Merci. » Mme Foley se leva et gagna la porte. D'un saut d'hélicoptère, elle serait de retour à Langley. Elle non plus, elle ne voulait pas en rater une.

Clark et Chavez échangèrent ce regard qui accompagne le boulot accompli. L'opération BALADEUR était désormais aux archives, avec la bénédiction officielle du Service et, dans ce cas précis, de la Maison Blanche.

« C'est l'heure d'une bonne bière, monsieur C.

— Tu veux que je te ramène, je parie ?

— Si c'est pas trop vous demander, chef », répondit Ding.

Clark lorgna son partenaire. Oui, il s'était décrassé. Les cheveux bruns étaient propres et taillés court, l'épaisse barbe en broussaille qui dissimulait ses traits lors de leur séjour en Afrique avait disparu. Il portait même une chemise blanche et une cravate sous son veston. Clark avait l'impression qu'il était habillé comme un prétendant,

96

mais à la réflexion, il aurait pu se souvenir que Ding avait été naguère un soldat et que les soldats de retour du front aimaient se débarrasser de toutes les marques physiques rappelant les aspects les plus rudes de leur profession. Enfin, il n'allait quand même pas se plaindre que le gamin cherche à avoir l'air présentable, non ? Quels que puissent être ses défauts, se dit John, il se montrait toujours respectueux.

« Allez, viens. » Le break Ford de Clark était garé à son emplacement habituel, et au bout d'un quart d'heure de trajet, ils pénétraient dans l'allée de sa maison. Bâtie à l'extérieur du périmètre de Camp Peary, c'était un petit ranch à deux niveaux, plus vide aujourd'hui que naguère. Sa fille aînée, Margaret Pamela Clark, était partie poursuivre ses études à l'université, Marquette en l'occurrence. Patricia Doris Clark avait choisi un établissement plus proche du domicile familial, William & Mary, dans la ville voisine de Williamsburg. Elle y terminait sa première année de médecine. Patsy était déjà sur le seuil, prévenue de leur arrivée.

« Papa ! » Étreinte, baiser, suivi de quelque chose qui avait fini, quelque part, par devenir plus important. « Ding ! » Juste une brève étreinte, cette fois, nota Clark, même s'il n'était pas dupe un seul instant.

« Salut, Pats. » Ding ne lâcha pas sa main en entrant dans la maison.

4

ACTIVITÉ

« Nos exigences sont différentes, insista le négociateur.

— Comment cela ? s'enquit, patient, son vis-à-vis.

— L'acier, la conception du réservoir, tout cela est unique. Je ne suis pas moi-même ingénieur, mais les gens qui s'occupent de la conception me l'ont dit, en ajoutant que la qualité du produit risquait d'être altérée par la substitution d'autres éléments. Enfin, poursuivit-il, il y a également le problème de la standardisation des pièces. Comme vous le savez, une bonne partie des voitures assemblées dans le Kentucky sont réexpédiées pour être vendues au Japon, et en cas de dégâts ou d'échange standard, on peut immédiatement recourir à la production locale. Si nous devions adopter les éléments américains que vous suggérez, ce ne serait plus le cas.

— Seiji, ce dont nous discutons, c'est d'un réservoir d'essence. Il est formé de... disons cinq pièces d'acier galvanisé, pliées et soudées, avec une contenance de soixante-quinze litres. Il n'y a pas une seule pièce mobile », fit remarquer le fonctionnaire des Affaires étrangères, intervenant dans le processus de négociation pour y jouer le rôle pour lequel on l'avait payé. Il avait même réussi à feindre l'exaspération en appelant par son prénom son interlocuteur.

« Ah, mais l'acier lui-même, la formule, les proportions des divers composants de l'alliage final, tous ces éléments ont été optimisés pour se conformer précisément au cahier des charges défini par le constructeur...

— Et qui fait l'objet d'une normalisation au niveau international.

— Hélas, ce n'est pas le cas. Notre cahier des charges est bien plus draconien que ceux de la concurrence et, j'ai le regret de le dire, infiniment plus que celui de la Compagnie de pièces automobiles de Deerfield. Raison pour laquelle nous nous voyons contraints de décliner votre requête. » Ce qui mettait un terme à cette phase des négociations. Le négociateur japonais se carra dans son fauteuil ; resplendissant dans son complet Brooks Brothers avec sa cravate Pierre Cardin, il avait du mal à cacher sa jubilation. Il ne manquait pas d'entraînement, et il savait s'y prendre ; c'était lui qui avait la main. En outre, la partie devenait de plus en plus facile.

« C'est extrêmement contrariant », répondit le représentant américain du ministère du Commerce. Il n'avait pas escompté une autre réponse, bien sûr, et tourna la page pour aborder l'article suivant au programme des « Négociations sur les biens domestiques ». C'était comme du théâtre grec, se dit-il, à mi-chemin entre une tragédie de Sophocle et une comédie d'Aristophane. On savait exactement ce qui allait se produire avant même que ça ait commencé. En cela, il avait raison, mais pas comme il l'aurait imaginé.

Le nœud de l'affaire s'était joué plusieurs mois auparavant, bien avant que les négociations n'achoppent sur ce point, et, rétrospectivement, des esprits plus posés auraient certainement qualifié ça d'accident — simple coïncidence bizarre parmi toutes celles qui modèlent le destin des nations et de leurs dirigeants. Comme souvent dans ce cas, cela avait commencé par une banale erreur qui s'était produite malgré tout un luxe de précautions. Un simple fil électrique défaillant, qui avait réduit le débit de courant dans une cuve de galvanoplastie, et donc la charge électrique du liquide brûlant dans lequel plongeaient les feuilles d'acier. De ce fait, le processus de dépôt ne s'était pas déroulé jusqu'au bout, ne recouvrant le métal que d'une mince patine au lieu d'un placage complet. Les tôles (non) galvanisées étaient ensuite empilées sur des palettes, fardelées par des rubans métalliques pour les maintenir avant leur mise sous blister plastique. L'erreur allait s'aggraver encore lors des phases d'assemblage et de finition.

L'atelier où elle s'était produite ne faisait pas partie de l'usine de montage. A l'instar de tous les constructeurs américains, les grandes firmes automobiles — celles qui concevaient les voitures et y apposaient leur marque — s'approvisionnaient en majorité auprès de petits sous-traitants. Au Japon, les relations entre gros et petits poissons étaient à la fois stables et implacables : stables, car la relation d'affaires entre les deux entreprises était en général de longue durée ; implacable, car les assembleurs avaient des exigences dictatoriales, et ils faisaient toujours planer la menace de transférer le contrat à un autre fournisseur, même si l'éventualité était rarement évoquée ouvertement. Juste des allusions indirectes, en général un commentaire aimable sur l'état des affaires chez un concurrent plus petit, une allusion aux enfants (si intelligents) du propriétaire de cette entreprise, voire au fait qu'ils s'étaient rencontrés par hasard lors d'un match ou aux bains la semaine précédente. La nature de l'anecdote était moins importante que le contenu implicite du message, toujours parfaitement clair. En conséquence, les petits sous-traitants n'étaient pas ces vitrines de l'industrie lourde japonaise dont les autres pays avaient fini par respecter l'image colportée par la télévision dans le monde entier. Les ouvriers ne portaient pas de combinaison aux couleurs de la firme, ils ne mangeaient pas avec l'encadrement dans des cafétérias luxueuses, ils ne travaillaient pas dans des ateliers impeccables et superbement organisés. Du reste, leur paie n'entrait pas dans la grille de salaires finement ajustée des ouvriers qualifiés, et si les contrats d'embauche à vie devenaient de plus en plus rares même chez les travailleurs d'élite, pour eux, ils n'avaient jamais existé.

Dans l'un de ces ateliers de métallurgie anonymes, les piles de tôles mal galvanisées étaient déballées et les feuilles d'acier étaient glissées à la main, une à une, sous les cisailles. Elles étaient alors découpées mécaniquement, puis meulées — les chutes étaient récupérées et renvoyées pour recyclage à l'aciérie —, afin que chaque pièce corresponde exactement aux dimensions définies par les plans, avec une tolérance invariablement inférieure au millimètre, même pour ce composant relativement grossier que le propriétaire du véhicule n'aurait sans doute jamais l'occasion de contempler. Les pièces les plus grandes étaient alors transférées à une autre machine où elles étaient cintrées à chaud, avant d'être soudées pour former un cylindre aplati. Immédiatement après, les extrémités arrondies étaient ajustées et soudées en place par une manœuvre automatique qui n'exigeait la supervision que d'un seul ouvrier. Les trous prédécoupés sur un côté recevaient le tuyau d'alimentation qui serait fermé par le bouchon de remplissage — il y en avait un autre au fond du réservoir pour la tubulure d'alimentation du moteur. Avant de quitter l'atelier, les réservoirs étaient recouverts d'un enduit à base de cire et de résine époxy destiné à protéger l'acier de la rouille. L'enduit était censé se coller à l'acier, en une union indissociable de matériaux disparates qui protégerait indéfiniment le réservoir contre la corrosion et les fuites d'essence concomitantes. Bref, une réalisation élégante et tout à fait caractéristique de l'ingénierie japonaise, sauf qu'en l'occurrence, ce n'était pas vraiment ça, par la faute de ce câble électrique défectueux à l'aciérie. L'enduit ne s'était pas franchement lié à l'acier, même s'il avait une rigidité interne suffisante pour rester en place jusqu'au moment de l'inspection visuelle. Aussitôt après, un tapis roulant transportait les réservoirs à l'atelier d'emballage, tout au bout de l'usine de pièces détachées. Là, ils étaient glissés dans des boîtes en carton fabriquées par un autre sous-traitant, puis transportés par camion dans un entrepôt où la moitié du stock repartait de nouveau par camion vers l'usine de montage du constructeur, tandis que l'autre moitié allait remplir des conteneurs standardisés qui seraient chargés sur un cargo à destination des États-Unis. Là, les réservoirs seraient fixés à des automobiles quasiment identiques, dans une usine appartenant à la même multinationale, même si elle était située dans les collines du Kentucky et non pas dans la plaine du Kanto, au nord de Tokyo.

Tous ces événements avaient eu lieu plusieurs mois avant que le sujet ne figure au programme des « Négociations sur les biens domestiques ». On avait assemblé et expédié des milliers d'automobiles au réservoir d'essence défectueux, qui toutes avaient échappé en sortie de chaîne aux contrôles de qualité, d'habitude excellents, dans deux usines de montage séparées par neuf mille kilomètres de terre et d'océan. Dans le cas des voitures assemblées au Japon, elles avaient été chargées à bord des bateaux les plus laids qu'on ait jamais construits, des navires porte-autos aussi manœuvrables que des péniches, qui traversaient lourdement les tempêtes d'automne du Pacifique Nord. L'air saturé de sel marin atteignait les véhicules par le système de ventilation du bateau. Cela n'aurait pas été trop grave jusqu'au moment où l'un d'eux rencontra un front où l'air froid fut soudainement remplacé par de l'air chaud : le brusque changement d'humidité relative, interagissant avec l'hygrométrie régnant à l'intérieur des réservoirs, entraîna une forte condensation d'eau salée sur leur paroi extérieure. Là, le sel se mit aussitôt à attaquer l'acier doux mal protégé, corrodant et affaiblissant la tôle mince chargée de contenir l'essence à 92 d'octane.

Quels qu'aient pu être ses autres défauts, Corp affronta sa mort avec dignité, constata Ryan. Il venait de visionner l'extrait de bande que CNN avait jugé impropre à diffuser dans ses bulletins d'information réguliers. Après un discours dont la traduction tenait sur les deux feuillets que Ryan avait sur les genoux, on avait placé le nœud coulant autour de son cou et la trappe s'était ouverte. Le cadreur de CNN avait zoomé sur le corps qui tressauta avant de s'immobiliser, inerte, marquant un tournant dans l'histoire de son pays. Mohammed Abdul Corp. Brigand, assassin, trafiquant de drogue. Mort.

« J'espère simplement que nous n'avons pas créé un martyr, observa Brett Hanson, rompant le silence dans le bureau de Ryan.

— Monsieur le ministre, commença Ryan, qui tourna la tête et vit son hôte parcourir lui aussi une traduction des derniers mots de Corp. Tous les martyrs partagent la même caractéristique.

— Laquelle, Ryan ?

— Ils sont tous morts. » Jack marqua un temps pour accentuer l'effet. « Ce type n'est pas mort pour Dieu ou pour son pays. Il est mort à cause de ses crimes. Ils ne l'ont pas tué pour avoir assassiné des Américains. Ils l'ont tué pour avoir assassiné ses compatriotes et vendu de la drogue. Ce n'est pas de cette étoffe que sont faits les martyrs. Affaire classée, conclut Jack en jetant les feuilles dans la corbeille correspondante sans même les lire. Bien, qu'a-t-on appris de neuf sur l'Inde ?

— Diplomatiquement parlant, rien.

— Mary Pat ? demanda Jack en se tournant vers la représentante de la CIA. Il y a une brigade mécanisée qui fait des manœuvres intensives dans le sud du pays. On l'a appris avant-hier. Il semblerait qu'il s'agisse d'un exercice coordonné.

— Que dit le Renseignement ?

— On n'a aucun élément sur place, admit Mme Foley, énonçant ce qui était devenu un leitmotiv à la CIA. Désolée, Jack. Il faudra des années avant qu'on puisse envoyer des agents partout où l'on veut. »

Ryan grommela dans sa barbe. Les photos satellite étaient certes parfaites dans leur genre, mais ce n'étaient jamais que des photos. Les photos vous donnaient des formes, pas des pensées. Ryan avait besoin de pensées. Il se répéta que Mary Pat faisait de son mieux pour combler ce handicap. « D'après la marine, leur flotte est fort occupée et leur schéma d'opérations suggère une mission de barrage. » Les satellites avaient en tout cas révélé que l'ensemble des navires amphibies indiens formaient deux escadres. L'une était en mer, à deux cents milles environ de leur base, et procédait à des manœuvres coordonnées. L'autre, également groupée, était en entretien dans cette même base navale. Celle-ci était éloignée du site des manœuvres de la brigade, mais une ligne de chemin de fer reliait le port de guerre à la ville de garnison des blindés. Des analystes étaient en train d'éplucher les voies de marchandises dans chaque agglomération, sur une base quotidienne. Les satellites servaient au moins à ça. « Rien du tout, Brett ? Nous avons plutôt un bon ambassadeur sur place, si je me souviens bien.

— Je ne veux pas trop faire pression sur lui. Cela pourrait nuire au peu d'influence et de filières d'informations que nous avons sur place », annonça le ministre des Affaires étrangères. Mme Foley se retint de lever les yeux au ciel.

« Monsieur le ministre, reprit patiemment Ryan, compte tenu du fait que nous n'avons pour l'heure ni influence ni informations, tout ce qui pourra se présenter nous sera utile. Voulez-vous que je le prévienne personnellement ou préférez-vous vous en charger ?

— Il travaille pour moi, Ryan. » Jack attendit quelques secondes pour réagir à l'aiguillon. Il détestait les luttes territoriales, même si elles étaient apparemment le sport favori des membres de l'exécutif.

« Il travaille pour les États-Unis d'Amérique. Au bout du compte, il travaille pour le Président. Mon boulot est de dire au Président ce qui se passe là-bas, et j'ai besoin d'informations. Alors, mettez-le sur le coup. Il a un officier de la CIA qui travaille pour lui. Il a trois attachés militaires. Je veux qu'ils s'y mettent tous. L'objet de l'exercice est de définir ce qui, pour la marine comme pour moi, ressemble fort à des préparatifs en vue de l'invasion éventuelle d'un État souverain. Je veux l'en empêcher.

— Je ne peux vraiment pas croire que l'Inde puisse faire une chose pareille, observa Brett Hanson, non sans malice. J'ai dîné à plusieurs reprises avec leur ministre des Affaires étrangères et il ne m'a jamais laissé le moins du monde entendre que...

— D'accord. » Ryan l'interrompit en douceur pour modérer le coup qu'il allait infliger. « Fort bien, Brett. Mais les intentions changent, et ils nous ont bel et bien donné le signe qu'ils veulent voir déguerpir notre flotte. Je veux cette information. Je vous demande de laisser carte blanche à l'ambassadeur Williams pour nous débroussailler ça. L'homme est malin et je me fie à son jugement. C'est une requête personnelle. Je peux demander au Président de la transformer en ordre. A vous de choisir, monsieur le ministre. »

Hanson pesa le pour et le contre, et acquiesça d'un signe de tête avec toute la dignité dont il était capable. Ryan venait de résoudre en Afrique une crise qui tenaillait Roger Durling depuis deux ans, et il avait le vent en poupe, du moins pour le moment. Ce n'était pas tous les jours qu'un fonctionnaire gouvernemental renforçait les chances de réélection d'un président. Le bruit que l'arrestation de Corp aurait été l'œuvre de la CIA s'était déjà répandu dans les médias, et n'était que mollement démenti par la salle de presse de la Maison Blanche. Ce n'étaient pas des façons de conduire la politique étrangère, mais ce problème serait réglé sur un autre champ de bataille.

« La Russie, maintenant », dit simplement Ryan, terminant une discussion et entamant la suivante.

L'ingénieur du complexe spatial de Yoshinobu savait qu'il n'était pas le premier à faire des observations sur la beauté du mal. Certainement pas le premier dans son pays, où le goût maniaque et national de la belle ouvrage avait sans doute commencé avec le soin scrupuleux porté à la confection de sabres, le *katana* long de un mètre du samouraï. Pour ce faire, l'acier était martelé, plié, martelé de nouveau, replié et ainsi de suite à vingt reprises, selon un processus de laminage qui permettait d'obtenir un feuilleté de plus d'un million de couches à partir de la coulée initiale. Un tel traitement exigeait une immense dose de patience de la part du futur propriétaire de l'arme, qui attendrait sans broncher, manifestant en l'occurrence une servilité qui était loin d'être le trait marquant de son pays à cette époque. Et pourtant, il fallait bien, car le samouraï avait besoin de son épée et seul un maître artisan pourrait la lui forger.

Mais pas aujourd'hui. Le samouraï contemporain — si on pouvait le qualifier ainsi — se servait du téléphone et exigeait des résultats immédiats. Eh bien, il faudrait encore qu'il attende, se dit l'ingénieur, en contemplant l'objet devant lui.

En fait, ce qu'il avait devant lui était un mensonge élaboré, mais c'était l'habileté du mensonge, et sa pure beauté technologique qui suscitaient son auto-admiration. Les connecteurs latéraux étaient factices, mais six personnes seulement étaient au courant, et le dernier de la liste était l'ingénieur, qui en ce moment même descendait par l'échelle du dernier niveau de la tour de montage pour gagner l'étage inférieur. De là, il prit l'ascenseur pour rejoindre le pas de tir bétonné, où les attendait un bus chargé de les conduire au poste de contrôle enterré. Une fois dans le bus, l'ingénieur ôta son casque de plastique rigide blanc et commença à se détendre. Dix minutes plus tard, installé dans un confortable fauteuil pivotant, il dégustait une tasse de thé. Sa présence ici ou sur l'aire de lancement n'était pas vraiment nécessaire, mais quand on construit quelque chose, on a envie de le voir jusqu'au bout, et de toute façon Yamata-san aurait insisté.

Le lanceur balistique H-11 était nouveau. C'était seulement le second tir d'essai. Il dérivait en fait de la technologie soviétique, l'un des derniers modèles d'ICBM, construits par les Russes avant l'éclatement de leur pays, et Yamata-san avait racheté la licence de fabrication pour une bouchée de pain (quoique calculée en monnaie forte), puis transmis l'ensemble des plans et des données à ses compatriotes, pour qu'ils les modifient et les améliorent. Cela n'avait pas été difficile. De l'acier de meilleure qualité pour l'enveloppe et une électronique plus raffinée pour le système de guidage avaient permis de gagner douze cents kilos, puis d'autres perfectionnements sur les carburants solides avaient accru de dix-sept pour cent les performances théoriques de la fusée. Ç'avait été un exploit pour l'équipe de conception, suffisant pour attirer l'attention des ingénieurs américains de la NASA, dont trois étaient ici présents dans la casemate comme observateurs. Et n'était-ce pas cela le plus drôle ?

Le compte à rebours se déroula comme prévu. La tour de montage recula sur ses rails. Des projecteurs inondaient la fusée posée sur son pas de tir comme un monument — mais pas le genre de monument auquel pensaient les Américains.

« Sacré bloc d'instrumentation, observa un des gars de la NASA.

— Nous voulons vérifier notre capacité à mettre en orbite une charge utile importante, répondit simplement l'un des ingénieurs aérospatiaux.

— Eh bien, allons-y... » La mise à feu du moteur fusée satura brièvement les moniteurs TV avant qu'ils ne compensent électroniquement l'éclat éblouissant de la flamme blanche. Le lanceur balistique H-11 bondit littéralement sur une colonne de flammes suivie d'un panache de fumée.

« Qu'avez-vous fait avec le carburant ? demanda tranquillement l'ingénieur de la NASA.

— Améliorer la chimie », répondit son homologue japonais, qui fixait non pas l'écran mais ses batteries d'instruments de mesure. « Renforcer le contrôle qualitatif, la pureté du comburant, surtout.

— Ça n'a jamais été leur fort », reconnut l'Américain.

Il ne voit même pas ce qu'il a sous les yeux, se dirent les deux ingénieurs nippons. Yamata-san avait raison. C'était fascinant. Des cinéthéodolites suivirent l'ascension de la fusée dans le ciel limpide. La H-11 grimpa à la verticale les trois cents premiers mètres puis, très lentement, infléchit gracieusement sa course et sa signa-

106

ture visuelle se réduisit à un disque blanc-jaune. La trajectoire s'aplatit de plus en plus jusqu'à ce que l'engin s'éloigne des caméras de poursuite, quasiment à l'horizontale. « BECO », souffla l'homme de la NASA, pile au bon moment. BECO signifiait *booster-engine cutoff* — extinction des propulseurs d'appoint —, car il pensait en termes de lanceur spatial. « Et séparation... mise à feu du deuxième étage... » Là, les termes étaient bons. Un cinéthéodolite suivit la chute du premier étage dans la mer, encore illuminé, alors que finissaient de brûler les restes de combustible.

« Vous comptez le récupérer ? s'enquit l'Américain.

— Non. »

Toutes les têtes se tournèrent vers les graphiques de télémétrie, dès que le contact visuel fut perdu. La fusée continuait d'accélérer, suivant exactement la trajectoire définie, vers le sud-est. Divers instruments électroniques affichaient la progression de la H-11 sous forme de graphiques et de chiffres.

« La trajectoire est un peu haute, non ?

— Nous visons une orbite intermédiaire, expliqua le responsable de projet. Une fois que nous aurons établi que nous sommes capables de mettre en orbite le poids défini, et que nous aurons pu certifier la précision de l'injection, la charge utile sera décrochée d'ici quelques semaines. Nous n'avons pas l'intention d'en rajouter encore aux détritus qui volent au-dessus de nos têtes.

— Bonne initiative. Avec tout le bordel qu'il y a là-haut, ça devient dangereux pour nos missions habitées. » L'homme de la NASA marqua un temps puis décida de poser une question délicate. « Quelle est votre charge utile maximale ?

— Cinq tonnes, pour l'évolution finale. »

Sifflement de l'Américain. « Vous croyez pouvoir tirer de telles performances de cette gamelle ? » Cinq tonnes, dix mille livres : chiffres magiques. Si vous pouviez injecter une telle masse en orbite basse, alors s'ouvrait pour vous l'orbite géostationnaire dévolue aux satellites de communication. Cinq tonnes, cela correspondait au satellite proprement dit et au moteur fusée supplémentaire indispensable pour gagner l'altitude supérieure. « Vous avez dû sacrément chiader l'étage intermédiaire. »

Le Japonais répondit tout d'abord par un sourire. « Secret de fabrication.

— Enfin, je suppose qu'on sera fixé dans quatre-vingt-dix secondes. »

L'Américain se tourna sur sa chaise pour surveiller la télémétrie numérique. Se pouvait-il qu'ils sachent un truc que lui et ses collègues ignoraient ? Il en doutait mais, au cas où, la NASA avait installé une caméra d'observation pour suivre la H-11. Les Japonais n'en savaient rien, bien sûr. La NASA disposait de stations de poursuite réparties sur tout le globe pour surveiller les activités spatiales américaines, et comme celles-ci n'avaient souvent rien à faire, elles suivaient toutes sortes d'objet. Les stations de l'île Johnston et de l'atoll de Kwajalein avaient été à l'origine installées pour les tests de l'IDS et le suivi des lancements de missiles soviétiques.

Les cinéthéodolites de l'île Johnston s'appelaient *Boule d'ambre* et ses six techniciens accrochèrent la H-11, ayant été avertis du lancement par un satellite du Programme de soutien de la défense, un engin également conçu et lancé pour avertir des tirs soviétiques. Des notions d'un autre âge, se disaient tous les techniciens.

« Sûr qu'on dirait un SS-19 », observa le chef de station. Tous les autres acquiescèrent.

« La trajectoire est identique, confirma un autre technicien après avoir vérifié ses paramètres et le rayon d'action.

— Extinction et séparation du deuxième étage, étage de liaison et charge utile libérés... brève rectification de trajectoire — waouh ! »

Son écran devint blanc.

« Perte de signal ! Perte de télémétrie ! » annonça une voix au PC de tir.

L'ingénieur en chef japonais grommela quelque chose qui ressemblait à un juron aux oreilles du représentant de la NASA dont les yeux retournèrent vers l'écran d'affichage graphique. Perte du signal juste quelques secondes après l'allumage de l'étage de liaison. Ça ne pouvait signifier qu'une seule chose.

« Ça nous est arrivé plus d'une fois », compatit l'Américain. Le problème était que les carburants pour fusées, en particulier les carburants liquides toujours employés pour le dernier étage d'un lanceur spatial, étaient en gros des explosifs puissants. Qu'est-ce qui avait pu clocher ? La NASA et les militaires américains avaient passé plus de quarante ans à découvrir toutes les avanies possibles.

L'ingénieur d'armement ne s'énerva pas comme le contrôleur de vol et l'Américain assis près de lui attribua ce calme à son professionnalisme, ce qui était le cas. Du reste, l'Américain ignorait qu'il était ingénieur d'armement. En fait, jusqu'ici, tout s'était déroulé exactement selon les plans. Les réservoirs de l'étage de liaison avaient été chargés d'un explosif puissant qui avait détoné aussitôt après la séparation du cône contenant la charge utile.

Cette dernière était un objet conique d'un mètre quatre-vingts de diamètre à la base et de deux mètres six de long. Il était formé d'uranium 238, ce qui n'aurait pas manqué de surprendre et de troubler le représentant de la NASA. Métal dense et fort dur, il avait également d'excellentes qualités réfractaires, ce qui signifiait une excellente résistance à la chaleur. De nombreux engins spatiaux américains y recouraient aussi pour leur charge utile, mais aucun n'était la propriété de l'Agence nationale de l'aéronautique et de l'espace. En général, les objets de forme et de taille similaires étaient installés au sommet des toutes dernières armes stratégiques à tête nucléaire que les États-Unis étaient en train de démanteler aux termes d'un traité signé avec la Russie. Plus de trente ans plus tôt, un ingénieur de l'AVCO avait fait remarquer que, puisque l'U238 était à la fois un excellent matériau pour encaisser la chaleur d'une rentrée balistique, et le composant du troisième étage d'une bombe thermonucléaire, pourquoi ne pas essayer d'intégrer le VR, *véhicule de rentrée,* à la bombe. C'était bien une idée propre à séduire un ingénieur, et on l'avait mise en pratique, testée, certifiée, et depuis 1960, elle était devenue partie intégrante de l'arsenal stratégique américain.

La charge utile qui si récemment encore surmontait la fusée H-11 était l'exacte simulation d'une tête nucléaire, et alors que *Boule d'ambre* et d'autres stations de poursuite suivaient les restes de l'étage de liaison, ce cône d'uranium redescendait vers la terre. L'objet n'avait aucun intérêt pour les caméras américaines puisque ce n'était après tout qu'une charge-test, un poids mort qui n'avait pas réussi à atteindre la vélocité nécessaire à sa mise en orbite autour de la Terre.

Ce que les Américains ignoraient aussi, c'est qu'à mi-chemin de l'île de Pâques et des côtes du Pérou, le MV *Takuyo* n'était pas en train de prospecter des zones de pêche comme on aurait pu le croire. Deux kilomètres à l'est du *Takuyo*, il y avait un radeau pneumatique équipé d'un récepteur GPS et d'une radio. Le bateau ne disposait pas d'un radar pour suivre la rentrée d'un missile balistique, mais le VR se signala lui-même dans le crépuscule du matin ; chauffé à blanc par la friction dans les hautes couches de l'atmosphère, il tomba comme un météore suivi d'une traînée de feu, pile à l'heure prévue, surprenant les vigies supplémentaires postées sur le pont ; bien que prévenues, elles étaient néanmoins impressionnées. Les têtes se tournèrent rapidement pour suivre sa chute qui se termina à deux cents mètres à peine du radeau. Les calculs ultérieurs devaient déterminer que le point d'impact était situé précisément à deux cent soixante mètres de la position calculée. Ce n'était pas parfait et, au grand dam de certains, carrément d'un ordre de grandeur inférieur aux performances des missiles américains les plus récents, mais dans l'optique de cet essai, le résultat était amplement suffisant. Mieux encore, il s'était déroulé sous les yeux du monde entier, et tout le monde n'y avait vu que du feu. Quelques instants après, la tête nucléaire factice éjecta un ballon qui se gonfla pour la maintenir près de la surface. Un canot lancé du *Takuyo* était déjà en route pour repêcher le VR. Une fois récupéré, on procéderait à l'analyse de ses données télémétriques.

« Ça va être très dur, n'est-ce pas ? demanda Barbara Linders.

— Oui. » Murray ne voulait pas lui mentir. Ces quinze derniers jours, ils étaient devenus très proches, en fait plus proches encore que Mad. Linders avec sa thérapeute. Durant ce laps de temps, ils avaient discuté plus de dix fois de l'agression, l'envisageant sous tous ses aspects, enregistrant ses moindres paroles, retranscrivant par écrit ces enregistrements, recoupant les moindres faits, allant jusqu'à vérifier à l'aide de photos du bureau de l'ex-sénateur la couleur du mobilier et celle de la moquette. Tout avait été vérifié. Oh, bien sûr, il y avait quelques contradictions, mais rares, et toutes mineures. Le fond de l'affaire n'en était pas affecté. Mais tout cela ne changerait rien au fait que, oui, ce serait probablement très dur.

Murray s'occupait de l'affaire, agissant comme représentant personnel du directeur Bill Shaw. Sous ses ordres, vingt-huit agents, dont deux inspecteurs divisionnaires, les autres étant presque tous des hommes d'expérience ayant dépassé la quarantaine, choisis pour leur compétence (il y avait également une demi-douzaine de jeunes inspecteurs chargés des enquêtes sur le terrain). L'étape suivante serait la rencontre avec le procureur. Ils avaient déjà choisi qui ce serait : Anne Cooper, vingt-neuf ans, diplômée en droit de l'université d'Indiana, et spécialisée dans les affaires de viol. Grande femme noire élégante et ardemment féministe, elle avait suffisamment de tempérament pour que le nom de l'inculpé ne lui fasse ni chaud ni froid. C'était là la partie facile.

Venait ensuite la partie délicate. L'« inculpé » en question était le vice-président des États-Unis et la Constitution stipulait qu'on ne pouvait pas le traiter comme n'importe quel citoyen lambda. Dans son cas, le « grand jury » serait formé par la commission judiciaire de la Chambre des représentants. Anne Cooper travaillerait d'un point de vue technique *en collaboration avec* le président et les membres de la commission, même si, d'un point de vue pratique, c'est elle qui serait chargée d'instruire l'affaire, avec l'« aide » des membres de la commission, pour amuser la galerie et organiser des fuites à destination de la presse.

Le vrai scandale éclaterait alors, expliqua Murray d'une voix lente et posée, quand le président de la commission serait informé de ce qui se préparait. Les accusations deviendraient alors publiques ; la dimension politique de l'affaire rendait la chose inévitable. Le Vice-président Edward J. Kealty démentirait avec indignation toutes les accusations portées contre lui, et son équipe d'avocats lancerait sa propre enquête sur Barbara Linders. Tout ce qu'ils découvriraient, Murray l'avait déjà appris de la bouche même de celle-ci ; bon nombre de ces détails lui seraient préjudiciables, et l'on se garderait bien d'expliquer au public que les femmes victimes de viol, en particulier celles qui ne dénonçaient pas tout de suite l'agression, étaient ravagées par une perte totale d'estime de soi qui se manifestait souvent par un comportement sexuel déviant. (Ayant appris que l'activité sexuelle était la seule chose que les hommes désiraient d'elles, elles se mettaient à multiplier les expériences, dans une quête futile et désespérée d'un respect de soi bafoué par leur premier agresseur.) Barbara Linders l'avait fait, elle avait pris des antidépresseurs, elle était passée par une demi-douzaine d'emplois successifs et deux avortements. Que tout cela soit une manifestation d'avilissement de soi et non le signe d'une instabilité caractérielle, ce serait à la commission de l'établir, car une fois l'affaire devenue publique, elle ne serait plus en mesure de se défendre seule, n'aurait plus le droit de s'exprimer librement, tandis que les avocats et les enquêteurs de la partie adverse auraient le champ libre pour l'attaquer aussi violemment, aussi vicieusement, mais plus ouvertement qu'avait pu le faire Ed Kealty. Les médias y veilleraient.

« Ce n'est pas juste, dit-elle enfin.

— Si, Barbara, ça l'est. Et c'est nécessaire, dit Murray, le plus doucement possible. Et vous savez pourquoi ? Parce qu'on va faire destituer ce fils de pute, ça ne fait aucun doute. L'audience devant le Sénat ne sera qu'une formalité. Mais ensuite, on pourra le traîner devant une véritable cour d'assises fédérale, et là il sera condamné comme le criminel qu'il est. Ce sera dur pour vous, mais quand il se retrouvera en prison, c'est surtout pour lui que ce sera dur. C'est ainsi que marche le système. Il n'est peut-être pas parfait mais c'est ce qu'on a trouvé de mieux. Et quand tout sera fini, Barbara, vous aurez retrouvé votre dignité, et plus personne, jamais, ne pourra vous l'ôter à nouveau.

— Je n'ai plus jamais l'intention de fuir, monsieur Murray. » Elle en avait fait du chemin, en quinze jours. Elle commençait à redresser l'échine. Elle n'avait pas encore un moral d'acier, mais les progrès étaient quotidiens. Il se demanda si elle tiendrait le coup. Il estima les chances à six contre cinq, et décida de parier sur elle.

« Appelez-moi Dan, je vous en prie. C'est ce que font mes amis. »

« Qu'est-ce que vous ne vouliez pas dire devant Brett ?

— Nous avons un gars au Japon... », commença Mme Foley, sans révéler le nom de Chet Nomuri. Son compte rendu prit plusieurs minutes.

Ce n'était pas vraiment une surprise. Ryan en avait lui-même émis la suggestion quelques années plus tôt, ici même, à l'occupant de la Maison Blanche de l'époque, le Président Fowler. En Amérique, trop de hauts fonctionnaires quittaient la fonction publique pour entrer dans des groupes de pression ou devenir consultants au profit de groupes financiers japonais, voire du gouvernement japonais lui-même, et invariablement avec un traitement bien supérieur à celui que pouvait leur fournir le contribuable américain. Le fait était troublant pour Ryan. Sans être illégal en soi, il était pour le moins incongru. Mais il y avait plus. On ne changeait pas simplement de bureau pour multiplier par dix son revenu personnel. Il avait dû y avoir une démarche de recrutement, avec quelque chose de concret à la clé. Comme dans toutes les autres formes d'espionnage, une nouvelle recrue devait d'abord apporter la preuve qu'elle était en mesure de fournir des informations de valeur. Le seul moyen d'y parvenir pour ces fonctionnaires âpres au gain était de donner des informations sensibles alors qu'ils étaient encore au service du gouvernement. Et cela, c'était de l'espionnage, un crime aux termes de l'article 18 du Code civil américain. Une opération menée conjointement par le FBI et la CIA essayait discrètement de savoir ce qu'il y avait à savoir. L'opération était baptisée BOIS DE SANTAL, et c'était là qu'intervenait Nomuri.

« Bien, alors qu'est-ce qu'on a jusqu'ici ?

— Rien sur le sujet pour l'instant, répondit Mary Pat. Mais on a appris un certain nombre de choses sur Hiroshi Goto. Il a de sales manies. » Elle détailla.

« Il ne nous aime pas trop, n'est-ce pas ?

— Ça ne l'empêche pas d'aimer les Américaines, si on peut dire.

— Ce n'est pas très facile à exploiter. » Ryan se cala dans son fauteuil. C'était écœurant, surtout pour un homme dont la fille aînée n'allait pas tarder à sortir, une phase toujours dure à assumer pour les pères de famille, même dans le meilleur des cas. « Les brebis égarées, ce n'est pas ce qui manque, MP, et on ne peut pas les sauver toutes, dit Jack sans trop de conviction.

— Toute cette affaire sent mauvais, Jack.

— Pourquoi dites-vous ça ?

— Je n'en sais rien. Son côté précipité, peut-être. Ce bonhomme pourrait être leur Premier ministre d'ici quinze jours. Il est fortement soutenu par les *zaibatsus*. Le gouvernement actuel est chancelant. Il devrait jouer les hommes d'État, pas les obsédés sexuels, en exhibant une jeune fille de la sorte...

— Autres cieux, autres mœurs. » Ryan commit l'erreur de fermer quelques instants ses yeux las, et aussitôt, son imagination se mit à illustrer les propos de Mme Foley. *C'est une citoyenne américaine, Jack. Ce sont ces gens qui te paient ton salaire.* Les yeux se rouvrirent. « Votre agent là-bas, c'est un bon ?

— Un excellent élément. Il est en place depuis six mois.

— A-t-il déjà recruté quelqu'un ?

— Non, il a ordre d'y aller mollo. Bien obligé, dans ce pays. Leur société a des règles différentes. Il a identifié une paire de tristes sires et il prend son temps pour les coincer...

— Yamata et Goto... mais tout ça ne tient pas debout, non ? Yamata vient d'investir à Wall Street, le Groupe

114

Columbus. L'affaire de George Winston. Je connais George.

— La société d'investissement ?

— Exact. Il vient de raccrocher et Yamata s'est pointé pour prendre sa place. Il s'agit d'une affaire de grosse galette, MP. Le droit d'entrée est à cent millions minimum. Et vous êtes en train de me dire qu'un politicien qui clame sur tous les toits qu'il déteste les États-Unis fricote avec un industriel qui vient de se marier avec notre système financier ? Merde, peut-être que Yamata cherche à lui expliquer les réalités de la vie.

— Que savez-vous de M. Yamata ? » demanda-t-elle.

La question le prit de court. « Moi ? Pas grand-chose, à part son nom. Il dirige une grosse entreprise. C'est l'une de vos cibles ?

— Tout juste. »

Ryan eut un sourire un coin. « MP, vous êtes sûre que c'est assez compliqué comme ça ? Vous ne voulez pas rajouter un autre élément ? »

Au Nevada, des gens attendaient que le soleil se soit caché derrière les montagnes pour commencer ce qui aurait dû être un exercice de routine, en dehors de quelques modifications de dernière minute. Les adjudants de l'armée étaient tous des hommes expérimentés et ils restaient bluffés par leur première visite officielle à Dreamland, le « Pays des rêves », comme les gars de l'Air Force continuaient d'appeler leur base secrète de Groom Lake. C'était ici qu'on essayait les appareils furtifs, et le site était truffé de radars et autres systèmes destinés à mesurer le réel degré de discrétion de ces engins. Maintenant que le soleil avait disparu et que l'obscurité avait envahi le ciel limpide, les pilotes gagnèrent leurs appareils et décollèrent pour un vol d'essai de nuit. La mission de ce soir était de s'approcher du couloir aérien de Nellis, de leur balancer quelques armes d'exercice, puis de revenir à Groom Lake, tout cela sans se faire détecter. Ce ne serait pas de la tarte.

Coiffé de sa casquette de J-3, Jackson observait le dernier élu dans la catégorie furtif. Le Comanche avait un rôle intéressant à jouer de ce côté-là, et plus encore pour les opérations spéciales, qui n'allaient pas tarder à devenir le dernier truc à la mode au Pentagone. L'armée prétendait avoir concocté un numéro de magie qui valait le spectacle, et il était là en spectateur attentif...

« Canons, canons, canons ! » dit l'adjudant sur le canal réservé quatre-vingt-dix minutes plus tard. Puis, à l'interphone : « Bon Dieu, quel spectacle ! »

La rampe de la base de Nellis abritait la plus grande escadre aérienne de l'Air Force, encore augmentée aujourd'hui par la visite de deux escadrilles supplémentaires dans le cadre de l'opération DRAPEAU ROUGE toujours en cours. Cela offrait plus de cent cibles au canon de 20 mm de son Comanche, et il arrosa les rangées d'appareils garés avant de virer et de dégager de la zone vers le sud. Les casinos de Las Vegas apparurent alors qu'il arrondissait sa trajectoire pour laisser la place aux deux autres hélicos, puis ce fut de nouveau le rase-mottes à quinze mètres au-dessus du sable inégal, cap au nord-est.

« Encore touchés, annonça l'homme à l'arrière. Des pilotes d'Eagle n'arrêtent pas de nous balayer.

— Ils nous ont accrochés ?

— Sûr qu'ils essaient, et... bon Dieu ! » Un F-15C passa en hurlant au-dessus d'eux, assez près pour que son sillage fasse légèrement osciller le Comanche. Puis une voix se fit entendre sur la fréquence réservée.

« Si ç'avait été un Echo, vous l'auriez eu dans le cul.

— On m'avait bien parlé de la réputation des aviateurs. D'accord, rendez-vous à l'étable.

— Roger. Terminé. » Au loin, à douze heures, le chasseur éteignit sa post-combustion pour saluer.

« Y a du bon et du moins bon, Sandy », observa la voix venue du siège arrière. Furtif, mais pas encore assez. La technologie intégrée au Comanche était assez bonne pour tromper un radar de guidage de missile, mais ces putains de zincs d'alerte aérienne avancée, avec leurs grandes antennes et leurs puces électroniques, n'arrêtaient pas de les accrocher, sans doute à cause des pales de leur rotor, estima le pilote. Ils avaient encore du boulot à faire de ce côté-là. La bonne nouvelle était que le F-15C, avec son superbe radar de guidage, n'arrivait pas à avoir un verrouillage suffisant pour ses AMRAAM, et recourir au guidage thermique était une perte de temps pour tout le monde, même au-dessus du sol froid d'un désert. En revanche le F-15 version E, avec son équipement de vision nocturne, aurait pu le descendre avec son canon de 20 mm. Un truc à se rappeler. Bon, le monde n'était pas encore parfait, mais le Comanche demeurait le plus méchant hélico jamais construit.

L'adjudant Sandy Richter, échelon 4, leva les yeux. Dans l'air froid et sec du désert, il apercevait les feux à éclats de l'E-3A AWACS qui tournait au-dessus d'eux. Pas si loin que ça. Trente mille pieds environ, estima-t-il. Puis lui vint une idée intéressante. Ce gars de la marine n'avait pas l'air con, et peut-être que s'il arrivait à la présenter de manière convenable, il aurait une chance de la mettre en pratique...

« Je commence vraiment à en avoir ma claque », était en train de dire le Président Durling. Il était dans son bureau, situé diagonalement à l'opposé de celui de Ryan, dans l'aile ouest. Ils avaient connu deux bonnes années, mais l'état de grâce avait brutalement pris fin quelques mois plus tôt. « C'est quoi encore, aujourd'hui ?

— Les réservoirs d'essence, répondit Marty Caplan. L'usine de pièces de Deerfield, dans le Massachusetts, vient tout juste de trouver un moyen de les fabriquer dans quasiment toutes les formes et toutes les tailles à partir de simples tôles d'acier. Une méthode robotisée, d'une efficacité redoutable. Ils ont refusé de vendre la licence aux Japonais...

— C'est du ressort d'Al Trent, non ? coupa le Président.

— Tout à fait.

— Excusez-moi. Je vous en prie, poursuivez. » Durling prit sa tasse de thé. Il ne supportait plus le café l'après-midi, à présent. « Pourquoi refusent-ils ?

— C'est l'une de ces entreprises qui ont été presque détruites par la compétition étrangère. Celle-ci s'accrochait à sa vieille équipe de direction. Ils ont décidé de se secouer, d'engager deux ou trois jeunes concepteurs brillants et de remonter leurs manches. Résultat : ils ont pondu une demi-douzaine d'innovations importantes. Il se trouve que c'est celle-ci qui offre la meilleure rentabilité. Ils prétendent pouvoir fabriquer les réservoirs, les emballer et les expédier au Japon pour moins cher que les Japonais en les fabriquant chez eux, sans parler que les leurs sont plus résistants. Mais nous n'avons pas réussi à décider l'autre camp à les utiliser dans les usines de montage qu'ils ont là-bas. Bref, c'est l'histoire des puces d'ordinateur qui recommence, conclut Caplan.

— Comment se fait-il qu'ils réussissent même à les expédier là-bas... ?

— Les bateaux, monsieur le président. » C'était au tour de Caplan de l'interrompre. « Leurs ferries arrivent ici chargés à bloc et, la plupart du temps, ils repartent à vide. Les charger ne coûterait quasiment rien et, en plus, la marchandise se retrouverait directement livrée à l'entrepôt destinataire. Deerfield a même conçu un système de déchargement qui élimine tout retard dans la chaîne.

— Pourquoi n'avez-vous pas insisté ? »

« Je suis surpris qu'il n'ait pas insisté », observa Christopher Cook.

Ils se trouvaient dans une villa luxueuse un peu à l'écart de la route de Kalorama. Un quartier huppé du district fédéral où logeaient une bonne partie du corps diplomatique, ainsi que le tout-venant de la faune de la capitale : membres de groupes de pression, avocats, et tous ceux qui désiraient être près, mais pas trop, des allées du pouvoir, c'est-à-dire le centre-ville.

« Si Deerfield voulait simplement vendre sa licence, soupira Seiji. Nous serions disposés à en donner un très bon prix.

— Certes », admit Cook, en se reversant un verre de vin blanc. Il aurait pu dire : *Enfin, Seiji, c'est leur invention et ils veulent qu'elle leur rapporte*, mais il s'en abstint. « Mais pourquoi, de votre côté... »

Ce fut au tour de Seiji Nagumo de soupirer. « Vous

avez été habiles. Ils ont engagé au Japon un avocat particulièrement brillant, et ont obtenu la reconnaissance de leur brevet en un temps record. » Il aurait pu ajouter qu'il était scandalisé qu'un concitoyen ait un tel comportement de mercenaire, mais c'eût été déplacé en la circonstance. « Eh bien, peut-être qu'ils finiront par entendre raison.

— Ce serait un bon point, Seiji. A tout le moins, en adoucissant vos conditions d'accord de licence.

— Pourquoi, Chris ?

— Cette affaire intéresse le Président. » Cook marqua une pause, vit que Nagumo n'avait pas encore saisi. C'était encore un bleu. Il connaissait le domaine industriel, pas encore la politique. « L'usine de Deerfield est située dans la circonscription d'Al Trent. Trent a le bras long sur la Colline. Il est rapporteur de la commission parlementaire sur le Renseignement.

— Et ?

— Et Trent est un type à ménager. »

Nagumo pesa la question pendant une minute ou deux ; il sirotait son vin en regardant par la fenêtre. S'il l'avait su plus tôt, il aurait pu essayer d'obtenir l'autorisation de céder sur ce point, mais il ne l'avait pas su et ne l'avait pas fait. Changer maintenant d'attitude serait admettre son erreur, et ça ne plaisait pas plus à Nagumo qu'à n'importe qui. A la place, il décida de suggérer qu'on fasse une offre plus intéressante pour les droits de licence — ignorant qu'en refusant d'accepter personnellement de perdre la face, il rendait plus probable ce qu'il aurait à tout prix préféré éviter.

5

THÉORIE DE LA COMPLEXITÉ

Les choses arrivent rarement pour une raison unique. Même les plus talentueux manipulateurs reconnaissent que l'essence de leur art est de savoir exploiter l'imprévisible. Pour Raizo Yamata, la connaissance était la plupart du temps un réconfort. Il savait en général quoi faire quand survenait un événement inattendu — mais pas toujours.

« Ce fut une période difficile, c'est vrai, mais pas la pire que nous ayons connue, déclara un des invités, et nous avons repris le dessus, non ?

— Nous les avons forcés à reculer sur les microprocesseurs », remarqua un autre. Signes de tête approbateurs autour de la table basse.

Non, ils ne voyaient vraiment pas, se dit Yamata. Les besoins de son pays coïncidaient exactement avec une nouvelle opportunité. Il existait désormais un nouveau monde et malgré les déclarations réitérées de l'Amérique sur l'émergence d'un ordre nouveau pour ce nouveau monde, seul le désordre avait remplacé trois générations, sinon de stabilité, en tout cas de prévisibilité. L'équilibre Est-Ouest était désormais si loin dans les brumes de l'histoire pour les esprits contemporains qu'il faisait l'effet d'un lointain cauchemar. Les Russes étaient encore sous le coup de leurs errements, et les Américains aussi, même si l'essentiel de leurs malheurs était de leur faute et était survenu bien après. Au lieu de se contenter de maintenir leur puissance, ces imbéciles y avaient renoncé, comme souvent dans leur histoire, et l'effacement des deux anciennes superpuissances laissait le champ libre à un pays qui *méritait* de prendre leur place.

« Ce sont des broutilles, mes amis, dit Yamata, s'inclinant avec grâce pour remplir les tasses disposées sur la table. Notre faiblesse nationale est structurelle et n'a pas changé fondamentalement de notre vivant.

— Expliquez-vous, je vous prie, Raizo-chan, suggéra un de ses pairs, qui était un de ses meilleurs amis.

— Tant que nous n'aurons pas d'accès direct à leurs ressources, tant que nous n'aurons pas nous-mêmes la maîtrise de cet accès, tant que nous continuerons à n'être que les boutiquiers des autres nations, nous resterons vulnérables.

— Ah ! » En face de lui, un homme écarta la remarque d'un geste. « Je ne suis pas d'accord. Nous sommes forts sur les points qui importent.

— Et qui sont... ? demanda doucement Yamata.

— D'abord et avant tout, le zèle de nos ouvriers, le talent de nos concepteurs... » La litanie se poursuivit, poliment écoutée par Yamata et les autres invités.

« Et combien de temps ces éléments garderont-ils de l'importance si nous n'avons plus de matières premières à utiliser, plus de pétrole à brûler ? rétorqua l'un des alliés de Yamata, entamant sa litanie personnelle.

— 1941 qui recommence ?

— Non, ça ne se passera pas comme ça... pas exactement, dit Yamata, intervenant dans la conversation. A l'époque, ils pouvaient nous priver de pétrole parce qu'ils étaient pratiquement notre seul fournisseur. Aujourd'hui, c'est plus subtil. En ce temps-là, ils devaient geler nos avoirs pour nous empêcher de les placer ailleurs, d'accord ? Aujourd'hui, ils dévaluent le dollar par rapport au yen et nos capitaux se retrouvent bloqués là-bas, vous êtes d'accord ? Aujourd'hui, ils nous poussent à investir chez eux, ils se plaignent quand on le fait, ils nous escroquent sur toute la ligne, ils s'approprient ce qu'on leur donne, et puis ils nous piquent ce qu'on leur a acheté ! »

Cette diatribe provoqua force hochements de tête. Tous ici avaient à un moment ou un autre vécu la même expérience. Celui-ci, savait Yamata, avait acheté le Rockefeller Center à New York, et l'avait payé le double de sa valeur réelle, même compte tenu de la surévaluation artificielle du marché immobilier, ayant été escroqué et trompé par les propriétaires américains. Puis le yen était monté par rapport au dollar, ce qui signifiait que le dollar avait perdu de la valeur face à la monnaie japonaise. S'il essayait de vendre maintenant, tout le monde le savait, ce serait un désastre. Primo, le marché immobilier new-yorkais avait dégringolé d'un coup ; secundo, et conséquence immédiate, les bâtiments ne valaient plus que la moitié en dollars du prix déjà payé ; tertio, ces dollars ne valaient plus, en yen, que la moitié de ce qu'ils valaient au début de l'opération. Il aurait encore de la chance s'il arrivait à récupérer le quart de ce qu'il avait mis dans l'affaire. En fait, les loyers qu'il touchait payaient tout juste les intérêts de l'arriéré de sa dette.

Yamata poursuivit son tour de table : cet autre, là, avait

acheté un grand studio de cinéma, et son rival assis en face de lui avait fait de même. Raizo avait du mal à se retenir de rire de ces crétins. Qu'avaient-ils acheté l'un et l'autre ? C'était simple : dans chaque cas, ils avaient payé plusieurs milliards de dollars pour devenir propriétaires de cent cinquante hectares de terrain à Los Angeles et d'un chiffon de papier stipulant qu'ils avaient dorénavant la possibilité de faire des films. Dans chaque cas, l'ancien propriétaire avait ramassé l'argent et leur avait pratiquement ri au nez, et dans chaque cas, l'ancien propriétaire venait de leur proposer tranquillement de reprendre son bien pour le quart, voire moins, du montant payé par l'homme d'affaires japonais — juste de quoi éponger la dette impayée, sans un yen de plus.

Et la litanie continuait. Chaque fois qu'une entreprise japonaise qui avait fait des bénéfices en Amérique cherchait à les réinvestir sur place, les Américains poussaient les hauts cris en se plaignant que les Japonais dépouillaient leur pays. Puis ils les estampaient dans les grandes largeurs. Leur politique gouvernementale veillait à ce que les Japonais perdent de l'argent sur toute la ligne, pour que les Américains puissent leur racheter à vil prix ce qu'ils leur avaient précédemment vendu, tout en continuant de se plaindre de ces prix trop élevés. L'Amérique pouvait se réjouir d'avoir repris le contrôle de sa culture, alors qu'en réalité, ce qui s'était produit était la plus vaste et la plus sournoise des opérations de brigandage de toute l'histoire de la planète.

« Vous ne voyez donc pas ? Ils cherchent à nous paralyser, et ils y arrivent », leur dit Yamata d'une voix calme et posée.

C'était le paradoxe classique que tout le monde connaît mais que tout le monde oublie. Il se résume en un simple aphorisme : empruntez un dollar à la banque et elle vous tient, empruntez-lui un million, et vous tenez la banque. Par exemple, le Japon avait investi sur le marché automobile américain à une époque où cette industrie, engraissée par le volume énorme de sa clientèle intérieure, faisait monter les prix et négligeait la qualité, tandis que les ouvriers syndiqués se plaignaient du côté déshumanisant de leur travail — avec les salaires les plus élevés du pays.

Les Japonais étaient entrés dans ce marché en se positionnant encore plus bas que Volkswagen, avec des voitures petites et laides, pas si bien fabriquées que ça, aux équipements de sécurité médiocres, mais qui avaient une supériorité sur les modèles de conception américaine : leur faible consommation.

Trois accidents historiques étaient venus au secours du Japon. Le Congrès américain, irrité par l'« avidité » des compagnies pétrolières qui voulaient aligner leurs produits sur les cours mondiaux, avait bloqué le prix du baril de brut à la sortie du puits. Cela avait gelé le prix de l'essence américaine au niveau le plus bas de tous les pays industrialisés, freiné la recherche pétrolière, et encouragé Detroit à fabriquer de grosses voitures lourdes et consommant beaucoup. Puis la guerre de 1973 entre Israël et les pays arabes avait conduit les automobilistes américains à faire la queue aux pompes pour la première fois depuis trente ans, un véritable traumatisme pour un pays qui s'était toujours cru au-dessus de telles contingences. Puis on s'était rendu compte que Detroit n'était capable que de fabriquer des gouffres à essence. Les petites compactes que les constructeurs américains avaient commencé à produire dix ans plus tôt avaient presque aussitôt grossi jusqu'à la taille moyenne ; elles n'étaient pas plus économes en essence que leurs grosses cousines, et n'étaient pas si bien finies de toute manière. Pire encore, et pour couronner le tout, les constructeurs américains avaient bientôt réinvesti dans des chaînes de gros modèles, une initative qui avait failli signer la faillite de Chrysler. Ce premier choc pétrolier n'avait pas duré longtemps, mais suffisamment pour que l'Amérique révise ses habitudes d'achat ; or les firmes nationales n'avaient ni les capitaux ni les capacités industrielles pour s'adapter au plus vite aux désirs d'une clientèle manifestant une nervosité inaccoutumée.

Ces clients avaient aussitôt accru leurs achats de voitures japonaises, tout particulièrement dans ce marché crucial, car donnant la tendance, de la côte Ouest. Cela avait permis de financer les bureaux d'étude des firmes japonaises qui s'étaient empressées d'embaucher des stylistes américains afin de rendre leurs produits plus séduisants pour ce marché en expansion, tout en mobilisant leurs propres ingénieurs pour améliorer des points comme la sécurité. De sorte que, lors du second grand choc pétrolier de 1979, Toyota, Honda, Datsun (futur Nissan) et Subaru s'étaient retrouvés au bon endroit avec le bon produit. C'était le bon temps. Le yen bas et le dollar haut avaient permis, même avec des prix relativement serrés, d'empocher de coquets bénéfices ; les concessionnaires s'étaient même permis de gonfler les prix de mille dollars ou plus, juste pour *donner le droit* aux gens d'acheter ces merveilleuses voitures — et c'était cela qui leur avait permis de se créer cette formidable force de vente formée de citoyens américains.

Les hommes réunis autour de cette table, Yamata le savait, avaient réédité la même erreur qu'avaient commise, en son temps, les cadres de la General Motors ou du Syndicat des travailleurs de l'automobile : celle d'imaginer que cette situation idyllique allait se prolonger indéfiniment. Les uns comme les autres avaient oublié qu'il n'y avait pas plus de droit divin pour les hommes d'affaires qu'il n'y avait de droit divin pour les rois. Le Japon avait appris à exploiter une faiblesse de l'industrie automobile américaine. En temps opportun, l'Amérique avait su tirer la leçon de ses propres erreurs mais, alors que les entreprises japonaises avaient tiré profit de l'arrogance de l'Amérique, elles se mirent, de la même façon, presque aussitôt à édifier — ou acheter — des monuments à leur propre arrogance. Pendant ce temps-là, les entreprises américaines avaient entrepris une campagne de réduction draconienne — réduction de taille des nouveaux modèles, réduction d'effectifs dans les ateliers —, parce que les faits s'étaient chargés de leur réapprendre les dures réalités de l'économie, alors même que les Japonais oubliaient celles-ci. Le processus était resté à peu près invisible, en tout cas pour ses acteurs qui n'étaient pas aidés par les prétendus analystes des médias, trop occupés à voir les arbres pour discerner le contour de la forêt des cycles économiques.

Pour normaliser un peu plus la situation, les taux de change avaient évolué — comme il se devait avec une telle masse monétaire circulant dans une seule direction

— mais les industriels japonais ne l'avaient pas pressenti davantage que Detroit n'avait pressenti l'imminence de ses problèmes. La valeur relative du yen avait grimpé, celle du dollar avait chuté, malgré tous les efforts des grandes banques japonaises pour maintenir un yen faible. Ce changement avait fait fondre la majeure partie des profits des entreprises japonaises — y compris la valeur des biens immobiliers acquis en Amérique, qui avaient dégringolé à un point tel qu'on pouvait les considérer désormais comme des pertes nettes. Et de toute façon, vous ne pouviez pas rapatrier à Tokyo le Rockefeller Center.

Ils n'avaient pas le choix. Yamata s'en rendait compte même si ces hommes ne le voyaient pas. L'économie était un cycle, oscillant comme des vagues, et personne n'avait encore trouvé un moyen de lisser ces fluctuations. Le Japon y était d'autant plus vulnérable qu'en fournissant l'Amérique, l'industrie nippone était devenue partie intégrante de l'industrie américaine et se trouvait donc sujette à tous ses caprices. Les Américains ne resteraient pas indéfiniment plus idiots que les Japonais, et dès qu'ils auraient retrouvé leurs esprits, ils reprendraient l'avantage de la puissance et des ressources, et cette opportunité, sa chance, serait à jamais perdue. La chance de son pays, également, se dit Yamata. Cela aussi était important, mais ce n'était pas cela qui faisait flamboyer son regard.

Son pays ne pouvait pas être un grand pays tant que ses dirigeants — non pas au gouvernement mais ici, autour de cette table — resteraient incapables de comprendre la vraie nature de la grandeur. La capacité industrielle n'était rien. Le simple fait de couper les voies d'approvisionnement aux sources de matières premières pouvait mettre au chômage technique toutes les usines du pays, et dès lors, le zèle et le talent des ouvriers japonais n'auraient pas plus de poids dans le schéma général qu'un *haiku* de Buson. La grandeur d'une nation se mesurait à sa puissance, et la puissance de son pays était aussi artificielle qu'un poème. Plus précisément, la grandeur nationale n'était pas une récompense qu'on vous donnait mais une récompense qui se méritait ; elle devait être admise par une autre grande nation qui avait reçu une leçon d'humilité... et même par plusieurs. La grandeur ne venait pas d'une seule richesse nationale. Mais de la convergence de plusieurs. Elle venait de l'autosuffisance dans tous les domaines — enfin, le plus de domaines possible. Ses compagnons autour de la table devaient le voir avant qu'il puisse agir en leur nom propre et au nom de la nation. C'était sa mission de faire progresser son pays et d'humilier les autres. C'était son destin et son devoir de concrétiser tout cela, d'être le catalyseur de l'énergie de tous les autres.

Mais l'heure n'était pas encore venue. Il le voyait bien. Ses alliés étaient nombreux mais pas encore assez, et ses adversaires étaient trop butés pour se laisser convaincre. Ils voyaient l'argument mais pas aussi bien que lui, et tant qu'ils n'auraient pas changé leur mode de pensée, il ne pourrait faire guère mieux que ce qu'il faisait maintenant, c'est-à-dire offrir des conseils, planter le décor. En homme d'une patience infinie, Yamata-san sourit avec politesse, mais tout en grinçant des dents de frustration.

« Vous savez, je crois que je commence à saisir le fonctionnement des lieux, dit Ryan en s'installant dans le fauteuil de cuir à la gauche du Président.

— J'ai dit ça un jour, annonça Durling. Cela m'a coûté trois dixièmes de point de chômage, une bagarre avec la commission des finances de la Chambre des représentants et dix points de plus en popularité. » Même si le ton de voix était grave, il souriait. « Alors, qu'y a-t-il de si grave pour interrompre mon déjeuner ? »

Jack ne le fit pas attendre, même si la nouvelle était assez importante pour justifier une réponse dramatique : « Nous tenons notre accord avec les Russes et les Ukrainiens sur les derniers missiles.

— On commence quand ? s'enquit Durling, soudain penché par-dessus son bureau et ignorant son bol de salade.

— Qu'est-ce que vous diriez de lundi prochain ? demanda Ryan avec un large sourire. Ils se sont ralliés à la proposition de Scott. On a déjà engagé tant de négociations START qu'ils veulent juste détruire les derniers missiles, sans histoires, et annoncer leur suppression une bonne fois pour toutes. Nos inspecteurs sont déjà là-bas, les leurs sont chez nous, et ils vont le faire.

— A la bonne heure.

— Quarante ans pile, patron, dit Ryan avec une certaine exaltation. J'ai passé quasiment toute ma vie, depuis l'époque où ils ont déployé leurs premiers SS-6, et nous, nos Atlas, toutes ces fichues horreurs aux objectifs épouvantables, toute ma vie à chercher le moyen de nous en débarrasser — eh bien, monsieur le président, j'ai maintenant une dette envers vous. Ce sera votre œuvre, monsieur, mais je pourrai dire à mes petits-enfants que j'étais là quand ça c'est produit. » Que la proposition d'Adler aux Russes et aux Ukrainiens eût été une initiative de Ryan se retrouverait quelque part en note de bas de page dans les manuels d'histoire ; et encore, ce n'était même pas certain.

« Nos petits-enfants soit ne poseront pas la question, soit demanderont pourquoi on en faisait une telle affaire, observa Arnie van Damm, pince-sans-rire.

— Certes », concéda Ryan. On pouvait se fier à Arnie pour remettre les choses en perspective.

« Bien, à présent, annoncez-moi la mauvaise nouvelle, ordonna Durling.

— Cinq milliards, dit Jack, sans être surpris de découvrir l'expression chagrinée de son interlocuteur. Ça les vaut, monsieur. Vraiment.

— Dites-moi pourquoi.

— Monsieur le président, depuis que je suis à l'école primaire, notre pays vit sous la menace d'armes nucléaires équipant des lanceurs balistiques braqués sur les États-Unis. D'ici six semaines, les dernières pourraient avoir disparu.

— Elles sont déjà braquées...

— Oui, monsieur, les nôtres sont braquées sur la mer des Sargasses, idem pour les leurs — une erreur de trajectoire que vous pouvez rectifier en ouvrant une trappe d'inspection et en changeant une carte électronique du système de guidage. La manœuvre prend dix minutes à compter du moment où l'on ouvre la porte d'accès au silo de missile, et ne nécessite qu'un tournevis et une lampe torche. » En réalité, ce n'était vrai que des missiles soviétiques — *russes !* se corrigea Ryan pour la millième fois. Il fallait plus de temps pour réorienter les engins américains, à cause de leur plus grande complexité. Tels étaient les caprices des techniques d'ingénierie.

« Tous disparus, monsieur, définitivement, dit Ryan. Je joue le rôle du faucon obstiné, ne l'oubliez pas. Nous pouvons vendre cette idée au Congrès. Elle le vaut largement.

— Je note que tu es toujours aussi bon avocat, annonça van Damm, de son fauteuil.

— Et où l'OMB trouvera-t-il l'argent, Arnie ? » demanda le Président Durling. L'OMB *(Office of Management Budget)* était le bureau chargé de la répartition budgétaire. C'était au tour de Ryan de battre en retraite.

« A la Défense, bien sûr...

— Avant de trop nous emballer, je vous rappelle que nous sommes déjà allés trop loin.

— Qu'allons-nous économiser en éliminant nos derniers missiles ? demanda van Damm.

— Cela va nous coûter de l'argent, rétorqua Jack. Nous avons déjà payé la peau des fesses pour démanteler les sous-marins lanceurs d'engin et les écologistes...

— Ces chers écologistes, observa Durling.

— ... mais c'est une dépense unique ».

Les yeux se tournèrent vers le directeur de cabinet. Son jugement politique était infaillible. Le visage buriné pesa les divers paramètres, puis l'homme se tourna vers Ryan. « Cela vaut bien une bagarre. Car il y aura de la bagarre au Congrès, patron, dit-il au Président, mais dans un an d'ici, vous pourrez dire à vos compatriotes comment vous avez supprimé l'épée de... de...

— Damoclès, souffla Ryan.

— Ah, les écoles catholiques, ricana Arnie. L'épée suspendue au-dessus de l'Amérique depuis une génération. Les journaux vont adorer, et vous savez parfaitement que CNN va en faire tout un foin, un de leurs directs spéciaux d'une heure, avec plein de bonnes images et plein de commentaires erronés.

— Ça vous plaît pas, Jack ? demanda Durling, cette fois avec un grand sourire.

— Monsieur le président, je ne suis pas un politicien, d'accord ? Si l'on se contentait pour l'instant du démantèlement des deux cents derniers ICBM restant au monde ? » Enfin, ce n'était pas tout à fait vrai, n'est-ce pas ? *Pas d'humeur poétique, Jack. Il reste encore les Chinois, les Britanniques et les Français.* Mais les deux derniers suivaient le mouvement, non ? Et on devrait pouvoir arriver à faire entendre raison aux Chinois par l'entremise de négociations commerciales ; au fond, quels ennemis leur restait-il à redouter ?

« Seulement si les gens le voient et le comprennent, Jack. » Durling se retourna vers van Damm. L'un et l'autre ignoraient encore les soucis informulés de Jack. « Mettez le service de presse au travail là-dessus. Nous ferons l'annonce officielle à Moscou, Jack ? »

Ryan acquiesça. « C'était ce qui était convenu, monsieur. »

Il n'y aurait pas que cela, mais également des fuites habiles, non confirmées au début. Des réunions du Congrès, pour entretenir la rumeur. De discrets coups de fil à plusieurs chaînes de télé et à des journalistes de confiance qui se trouveraient exactement au bon endroit exactement au bon moment — une opération délicate à cause des dix heures de décalage horaire entre Moscou et les derniers sites de lancement de missiles américains — afin d'enregistrer pour l'histoire la fin du cauchemar. Le processus de destruction proprement dit était passablement embrouillé, ce qui expliquait pourquoi il posait un tel problème aux écolos américains. Dans le cas des engins russes, les têtes étaient retirées pour être démantelées et les missiles vidangés de leurs carburants liquides ; on utiliserait alors cent kilos d'explosif puissant pour faire sauter la trappe du silo qui serait ensuite comblé de terre et aplani. Aux États-Unis, la procédure était différente parce que tous les missiles américains utilisaient des carburants solides. Dans ce cas, les corps des missiles étaient transportés dans l'Utah, où ils étaient ouverts à chaque bout ; on mettait alors à feu leurs moteurs et on les laissait brûler jusqu'au bout, comme autant de torches gigantesques, ce qui engendrait un nuage de gaz toxiques susceptible de liquider quelques malheureux volatiles de passage. Par ailleurs, les silos seraient également défoncés à l'explosif — un arrêt de la Cour d'appel fédérale avait établi que les implications pour la sécurité nationale du traité international de contrôle des armements primaient sur les décrets de protection de l'environnement, malgré de multiples protestations ou actions judiciaires pour faire valoir l'avis opposé. L'ultime explosion serait extrêmement spectaculaire, d'autant plus que sa force équivalait à un dix-millionième de celle que le silo avait naguère représentée. Jack songea que certains chiffres et certains concepts étaient simplement trop vastes pour être appréhendés — même par des gens comme lui.

Selon la légende, Damoclès était ce courtisan de Denys l'Ancien, le Tyran de Syracuse, qui avait un jour, en veine d'éloquence, vanté la bonne fortune de son roi. Pour démontrer à quel point les « grands » hommes pouvaient être durs et cruels, Denys l'avait alors invité à un somptueux banquet où il l'avait installé juste sous une lourde épée suspendue au plafond par un crin de cheval. Le but était de démontrer que la bonne fortune du roi était aussi fragile que la sécurité de son hôte.

Il en allait de même avec l'Amérique. Tout ce qu'elle possédait se trouvait encore sous l'épée nucléaire, un fait démontré graphiquement à Ryan pas si longtemps auparavant, à Denver[1], et c'est pour cette raison que, depuis son retour au service du gouvernement, il avait pris personnellement à cœur de mettre fin à la légende, une bonne fois pour toutes.

« Vous voulez vous occuper de l'organisation des points de presse ?

— Volontiers, monsieur le président », répondit Jack, surpris de l'étonnante générosité de Durling mais reconnaissant.

« La "Zone de ressources septentrionale" ? » demanda le ministre chinois de la Défense, avant d'ajouter sèchement : « La formulation est intéressante.

---

1. Voir *La Somme de toutes les peurs*, Albin Michel et Le Livre de Poche *(NdT)*.

— Alors, qu'est-ce que vous en pensez ? » s'enquit Jang Han San depuis son côté de la table. Il sortait d'une nouvelle réunion avec Yamata.

« Dans l'abstrait, c'est stratégiquement possible. Je laisse à d'autres le détail des estimations statistiques », répondit le maréchal, toujours prudent malgré la quantité de *mao-tai* qu'il avait absorbée ce soir.

« Les Russes emploient trois entreprises japonaises de géodésie. Étonnant, non ? La Sibérie orientale a été à peine explorée. Oh, bien sûr, il y a les filons aurifères de la Kolyma, mais l'intérieur du pays ? » Il écarta l'hypothèse d'un signe de main. « Ces imbéciles, et maintenant ils sont obligés de demander à d'autres de faire le boulot à leur place... » Le ministre laissa la phrase en suspens avant de reporter son regard sur Jang Han San. « Eh bien, qu'ont-ils découvert ?

— Nos amis nippons ? Encore du pétrole, pour commencer. Ils estiment que le gisement est aussi grand que celui de la baie de Prudhoe. » Il fit glisser une feuille de papier sur la table. « Voici la liste des minéraux qu'ils y ont localisés ces neuf derniers mois.

— Rien que ça ?

— La zone est presque aussi vaste que l'Europe occidentale, et les Soviétiques ne sont jamais allés prospecter plus loin qu'une étroite bande de part et d'autre de leurs satanées voies ferrées. Les imbéciles. » Jang renifla. « Tous leurs problèmes économiques... la solution reposait sous leurs pieds dès l'instant où ils ont dépossédé le tsar de son pouvoir. Fondamentalement, le pays ressemble à l'Afrique du Sud, c'est une caverne d'Ali Baba, avec en plus le pétrole dont sont dépourvus les Sud-Africains. Comme vous le voyez, il y a là presque toutes les matières premières stratégiques, et en telles quantités...

— Les Russes sont-ils au courant ?

— Certains. » Jang San hocha la tête. « Un secret d'une telle ampleur est impossible à dissimuler entièrement, mais Moscou ne connaît l'existence que de la moitié des filons seulement — ceux marqués d'une étoile sur la liste.

— Et pas des autres ? »

Jang sourit. « Non. »

Même dans une culture où hommes et femmes apprennent à maîtriser leurs sentiments, le ministre ne put cacher son étonnement devant le papier qu'il avait entre les mains. Elles ne tremblaient pas, car il s'en servait pour lisser une des feuilles sur la table de bois verni, la caressant comme une fine étoffe de soie.

« Cela pourrait doubler la richesse de notre pays.

— Au bas mot », observa l'officier de contre-espionnage. Avec sa couverture de diplomate, Jang consacrait en fait plus de temps à la diplomatie que la plupart de ses collègues du Renseignement. C'était plus une gêne pour eux que pour lui. « Vous devez vous souvenir qu'il s'agit de l'estimation que nous ont fournie les Japonais, camarade ministre. Ils escomptent bien accéder à la moitié de ce qu'ils ont découvert et comme ils seront bien obligés de dépenser la majeure partie des sommes de mise en exploitation... »

Un sourire. « Oui, alors que nous prenons l'essentiel des risques stratégiques. Un petit peuple agressif », ajouta le ministre. Comme ceux avec qui Jang avait négocié à Tokyo, le ministre et le maréchal étaient des anciens de la VIIIe armée de route. Ils avaient eux aussi leurs souvenirs de guerre — mais pas de la guerre avec les Américains.

Il haussa les épaules. « Enfin, on a également besoin d'eux, n'est-ce pas ?

— Leurs armes sont formidables, nota le maréchal. Moins par leur qualité que par leur quantité.

— Ils en sont conscients, observa Jang à l'intention de ses hôtes. Il s'agit, comme dit mon principal contact, d'un mariage de raison entre le nécessaire et le possible, mais il espère qu'il se développera, pour reprendre ses termes, en une relation cordiale et sincère entre deux peuples dotés d'une authentique...

— Qui doit mener l'opération ? interrompit le maréchal, avec un sourire féroce.

— Eux, bien sûr. C'est ce qu'il pense, ajouta Jang San.

— Dans ce cas, puisqu'ils nous font les yeux doux, c'est que c'est eux qui ont besoin de faire le premier pas », observa le ministre, définissant la politique de son pays d'une façon que n'aurait pas reniée son supérieur immédiat, un petit homme aux yeux malicieux et qui possédait une résolution propre à faire reculer un lion. Il considéra le maréchal qui opina sans un mot. Sa capacité à absorber de l'alcool, estimaient les deux autres, était phénoménale.

« Comme je m'y attendais, annonça Jang avec un sourire. A vrai dire, comme ils s'y attendent, puisqu'ils comptent bien en tirer le meilleur profit.

— Ils ont bien le droit d'avoir leurs illusions. »

« J'admire votre confiance », observa l'ingénieur de la NASA, depuis la galerie d'observation surmontant l'atelier. Il admirait également leur mode de financement. Le gouvernement avait avancé les fonds pour permettre à cette entreprise industrielle de racheter la technologie soviétique et de construire sur son modèle. Sûr que l'industrie privée avait de la poigne, dans ce pays...

« Nous pensons avoir cerné le problème de l'étage de liaison. Une vanne défectueuse, expliqua l'ingénieur japonais. Nous reprenons une conception soviétique.

— Que voulez-vous dire ?

— Je veux dire que nous avons repris la conception de leurs vannes pour les réservoirs de combustible de l'étage intermédiaire. Elle n'était pas bonne. Ils essayaient de tout alléger au maximum mais... »

Le représentant de la NASA plissa les paupières. « Vous êtes en train de me dire que toute leur production de missiles était... »

Un regard entendu le fit taire. « Oui. Le tiers au moins n'aurait pas décollé. On pense ici que les engins d'essai étaient fabriqués spécialement mais que les modèles de série étaient, eh bien, typiquement russes.

— Hmph. » L'Américain avait déjà bouclé ses bagages et une voiture attendait de le reconduire à l'aéroport international de Narita pour l'interminable vol de retour vers Chicago. Il embrassa du regard l'atelier de montage. C'était probablement l'aspect que devait avoir la General Dynamics dans les années soixante, au plus fort de la guerre froide. Les propulseurs étaient alignés comme des saucisses, quinze exemplaires à divers stades d'assemblage, côte à côte, entourés de techniciens en blouse blanche occupés à leurs tâches complexes. « Ces dix-là m'ont l'air à peu près terminés.

— Ils le sont, lui confirma le directeur de l'usine.

— Quand doit avoir lieu votre prochain tir d'essai ?

— Dans un mois. Nos trois premières charges utiles sont déjà prêtes, répondit l'ingénieur.

— Quand vous avez décidé de vous y mettre, vous ne perdez pas de temps, hein ?

— C'est simplement plus efficace de procéder ainsi.

— Donc, elles partent d'ici entièrement assemblées ? »

Signe d'acquiescement. « C'est exact. Nous pressurisons les réservoirs avec un gaz inerte, bien sûr, mais l'un des intérêts de recourir à cette conception, c'est que ces engins sont prévus pour être déplacés d'un bloc. Cela permet d'économiser le temps d'assemblage final sur le site de lancement.

— Vous les transférez par camion ?

— Non. » L'ingénieur japonais secoua la tête. « Par rail.

— Et les charges utiles ?

— Elles sont assemblées ailleurs. Le lieu est confidentiel, j'en ai peur. »

L'autre chaîne de production n'accueillait pas de visiteurs étrangers. En fait, elle avait bien peu de visiteurs, bien qu'elle fût située dans les faubourgs de Tokyo. La plaque à l'extérieur du bâtiment indiquait qu'il s'agissait du centre de recherche et de développement d'une grosse entreprise, et ceux qui vivaient à proximité supposaient qu'on y fabriquait des puces informatiques ou autres composants du même genre. Les lignes électriques qui alimentaient l'installation n'avaient rien de remarquable, car les appareils les plus voraces en courant étaient les appareils de chauffage et de climatisation installés dans une petite annexe à l'arrière. Le trafic qui entrait et sortait n'avait rien de remarquable non plus. Il y avait un modeste parking capable d'accueillir tout au plus quatre-vingts véhicules, qui était presque toujours à moitié vide. On notait une discrète clôture électrifiée, assez semblable à celles qu'on rencontrait autour de n'importe quelle usine d'industrie légère de par le monde, et un poste de garde à chacune des deux entrées. Voitures et camions allaient et venaient, et c'était à peu près tout ce qui s'offrait à l'œil du badaud.

Dedans, c'était différent. Même si les deux postes de contrôle extérieurs étaient occupés par des vigiles souriants qui renseignaient avec politesse les automobilistes égarés, il régnait à l'intérieur du bâtiment une tout autre ambiance. Chaque bureau de la sécurité était équipé de râteliers avec des pistolets P-38 de fabrication allemande et les gardes ne souriaient pas particulièrement. Ils ne savaient pas ce qu'ils gardaient, bien sûr. Certaines choses sont par trop inhabituelles pour être aisément reconnues. Et personne n'avait encore réalisé de documentaire télévisé sur la fabrication d'armes nucléaires.

L'atelier occupait une surface de cinquante mètres sur quinze, avec deux rangées de machines-outils régulièrement espacées et enfermées chacune dans une cage en Plexiglas. Chaque box était climatisé par un système de ventilation autonome, ainsi d'ailleurs que le reste de l'atelier. Les techniciens et les scientifiques portaient combinaisons et gants blancs, exactement comme les employés d'une usine de puces informatiques, et de fait, quand certains sortaient pour fumer une cigarette, les passants s'y trompaient.

Dans la salle blanche, des demi-sphères de plutonium grossièrement taillées entraient par un bout, étaient usinées en plusieurs étapes puis émergeaient de l'autre côté, polies comme des miroirs. Chaque exemplaire était alors placé dans un bac en plastique et transporté manuellement de l'atelier à l'aire de stockage, où on le disposait sur une étagère individuelle en acier plastifié. Tout contact avec le métal était interdit, car si le plutonium était radioactif, et chaud à cause du rayonnement dû à la désintégration alpha, c'était également un métal réactif, prompt à s'enflammer au contact avec un autre métal. A l'instar du magnésium et du titane, il brûlait avec entrain, et une fois enflammé, c'était franchement l'enfer pour l'éteindre. Malgré tout, manipuler les demi-sphères — il y en avait vingt — était devenu une routine comme une autre pour ces ingénieurs. Leur tâche était achevée depuis long-temps.

Le plus dur, c'était l'enveloppe des VR, les véhicules de rentrée. Il s'agissait de larges cônes creux, renversés, de cent vingt centimètres de haut sur cinquante de diamètre à la base, faits d'uranium 238, un métal rouge sombre extrêmement dur. Pesant un peu plus de quatre cents kilos pièce, chaque cône devait être usiné pour obtenir une parfaite symétrie dynamique. Conçus pour « voler » en quelque sorte, tant dans le vide que — brièvement — dans l'air, ils devaient être parfaitement équilibrés pour ne pas être instables. A la surprise générale, cet équilibrage s'était révélé la tâche la plus ardue. Le moulage des pièces avait dû être refusé à deux reprises, et même maintenant, les enveloppes de VR étaient périodiquement mises en rotation, selon une procédure fort analogue à l'équilibrage d'un pneu d'automobile, mais avec des tolérances bien plus strictes. Bien que lisse au toucher, la surface extérieure de chacune des dix pièces n'était pas aussi finement usinée que le logement intérieur. Celui-ci faisait en effet l'objet de soins particuliers ; de légères irrégularités symétriques permettaient à la charge physique — *physics package*, le terme était américain — de s'y adapter à la perfection, et le moment venu — ce que personne ne désirait, bien sûr —, l'énorme flux de neutrons rapides à haute énergie viendrait frapper l'enveloppe du VR, provoquant une réaction de fission rapide, multipliant par deux l'énergie libérée par le plutonium, le tritium et le deutérure de lithium contenus à l'intérieur de la coque.

Tout ceci constituait la partie élégante du dispositif, estimaient les ingénieurs, en particulier ceux qui n'étaient pas familiers de la physique nucléaire et avaient appris la méthode sur le tas. L'U_{238}, si dense, dur et difficile à usiner, était un métal hautement réfractaire. Les Américains l'utilisaient même pour les plaques de blindage de leurs chars, tant sa résistance aux chocs extérieurs était élevée. Lors d'une rentrée dans l'atmosphère à vingt-sept mille kilomètres-heure, la majorité des matériaux étaient détruits par la friction de l'air, mais pas celui-ci, du moins résistait-il les quelques secondes que durait cette phase, à l'issue de laquelle le métal était devenu partie intégrante de la bombe. Un processus *élégant*, considéraient les ingénieurs en recourant au terme préféré de leur profession, et qui valait largement la peine et le temps qu'ils y consacraient.

Dès qu'une tête était terminée, elle était chargée sur un chariot et transportée dans la salle de stockage. Il n'en restait plus que trois à finir. Cette phase du projet avait quinze jours de retard sur le programme, au grand dam de tout le monde.

L'enveloppe du corps de rentrée numéro huit entama sa première passe d'usinage. Si la bombe était détonée, l'uranium 238 qui composait cette enveloppe serait à l'origine de la majeure partie des retombées. Telles étaient les lois de la physique.

Ce n'était qu'un banal accident, sans doute provoqué par l'heure matinale. Ryan arriva à la Maison Blanche juste après sept heures, une vingtaine de minutes plus tôt que d'habitude car la circulation sur la nationale 50 était d'une fluidité inaccoutumée ce matin-là. En conséquence, il n'avait pas eu le temps de parcourir l'intégralité de ses documents d'information préliminaires, qu'il coinça sous son bras en arrivant à l'entrée ouest. Chef du Conseil national de sécurité ou pas, Jack devait quand même franchir le portique de détection, et c'est là qu'il heurta le dos de quelqu'un. Le quelqu'un en question était en train de remettre son arme de service à un agent en uniforme du Service secret.

« Vous alors, vous ne faites toujours pas confiance au Bureau, hein ? lança une voix familière en s'adressant au responsable en civil.

— Surtout pas au Bureau ! lui répondit-on avec bonne humeur.

— Ce n'est pas moi qui vous le reprocherai, ajouta Ryan. Et tâtez-lui aussi les chevilles, Mike. »

Murray se retourna après avoir franchi le portique magnétique. « Je n'ai plus besoin de roue de secours. » Puis le directeur adjoint du Renseignement indiqua les dossiers coincés sous le bras de Jack. « Est-ce une façon de traiter des documents confidentiels ? »

L'humour de Murray était automatique. C'était simplement dans sa nature d'asticoter un vieux copain. Puis Ryan avisa le ministre de la Justice qui venait de passer lui aussi le portique et se retournait avec une certaine irritation. Pourquoi un membre du cabinet était-il si matinal ? S'il s'agissait d'une affaire de sécurité nationale, Ryan l'aurait su, et rares étaient les affaires criminelles justifiant la présence du Président à son bureau avant huit heures. Et pourquoi Murray l'accompagnait-il ? Helen D'Agustino attendait derrière pour les escorter personnellement dans les couloirs du premier. Tout ce qui entourait cette confrontation accidentelle éveilla la curiosité de Ryan.

« Le patron attend, fit Murray, circonspect, en avisant le regard de Jack.

— Tu pourras passer me voir avant de repartir ? Je comptais te parler de quelque chose.

— Bien sûr. » Et Murray s'éloigna sans même lui demander des nouvelles de Cathy et des enfants.

Ryan franchit le détecteur, prit à gauche et gravit l'escalier menant à son bureau d'angle, où il procéda à son tour d'horizon matinal. Ce fut vite fait et Ryan s'installait dans son train-train quotidien quand sa secrétaire introduisit Murray dans son bureau. Il n'était plus question de tourner autour du pot.

« Un peu tôt pour voir se pointer le garde des Sceaux, Dan. Il y aurait un truc que j'ai besoin de savoir ? »

Murray fit un signe de dénégation. « Pas encore, désolé.

— D'accord, répondit Ryan, embrayant en douceur. C'est un truc que je *devrais* savoir ?

— Probablement, mais le patron veut garder la main dessus et cela n'engage pas la sûreté de l'État. Pour quelle raison voulais-tu me voir ? »

Ryan hésita une seconde ou deux avant de répondre, son esprit tournant à toute vitesse, comme toujours en de telles circonstances. Puis il mit de côté ses hésitations. Il savait qu'il pouvait se fier à la parole de Murray. La plupart du temps.

« Ça relève du secret diplomatique », commença Jack, avant d'expliquer en détail ce que Mary Pat lui avait appris la veille. L'agent du FBI hocha la tête et l'écouta, impassible.

« Ce n'est pas franchement nouveau, Jack. Ces dernières années, nous avons discrètement vérifié certaines assertions selon lesquelles des jeunes femmes auraient été... *séduites* ? Difficile de trouver le terme adéquat. Avec des engagements comme modèles, ce genre de choses. En tout cas, celui qui se charge du recrutement est fort prudent. Des jeunes femmes se rendent là-bas pour faire des photos, de la publicité, ça arrive tous les jours. Pour certaines, leur carrière américaine a même débuté là-bas. Aucune des vérifications que nous avons effectuées n'a donné quoi que ce soit, mais il semblerait que certaines filles aient disparu. Et il se trouve justement que l'une d'elles correspond à la description de ton gars. Kimberly Machintruc, j'ai oublié le nom. Son père est capitaine à la police de Seattle, juste à côté du centre d'analyse des signaux de notre bureau local. On a discrètement alerté nos contacts dans les divers services de police japonais. Sans succès.

— Tu la sens comment, cette histoire ? demanda Ryan.

— Écoute, Jack, des disparitions, il y en a tout le temps. Des tas de jeunes filles font leurs bagages et filent de chez elles pour aller vivre leur vie. Mets ça en partie sur le compte du féminisme, en partie sur le simple désir d'indépendance. Ça arrive tous les jours. Cette Kimberly Machin a vingt ans, elle ne réussit pas trop bien à l'école, elle disparaît, point. Rien ne permet d'imaginer un enlèvement et, à vingt ans, on est un citoyen libre, d'accord ? Nous n'avons aucun *droit* de lancer une enquête criminelle. D'accord, son vieux est flic, et ils sont voisins du Bureau, alors on a fureté un peu. Mais ça n'a débouché sur rien, et on ne peut guère faire plus sans avoir un indice qui puisse laisser penser à une éventuelle infraction. Jusqu'ici, on n'a pas eu de tels indices.

— Tu veux dire qu'une fille de plus de dix-huit ans disparaît et que tu ne peux pas...

— Sans preuve d'un crime, non, on ne peut pas. On n'a pas les effectifs pour courir après tous les individus qui décident de faire leur vie sans en parler à papa et maman.

— Tu n'as pas répondu à ma première question, Dan, observa Jack, au grand dam de son hôte.

— Il y a des gens là-bas qui apprécient les femmes aux cheveux blonds et aux yeux non bridés. Une proportion anormale de jeunes disparues sont blondes. On ne s'en est pas aperçu tout de suite jusqu'au moment où une de nos agents a commencé à demander à leurs proches si par hasard elles ne s'étaient pas fait décolorer récemment. Et effectivement, la réponse était toujours oui ; elle a alors décidé de procéder à un interrogatoire systématique. Le "oui" apparaissait suffisamment souvent pour que ça paraisse anormal. Alors, la réponse à ta question est *oui*, je crois bien qu'il se passe quelque chose, mais on n'a pas assez d'éléments pour agir », conclut Murray. Après quelques secondes, il ajouta. « Si l'affaire en question engage la sûreté de l'État... eh bien...

— Eh bien quoi ?

— L'Agence pourrait y jeter un œil, non ? »

C'était une première pour Ryan, d'entendre suggérer par un fonctionnaire du FBI que la CIA puisse enquêter sur une affaire. Le Bureau préservait son fonds de commerce avec la férocité d'une maman grizzly défendant ses oursons. « Continue, Dan, ordonna Ryan.

— L'industrie du sexe est florissante, là-bas. Si t'examines le genre de porno qu'ils aiment regarder, tu verras qu'il s'agit pour l'essentiel de matériel américain. Leurs photos de nus dans les magazines, ce sont presque toujours des femmes blanches. Le pays le plus proche où ils puissent s'approvisionner se trouve être le nôtre. Nous soupçonnons certaines de ces filles de ne pas être de simples modèles, mais encore une fois, on n'est pas arrivé à trouver quoi que ce soit d'assez concret pour aller plus loin. » Et l'autre problème, s'abstint d'ajouter Murray, avait deux volets. S'il se passait réellement quelque chose, il ne comptait pas trop sur la coopération des autorités locales, ce qui voulait dire que les filles pourraient bien disparaître définitivement. Si ce n'était pas le cas, la nature de l'enquête pourrait s'ébruiter et toute cette affaire risquerait d'apparaître dans la presse comme un nouvel exemple de racisme antijaponais. « En tout cas, reprit-il, il me semble que l'Agence a déjà une opération en cours là-bas. Si tu veux un conseil : mettez les bouchées doubles. Si tu veux, je peux informer certaines personnes de ce que nous savons déjà. Ce n'est pas grand-chose, mais nous avons quand même des photos.

— Comment se fait-il que tu en saches tant ?

— Le responsable des transmissions à Seattle s'appelle Chuck O'Keefe. J'ai bossé sous ses ordres, dans le temps. C'est lui qui m'a incité à en parler à Bill Shaw, et Bill a donné son feu vert pour une enquête discrète, mais elle n'a pas débouché et Chuck a déjà suffisamment de boulot pour occuper son service.

— J'en parlerai à Mary Pat. Et l'autre question ?

— Désolé, vieux, mais faudra que tu demandes au chef. »

Sacré nom de Dieu ! pesta Ryan alors que Murray sortait. *Y a-t-il donc toujours des secrets ?*

6

SURVEILLANCE TOUS AZIMUTS

Sous bien des aspects, opérer au Japon s'avérait extrêmement difficile. Il y avait bien sûr l'aspect ethnique du problème. Le Japon n'était pas à proprement parler une société homogène ; les Aïnous étaient les premiers occupants des îles mais ils vivaient surtout à Hokkaido, la plus septentrionale des quatre îles métropolitaines. Encore considérés comme un peuple aborigène, ils étaient isolés de la majorité de la société nippone, d'une façon ouvertement raciste. Le Japon avait également une minorité coréenne dont les ancêtres avaient été amenés au début du siècle pour servir de main-d'œuvre bon marché, tout à fait comme l'Amérique avait fait venir des immigrants, sur ses deux côtes atlantique et pacifique. Mais, à la différence de l'Amérique, le Japon refusait la citoyenneté à ses immigrants à moins qu'ils n'adoptent une identité entièrement japonaise, attitude d'autant plus bizarre que les Japonais n'étaient eux-mêmes qu'une simple branche issue des Coréens, un fait démontré par la recherche génétique mais qu'on réfutait bien entendu — non sans indignation — dans la meilleure société nippone. Tous les étrangers étaient des *gaijins*, un terme qui, comme tant d'autres dans cette langue, avait des sens multiples. Traduit en général simplement par « étrangers », il avait bien d'autres connotations — « barbare » par exemple, songea Chet Nomuri, avec toutes les invectives implicites que ce mot avait véhiculées depuis son invention par les Grecs. Le plus ironique était qu'en tant que citoyen américain, il était lui-même un *gaijin*, malgré ses gènes cent pour cent japonais, et alors qu'il avait grandi dans la haine tranquille des diverses politiques racistes qui avaient causé naguère tant de mal à sa famille, il ne lui avait fallu séjourner qu'une semaine au pays de ses ancêtres pour se languir de la Californie du Sud, où la vie était si douce et facile.

C'était pour Chet Nomuri une étrange expérience, de vivre et « travailler » ici. Il avait fait l'objet d'un examen et d'un interrogatoire serrés avant d'être assigné à l'opération BOIS DE SANTAL. Il était entré à l'Agence peu après avoir décroché son diplôme de l'Université de Californie à Los Angeles, sans trop bien savoir pour quelle raison, sinon un vague désir d'aventure mêlé à une tradition familiale d'emploi dans la fonction publique, mais il avait bientôt découvert qu'il appréciait cette vie. Cela ressemblait étonnamment à un travail d'enquêteur, et Nomuri était fan de romans et de séries policières. Mieux que ça, le boulot était bougrement *intéressant*. Il en apprenait tous les jours. C'était comme de se trouver dans un cours d'histoire animé. Toutefois, la leçon la plus importante qu'il avait apprise était que son arrière grand-père s'était montré un homme sage et perspicace. Nomuri n'était certes pas aveugle aux défauts de l'Amérique, mais il préférait la vie là-bas à celle de tous les autres pays qu'il avait visités, et avec cette certitude était venue la fierté de son travail, même s'il avait encore du mal à savoir en quoi il consistait au juste. L'Agence n'en savait pas plus, bien sûr, mais ça, Nomuri avait toujours eu du mal à le comprendre, même si on lui avait dit la même chose à la Ferme. Comment cela pouvait-il être possible, après tout ? Ce devait être une blague interne à la maison.

Dans le même temps, mais il était trop jeune et inexpérimenté pour apprécier le paradoxe, le Japon pouvait se révéler l'endroit idéal pour opérer. C'était tout particulièrement le cas dans les trains de banlieue.

Le degré de concentration humaine était propre à lui donner la chair de poule. On ne l'avait pas préparé à un pays où la densité démographique forçait à un contact étroit avec toutes sortes d'inconnus, et il s'était effectivement bien vite rendu compte que la manie locale d'hygiène personnelle minutieuse et de courtoisie élaborée n'était que la conséquence de cet état de fait. Les gens se frottaient, se heurtaient, s'écrasaient les uns contre les autres si souvent qu'une absence de politesse aurait entraîné des émeutes sanglantes à faire pâlir les quartiers chauds les plus violents d'Amérique. Une combinaison d'embarras souriant au moindre contact et d'isolement personnel et glacial le reste du temps rendait la promiscuité tolérable pour les autochtones, même si cela posait encore quelques problèmes à Nomuri. « Lâche-moi les baskets », c'est ce qu'il entendait tout le temps répéter à l'UCLA. Manifestement, ce n'était pas le cas ici, parce qu'on n'avait tout simplement pas le choix.

Et puis, il y avait leur façon de traiter les femmes. Ici, dans les trains bondés, les employés assis ou debout lisaient des bandes dessinées, appelées *mangas*, version locale des romans-photos, et dont le contenu était franchement déroutant. Ces derniers temps, on avait ressorti un succès des années quatre-vingt, *Les Aventures de Rin-tintin*. Non pas le brave cabot de la série télévisée des années cinquante, mais un chien avec une maîtresse humaine, avec qui il discutait et... avait des relations sexuelles. Ce n'était pas sa tasse de thé, mais son voisin de banquette était un cadre d'âge mûr qui dévorait littéralement les pages de cette revue, tandis qu'une Japonaise assise à sa droite regardait dehors par la vitre du train, sans qu'on puisse savoir si elle l'avait remarqué. La guerre des sexes dans ce pays avait sans aucun doute des règles différentes de celles avec lesquelles il avait été élevé, se dit Nomuri. Il écarta cette pensée. Cela ne faisait pas partie de sa mission, après tout — une idée, ne tarderait-il pas à découvrir, qui devait se révéler fausse.

Il ne vit pas s'effectuer le transfert. Debout dans la troisième voiture de la rame, près de la porte arrière, accroché à la barre de maintien et lisant son journal, il ne sentit même pas qu'on insérait l'enveloppe dans sa poche de pardessus. Ça se passait toujours ainsi — à l'endroit convenu, son manteau devenait soudain un rien plus pesant. Il s'était retourné un jour et n'avait rien vu. Bigre, il avait rejoint la bonne équipe.

Dix-huit minutes plus tard, le train s'arrêta au terminus et dégorgea ses passagers en un raz de marée qui envahit l'immense station. Trois mètres devant lui, l'employé fourra son « roman illustré » dans sa mallette et s'éloigna vers son travail, arborant sa mine impassible coutumière, dissimulant ses pensées. Nomuri partit de son côté ; tout en reboutonnant son manteau, il se demandait quelles étaient ses nouvelles instructions.

« Le Président est-il au courant ? »

Ryan hocha la tête. « Pas encore.

— Vous pensez qu'il devrait savoir ? demanda Mary Pat.

— En temps opportun.

— Je déteste mettre en danger des agents pour...

— En danger ? coupa Jack. Ce que je veux, c'est qu'il approfondisse des informations, pas qu'il établisse des contacts et s'expose personnellement. D'après les éléments que j'ai pu avoir, il me semble que sa seule tâche soit de suivre le dossier et, à moins que leurs vestiaires ne soient différents des nôtres, il ne devrait courir aucun risque.

— Vous savez très bien ce que je veux dire », observa madame le directeur adjoint des opérations, en se massant les paupières. La journée avait été longue et elle se faisait du souci pour ses agents sur le terrain. C'est le cas de tout bon DAO, et Mary Pat était une mère de famille qui avait déjà eu l'occasion d'être repérée par le directeur adjoint du KGB en personne.

BOIS DE SANTAL avait débuté de manière relativement anodine, si l'on pouvait employer ce terme pour une opération de renseignements menée dans un pays étranger. La précédente avait été une collaboration FBI-CIA et s'était fort mal terminée : un citoyen américain avait été appréhendé par la police japonaise en possession d'un arsenal de cambrioleur — en sus de son passeport diplomatique qui, en l'occurrence, s'était révélé plus un handicap qu'un avantage. Cela avait fait un entrefilet dans les journaux : par chance, les médias n'avaient pas vraiment saisi la dimension de l'affaire. Des gens achetaient des informations, d'autres en vendaient. C'était souvent des informations marquées du sceau « confidentiel », si ce n'est plus, et la conséquence immédiate était en tout état de cause de nuire aux intérêts américains.

« Est-ce qu'il est bon, au moins ? » demanda Jack.

Mary Pat se détendit quelque peu. « Très bon. Il est fait pour ça. Il travaille à s'intégrer, à tisser un réseau de contacts susceptible de l'informer sur le contexte. Nous l'avons installé dans son propre bureau. Il nous rapporte même pas mal. Ses ordres sont de se montrer extrêmement prudent, insista de nouveau Mme Foley.

— J'entends bien, MP, fit Ryan, avec lassitude. Mais si cette histoire est vraie...

— Je sais, Jack. Je n'apprécie pas plus que vous les informations données par Murray.

— Vous y croyez ? » Ryan se demanda quelle réaction il allait obtenir.

« Oui, tout à fait. Et Murray aussi. » Elle marqua un temps. « Si les informations recueillies le confirment, on fait quoi ?

— Je vais voir le Président et je suppose qu'on essaiera de récupérer qui veut l'être.

— Je refuse de faire courir ce risque à Nomuri ! insista la DAO, un peu trop fort.

— Bon Dieu, Mary Pat, je n'ai jamais imaginé que vous accepteriez. Bon sang, moi aussi je suis crevé, d'accord ?

— Alors, vous voulez que j'envoie une autre équipe et qu'il serve juste à leur lever le gibier ?

— C'est à vous de gérer votre opération, non ? Je vous dirai quoi faire, mais pas comment le faire. Il n'y a pas de lézard, MP. » Cette remarque valut au chef du Conseil national de sécurité un sourire contraint et une demi-excuse.

« Désolée, Jack. J'oublie toujours que vous êtes le nouveau chef de la bande. »

« Les produits chimiques ont diverses utilisations dans l'industrie, expliqua le colonel russe à son homologue américain.

— Vous en avez de la chance. La seule possibilité pour nous est de les brûler, et la fumée vous ferait tomber raide. » A la sortie d'une tuyère de fusée à carburants liquides, ça ne sentait pas non plus vraiment la rose, bien sûr, mais au bout du compte, il s'agissait effectivement de produits chimiques qui avaient tout un tas d'autres utilisations dans l'industrie.

Pendant qu'ils regardaient, des techniciens amenèrent un tuyau depuis la colonne d'alimentation à proximité du *puskatel*, le terme russe pour silo à missile, jusqu'au camion-citerne qui allait transporter le reste du tétroxyde d'azote à l'usine chimique. En dessous, une autre valve sur le corps du missile reçut un second tuyau envoyant du gaz pressurisé par le haut du réservoir de carburant, afin de mieux en chasser le gaz toxique. Le sommet du missile était arrondi. L'Américain pouvait voir l'endroit où le « bus » de liaison avait été fixé à la charge nucléaire, mais celle-ci avait été déjà démontée et se trouvait en ce moment sur un autre camion, précédé par deux blindés légers d'infanterie BTR-70, et suivi par trois autres, pour rejoindre un site où les têtes pouvaient être désarmées préalablement à leur démontage complet. L'Amérique rachetait le plutonium. Le tritium resterait en Russie, sans doute pour être vendu au marché libre et finir sur des cadrans de montre ou d'instruments de mesure. Le tritium valait aux alentours de cinquante mille dollars le gramme, et sa vente rapporterait aux Russes un joli bénéfice. Peut-être, se disait l'Américain, était-ce ce qui expliquait le zèle de ses collègues russes.

C'était le premier silo de SS-19 désactivé au 53ᵉ régiment de missiles stratégiques. Il ressemblait plus ou moins aux silos américains en cours de démantèlement sous contrôle russe. La même masse de béton armé dans les deux cas, même si celui-ci était situé dans les bois quand tous les silos américains étaient en terrain dégagé, témoignant d'une approche différente de la sécurité des sites. Le climat était assez similaire. Plus venteux dans le Dakota du Nord, faute d'abri. La température moyenne était légèrement plus basse en Russie, ce qui compensait la sensation de froid due au vent sur la prairie. En temps voulu, on referma la vanne sur la canalisation, on débrancha le tuyau, et le camion démarra.

« Je peux jeter un œil ? demanda le colonel de l'Air Force.

— Je vous en prie. » Le colonel russe des forces stratégiques l'invita à s'approcher de l'orifice béant. Il lui tendit même une torche puissante. Et ce fut à son tour de rire.

Espèce de fils de pute ! eut envie de s'écrier le colonel Andrew Malcolm. Il y avait une mare d'eau glacée au fond du silo. L'estimation du Renseignement était encore une fois erronée. Qui aurait pu imaginer ça ?

« Mission de soutien ? demanda Ding.

— Qui pourrait bien se terminer en virée touristique », lui dit Mme Foley. Elle y croyait presque.

« Vous nous mettez au parfum ? » demanda John Clark, revenant au boulot. Tout était de sa faute, finalement, depuis que Ding et lui étaient devenus l'une des meilleures équipes d'agents sur le terrain. Il considéra Chavez. Le petit avait accompli un sacré bout de chemin en l'espace de cinq ans. Il avait déjà sa licence, et n'allait pas tarder à décrocher sa maîtrise — et en relations internationales, rien que ça ! Le boulot qu'il effectuait aurait sans doute flanqué un infarctus à ses maîtres, car leur idée des relations transnationales n'incluait pas de baiser les autres nations — une blague que Domingo Chavez avait pondue au beau milieu des steppes poussiéreuses d'Afrique, alors qu'il potassait un bouquin d'histoire en vue d'un prochain séminaire de groupe. Il devait encore apprendre à dissimuler ses émotions. Chavez gardait toujours de ses origines un naturel farouche, même si Clark se demandait dans quelle mesure ce n'était pas de la frime vis-à-vis des gars de la Ferme et d'ailleurs. Dans toute organisation, les individus devaient se faire une « réputation dans le service ». John avait la sienne. Les gens parlaient de lui à voix basse, croyant stupidement que les surnoms et les rumeurs ne lui viendraient pas à l'oreille. Et Ding voulait avoir sa réputation, lui aussi. Enfin, c'était normal.

« Des photos ? » demanda tranquillement Chavez, avant de les ôter des mains de Mme Foley. Il y en avait six. Ding les examina une par une, les passant à mesure à son supérieur. Il garda un ton égal mais ses traits révélaient son dégoût.

« Bon, et si Nomuri cerne un visage et un lieu, on fait quoi ?

— Vous établissez le contact avec elle et vous lui demandez si elle veut un billet d'avion gratuit pour rentrer », répondit la DAO sans ajouter qu'on la passerait sur le gril ensuite. Avec la CIA, on n'avait jamais rien sans rien.

« Couverture ? demanda John.

— Rien n'est encore décidé. Avant que vous partiez, il faudra qu'on vous remette à niveau question langues.

— Monterey ? » Chavez sourit. C'était un des coins les plus chouettes d'Amérique, surtout en cette saison.

« Quinze jours, en immersion totale. Vous décollez ce soir. Votre instructeur sera un certain Lyaline, Oleg Yourievitch. Un commandant du KGB passé chez nous depuis un certain temps. Il avait même monté un réseau là-bas, baptisé CHARDON. C'est d'ailleurs lui qui a sorti l'information qui vous a permis, Doug et vous, de piéger l'avion...

— Waouh ! observa Chavez. Sans lui... »

Mme Foley hocha la tête, ravie de voir Ding faire le rapport aussi vite. « C'est exact. Il a une très jolie maison au-dessus de l'eau. Il se trouve qu'il est un sacré bon professeur de langue, parce qu'il a dû apprendre sur le tas, j'imagine. » Le marché s'était révélé fructueux pour la CIA. Une fois terminé son interrogatoire, il avait trouvé un boulot juteux à l'École de langues des forces armées, où son traitement lui était réglé par le ministère de la Défense. « Bref, d'ici que vous sachiez vous commander à déjeuner et trouver les toilettes en japonais dans le texte, on vous aura concocté votre couverture. »

Clark sourit et se leva, comprenant qu'il était temps de prendre congé. « Eh bien alors, au boulot.

— Pour la défense de l'Amérique », observa Ding avec un sourire, laissant les photos sur le bureau de Mme Foley, persuadé que devoir réellement défendre son pays appartenait désormais au passé. Clark entendit la remarque ; pour lui aussi, c'était une blague, jusqu'à ce que les souvenirs lui reviennent, dissipant son sourire.

Ce n'était pas de leur faute. Ce n'était qu'une question de conditions objectives. Avec quatre fois la population des États-Unis, pour seulement un tiers de leur espace vital, ils étaient bien forcés de faire quelque chose. Les gens avaient besoin d'un emploi, de biens, d'une chance de posséder toutes ces choses que convoitaient le reste des habitants de la planète. Ils les voyaient sur les écrans de télé qui semblaient pulluler même dans les endroits où il n'y avait pas d'emploi, et les voyant, ils exigeaient d'avoir une chance de les obtenir. Ce n'était pas plus compliqué. Vous ne pouviez pas dire non à neuf cents millions de personnes.

Encore moins si c'étaient vos compatriotes. Le vice-amiral V.K. Chandraskatta était installé dans son fauteuil en cuir sur la passerelle de commandement du porte-avions *Viraat*. Son devoir, tel qu'exprimé lors de sa prestation de serment, était d'exécuter les ordres de son gouvernement mais, plus que cela, son devoir était envers son peuple. Il n'avait pas besoin de regarder plus loin que sa passerelle pour le constater ; il lui suffisait de contempler ses gradés et ses matelots, surtout ces derniers, les meilleurs que pouvait offrir son pays. Pour l'essentiel, des timoniers et des cadets qui avaient renoncé à leur vie misérable sur le sous-continent pour connaître cette existence nouvelle, en faisant tout pour y briller, parce que si maigre que soit la solde, elle était toujours préférable aux risques économiques encourus dans un pays où le taux moyen de chômage oscillait entre vingt et vingt-cinq pour cent. Rien que pour atteindre l'autosuffisance alimentaire, son pays avait mis près de vingt-cinq ans. Et encore, seulement par charité, grâce à la science agronomique occidentale dont le succès irritait encore certains esprits, comme si son pays, ancien et lettré, n'était pas capable de maîtriser seul son destin. Même couronnée de succès, la charité pouvait se révéler un fardeau pour la conscience nationale.

Et maintenant, que faire ? L'économie de son pays finissait par redémarrer, mais elle atteignait également ses limites. L'Inde avait besoin de ressources supplémentaires, mais elle avait surtout besoin d'espace, et là, il n'y en avait guère de disponible. Au nord, se dressait la chaîne de montagnes la plus hostile de la planète. A l'est, c'était le Bangladesh, qui avait encore plus de problèmes. A l'ouest, le Pakistan, tout aussi surpeuplé, ennemi religieux depuis des temps immémoriaux, et contre lequel une guerre pourrait bien avoir pour effet indésirable de couper leur approvisionnement en pétrole auprès des États musulmans du golfe Persique.

Quelle déveine, songea l'amiral, en s'emparant de ses jumelles pour contempler sa flotte : il n'avait rien d'autre à faire pour l'instant. S'ils restaient sans rien faire, ils n'avaient guère d'autre perspective que de continuer à stagner. S'ils se tournaient vers l'extérieur pour rechercher activement de l'espace vital... Oui mais voilà, le « nouvel ordre mondial » l'interdisait à son pays. L'Inde se voyait refuser l'entrée dans la course à la grandeur nationale par ces mêmes États qui l'avaient menée jusqu'ici, avant d'en interdire l'accès aux autres de peur qu'ils les rattrapent.

La preuve était là sous ses yeux. Sa marine était une des plus puissantes du monde, son pays s'était ruiné à la construire, à l'armer et à l'entraîner pour la faire naviguer sur un des sept océans du globe, le seul à porter le nom d'un pays, et pourtant, même ici, elle se retrouvait en seconde position, subordonnée à une partie de la marine des États-Unis. Ça n'en était que plus irritant. L'Amérique dictait à son pays ce qu'il pouvait faire ou ne pas faire. L'Amérique, dont l'histoire remontait à deux siècles, à tout casser. Des arrivistes, oui ! Avaient-ils combattu Alexandre de Macédoine ou le grand Khan ? Les Grandes Découvertes des Européens avaient eu pour but d'atteindre son pays, et c'était cette contrée, découverte uniquement par accident, qui était en train de dénier grandeur, pouvoir et justice à l'antique patrie de l'amiral. Tout bien pesé, cela faisait pas mal de choses à dissimuler sous un masque de détachement professionnel, alors que le reste du commandement s'affairait autour de lui.

« Contact radar, relèvement un-trois-cinq, distance deux cents kilomètres, annonça une vigie. En approche, vitesse cinq cents nœuds. »

L'amiral se tourna vers son officier responsable des opérations et hocha la tête. Le capitaine décrocha un téléphone. Sa flotte était à l'écart des routes commerciales maritimes et aériennes habituelles, et l'heure lui révélait l'identité probable de l'intrus. Quatre chasseurs américains, des F-18E Hornet partis d'un des porte-avions américains au sud-ouest de leur position. Ils passaient tous les jours, matin et soir, voire au milieu de la nuit, pour montrer que ça aussi, ils en étaient capables, pour lui faire savoir qu'ils connaissaient sa position et lui rappeler que l'inverse, en revanche, était impossible.

Un instant après, il entendit démarrer les réacteurs de deux de ses Harrier. De bons appareils, des appareils coûteux, mais qui ne faisaient pas le poids en face des avions américains. Il en ferait décoller quatre aujourd'hui, deux du *Viraat* et deux du *Vikrant*, pour intercepter les Hornet, sans doute au nombre de quatre, et les pilotes se salueraient avec force démonstrations de bonne humeur, mais ce serait un mensonge bilatéral.

« Nous pourrions éteindre nos systèmes SAM, leur montrer que nous sommes las de ce petit jeu », suggéra tranquillement le capitaine Mehta. L'amiral secoua la tête.

« Non. Ils ignorent presque tout de nos systèmes de missiles mer-air et ce n'est pas à nous de leur livrer l'information. » Les fréquences radar précises des radars indiens, leur largeur d'impulsion, leur taux de répétition n'étaient pas dans le domaine public et les services de renseignements américains n'avaient sans doute jamais fait l'effort de chercher à les découvrir. Cela signifiait que les Américains pouvaient ne pas être en mesure de brouiller ou piéger ces systèmes — sans doute l'étaient-ils, mais ils n'en étaient pas certains et c'était cette incertitude qui les préoccuperait. Ce n'était pas une bien grosse carte, mais c'était la meilleure que Chandraskatta ait actuellement en main. L'amiral but une gorgée de thé, voulant se montrer imperturbable. « Non, nous allons relever leur approche, les accueillir amicalement et les laisser poursuivre leur route. »

Mehta acquiesça d'un signe de tête et s'éclipsa sans un mot pour exprimer sa rage grandissante. C'était prévisible. Il était responsable des opérations et, à ce titre, sa tâche était de concevoir un plan pour vaincre la flotte américaine si la nécessité se présentait. Que pareille tâche fût virtuellement impossible ne dispensait pas Mehta de s'acquitter de ses responsabilités, et qu'il manifeste sa tension nerveuse n'avait rien de surprenant. Chandraskatta reposa sa tasse et regarda les Harrier bondir du pont d'envol et s'élancer vers le ciel.

« Les pilotes tiennent-ils le coup ? demanda l'amiral à son officier d'aviation.

— Ils commencent à se sentir frustrés, mais les performances jusqu'ici sont excellentes. » L'homme avait répondu avec orgueil, comme de juste. Ses pilotes étaient magnifiques. L'amiral mangeait souvent avec eux, il puisait du courage au spectacle de ces visages fiers dans la salle d'alerte. C'étaient de jeunes gars superbes, les égaux, d'homme à homme, de n'importe quel autre pilote de chasse dans le monde. Et surtout, ils brûlaient d'envie de le montrer.

Mais la marine indienne n'avait en tout et pour tout que quarante-trois chasseurs Harrier FRS-51. Il n'en avait tout juste que trente en mer, répartis sur le *Viraat* et le *Vikrant*, ce qui n'égalait même pas la capacité en hommes et en matériel d'un seul porte-avions américain. Tout cela parce que ces derniers étaient entrés les premiers dans la course, qu'ils l'avaient remportée et avaient aussitôt décrété que la partie était terminée, se dit Chandraskatta, en écoutant dialoguer ses pilotes sur un canal audio en clair. C'était franchement injuste.

« Allons bon, qu'est-ce que t'es en train de me raconter ? demanda Jack.

— Que c'était un coup monté, répondit Robby. Tous ces engins étaient en entretien intensif. Et tu sais quoi ? Leur maintenance n'était plus assurée depuis deux ans. Andy Malcolm a appelé par liaison satellite, ce soir. Il y avait de l'eau au fond du silo qu'il a inspecté aujourd'hui.

— Et ?

— J'oublie toujours que t'es un citadin. » Robby sourit, l'air penaud, ou plutôt, l'air du loup déguisé en agneau. « Tu fais un trou dans le sol, tôt ou tard il se remplit d'eau, d'accord ? Si t'as mis un truc de valeur dans le trou, t'as intérêt à pomper en permanence. De l'eau au fond du silo, ça veut dire qu'ils ne pompaient pas tout le temps. Ça veut dire de la vapeur d'eau, de l'humidité. Et de la corrosion. »

L'ampoule s'éteignit. « Tu es en train de me dire que les missiles...

— N'auraient sans doute pas décollé même s'ils l'avaient voulu. La corrosion, c'est comme ça. Probablement morts, les engins, parce que les réparer une fois qu'ils sont nazes, c'est plutôt coton. En tout cas (Jackson jeta la mince chemise sur le bureau de Ryan), c'est la conclusion du S-3.

— Et qu'en dit le S-2 ? demanda Jack, faisant allusion à la Direction du renseignement de l'État-major inter-armes.

— Ils n'y ont jamais cru, mais j'imagine qu'ils vont bien être obligés d'y croire, surtout si en ouvrant d'autres trous nous découvrons en gros la même chose. Ils n'en ont strictement plus rien à cirer. »

Les informations provenaient de nombreuses sources et un « opérationnel » comme Jackson était souvent la meilleure de toutes. Contrairement aux officiers de renseignements dont le boulot était d'évaluer les capacités du camp adverse, presque toujours de manière toute théorique, Jackson était un homme dont l'intérêt pour les armes était de les faire fonctionner, et il savait d'expérience que les utiliser était beaucoup plus astreignant que de se contenter de les regarder.

« Tu te souviens quand on pensait qu'ils mesuraient trois mètres de haut ?

— Moi, jamais, mais s'il est armé, même un salaud de petite taille peut vous gâcher la journée, rappela Robby à son ami. Et combien ont-ils réussi à nous extorquer avec cette histoire ?

— Cinq milliards.

— Pas mal, on voit où passent nos impôts. On vient de filer aux Russkofs cinq mille millions de dollars pour "désactiver" des missiles qui n'auraient pas été foutus de quitter leurs silos, à moins de faire péter leur bombe d'abord. Le coup du siècle, Dr Ryan.

— Ils ont besoin de cet argent, Rob.

— Et moi donc ? Hé, mon vieux, je suis obligé de racler les fonds de tiroir pour avoir juste assez de coco pour maintenir nos zincs en l'air. » La plupart des gens ignoraient que chaque bâtiment de la flotte, chaque bataillon de blindés disposait d'un budget de fonctionnement limité. Même si les officiers de commandement ne tenaient pas à proprement parler une comptabilité, chacun puisait dans un stock limité de consommables — carburant, munitions, pièces détachées, voire les vivres dans le cas de navires de guerre — qui devait durer un an. Il n'était pas rare de voir un bâtiment de guerre rester plusieurs semaines à quai en fin d'année fiscale, parce qu'il ne restait plus rien pour le faire tourner. Une telle situation voulait dire que, quelque part, une mission n'était pas remplie, un équipage n'était pas entraîné. De toutes les agences fédérales, le Pentagone avait ceci d'unique qu'on espérait le voir vivre sur un budget fixe, quand il n'était pas en diminution.

« Tu crois qu'on va encore pouvoir se serrer la ceinture jusqu'à quel point ?

— Je le lui ai dit, Rob, d'accord ? Le Président...

— Confidence pour confidence, le Président croit que les opérations, c'est un truc réservé aux chirurgiens dans les hôpitaux. Et si jamais tu t'avises de rapporter mes propos, tintin pour les leçons de golf.

— Quel intérêt de mettre les Russes hors jeu ? » Jack se demandait si Robby allait se calmer un peu.

« On y gagne moins qu'on a perdu en coupes budgétaires. Au cas où t'aurais pas remarqué, ma marine est toujours expédiée aux quatre vents, et on est obligé de bosser avec quarante pour cent d'unités en moins. L'océan n'a pas rétréci, que je sache ! L'armée est un peu mieux lotie, je te l'accorde, mais pas l'aviation ; quant aux Marines, ils sont la dernière roue du carrosse, et pourtant c'est toujours eux qui seront en première ligne pour intervenir la prochaine fois que les p'tits gars de Washington s'emmêleront les pinceaux.

— Tu prêches un converti, Rob.

— Et s'il n'y avait que ça, Jack. Mais nous tirons sur la corde avec les hommes également. Moins on a de bateaux, plus ils doivent rester longtemps en mer. Plus on y reste, plus s'alourdit la facture d'entretien. C'est comme aux tristes temps de la fin des années soixante-dix. On commence à avoir des défections. Difficile de forcer un homme à rester aussi longtemps loin de sa femme et de ses gosses. En vol, on appelle ça le coin-cercueil. Quand on perd des éléments de valeur, la facture d'instruction monte aussi. Dans un sens ou dans l'autre, on perd de l'efficacité au combat, poursuivit Robby, cette fois sur le ton d'un amiral.

— Écoute, Rob, j'ai fait exactement le même laïus il y a quelque temps, à l'autre bout de la maison. Je fais de mon mieux pour défendre vos intérêts », répondit Jack, sur le ton d'un chef de cabinet. A ce point de la conversation, les deux hommes échangèrent un regard.

« Nous sommes deux vieux cons.

— Ça va faire un bail qu'on a quitté la fac pour faire autre chose, laissa échapper Ryan. Moi, enseigner l'histoire et toi, te prosterner tous les soirs pour que Dieu guérisse ta jambe.

— J'aurais dû en faire plus. L'arthrite du genou, dit Robby. J'ai une visite d'aptitude dans neuf mois. Devine ce qui me pend au nez ?

— L'ajournement ?

— Définitif. » Jackson hocha la tête, résigné. Ryan savait ce que cela signifiait vraiment pour un homme qui, pendant plus de vingt ans, avait arraché ses chasseurs au pont d'envol des porte-avions : c'était la dure prise de conscience du poids des ans. Il ne pouvait plus jouer les gamins. Il pouvait toujours justifier ses cheveux blancs en invoquant des gènes défavorables, mais un ajournement à l'examen médical, ça signifiait ôter la combinaison de vol, raccrocher le casque et admettre qu'il n'était plus assez bon pour faire la seule chose qu'il avait rêvé de faire depuis ses dix ans et à laquelle il avait excellé durant presque toute sa vie d'adulte. Le plus amer, ce serait de se souvenir de ce qu'ils se disaient, au début de leur carrière, sur les pilotes plus âgés qu'eux, les sourires en coin, les regards entendus avec les jeunes collègues, dont aucun n'aurait pu s'imaginer ce qui les attendait.

« Rob, des tas de gars de valeur n'ont jamais la chance de pouvoir postuler pour le commandement d'une escadrille. Ils quittent l'uniforme au bout de leurs vingt ans de service avec le grade de commandant et finissent en assurant les vols de nuit pour Federal Express.

— Et en se faisant pas mal de fric, mine de rien.

— Tu t'es déjà choisi ton cercueil ? » Cela détendit l'ambiance. Jackson leva les yeux et sourit.

« Merde, si je peux plus danser, je peux toujours regarder. Je vais te dire un truc, mec, si tu veux qu'on réalise toutes les jolies opérations que je conçois dans ma cabine, il va falloir qu'on ait un coup de main de l'autre rive du fleuve. Mike Dubro fait des prodiges en collant le papier peint d'une seule main, mais lui et ses troupes ont leurs limites, tu piges ?

— Eh bien, amiral, je peux te promettre ceci : quand viendra l'heure de mener ton groupe de combat, on t'en réservera un à commander. » Ce n'était pas grand-chose comme promesse, mais l'un et l'autre savaient que c'était ce qu'il pouvait lui offrir de mieux.

Elle était la cinquième. Le plus remarquable — merde, se reprit Murray, dans son bureau à six rues de la Maison Blanche, toute cette affaire était remarquable. Mais c'était le profil de l'enquête qui était le plus déroutant. Avec ses hommes, ils avaient interrogé plusieurs femmes qui toutes, certaines honteusement, d'autres sans manifester la moindre émotion apparente, d'autres enfin avec humour et fierté, avaient admis avoir couché avec Ed Kealty, mais il y en avait eu cinq pour qui l'acte n'avait pas été entièrement volontaire. Avec cette femme, la dernière, la drogue avait été un élément supplémentaire, et elle éprouvait une honte toute personnelle, celle d'avoir été la seule à tomber dans le piège.

« Alors ? demanda Bill Shaw après ce qui avait été pour lui aussi une longue journée.

— Alors, c'est un dossier en béton. Nous avons maintenant cinq victimes identifiées, dont quatre sont en vie. Deux des cas seraient considérés comme des viols devant n'importe quel tribunal, à ma connaissance. Sans compter Lisa Beringer. Les deux autres dépositions prouvent l'usage de drogue dans l'enceinte d'une propriété fédérale. Elles sont d'une précision quasiment clinique, identifiant l'étiquette sur la bouteille de cognac, les effets, tout.

— De bons témoins ? demanda le directeur du FBI.

— Autant qu'on puisse l'espérer en de telles circonstances. Il est temps de les exploiter », conclut Murray. Shaw hocha la tête en signe d'acquiescement. Les bruits n'allaient pas tarder à se répandre. Il était tout simplement impossible de garder longtemps le secret sur une enquête. Certains des individus que vous interrogiez seraient loyaux envers l'inculpé et, quel que soit le soin porté à l'énoncé de vos questions préliminaires, il ne leur faudrait pas être grand clerc pour discerner la nature du coup de sonde — bien souvent parce que eux-mêmes nourrissaient déjà des soupçons. Alors, ces non-témoins n'auraient de cesse que de retourner voir l'inculpé pour l'avertir, qu'ils soient convaincus de son innocence ou cherchent à en retirer un profit personnel. Criminel ou non, le Vice-président était un homme au pouvoir politique considérable, toujours à même de distribuer de substantiels avantages à ceux qui se gagnaient ses faveurs. En un autre temps, le Bureau n'aurait sans doute même pas pu en arriver là. Le Président en personne, ou le ministre de la Justice, aurait transmis un discret avertissement, et de hauts fonctionnaires du cabinet se seraient personnellement chargés de retrouver les victimes pour leur proposer un dédommagement quelconque, et dans bien des cas cela aurait marché. La seule raison pour laquelle ils étaient arrivés aussi loin, après tout, c'était que le FBI avait obtenu la permission du Président, la coopération du garde des Sceaux, et qu'il bénéficiait d'un autre climat, tant légal que moral, pour travailler.

« Dès que tu auras l'occasion de parler au Président...

— Ouais, fit Murray en hochant la tête. Autant organiser une conférence de presse pour étaler nos preuves de manière coordonnée. » Mais ils ne pourraient pas faire ça, bien sûr. Une fois la teneur des preuves confiée aux autorités politiques — en l'occurrence, le président de la commission judiciaire de la Chambre des représentants qui était un membre influent de l'opposition —, elles s'ébruiteraient aussitôt. La seule marge de manœuvre pour Murray et son équipe était de jouer sur l'heure de diffusion. Assez tard, et la nouvelle échapperait aux journaux du matin, provoquant l'ire des rédacteurs du *Washington Post* et du *New York Times*. Le Bureau devait se conformer strictement aux règles. Il ne pouvait organiser de fuites, car ce serait un acte criminel et les droits de l'inculpé devaient être préservés autant — sinon plus — que ceux des victimes, pour ne pas biaiser le déroulement d'un procès éventuel.

« On va faire ça ici, Dan, dit Shaw qui avait pris sa décision. Je chargerai le ministre de la Justice de passer le coup de fil pour organiser la rencontre. Cela permettra peut-être de retenir l'information un petit moment. Qu'a dit au juste le Président, l'autre jour ?

— C'est un type réglo », déclara le directeur adjoint, ce qui était un grand compliment dans le service. « Il a dit : "Un crime est un crime." Le Président a également demandé que l'on traite l'affaire avec le maximum de discrétion possible, mais c'était prévisible.

— Normal. Je lui ferai savoir ce qu'on compte faire personnellement. »

Comme d'habitude, Nomuri se rendit directement au travail. C'était sa soirée habituelle aux bains avec son groupe de collègues — il avait sans doute la mission la plus « clean » de toute l'Agence. C'était également l'un des moyens les plus astucieux qu'il ait rencontrés pour soutirer de l'information, moyen qu'il avait encore perfectionné en se chargeant de fournir la grande bouteille de saké qui trônait à présent, à moitié vide, sur le rebord de la cuve en bois.

« J'aurais préféré que tu ne me parles pas de la fille aux yeux ronds », dit Nomuri, paupières closes, assis dans son coin habituel, laissant l'eau brûlante envelopper son corps. A quarante-deux degrés, elle était assez chaude pour provoquer une baisse de tension et induire l'euphorie. Sans oublier l'effet de l'alcool. De nombreux Japonais souffrent d'une anomalie génétique baptisée « bouffées orientales » par les Occidentaux, ou, avec moins de connotations racistes, « intoxication pathologique ». Il s'agit en fait d'un dérèglement de la fonction enzymatique qui se traduit par une sensibilité extrême à l'alcool, même absorbé en faible quantité. C'était, par chance, un trait que ne partageait pas la famille de Nomuri.

« Pourquoi cela ? demanda Kazuo Taoka depuis le coin opposé.

— Parce que, maintenant, je n'arrive plus à me sortir la *gaijin* de l'esprit ! » répondit Nomuri sur un ton enjoué. L'un des effets des bains publics était de susciter une complicité bon enfant. Le voisin de l'agent de la CIA se frotta vigoureusement le crâne avant d'éclater de rire, comme le reste du groupe.

« Ah, et à présent, tu voudrais en savoir plus, n'est-ce pas ? » Nomuri n'avait pas besoin de regarder. Son voisin se pencha en avant. Nul doute que les autres allaient l'imiter. « Tu avais raison, tu sais. Elles ont de trop grands pieds et de trop gros seins, mais leurs manières... eh bien, on peut toujours les éduquer plus ou moins.

— Tu nous fais languir ! intervint un autre membre du groupe, feignant la colère.

— Tu n'apprécies pas le suspens ? » Il y eut un éclat de rire général. « Ma foi oui, c'est vrai, leurs seins sont trop gros pour qu'on puisse véritablement parler de beauté mais enfin, dans la vie, il faut savoir faire des sacrifices et j'avoue avoir rencontré des difformités pires... »

Quel bon narrateur, songea Nomuri. L'homme était réellement doué. Bientôt, il entendit sauter un bouchon et quelqu'un remplir les petites tasses. En fait, pour des raisons d'hygiène, il était interdit de boire dans les établissements de bains, mais — fait exceptionnel pour ce pays — cette règle était largement ignorée. Nomuri saisit sa tasse, les yeux toujours clos, et affecta de se représenter mentalement le spectacle, affichant un sourire béat, tandis que de nouveaux détails traversaient les vapeurs à la surface de l'eau. La description se fit plus précise, collant toujours plus près à la photo et aux autres détails qu'il avait parcourus dans son train de banlieue matinal. On ne pouvait encore tirer de conclusions. Des milliers de filles pouvaient correspondre au signalement et Nomuri n'était pas particulièrement scandalisé par les faits. D'une manière ou d'une autre, elle avait pris ses risques, mais c'était une citoyenne américaine et, s'il pouvait l'aider, il le ferait. On pouvait y voir un simple à-côté de sa mission générale, mais faute de mieux, cela lui avait permis de poser une question propre à l'intégrer un peu plus dans ce petit groupe d'hommes. Et donc, à le rendre plus à même de leur soutirer ultérieurement des informations importantes.

« Nous n'avons pas le choix, dit un homme à un autre individu, dans un autre établissement de bains fort similaire, non loin de là. Nous avons besoin de votre aide. »

Ce n'était pas une surprise, estimèrent les cinq autres. Le tout était de savoir qui toucherait le mur le premier. Le destin avait désigné cet homme et son entreprise. Cela ne diminuait en rien sa honte d'être contraint à réclamer de l'aide, et les autres partageaient sa peine sous des dehors de calme politesse. A vrai dire, en l'écoutant, ces hommes éprouvaient un autre sentiment : de la peur. Maintenant que c'était arrivé une fois, cela pourrait bien plus aisément se reproduire. Qui serait le prochain ?

160

En général, il n'y avait pas de placement plus sûr que l'immobilier — des biens stables, fixes, dotés d'une réalité concrète, qu'on pouvait toucher, tâter, bâtir, dont on pouvait vivre, que les autres pouvaient voir et mesurer. Même si le Japon faisait de constants efforts pour gagner du terrain sur la mer, pour construire de nouveaux aéroports, par exemple, la règle générale se vérifiait ici comme ailleurs : acheter du terrain était un choix logique parce que la quantité de terrain disponible était limitée et qu'en conséquence, les prix n'allaient pas chuter.

Mais au Japon, cette vérité avait été déformée par une particularité des conditions locales. La politique nationale de gestion du patrimoine immobilier était biaisée par le pouvoir démesuré dont jouissaient les petits propriétaires fonciers : il n'était pas rare de voir, en plein milieu d'une banlieue urbanisée, une minuscule parcelle d'un quart d'hectare dévolue à la culture des légumes. Non seulement le pays était petit — d'une taille comparable à la Californie, il abritait une population en gros équivalente à la moitié de celle des États-Unis — mais, en outre, une faible partie de son territoire était cultivable, et comme ces terres arables tendaient également à être les plus facilement habitables, la majeure partie des habitants s'entassait dans une poignée de vastes agglomérations à densité élevée où le prix des terrains atteignait des sommets. Le résultat remarquable de cet ensemble de données apparemment banales était que la valeur marchande du patrimoine immobilier de la seule ville de Tokyo représentait un montant supérieur à la valeur théorique de la totalité des terrains des quarante-huit États métropolitains d'Amérique. Plus remarquable encore, cette fiction absurde était acceptée de tous, comme si elle était logique alors qu'en fait, elle relevait du même délire artificiel que la passion pour la tulipe hollandaise au XVIIe siècle.

Mais quand il s'agissait de l'Amérique, que représentait une économie nationale, après tout, sinon une croyance collective ? C'est en tout cas ce dont tout un chacun était convaincu depuis une génération. Le frugal citoyen japonais économisait une grande proportion de ses revenus. Ces économies étaient placées dans les banques, en si vastes quantités que la masse de capitaux disponible pour les prêts était également énorme, d'où des taux d'intérêt bas, ce qui permettait aux entreprises d'acheter des terrains et de construire dessus, malgré des prix qui, n'importe où ailleurs dans le monde, auraient oscillé entre le ruineux et l'impossible. Comme avec toute surchauffe artificielle, le processus avait de dangereux corollaires. Par suite de cette surestimation de leur valeur comptable, ces biens immobiliers servaient à garantir d'autres emprunts et à couvrir des portefeuilles d'actions achetés à terme : autant dire que des hommes d'affaires censés faire preuve d'intelligence et de prévoyance avaient bâti un gigantesque château de cartes, dont les fondations reposaient sur la croyance que l'aire métropolitaine de Tokyo avait une valeur intrinsèque supérieure à celle de l'ensemble du territoire américain entre Bangor et San Diego. (Autre conséquence, ces conceptions sur l'immobilier avaient, plus que tout autre argument, amené les hommes d'affaires japonais à considérer que les terrains américains — après tout, ils ressemblaient fort à ceux de leur pays — devaient certainement valoir bien plus que les sommes réclamées par leurs imbéciles de propriétaires.) Au début des années quatre-vingt-dix, un certain nombre d'indices préoccupants étaient apparus. Le déclin précipité du marché financier nippon avait menacé d'entamer les opérations à marge confortable et conduit certains hommes d'affaires à envisager de revendre des terrains pour couvrir leurs découverts. C'est alors qu'on avait pu faire la constatation stupéfiante, mais pas vraiment surprenante, que personne n'était prêt à payer un terrain à sa valeur comptable ; que même si tout le monde l'acceptait dans l'abstrait, payer réellement le prix estimé n'était, pour tout dire, pas franchement réaliste. Le résultat était que l'unique carte soutenant le reste du château venait d'être tranquillement ôtée du bas de l'édifice qui n'attendait plus qu'un souffle de vent pour s'effondrer entièrement — une éventualité délibérément rayée du discours de ces cadres supérieurs.

Jusqu'à aujourd'hui.

Les hommes assis dans le bain étaient des amis et des associés de longue date, et l'annonce faite par Kozo Matsuda, d'une voix calme et digne, des actuelles difficultés de trésorerie de son entreprise leur faisait entrevoir le désastre collectif à un horizon soudain bien plus proche qu'ils ne l'auraient imaginé deux heures plus tôt. Les banquiers pouvaient proposer des prêts mais les taux d'intérêt étaient à présent plus élevés. Les industriels pouvaient offrir des conditions préférentielles, mais elles affecteraient leurs bénéfices d'exploitation avec des effets désastreux sur un marché boursier déjà chancelant. Oui, ils pouvaient sauver leur ami de la ruine, qui dans leur société s'accompagnait d'une disgrâce personnelle qui l'exclurait à jamais de ce groupe soudé. S'ils n'en faisaient rien, il n'aurait plus qu'à tenter de jouer « au mieux » : mettre en vente une partie de ses immeubles de bureaux, en espérant que quelqu'un voudrait bien les payer un prix correspondant à peu près à leur valeur théorique. Mais c'était fort improbable — aucun d'entre eux n'aurait d'ailleurs été disposé à le faire — et le bruit venait à courir que la « valeur comptable » était aussi fictive que les écrits de Jules Verne, alors, ils risquaient d'en pâtir eux aussi. Les banquiers seraient forcés d'admettre que la couverture de leurs prêts, et donc celle de l'argent de leurs dépositaires, était une fiction non moins creuse. Une quantité d'argent « réel » si gigantesque qu'elle ne pouvait être exprimée qu'en chiffres se trouverait avoir disparu comme par quelque tour de magie noire. Pour tous ces motifs, ils feraient ce qu'il convenait de faire : aider Matsuda et son entreprise en avançant les sommes dont il avait besoin, moyennant des concessions en contrepartie, bien sûr.

Le problème était que s'ils pouvaient agir ainsi une fois, et sans doute une deuxième, voire une troisième fois, les événements ne tarderaient pas à se précipiter, à faire boule de neige, et bientôt ils n'auraient plus les moyens de soutenir leurs propres châteaux de cartes. Les conséquences n'avaient rien d'agréable à envisager.

Chacun des six hommes contemplait l'eau du bain, incapable de croiser les regards de ses vis-à-vis, parce que leur société tolérait difficilement qu'on montre sa peur ; or c'était bien de la peur que tous éprouvaient. Ils étaient responsables, en définitive. Leurs entreprises étaient entre leurs mains, et ils les géraient de manière aussi autocratique qu'un John Pierpont Morgan. Ce contrôle s'accompagnait d'un style de vie luxueux, d'un immense pouvoir personnel et donc, au bout du compte, d'une responsabilité personnelle totale. Toutes les décisions émanaient d'eux et si ces décisions étaient erronées, alors la responsabilité leur en incombait, dans cette société où l'échec public était aussi douloureux que la mort.

« Yamata-san a raison, observa tranquillement l'un des banquiers, sans bouger d'un pouce. J'avais tort de discuter son point de vue. »

Admirant son courage et s'exprimant d'une seule voix, tous les autres hochèrent la tête en murmurant : « *Hai.* »

Puis un autre remarqua : « Nous avons besoin de lui demander conseil sur cette affaire. »

L'usine tournait à plein régime avec deux équipes, tellement ce qu'elle produisait était populaire. Installé dans les collines du Kentucky, l'unique bâtiment occupait plus de cinquante hectares et il était entouré par un parking réservé au personnel ; un second était réservé à la production, avec un quai de chargement pour les camions et un autre pour les trains, l'usine étant desservie par un embranchement particulier.

En tête des ventes de voitures neuves sur les marchés américain et japonais, la Cresta avait été baptisée ainsi en souvenir de la piste de luge de Saint-Moritz, en Suisse, où un cadre supérieur de l'industrie automobile japonaise, quelque peu éméché, avait fait le pari de tenter sa chance sur un de ces engins d'une trompeuse simplicité. Il avait dévalé la pente, perdu le contrôle de sa luge dans l'épingle traîtresse du Volant, s'était transformé en objet balistique et avait achevé sa course avec une luxation de la hanche. Durant son séjour à l'hôpital, il avait décidé de rendre hommage au parcours qui lui avait valu cette leçon d'humilité bien méritée, en attribuant son nom à une nouvelle voiture — à l'époque encore simple projet de bureau d'études.

Comme presque toute la production de l'industrie automobile nippone, la Cresta était un chef-d'œuvre d'ingénierie. Vendue à un prix attractif, cette traction avant, équipée d'un petit 4 cylindres 16 soupapes économe et nerveux, pouvait loger confortablement deux adultes à l'avant et deux ou trois enfants à l'arrière, et elle était du jour au lendemain devenue à la fois la voiture de l'année élue par la revue *Motor Trend* et la planche de salut d'un constructeur japonais qui avait connu trois années successives de baisse des ventes, par suite des efforts renouvelés de Detroit pour reconquérir le marché américain. De loin la voiture la plus populaire auprès des jeunes couples avec enfants, elle était livrée avec une foule d'options de série et fabriquée des deux côtés du Pacifique pour répondre à la demande internationale.

Située à quarante-cinq kilomètres de Lexington, Kentucky, l'usine était en avance dans tous les domaines : les employés étaient payés au tarif syndical sans avoir à s'inscrire à l'UAW — l'*Union of Automobile Workers* — et les deux fois où le puissant syndicat ouvrier avait cherché à créer une section locale sous l'égide de la Commission d'arbitrage du ministère du Travail, il n'avait même pas pu obtenir quarante pour cent des voix et s'était retiré en grommelant devant la stupidité peu commune de ces ouvriers.

Comme dans toute installation de ce type, il y avait quelque chose d'irréel dans son fonctionnement. Les pièces détachées entraient dans le bâtiment par un bout et les voitures terminées en ressortaient à l'autre. Une partie des pièces étaient de fabrication américaine, quoique pas en aussi grand nombre que l'aurait désiré le gouvernement américain.

D'ailleurs, le directeur de l'usine l'aurait préféré lui aussi, surtout l'hiver, quand les livraisons pouvaient être retardées par les conditions météo défavorables sur le Pacifique — un seul jour de retard pouvait diminuer dangereusement les stocks de certaines pièces, car l'usine travaillait en flux tendu — et la demande de Cresta était supérieure à sa capacité de production. Les pièces arrivaient pour la plupart par wagons porte-conteneurs acheminés depuis des ports situés sur les deux côtes du continent, puis elles étaient réparties par types et entreposées dans les zones de stockage jouxtant la chaîne de fabrication où elles devaient être montées. L'essentiel du travail était accompli par des robots, mais rien ne pouvait égaler la main adroite d'un ouvrier avec ses deux yeux et son cerveau, et à vrai dire, on n'avait automatisé que les tâches les plus pénibles. L'efficacité de la fabrication expliquait le prix concurrentiel de la Cresta et le carnet de commandes hyperrempli, avec de nombreuses heures supplémentaires à la clé, justifiait l'attitude des ouvriers qui, découvrant pour la première fois dans la région des emplois industriels bien payés, travaillaient avec la diligence de leurs homologues nippons et, comme avaient pu le constater leurs supérieurs japonais, en privé ou dans les rapports internes à l'entreprise, en faisant preuve d'une créativité plutôt supérieure. Rien que pour cette année, c'était une bonne douzaine d'innovations majeures qui avaient été suggérées par des ouvriers de cette unité de production, et aussitôt adoptées dans des ateliers similaires à neuf mille kilomètres de là. Le personnel d'encadrement appréciait en outre énormément cette vie dans l'Amérique profonde. Le prix de leur logement avec le terrain qui l'accompagnait avait été une surprise pour tous, et après les premiers moments d'adaptation, ils avaient tous fini par succomber aux charmes de l'hospitalité locale — au plaisir de se joindre aux notables du coin sur le terrain de golf, de s'arrêter au McDo pour manger un hamburger, de regarder leurs gosses jouer au foot avec ceux des voisins ; souvent d'ailleurs, ils étaient ébahis par la qualité de l'accueil après ce qu'on leur avait raconté. (Le réseau local de télé par câble leur avait même proposé la NHK, pour permettre aux deux cents familles japonaises de retrouver le parfum du pays grâce à leur chaîne nationale.) Tout cela leur permettait en même temps de générer un profit confortable pour la maison mère. Ce qui tombait à pic, car maintenant elle arrivait tout juste à s'en sortir avec ses Cresta produites au Japon, à cause de la productivité inattendue de l'usine du Kentucky et de la baisse continue du dollar par rapport au yen. Raison pour laquelle elle avait, cette semaine même, acheté de nouveaux terrains en vue d'accroître de soixante pour cent la capacité de production de l'usine. Un moment envisagé, le passage aux trois-huit n'aurait pas permis d'entretenir la chaîne dans de bonnes conditions, entraînant des conséquences négatives pour le contrôle de qualité, ce qui était un risque que la compagnie refusait de courir, alors que renaissait la concurrence de Detroit.

En début de chaîne, deux ouvriers fixaient aux coques les réservoirs d'essence. Le premier retirait le réservoir de son carton d'emballage et le déposait sur un tapis roulant qui l'amenait devant son collègue, dont la tâche consistait à mettre en place cette pièce légère mais encombrante. Des crochets de plastique maintenaient momentanément le réservoir, le temps pour l'ouvrier de le fixer définitivement, puis ils se rétractaient avant que la coque ne passe au poste suivant.

Le carton était mouillé, nota l'ouvrière dans la salle de stockage. Elle porta la main à son nez et sentit une odeur de sel marin. Le conteneur de cette livraison de réservoirs avait été mal fermé et les embruns d'une mer démontée l'avaient envahi. Une chance, songea-t-elle, que les réservoirs soient galvanisés et emballés de manière étanche. Quinze ou vingt exemplaires avaient dû être ainsi exposés aux intempéries. Elle envisagea de mentionner l'incident au contremaître, mais c'est en vain qu'elle le chercha des yeux. Elle avait certes autorité pour interrompre la chaîne — traditionnellement, un pouvoir peu fréquent pour un ouvrier de l'industrie automobile — jusqu'à ce que ce problème de réservoirs soit résolu. Tous les ouvriers de l'usine avaient ce pouvoir théorique, mais elle était nouvelle ici, et elle avait vraiment besoin de son contremaître pour prendre une telle initiative. Elle se remit à le chercher des yeux, et faillit bien interrompre la chaîne par son inaction, ce qui provoqua un brusque sifflet de son collègue au montage. Enfin, ce ne devait pas être bien grave, non ? Elle fit glisser le réservoir sur le tapis roulant, ouvrit le carton suivant et oublia aussitôt l'incident. Elle ne saurait jamais qu'elle venait d'entrer dans une chaîne d'événements qui allaient bientôt tuer une famille entière et en blesser deux autres.

Deux minutes plus tard, le réservoir était fixé à une coque de Cresta, et la voiture en devenir poursuivit son chemin sur cette chaîne apparemment interminable, jusqu'à une porte qui n'était même pas visible depuis ce poste de travail. En temps opportun, le reste des pièces seraient assemblées sur la coque d'acier, pour donner enfin une voiture rouge vif métallisé déjà commandée par une famille de Greeneville, Tennessee. La couleur *candy apple red* avait été choisie en l'honneur de l'épouse, Candace Denton, qui venait de donner à son mari, Pierce, leur premier fils après deux jumelles, trois ans auparavant. Ce serait la première voiture neuve du jeune couple, et c'était pour Pierce sa façon de témoigner à sa femme son amour. La voiture n'était pas vraiment dans leurs moyens mais c'était une histoire d'amour, pas d'argent, et il savait que, d'une façon ou d'une autre, il trouverait bien un moyen de s'en sortir. Le lendemain, la voiture était chargée sur un semi-remorque pour effectuer le bref trajet jusqu'au concessionnaire de Knoxville. Un télex envoyé par l'usine indiqua au représentant qu'elle était en route, et celui-ci s'empressa de téléphoner à M. Denton pour lui annoncer la bonne nouvelle.

Ils auraient besoin d'une journée pour préparer la voiture, mais elle serait livrée (avec une semaine de retard seulement, à cause de la demande), entièrement vérifiée, assurée et munie de ses plaques provisoires. Et le plein fait, scellant un destin déjà fixé par une multitude de facteurs.

7

CATALYSEUR

Ça n'aidait pas de travailler de nuit. Même l'éclat des projecteurs — il y en avait des dizaines — ne pouvait reproduire ce que le soleil offrait gratis. La lumière artificielle engendrait des ombres bizarres qui semblaient toujours mal placées, et comme si ça ne suffisait pas, les hommes créaient leurs propres ombres en se déplaçant, détournant les yeux de leur travail si important.

Chaque engin SS-19/H-11 était mis en capsule. Les

plans de construction de celle-ci — baptisée ici « cocon » — avaient accompagné les plans du missile proprement dit : une prime, en quelque sorte ; après tout, l'entreprise japonaise avait payé pour l'ensemble des plans de construction, et comme ils étaient rangés dans le même tiroir, on les avait donc livrés avec. C'était une chance, estima l'ingénieur responsable, car il semblait que personne ne se fût avisé de les réclamer.

Le SS-19 était à l'origine un missile balistique intercontinental, une arme de guerre, et puisqu'il avait été conçu par des Russes, on avait également prévu qu'il serait manié sans ménagement par des conscrits mal entraînés. De ce côté, admit l'ingénieur, les Russes avaient fait preuve d'un génie digne d'être imité. Ses compatriotes avaient en effet tendance à fignoler la conception outre mesure, raffinement qui était souvent inutile quand il s'agissait d'applications aussi primitives que celle-ci. Forcés de construire une arme capable de survivre à un environnement humain et naturel hostile, les Russes avaient mis au point pour leurs engins des conteneurs de chargement et de transport qui les protégeaient pratiquement de tout. C'est ainsi que les ouvriers chargés du montage pouvaient installer toutes les prises et les vannes dès l'atelier de fabrication, puis glisser le corps du missile dans sa capsule et l'expédier sur le périmètre de tir où les soldats n'auraient plus qu'à le redresser pour le faire descendre dans son silo. Une fois qu'il était là, une équipe plus spécialisée de trois hommes s'occupait de raccorder les prises de télémétrie et d'alimentation extérieure. Même si l'opération n'était pas aussi simple que l'insertion d'une balle dans un fusil, c'était de loin la méthode la plus efficace jamais mise au point pour rendre opérationnel un ICBM — assez efficace, à vrai dire, pour que les Américains l'aient copiée pour leurs missiles MX « Peacekeeper », aujourd'hui tous détruits. Le cocon permettait de manipuler sans crainte les missiles, parce que tous les points faibles étaient en contact étroit avec l'intérieur de la structure. C'était un peu comme l'exosquelette d'un insecte, et cette précaution était indispensable car, si menaçant qu'il puisse paraître, un missile était aussi délicat que l'étoffe la plus diaphane. A l'intérieur du silo, le pied de la capsule venait se caler contre des ferrures, ce qui permettait de la faire pivoter à la verticale avant de la faire coulisser jusqu'à la base. Malgré les mauvaises conditions d'éclairage, l'ensemble de l'opération ne prit en tout que quatre-vingt-dix minutes — exactement le temps requis par le manuel soviétique, une prouesse.

En l'occurrence, l'équipe du silo consistait en cinq hommes. Ils fixèrent trois câbles électriques et quatre tuyaux destinés à entretenir la pression dans les réservoirs de carburant et d'oxydant — le plein n'avait pas encore été fait et il fallait les maintenir sous pression pour qu'ils gardent leur intégrité structurelle. Dans le poste de contrôle situé à six cents mètres de là, dans la paroi nord-est de la vallée, les trois responsables de tir notèrent que tous les systèmes internes du missile étaient « en condition nominale », comme prévu. Cela n'avait absolument rien d'étonnant mais ça faisait tout de même plaisir. Dès qu'ils s'en furent assurés, ils appelèrent le poste situé à côté du sommet du silo et l'équipe de montage fit signe au train de s'éloigner. Le locotracteur diesel refoulerait le wagon plat sur une voie d'évitement, avant d'aller chercher le missile suivant. Deux engins seraient mis en place cette nuit, ainsi que durant les quatre prochaines nuits, remplissant ainsi les dix silos.

L'encadrement se félicitait de l'excellent déroulement des opérations, même si chacun se demandait pourquoi il aurait fallu s'en étonner. C'était un boulot extrêmement simple, après tout. Et, à strictement parler, il l'était, même si tous étaient convaincus que le monde n'allait pas tarder à être très différent à cause de ce qu'ils venaient de faire : quelque part, tout au long du projet, ils s'étaient presque attendus à voir les cieux changer de couleur ou la terre se mettre à trembler. Rien de tout cela n'était arrivé et la question restait maintenant de savoir s'ils étaient déçus ou soulagés par la tournure qu'avaient prise les événements.

« Notre opinion est que vous devriez adopter une ligne plus ferme à leur encontre, dit Goto dans le secret du bureau de son hôte.

— Mais pourquoi ? s'enquit le Premier ministre, qui connaissait déjà la réponse.

— Ils cherchent à nous écraser. Ils cherchent à nous punir pour notre efficacité, pour la qualité supérieure de notre travail, pour nos normes d'excellence bien supérieures aux ambitions de leurs ouvriers paresseux. » Le leader de l'opposition gardait ses diatribes pour ses apparitions publiques. En privé, avec le chef du gouvernement de son pays, il se montrait infailliblement poli, même s'il intriguait pour remplacer cet homme faible et indécis.

« Ce n'est pas nécessairement le cas, Goto-san. Vous savez aussi bien que moi que nous avons récemment réaffirmé notre position sur le riz, l'industrie automobile et les microprocesseurs. C'est nous qui leur avons arraché des concessions, et non l'inverse. » Le Premier ministre se demandait ce que tramait au juste Goto. Il s'en doutait un peu, naturellement. Goto manœuvrait avec ses gros sabots habituels pour faire basculer les alliances à la Diète. Le Premier ministre y jouissait d'une infime majorité, et si son gouvernement avait adopté une ligne ferme sur les négociations commerciales, c'était pour s'assurer des voix sur les franges de sa coalition électorale, formée en général de petits partis et de tendances minoritaires dont les alliances de circonstance avec le gouvernement avaient amplifié le pouvoir, au point désormais que c'était en quelque sorte la queue qui remuait le chien, parce que la queue savait détenir l'équilibre des forces. Et là, le Premier ministre s'était livré à un jeu dangereux de funambule travaillant sans filet. D'un côté, il devait satisfaire ses divers alliés politiques et, de l'autre, il ne pouvait se permettre de froisser le principal partenaire commercial de son pays. Mais le pire, c'est que ce jeu était épuisant, surtout avec des individus comme Goto qui passaient leur temps à guetter sa chute et à pousser les hauts cris, dans l'espoir sans doute de la précipiter.

Comme si tu pouvais faire mieux, songea le Premier ministre, en resservant poliment du thé vert à son hôte, ce qui lui valut un signe de tête gracieux en guise de remerciement.

Le problème essentiel, fondamental, et qu'il saisissait mieux que le chef de son opposition parlementaire, c'est que le Japon n'était pas à proprement parler une démocratie. Un peu comme dans l'Amérique de la fin du XIXe siècle, le gouvernement était en fait, sinon en droit, une sorte de paravent officiel pour les grandes entreprises de la nation. Le pays était en réalité gouverné par une poignée d'hommes d'affaires — ils étaient moins de trente, voire moins de vingt, selon la façon de les compter — et même si ces grands dirigeants et leurs entreprises offraient toutes les apparences d'une concurrence acharnée, ils étaient en fait associés, alliés de toutes les manières possibles, par le biais de codirections, de participations croisées, d'accords de coopération bilatéraux. Rare était le parlementaire qui n'écoutait pas avec la plus extrême attention tel ou tel représentant de l'un des *zaibatsus*. Plus rares encore les membres de la Diète à n'avoir pas bénéficié d'une audience personnelle avec l'un de ces personnages, et chaque fois, l'élu en ressortait ravi de sa bonne fortune, car ces individus s'y entendaient pour dispenser ce dont tout homme politique avait besoin : des fonds. En conséquence, leur parole avait force de loi. Le résultat était l'un des parlements les plus corrompus de la planète. Ou peut-être que « corrompu » n'était pas le terme adéquat, se dit le Premier ministre. Servile, plutôt. Le citoyen moyen enrageait souvent contre ce qu'il voyait, contre ce que lui révélaient quelques journalistes courageux, le plus souvent en des termes qui avaient beau paraître faibles et timorés aux yeux d'un Occidental, mais n'en étaient pas moins, dans le contexte local, plus ravageurs que n'importe quel brûlot lancé par Émile Zola en son temps. Mais le citoyen moyen ne disposait pas du même pouvoir que les *zaibatsus*, et toutes les tentatives de réforme du système politique avaient tourné court. Le résultat était que le gouvernement de l'une des premières puissances économiques de la planète n'était guère plus que le bras armé d'hommes d'affaires non élus et à peine redevables de leurs actes devant leurs propres actionnaires. C'étaient eux qui avaient manigancé son accession au poste de Premier ministre, il le savait maintenant... peut-être comme un os qu'on jette au bas peuple ? Il se posa la question. Avait-on escompté son échec ? Était-ce le destin qu'on lui avait réservé ?

Échouer, afin qu'un retour à la normale soit mieux accepté par les citoyens qui avaient placé en lui leurs espoirs ?

Cette crainte l'avait poussé à adopter avec l'Amérique des positions qu'il savait dangereuses. Et voilà maintenant que même cela ne suffisait plus !

« Beaucoup le diraient, laissa entendre Goto avec une politesse exquise. Et je salue votre courage. Hélas, des conditions objectives ont frappé notre pays : par exemple, le changement de parité du dollar et du yen a eu des effets désastreux sur nos investissements à l'étranger, et cela n'a pu être que le résultat d'une politique délibérée de la part de nos estimés partenaires commerciaux. »

Il y avait quelque chose d'étrange dans cette diatribe, nota le Premier ministre. Son discours paraissait dicté. Dicté par qui ? Eh bien, c'était assez évident. Le Premier ministre se demanda si Goto savait qu'il était dans une posture encore plus difficile que celui dont il briguait le poste. Sans doute pas, mais c'était une maigre consolation. Si Goto prenait sa place, il serait davantage encore le jouet de ses maîtres, un pion qu'on pousse pour appliquer des politiques susceptibles d'être diversement appréciées. Et contrairement à lui, Goto pouvait être assez stupide pour les croire sages et s'en imaginer l'auteur. Combien de temps l'illusion durerait-elle ?

C'était dangereux de le faire aussi souvent, Christopher Cook le savait. Souvent ? Ma foi, tous les mois, à peu près. Est-ce que c'était souvent ? Cook était sous-chef de cabinet aux Affaires étrangères, pas agent de renseignements, et il n'avait pas lu le manuel, à supposer qu'il y en eût un.

L'hospitalité était toujours aussi impressionnante : bonne chère et bons vins, décor exquis, lent cheminement des divers sujets de conversation — d'abord les questions polies et purement formelles sur la santé de sa famille, sur ses progrès au golf et sur tel ou tel sujet mondain à la mode. Oui, le temps était étonnamment agréable pour cette époque de l'année — éternelle remarque de la part de Seiji ; assez juste d'ailleurs, car si le printemps et l'automne à Washington étaient assez supportables, en revanche les étés étaient moites et torrides tandis que les hivers étaient humides et froids. C'était lassant, même pour un diplomate professionnel versé dans l'art des banalités creuses. Nagumo était en poste à Washington depuis assez longtemps pour se trouver à court d'observations originales, et depuis quelques mois, il commençait à se répéter. *Enfin bon, pourquoi serait-il différent de n'importe quel autre diplomate ?* se demanda Cook, qui n'allait pas tarder à être surpris.

« J'ai cru comprendre que vous étiez parvenus à un accord important avec les Russes, observa Seiji Nagumo alors qu'on débarrassait la table du dîner.

— Que voulez-vous dire ? demanda Cook, croyant à une poursuite de la conversation mondaine.

— On entend dire que vous accélériez le démantèlement des ICBM, poursuivit l'homme en sirotant son vin.

— Vous êtes bien informé, observa Cook, si impressionné qu'il manqua un signal qu'il n'avait encore jamais reçu. C'est un sujet assez sensible.

— Je n'en doute pas, mais néanmoins, quelle merveilleuse perspective, non ? » Il leva son verre en un salut amical. Ravi, Cook en fit de même.

« Tout à fait, reconnut le fonctionnaire américain. Comme vous le savez, l'un des objectifs de notre politique étrangère depuis la fin des années quarante — depuis Bernard Baruch, si ma mémoire est bonne — a été d'éliminer les armes de destruction massive et le risque qu'elles font courir à l'espèce humaine. Comme vous le savez fort bien... »

Il fut surpris de voir Nagumo le couper. « Je le sais mieux que vous ne pourriez l'imaginer, Christopher. Mon grand-père vivait à Nagasaki. Il était mécanicien sur la base navale qui y existait à l'époque. Il a survécu à la bombe — pas sa femme, je suis au regret de vous le dire — mais il avait été gravement brûlé par la tempête de feu qui l'a suivie et je me souviens encore parfaitement de ses cicatrices. L'expérience a hâté sa mort, je suis navré de l'ajouter. » La carte était habilement jouée, d'autant plus que c'était un mensonge.

« Je l'ignorais, Seiji. Je suis désolé », ajouta Cook, parfaitement sincère. Le but de la diplomatie, après tout, était d'empêcher la guerre par tous les moyens ou, à tout le moins, d'y mettre un terme en versant le moins de sang possible.

« Donc, vous pouvez imaginer que je m'intéresse au plus haut point à l'élimination définitive de ces horreurs. » Nagumo remplit à ras bord le verre de Cook. C'était un excellent chardonnay qui avait merveilleusement accompagné le plat principal.

« Eh bien, vos informations sont fort précises. Je ne connais pas les détails de l'affaire, n'est-ce pas, mais j'ai pu en saisir quelques éléments dans la salle à manger », ajouta Cook, histoire d'indiquer à son ami qu'il prenait ses repas au septième étage du bâtiment des Affaires étrangères, et pas dans les locaux plébéiens de la cafétéria.

« Je reconnais que mon intérêt est tout personnel. Le jour où le dernier missile sera détruit, je compte organiser une petite cérémonie intime, et dédier des prières à l'esprit de mon grand-père, pour lui assurer qu'il n'est pas mort en vain. Avez-vous une idée du jour où c'est prévu, Christopher ?

— Non, pas précisément. La date est encore tenue secrète.

— Pourquoi cela ? Je ne saisis pas.

— Ma foi, je suppose que le Président désire marquer l'événement avec éclat. De temps en temps, Roger aime bien faire un coup médiatique, surtout dans la perspective prochaine d'une année électorale. »

Seiji acquiesça. « Ah oui, je peux comprendre. Donc, il ne s'agit pas vraiment d'une affaire de sécurité nationale ? » s'enquit-il, mine de rien.

Cook réfléchit une seconde avant de répondre. « Eh bien non, je ne pense pas, en fait. C'est vrai, on se sent toujours plus rassuré, mais les modalités précises de l'opération ne doivent... rien avoir de bien renversant, j'imagine.

— En ce cas, puis-je vous demander une faveur ?

— Laquelle ? fit Cook, adouci par le vin, la compagnie, et le fait qu'il transmettait des informations commerciales à Nagumo depuis des mois.

— A simple titre de faveur personnelle, pourriez-vous me trouver la date exacte à laquelle le dernier missile sera détruit ? Voyez-vous, expliqua-t-il, la cérémonie que je compte organiser sera assez particulière, et cela exige des préparatifs. »

Cook faillit dire : *Désolé, Seiji, mais techniquement, il s'agit bel et bien d'une affaire de sécurité nationale, et je n'ai jamais accepté de livrer à quiconque ce genre d'information.* L'hésitation née de la surprise qui se lisait sur ses traits avait vaincu son impassibilité normale de diplomate. Son esprit tournait à cent à l'heure, ou du moins il essayait, en présence de son ami. Bon, d'accord, cela faisait trois ans et demi qu'il discutait d'affaires commerciales avec Nagumo, obtenant à l'occasion des informations utiles, des trucs qu'il avait exploités et qui lui avaient valu sa promotion de sous-chef de cabinet ; certes, parfois, il avait pu transmettre des informations, parce que... parce que quoi ? Parce que quelque chose en lui en avait marre du train-train du Département d'État et de son traitement de fonctionnaire fédéral, et qu'un jour un ancien collègue lui avait fait remarquer qu'avec tous les talents qu'il avait acquis au bout de quinze ans dans la fonction publique, il pourrait franchement se tirer dans le privé, devenir consultant ou membre d'un groupe de pression, et puis merde, quoi, ce n'était quand même pas comme s'il *espionnait* contre son pays ! Merde, non, ce n'était que du *bizness*, mon vieux.

Était-ce de l'espionnage ? se demanda Cook. En était-ce vraiment ? Les missiles n'étaient pas braqués sur le Japon, ils ne l'avaient jamais été. En fait, s'il fallait en croire les journaux, ils n'avaient jamais visé depuis des années que le milieu de l'océan Atlantique et l'effet réel de leur destruction serait exactement égal à zéro pour qui que ce soit. Ça ne nuirait à personne. Ça n'aiderait pas grand monde non plus, sinon en termes budgétaires, et le bénéfice serait d'ailleurs assez marginal. Ainsi donc, l'affaire n'avait pas réellement d'implications pour la sécurité nationale, n'est-ce pas ? Non, sûrement pas. Donc, il pouvait transmettre l'information, non ?

« D'accord, Seiji. Je suppose que, pour une fois... ouais, je vais voir ce que je peux dénicher.

176

— Merci, Christopher. » Nagumo sourit. « Mes ancêtres vous remercieront. Ce sera un grand jour pour le monde entier, mon ami, et qui mérite d'être célébré comme il convient. »

Chez les sportifs, on appelait ça du marquage à la culotte. Il n'y avait pas de terme équivalent chez les espions.

« Vous savez, je le crois aussi », dit Cook, après un instant de réflexion. Il ne songea jamais à s'étonner que le premier pas de l'autre côté de la ligne invisible qu'il avait lui-même tracée pût être aussi facile.

« Je suis honoré, dit Yamata en affectant une grande humilité. Fortuné, l'homme qui possède des amis aussi prévenants et sages.

— C'est vous qui nous honorez, insista poliment l'un des banquiers.

— Ne sommes-nous pas collègues ? Ne servons-nous pas tous notre pays, notre peuple, notre culture avec un égal dévouement ? Vous, Ichiki-san, et les temples que vous avez restaurés. Ah ! » Yamata fit un grand geste de la main englobant tous ses invités réunis autour de la table basse laquée. « Nous l'avons tous fait, sans rien demander en retour, sinon l'espoir d'aider notre pays, de lui permettre de retrouver sa grandeur, ajouta-t-il. Alors, en quoi puis-je rendre service à mes amis, ce soir ? » Il prit un air calme, passif, attendit qu'on lui dise ce qu'il savait déjà. Ses plus proches alliés autour de cette table, des hommes dont l'identité n'était pas vraiment connue des dix-neuf autres participants, étaient des modèles de curiosité attentive, se montrant aussi habiles que lui dans l'art de la dissimulation. Mais il régnait surtout une grande tension dans la pièce, une atmosphère si lourde qu'on pouvait presque la sentir, comme l'odeur d'un étranger.

Les yeux se tournèrent presque imperceptiblement vers Matsuda-san ; beaucoup pensaient que l'annonce de ses difficultés serait une surprise pour Yamata, même si la convocation d'une telle réunion avait dû suffisamment attiser sa curiosité pour qu'il déclenche ses formidables moyens d'investigation. Le dirigeant de l'une des plus grosses entreprises de la planète s'exprima avec une dignité paisible quoique triste, prenant son temps, comme il convenait, pour expliquer que sa gestion n'était pour rien dans les facteurs qui avaient conduit à ses difficultés de trésorerie. Cette entreprise, qui avait démarré dans la construction navale, s'était lancée ensuite dans le bâtiment, puis avait tâté de l'électronique grand public. Matsuda était parvenu à sa tête au milieu des années quatre-vingt et il avait offert à ses actionnaires des dividendes comme bien peu en auraient rêvé. Matsuda-san en retraça lui-même l'historique et Yamata ne manifesta pas le moindre signe d'impatience. Après tout, cela jouait en sa faveur que tous puissent entendre de sa bouche le récit de leur propre réussite professionnelle : ayant pu constater la similitude de leurs destins, ils seraient plus enclins à redouter de connaître une catastrophe personnelle identique. Si ce crétin avait décidé de jouer dans la cour des grands à Hollywood, en dilapidant des sommes phénoménales pour quarante hectares sur Melrose Boulevard et un chiffon de papier disant qu'il pouvait faire des films, eh bien, c'était de sa faute, non ?

« La corruption et le manque d'honneur de ces gens sont réellement confondants », poursuivit Matsuda sur un ton qui aurait amené un prêtre, l'entendant au confessionnal, à se demander si le pécheur abjurait ses péchés ou se contentait de regretter sa malchance. Dans ce cas précis, deux milliards de dollars étaient partis en fumée, exactement comme s'ils avaient servi à griller des saucisses.

Yamata aurait pu dire *Je vous avais prévenu*, sauf qu'il ne l'avait pas fait, même après que ses propres conseillers financiers (des Américains en ce cas précis), ayant examiné la même proposition, l'eurent dissuadé d'y souscrire dans les termes les plus fermes. A la place, il se contenta de hocher pensivement la tête.

« Manifestement, vous n'auriez pu prévoir ce revers, surtout après toutes les assurances qu'on vous avait fournies, et compte tenu des conditions prodigieusement favorables que vous leur aviez offertes en échange. Il semblerait, mes amis, que ces gens-là n'aient aucune éthique des affaires. » D'un regard circulaire, il recueillit les signes d'approbation que lui avait valus sa remarque.

« Matsuda-san, quel homme pourrait raisonnablement soutenir que vous avez commis la moindre faute ?

— Beaucoup le feraient, répondit-il, assez courageusement de l'avis général.

— Pas moi, mon ami. Qui parmi nous est plus honorable, plus sagace ? Qui parmi nous a servi son entreprise avec plus de zèle ? » Raizo Yamata hocha tristement la tête.

« Non, plus préoccupant, mes amis, est le fait qu'un sort identique puisse nous guetter tous », annonça calmement le banquier, signifiant par là que son établissement était caution des biens immobiliers de Matsuda, tant au Japon qu'en Amérique, et qu'une faillite de cette entreprise risquerait de diminuer dangereusement ses réserves. Le problème était que, même s'il pouvait survivre à la faillite de l'entreprise, en théorie comme en pratique, il suffisait qu'on pense que ses réserves étaient plus faibles qu'elles ne l'étaient en réalité pour mettre à bas son établissement, et cette idée-là pouvait fort bien apparaître dans un journal à la suite de la simple bourde d'un seul reporter. Les conséquences d'une telle erreur d'analyse, ou d'une telle rumeur, pouvaient déclencher une ruée sur la banque et rendre bien réel ce qui ne l'était pas. Certes, l'argent retiré des comptes serait redéposé ailleurs — il y en avait trop pour garnir des matelas, après tout — et dans ce cas, il serait reprêté par un autre banquier d'affaires pour sauvegarder la position de son collègue, mais une crise induite était toujours possible et celle-ci pouvait déclencher une débâcle générale.

Ce qu'on s'abstenait de dire, et bien peu d'ailleurs y songeaient, c'est que les hommes réunis dans cette pièce s'étaient justement fourrés dans ce pétrin parce qu'ils avaient pris des risques inconsidérés. C'était une forme de cécité dont ils étaient tous affligés — enfin presque tous, se dit Yamata.

« Le problème essentiel est que les fondations de l'économie de notre pays ne reposent pas sur le roc mais sur du sable, commença-t-il, s'exprimant plutôt comme un philosophe. Si faibles et écervelés que soient les Américains, la fortune leur a accordé ce dont nous manquons. La conséquence est que, malgré nos trésors d'habileté, nous sommes toujours désavantagés. » Il leur avait déjà dit tout cela, mais aujourd'hui, pour la première fois, ils écoutaient, et il lui fallut toute sa maîtrise de soi pour ne pas jubiler. Au contraire, il fit encore moins appel à la rhétorique que lors de ses discours précédents. Son regard se porta sur l'un d'eux qui avait été déjà en désaccord avec lui auparavant.

« Vous vous souvenez de ce que vous avez dit, que notre vraie force résidait dans le zèle de nos ouvriers et le talent de nos dessinateurs. C'était vrai, mon ami. Ce sont des forces, et mieux que cela, ce sont justement celles dont les Américains sont le plus dépourvus, mais parce que la fortune, pour des raisons qui lui sont propres, a souri aux *gaijins*, ils peuvent malgré tout nous damer le pion sur ces points, car ils ont su convertir leur chance en véritable puissance ; or la puissance, c'est ce qui nous manque. » Yamata marqua un temps pour scruter une nouvelle fois son auditoire, croisant leurs regards et jaugeant leur impassibilité. Même pour un homme né comme lui dans cette culture et élevé selon ses règles, il devait se jeter à l'eau maintenant. C'était le moment. Il en était sûr. « Mais en réalité, ce n'est pas non plus entièrement le cas. Ils ont *choisi* de prendre cette voie, alors que nous avons *choisi* de ne pas la prendre. C'est pourquoi nous devons aujourd'hui payer le prix de cette erreur de jugement. A une exception près.

— Et qui est ? demanda l'un d'eux, se faisant le porte-parole de tous les autres.

— Désormais, mes amis, la fortune nous sourit, et le chemin de la véritable grandeur nationale s'ouvre à nous. Dans notre adversité nous pouvons, si nous le choisissons, trouver des occasions favorables. »

Yamata se dit qu'il avait attendu quinze années cet instant. Puis il réfléchit à cette idée, guettant une réponse, et se rendit compte qu'en réalité il l'avait attendu toute sa vie, depuis ses dix ans, quand en février 1944, il avait été le seul de sa famille à embarquer sur le bateau qui devait le rapatrier de Saipan vers la métropole. Il se revoyait encore, appuyé au bastingage, regardant son père et sa mère, et ses jeunes frères et sœurs debout sur le quai, et lui Raizo, très brave, réussissant à retenir ses larmes, sachant avec une certitude d'enfant qu'il les reverrait, mais sachant aussi qu'il ne les reverrait plus.

Les Américains les avaient tués tous, rayant sa famille de la face du monde, les poussant à se suicider en se jetant du haut des falaises dans la mer avide, parce que des citoyens japonais, qu'ils portent ou non l'uniforme, n'étaient rien que des bêtes pour les Américains. Yamata se souvenait encore des comptes rendus de la bataille à la radio, comment les « Aigles Sauvages » du *Kido Butai* avaient écrasé la flotte américaine, comment les soldats invincibles de l'Empereur avaient rejeté à la mer les Marines américains abhorrés, comment ils les avaient par la suite massacrés en grand nombre dans les montagnes de l'île reprise aux Allemands après la Première Guerre mondiale, et dès cette époque, il avait su combien il était futile d'avoir à faire semblant de croire à des mensonges, car il fallait bien que ce soit des mensonges, malgré les paroles réconfortantes de son oncle. Et puis bientôt, les comptes rendus radiophoniques étaient passés à d'autres sujets, aux batailles victorieuses livrées contre les Américains qui se rapprochaient toujours plus de la métropole, et il se rappelait encore sa rage et son incompréhension quand il avait vu son pays, si grand et puissant, incapable pourtant d'arrêter les barbares, et sa terreur des bombardements, d'abord de jour, puis de nuit, rasant son pays ville par ville. La lueur orange dans le ciel nocturne, parfois tout près, parfois au loin et les mensonges de son oncle, essayant de lui expliquer tout ça, et, pour finir, le soulagement qu'il avait lu sur le visage de cet homme quand tout avait été terminé. Hormis qu'il n'y avait jamais eu de soulagement pour Raizo Yamata, pas avec sa famille disparue, rayée de la face du monde, et dès qu'il avait vu son premier Américain, un immense bonhomme aux cheveux rouquins, au teint de lait constellé de taches de rousseur, qui lui avait tapoté la tête comme on le fait d'un chien familier, dès cet instant, il avait reconnu le visage de son ennemi.

Ce ne fut pas Matsuda qui répondit. Impossible que ce soit lui. Il fallait que ce soit un autre, dont l'entreprise était encore immensément puissante, en apparence du moins. Il fallait également qu'il n'ait jamais été d'accord avec lui. La règle était d'autant plus importante qu'elle était informulée, et si les yeux ne se tournèrent pas, les pensées, elles, tournaient à cent à l'heure. L'homme regarda sa tasse de thé à moitié vide — ce n'était pas une soirée à boire de l'alcool — et considéra son destin. Quand il parla, ce fut sans lever les yeux, parce qu'il redoutait de rencontrer des regards identiques tout autour de la table de laque noire.

« Comment, Yamata-san, pourrions-nous réussir ce que vous proposez ? »

« Sans blague ? » demanda Chavez. Il parlait en russe, car ici, à Monterey, on n'était pas censé parler anglais, et il n'avait pas encore appris l'expression en japonais.

« Quatorze agents, répondit le commandant Oleg Yourevitch Lyaline, ex-agent du KGB, sur un ton aussi neutre que l'autorisait son ego.

— Et ils n'ont jamais réactivé votre réseau ? demanda Chavez qui avait envie de rouler les yeux.

— Ils ne pouvaient pas. » Lyaline sourit en se frappant la tempe. « CHARDON était mon idée. Il se trouve que c'est devenu mon assurance vie. »

Sans déc', faillit dire Clark. Que Ryan ait réussi à le sortir de là vivant tenait quasiment du miracle [1]. Lyaline avait été jugé pour trahison avec le zèle habituel du KGB pour obtenir un procès expéditif ; condamné, incarcéré, il avait connu le régime de droit commun des condamnés à mort. Informé que son exécution aurait lieu la semaine suivante, il avait été conduit au bureau du commandant de la prison, informé de son droit de citoyen soviétique à requérir la grâce présidentielle, et invité à rédiger une lettre manuscrite en ce sens. Un homme moins rusé aurait pu croire la procédure sincère. Lyaline n'avait pas été dupe. Elle était en fait destinée à faciliter son exécution : sitôt l'enveloppe cachetée, on allait le ramener dans sa cellule et l'exécuteur bondirait d'une porte ouverte sur sa droite, placerait le canon d'un pistolet contre sa tempe et ferait feu. Il n'était donc pas franchement étonnant que

---

1. Voir *Le Cardinal du Kremlin*, Albin Michel et Le Livre de Poche *(NdT)*.

sa main tremble en tenant le stylo à bille et qu'il ait les jambes en coton lorsqu'on le reconduisit dehors. Tout le rituel avait été exécuté jusqu'au bout, et Oleg Yourevitch se rappelait encore sa surprise quand il avait finalement regagné sa cellule au sous-sol, pour s'y entendre dire de ramasser ses affaires et de suivre un garde, et sa plus grande surprise encore de se voir reconduit dans le bureau du commandant, pour y rencontrer un individu qui ne pouvait être qu'un citoyen américain, avec ce sourire et ces habits bien coupés, inconscient des adieux ironiques du KGB à son agent déloyal.

« J'en aurais pissé dans mon froc, observa Ding en frissonnant, à la fin du récit.

— Là, j'avoue que j'ai eu du bol, admit Lyaline avec un sourire. J'avais uriné juste avant qu'ils m'emmènent. Ma famille m'attendait à Cheremetievo. C'était l'un des derniers vols de la Pan Am.

— Vous avez dû bien vous imbiber pendant la traversée, non ? sourit Clark.

— Ça oui », lui confia Oleg, sans préciser qu'il avait tremblé et vomi tout au long du vol interminable jusqu'à l'aéroport Kennedy de New York, ni qu'il avait tenu ensuite à parcourir la ville en taxi pour s'assurer que cette impossible vision de liberté était bien réelle.

Chavez remplit le verre de son mentor. Lyaline essayait de décrocher de l'alcool et se contentait de bière, de la Coors Light. « J'ai déjà connu des situations difficiles, *tovaritch*, mais celle-ci devait être bigrement inconfortable.

— J'ai pris ma retraite, comme vous pouvez le constater ; Domingo Estebanovitch, où avez-vous appris à parler si bien le russe ?

— Le gamin est doué, hein ? nota Clark. Surtout pour l'argot.

— Hé, j'aime bien lire, OK ? Et chaque fois que je peux, je capte la télé russe au bureau, enfin des trucs comme ça. La belle affaire ! » La dernière phrase lui avait échappé en anglais. Le russe n'avait pas vraiment d'expression équivalente.

« *La belle affaire*, c'est que vous êtes authentiquement

doué, mon jeune ami », dit le commandant Lyaline en levant son verre.

Chavez accepta volontiers le compliment. Il n'avait même pas son bac quand il était entré dans l'armée américaine ; promis à un sort de troufion, et non pas de technicien de missile, il avait néanmoins été ravi de passer par l'université George Mason pour y décrocher son diplôme de premier cycle et il était maintenant en train de préparer sa maîtrise. Il s'étonnait encore de sa bonne fortune en se demandant combien de camarades de son *barrio* auraient pu faire aussi bien que lui si la même chance leur avait souri.

« Donc, Mme Foley sait que vous avez laissé un réseau derrière vous ?

— Oui, mais tous ses correspondants japonais doivent être ailleurs. Je ne crois pas qu'ils auraient essayé de le réactiver sans me prévenir. En outre, ils ne s'activeront que si on leur transmet le mot convenu.

— *Bon Dieu* », souffla Clark, également en anglais, car on ne jure que dans sa langue natale. C'était une conséquence naturelle de l'abandon par l'Agence des techniques classiques de renseignements au profit de leurs conneries électroniques, certes utiles mais bien loin d'être la panacée tant vantée par les pisse-copie. Sur un total de plus de *quinze mille* employés, la CIA avait aux alentours de *quatre cent cinquante* agents de renseignements, pas plus, pour opérer sur le terrain, dans la rue ou dans les bois, discuter avec des gens bien réels pour chercher à apprendre ce qu'ils pensaient, au lieu de compter les haricots sur des photos aériennes et de dépouiller la presse le reste du temps. « Des fois, vous savez, j'en viens à me demander comment on a réussi à gagner cette putain de guerre.

— L'Amérique a fait de gros efforts pour ne pas y arriver, mais l'Union soviétique en a fait encore plus. » Lyaline marqua une pause. « Chardon était essentiellement destiné à recueillir du renseignement commercial. Nous avons volé de nombreux plans et procédés industriels aux Japonais, et la politique de votre pays est de ne pas recourir aux services de renseignements dans ce domaine. » Nouvelle pause. « A un détail près.

— Lequel, Oleg ? demanda Chavez en ouvrant une nouvelle canette de bière.

— Il n'y a pas de réelle différence, Domingo. Vos compatriotes — j'ai passé plusieurs mois à essayer de leur expliquer. Le monde des affaires leur tient lieu de gouvernement, là-bas. Leur parlement et leurs ministres, ce n'est qu'une façade, la *maskirovka*[1] des empires commerciaux.

— En ce cas, il y a un gouvernement dans le monde qui sait construire une bagnole correcte. » Chavez rigola. Il avait renoncé à s'acheter la Corvette de ses rêves — les rêves coûtaient trop cher — et s'était rabattu sur une « Z », qui était presque aussi sportive mais pour moitié prix. Et voilà qu'il allait devoir s'en séparer. Il fallait qu'il soit plus respectable et se range un peu s'il devait se marier, pas vrai ?

« *Niet*. Vous devriez comprendre ceci : l'opposition n'est pas ce que s'imagine votre pays. Pourquoi, selon vous, avez-vous de tels problèmes pour négocier avec eux ? J'ai découvert le fait assez vite et le KGB l'a compris tout de suite. »

Comme de bien entendu, se dit Clark en hochant la tête. La théorie communiste prédisait justement un tel « fait », non ? Merde, c'était à pisser de rire. « Comment était la récolte ? s'enquit-il.

— Excellente, lui assura Lyaline. Leur culture leur permet d'encaisser aisément les insultes, mais ils ont du mal à réagir. Ils dissimulent totalement leur colère. Résultat, il suffit de leur montrer de la sympathie. »

Clark acquiesça de nouveau, réfléchissant cette fois. *Ce gars est un vrai pro.* Quatorze agents bien placés, il avait encore les noms et les numéros de téléphone en tête, et comme de bien entendu, personne à Langley n'avait assuré le suivi, à cause de ces satanés lois d'éthique imposées à l'Agence par des avocats — une engeance de fonctionnaires gouvernementaux qui proliféraient comme du chiendent où qu'on tourne la tête ; comme si tout ce que faisait l'Agence avait, strictement parlant, la moindre

---

1. *Maskirovka* : couverture sous laquelle opéraient les espions soviétiques *(NdT)*.

valeur éthique. Merde, Ding et lui avaient quand même *enlevé* Corp, non ? Dans l'intérêt de la justice, certes, mais s'ils l'avaient amené en Amérique pour être jugé, au lieu de le laisser aux mains de ses compatriotes, il aurait eu droit à un de ces avocats imbus d'éthique et grassement payés, voire un avocat commis d'office — dire qu'on pouvait obstruer la justice pour pas un rond, pesta Clark en lui-même —, et le type aurait déliré comme un malade devant les caméras, puis plus tard devant douze braves citoyens, pour raconter comment ce patriote avait résisté à une invasion de son pays, et cetera, et cetera.

« Une faiblesse intéressante, nota judicieusement Chavez. Les gens sont vraiment les mêmes sur toute la planète, vous ne trouvez pas ?

— Les masques diffèrent, mais la chair est la même en dessous », déclara Lyaline, toujours aussi docte. Cette remarque en passant était sa meilleure leçon de la journée.

De toutes les lamentations humaines, la plus commune sans aucun doute est *si j'avais su*. Mais on ne sait jamais, et c'est ainsi que les jours de malheur et de mort ne débutent souvent pas différemment de ceux de chaleur et d'amour. Pierce Denton remplissait la voiture pour le voyage à Nashville. Ce n'était pas une sinécure. Les jumelles avaient leurs sièges de sécurité installés à l'arrière de la Cresta, et, logé entre elles, il y avait le siège du petit dernier, leur frère Matthew. Les jumelles, Jessica et Jeanine, avaient trois ans et demi ; elles avaient survécu aux « troubles de l'an deux » (en tout cas, leurs parents) et aux aventures parallèles de l'apprentissage du langage et de la marche. A présent, vêtues à l'identique d'une petite robe violette et de socquettes blanches, elles se laissaient gentiment installer sur leur siège par papa et maman. Matthew les suivit, il geignait et s'agitait, mais les filles savaient bien qu'avec les vibrations de la voiture, il aurait tôt fait de se rendormir ; de toute façon, c'est ce qu'il faisait presque tout le temps, sauf quand il tétait sa mère. Aujourd'hui était un grand jour : ils partaient passer le week-end chez grand-mère.

Pierce Denton, vingt-sept ans, était agent de police à Greeneville, modeste bourgade du Tennessee, et s'il fréquentait encore les cours du soir pour décrocher son diplôme universitaire, il n'avait d'autre ambition que d'élever sa famille et de mener une existence confortable dans les collines boisées, où un homme pouvait chasser et pêcher avec des copains, fréquenter une communauté paroissiale sympathique, bref, mener une existence que bien des gens auraient pu lui envier. Sa profession était bien moins stressante que celle de nombre de ses collègues, et il ne le regrettait pas le moins du monde. Greeneville avait certes sa part de problèmes, comme toute ville américaine, mais bien moins que ce qu'il pouvait voir à la télé ou lire dans les journaux professionnels qui traînaient sur les tables au poste de police. A huit heures et quart ce matin-là, il sortit en marche arrière dans la rue tranquille et démarra, direction la nationale 11E. Il était reposé et en forme, sentant déjà l'effet de ses deux tasses de café rituelles, qui chassaient les toiles d'araignée d'une nuit paisible, aussi paisible qu'on pouvait l'espérer avec un bébé dormant dans la même chambre que lui et son épouse Candace. En moins d'un quart d'heure, ils avaient rejoint l'Interstate 81 et mettaient le cap au sud, avec le soleil matinal dans le dos.

Le trafic était assez clairsemé en ce samedi matin, et contrairement à la majorité de ses collègues, Denton ne faisait pas d'excès de vitesse. Non, il roulait à un gentil petit cent dix, juste pour le frisson d'enfreindre la loi d'un poil. L'Interstate était typique de toutes les grandes voies express américaines, large et dégagée, même quand elle sinuait vers le sud-ouest pour franchir les contreforts montagneux qui avaient contenu les ardeurs expansionnistes des premiers colons européens. A New Market, la 81 rejoignait la I-40 et Denton se fondit dans la circulation venue de Caroline du Nord et filant vers l'ouest. Bientôt, il arriverait à Knoxville. Un coup d'œil dans le rétro lui permit de voir que les deux filles étaient déjà à moitié assoupies et ses oreilles lui apprirent que Matthew était à peu près dans le même état. A sa droite, Candy Denton somnolait également. Leur bébé n'en était pas à faire des nuits entières, et sa femme accusait le coup, car elle n'avait jamais dormi plus de six heures d'affilée depuis... eh bien, depuis la naissance de Matt, et même avant, songea son mari. Candy était une femme menue et sa frêle stature s'était ressentie de la fatigue des dernières semaines de grossesse. La tête calée contre la vitre de droite, elle essayait de grappiller quelques instants de sommeil avant que Matthew se réveille et manifeste de nouveau sa faim, quoique, avec un peu de chance, ils auraient peut-être encore un sursis jusqu'à Nashville.

La seule partie du trajet relativement délicate, si l'on pouvait dire, était la traversée de Knoxville, ville moyenne située pour l'essentiel sur la rive nord de la Tennessee. L'agglomération était toutefois assez grande pour avoir une rocade intérieure, la I-640, que Denton évita, préférant emprunter l'itinéraire direct vers l'ouest.

Le temps était chaud, pour changer. Les six semaines précédentes n'avaient été qu'une succession d'averses de neige fondue, et Greeneville avait déjà épuisé sa dotation en sel pour les routes et en heures supplémentaires pour les employés municipaux. Cela l'avait contraint à s'occuper d'une bonne cinquantaine de carambolages et de deux accidents graves, mais ce qu'il regrettait le plus, c'est de ne pas avoir eu le temps de faire laver sa Cresta flambant neuve la veille au soir. La laque brillante était maculée de sel ; encore heureux que la protection du châssis soit une « option de série » : son vénérable plateau-cabine n'y avait pas eu droit et ce n'était plus qu'une poubelle rouillée, même en restant garé dans l'allée du pavillon. En outre, c'était une petite bagnole sympa. Un peu plus d'espace pour les jambes n'aurait pas fait de mal, mais c'était la voiture de sa femme, pas la sienne, et elle n'avait pas vraiment besoin d'autant de place. Plus légère que sa propre voiture de patrouille, elle était équipée d'un moulin deux fois moins puissant. Cela expliquait les vibrations un peu plus intenses, même si elles étaient en partie atténuées par les silentblocs de fixation du moteur. Enfin, se dit-il, ça aidait les gosses à roupiller.

Ils devaient avoir eu encore plus de neige ici, remarqua-t-il. Des paquets de sel s'étaient accumulés au milieu de la voie : une vraie piste de sable. Mais quelle idée d'en utiliser autant. Ça vous flinguait vraiment les bagnoles.

Pas la sienne, Denton en était sûr, car il avait lu en détail toutes les caractéristiques avant de se décider à surprendre Candy en lui offrant la Cresta rouge.

Les montagnes qui coupent en diagonale cette partie des États-Unis s'appellent les Great Smokies, les « Grandes Enfumées », un nom attribué, d'après la tradition locale, par Daniel Boone en personne. Il s'agit en fait d'un segment d'une chaîne unique qui court de la Georgie au Maine et au-delà, changeant de nom presque aussi souvent qu'elle change d'États, et dans cette zone, l'humidité due aux innombrables lacs et cours d'eau se combinait aux conditions atmosphériques pour engendrer un brouillard constant à longueur d'année.

Will Snyder, chauffeur chez Pilot Lines, faisait des heures supplémentaires — situation lucrative pour ce routier syndiqué. La semi-remorque Fruehauf attelée à son tracteur Kenworth diesel était remplie de rouleaux de moquette sortant d'une usine textile de Caroline du Nord et destinés à un distributeur de Memphis pour une grosse vente. Chauffeur d'expérience, Snyder était ravi de bosser le samedi : la paie était meilleure et, par ailleurs, la saison de foot était achevée et le gazon ne repoussait pas encore. De toute manière, il comptait bien être chez lui pour le dîner. Surtout, les routes étaient plutôt dégagées pour ce week-end d'hiver, et il arrivait à tenir une bonne moyenne, se dit-il en négociant une large courbe à droite avant de descendre dans une vallée.

« Oh-oh », murmura-t-il dans sa barbe. Il n'était pas inhabituel de rencontrer du brouillard dans le secteur, près de la sortie nord vers la nationale 95, la route des savants atomistes, celle qui filait sur Oak Ridge. Il y avait un ou deux points noirs sur la I-40, et c'en était un. « Putain de brouillard. »

Il y avait deux façons d'aborder la situation. Certains ne se pressaient pas de ralentir, soit par souci d'économie de gazole, soit parce qu'ils n'aimaient pas se traîner. Pas Snyder. Chauffeur professionnel qui voyait chaque semaine des épaves en triste état sur le bas-côté de l'autoroute, il ralentit immédiatement, avant même que la visibilité ne soit descendue à moins de cent mètres. Son imposant attelage prenait son temps et il connaissait un collègue qui avait aplati une de ces boîtes de conserve japonaises, en même temps que son retraité de chauffeur, et le respect de l'horaire ne valait sûrement pas qu'il coure un tel risque. Rétrogradant avec souplesse, il fit ce qu'il considérait comme le plus sage, et alluma ses feux de croisement.

Pierce Denton tourna la tête, contrarié. C'était une autre Cresta, la version sportive C99, jusqu'ici uniquement produite au Japon — celle-ci était noire avec une bande rouge sur le flanc. Elle le dépassa en trombe à un bon cent trente, estima son œil exercé. A Greeneville, cela lui aurait valu un PV à cent dollars et une sévère remontrance du juge Tom Anders. D'où sortaient-elles, ces deux-là ? Il ne les avait même pas vues venir dans son rétro. Des plaques temporaires. Deux gamines, l'une qui venait sans doute de décrocher son permis, avec en prime la tire neuve offerte par papa, et qui sortait sa copine pour lui prouver ce qu'était la vraie liberté en Amérique. La liberté d'être une belle idiote et de se carrer une contredanse dès sa première sortie sur la route ! Mais l'agent Denton n'était pas dans sa juridiction, et c'était un boulot pour les gars de la police d'État. Typique, songea-t-il en hochant la tête. On papote, on regarde à peine la route, enfin, mieux valait les avoir devant soi que derrière.

« Bon Dieu », souffla Snyder.

Les gens d'ici, avait-il entendu un jour dans un routier, mettaient ça sur le compte des « cinglés » d'Oak Ridge. En tout cas, pratiquement d'un coup, la visibilité était tombée à moins de dix mètres. Mauvais. Il alluma aussitôt ses feux de détresse et ralentit encore plus. Il n'avait jamais fait le calcul mais avec la masse qu'il représentait, son attelage devait avoir besoin de plus de vingt mètres pour passer de quarante-cinq à l'heure à l'arrêt — et encore, sur route sèche, ce qui n'était pas le cas. D'un autre côté... non, décida-t-il, ne prenons pas de risque. Il ralentit encore, jusqu'à trente. D'accord, c'était une demi-heure de perdue. Les chauffeurs connaissaient ce tronçon de la I-40, et ils disaient toujours qu'il valait mieux avoir à payer les heures perdues que le malus d'assurance. S'estimant maître de la situation, le routier pressa la palette du micro de sa CB pour prévenir les collègues.

On dirait qu'on nage dans la purée de pois cassés, lança-t-il sur le canal 19, tous les sens en alerte, scrutant devant lui cette masse blanche compacte de vapeur d'eau, alors que le danger venait de l'arrière.

Le brouillard les prit complètement par surprise. Denton avait deviné juste. Cela faisait précisément huit jours que Nora Dunn avait fêté ses seize ans, trois jours qu'elle avait eu son permis temporaire, et quatre-vingts kilomètres qu'elle conduisait sa petite bombe flambant neuve. Pour commencer, elle avait choisi un tronçon de bonne route bien large, pour tester sa vitesse de pointe, parce qu'elle était jeune et que sa copine Amy Rice le lui avait demandé. Entre le lecteur de compact discs qui marchait à fond, et leur échange d'observations sur les divers bons coups parmi la population mâle du lycée, Nora regardait à peine la route, mais après tout, ce n'était pas bien sorcier de maintenir une voiture entre la ligne continue sur la droite et la ligne pointillée sur la gauche, pas vrai ? Et de toute façon, il n'y avait personne dans le rétro, et puis, avoir une voiture c'était quand même vachement mieux que de sortir avec un nouveau garçon, parce qu'il fallait toujours que ce soit eux qui conduisent, sous un prétexte ou un autre, comme si une femme adulte n'était pas capable de le faire toute seule.

Son visage parut quelque peu ébahi quand la visibilité tomba soudain à pas grand-chose — elle n'aurait su estimer la distance exacte — et elle leva le pied de l'accélérateur, pour descendre du cent trente-cinq qu'elle faisait jusqu'ici. La route derrière elle était dégagée et sûrement devant aussi. Son moniteur d'auto-école lui avait dit tout ce qu'elle avait besoin de savoir, mais c'était comme avec les leçons de ses autres maîtres, elle n'avait écouté que ce qu'elle avait bien voulu entendre. Le reste viendrait avec l'expérience. Mais l'expérience était un maître auquel elle n'était pas encore habituée, et dont les leçons étaient un peu trop ardues pour elle en cet instant.

Elle vit bien les feux de détresse de la remorque Fruehauf, mais elle ne connaissait pas l'itinéraire et ces taches ambrées auraient pu être des lampadaires, sauf que la majorité des routes nationales en étaient dépourvues, et elle n'avait pas conduit suffisamment pour l'avoir appris. De toute façon, cela ne lui aurait fait gagner qu'une seconde. Le temps qu'elle aperçoive le grand carré gris, il était simplement trop tard, et elle n'avait pas ralenti au-dessous de cent. Avec l'attelage qui roulait à trente, cela équivalait en gros à percuter une masse immobile de trente tonnes à plus de soixante-dix kilomètres à l'heure.

C'était toujours un bruit atroce. Will Snyder l'avait déjà entendu avant, et il lui rappela une cargaison de boîtes de bière en alu écrasées sous une presse, ce crissement franchement dissonant d'une carrosserie de voiture ratatinée par la vitesse, la masse et les lois de la physique, lois qu'il avait moins apprises au lycée que par l'expérience.

L'embardée du coin arrière gauche du semi-remorque fit riper l'avant de son attelage sur la droite, mais par chance, sa faible vitesse lui permit de maintenir suffisamment le cap pour l'immobiliser sans délai. Un coup d'œil dans le rétro extérieur lui révéla l'épave de cette mignonne petite Japonaise que son frère voulait s'acheter, et la première réflexion de Snyder fut que ces bagnoles étaient bougrement trop petites pour être sûres, même si ça n'aurait pas changé grand-chose en l'occurrence. Le milieu et l'avant droit étaient déchiquetés et la coque était toute pliée. Il cligna les yeux, regarda plus attentivement, aperçut une tache rouge là où aurait dû se trouver un pare-brise transparent...

« Oh, mon Dieu... »

Amy Rice était déjà morte, malgré le fonctionnement irréprochable de l'airbag du passager. La vitesse de la collision avait amené son côté de la voiture sous la remorque et le solide pare-chocs arrière, conçu pour la protéger des dégâts contre les quais de chargement, avait arraché le flanc de la coque comme une cisaille. Nora Dunn était encore en vie mais inconsciente. Sa nouvelle Cresta C99 n'était déjà plus qu'une épave : bloc-moteur en alu fendu, châssis faussé de quarante centimètres par rapport à l'axe, mais le pire c'était que le réservoir d'essence, déjà affaibli par la corrosion, avait été écrasé entre les renforts du châssis et qu'il s'était mis à fuir.

Snyder vit l'essence qui coulait. N'ayant pas coupé le contact, il gara rapidement son tracteur sur le bas-côté et sortit d'un bond, son petit extincteur à CO_2 à la main. Ne pas être arrivé à temps fut ce qui lui sauva la vie.

« Qu'est-ce qu'il y a, Jeanine ?

— Jessica ! insista la petite fille, qui se demandait pourquoi les gens ne faisaient pas la différence, même son père.

— Qu'est-ce qu'il y a, *Jessica*, rectifia son père avec un sourire patient.

— Y pue ! » Elle gloussa.

« Bon, d'accord », soupira Pierce Denton. Il détourna les yeux pour réveiller sa femme en la secouant par l'épaule. C'est à cet instant qu'il aperçut la nappe de brouillard et qu'il leva le pied. « Qu'est-ce qui se passe, chéri ?

— Matt a fait.

— D'accord... » Candace dégrafa sa ceinture et se retourna pour regarder derrière.

« J'aimerais bien que tu t'abstiennes de faire ça, Candy. » Mais il se tourna lui aussi, juste au mauvais moment. La voiture dévia légèrement sur la droite, tandis qu'il essayait d'observer simultanément la route et ce qui se passait dans l'habitacle de la voiture neuve de sa femme.

« Merde ! » Son instinct lui cria de braquer à gauche, mais il s'était bien trop déporté sur la droite, ce dont il se rendit compte avant même que sa main ait tourné le volant de l'autre côté. Écraser les freins n'améliora pas non plus la situation. Les roues arrière se bloquèrent sur la chaussée humide, et la voiture dérapa pour venir heurter par le flanc un autre véhicule. Il eut le temps de reconnaître une autre Cresta. Sa dernière pensée cohérente fut : *Est-ce la même qui... ?*

Malgré sa couleur rouge, Snyder ne la vit que lorsque la collision fut devenue inévitable. Le chauffeur était encore à cinq mètres de la première épave, arrivant au petit trot, tenant l'extincteur dans ses bras comme un ballon de football.

Bon Dieu ! n'eut pas le temps de s'exclamer Denton. Sa première réflexion fut qu'ils ne s'en étaient pas trop mal tirés. Il avait vu pire. L'inertie avait projeté sa femme contre le montant droit écrasé, et ce n'était pas bon signe, mais les gosses à l'arrière étaient arrimés dans leurs sièges de sécurité, Dieu merci, et...

L'ultime facteur qui décida de la fin de cinq existences fut la corrosion chimique. Le réservoir d'essence de la Cresta, comme celui de la C99, n'avait pas été correctement galvanisé et il avait été exposé au sel durant la traversée du Pacifique, et plus encore sur les routes escarpées de l'est du Tennessee. Les points de soudure étaient particulièrement vulnérables et ils avaient lâché sous l'impact. La torsion du châssis fit que le fond du réservoir racla le béton de la chaussée ; la protection de bas de caisse qui n'avait jamais tenu correctement s'écailla aussitôt, un autre point faible du réservoir céda et la tôle d'acier mise à nu produisit l'étincelle, enflammant l'essence qui se répandit aussitôt vers l'avant.

L'intense chaleur de la boule de feu réussit même à dissiper en partie le brouillard, engendrant un éclair si éblouissant que, de chaque côté de l'autoroute, les usagers paniqués pilèrent aussitôt. Cela provoqua le carambolage de trois voitures à cent mètres de là sur les voies en direction de l'est, mais il n'y avait que de la tôle froissée et les gens bondirent de leurs véhicules pour approcher. Cela provoqua également l'inflammation de l'essence qui fuyait de la voiture de Nora Dunn, l'enveloppant de flammes et carbonisant la jeune fille qui, miséricordieusement, ne devait jamais reprendre conscience malgré la chaleur du brasier qui l'enveloppait.

Will Snyder se trouvait assez près pour avoir vu les cinq visages dans la Cresta qui arrivait. Une mère et son bébé, ces deux-là, il s'en souviendrait pour le restant de ses jours — elle, perchée entre les deux sièges avant, tenant son petit, et tournant brusquement la tête pour voir venir la mort, en regardant droit dans les yeux le chauffeur routier. L'embrasement instantané fut une horrible surprise, mais Snyder, s'il avait cessé de courir, ne s'arrêta pas pour autant. La porte arrière gauche de la Cresta rouge s'était ouverte sous le choc, et ce fut sa chance car les flammes se cantonnaient — pour l'instant — sur le côté gauche de la première épave. Il fonça, l'extincteur brandi comme une arme, alors que les flammes revenaient à l'assaut du réservoir d'essence de la Cresta rouge. Cela ne lui laissa qu'une fraction de seconde pour agir, saisir le seul des trois enfants qui avait encore une chance de survivre dans l'enfer qui avait déjà enflammé ses vêtements et brûlé son visage, tandis que les gants de conduite protégeaient les mains en train de projeter de la neige carbonique en direction de la banquette arrière. Le CO_2 réfrigérant allait sauver une autre vie en plus de la sienne. Au milieu du nuage grandissant de mousse jaune et de vapeur blanche, il chercha du regard le bébé, mais celui-ci était introuvable, et la petite fille dans le siège de gauche hurlait de souffrance et de peur, là, juste devant lui. Ses mains gantées trouvèrent la boucle chromée, la dégrafèrent, et Snyder arracha violemment la gosse de son siège de sécurité, lui cassant le bras dans la manœuvre, avant de prendre ses jambes à son cou pour s'éloigner de la boule de feu. Il restait un tas de neige près du rail de sécurité : il plongea dedans, éteignant d'abord ses propres vêtements enflammés, avant de tartiner l'enfant de la gadoue gorgée de sel pour en faire autant avec elle. Le visage le brûlait déjà, timide signe annonciateur de ce qui n'allait pas tarder à suivre. Il se força à ne pas se retourner. Il entendait des cris dans son dos, mais retourner vers la voiture en flammes aurait été suicidaire, et s'il regardait, il risquait de s'y sentir obligé. Au lieu de cela, il regarda Jessica Denton, avec son visage noirci, son souffle rauque, et pria pour qu'un flic se pointe en vitesse, et surtout une ambulance. Le temps que cela se produise, un quart d'heure plus tard, lui et la gamine étaient en état de choc profond.

8

DÉFILEMENT ACCÉLÉRÉ

Le fait que la journée fût pauvre en actualité, et la proximité d'une agglomération garantissaient à l'événement une couverture médiatique, mais plus encore le nombre et l'âge des victimes. L'une des stations locales de Knoxville avait un accord avec CNN et, dès midi, la nouvelle faisait l'ouverture du journal de la chaîne. Un camion-relais satellite offrit à un jeune reporter l'occasion d'ajouter à son press-book un sujet à couverture mondiale — il n'avait pas envie de s'éterniser à Knoxville —, et le brouillard qui se levait donna aux caméras une vue parfaite de la scène.

« Bigre », s'exclama Ryan, le souffle coupé, dans sa cuisine. Jack, qui avait pris un de ses rares samedis de congé, déjeunait avec sa famille et il comptait les amener à la messe du soir à St Mary, pour pouvoir également profiter de son dimanche matin à la maison. Ses yeux virent la scène et ses mains reposèrent le sandwich dans l'assiette.

Trois camions de pompiers s'étaient rendus sur les lieux, de même que quatre ambulances dont deux, funeste présage, étaient toujours là, ambulanciers postés à côté. Le camion à l'arrière-plan était presque intact, même si son pare-chocs était enfoncé. Le spectacle au premier plan était en revanche fort éloquent : deux tas de métal, noirci et tordu par le feu. Des portières ouvertes, béant sur un habitacle noir et vide. Une bonne douzaine de policiers étaient là, le maintien raide, les lèvres serrées, muets, se gardant d'échanger les blagues habituelles sur les accidents de la route. Puis Jack vit l'un des hommes échanger une remarque avec un collègue. Tous deux hochèrent la tête en regardant la chaussée, dix mètres derrière le journaliste qui débitait son monologue comme ils le font toujours, répétant les mêmes trucs pour la centième fois dans sa brève carrière. Le brouillard. La vitesse excessive. Les deux réservoirs d'essence. Six morts, dont trois enfants. C'était Bob Wright, en direct de l'Interstate 40, à la sortie d'Oak Ridge, Tennessee. Pub.

Jack retourna à son déjeuner, se retenant d'ajouter un autre commentaire sur l'injustice de la vie. Il n'avait pour l'instant aucune raison d'en savoir ou d'en faire plus.

Les deux véhicules s'égouttaient maintenant, à plus de cinq cents kilomètres de la baie de Chesapeake, car les pompiers volontaires dépêchés sur place avaient cru bon de tout inonder copieusement, tout en sachant déjà que c'était un vain effort pour leurs occupants. Le gars du labo prit ses trois rouleaux de pellicule couleur 200 ISO, photographiant les bouches béantes des victimes afin de prouver qu'elles étaient bien mortes en hurlant. Le policier responsable dépêché sur les lieux était le sergent Thad Nicholson. Policier de la route chevronné, avec derrière lui vingt années d'expérience des accidents de voiture, il était arrivé sur place juste à temps pour voir extraire les corps. Le revolver de service de Pierce Denton était tombé sur la chaussée, et cela, plus que tout autre détail, l'identifiait comme un collègue de la maison, avant même que la vérification de routine du fichier des cartes grises en apporte la confirmation officielle. Quatre gosses, deux petits et deux ados, plus deux adultes. On ne pouvait jamais s'y faire. Le sergent Nicholson le vivait très mal. La mort, c'était déjà horrible, mais une mort telle que celle-ci, comment Dieu pouvait-il laisser faire une chose pareille ? Deux petits enfants... enfin, il laissait faire, et on n'y pouvait rien. Et puis, il fut temps de se mettre au boulot.

Contrairement à ce qu'on voit au cinéma, c'était un accident tout à fait exceptionnel. Les voitures n'ont pas l'habitude de se transformer en boule de feu au moindre choc, et celui-ci, nota aussitôt son œil exercé, n'avait pas été sérieux à ce point. D'accord, il y avait les victimes inévitables dues à la collision proprement dite, la fille assise à la place du mort dans la première Cresta : elle avait été pratiquement décapitée. Mais pour les autres, il n'y avait aucune cause évidente. La première voiture s'était encastrée dans l'arrière de la remorque avec un écart de vitesse de soixante, soixante-dix kilomètres-heure. Les deux coussins gonflables s'étaient déployés, et l'un des deux aurait au moins dû sauver la conductrice du premier véhicule, constata-t-il. Le second l'avait percuté sous un angle d'une trentaine de degrés. Pas malin, le flic, d'avoir fait une telle bourde, songea Nicholson. Mais la femme n'avait pas sa ceinture... Peut-être l'avait-elle détachée pour s'occuper des enfants à l'arrière, distrayant son mari. C'étaient des choses qui arrivaient, et on ne pouvait plus rien y faire.

Sur les six victimes, une seule avait été tuée sur le coup, les cinq autres étaient mortes carbonisées. Ça n'aurait pas dû arriver. Les voitures n'étaient pas censées brûler, aussi Nicholson décida-t-il de faire rouvrir par ses hommes la bretelle de jonction située huit cents mètres en amont de l'accident, pour dévier la circulation sur l'autre voie de l'autoroute à contresens, afin que les trois véhicules accidentés puissent rester provisoirement en place. Puis il alluma sa radio de bord pour demander une autre brigade d'enquêteurs de Nashville et recommander qu'on prévienne le NTSB *(National Transport Security Board),* autrement dit la Commission nationale de sécurité des transports. Or, il se trouvait qu'une des responsables locales de l'agence fédérale habitait à proximité d'Oak Ridge. Rebecca Upton était sur les lieux moins d'une demi-heure après avoir reçu le coup de fil. Ingénieur en mécanique et diplômée de l'université voisine du Tennessee, elle bûchait encore le matin même son examen de troisième cycle, mais elle revêtit sa combinaison officielle flambant neuve et entreprit de ramper sous les épaves, tandis que les dépanneurs s'impatientaient dans leur camion-grue, avant même que les renforts de police soient arrivés de Nashville. Vingt-quatre ans, menue et rouquine, elle sortit de sous la Cresta naguère rouge, la peau couverte de suie, ses yeux verts larmoyant à cause des vapeurs d'essence encore stagnantes. Le sergent Nicholson lui tendit un gobelet de café offert par un des pompiers.

« Qu'est-ce que vous en pensez, m'dame ? » demanda Nicholson, en se demandant si elle y connaissait quelque chose. Elle avait l'air, en tout cas, estima-t-il, elle n'hésitait pas à salir ses fringues, un signe encourageant.

« Les deux réservoirs d'essence. » Elle tendit le doigt. « Celui-ci a été proprement arraché. Celui-là a été écrasé par l'impact et s'est rompu. A quelle vitesse roulaient-ils ?

— Au moment de la collision ? » Nicholson hocha la tête. « Pas très vite. A vue de nez, dans les soixante, soixante-dix.

— Je pense que vous avez raison. Les réservoirs d'essence répondent à des normes d'intégrité structurelle draconiennes et ce choc n'a pas dû les dépasser. » Elle prit le mouchoir qu'on lui tendait et s'essuya le visage. « Merci, sergent. » Elle but une gorgée de café et se retourna pour contempler les épaves, songeuse.

« A quoi pensez-vous ? »

Mad. Upton se retourna. « Je pense que six personnes...

— Cinq, rectifia Nicholson. Le camionneur a réussi à extraire une gosse.

— Oh... je ne savais pas. Ça n'aurait jamais dû se produire. Aucune raison valable. C'était un impact en dessous de cent, rien de vraiment inhabituel dans les paramètres physiques. Je suis prête à parier qu'il y a un défaut de conception sur ces voitures. Où les emmenez-vous ? demanda-t-elle, se sentant très professionnelle, désormais.

— Les épaves ? A Nashville. Je peux vous les garder au poste central, si vous voulez, m'dame. »

Elle opina. « D'accord, je préviens mon patron. Nous

allons probablement ouvrir une enquête fédérale. Est-ce que cela vous pose un problème quelconque ? » Elle n'avait encore jamais entamé une telle procédure, mais savait par son manuel qu'elle était parfaitement habilitée à déclencher une enquête du NTSB. Plus souvent connu comme organisme chargé d'analyser les circonstances des catastrophes aériennes, il s'occupait également des accidents de la route et de chemin de fer, et il pouvait requérir la coopération de toutes les agences fédérales en vue de recueillir des éléments concrets.

Nicholson avait participé à une enquête de ce type. Il secoua la tête. « M'dame, mon capitaine vous offrira toute la coopération voulue.

— Merci. » Rebecca Upton faillit sourire, mais ce n'était pas l'endroit. « Où sont les survivants ? Nous aurons à les interroger.

— Ils ont été conduits en ambulance à l'hôpital de Knoxville. Simple supposition, mais de là, on a dû les évacuer en hélico sur celui de Shriners. » Cet hôpital, il le savait, était spécialement équipé pour traiter les grands brûlés. « Vous avez besoin d'autre chose, m'dame ? Nous avons une autoroute à dégager.

— Je vous en prie, faites attention en manipulant les épaves, nous aurons besoin...

— Nous les traiterons avec le même soin que des pièces à conviction dans une enquête criminelle, m'dame », répondit Nicholson pour rassurer cette petite gamine intelligente, en lui adressant un sourire paternel.

Pas une mauvaise journée, finalement, songea Mad. Upton. On ne pouvait pas en dire autant pour les occupants des deux voitures, bien sûr, et elle n'était pas insensible à la réalité et l'horreur de leur mort, mais c'était son boulot, et sa première mission importante depuis son entrée au ministère des Transports. Elle regagna sa voiture, un coupé Nissan, retira sa combinaison pour enfiler à la place son anorak NTSB. Il n'était pas spécialement chaud, mais pour la première fois dans sa carrière dans la fonction publique, elle avait réellement l'impression de faire partie d'une équipe importante, d'accomplir un travail important, et elle voulait que le monde entier sache qui elle était et ce qu'elle faisait.

« Salut ! » Upton se retourna et découvrit le visage souriant d'un journaliste de télé.

« Qu'est-ce que vous voulez ? demanda-t-elle vivement — elle avait décidé de la jouer sur un ton officiel et sérieux.

— Vous avez des éléments à nous fournir ? » Il n'avait pas levé son micro et son cadreur, bien que tout proche, n'enregistrait pas pour le moment.

« Mais seulement entre nous, indiqua Rebecca Upton après une seconde de réflexion.

— D'accord.

— Les deux réservoirs d'essence ont lâché. C'est ce qui a tué ces gens.

— Est-ce inhabituel ?

— Très. » Elle marqua un temps. « Il va y avoir une enquête du NTSB. Il n'y a aucune raison valable permettant d'expliquer qu'une telle chose ait pu arriver. D'accord ?

— Un peu, tiens. » Wright consulta sa montre. D'ici dix minutes, il aurait un nouveau faisceau satellite, et cette fois, il aurait du nouveau à dire, ce qui était toujours bon. Le reporter s'éloigna, tête baissée, concoctant son prochain commentaire pour son auditoire mondial. Quel rebondissement ! La Commission nationale de sécurité des transports allait ouvrir une enquête sur la voiture de l'année élue par *Motor Trend*, pour un défaut de sécurité potentiellement létal ! Ces gens n'auraient jamais dû mourir. Il se demanda si son cadreur pourrait maintenant s'approcher assez pour prendre les sièges d'enfant vides, carbonisés, à l'arrière de l'autre voiture. Du tout bon !

Ed et Mary Patricia Foley étaient dans leur bureau au dernier étage du quartier général de la CIA. Leur statut inhabituel avait provoqué certains problèmes d'adaptation et d'organisation au sein de l'Agence. C'était Mary Pat qui portait le titre de directeur adjoint des opérations, et elle était la première femme à détenir ce poste dans la principale agence de renseignements américaine. Espionne expérimentée qui avait dirigé les réseaux les plus efficaces et les plus durables que son pays ait eus sur le terrain, elle était la moitié cow-boy du meilleur couple marié d'agents que la CIA ait jamais connu. Ed, son mari, était moins voyant, mais d'un naturel plus prudent. Leurs talents tactiques et stratégiques respectifs étaient parfaitement complémentaires, et même si Mary Pat avait décroché le grade supérieur, elle avait aussitôt réglé la question du choix d'un assistant en plaçant Ed à ce poste et en faisant de lui son égal dans les faits, sinon dans les formes administratives.

On avait ouvert une porte de communication dans le mur pour lui permettre d'entrer sans passer par le secrétaire dans l'antichambre, et c'est ensemble qu'ils dirigeaient un effectif d'agents qui se réduisait comme une peau de chagrin. Leurs relations de travail étaient aussi proches que leurs relations de couple, avec tous les compromis que comportaient ces dernières et le résultat en était le climat d'harmonie qui régnait à la Direction des opérations.

« Il va falloir choisir un nom, mon chou.

— Qu'est-ce que tu dirais de POMPIER ?

— Pourquoi pas SOLDATS DU FEU ? »

Un sourire. « Ce sont deux baroudeurs.

— En tout cas, Lyaline dit qu'ils se débrouillent bien question langue.

— Ouais, assez pour commander à déjeuner et trouver les toilettes. » Maîtriser le japonais n'était pas un défi intellectuel banal. « Qu'est-ce que tu paries qu'ils le parlent avec l'accent russe ? »

Une petite lampe s'alluma dans leur tête à peu près simultanément. « Et leur couverture ?

— Ouais... » Mary Pat rit presque. « Tu crois que quelqu'un va s'en formaliser ? »

Les agents de la CIA n'avaient pas le droit d'adopter comme couverture une identité de journaliste. De journaliste américain, s'entend. La règle avait été récemment révisée, à la demande d'Ed, pour tenir compte du fait qu'une bonne proportion des agents que ses officiers recrutaient sur le terrain étaient des journalistes du tiers monde. Puisque les deux agents désignés pour l'opération parlaient un russe excellent, on pouvait aisément les faire passer pour des reporters russes, non ? La règle était violée dans l'esprit, mais pas dans la lettre ; Ed Foley avait ses phases cow-boy, lui aussi.

« Mouais, dit Mary Pat. Clark veut savoir si on est d'accord pour qu'il tente de réactiver CHARDON.

— Il faudra d'abord en parler à Ryan ou au Président », remarqua Ed, retrouvant sa prudence.

Mais pas sa femme. « Non, inutile. On a besoin de leur approbation pour utiliser le réseau, pas pour vérifier s'il existe toujours. » Ses yeux bleu glacier pétillèrent, comme toujours lorsqu'elle faisait preuve d'astuce.

« Chérie, ça s'appelle jouer au plus fin », l'avertit Ed. Mais c'était une des raisons pour lesquelles il l'aimait. « Mais ça me plaît bien. Bon, c'est d'accord, tant qu'on se contente de vérifier l'existence du réseau.

— J'avais peur que tu m'obliges à abuser de mon rang, chéri. » Des transgressions dont son époux savait tirer un merveilleux parti.

« Comme ça, tu pourras dîner à l'heure, Mary. Les ordres seront transmis lundi.

— Faudra que je passe au supermarché en rentrant. On n'a plus de pain. »

Alan Trent, représentant du Massachusetts, avait pris son samedi pour se rendre à Hartford, Connecticut, afin d'assister à un match de basket opposant les équipes universitaires des deux États. L'une et l'autre semblaient en mesure de briguer le titre du championnat régional cette année. Cela ne le dispensait pas de travailler, toutefois, aussi était-il accompagné par deux collaborateurs, et un troisième était en train de bosser. Le Sheraton contigu au stade était plus confortable que son bureau. Étendu sur le lit, il était entouré de tous ses dossiers — un peu comme Winston Churchill, se disait-il, le champagne en moins. Le téléphone du chevet se mit à sonner. Il ne tendit pas la main pour décrocher. Il avait un collaborateur pour ça, et Trent s'était appris à ignorer le tintement des sonneries téléphoniques.

« Al, c'est George Wylie, de l'usine de Deerfield. » Wylie était un des principaux financiers des campagnes politiques de Trent, et le propriétaire d'une grosse affaire dans sa circonscription. Pour ces deux raisons, il pouvait à tout moment solliciter l'attention de Trent.

« Comment diable est-il arrivé à me retrouver ici ? fit Trent, les yeux au plafond, en saisissant le combiné. Hé, George, comment ça va aujourd'hui ? »

Les deux collaborateurs de Trent regardèrent leur patron poser son verre de Coca pour saisir un calepin. Le député avait toujours un crayon à la main et gardait toujours à proximité un bloc de Post-it. Le voir griffonner une note personnelle n'avait rien d'inhabituel, mais la colère qui se lisait sur ses traits, si. Il indiqua le téléviseur et lança : « CNN ! »

Le minutage était quasiment parfait : après le spot publicitaire et une brève intro, Trent fut le second acteur du drame à découvrir le visage de Bob Wright. Cette fois, il s'agissait d'une bande qui avait été montée. Elle montrait Rebecca Upton dans son anorak NTSB et les deux épaves de Cresta en cours de chargement sur le plateau des dépanneuses.

« Merde, observa le principal collaborateur de Trent.

— Les réservoirs d'essence ? demanda Trent au téléphone, puis il écouta pendant une minute environ. Ces salopards ! cracha ensuite le député. Merci pour les tuyaux, George. Je me mets dessus. » Il reposa le combiné sur sa fourche et se redressa sur le lit. Il tendit le doigt vers son principal collaborateur.

« Tu me contactes l'équipe de garde au NTSB à Washington. Je veux parler immédiatement à cette fille. Son nom, son téléphone, où elle crèche, faut me la retrouver fissa ! Ensuite, tu tâches de m'avoir le ministre des Transports. » Il reporta son attention sur le courrier en cours pendant que ses assistants se précipitaient sur les téléphones.

Comme la plupart des membres du Congrès, Trent faisait travailler son cerveau en temps partagé, et il avait depuis longtemps appris à compartimenter son temps et sa passion. Bientôt, on l'entendit bougonner sur un amendement à l'autorisation accordée par le ministère de l'Intérieur au Service national des forêts, tout en apposant des notes en marge au feutre vert. Ce qui était, dans l'ordre de gravité, la seconde de ses expressions d'indignation, même si ses hommes pouvaient voir le feutre rouge posé tout près, sur la page vierge d'un bloc de papier ministre. La combinaison du papier ministre et du stylo rouge indiquait qu'il était vraiment remonté contre un truc.

Au volant de sa Nissan, Rebecca Upton suivait les deux dépanneuses en direction de Nashville où elle devait tout d'abord surveiller le remisage des épaves carbonisées de Cresta puis rencontrer le responsable du bureau local afin d'entamer la procédure d'enquête officielle — un tas de paperasses, elle en était sûre, et elle se demanda pourquoi elle n'était pas contrariée par la perspective d'un week-end gâché. On lui avait attribué pour son boulot un téléphone cellulaire qu'elle utilisait exclusivement pour les affaires officielles et encore, uniquement en cas d'absolue nécessité — elle n'était dans la fonction publique que depuis dix mois — ce qui, dans son cas, signifiait qu'elle n'atteignait même pas le montant du forfait mensuel de communications que la compagnie facturait d'office au gouvernement. Le téléphone n'avait encore jamais sonné dans sa voiture, et elle sursauta en entendant retentir le vibreur tout près d'elle.

« Allô ? dit-elle dans le combiné, en se demandant si ce n'était pas un faux numéro.

— Rebecca Upton ?

— Oui. Qui est à l'appareil ?

— Ne quittez pas, je vous passe le représentant Trent, lui dit une voix masculine.

— Hein ? Qui ça ?

— Allô ? dit une voix nouvelle.

— Qui est à l'appareil ?

— Êtes-vous Rebecca Upton ?

— Oui, tout à fait. Qui êtes-vous ?

— Je suis Alan Trent, membre du Congrès pour la Communauté du Massachusetts. » Le Massachusetts, comme le rappelait à tout moment n'importe lequel de ses élus, n'était pas un vulgaire *État*. « Je vous ai retrouvée par l'entremise du centre de surveillance du NTSB. Votre supérieur est Michael Zimmer et son numéro de téléphone à Nashville est...

— D'accord, je vous crois, monsieur. Que puis-je faire pour vous ?

— Vous enquêtez sur un accident sur la I-40, correct ?

— Oui, monsieur.

— Je veux que vous m'informiez sur ce que vous savez.

— Monsieur, commença Upton, ralentissant pour mieux réfléchir, nous n'avons pas encore vraiment commencé, et je ne suis pas vraiment bien placée pour...

— Jeune fille, je ne vous demande pas de conclusions, juste la raison pour laquelle vous avez jugé bon d'ouvrir une enquête. Je suis en mesure de vous aider. Si vous coopérez, je vous promets que madame le ministre des Transports sera informée de vos brillants talents de jeune ingénieur. C'est une de mes amies, voyez-vous. Cela fait dix ou douze ans que nous travaillons ensemble au Congrès. »

Oh, se dit Rebecca Upton. C'était déplacé, immoral, et sans doute illégal, voire frauduleux de révéler des informations pendant le déroulement d'une enquête du NTSB sur un accident. D'un autre côté, l'enquête n'avait pas encore commencé, n'est-ce pas ? Et Upton, comme tout un chacun, avait envie de se faire remarquer et d'avoir une promotion. Elle ignorait que son bref silence était aussi éloquent que si son correspondant avait lu dans ses pensées, à l'autre bout du circuit cellulaire, et de toute façon, elle ne pouvait pas voir son sourire dans sa chambre d'hôtel à Hartford.

« Monsieur, il m'apparaît, ainsi qu'aux policiers dépêchés sur les lieux de l'accident, que les réservoirs d'essence des deux véhicules se sont rompus, occasionnant un incendie aux conséquences fatales. Il semblerait à la première inspection qu'aucune raison mécanique évidente ne justifie une telle rupture. En conséquence, je m'en vais recommander à mon supérieur d'ouvrir une enquête afin de déterminer la cause de l'accident.

— Les *deux* réservoirs d'essence fuyaient ? demanda la voix.

— Oui, monsieur, mais c'était plus grave qu'une fuite. Les deux ont cédé complètement.

— Vous pouvez me dire autre chose ?

— Pour l'instant, pas vraiment, non. » Upton marqua un temps. Ce gars allait-il vraiment mentionner son nom au ministre ? Si oui... « Il y a quand même quelque chose qui cloche dans cette affaire, monsieur Trent. Écoutez, j'ai un diplôme d'ingénieur, et j'avais pris en option la résistance des matériaux. La vitesse de l'impact n'explique absolument pas deux défaillances structurelles aussi catastrophiques. Nous avons des normes nationales de sécurité pour l'intégrité structurelle des automobiles et de leurs pièces, et ces paramètres dépassent de beaucoup les données que j'ai pu constater sur les lieux de l'accident. Les policiers avec lesquels j'ai parlé sont de mon avis. Nous aurons besoin d'effectuer des tests complémentaires pour en avoir confirmation, mais instinctivement, c'est ce que j'aurais tendance à croire. Je suis désolée, mais je ne peux pas vous en dire plus pour l'instant. »

Voilà une petite qui en veut, se dit Trent dans sa chambre du Sheraton de Hartford. « Merci, mademoiselle Upton. J'ai laissé mon numéro à votre bureau de Nashville. Rappelez-moi, je vous prie, dès que vous y serez. » Trent raccrocha et réfléchit une minute ou deux. Puis, s'adressant au plus jeune de ses assistants : « Appelle-moi le ministre des Transports et dis-lui que cette petite Upton est très bonne — non, tu me la passeras, je lui dirai moi-même. Paul, que vaut le labo du NTSB en matière de tests scientifiques ? » Il se sentait de plus en plus comme Churchill en train de préparer l'invasion de l'Europe. Bon, enfin, rectifia-t-il, pas tout à fait.

« Il est loin d'être mauvais. Cela dit, le labo de l'université...

— Vu. » Trent pressa une touche pour libérer la ligne et composa de mémoire un autre numéro.

« Bon après-midi, monsieur le député, dit Bill Shaw devant son téléphone mains libres, et il jeta un œil à Dan Murray. A propos, nous aimerions vous voir la semaine prochaine et...

— J'ai besoin d'un coup de main, Bill.

— Quel genre de coup de main, monsieur ? » Pour les affaires officielles, les élus étaient toujours « monsieur » ou « madame », même pour le directeur du FBI. C'était encore plus vrai quand l'élu en question présidait la commission parlementaire sur le Renseignement, et siégeait à celle de la justice ainsi qu'à la commission des finances. Cela mis à part, et malgré diverses... frasques personnelles, Trent avait toujours été un bon ami et un critique mesuré du Bureau. Mais le nœud de l'affaire était encore plus simple ; les trois commissions auxquelles il siégeait avaient un impact sur le FBI. Shaw écouta en prenant des notes. « Le chef de l'antenne régionale à Nashville s'appelle Bruce Cleary, mais nous aurons besoin d'une demande d'aide officielle de la part du ministère des Transports avant de pouvoir... oui, bien sûr, j'attendrai son coup de fil. Heureux de pouvoir rendre service. Oui, monsieur. Au revoir. » Shaw leva les yeux. « Pourquoi bordel Al Trent pique-t-il une telle crise à propos d'une épave de voiture au fin fond du Tennessee ?

— Et surtout, pourquoi ça devrait nous intéresser ? ajouta Murray.

— Il veut que la section labo épaule le NTSB pour l'enquête matérielle. Tu veux bien appeler Bruce et lui dire de mettre sur le coup son meilleur technicien ? Ce putain d'accident date tout juste de ce matin et Trent voudrait déjà les résultats hier.

— Est-ce qu'il a déjà fait appel à nous pour une affaire quelconque ? »

Shaw eut un signe de dénégation. « Jamais. Je suppose qu'on a intérêt à l'avoir à la bonne. Il doit participer à la réunion avec le patron. On doit discuter de l'habilitation de Kealty, tu te souviens ? »

Le téléphone de Shaw sonna. « Le ministre des Transports sur la trois, monsieur le directeur.

— Ce gars est vraiment en train de faire un sacré barouf pour un samedi après-midi », observa Murray. Il quitta sa chaise pour décrocher un téléphone à l'autre bout de la pièce, tandis que Shaw prenait l'appel émanant du chef de cabinet. « Passez-moi notre bureau de Nashville. »

La fourrière de la police où l'on entreposait les véhicules accidentés ou volés était située dans le garage qui entretenait les voitures de la police d'État. Rebecca Upton n'y était jamais venue, mais les chauffeurs des dépanneuses, si, et elle les avait suivis sans problème. L'agent au portail cria des indications au premier chauffeur, et le second prit sa roue, suivi à son tour par la jeune ingénieur du NTSB. Ils aboutirent sur une aire déserte — enfin presque. Il y avait déjà six voitures — six véhicules radio de la police, dont quatre banalisés — et une dizaine de personnes, tous des responsables, à en juger par leur allure. L'un d'eux était le patron d'Upton, et pour la première fois, elle se rendit vraiment compte que l'affaire commençait à devenir sérieuse.

Le bâtiment d'entretien était équipé de trois ponts hydrauliques. Les deux Cresta furent déchargées devant, puis poussées à la main à l'intérieur, sur des rails d'acier. On leva les deux épaves simultanément, pour permettre aux témoins de plus en plus nombreux de passer en dessous. Upton était de loin la plus petite et elle dut jouer des coudes pour passer. C'était son affaire, après tout, enfin, c'est ce qu'elle croyait. Un photographe se mit à mitrailler, et elle nota que son boîtier portait FBI imprimé en lettres jaunes. Allons bon ?

« Défaillance structurelle manifeste », nota un capitaine de la police d'État, qui était chef du service d'enquêtes sur les accidents. D'autres experts acquiescèrent, l'air grave.

« Qui possède le meilleur labo scientifique dans le secteur ? demanda un type en tenue sport.

— L'université Vanderbilt serait un bon coin pour commencer, annonça Rebecca. Mieux encore, le laboratoire national d'Oak Ridge.

— Êtes-vous Mlle Upton ? demanda l'homme. Je suis Bruce Cleary, du FBI.

— Qu'est-ce que vous faites...

— M'dame, moi j'vais simplement où on m'envoie. » Il sourit et poursuivit. « Les Transports ont requis notre aide sur cette enquête. Nous avons un technicien supérieur du labo central qui descend en ce moment même de Washington en avion. » Et dans un avion du ministère, pas moins, s'abstint-il d'ajouter. Ni lui ni personne d'autre dans son bureau n'avait encore enquêté sur un accident de voiture, mais les ordres émanaient du directeur en personne, et c'était tout ce qu'il avait besoin de savoir.

Mad. Upton se sentit soudain comme un arbrisseau dans une forêt de géants, mais elle aussi avait un boulot à faire, et elle était le seul véritable expert sur les lieux. Elle sortit de sa poche une torche électrique et entreprit un examen détaillé du réservoir d'essence. Rebecca fut surprise de voir les gens s'effacer pour lui laisser de la place. On avait déjà décidé que c'était son nom qui serait inscrit en couverture du rapport. On mettrait la sourdine sur la présence du FBI — une simple affaire de routine dans le cadre de la coopération entre services gouvernementaux, pour épauler une enquête lancée par une jeune et brillante femme ingénieur du NTSB. Elle allait diriger l'enquête. Rebecca Upton retirerait tout le profit du travail des autres, parce qu'il n'était pas question de suggérer un effort concerté en vue d'un but prédéterminé, même si c'était précisément le cas. C'est en outre elle qui avait mis en branle la machine, et quand on soulevait des lièvres politiques de ce gabarit, il fallait bien laisser quelques graines à grappiller au menu fretin. Tous ceux autour d'elle le savaient ou avaient commencé à s'en douter, même s'ils étaient loin d'avoir tous saisi les véritables enjeux. Ils savaient simplement qu'un membre du Congrès avait attiré l'attention d'un chef de cabinet et du directeur de la plus puissante agence gouvernementale indépendante, et qu'il voulait obtenir des résultats rapides. Apparemment, il allait être servi. Alors qu'ils examinaient le dessous de caisse de ce qui, quelques heures plus tôt à peine, était encore la berline d'une famille en route pour la maison de grand-maman, la cause du désastre apparut aussi clairement que le nez au milieu de la figure. Tout ce qu'il fallait, en définitive, estima le représentant du FBI, c'était une analyse scientifique du réservoir écrasé. Pour cela, ils se rendraient à Oak Ridge, dont les installations étaient souvent mises à contribution par le FBI. Cela exigerait la coopération du ministère de l'Énergie, mais si Al Trent était capable de secouer deux gros cocotiers en moins d'une heure, il ne devrait pas avoir trop de mal à en agiter un troisième, non ?

Goto n'était pas difficile à suivre, même si ça pouvait être fatigant, estima Nomuri. Ce sexagénaire manifestait une belle vigueur et un désir de paraître jeune. Et il revenait toujours ici, au moins trois fois par semaine. C'était la maison de thé que Kazuo avait identifiée — non pas par son nom, mais la description était suffisamment précise pour que Nomuri ait pu identifier l'endroit *de visu* puis confirmer son identification. Il avait vu y entrer Goto et Yamata, jamais ensemble, mais jamais à plus de quelques minutes d'écart, parce qu'il eût été inconvenant que le dernier fasse trop longtemps attendre le ministre. Yamata repartait toujours le premier, et l'autre s'attardait toujours au moins une heure, mais jamais plus de deux. Hypothèse, se dit-il : une réunion d'affaires suivie par une séance de détente, et les autres soirs, juste la partie détente. Comme dans un vaudeville de cinéma, c'était toujours d'une démarche joyeusement titubante que Goto regagnait sa voiture. Son chauffeur devait certainement savoir — la porte ouverte, une courbette, puis ce sourire malicieux tandis qu'il contournait le véhicule pour se remettre au volant. Une fois sur deux, Nomuri avait suivi la voiture de Goto, discrètement et prudemment. A deux reprises, il l'avait perdue dans la circulation, mais les deux dernières fois, et en trois autres occasions, il avait réussi à filer l'homme jusqu'à son domicile, et il était désormais certain que sa destination après ses frasques était toujours la même. Bon. A présent, il fallait réfléchir à l'autre partie de la mission, songea-t-il, en sirotant son thé, assis dans sa voiture. Cela prit quarante minutes.

C'était Kimberly Norton. Nomuri avait de bons yeux, et les lampadaires éclairaient suffisamment pour lui permettre de prendre quelques photos en vitesse avant de descendre de voiture. Il la fila depuis le trottoir d'en face, évitant de regarder directement dans sa direction, mais jouant au contraire sur sa vision périphérique pour la garder en ligne de mire. Surveillance et contre-surveillance n'étaient même plus au programme de la Ferme. Ça n'avait rien de difficile, et le sujet lui facilitait la tâche. Même si elle n'était pas particulièrement grande par rapport à la moyenne américaine, ici, elle n'avait pas de mal à se démarquer par la taille, sans parler de ses cheveux blonds. A Los Angeles, elle n'aurait rien eu de remarquable, estima Nomuri, une jolie fille perdue dans un océan de jolies filles. Sa démarche n'avait rien de spécial — la fille s'adaptait aux usages locaux : un rien de timidité, céder la place aux hommes, quand en Amérique, c'était l'inverse qui avait cours. Et même si sa mise à l'occidentale était caractéristique, beaucoup de passants s'habillaient de même — en fait, la tenue traditionnelle était minoritaire ici, remarqua-t-il, légèrement surpris.

Elle prit à droite, descendit une autre rue, et Nomuri la suivit, une soixantaine de mètres en retrait, comme un putain de détective privé. Merde, quel était le but exact de sa mission ? se demanda l'agent de la CIA.

« Des Russes ? demanda Ding.

— Des journalistes indépendants, pas moins. Comment tu te débrouilles en sténo ? » demanda Clark en relisant le télex. Mary Pat leur refaisait encore un de ses plans tordus, et il fallait bien admettre qu'elle s'y entendait. Il avait soupçonné depuis longtemps que l'Agence avait infiltré un gars dans l'agence de presse Interfax à Moscou. Peut-être même que la CIA avait joué un rôle dans sa mise en route, car c'était souvent la première et la meilleure source d'informations politiques venant de Moscou. Mais pour autant qu'il le sache, c'était la première fois que la maison recourait à cette agence de presse pour une couverture. Le second feuillet de l'ordre de mission était encore plus intéressant. Clark le tendit à Lyaline sans un commentaire.

« Merde, il serait temps, ricana l'ancien agent russe. Vous voulez les noms, les adresses et les numéros de téléphone, c'est ça ?

— Cela nous aiderait, Oleg Yourevitch.

— Vous voulez dire qu'on va jouer les espions pour de bon ? » demanda Chavez. Ce serait pour lui une première. La plupart du temps, Clark et lui se chargeaient d'opérations paramilitaires, accomplissant des tâches jugées soit trop dangereuses, soit trop inhabituelles pour les agents en poste sur le terrain.

« Pour moi aussi, cela fait un bail, Ding. Au fait, Oleg,

212

je ne vous ai jamais demandé quelle langue vous employez au travail avec vos hommes.

— Toujours l'anglais, répondit Lyaline. Je n'ai jamais montré mes compétences en japonais. Ça m'a souvent permis de recueillir des informations. Ils croyaient pouvoir me doubler sous mon nez. »

Pas con, estima Clark, *tu restais planté là, le bec enfariné, comme tu sais le faire, et les gens ne se doutaient jamais de rien.* Hormis que dans ce cas, et dans le cas de Ding, ils n'auraient pas besoin de se forcer. Enfin, l'essentiel de la mission n'était pas de jouer les maîtres espions, n'est-ce pas, et ils avaient une préparation suffisante pour ce qu'ils étaient censés faire, se dit John. Dès mardi, ils partiraient pour la Corée.

Nouvel exemple de collaboration intergouvernementale, c'est un hélicoptère UH-1H de la garde nationale du Tennessee qui transporta Rebecca Upton, trois autres responsables, et les réservoirs d'essence au laboratoire national d'Oak Ridge.

Les réservoirs étaient emballés dans du plastique transparent et maintenus en place comme s'il s'agissait de passagers. L'histoire d'Oak Ridge remontait au tout début des années quarante, quand il faisait partie du projet Manhattan initial, nom de code recouvrant le premier programme industriel destiné à mettre au point une bombe atomique. D'immenses bâtiments abritaient l'installation de séparation isotopique de l'uranium, qui était toujours en service, même si quasiment tout le reste avait changé autour, y compris avec l'adjonction d'un héliport.

Le Huey tourna une fois pour évaluer le lit du vent, puis il se posa. Un garde armé les guida à l'intérieur, où les attendaient un responsable scientifique et deux techniciens de laboratoire — le ministre de l'Énergie en personne les avait convoqués pour ce samedi soir.

L'aspect scientifique de l'affaire fut réglé en moins d'une heure. Il faudrait plus de temps pour les essais complémentaires. Le rapport complet de la commission s'intéresserait à des éléments tels que les ceintures de sécurité, l'efficacité des sièges de sécurité pour enfants installés dans la voiture des Denton, la vérification du fonctionnement des coussins de sécurité gonflables, et ainsi de suite, mais tout le monde savait que le point important, à l'origine de la mort de cinq Américains, était que les réservoirs d'essence de la Cresta avaient été fabriqués avec un acier au traitement défectueux qui s'était corrodé jusqu'à perdre un tiers de sa rigidité structurelle nominale. Le premier jet de ces constatations fut tapé (mal) sur un traitement de texte disponible sur place, imprimé, puis faxé à la direction du ministère des Transports, qui jouxtait le musée Smithsonian de l'air et des transports, à Washington. Bien que le mémorandum de deux feuillets portât l'intitulé CONCLUSIONS PRÉLIMINAIRES, l'information allait être prise pour parole d'évangile. Et le plus remarquable, estima Rebecca Upton, c'est que tout cela avait été accompli en moins de seize heures. Elle n'avait jamais vu le gouvernement agir avec une telle célérité en aucune autre circonstance. Il était bien dommage qu'il ne procède pas toujours ainsi, se dit-elle en piquant du nez à l'arrière de l'hélicoptère qui la ramenait de Nashville.

Plus tard, cette nuit-là, l'université du Massachusetts perdit face à celle du Connecticut par cent huit contre cent trois après prolongations. Bien que fan de basket et diplômé de l'université du Massachusetts, Trent avait un sourire serein lorsqu'il retrouva la galerie marchande à l'extérieur du stade de Hartford. Il estimait avoir remporté une partie bien plus importante aujourd'hui, même si le jeu n'était pas celui qu'il imaginait.

Arnie van Damm avait horreur de se faire réveiller aux aurores le dimanche matin, surtout quand il avait décidé de se reposer ce jour-là — et de dormir jusqu'aux alentours de huit heures, de lire ses journaux à la table de la cuisine comme tout citoyen lambda, de somnoler devant la télé l'après-midi, bref, de faire comme s'il était de retour à Columbus, Ohio, où le rythme de vie était tellement plus facile. Sa première pensée fut qu'il devait y avoir une crise nationale majeure. Le Président Durling n'était pas homme à malmener son chef de cabinet et rares étaient ceux à posséder son numéro de téléphone personnel. La voix à l'autre bout du fil lui fit écarquiller les yeux et fixer, l'air mauvais, le mur opposé de sa chambre.

« Al, ça a intérêt à être sérieux », grommela-t-il. Il était sept heures et quart. Puis il écouta pendant plusieurs minutes. « D'accord. Attends un peu, veux-tu ? » Une minute après, il allumait son ordinateur — même lui, il était obligé d'en utiliser un, en ces temps de progrès — qui était relié à la Maison Blanche. Il y avait un téléphone à côté.

« C'est bon, Al, je peux te coincer demain matin à huit heures quinze. Tu es sûr de tout ce que tu me racontes ? » Il écouta encore deux minutes, contrarié que Trent ait suborné trois agences de l'exécutif, mais il était membre du Congrès, un membre influent, qui plus est, et l'exercice du pouvoir lui était aussi naturel que la natation pour un canard.

« Ma question est simple : est-ce que le Président me soutiendra ?

— Si tes informations sont solides, oui, j'espère bien, Al.

— Cette fois, c'est la bonne, Arnie. J'ai discuté, discuté et encore discuté, mais cette fois-ci, ces salopards ont tué des gens.

— Peux-tu me faxer le rapport ?

— Je file prendre un avion. Je devrais l'avoir dès mon arrivée au bureau. »

Dans ce cas, pourquoi fallait-il que tu m'appelles ? s'abstint de râler van Damm, se contentant de répondre qu'il comptait dessus. Sa réaction suivante fut d'aller récupérer les journaux du dimanche devant son porche. Extraordinaire, songea-t-il en parcourant les diverses unes. L'info la plus importante de la journée, voire de l'année, et personne encore ne l'avait relevée.

Typique.

Détail remarquable, hormis l'activité inusitée du télécopieur, le reste de la journée se déroula en gros selon les prévisions, ce qui permit au Secrétaire général de la

Maison Blanche de se comporter en citoyen lambda, sans même se demander de quoi demain serait fait. On verrait bien, se dit-il, et il s'assoupit dans le canapé du salon, manquant le match des Lakers contre les Celts, retransmis du Boston Garden.

9

JEUX DE POUVOIR

Il y avait d'autres points à l'ordre du jour en ce lundi matin, mais Trent s'était réservé le meilleur. La Chambre des représentants des États-Unis ouvrirait sa séance comme d'habitude à midi. L'aumônier psalmodia sa prière, surpris de voir que le speaker en personne était installé sur son siège, et non un suppléant, mais aussi de constater qu'il y avait déjà plus d'une centaine de députés présents pour l'entendre au lieu des six ou sept pèlerins habituels, inscrits pour faire de brèves déclarations à l'attention des caméras de C-SPAN, et enfin que la galerie de la presse était presque à moitié pleine, et non quasiment vide. Le seul élément à peu près normal était la galerie du public, avec sa proportion ordinaire de touristes et d'enfants des écoles. L'aumônier, subitement intimidé, finit sa prière d'une voix trébuchante et s'apprêtait à partir quand il décida d'attendre à la porte pour voir de quoi il retournait.

« Monsieur le speaker ! » annonça une voix qui ne fit sursauter personne.

Le président de la Chambre regardait déjà dans cette direction, ayant été mis au courant par un coup de fil de la Maison Blanche. « Appelé à la tribune, l'honorable représentant du Massachusetts. »

Al Trent s'approcha du lutrin d'une démarche décidée. Une fois installé derrière, il prit son temps pour disposer ses notes sur le plateau de bois incliné, tandis que trois de ses assistants installaient un chevalet, forçant l'auditoire à attendre et instaurant le climat dramatique de son allocution par un silence éloquent. Enfin, baissant les yeux, il ouvrit son intervention par la formule traditionnelle :

« Monsieur le président, je requiers la permission de réviser et poursuivre.

— Aucune objection », répondit le speaker, mais avec moins d'autorité que d'habitude. L'atmosphère était tout simplement *différente*, un détail qui n'échappa à personne, sauf aux touristes ; leurs guides s'asseyèrent machinalement, ce qu'ils ne faisaient jamais en temps normal. Il y avait bien quatre-vingts membres du parti de Trent présents dans la salle, ainsi qu'une vingtaine de députés de l'autre côté de l'allée centrale, parmi lesquels tous les ténors de l'opposition qui se trouvaient être à Washington ce jour-là. Et même si certains de ces derniers affectaient des poses indifférentes, leur seule présence ici suscitait des commentaires parmi les journalistes, également informés de l'imminence d'un gros coup.

« Monsieur le président, ce samedi matin, sur l'Interstate 40 entre Knoxville et Nashville, Tennessee, cinq citoyens américains ont été condamnés à une mort violente par l'industrie automobile japonaise. » Trent énuméra les noms et âges des victimes, et son assistant dévoila le premier document graphique, un cliché en noir et blanc de la scène. Il prit son temps pour laisser l'auditoire s'imprégner de cette image, imaginer le calvaire des occupants des deux véhicules. Dans la galerie de la presse, des copies de son allocution préparée et des divers documents circulaient déjà, et il ne voulait pas aller trop vite.

« Monsieur le président, nous devons à présent nous demander, en premier lieu, pourquoi ces gens sont morts, et en second lieu, en quoi leur décès peut bien regarder cette Chambre.

« Appelée sur place par la police locale, une jeune et brillante femme ingénieur d'un service gouvernemental, Mlle Rebecca Upton, a aussitôt constaté que l'accident avait été provoqué par une importante malfaçon affectant la sécurité des deux véhicules, et que l'incendie mortel consécutif avait été en fait causé par une erreur de conception des réservoirs d'essence des deux voitures.

« Monsieur le président, il y a peu de temps encore, ces mêmes réservoirs d'essence étaient le sujet des négociations commerciales entre les États-Unis et le Japon. Un produit de qualité supérieure qui se trouve être, simple coïncidence, fabriqué dans ma propre circonscription, a été proposé au représentant de la mission japonaise. Le composant américain est à la fois mieux conçu et moins coûteux à fabriquer, grâce au zèle et à l'intelligence des ouvriers américains ; or, ce composant a été *rejeté* par la mission commerciale japonaise sous prétexte qu'il ne répondait pas aux normes prétendument draconiennes de leur industrie automobile !

« Monsieur le président, ces normes prétendument draconiennes ont entraîné le décès de cinq citoyens américains, morts carbonisés dans leur voiture à la suite d'un accident qui, au dire de la police d'État du Tennessee et de la Commission nationale de sécurité des transports, ne dépassait en aucun cas les critères de sécurité légalement définis en Amérique depuis plus de quinze ans. Les victimes auraient normalement dû survivre ; or, une famille entière a été quasiment décimée — et sans le courage d'un chauffeur routier, elle aurait été entièrement anéantie — et deux autres pleurent aujourd'hui leurs filles, tout cela parce qu'on a interdit à des ouvriers américains de fournir un composant de qualité supérieure, même pour les versions de cette voiture fabriquées ici même en Amérique ! L'un de ces réservoirs défectueux avait été transporté sur neuf mille kilomètres pour être installé dans l'une de ces carcasses carbonisées — et pouvoir ainsi tuer un jeune couple, une enfant de trois ans et un nouveau-né qui se trouvaient à bord de cette automobile !

« Trop c'est trop, monsieur le président ! Les conclusions préliminaires du NTSB, confirmées par le personnel scientifique du laboratoire national d'Oak Ridge, permettent d'établir que les réservoirs d'essence de ces deux véhicules, l'un assemblé au Japon et l'autre fabriqué ici même, dans le Kentucky, ne répondaient pas aux normes de sécurité automobile du ministère des Transports, normes définies de longue date. Le premier résultat est que le ministère américain des Transports a émis un avis de retrait immédiat de la circulation concernant tous les véhicules particuliers de type Cresta... » Trent marqua un temps d'arrêt, balaya la salle du regard. Les joueurs présents savaient que la partie ne faisait que débuter et que l'on allait y jouer gros.

« Par ailleurs, j'ai avisé le président des États-Unis de ce tragique accident et de ses ramifications. Le ministère des Transports a également pu déterminer que le même réservoir d'essence monté pour cette marque bien précise se retrouvait également sur presque toutes les voitures particulières importées du Japon aux États-Unis. En conséquence, je dépose ce jour un projet de loi, référence HR-12313, visant à autoriser le Président à requérir des ministères du Commerce, de la Justice et des Finances qu'ils... »

« Sur ordre de l'exécutif », était en train d'annoncer la porte-parole du Président dans la salle de presse de la Maison Blanche, « et dans l'intérêt de la sécurité publique, le Président a demandé aux services des douanes dépendant du ministère des Finances de procéder au contrôle de tous les véhicules d'importation japonaise à leurs ports d'entrée respectifs, pour y détecter un grave défaut de sécurité qui, il y a deux jours, a occasionné la mort de cinq citoyens américains. Un projet de loi destiné à définir les prérogatives statutaires du Président en la matière a été déposé ce jour par l'honorable Alan Trent, représentant du Massachusetts. Le projet aura l'entier soutien du Président, et nous espérons une action rapide, toujours dans l'intérêt de la sécurité publique.

« Le terme technique pour cette mesure est "réciprocité sectorielle", poursuivit-elle. Cela signifie que notre législation dupliquera les usages commerciaux japonais dans le moindre détail. » Elle attendit les questions. Bizarrement, il n'y en avait pas encore.

« Par ailleurs, la date du voyage du Président à Moscou a été fixée au...

— Attendez une minute », dit un reporter, levant les yeux, après avoir mis quelques secondes à digérer la déclaration ouvrant le compte rendu. « Qu'est-ce que vous venez de dire ? »

« Enfin, qu'est-ce qui se passe, patron ? demanda Jack Ryan en parcourant le dossier d'information.

— Page deux, Jack.

— D'accord. » Jack tourna la page, parcourut le feuillet. « Bon Dieu, j'ai vu ça à la télé l'autre jour. » Il leva les yeux. « Ça va les foutre en rogne.

— Ce sont des durs à cuire, rétorqua froidement le Président Durling. On a eu en fait une ou deux bonnes années pour rééquilibrer notre balance commerciale, mais ce nouveau type, là-bas, est tellement soumis aux gros pontes qu'on n'arrive même plus à traiter commercialement avec ses concitoyens. Trop, c'est trop. Ils bloquent nos voitures dès leur débarquement sur le quai et les démontent quasiment pièce par pièce pour s'assurer qu'elles sont "sûres", et ensuite, ils répercutent la facture de cette "inspection" sur leurs consommateurs.

— Je le sais, monsieur, mais...

— Mais trop, c'est trop. » Et en outre, on allait bientôt entrer dans l'année électorale et le Président avait besoin d'un coup de pouce de ses électeurs syndiqués, et avec ce seul coup, il s'assurait une position en béton. Ce n'était pas du ressort de Jack, et le chef du Conseil national de sécurité se garda bien d'en discuter. « Parlez-moi de la Russie et des missiles », enchaîna bientôt Roger Durling.

Il gardait sa véritable bombe pour la fin. Le FBI devait avoir sa réunion avec les gars de la Justice l'après-midi suivant. Non, songea Durling après un instant de réflexion, il faudrait qu'il appelle Bill Shaw et lui dise de patienter. Il n'avait pas envie de voir deux gros titres se disputer la une des journaux. Il faudrait que Kealty patiente un peu. Il mettrait Ryan au courant, mais l'affaire de harcèlement sexuel resterait encore au placard une semaine ou deux.

L'horaire garantissait la confusion. Émanant d'un fuseau en avance de quatorze heures sur celui de la côte

Est des États-Unis, de multiples appels téléphoniques retentirent dans l'obscurité du petit matin à Washington.

La nature irrégulière de l'action américaine, qui avait court-circuité les voies hiérarchiques habituelles au sein du gouvernement, et par conséquent court-circuité aussi ceux qui recueillaient de l'information pour leur pays, prit absolument tout le monde par surprise. L'ambassadeur du Japon à Washington était dans un restaurant à la mode, où il dînait avec un ami proche, et, vu l'heure, il en allait de même pour tous les hauts fonctionnaires de l'ambassade sise Massachusetts Avenue. Dans la cafétéria de celle-ci, comme dans toute la ville, des bips retentirent pour ordonner de rappeler aussitôt le bureau, mais il était trop tard. Toutes les chaînes de télé par satellite s'étaient déjà donné le mot, et les gens qui, au Japon, sont chargés de surveiller ce genre de choses avaient déjà averti leurs supérieurs, tant et si bien que la nouvelle avait remonté les canaux d'information jusqu'à ce que les divers *zaibatsus* soient réveillés à une heure propice à susciter des commentaires acerbes. Ces hommes prévinrent à leur tour les dirigeants des grandes entreprises — qui étaient réveillés de toute façon — en leur disant d'appeler leurs lobbyistes toutes affaires cessantes. Bon nombre étaient déjà à l'œuvre. Pour la plupart, ils avaient capté la diffusion par C-SPAN de l'intervention d'Al Trent et, de leur propre chef, ils s'étaient mis au travail pour tâcher de limiter les dégâts avant de se faire jeter par leur employeur. L'accueil qu'ils reçurent dans chaque bureau fut plutôt froid, même venant de parlementaires dont ils finançaient pourtant régulièrement les comités de soutien. Mais pas toujours.

« Écoutez », dit un sénateur qui, dans la perspective d'une réélection prochaine, aurait bien eu besoin de fonds, comme le savait fort bien son visiteur. « Je ne vais pas me présenter devant les électeurs et leur dire que cette action est injuste alors que huit personnes viennent de périr carbonisées. Il faut laisser du temps au temps, attendre que ça se tasse. Faites preuve d'un peu de jugeote, d'accord ? »

Cinq personnes seulement avaient péri carbonisées, nota le lobbyiste, mais le conseil de son actuel quémandeur était sage, ou l'aurait été en des circonstances normales. Le lobbyiste faisait payer plus de trois cent mille dollars par an ses compétences — il avait passé dix ans dans la haute administration sénatoriale avant d'avoir la révélation — et ses honnêtes talents de pourvoyeur d'informations. On le payait également pour alimenter les comités de campagne en argent pas toujours bien propre d'un côté, et pour conseiller ses employeurs sur ce qui était possible, de l'autre.

« D'accord, sénateur, dit son correspondant d'un air entendu. Mais gardez à l'esprit, je vous en prie, que cette législation pourrait entraîner une guerre commerciale, qui serait désastreuse pour tout le monde.

— Les événements de cet ordre ont leur vie propre, et ils ne durent pas éternellement », répondit le sénateur. C'était l'opinion générale, répercutée dans les divers bureaux dès cinq heures, cet après-midi là, ce qui correspondait à sept heures le lendemain matin à Saipan. L'erreur était d'avoir négligé le fait qu'il n'y avait encore jamais eu d'événement tout à fait « de cet ordre ».

Déjà, les téléphones sonnaient dans les bureaux de pratiquement tous les parlementaires des deux Chambres du Congrès. La majorité étaient des coups de fil scandalisés par l'accident sur la I-40, ce qui était prévisible. On avait recensé quelques centaines de milliers de personnes en Amérique, réparties dans les cinquante États et les quatre cent trente-cinq circonscriptions parlementaires, qui ne manquaient jamais une occasion d'appeler leur représentant à Washington pour lui exprimer leur opinion sur tout et n'importe quoi. Les secrétaires prenaient les appels, en notaient l'heure et la date, avec le nom et l'adresse de chaque correspondant — il était souvent inutile de le demander, certains étaient identifiables à leur seule voix. Ces appels, classés par sujets et par opinions, venaient compléter le dossier d'information matinal de chaque parlementaire et ils étaient, la plupart du temps, oubliés presque aussi vite.

D'autres coups de fil étaient directement adressés à de plus hauts responsables, voire aux élus en personne. Ces derniers appels provenaient d'hommes d'affaires locaux, en général des industriels dont les produits entraient en concurrence directe sur le marché avec ceux importés de l'autre rive du Pacifique, ou, dans un nombre réduit de cas, qui avaient tenté de s'implanter commercialement au Japon et trouvé le parcours difficile. On ne tenait pas toujours compte de ces appels, mais ils étaient rarement ignorés.

Cela faisait de nouveau les gros titres de toutes les agences de presse, après un bref séjour dans la pénombre des nouvelles réchauffées. Les bulletins du jour diffusaient des photos de la famille du policier, avec sa femme et leurs trois enfants, ainsi que des deux jeunes filles, Nora Dunn et Amy Rice, suivies d'une brève interview enregistrée du routier héroïque, et de vues au téléobjectif de la petite Jessica Denton, l'orpheline qui se tordait de douleur dans une chambre stérile, soignée par des infirmières qui pleuraient en débridant les plaies de son visage et de ses bras brûlés au troisième degré. Déjà, des avocats étaient auprès de toutes les familles impliquées, pour leur dicter ce qu'il convenait de dire aux caméras, tout en concoctant de leur côté des déclarations d'une modestie trompeuse, tandis que des visions d'indemnités de dommages et intérêts dansaient dans leur tête. Des équipes de télé traquaient les réactions des parents, amis et voisins, et dans ce chagrin plein de colère digne de gens qui venaient de subir une perte cruelle, d'aucuns ne voyaient qu'une colère banale ou un bon moyen de tirer profit de la situation.

Mais l'histoire la plus éloquente était encore celle du fameux réservoir d'essence. L'enquête préliminaire du NTSB avait trouvé preneur sitôt que son existence avait été annoncée à la Chambre. L'occasion était trop belle. Les firmes automobiles américaines firent intervenir leurs ingénieurs maison pour expliquer l'aspect scientifique du problème, chacun d'eux notant avec un plaisir mal dissimulé que c'était un banal exemple de médiocre contrôle de qualité sur un composant automobile extrêmement simple, et qu'en définitive, ces Japonais n'étaient pas aussi malins que tout le monde se plaisait à le dire. « Écoutez, Tom, on galvanise de l'acier depuis plus d'un siècle, expliquait un ingénieur de Ford au journal de la nuit de la NBC. C'est même avec ça qu'on fabrique les poubelles.

— Les poubelles ? s'étonna le présentateur, l'air ahuri, car la sienne était en plastique.

— Ils nous bassinent depuis des années avec leurs contrôles de qualité, ils nous ont répété qu'on n'était pas assez bons, pas assez sûrs, pas assez consciencieux pour entrer sur leur marché automobile — et on voit maintenant qu'ils ne sont pas si malins, finalement. Car c'est bien ça le fond du problème, Tom, poursuivit l'ingénieur, assenant le coup de grâce : les réservoirs d'essence de ces deux Cresta sont structurellement moins solides qu'une poubelle en tôle conçue avec la technologie des années 1890. Et c'est à cause de cela que cinq personnes ont péri carbonisées. »

Cette remarque en passant devint le label de l'événement. Le lendemain matin, cinq poubelles en tôle galvanisée étaient retrouvées empilées devant l'entrée de l'usine Cresta dans le Kentucky, accompagnées d'un écriteau sur lequel était inscrit : ET SI VOUS ESSAYIEZ CELLES-CI ? Une équipe de CNN filma la scène — on les avait tuyautés — et dès midi, c'était cette image qui faisait l'ouverture de leur journal. Tout n'était qu'une affaire de perspective. Il faudrait des semaines pour décider qui avait réellement commis une erreur, mais d'ici là, la perception et les réactions correspondantes auraient depuis longtemps pris le pas sur la réalité.

Le commandant du MV *Nissan Courier* n'avait absolument pas été prévenu. Son bateau était une horreur sans nom qui donnait l'impression d'avoir commencé sa carrière sous la forme d'un bloc rectangulaire d'acier massif dont on aurait creusé l'avant avec une cuillère géante afin de lui conférer un minimum de flottabilité. Extrêmement lourd et handicapé par un maître-couple important qui en faisait souvent le jouet même des plus faibles brises, il lui fallut quatre remorqueurs Moran pour accoster au terminal de Dundalk dans le port de Baltimore. Jadis premier aéroport de la cité, cette vaste étendue plate était un point de réception idéal pour des automobiles. Le capitaine qui surveillait les évolutions complexes et délicates de l'accostage découvrit que l'immense parc de stationnement était inhabituellement encombré. Ça lui parut bizarre. Le dernier bateau était arrivé le jeudi précédent, et normalement le parking aurait dû s'être à moitié vidé entre-temps pour laisser la place à sa cargaison. Regardant un peu plus loin, il ne vit que trois semi-remorques attendant de charger pour approvisionner le plus proche concessionnaire ; d'habitude, ils étaient à la queue comme des taxis devant une gare.

« Je suppose qu'ils ne blaguaient pas », observa le pilote de la baie de Chesapeake. Il était monté à bord du *Courier* au cap Charles et avait intercepté les infos télévisées sur le bateau pilote qui y était ancré. Il hocha la tête et se dirigea vers l'échelle de coupée. Il laisserait le soin au transitaire d'annoncer la nouvelle au commandant.

C'est exactement ce que fit le transitaire, après avoir grimpé l'échelle et gagné le pont. Le parking pouvait encore recevoir dans les deux cents voitures maxi et, pour l'instant, il n'avait reçu aucune instruction de l'usine concernant les ordres à donner au capitaine. D'habitude, le bateau ne restait jamais à quai plus de vingt-quatre heures, le temps nécessaire pour décharger les voitures, puis ravitailler en vivres et en carburant pour le trajet de retour à l'autre bout du monde, où la même procédure se déroulerait à l'envers, cette fois en chargeant les voitures sur un bateau vide pour un nouveau voyage vers l'Amérique. Les navires de cette flotte suivaient un emploi du temps aussi ennuyeux qu'implacable, dont les dates étaient aussi immuables que la marche des étoiles dans le ciel nocturne.

« Que voulez-vous dire ? demanda le patron.

— Toutes les voitures doivent subir une inspection de sécurité. » Le transitaire embrassa du geste le terminal. « Voyez par vous-même. »

Ce qu'il fit, en saisissant ses jumelles Nikon. Il avisa effectivement six agents des douanes en train de soulever une des voitures neuves à l'aide d'un cric hydraulique pour permettre à un collègue de ramper en dessous pour une raison quelconque, tandis que les autres consignaient des informations sur leurs planchettes garnies de formulaires officiels. Et ils n'avaient certainement pas l'air trop pressés. A travers ses jumelles, ils lui donnaient même l'impression de rigoler comme des bossus, au lieu de travailler avec zèle comme de bons fonctionnaires. C'était la raison pour laquelle il ne fit pas immédiatement le rapport avec les quelques occasions où il avait vu des employés des douanes japonais procéder à une inspection similaire (mais autrement plus stricte) de véhicules américains, allemands ou suédois, sur les docks de son port d'attache de Yokohama.

« Mais nous risquons d'être bloqués ici pendant des jours ! » Il s'étranglait presque.

« Peut-être bien une semaine, confirma le transitaire, sur un ton optimiste.

— Mais il n'y a de la place que pour un seul bateau ! Et le *Nissan Voyager* doit accoster dans soixante-dix heures.

— Je n'y peux rien, moi.

— Mais mon emploi du temps... » Il y avait une horreur non feinte dans la voix du capitaine.

« Ça non plus, je n'y peux rien », fit patiemment remarquer le transitaire à un homme qui venait de voir s'effondrer toutes ses certitudes.

« En quoi pouvons-nous vous être utile ? demanda Seiji Nagumo.

— Comment cela ? répondit le fonctionnaire du ministère du Commerce.

— Ce terrible incident. » Et Nagumo était sincèrement horrifié. La méthode de construction traditionnelle, en bois et papier, avait été depuis longtemps remplacée par des matériaux plus solides, mais les Japonais en avaient hérité une crainte du feu profondément enracinée. Un citoyen qui laissait un incendie naître sur sa propriété, puis se propager vers la propriété d'autrui, encourait des sanctions pénales en plus de sa responsabilité civile. Il éprouvait une honte réelle de voir qu'un produit manufacturé dans son pays ait pu causer une catastrophe aussi épouvantable. « Je n'ai pas encore de communiqué officiel de mon gouvernement, mais je puis vous dire personnellement que l'horreur que je ressens est inexprimable. Je vous garantis que nous lancerons notre propre enquête.

— Il est un peu tard pour ça, Seiji. Comme vous vous en souvenez certainement, nous avons discuté de ce point précis...

— Oui, c'est exact, je l'admets, mais vous devez comprendre que, même si nous étions parvenus à un accord, les matériels litigieux auraient encore été en circulation — cela n'aurait pas fait la moindre différence pour ces gens. »

C'était un instant d'insigne félicité pour le négociateur commercial américain. Les décès dans le Tennessee, bon, d'accord, c'était regrettable, mais cela faisait trois ans qu'il devait se farcir l'arrogance de ce salaud, et la situation présente, malgré le contexte tragique, était fort agréable.

« Seiji-san, comme je l'ai dit, il est un petit peu tard pour émettre des regrets. Je suppose que nous serons heureux d'avoir un coup de main des gens de chez vous, mais nous avons, pour notre part, des responsabilités à assumer. Après tout, je suis sûr que vous comprendrez que le devoir de protéger la vie et la sécurité des citoyens américains est avant tout la tâche du gouvernement américain. Il est manifeste que nous avons fait preuve de négligence dans l'accomplissement de cette tâche, et nous devons rectifier ces défaillances regrettables.

— Ce que l'on peut faire, Robert, c'est déléguer l'opération. Je me suis laissé dire que nos constructeurs automobiles veulent engager eux-mêmes des inspecteurs de sécurité pour vérifier les véhicules à l'arrivée à vos ports et que...

— Seiji, vous savez que c'est inacceptable. Nous ne pouvons pas laisser exercer des fonctions officielles par des représentants de l'industrie privée. » C'était inexact et le bureaucrate le savait. Cela se produisait tout le temps.

« Par souci de maintenir de bonnes relations commerciales, nous vous offrons de prendre à notre compte toutes les dépenses exceptionnelles subies par votre gouvernement. Nous... »

Une main levée arrêta Nagumo.

« Seiji, je dois vous demander de ne pas aller plus loin.

Je vous en prie, vous devez comprendre que ce que vous proposez là pourrait fort bien être vu comme une incitation à la corruption aux termes de notre législation sur la moralisation des pratiques gouvernementales. » Un silence glacial plana durant quelques secondes.

« Écoutez, Seiji, dès que le nouveau statut sera passé, la situation se clarifiera rapidement. » Et cela ne serait pas long. Un flot de lettres et de télégrammes émanant de toutes sortes de « mouvements de masse » organisés en hâte — parmi lesquels le Syndicat des travailleurs de l'automobile n'avait pas été le dernier, reniflant l'odeur du sang aussi bien qu'un requin — demandaient à leurs membres d'inonder les lignes téléphoniques de messages de protestation. La loi Trent était déjà inscrite en tête de liste à la prochaine session parlementaire et, dans les milieux bien informés, on ne donnait pas quinze jours pour que les décrets d'application soient sur le bureau du Président.

« Mais la loi Trent... »

Le représentant officiel du ministère du Commerce se pencha sur son bureau. « Seiji, quel est au juste le problème ? La loi Trent permettra au Président, sur l'avis des conseillers juridiques que nous avons au Commerce, de dupliquer votre propre législation commerciale. En d'autres termes, ce que nous ferons sera le reflet exact de vos propres lois. Alors vraiment, en quoi serait-il injuste que nous autres, Américains, appliquions à vos produits vos propres lois commerciales, si justes et équitables, de la même façon que vous les appliquez aux nôtres ? »

Nagumo ne saisit pas tout de suite. « Mais vous ne comprenez pas. Nos lois sont conçues pour se conformer à notre culture. La vôtre est différente et...

— Oui, Seiji, je sais. Vos lois sont conçues pour protéger votre industrie de toute compétition déloyale. Nous allons bientôt procéder exactement de même. Cela, c'est le mauvais point pour vous. Le bon, c'est que chaque fois que vous nous ouvrirez un nouveau marché, nous ferons automatiquement de même pour vous. L'inconvénient, Seiji, c'est que nous appliquerons vos propres lois à vos propres produits, et là, mon ami, nous verrons jusqu'à quel point vos lois sont équitables, selon vos propres critères. Pourquoi cela vous chagrine-t-il ? Cela fait des années que vous m'expliquez que votre législation n'est en rien un barrage, que c'est la faute à l'industrie américaine si nous sommes incapables de commercer aussi efficacement avec vous que vous le faites avec nous. » Il se carra dans son fauteuil et sourit. « Bien, nous allons pouvoir vérifier la pertinence de vos observations. Vous n'êtes pas en train de me dire que vous... m'auriez mené en bateau, n'est-ce pas ? »

Nagumo aurait pensé *mon Dieu* s'il avait été chrétien, mais il était de religion animiste et sa réaction intérieure fut différente, même si le sens était parfaitement équivalent. Il venait de se faire traiter de menteur, le pire étant que cette accusation était... vraie.

Le projet de loi Trent, désormais officiellement rebaptisé « Loi de réforme du commerce extérieur », était expliqué aux Américains ce même soir, maintenant que les têtes parlantes avaient eu tout le temps de la décortiquer. Sa simplicité philosophique était élégante. Invités de « MacNeil/Lehrer » sur la chaîne publique PBS, le porte-parole du gouvernement et Trent lui-même expliquèrent que le texte instaurait une commission restreinte formée de juristes et d'experts techniques du ministère du Commerce, assistés de spécialistes en droit international du ministère de la Justice. Ces experts seraient chargés d'analyser les législations commerciales étrangères, de rédiger des règlements commerciaux qui en reproduiraient les dispositions le plus fidèlement possible, puis de soumettre ces projets au ministre du Commerce qui en aviserait le Président. Le Président aurait alors toute autorité pour les faire appliquer par voie d'ordonnance. Celle-ci pourrait être annulée par un vote à la majorité simple des deux Chambres du Congrès, dont l'autorité en la matière était fixée par la Constitution — disposition qui éviterait tout problème de droit constitutionnel au nom de la séparation des pouvoirs. La loi de réforme du commerce extérieur prévoyait également un délai limite d'application. Au bout de quatre ans, elle serait automatiquement abrogée, à moins d'être revotée par le Congrès et de nouveau approuvée par le Président en exercice — cette mesure donnait à la LRCE les apparences d'une législation temporaire dont l'unique objectif était d'instaurer une bonne fois pour toutes le libre-échange à l'échelon international. C'était un mensonge manifeste, mais plausible, même pour ceux qui n'étaient pas dupes.

« Franchement, que pourrait-on imaginer de plus équitable ? » demanda Trent sur PBS. La question était purement rhétorique. « Tout ce que nous nous contentons de faire, c'est de reproduire les législations des autres pays. Si leurs lois sont équitables pour les entreprises américaines, alors elles doivent l'être pour les industries des autres pays. Nos amis japonais (il sourit) nous répètent depuis des années que leurs lois ne sont pas discriminatoires. Parfait. Nous utiliserons leurs lois aussi équitablement qu'eux. »

Mais le plus distrayant pour Trent, c'était de regarder se tortiller son vis-à-vis. L'ancien secrétaire d'État aux Affaires étrangères, qui gagnait aujourd'hui plus d'un million de dollars par an à faire du lobbying pour le compte de Sony et de Mitsubishi, restait assis sans piper mot, réfléchissant désespérément à quelque repartie sensée, et Trent le lisait sans peine sur son visage : il ne trouvait rien à répondre.

« Ce pourrait être le début d'une véritable guerre commerciale..., commença-t-il, mais pour se faire bien vite couper l'herbe sous le pied.

— Écoutez, Sam, la Convention de Genève n'a jamais causé la moindre guerre, n'est-ce pas ? Elle se contentait simplement d'appliquer les mêmes règles de conduite aux divers belligérants. Si vous cherchez à dire que l'application des règlements japonais dans les ports américains va déclencher les hostilités, alors nous sommes déjà en guerre et vous, vous travaillez pour l'autre camp, non ? » Cette réplique du tac au tac provoqua cinq secondes de silence embarrassé. Il n'y avait tout simplement rien à y répondre.

« Waouh ! commenta Ryan, assis dans le séjour de la maison familiale, à une heure décente, pour une fois.

— Il a vraiment un instinct de tueur, observa sa femme, quittant des yeux ses dossiers médicaux.

— Certainement, confirma son mari. Tu parles d'une rapidité : je n'ai été informé de cette histoire qu'avant-hier.

— Eh bien, je trouve qu'ils ont raison. Pas toi ?

— Je trouve surtout qu'ils vont un peu vite en besogne. » Jack marqua un temps. « Quel est le niveau de leurs toubibs ?

— Les médecins japonais ? Pas terrible, selon nos critères.

— Ah bon ? » Le système japonais de santé publique s'était vu épargner la concurrence. Chez eux, tout était « gratuit », après tout. « Comment ça se fait ?

— Trop de courbettes, répondit Cathy qui s'était replongée dans ses dossiers. Le professeur a toujours raison, ce genre de choses. Les jeunes n'apprennent jamais vraiment à se débrouiller seuls, et quand ils sont en âge de devenir professeurs à leur tour, la plupart ont oublié comment on fait.

— Combien de fois vous trompez-vous, ô grand professeur associé de chirurgie ophtalmique ? railla Jack en étouffant un rire.

— Quasiment jamais, répondit Cathy en levant les yeux, mais jamais non plus je ne dis à mes internes d'arrêter de poser des questions. Nous avons trois Japonais à Wilmer, en ce moment. De bons cliniciens, avec une bonne technique médicale, mais ils manquent de souplesse. Je suppose que c'est un trait culturel. On essaie de les en sortir. C'est pas facile.

— Le patron a toujours raison...

— Pas toujours, non. » Cathy nota dans ses dossiers un changement de prescription.

Ryan tourna la tête, en se demandant s'il ne venait pas d'apprendre quelque chose d'important. « Qu'est-ce qu'ils valent pour la mise au point de nouveaux traitements ?

— Jack, pourquoi t'imagines-tu qu'ils viennent ici se former ? Pourquoi, à ton avis, y en a-t-il autant à l'université en haut de Charles Street ? Pourquoi, à ton avis, sont-ils aussi nombreux à rester ici ? »

Il était neuf heures du matin à Tokyo et un faisceau satellite transmettait les journaux du soir américains dans les bureaux directoriaux de toute la ville. D'habiles interprètes traduisaient aussitôt les dialogues dans leur langue natale. Des magnétoscopes archivaient les émissions, en vue d'une analyse ultérieure plus approfondie, mais ce qu'entendirent les dirigeants était parfaitement clair.

Kozo Matsuda tremblait à son bureau. Il gardait les mains sur les genoux, hors de vue, pour que personne ne les voie trembler. Ce qu'il entendait dans les deux langues — son anglais était excellent — était déjà terrible. Ce qu'il voyait était encore pire. Sa société perdait déjà de l'argent à cause... d'irrégularités sur le marché mondial. Un bon tiers de la production de son entreprise allait aux États-Unis et si jamais ce secteur était interrompu...

L'entretien était suivi d'un « point focal » qui montrait le *Nissan Courier*, toujours amarré à Baltimore, avec son sister-ship, le *Nissan Voyager*, en train de se balancer à l'ancre dans la baie de Chesapeake. Un autre transport d'automobiles venait de doubler les caps de Virginie alors que le premier du trio n'était pas encore à moitié déchargé. La seule raison du choix de ces bateaux pour le reportage était que Baltimore était à proximité de Washington. Mais c'était la même chose dans les ports de Los Angeles, Seattle et Jacksonville. Comme si les voitures servaient à transporter de la drogue, se dit Matsuda. Il était scandalisé, mais avant tout, il se sentait gagné par la panique. Si les Américains étaient sérieux, alors...

Non, ils ne pouvaient pas.

« Mais avez-vous envisagé l'éventualité d'une guerre commerciale ? demanda Jim Lehrer à ce Trent.

— Jim, ça fait des années que je répète que nous sommes en guerre commerciale avec le Japon depuis maintenant une génération. Nous venons simplement d'aplanir le terrain pour tout le monde.

— Mais si jamais cette situation se prolonge, les intérêts américains ne vont-ils pas en souffrir ?

— Jim, de quels intérêts parlons-nous ? Les intérêts commerciaux américains valent-ils qu'on carbonise des petits enfants ? » rétorqua Trent du tac au tac.

Matsuda grimaça en entendant cette repartie. L'image était par trop frappante pour un homme dont le premier souvenir d'enfance remontait au petit matin du 10 mars 1945. Il n'avait pas trois ans, sa mère venait de le faire sortir de leur maison et se retournait pour regarder la colonne de flammes provoquée par la 21e division de bombardement de Curtis LeMay. Pendant des années, il s'était réveillé chaque nuit en hurlant, et toute sa vie d'adulte, il avait été un pacifiste convaincu. Il avait étudié l'histoire, appris comment et pourquoi la guerre avait commencé, comment l'Amérique avait acculé ses aînés vers un coin d'où il n'y avait qu'une issue possible — une issue qui n'était pas la bonne. Peut-être que Yamata avait raison, se dit-il, peut-être que toute cette affaire avait été ourdie par les Américains. D'abord, forcer le Japon à entrer en guerre, puis l'écraser afin d'entraver l'ascension naturelle d'une nation promise à défier la toute-puissance de l'Amérique. Malgré tout, il n'avait jamais pu comprendre comment les *zaibatsus* de l'époque, membres de la société du Dragon Noir, n'avaient pas réussi à trouver une solution habile, car la guerre n'était-elle pas la pire des solutions ? Une paix, même humiliante, n'était-elle pas toujours préférable aux horribles destructions occasionnées par la guerre ?

C'était différent aujourd'hui. Aujourd'hui, il était des leurs, et voyait enfin ce que recouvrait le refus de la guerre. Avaient-ils eu tellement tort ? se demanda-t-il, n'écoutant plus la télé ni son interprète. Ils cherchaient pour leur pays une véritable stabilité économique. La grande sphère de coprospérité de l'Asie orientale.

Les livres d'histoire de sa jeunesse avaient dit que c'était un mensonge, mais en était-ce bien un ?

Pour fonctionner, l'économie de son pays avait besoin de ressources, de matières premières, mais le Japon n'en avait virtuellement aucune, excepté le charbon qui polluait l'air. Le Japon avait besoin de fer, de bauxite, de pétrole, il avait pratiquement besoin d'importer tout cela afin de le transformer en produits finis qu'il pourrait exporter. Il avait besoin de liquidités pour payer les matières premières, et ces liquidités venaient des acheteurs de produits finis. Si l'Amérique, principal partenaire commercial de son pays, cessait soudain de commercer, cette œuvre de liquidation allait se tarir. Presque soixante *milliards* de dollars.

Il y aurait divers ajustements, bien sûr. Aujourd'hui, sur les marchés monétaires internationaux, le yen allait s'effondrer face au dollar et à toutes les autres monnaies fortes. Cela rendrait les produits japonais moins chers dans tous les pays...

Mais l'Europe suivrait l'exemple. Il en était certain. Leurs règlements commerciaux, déjà plus stricts que ceux des Américains, deviendraient encore plus draconiens, et cette source d'excédent de la balance commerciale allait également se tarir, dans le même temps que la valeur du yen continuerait à dégringoler. Il faudrait encore plus de liquidités pour acheter les ressources, faute de quoi son pays connaîtrait un effondrement total. Comme une chute dans un précipice, la plongée serait de plus en plus rapide, et la seule consolation du moment était qu'il ne serait pas là pour en voir la fin, car longtemps avant que cela se produise, ce bureau ne serait plus le sien. Il serait déshonoré, avec le reste de ses collègues. Certains choisiraient la mort, peut-être, mais ils seraient rares. Ce n'était plus qu'un truc pour la télévision, les vieilles traditions nées d'une culture riche d'orgueil, mais à part cela pauvre en tout. La vie était trop confortable pour qu'on y renonce aisément — l'était-elle vraiment ? Quel serait le destin de son pays dans dix ans d'ici ? Un retour à la pauvreté... ou bien autre chose ?

La décision lui appartenait en partie, se dit Matsuda, parce que le gouvernement de son pays était réellement une extension de leur volonté collective, à lui et ses pairs. Il baissa les yeux, contempla les mains tremblantes posées sur ses genoux. Il remercia ses deux employés, et les congédia en inclinant poliment la tête avant d'être en mesure de reposer les mains sur son plan de travail et de saisir un téléphone.

Clark l'avait baptisé le « vol éternel », et la KAL avait eu beau les placer en première classe, cela n'avait pas changé grand-chose : même les charmantes hôtesses coréennes vêtues de leur adorable costume traditionnel ne pouvaient guère améliorer la situation. Il avait déjà vu deux des trois films — lors de vols précédents — et le troisième n'était pas si intéressant que ça. Le canal d'infos radio avait retenu son attention quarante minutes, le temps de se mettre au courant des événements de la planète, mais passé ce délai, il était devenu répétitif, et sa mémoire trop bien entraînée n'avait pas besoin de ça. Le magazine de la compagnie coréenne ne permettait de tenir que trente minutes — et encore, en le faisant durer — et il était déjà informé du contenu de la presse américaine. Ne restait qu'un ennui écrasant. Ding au moins avait ses cours pour le distraire. Il était en train de parcourir un classique, *Le Cuirassé* de Massey, qui expliquait que la rupture des relations internationales au siècle précédent venait de ce que les diverses nations européennes — plus précisément, leurs chefs — n'avaient pas su faire l'effort d'imagination requis pour préserver la paix. Clark se souvenait de l'avoir lu peu après sa publication.

« Ils y sont pas arrivés, hein ? » demanda-t-il à son partenaire ; depuis plus d'une heure, il lisait par-dessus son épaule. Ding lisait lentement, déchiffrant chaque mot. Enfin, quand même, c'était un ouvrage universitaire.

« Non, z'étaient pas franchement malins, John. » Chavez quitta ses pages de notes pour s'étirer ; avec son petit gabarit, ça lui était plus facile qu'à Clark. « Le professeur Alpher veut que j'identifie trois ou quatre failles cruciales pour mon mémoire, des décisions erronées, ce genre de choses... Mais ce n'était pas si simple, vous savez. Ce qu'ils auraient dû faire, c'était, comme qui dirait, sortir d'eux-mêmes pour se retourner et considérer l'ensemble de la situation, mais ces bougres de crétins ne savaient pas comment s'y prendre. Ils ne pouvaient pas être objectifs. L'autre problème, c'est qu'ils n'étaient pas capables de mener un raisonnement jusqu'à son terme. Ils avaient tout un tas de grandes idées tactiques, mais ils n'ont jamais vraiment envisagé où les menait la situation. Vous savez, j'arrive à identifier les gaffes comme le demande ma prof, à lui emballer joliment tout ça, mais au total, ça n'est jamais que des conneries. Le problème ne venait pas que des décisions. Mais aussi de ceux qui les ont prises. Ils n'avaient tout bonnement pas la carrure. Ils ne voyaient pas assez loin, et pourtant, c'était ce que les *péons* les payaient à faire, non ? » Chavez se massa les yeux, heureux de cette distraction. Il bûchait et lisait depuis onze heures, avec juste de brèves interruptions pour les repas et les besoins naturels. « J'aurais besoin de courir quelques kilomètres », grommela-t-il, fatigué lui aussi par le vol.

John consulta sa montre. « Quarante minutes encore. On a déjà entamé la descente.

— Vous croyez que les grands manitous sont vraiment différents aujourd'hui ? » demanda Ding, d'une voix lasse.

Cela fit rire Clark. « Mon garçon, quelle est la seule chose dans la vie qui ne change jamais ? »

Le jeune officier sourit. « Ouais. Et la seconde, c'est que les gars comme nous se font toujours prendre à découvert, le jour où ils foutent leur merde. » Il se leva et gagna les toilettes pour se laver le visage. Il se contempla dans la glace et s'estima heureux d'avoir quand même pu passer toute une journée dans une planque de l'Agence. Il avait besoin de se débarbouiller, se raser et se détendre avant d'endosser l'identité de sa mission. Et peut-être de commencer à prendre quelques notes pour sa thèse.

Clark regarda par le hublot et vit un paysage coréen illuminé du rose diaphane de l'aube. Le gosse était en train de virer à l'intello sous ses yeux. Cela suffit à faire naître sur ses traits un sourire désabusé, tandis qu'il se retournait, les yeux fermés, vers la vitre en plastique du hublot. Le gamin était loin d'être idiot, mais qu'arriverait-il quand Ding écrirait noir sur blanc : *ces bougres de crétins ne savaient pas comment s'y prendre* dans son mémoire de maîtrise ? Mine de rien, il s'agissait de Gladstone et de Bismarck. Ça le fit tellement rire qu'il fut pris d'une quinte de toux dans cet air asséché par la climatisation. Il rouvrit les yeux et vit son partenaire émerger des toilettes des premières classes. Ding faillit percuter une des hôtesses, et même s'il lui sourit poliment et s'effaça pour la laisser passer, il ne la suivit pas des yeux, nota Clark ; il n'avait pas fait ce que font d'ordinaire tous les hommes en présence d'une jeune personne aussi séduisante. Manifestement, il avait une autre silhouette féminine en tête.

Bigre, c'est que ça devient sérieux.

Murray faillit exploser : « On ne peut pas faire ça maintenant ! Nom de Dieu, Bill, on a réussi à tout mettre en branle, l'information va s'ébruiter, ça ne fait pas un pli... déjà que ce n'est pas équitable pour Kealty, et je ne parle pas de nos témoins.

— On bosse pour le Président, Dan, fit remarquer Shaw. Et l'ordre émane directement de lui, sans même passer par le ministre de la Justice. Depuis quand te préoccupes-tu du sort de Kealty, de toute façon ? » C'était, en fait, le même argument que Shaw avait utilisé avec le Président Durling. Salopard ou pas, violeur ou pas, il avait droit à la procédure judiciaire normale et était tout à fait capable de se défendre tout seul. Le FBI se montrait assez pointilleux là-dessus, mais la véritable raison de leur respect du *fair-play* judiciaire était que, lorsque vous condamniez un gars après avoir suivi toutes les règles, vous pouviez être sûr d'avoir épinglé le bon. En outre, ça rendait la procédure d'appel bien plus facile à avaler.

« C'est encore cette histoire d'accident, hein ?

— Ouais. Il ne veut pas voir deux gros titres se battre à la une. Cette crise commerciale est une affaire énorme, et d'après lui, Kealty peut bien attendre une semaine ou deux. Dan, cette Mad. Linders a bien attendu plusieurs années, est-ce qu'une quinzaine de jours encore...

— Oui, et tu le sais très bien », rétorqua Murray. Puis il marqua un temps. « Désolé, Bill. Tu sais ce que je veux dire. » Ce qu'il voulait dire était simple : il avait bouclé son dossier et il était temps d'ouvrir l'instruction. D'un autre côté, on ne disait pas non au Président.

« Il a déjà parlé avec les gars du Sénat. Ils fermeront les yeux.

— Mais pas leurs équipes. »

10

SÉDUCTION

« J'admets que ce n'est pas bon », dit Chris Cook.

Nagumo fixait le tapis du salon. Il était trop abasourdi par les événements des jours écoulés pour manifester ne serait-ce même que de la colère. C'était comme de découvrir que la fin du monde est imminente et qu'on n'y peut rien. Théoriquement, il était un fonctionnaire des Affaires étrangères de rang moyen qui ne « jouait » pas dans les négociations de haut niveau. Mais cela, c'était la façade. Sa tâche était d'établir le cadre à l'intérieur duquel pouvait négocier son pays, mais d'abord et avant tout, de réunir des informations sur l'opinion réelle en Amérique, afin que ses supérieurs hiérarchiques puissent savoir quelles ouvertures au juste effectuer et jusqu'où ils pouvaient faire pression. Nagumo était un espion de fait, sinon de droit. Dans ce rôle, son intérêt était personnel et, curieusement, émotionnel. Seiji se voyait comme un défenseur, un protecteur de sa patrie et de son peuple, mais également comme une honnête passerelle entre l'Amérique et son pays. Il voulait que les Américains apprécient son peuple et sa culture. Il voulait qu'ils partagent ses produits. Il voulait que l'Amérique voie dans le Japon un égal, un ami bon et sage, qui a des choses à vous apprendre.

Les Américains étaient des gens passionnés, bien souvent ignorants de leurs besoins véritables — comme le sont les peuples trop fiers et dorlotés. Leur dernière position sur le commerce, si elle correspondait bien à l'impression qu'elle donnait, équivalait à être giflé par son propre gosse. Ne savaient-ils donc pas qu'ils avaient besoin du Japon et de ses produits ? N'avait-il pas formé lui-même depuis des années des fonctionnaires américains du Commerce extérieur ? Cook se tortilla sur son siège. Fonctionnaire des Affaires étrangères, il avait lui aussi de l'expérience et savait lire sur un visage aussi bien que n'importe qui. Ils étaient amis, après tout, et plus que ça, Seiji était son passeport personnel pour une vie lucrative, mais *après* son départ de la fonction publique.

« Si cela peut vous réconforter, c'est pour le 13.

— Hmmph ? » Nagumo leva les yeux.

« Le jour où ils feront sauter les derniers missiles. Ce que vous m'aviez demandé. Vous vous souvenez ? » Nagumo plissa les paupières, lent à se remémorer la question posée un peu plus tôt. « Pourquoi cette date-là ?

— Le Président sera à Moscou. Il ne leur reste plus qu'une poignée de missiles, désormais. J'ignore le nombre exact, mais c'est moins de vingt de chaque côté. Ils se gardent le dernier pour vendredi prochain. La coïncidence est plutôt bizarre, mais ce sont les hasards du calendrier. Les gars de la télé ont déjà tout préparé mais ils gardent le secret. Il y aura des caméras aux deux endroits, et ils vont diffuser en simultané les deux derniers... enfin, ils vont les faire sauter en même temps, c'est ce que je veux dire. » Cook marqua un temps. « Alors, cette cérémonie dont vous m'avez parlé, celle pour votre grand-père, ce sera ce jour-là.

— Merci, Chris. » Nagumo se leva et se rendit au bar pour se servir un autre verre. Il ne savait pas pourquoi le ministre voulait cette information, mais c'était un ordre et il la lui retransmettrait. « Et maintenant, mon ami, que pouvons-nous faire pour ce problème-ci ?

— Pas grand-chose, Seiji, du moins pas dans l'immédiat. Je vous ai parlé de ces fichus réservoirs d'essence, vous vous souvenez ? Je vous avais prévenu que Trent n'était pas le genre de gars qu'on embobine. Ça fait des années qu'il guette une occasion comme celle-ci. Écoutez, j'étais sur la Colline cet après-midi, j'ai discuté avec des gens. On n'a jamais vu pareille masse de lettres et de télégrammes, et les autres tarés de CNN ne vont jamais laisser passer un truc pareil.

— Je sais. » Nagumo secoua la tête. C'était comme une sorte de film d'horreur. La vedette du jour était Jessica Denton. Tout le pays — et une bonne partie du reste de la planète — suivait les progrès de son état de santé. Elle venait tout juste de quitter le stade « état désespéré » pour entrer dans celui qu'on qualifiait désormais de « critique ». Il y avait assez de fleurs à l'entrée de la chambre stérile pour donner l'impression d'un jardin d'hiver. Mais le deuxième gros titre de la journée avait été les obsèques des parents et des frère et sœur, retardées pour des raisons médico-légales. Des centaines de personnes avaient assisté à la cérémonie, dont tous les élus du Tennessee au Congrès. Le président-directeur général de la firme automobile avait également voulu y assister, mais on l'en avait dissuadé pour raisons de sécurité. Aussi est-ce à la télé qu'il avait présenté ses sincères excuses au nom de sa société, promis de couvrir tous les frais médicaux et de subvenir aux besoins de Jessica pour son éducation, en soulignant qu'il avait lui aussi des filles. Quelque part, ça n'avait pas marché. Des excuses sincères représentaient un pas énorme au Japon, un fait dont Boeing avait su tirer parti quand l'un de ses 747 avait tué plusieurs centaines de citoyens nippons, mais il n'en allait pas de même en Amérique, ce que Nagumo avait vainement tenté de faire comprendre à son gouvernement. L'avocat de la famille Denton, un ténor du barreau aussi célèbre qu'efficace, avait remercié le P-DG pour ses excuses, en ajoutant sèchement que la responsabilité des morts était désormais admise publiquement, ce qui simplifierait l'élaboration de son dossier. Ce n'était désormais plus qu'une question d'évaluation financière. On murmurait déjà qu'il comptait réclamer un milliard de dollars.

L'usine de Deerfield était en négociation avec tous les constructeurs automobiles japonais et Nagumo savait que les conditions offertes par l'entreprise du Massachusetts seraient généreuses à l'extrême, mais il avait également rappelé à son ministre des Affaires étrangères cet adage américain disant qu'il ne sert à rien de refermer la porte de l'écurie quand le cheval s'est échappé. Cela ne limiterait pas les dégâts mais équivaudrait simplement à reconnaître un peu plus leur erreur, ce qui n'était pas la meilleure tactique face à la machine judiciaire américaine.

La nouvelle avait mis longtemps à frapper les esprits dans son pays. Si horrible qu'ait pu être l'accident, cela semblait peu de chose, et les commentateurs des journaux télévisés de la NHK avaient repris l'affaire du 747 pour illustrer le fait que les accidents sont des choses qui arrivent, et que l'Amérique avait un jour infligé une épreuve similaire mais d'une ampleur bien plus épouvantable aux citoyens de ce pays. Pourtant, aux yeux des Américains, cette position était apparue davantage comme une justification que comme une comparaison, et les citoyens américains qui la soutenaient étaient connus pour être payés par les Japonais. Tout se désintégrait. Les journaux imprimaient des listes d'anciens fonctionnaires gouvernementaux qui avaient accepté ces emplois, notant leur expérience professionnelle et leur ancien salaire, et les comparant à ce qu'ils faisaient aujourd'hui, et pour quel somme. « Mercenaire » était le terme le plus aimable qu'on leur appliquait. « Traître » était une épithète qui revenait plus souvent, surtout dans la bouche des syndicalistes et de tous les membres du Congrès en campagne pré-électorale.

Il était inutile de raisonner avec ces gens.

« Qu'est-ce qui va se passer, Chris ? »

Cook reposa son verre sur la table, évaluant sa position personnelle et se lamentant d'avoir vraiment mal calculé son coup. Il avait déjà commencé à couper les ponts. Attendant les quelques années qu'il lui restait pour bénéficier de sa retraite de fonctionnaire — il avait fait les calculs quelques mois plus tôt. Seiji l'avait informé l'été précédent que son revenu net actuel quadruplerait, pour commencer, car ses employeurs croyaient beaucoup aux vertus des plans de retraite, et que de toute façon il ne perdrait pas le montant de ses cotisations de haut fonctionnaire, n'est-ce pas ? C'est pourquoi Cook avait déjà entamé le processus : s'adresser sans ambages au supérieur immédiat à qui il rendait compte, laisser entendre aux autres qu'il estimait que la politique commerciale américaine était formulée par des idiots, sachant pertinemment que ses opinions remonteraient la voie hiérarchique. Rédiger une série de notes internes reprenant le même discours mais en langage bureaucratique modéré. Il devait préparer le terrain pour que son départ ne soit pas une surprise et paraisse motivé par des principes et non par des considérations bassement lucratives. Le problème était qu'en agissant ainsi, il allait pour de bon mettre un terme à sa carrière. Il n'aurait jamais plus de promotion, et s'il restait aux Affaires étrangères, il risquait dans le meilleur des cas d'échouer à un poste dans un trou perdu, genre ambassade en Sierra Leone, à moins qu'ils arrivent à lui trouver un coin plus sordide. La Guinée équatoriale, peut-être. Encore plus de moustiques.

Tu es piégé, se dit Cook et il respira un grand coup, puis, réflexion faite, but une nouvelle gorgée de son verre.

« Seiji, il va nous falloir envisager tout ça avec du recul. La LRCE — il ne pouvait pas se résoudre à l'appeler loi de *réforme* du commerce extérieur, pas ici — va être votée dans moins de quinze jours, et le Président va la signer. Les groupes de travail au Commerce et à la Justice sont déjà en cours de constitution. Les Affaires étrangères vont y participer également, bien entendu. On a télégraphié à plusieurs ambassades pour avoir des copies des diverses réglementations appliquées de par le monde.

— Pas simplement les nôtres ? » Nagumo était surpris.

« Ils comptent comparer les vôtres à celles de divers pays avec lesquelles nos relations commerciales sont... moins sujettes à controverse à l'heure actuelle. » Cook devait surveiller son langage : il avait besoin de cet homme. « L'idée est de leur donner... disons, d'offrir un pendant aux lois de votre pays. Toujours est-il qu'aplanir ce différend risque de prendre un certain temps, Seiji. » Ce qui n'était pas si négatif, estima Cook. Après tout, cela lui assurait la garantie de l'emploi — si jamais il devait changer d'employeur.

« Ferez-vous partie du groupe de travail ?

— Sans doute, oui.

— Votre aide sera inestimable, Chris », dit doucement Nagumo. Il réfléchissait beaucoup plus vite, à présent. « Je peux vous donner un coup de main pour interpréter nos lois — discrètement, bien sûr, ajouta-t-il en sautant sur l'occasion.

— Je n'avais pas vraiment l'intention de traîner encore longtemps dans les brumes de Washington, Seiji, observa Cook. Nous avons jeté notre dévolu sur une nouvelle maison et...

— Chris, nous avons besoin de vous là où vous êtes. Nous avons besoin — *j'ai* besoin de votre aide pour atténuer les conséquences de ce malheureux concours de circonstances. Nous avons une véritable situation d'urgence sur les bras, et dont les conséquences pourraient être sérieuses pour nos deux pays.

— Je comprends bien, mais... »

L'argent, se dit Nagumo, *avec ces gens, c'est toujours une question d'argent !*

« Je peux prendre les dispositions adéquates », dit-il, plus sur une impulsion que de manière vraiment réfléchie. Ce n'est qu'après l'avoir dit qu'il se rendit compte de ce qu'il avait fait — mais d'un autre côté, il était curieux de voir comment Cook allait réagir.

Le sous-chef de cabinet aux Affaires étrangères ne broncha pas. Il était tellement absorbé par les événements que les implications réelles de l'offre faillirent lui passer au-dessus de la tête. Cook se contenta d'opiner sans même lever les yeux pour croiser le regard de Nagumo.

Rétrospectivement, c'était le premier pas — transmettre des informations touchant à la sécurité nationale — qui avait été le plus difficile, et le second fut si facile que Cook ne s'avisa même pas qu'il était désormais en infraction flagrante avec le statut fédéral. Il venait d'accepter de fournir contre rétribution des renseignements à un gouvernement étranger. Cela semblait une démarche logique, vu les circonstances. Ils avaient vraiment envie de cette maison sur le Potomac, et ils allaient bientôt devoir songer aux achats pour la rentrée universitaire.

Pour les observateurs de l'indice Nikkei, cette matinée allait rester longtemps dans les mémoires. Il avait fallu tout ce temps pour que les gens saisissent ce que Seiji Nagumo savait à présent : cette fois, ils ne plaisantaient plus.

Ce n'était plus le coup du riz qui recommençait ; ni celui des microprocesseurs ; il ne s'agissait plus de voitures ou de leurs pièces détachées, de matériels de télécommunications, de contrats de travaux publics ou de téléphones cellulaires. Il s'agissait en fait de tout cela réuni : vingt années de colère et de ressentiments accumulés, plus ou moins justifiés, mais bien concrets et qui remontaient à la surface pour exploser simultanément. Au début, les rédacteurs en chef de Tokyo n'avaient pas voulu croire ce que racontaient leurs correspondants à New York et Washington, et ils avaient récrit les papiers pour les faire coller à leurs conclusions personnelles, jusqu'au moment où leur propre analyse de la situation les avait amenés à saisir l'incroyable réalité. La loi de réforme du commerce extérieur, pontifiait l'avant-veille encore la presse nippone, n'était qu'une nouvelle baudruche, une blague, « l'émanation de quelques individus mal conseillés, héritiers d'une longue tradition d'hostilité à l'égard de notre pays qui avait fait long feu ». Aujourd'hui, c'était devenu « un développement fort regrettable et dont la possibilité de transformation en loi fédérale ne peut pas être totalement écartée ».

La langue japonaise véhicule autant d'informations que n'importe quelle autre, une fois qu'on sait la décoder. En Amérique, les gros titres étaient beaucoup plus explicites, mais cela prouvait seulement la rusticité du langage des *gaijins*. Au Japon, on s'exprimait de manière plus elliptique, mais malgré tout le sens était là, aussi clair, aussi limpide. Les millions de citoyens japonais détenteurs d'un portefeuille lisaient les mêmes journaux, ils voyaient les mêmes infos du matin à la télé, et ils aboutirent aux mêmes conclusions. Sitôt parvenus sur leur lieu de travail, ils décrochèrent leur téléphone.

L'indice Nikkei avait jadis caracolé au-dessus de la barre des trente mille yens. Au début des années quatre-vingt-dix, il avait dégringolé à la moitié de cette valeur, et la valeur cumulée de cette « décote » atteignait un chiffre supérieur à l'ensemble de la dette américaine à cette époque, un fait qui était passé pratiquement inaperçu aux États-Unis, sauf pour ceux qui avaient retiré leur argent des banques pour le placer en Bourse dans l'espoir d'en tirer un peu plus que les malheureux deux pour cent annuels d'intérêts. Tous ces gens avaient perdu une fraction notable de leurs économies, sans savoir à qui s'en prendre.

Pas cette fois, se dirent-ils. Il était temps de vendre leurs titres et de rapatrier l'argent dans les banques — des institutions financières solides et sérieuses qui savaient protéger les fonds de leurs dépositaires. Même si elles se montraient pingres pour vous verser des intérêts, au moins vous ne perdiez pas d'argent.

Les journalistes occidentaux recouraient à des termes comme « avalanche » ou « fusion du cœur », pour décrire ce qui se déclencha dès l'instant où les courtiers branchèrent leurs ordinateurs. Le processus semblait parfaitement coordonné. Les grosses banques d'affaires, à cause de leurs liens étroits avec les grandes entreprises, s'empressèrent d'employer les mêmes fonds de leurs déposants qui leur arrivaient d'un côté pour les faire ressortir de l'autre afin de soutenir les cours. Elles n'avaient pas vraiment le choix. Elles durent racheter d'énormes portefeuilles, en une course vaine contre ce qui s'avérait un véritable un raz de marée. Le Nikkei perdit un sixième de sa valeur en l'espace d'une seule séance, et les analystes eurent beau proclamer avec confiance que le marché était désormais fortement sous-évalué et qu'un fort réajustement technique à la hausse était inévitable, les petits porteurs estimèrent que, si la nouvelle législation américaine entrait réellement en vigueur, le marché des valeurs de leur pays s'évaporerait comme la rosée du matin. Le processus serait irréversible et même si personne ne le dit ouvertement, tout le monde en était convaincu. Surtout les banquiers.

A Wall Street, il en alla différemment. Un certain nombre de sages se plaignirent de l'intervention gouvernementale sur le marché boursier ; puis ils réfléchirent un peu plus. Il était manifeste, après tout, que si les voitures japonaises avaient du mal à franchir la douane, que si la populaire Cresta était désormais affligée d'une image désastreuse qu'on n'était pas près d'oublier, alors les ventes de voitures américaines allaient remonter, ce qui était bon. C'était bon pour Detroit, où les véhicules étaient assemblés, et pour Pittsburgh où la majeure partie de l'acier était produite ; c'était bon pour les villes américaines (mais aussi canadiennes et mexicaines), où des milliers de composants étaient manufacturés. C'était bon, en conséquence, pour tous les ouvriers qui fabriquaient ces pièces et assemblaient les voitures, et qui auraient plus d'argent à consacrer à d'autres achats. Bon jusqu'à quel point ? Eh bien, l'essentiel du déficit de la balance commerciale avec le Japon était dû aux automobiles. Cela représentait au bas mot trente milliards de dollars dont le plus gros allait pouvoir être réinjecté dans l'économie américaine dans les douze prochains mois, et cela, estimèrent bon nombre d'experts après peut-être cinq secondes de réflexion, était franchement excellent, non ? Au bas mot, trente milliards entreraient dans les coffres de diverses entreprises et toutes ces sommes, d'une façon ou d'une autre, se retrouveraient sous forme de profits au bilan des sociétés américaines. Jusqu'au supplément de taxes sur les bénéfices qui allait contribuer à diminuer le déficit fédéral, entraînant une baisse de la demande de liquidités, et donc une diminution du coût des bons du Trésor. L'économie américaine serait doublement bénie. Ajoutez-y un soupçon de joie maligne pour leurs collègues nippons, et avant même l'ouverture de Wall Street, tout le monde s'attendait à une journée d'anthologie. On ne fut pas déçu. Le Groupe Columbus se révéla particulièrement bien orienté, car il avait, quelques jours auparavant, pris des options sur d'énormes quantités de titres en rapport avec l'automobile, ce qui lui permit de tirer parti de la soudaine hausse de cent douze points du Dow Jones.

A Washington, à la Réserve fédérale, l'inquiétude régnait. Étant plus près du siège du pouvoir, on disposait d'informations de première main émanant des Finances sur les modalités d'application de la loi, et il apparaissait évident qu'il y aurait une pénurie temporaire tant que Detroit n'aurait pas remis en route ses chaînes de fabrication. Jusqu'à ce que les constructeurs américains aient réussi à rattraper l'écart, on connaîtrait la situation classique d'une demande supérieure à l'offre : trop d'argent pour trop peu de voitures. Cela signifiait une poussée inflationniste, et, un peu plus tard ce jour-là, la Réserve devait annoncer une hausse d'un quart de point du taux d'escompte — hausse purement temporaire, précisèrentils officieusement, et sous le sceau du secret. Le conseil des gouverneurs de la Banque fédérale estimait toutefois que l'évolution serait favorable à long terme. C'était faire preuve de myopie, mais d'un autre côté, cette situation touchait alors le monde entier.

Avant même que la décision soit prise, d'autres discutaient également des perspectives à long terme. Ils avaient dû réquisitionner le plus grand bassin de l'établissement de bains, qui était en ce moment fermé pour la soirée à ses autres clients nantis. On avait congédié le personnel. Les clients étaient servis par leurs propres assistants qui savaient se montrer particulièrement discrets. En fait, on se dispensa même des ablutions habituelles. Après de brèves salutations, les hommes ôtèrent veston et cravate, puis s'assirent en rond par terre, ne voulant pas perdre de temps avec les préliminaires d'usage.

« Ce sera encore pire demain », nota un banquier. C'était tout ce qu'il trouvait à dire.

Yamata les parcourut des yeux. Il avait du mal à ne pas rire. Les signes avaient été manifestes au moins cinq ans plus tôt, quand le premier des constructeurs automobiles du pays avait tranquillement renoncé à sa politique d'emploi à vie. Les beaux jours de l'économie japonaise avaient en fait pris fin ce jour-là, pour ceux qui avaient eu l'intelligence d'y prêter attention. Les autres avaient cru que tous ces revers n'étaient que de simples « aléas » temporaires, leur terme favori, mais leur myopie avait entièrement joué en faveur de Yamata. L'effet de choc de ce qui était en train de se produire était son meilleur allié. C'était une déception, mais pas une surprise, pourtant seule une poignée de ses pairs avaient, semblait-il, discerné la gravité réelle de la situation. En général, il s'agissait des plus proches alliés de Yamata.

Ce qui ne voulait pas dire que les uns ou les autres aient été immunisés contre l'adversité qui avait fait grimper le taux de chômage jusqu'à presque cinq pour cent ; tout au plus avaient-ils limité les dégâts par des mesures mûrement réfléchies. Ces mesures étaient toutefois suffisantes pour faire passer leurs auteurs pour des modèles de perspicacité.

« Il y a un adage datant de la révolution américaine », nota sèchement l'un d'eux. Il passait plus ou moins pour un intellectuel. « De Benjamin Franklin, je crois. Soit on se serre les coudes, soit c'est la corde qu'on nous serrera autour du cou... Si nous ne nous serrons pas les coudes maintenant, mes amis, nous serons tous détruits. Isolément ou en bloc, peu importe.

— Et notre pays avec, ajouta le banquier, ce qui lui valut la gratitude de Yamata.

— Vous vous souvenez du temps où ils avaient besoin de nous ? demanda Yamata. Ils avaient besoin de nos bases pour mettre les Russes en échec, soutenir les Coréens, entretenir leurs bateaux. Eh bien, mes amis, ont-ils encore besoin de nous aujourd'hui ?

— Oui, et nous avons besoin d'eux, nota Matsuda.

— Très bien, Kozo, répondit aigrement Yamata. Nous avons tellement besoin d'eux que nous allons ruiner notre économie nationale, détruire notre peuple et notre culture, et réduire notre nation à l'état de vassal — une fois encore !

— Yamata-san, on n'a plus le temps pour ça, railla doucement un autre directeur d'entreprise. Ce que vous avez proposé lors de notre dernière rencontre était bien hardi et fort dangereux.

— C'est moi qui ai demandé cette réunion, nota Matsuda avec dignité.

— Vous êtes pardonné, Kozo. » Yamata inclina la tête en signe d'excuse.

« Ce sont des temps difficiles, Raizo », répondit Matsuda, les acceptant de bonne grâce, avant d'ajouter : « j'incline à penser comme vous. »

Yamata prit une profonde inspiration, fâché de s'être mépris sur les intentions de l'homme. *Kozo a raison, ce sont des temps difficiles.* « Je vous en prie, mon ami. Faites-nous part de vos réflexions.

— Nous avons besoin des Américains... ou nous avons besoin d'autre chose. » A l'exception d'un seul, tous baissèrent la tête. Yamata scruta leurs visages et, prenant le temps de maîtriser son excitation, il se rendit compte qu'il voyait enfin se concrétiser ses rêves de toujours. Ce n'était plus un vœu ou une illusion. C'était bien réel. « C'est un sujet grave qu'il nous faut aborder maintenant, un grand risque. Et pourtant, c'est un risque que, je le crains, nous allons devoir prendre.

— En sommes-nous vraiment capables ? demanda un banquier acculé au désespoir.

— Absolument, dit Yamata. Il y a certes un élément de hasard. Je n'en disconviens pas, mais il y a beaucoup d'arguments en notre faveur. » Il brossa une brève esquisse de la situation. A sa grande surprise, ses vues ne rencontrèrent cette fois-ci aucune opposition. Il y eut des questions, nombreuses, interminables, auxquelles il s'était préparé à répondre, mais personne ne souleva réellement d'objection. Certains devaient être préoccupés, voire terrifiés à la perspective de ce qui allait se produire les jours prochains. Ils voyaient se profiler la fin de leur mode de vie, de leurs avantages, de leur prestige personnel, et plus que tout au monde, c'était cela qui les terrifiait. Leur pays avait une *dette* envers eux pour tout ce qu'ils avaient accompli, pour leur patiente ascension des échelons de leur entreprise, leur travail et leur zèle, tous leurs choix judicieux. Et donc la décision fut prise, sans grand enthousiasme, mais on la prit malgré tout.

La première tâche matinale de Mancuso était de parcourir les ordres de mission. L'*Asheville* et le *Charlotte* devraient interrompre leur tâche merveilleusement utile — traquer les baleines dans le golfe d'Alaska —, pour participer à l'exercice Partenaires de changement de date, en compagnie du *John Stennis*, de l'*Enterprise* et des milliers de figurants habituels. L'exercice avait bien sûr été prévu de longue date. C'était par un heureux concours de circonstances que le scénario des manœuvres n'était pas si éloigné de l'actuelle mission de la flotte du Pacifique. Le 27, quinze jours avant la conclusion de Partenaires, le *Stennis* et le *Big-E*, comme on appelait familièrement l'*Enterprise*, devaient se déployer en direction du sud-ouest pour le début des opérations, après une seule escale à Singapour, afin de relever *Ike* et *Abe*, entendez l'*Eisenhower* et le *Lincoln*.

« Vous savez, ils nous dépassent en nombre », observa le capitaine de frégate (affecté au poste de capitaine de vaisseau) Wally Chambers. Quelques mois plus tôt, il avait quitté le commandement de l'USS *Key West,* et Mancuso lui avait demandé d'être son officier d'opérations. La mutation de Gronton — où Chambers avait espéré obtenir un autre poste d'état-major — à Honolulu n'avait pas été franchement un coup dur pour l'ego de l'officier. Dix ans plus tôt, Wally aurait été bon pour assumer le commandement d'un croiseur, ou sinon d'un ravitailleur, voire d'une flottille. Mais les croiseurs avaient disparu, il ne restait plus que trois ravitailleurs en activité, et toutes les flottilles étaient déjà affectées. Cela mettait Chambers sur la liste d'attente, jusqu'à ce qu'on ait trouvé à poinçonner son « billet de haut commandement » ; d'ici là, Mancuso voulait qu'il reprenne du service. Il n'était pas rare pour des officiers de marine d'avoir à réintégrer leur affectation d'origine.

L'amiral Mancuso leva les yeux, moins de surprise que de compréhension. Wally avait raison. La marine japonaise avait vingt-huit sous-marins, des bateaux à propulsion classique baptisés SSK, or il n'en avait que dix-neuf.

« Combien sont prêts à appareiller ? demanda Bart, qui ignorait quel était leur cycle de révision/disponibilité.

— Vingt-deux, d'après ce que j'ai vu hier. Bon Dieu, amiral, ils en ont engagé dix dans cet exercice, dont la totalité des *Harushio*. D'après ce que j'ai pu recueillir par le Renseignement de la flotte, ils s'y sont impliqués à fond, eux aussi. » Chambers se cala contre le dossier et se lissa la moustache. C'était une nouveauté : il avait un visage poupin et estimait qu'un officier de commandement devait paraître plus de douze ans. Le problème, c'est que ça le grattait.

« Tout le monde me dit que vous êtes un bon, nota le ComSubPac.

— Et vous, pas encore fait de virée ? » demanda le chef des opérations. L'amiral fit non de la tête.

« Prévue pour l'été prochain.

— Eh bien, ils ont intérêt à bien se tenir », fit Chambers. Cinq des sous-marins de Mancuso étaient engagés dans l'exercice. Ils se trouveraient à proximité du groupe de bataille des porte-avions, avec le *Charlotte* et l'*Asheville* pour mener des opérations indépendantes, mais qui en fait ne l'étaient pas vraiment. Ils devraient engager quatre submersibles japonais à cinq cents nautiques au nord-ouest de l'atoll de Kure, en simulant une opération de traque contre une patrouille de barrage anti-sous-marins.

L'exercice était assez similaire à ce qu'ils escomptaient réaliser dans l'océan Indien. La marine japonaise, formée pour l'essentiel d'une collection défensive de destroyers, de frégates et de sous-marins à propulsion diesel, essaierait de résister à l'avance d'un groupe de bataille de deux porte-avions. Leur tâche était de mourir glorieusement — historiquement, les Japonais s'y entendaient en la matière, nota Mancuso avec l'esquisse d'un sourire —, mais après avoir vendu chèrement leur peau. Ils feraient preuve du maximum d'habileté, cherchant à insinuer leurs boîtes de conserve assez près pour lancer leurs missiles surface-surface Harpoon, et il ne faisait pas de doute que leurs destroyers récents avaient de bonnes chances de survivre. Les Kongo était en particulier d'excellentes plates-formes, l'équivalent nippon des classe Arleigh Burke américains, avec leur système Aegis de guidage radar des missiles. Tous ces bâtiments coûteux portaient des noms hérités de la Seconde Guerre mondiale. Le *Kongo* originel avait été la proie d'un sous-marin américain, le *Sea Lion II*, si les souvenirs de Mancuso étaient bons. C'était également le nom de l'un des rares submersibles américains récents assignés à la flotte de l'Atlantique. Mancuso n'avait pas encore sous ses ordres de sous-marin de la classe Seawolf. De toute façon, les aviateurs devraient trouver le moyen de se débarrasser d'un bateau Aegis, et ce n'était pas vraiment le genre de truc qu'ils appréciaient.

L'un dans l'autre, ce serait un bon entraînement pour la VIIᵉ flotte. Pas du luxe. Les Indiens commençaient à devenir nerveux. Il avait désormais sept de ses bateaux qui opéraient avec Mike Dubro ; ceux-là, plus ceux qu'il avait assignés à l'exercice PARTENAIRES, voilà à quoi se réduisait l'ensemble de ses bâtiments en activité. Quelle déchéance pour un puissant, se dit le ComSubPac. Enfin, c'était en général le sort des puissants.

La procédure de rencontre était assez semblable à la parade de séduction de deux cygnes. Vous deviez vous présenter à un endroit précis à un moment précis, muni pour la circonstance d'un journal (plié, pas roulé) tenu dans la main gauche, et contempler une vitrine débordant de matériel hi-fi et vidéo, comme le ferait machinalement n'importe quel Russe à son premier voyage au Japon, émerveillé par cette pléthore de produits accessibles à ceux qui avaient des devises fortes à dépenser. S'il était filé — éventualité possible mais fort improbable — cela paraîtrait normal. En temps voulu, pile à l'heure, quelqu'un le bouscula.

« Excusez-moi », dit en anglais l'individu, ce qui était également normal, car la personne qu'il avait bousculée par inadvertance était manifestement un *gaijin*.

« Il n'y a pas de mal, répondit Clark avec un fort accent, sans se retourner.

— Premier séjour au Japon ?

— Non, mais à Tokyo, oui.

— Parfait. La voie est libre. » L'individu le bouscula une nouvelle fois en poursuivant sa route. Clark attendit les quatre ou cinq minutes requises avant de le suivre. C'était toujours aussi fastidieux mais nécessaire. Le Japon n'était pas un sol ennemi. Ce n'était pas comme les missions qu'il avait remplies à Leningrad (pour Clark, le nom de cette ville ne changerait jamais ; d'ailleurs, son accent russe était de cette région) ou à Moscou, mais le plus sûr était de faire comme si. Même si c'était strictement impossible. Il y avait tellement d'étrangers dans cette ville que les services de sécurité japonais, vu leur niveau, seraient devenus cinglés s'ils avaient voulu tous les repérer.

En réalité, pour Clark, c'était bien son premier séjour ici, en dehors des correspondances d'avions et des escales, mais ça ne comptait pas. Il n'avait jamais vu une telle cohue dans les rues, même à New York. En outre, il sentait qu'il détonnait et cela le mettait mal à l'aise. Il n'y a rien de pire pour un agent secret que de ne pas arriver à se noyer dans la foule, mais son un mètre quatre-vingt-cinq le désignait comme un étranger, visible à deux rues de distance, pour qui avait la moindre curiosité. Il nota d'ailleurs que beaucoup de gens le regardaient ; détail encore plus surprenant, ils s'effaçaient devant lui, surtout les femmes ; quant aux enfants, ils se ratatinaient littéralement en sa présence, comme si Godzilla était revenu pour écraser leur cité. C'était donc vrai. Il en avait entendu parler mais n'y avait jamais vraiment cru. Les barbares velus. *Marrant, je ne me suis jamais imaginé ainsi*, se dit John en entrant dans un McDo. Il était bondé à l'heure du déjeuner et, après avoir cherché du regard une place, il dut partager une table avec un autre homme. *Mary Pat avait raison. Nomuri est vraiment un bon.*

« Alors, quoi de neuf ? demanda Clark dans le tohu-bohu du fast-food.

— Eh bien, j'ai réussi à l'identifier et à repérer l'immeuble où elle loge.

— C'est du boulot rapide.

— Pas bien difficile. L'équipe de barbouzes de notre ami n'y connaît rien en contre-surveillance. »

En plus, s'abstint d'ajouter Clark, *tu as l'air d'un autochtone, jusqu'à cet air tendu et harassé de l'employé qui se dépêche d'engloutir son sandwich pour retourner plus vite à son bureau.* Enfin, ça, ce n'était pas vraiment un rôle de composition pour un agent sur le terrain, n'est-ce pas ? Ça n'avait rien de dur d'être crispé lorsqu'on était en mission. Le plus difficile, ce sur quoi ils insistaient à la Ferme, c'était au contraire de paraître détendu.

« D'accord, donc tout ce que j'ai à faire, c'est obtenir l'autorisation de la récupérer. » Entre autres. Nomuri n'était pas autorisé à en savoir plus sur sa mission avec CHARDON. John se demanda si ça allait changer.

« *Sayonara.* » Et Nomuri ressortit tandis que Clark attaquait sa boulette de riz. *Pas mal. Motivé, le gamin*, fut sa première pensée. La seconde était : *Des boulettes de riz dans un MacDo ?*

Les dossiers d'information sur son bureau n'avaient absolument rien à voir avec sa fonction présidentielle, mais ils étaient d'une importance fondamentale s'il tenait à la garder, raison pour laquelle ils étaient toujours placés au sommet de la pile. La montée des indices de satisfaction dans les sondages était... tout à fait édifiante, estima Durling. Sur les votants probables — et c'étaient ceux-là qui comptaient vraiment — ils étaient bien dix pour cent de plus que la semaine précédente à approuver sa politique, une amélioration qui touchait aussi bien la politique étrangère que sa politique intérieure. L'un dans l'autre, il se sentait dans l'état d'esprit d'un gamin de troisième qui ramène un bulletin particulièrement brillant à des parents dubitatifs. Et ces dix pour cent n'étaient qu'un début, estimait son responsable des sondages, car les conséquences des changements de politique ne seraient sensibles qu'au bout d'un certain temps. Déjà, les Trois Grands — la GM, Ford et Chrysler — envisageaient publiquement de réembaucher une partie des sept cent mille ouvriers licenciés au cours des dix années écoulées, et cela rien que sur les chaînes de montage. Il fallait également tenir compte des sous-traitants, des manufacturiers de pneumatiques, des fabricants de vitres, de batteries... C'était peut-être le moyen de revitaliser les zones sinistrées de la « Ceinture de rouille » — une région dont le poids électoral n'était pas négligeable.

Ce qui était évident, ou aurait dû l'être, c'est que le mouvement ne s'arrêterait pas à l'industrie automobile. C'était impossible. Le Syndicat des travailleurs de l'automobile (constructeurs et sous-traitants) s'attendait à voir à nouveau rentrer des milliers de cotisations. La Confédération internationale des ouvriers de l'industrie électrique (voire de l'électronique domestique : les téléviseurs et, pourquoi pas, les magnétoscopes ?) ne pouvait pas rester à la traîne, et déjà tout un tas d'autres syndicats se prenaient à rêver à la part du gâteau qu'ils pourraient recevoir. Bien que simple dans son concept, comme tous les concepts simples, la loi sur la réforme du commerce extérieur signifiait un vaste changement dans les pratiques commerciales et financières des États-Unis. Le Président Durling croyait avoir saisi ce concept, mais il savait que son téléphone n'allait pas tarder à se mettre à sonner. Il le fixa, sachant à l'avance quelles voix il allait entendre, et il ne fallait pas être grand clerc pour imaginer ce que ces voix diraient, les arguments qu'elles avanceraient, les promesses qu'elles feraient. Et il serait enclin à accepter ces promesses.

Il n'avait jamais réellement ambitionné d'être président des États-Unis, à l'inverse de Bob Fowler qui avait organisé toute son existence dans ce but, sans même s'en laisser détourner par le décès de sa première épouse. L'ultime ambition de Durling avait été le poste de gouverneur de Californie, et lorsqu'on lui avait proposé de briguer une place de second avec la candidature Fowler, il avait accepté, plus par patriotisme que pour une autre raison. Ce n'était pas le genre de sentiment qu'il aurait avoué même à ses plus proches conseillers, parce que le patriotisme était passé de mode dans le monde politique moderne, mais Roger Durling l'avait ressenti malgré tout, il s'était souvenu que l'Américain moyen avait un nom et un visage, s'était souvenu qu'il en avait vu mourir pas mal sous ses ordres au Viêt-nam et, se souvenant de cela, il avait estimé qu'il devait faire de son mieux en leur nom.

Mais c'était quoi, le mieux ? se demanda-t-il encore une fois, comme il l'avait fait en d'innombrables occasions. Le Bureau Ovale était un endroit solitaire. Il était souvent encombré de toutes sortes de visiteurs, du chef d'État étranger à l'écolier qui avait gagné un prix de rédaction, mais le Président se retrouvait ensuite de nouveau seul avec ses fonctions. Le serment qu'il avait prêté était si simple qu'il en était dénué de sens. « Exécuter fidèlement les fonctions de... dans la mesure de mes moyens, préserver, protéger et défendre... » De bien belles paroles, mais que signifiaient-elles au juste ? Peut-être que Madison et les autres avaient imaginé qu'il saurait. C'était peut-être vrai en 1789 — l'idée était encore neuve — mais tout ça remontait à plus de deux siècles et, quelque part, ils avaient négligé de rédiger le mode d'emploi à l'usage des générations futures.

Pis encore, il y avait quantité de gens toujours prêts à vous expliquer la signification des mots, et quand vous faisiez la somme de tous leurs avis, deux plus deux finissait par faire sept. Ouvriers et patronat, producteurs et consommateurs, contribuables et bénéficiaires de subventions. Chacun avait ses besoins. Chacun avait son programme. Chacun avait ses arguments, et d'habiles lobbyistes pour les faire valoir. Et le plus effrayant était que chaque point de vue était logique, d'une façon ou d'une autre, suffisamment en tout cas pour vous porter à croire que deux plus deux était réellement égal à sept. Enfin, jusqu'au moment où vous annonciez la somme, car là, tout le monde sans exception protestait que ça faisait vraiment trop, et que le pays ne pouvait pas se permettre de financer *tous* les intérêts corporatistes de *tous* les autres groupes.

Pour couronner le tout, si vous vouliez aboutir à quoi que ce soit, vous deviez absolument arriver ici, et une fois arrivé, y rester ; cela signifiait faire des promesses qu'il fallait tenir. Au moins en partie. Et quelque part en cours de route, le pays finissait par se perdre, et la Constitution avec, et à la fin de votre journée, vous vous retrouviez à préserver, protéger et défendre... quoi au juste ?

Pas étonnant que je n'aie jamais vraiment désiré ce boulot. Assis à son bureau, seul avec ses réflexions, Durling se pencha sur un nouveau mémorandum. Tout cela n'était venu que par accident, en fait. Bob avait eu besoin d'emporter la Californie et Durling avait été la clé du succès : un gouverneur jeune, populaire, et inscrit au bon parti. Mais aujourd'hui, il se retrouvait président des États-Unis, et sa crainte était d'être dépassé par la tâche. La triste vérité était qu'aucun homme n'avait à lui seul les capacités intellectuelles pour comprendre la totalité des affaires qu'on attendait de voir gérer par un Président. L'économie, par exemple, désormais peut-être sa tâche la plus importante maintenant que l'Union soviétique avait disparu, était un domaine où les experts eux-mêmes n'arrivaient pas à s'accorder sur un ensemble de règles compréhensibles par un homme raisonnablement intelligent.

Enfin, l'emploi, ça, il comprenait. Il valait mieux que les gens en aient un plutôt que d'être au chômage. Pour schématiser, il était préférable qu'un pays fabrique lui-même ses biens plutôt que de dilapider son argent à l'extérieur pour payer les ouvriers d'un pays étranger à les *produire à sa place*. C'était un principe qu'il était capable de comprendre, mieux encore, qu'il était capable d'expliquer aux autres, et puisque les gens à qui il s'adresserait étaient aussi des Américains, ils seraient sans doute d'accord. Cela satisferait les syndicats. Cela satisferait également le patronat — et une politique qui arrivait à satisfaire les deux n'était-elle pas nécessairement une bonne politique ? C'était obligé, non ? Et ne ferait-elle pas également plaisir aux économistes ? D'ailleurs, il restait convaincu que l'ouvrier américain valait bien n'importe quel ouvrier dans le monde, qu'il était tout à fait prêt à rivaliser, dans des conditions équitables, avec n'importe quel autre, et cela, c'était le véritable objet de sa politique... non ?

Durling fit tourner son luxueux fauteuil pivotant pour contempler, derrière les vitres épaisses, le Monument Washington. Les choses avaient dû être plus faciles pour George. Bon, d'accord, il était le premier ; certes, il avait dû affronter la révolte du Whisky, qui n'avait pas l'air avoir été bien méchante, à en croire les livres d'histoire, et il avait dû établir le modèle pour ses successeurs. Les seuls impôts collectés à l'époque étaient des taxes douanières et des impôts indirects — impopulaires et rétrogrades selon les critères actuels, mais qui visaient seulement à décourager les importations et à punir les gens qui buvaient trop. Durling ne cherchait pas réellement à supprimer les échanges avec l'extérieur, juste à les rendre *équitables*.

Depuis l'époque de Nixon, le gouvernement américain avait pris l'habitude de céder devant ces gens, d'abord parce qu'on avait besoin de leurs bases (comme si le Japon avait réellement pu conclure une alliance avec ses anciens ennemis !), et ensuite parce que... parce que quoi ? Parce que c'était devenu bien pratique ? Quelqu'un le savait-il vraiment ? Eh bien, ça allait changer, et chacun saurait pourquoi.

Ou plutôt, se reprit Durling, ils croiraient le savoir. Peut-être que les plus cyniques devineraient la raison véritable, et chacun aurait en partie raison.

Le bureau du Premier ministre dans le bâtiment de la Diète japonaise — un édifice particulièrement laid dans une ville pas vraiment réputée pour la beauté de son architecture — dominait un espace vert, mais l'homme installé lui aussi dans son luxueux fauteuil pivotant n'avait guère le temps de regarder à l'extérieur. Bientôt, il se retrouverait dehors et pourrait contempler ce qui se passait dedans.

Trente années, songea-t-il. Cela aurait pu sans peine être différent. Il n'avait pas trente ans qu'on lui avait déjà plusieurs fois proposé un poste confortable au sein du Parti libéral démocrate, alors aux affaires, avec la garantie d'une ascension rapide, car à cette époque déjà, son intelligence était apparue manifeste, surtout pour ses adversaires politiques. Ils l'avaient donc abordé le plus amicalement possible, en jouant sur son patriotisme, sur sa vision de l'avenir pour le pays, en la faisant miroiter devant ses jeunes yeux d'idéaliste. Cela prendrait du temps, lui avaient-ils dit, mais un jour, il aurait sa chance d'accéder à ce siège dans cette pièce même. Garanti. Tout ce qu'il avait à faire, c'était de jouer le jeu, de rentrer dans l'équipe, de s'intégrer...

Il se souvenait encore de sa réponse, toujours la même, énoncée toujours sur le même ton, dans les mêmes termes, jusqu'à ce qu'ils finissent par comprendre qu'il ne cherchait pas à faire monter les enchères et qu'ils renoncent enfin, en hochant la tête, pleins de perplexité.

Son unique souhait en réalité avait toujours été que le Japon soit une démocratie au vrai sens du terme, et non pas un pays régi par un parti unique, lui-même aux mains d'un petit groupe d'individus puissants. Déjà trente ans plus tôt, les signes de corruption étaient visibles pour quiconque avait les yeux ouverts, mais les électeurs, les gens ordinaires, conditionnés par plus de deux mille ans de résignation, s'en étaient accommodés parce que les racines de la véritable démocratie n'avaient pas mieux réussi à se fixer que celles d'un plant de riz dans les alluvions meubles d'une rizière.

C'était le plus grandiose de tous les mensonges, si vaste que tout le monde y croyait, à l'intérieur comme à l'étranger. La culture de son pays n'avait pas réellement

Ce qu'il savait, c'est qu'il ne pouvait se résoudre à téléphoner à son homologue américain. C'eût été un exercice vain, tout comme l'ensemble de sa carrière, se rendait-il compte maintenant. Le livre était déjà écrit. Qu'un autre en rédige l'ultime chapitre.

11

CHANGEMENT DE MER

Le projet de loi sur la réforme du commerce extérieur avait désormais deux cents cosignataires dans les deux partis. Les auditions à la commission des lois avaient été d'une brièveté inhabituelle, en grande partie parce que rares étaient ceux à avoir le courage de protester contre. Fait notable, une grosse société de relations publiques de Washington dénonça son contrat avec un groupe japonais, et comme il s'agissait d'une boîte de relations publiques, elle s'empressa de publier un communiqué de presse pour annoncer la fin de quatorze ans de partenariat. La combinaison des événements d'Oak Ridge et de la pique lancée par Al Trent contre un lobbyiste, et reprise partout depuis, avait rendu la vie intenable pour tous les individus émargeant à l'étranger qui hantaient les couloirs du Congrès. Les hommes d'influence s'abstinrent totalement d'entraver le vote de la loi. D'une seule voix, ils rapportèrent à leurs employeurs qu'il était absolument hors de question qu'elle ne passe pas, que tout amendement tendant à la vider de sa substance serait immanquablement rejeté, et que la seule réaction possible était d'envisager le long terme et, d'ici là, de faire le dos rond. En temps opportun, leurs amis au Congrès seraient à nouveau en mesure de les soutenir, mais pas pour l'instant.

Pas pour l'instant ? La définition cynique d'un bon politicien était la même au Japon et en Amérique : un fonctionnaire qui, une fois acheté, le *restait*. Les employeurs songeaient à toutes les sommes versées pour soutenir toutes ces campagnes, à ces assiettes à mille dollars la portion emplies d'une nourriture médiocre payée par (mais en fait pour) les employés américains de leurs multinationales, aux parcours de golf, aux à-côtés des pseudo-voyages d'étude au Japon et ailleurs, aux contacts personnels — et ils se rendirent compte que tout cela n'avait strictement aucun poids au seul moment où il l'aurait vraiment fallu. L'Amérique n'était tout simplement pas identique au Japon. Ses législateurs ne ressentaient pas l'obligation de rembourser une dette, et les lobbyistes, bien qu'achetés et payés pour ça, leur dirent que c'était ainsi et pas autrement. Alors, dans ce cas, *à quoi* avaient-ils donc dépensé leur argent ?

Envisager le long terme ? Le long terme était bel et bon, tant que les perspectives immédiates étaient agréables et sans obstacles. La situation internationale avait permis au Japon d'envisager le long terme près de quarante ans durant. Mais aujourd'hui, la méthode n'était plus applicable. Le mercredi quatre, le jour où la loi sur la réforme du commerce extérieur reçut l'aval de la commission des lois, l'indice Nikkei tomba à 12 841 yens, en gros le tiers de ce qu'il était naguère encore, et la panique dans le pays fut désormais tout à fait réelle.

« "Les fleurs du prunier s'épanouissent, et les femmes de plaisir achètent des foulards neufs dans une chambre de bordel." »

La citation avait beau être poétique en japonais — c'était un *haiku* célèbre —, elle n'avait franchement pas grand sens en anglais, estima Clark. En tout cas pas pour lui, mais l'effet sur son vis-à-vis fut notable.

« Oleg Yourevitch envoie ses salutations.

— Il y a mis le temps, bégaya l'homme après peut-être cinq secondes de panique bien dissimulée.

— La situation est un peu difficile au pays », expliqua Clark, avec un léger accent dans la voix.

Isamu Kimura était un haut fonctionnaire au ministère du Commerce international et de l'Industrie, le fameux MITI, pièce maîtresse d'une entreprise naguère encore baptisée « Japon, SA ». A ce titre, il rencontrait souvent des étrangers, en particulier des journalistes, et c'est ainsi qu'il avait accepté l'invitation d'Ivan Sergueïevitch Klerk, récemment arrivé au Japon de Moscou accompagné d'un photographe, pour l'heure parti mitrailler ailleurs.

« Il semblerait que les temps soient également difficiles pour votre pays », ajouta Klerk, en se demandant quel genre de réaction il allait déclencher. Il devait rudoyer un peu le bonhomme. Il était possible qu'il résiste à l'idée d'être réactivé après plus de deux années sans contacts. Si tel était le cas, la politique du KGB était de bien faire comprendre qu'une fois qu'il vous avait mis le grappin dessus, ce grappin ne vous lâchait jamais. C'était également la politique de la CIA, bien sûr.

« C'est un cauchemar, dit Kimura après quelques secondes de réflexion et une grande gorgée de saké.

— Si vous trouvez que les Américains sont durs, vous devriez être russe. Le pays où j'ai grandi, qui m'a nourri et formé — ce pays n'existe plus. Est-ce que vous vous rendez compte que je suis obligé de gagner ma vie avec mon boulot pour Interfax ? Je ne peux même plus remplir mes fonctions à plein temps. » Clark hocha lugubrement la tête et vida sa tasse.

« Votre anglais est excellent. »

Le « Russe » acquiesça poliment, jugeant que la remarque signait la capitulation de l'homme assis en face de lui. « Merci. J'ai travaillé à New York pendant des années, à couvrir les sessions de l'ONU pour la *Pravda*. Entre autres..., ajouta-t-il.

— Vraiment ? Que savez-vous des milieux politiques et financiers américains ?

— Je me suis spécialisé dans le commerce. La nouvelle situation internationale me permet de poursuivre avec encore plus de vigueur dans cette voie, et vos services sont tenus en haute estime par mon pays. Nous serons en mesure de vous récompenser encore plus à l'avenir, mon ami. »

Kimura secoua la tête. « Je n'ai plus le temps pour ça en ce moment. Mon bureau est plongé dans une grande confusion, pour des raisons évidentes.

— Je comprends. Cette rencontre est une sorte de prise de contact. Nous n'avons pas d'exigence immédiate.

— Et comment va Oleg ? s'enquit le fonctionnaire du MITI.

— Il mène une vie agréable à présent, il a une situation très confortable, grâce au bon boulot que vous avez fait pour lui. » Ce qui n'était absolument pas un mensonge. Lyaline était en vie, et c'était sacrément mieux qu'une balle dans la tête dans le sous-sol du QG du KGB. Cet homme était l'agent qui avait fourni à Lyaline l'information qui les avait orientés sur le Mexique [1]. Clark regrettait de ne pouvoir le remercier personnellement d'avoir contribué à éviter une guerre nucléaire.

« Alors, racontez-moi, pour ma couverture de reporter : quelle est la gravité de la situation avec l'Amérique ? J'ai un papier à rendre, mine de rien. » La réponse devait le surprendre presque autant que la véhémence du ton.

Isamu Kimura baissa les yeux. « Cela pourrait bien provoquer notre ruine.

— C'est vraiment si grave que ça ? demanda "Klerk", surpris, sortant aussitôt son calepin pour prendre des notes, comme tout bon reporter.

— Cela va se traduire par une guerre commerciale. » Prononcer cette seule phrase lui avait coûté énormément.

« Eh bien, une telle guerre nuirait à vos deux pays, non ? » Clark l'avait si souvent entendu dire qu'il y croyait vraiment.

« C'est ce que nous répétons depuis des années mais c'est faux. C'est en vérité très simple », poursuivit Kimura, estimant que ce Russe avait besoin qu'on lui enseigne les rudiments du capitalisme, sans se douter que son interlocuteur était un Américain parfaitement au courant. « Nous avons besoin de leur marché pour vendre nos produits manufacturés. Savez-vous ce que signifie une guerre commerciale ? Cela signifie qu'ils cessent d'acheter nos produits manufacturés et qu'ils gardent leur argent. Cet argent ira s'investir dans leurs industries, que nous avons, pour ainsi dire, poussées à plus d'efficacité. Ces industries vont croître et prospérer en suivant notre

---

1. Voir *La Somme de toutes les peurs*, *op. cit. (NdT)*.

exemple, et ce faisant, elles vont reconquérir des parts de marché dans les secteurs que nous dominons depuis vingt ans. Si nous perdons nos positions, nous risquons de ne jamais les récupérer intégralement.

— Et pourquoi donc ? demanda Clark, qui griffonnait furieusement et s'avérait être bigrement intéressé, en vérité.

— Quand nous nous sommes introduits sur le marché américain, le yen n'avait qu'environ le tiers de sa valeur actuelle. Cela nous a permis de pratiquer des tarifs extrêmement compétitifs. Puis, à mesure que nous nous taillions une place sur le marché américain, que nous bâtissions notre image de marque, et ainsi de suite, nous avons pu augmenter nos prix tout en conservant nos parts, voire en les accroissant dans bien des secteurs, malgré un renchérissement de la valeur du yen. Réaliser aujourd'hui le même exploit serait considérablement plus difficile. »

Nouvelle fantastique, songea Clark derrière un masque impassible. « Mais seront-ils capables de remplacer tous les produits que vous fabriquez pour eux ?

— Avec leurs ouvriers ? Tous leurs ouvriers ? Sans doute pas, mais ils n'ont pas besoin. Notre production automobile de l'an dernier, avec tous les produits dérivés, représentait soixante et un pour cent de nos échanges avec l'Amérique. Les Américains savent produire des voitures — et ce qu'ils ne savaient pas, nous le leur avons appris, ajouta Kimura, se penchant en avant. Dans d'autres domaines, la photo par exemple, le matériel est fabriqué ailleurs, à Singapour, en Corée, en Malaisie. Même chose pour l'électronique domestique. Klerk-san, personne ne saisit vraiment ce qui est en train de se produire.

— Les Américains peuvent réellement provoquer autant de dégâts chez vous ? Est-ce possible ? » Bigre, se dit Clark, c'était peut-être vrai.

« C'est très possible. Mon pays n'a pas affronté une telle éventualité depuis 1941. » La remarque était fortuite, mais Kimura en nota l'exactitude à l'instant où elle franchit ses lèvres.

« Je ne peux quand même pas mettre ça dans un article de magazine. C'est trop alarmiste. »

Kimura leva les yeux. « Ce n'était pas destiné à faire

un article de magazine. Je sais que votre agence a des contacts avec les Américains. C'est obligé. Ils ne nous écoutent plus maintenant. Peut-être que vous, ils vous écouteront. Ils nous poussent trop loin. Les *zaibatsus* sont réellement désespérés. C'est survenu trop vite et c'est allé trop loin. Comment réagirait votre pays à pareille attaque contre son économie ? »

Clark se cala contre le dossier de sa chaise, inclinant la tête, les yeux plissés, à la manière d'un Russe. Le contact initial avec Kimura n'était pas censé être une séance de collecte de renseignements, or, c'est bien ce que c'était soudain devenu. Quoique non préparé à cette éventualité, il décida de s'en accommoder. L'homme en face de lui avait l'air d'une source de première main, impression encore renforcée par son désespoir manifeste. Il lui paraissait surtout un fonctionnaire consciencieux et zélé, et si, quelque part, c'était regrettable, c'était également ainsi que fonctionnait le milieu du Renseignement.

« Ils nous ont fait subir exactement la même chose dans les années quatre-vingt. Leur course aux armements, leur plan insensé pour installer un système de défense dans l'espace, l'arrogant jeu de poker stratégique joué par leur président Reagan — savez-vous que lorsque je travaillais à New York, je faisais partie du projet Ryan ? Nous pensions qu'ils envisageaient d'effectuer la première frappe. J'ai passé un an à chercher ces fameux plans. » Le colonel I.S. Klerk, des services de renseignements extérieurs russes, assumait entièrement sa personnalité de couverture, s'exprimant comme l'aurait fait un Russe, sur un ton calme, posé, presque pédagogique. « Mais nous avons cherché au mauvais endroit — non, même pas ça. C'était en permanence sous notre nez et nous n'avons pas réussi à le voir. Ils nous ont forcés à dépenser toujours plus, et c'est ainsi qu'ils ont brisé notre économie. Le maréchal Ogarkov a prononcé son fameux discours, exigeant toujours plus de l'économie pour nous maintenir à la hauteur des Américains, mais nous n'avions plus rien à donner. Pour répondre brièvement à votre question, Isamu, nous avions le choix de faire la guerre ou de capituler. La guerre était une éventualité trop terrible à envisager... et voilà pourquoi je me retrouve ici au Japon, représentant un nouveau pays. »

La remarque suivante de Kimura fut aussi surprenante qu'elle était exacte : « Mais vous aviez moins à perdre qu'eux. Les Américains ne semblent pas l'avoir compris. » Il se leva, laissant assez d'argent sur la table pour régler l'addition. Il savait qu'un Russe pouvait tout juste se payer un repas à Tokyo.

Bon Dieu, songea Clark en regardant partir l'homme. La rencontre avait eu lieu à découvert, et ne requérait donc aucune procédure de sécurité. Cela signifiait qu'il pouvait simplement se lever et partir. Mais il n'en fit rien. Isamu Kimura était un très haut fonctionnaire, se dit l'agent de la CIA, en terminant son saké. Il n'avait qu'une seule catégorie de fonctionnaires ministériels au-dessus de lui, au-delà, c'était un élu politique qui était en fait le porte-parole des bureaucrates de carrière. A l'instar d'un chef de cabinet du ministre des Affaires étrangères, Kimura avait accès à tous les dossiers. Il l'avait déjà prouvé une fois, en les aidant au Mexique, où John et Ding avaient appréhendé Ismael Qati et Ibrahim Ghosn. Rien que pour cette raison, l'Amérique avait envers cet homme une dette d'honneur considérable. Plus exactement, cela faisait de lui une source de renseignements de première main. La CIA pouvait se fier pratiquement à tout ce qu'il disait. Cette réunion n'avait pas pu avoir de scénario programmé. Il fallait donc que ses pensées et ses craintes soient sincères, et Clark comprit aussitôt qu'elles devaient parvenir à Langley toutes affaires cessantes.

Pour ceux qui le connaissaient vraiment, cela ne fut pas une surprise de découvrir que Goto était un faible. Même si c'était une malédiction pour la direction politique du pays, cela jouait en faveur de Yamata.

« Je ne deviendrai pas Premier ministre de mon pays, annonça Hiroshi Goto sur le ton du mélodrame, pour devenir l'exécuteur de sa ruine économique. » Son langage était emprunté au théâtre kabuki. L'industriel savait que c'était un homme cultivé. Il avait longuement étudié les arts et l'histoire, et comme de nombreux hommes politiques, il attachait bien plus d'importance au spectacle qu'à la substance. A l'instar de bien des faibles, il aimait arborer ostensiblement les signes de sa force et de son pouvoir personnel. C'est ainsi qu'il tenait souvent à garder cette Kimberly Norton dans la même pièce que lui. Elle apprenait, d'une certaine manière, à exercer les devoirs de la maîtresse d'un homme important. Assise en silence, elle remplissait les tasses de saké ou de thé, attendant patiemment que Yamata-san s'en aille, après quoi, c'était évident, Goto coucherait avec elle. Il pensait sans aucun doute que cela contribuait à le rendre plus impressionnant aux yeux de son hôte. *Quel imbécile, réfléchir avec ses testicules plutôt qu'avec sa cervelle !* Enfin, c'était parfait, Yamata lui tiendrait lieu de cerveau.

« C'est précisément ce que nous devons affronter », répondit sèchement Yamata. Ses yeux s'attardèrent sur la fille, en partie par curiosité, en partie pour laisser croire à Goto qu'il l'enviait d'avoir cette jeune maîtresse. Le regard de cette dernière ne manifestait pas la moindre compréhension. Était-elle aussi stupide qu'on voulait le lui laisser croire ? Nul doute qu'elle n'avait pas eu de mal à se laisser attirer ici. C'était une activité lucrative pour le Yakuza, et que partageaient une partie de ses collègues. Il avait collé Goto avec cette fille — indirectement : Yamata ne se considérait pas comme un maquereau, tout au plus avait-il veillé à ce que la bonne personne fasse la bonne suggestion à ce personnage politique en vue — et cela s'était avéré une décision habile, même si les faiblesses intimes du personnage étaient de notoriété publique et faciles à identifier. Quel était cet euphémisme des Américains ? « Se laisser mener par le bout du nez » ? Cela devait correspondre à ce qu'avait fait Yamata et c'était un rare exemple d'expression subtile chez les *gaijins*.

« Qu'est-ce que nous pouvons faire ? demanda celui qui était encore chef de l'opposition.

— Nous avons le choix entre deux solutions. » Yamata marqua une pause, regarda de nouveau la fille ; il aurait voulu que Goto la congédie. Ce dossier était extrêmement sensible, après tout. Mais non, Goto caressa ses cheveux blonds et elle sourit. Enfin, constata Yamata, il ne l'avait pas déshabillée avant qu'il arrive, comme quelques semaines auparavant. Il avait déjà vu des seins, même des seins opulents blancs, et ce n'était pas comme si le *zaibatsu* ignorait ce que Goto pouvait faire avec elle.

« Elle ne comprend pas un mot », et l'homme politique éclata de rire.

Kimba-chan sourit, et son expression attira l'attention de Yamata. Une pensée déroutante lui traversa l'esprit : se contentait-elle de réagir poliment au rire de son maître, ou bien y avait-il autre chose ? Quel âge avait cette fille ? La vingtaine, probablement, mais il n'était pas doué pour évaluer l'âge des étrangers. Puis il se souvint d'un autre détail : son pays fournissait à l'occasion des compagnes aux dignitaires étrangers en visite, comme Yamata le faisait avec les hommes d'affaires. C'était une pratique qui remontait loin dans l'histoire, à la fois pour faciliter les accords en cours — un hôte comblé par une habile courtisane se montrait rarement désagréable avec ses compagnons — et parce que les langues se déliaient souvent en même temps que les boucles de ceinture. De quoi Goto parlait-il avec cette fille ? A qui pouvait-elle le raconter ensuite ? Brusquement, le fait que Yamata ait été l'instigateur de cette relation ne lui paraissait plus du tout aussi habile.

« Je vous en prie, Hiroshi, faites-moi plaisir au moins cette fois-ci, dit Yamata sur un ton raisonnable.

— Oh, très bien. » Et il poursuivit en anglais : « Kimba-chan, mon ami et moi avons besoin de discuter quelques minutes en privé. »

Elle eut l'élégance de ne pas protester ouvertement, nota Yamata, mais la déception était lisible sur son visage. Cela signifiait-il qu'elle avait été entraînée à ne pas réagir, ou plutôt à réagir comme une quelconque écervelée ? Et son renvoi avait-il une quelconque importance ? Goto n'allait-il pas tout lui rapporter ? L'avait-elle embobiné à ce point ? Yamata l'ignorait, et cette ignorance lui parut soudain pleine de danger.

« J'adore baiser des Américaines », dit Goto, grossièrement, après que la porte eut coulissé derrière elle. C'était étrange. Malgré son langage châtié, dans ce domaine précis il adoptait le langage de la rue. C'était indiscutablement une grande faiblesse et, pour cette raison, une faiblesse préoccupante.

« Je suis ravi de l'apprendre, mon ami, car bientôt vous aurez la chance de pratiquer encore plus », répondit Yamata, tout en prenant mentalement des notes.

Une heure plus tard, dans la galerie de jeux, Chet Nomuri quitta des yeux son *pachinko* pour voir sortir Yamata. Comme d'habitude, il était accompagné d'un chauffeur et d'un autre homme, ce dernier d'allure bien plus rébarbative, sans aucun doute un agent de sécurité ou un garde du corps. Nomuri ignorait son nom mais la dégaine était typique. Le *zaibatsu* lui parla, une brève remarque, impossible à deviner. Puis tous trois montèrent dans la voiture qui démarra. Goto apparut une heure et demie plus tard, détendu comme toujours. A ce moment, Nomuri cessa de jouer à son billard vertical pour aller se poster un peu plus bas dans la rue. Encore une demi-heure, et ce fut au tour de la fille Norton de sortir. Cette fois, Nomuri partit devant elle, tourna au coin, puis attendit qu'elle le rattrape. *Parfait*, se dit-il, cinq minutes après. Il était à présent certain de connaître l'immeuble où elle habitait. Elle avait acheté de quoi manger et l'avait ramené à l'intérieur. Bon.

« Salut, MP. » Ryan revenait juste de son entretien quotidien avec le Président. Tous les matins, il passait trente à quarante minutes à consulter les rapports des diverses agences de sécurité gouvernementales, avant d'en exposer le contenu au Bureau Ovale. Ce matin, il avait une fois encore informé son patron qu'il n'y avait pas tellement de nuages à l'horizon.

« Bois de Santal, dit-elle en guise de préambule.

— Oui, et alors ? s'enquit Jack en se calant contre le dossier du fauteuil.

— J'avais une idée et je l'ai mise en pratique.

— Comment cela ? demanda le Chef du Conseil national de sécurité.

— J'ai dit à Clark et Chavez de réactiver CHARDON, l'ancien réseau de Lyaline au Japon. »

Ryan plissa les paupières. « Vous êtes en train de me dire que personne n'a jamais...

— Il s'occupait essentiellement d'affaires commerciales, et nous avons cet ordre de l'exécutif, vous vous souvenez ? »

Jack se retint de grommeler. CHARDON avait déjà servi l'Amérique, et pas avec de l'espionnage industriel. « D'accord, qu'est-ce qui se passe ?

— Ceci. » Mme Foley lui tendit une simple feuille dactylographiée, environ deux mille cinq cents signes en simple interligne.

Ryan leva les yeux après en avoir parcouru le premier paragraphe. « "Véritable panique au MITI ?"

— C'est ce que dit notre homme. Continuez. » Jack prit un crayon, se mit à le mâchonner. « D'accord. Quoi d'autre ?

— Leur gouvernement va tomber, ça ne fait pas un pli. Pendant que Clark discutait avec ce gars-là, Chavez en a interrogé un autre. Les Affaires étrangères ne devraient pas tarder à l'apprendre d'ici un jour ou deux, mais apparemment, on est les premiers sur le coup, pour une fois. »

Jack passa outre. Ce n'était pas vraiment une surprise. Brett Hanson l'avait mis en garde contre cette possibilité. Les Affaires étrangères étaient en fait le seul ministère à considérer d'un mauvais œil la LRCE, même si les objections ne sortaient pas de la maison. « Il y a autre chose ?

— Ouais, tout à fait. Nous avons réussi à repérer la disparue. Une certaine Kimberly Norton, et il n'y a pas de doute, c'est bien elle qui est avec Goto, et c'est lui qui doit être le prochain Premier ministre », conclut-elle avec un sourire.

Ce n'était pas franchement drôle, même si, bien sûr, tout dépendait du point de vue. L'Amérique avait désormais un moyen de faire pression sur Goto, et Goto serait apparemment le prochain Premier ministre. Ce n'était pas entièrement négatif... « Poursuivez, ordonna Ryan.

— Nous avons le choix : lui offrir un billet de retour gratuit, ou bien alors...

— MP, la réponse à ce dernier point est non. » Ryan

271

ferma les yeux. Il avait réfléchi à cette possibilité. Jusqu'ici, il avait été du genre à considérer l'affaire avec détachement, mais il avait vu une photo de la fille, et même s'il avait réussi à rester impassible, cela n'avait duré que le temps de rentrer chez lui et retrouver ses enfants. On pouvait appeler ça de la faiblesse, cette incapacité à envisager d'utiliser la vie des gens en fonction de l'intérêt de son pays. Si c'était le cas, c'était une faiblesse que lui autorisait sa conscience. Il reprit : « Est-ce que quelqu'un la croit capable de se comporter en espion entraîné ? Pour l'amour du ciel, ce n'est qu'une gamine paumée qui s'est tirée de chez elle parce qu'elle avait des mauvaises notes au lycée.

— Jack, dois-je vous rappeler que mon boulot est justement de peser le pour et le contre ? » Tous les gouvernements du monde procédaient ainsi, bien sûr, même l'Amérique, y compris en ces temps de féminisme avancé. C'étaient de jolies filles, disait-on partout, souvent intelligentes, secrétaires dans les services officiels, pour la plupart, qui étaient téléguidées par le Service secret et gagnaient grassement leur vie à servir leur pays. Ryan n'avait aucune information officielle sur la teneur de ces opérations et préférait continuer ainsi. S'il en avait été officiellement informé et n'avait pas élevé de protestation, quelle sorte d'homme aurait-il été ? Tant de gens s'imaginaient que les hauts responsables de l'État n'étaient que des robots agissant au nom de leur pays sans jamais nourrir le moindre doute, ni éprouver le moindre scrupule. Cela avait peut-être été vrai dans le temps — ce l'était sans doute encore pour beaucoup, mais le monde avait changé, et Jack Ryan restait le fils d'un policier.

« C'est vous qui avez émis l'idée en premier, vous vous souvenez ? Cette fille est une citoyenne américaine qui a probablement besoin d'un coup de main. Ne devenons pas ce que nous ne sommes pas, d'accord ? C'est Clark et Chavez qui sont sur le coup ?

— Exact.

— Je crois que, tout en restant prudents, on devrait offrir à cette fille un billet de retour. Si elle refuse, alors, là, on pourra envisager une autre solution, mais ne commençons pas par gâcher celle-ci. Qu'on lui propose honnêtement de rentrer au pays. » Ryan reprit le bref rapport de Clark et le relut plus attentivement. S'il avait émané d'un autre, il ne l'aurait pas autant pris au sérieux, mais il connaissait John Clark, avait pris le temps de tout savoir sur lui. Cela donnerait un jour de quoi nourrir une agréable conversation.

« Je m'en vais garder ceci. Je crois que le Président a besoin d'y jeter un œil, lui aussi.

— Insistez, dit la DAO.

— Dès que vous recevrez autre chose...

— Je vous en informerai, promit Mary Pat.

— Bonne idée, pour CHARDON.

— Je veux que Clark... eh bien, insiste peut-être un peu plus, pour voir si l'on débouche sur des opinions similaires.

— Approuvé, dit aussitôt Ryan. Insistez autant que vous voulez. »

L'avion personnel de Yamata était un vieux Gulfstream G-IV. Bien qu'équipé de réservoirs supplémentaires, il ne pouvait normalement franchir sans escale les dix mille huit cents kilomètres du vol Tokyo-New York. Aujourd'hui, c'était différent, lui expliqua le pilote. Le courant-jet au-dessus du Pacifique Nord fonçait à un bon cent quatre-vingt-dix nœuds, et ils en bénéficieraient pendant plusieurs heures. Cela ferait passer leur vitesse au sol à plus de douze cents kilomètres-heure. De quoi gagner deux pleines heures sur le temps de vol normal.

Yamata était content. Le moment était crucial. Aucune de ses idées n'était encore couchée sur le papier, de sorte qu'il n'avait aucun plan à suivre. Malgré la lassitude de longues journées qui, ces derniers temps, s'étaient muées en semaines encore plus longues, il s'aperçut que son corps était incapable de trouver le repos. Lecteur vorace, il n'arrivait pas à s'intéresser aux ouvrages qu'il gardait à bord de son avion. Il était seul ; il n'avait personne à qui parler. Il n'avait strictement rien à faire, et cela lui faisait tout drôle. Son G-IV croisait à une altitude de quarante et un mille pieds, et un matin limpide naissait en dessous de lui. Il voyait nettement la surface du Pacifique

Nord, les rangées infinies de vagues, certaines couronnées de blanc, chassées par les vents de surface. L'océan immortel. De tout temps, ou presque, il avait été un lac américain, dominé par la marine des États-Unis. L'océan le savait-il ? Savait-il que ça devait bientôt changer ?

Changer. Yamata grommela tout seul. Cela commencerait quelques heures après son arrivée à New York.

« Ici Bud en finale. Je débarque avec huit mille livres de coco », annonça le capitaine de vaisseau Sanchez sur son circuit radio. En tant que commandant du groupe aérien pour l'USS *John Stennis* (CVN-74), il serait le premier à faire apponter son F/A-18F. Curieusement, bien qu'étant le plus ancien pilote à bord, c'était un bleu derrière le manche d'un Hornet, car il avait passé toute sa carrière aux commandes du F-14 Tomcat. Équipé de cet appareil plus léger, plus agile, et finalement doté d'une autonomie suffisante pour faire autre chose que décoller, tourner autour du rafiot et se reposer aussitôt (comme on en avait souvent l'impression), il se surprit à savourer la possibilité de voler seul, pour changer, après une carrière entière passée à bord d'un biplace. Peut-être que ces cons de l'Air Force n'ont pas eu une si mauvaise idée, après tout...

Devant lui, sur l'immense pont d'envol du nouveau porte-avions, des appelés réglaient la tension des câbles d'appontage, en tenant compte du poids à vide de son chasseur et en y ajoutant la quantité de carburant qu'il avait indiquée. Il fallait recommencer à chaque fois. *Quel pont immense*, songea-t-il, à huit cents mètres de distance. Pour ceux qui se tenaient dessus, il paraissait certainement gigantesque, mais pour Sanchez, il avait de plus en plus l'impression de se poser sur une boîte d'allumettes. Il ôta cette idée de son esprit, pour se concentrer sur sa tâche. Le Hornet fut un peu secoué en traversant les turbulences engendrées par l'« île » massive du porte-avions, mais les yeux du pilote restaient rivés sur la « boulette de viande », un projecteur rouge reflété par un miroir et qui lui servait à maintenir son alignement. Certains surnommaient Sanchez « Monsieur Machine », car

sur les quelque seize cents appontages qu'il avait effectués — tous étaient consignés —, il y en avait moins de
cinquante où il n'avait pas réussi à accrocher avec le brin
idéal, le numéro 3.

Tout doux, tout doux, se dit-il en ramenant doucement
le manche en arrière de la main droite tandis que la gauche réduisait les gaz, tout en surveillant sa vitesse de descente et... oui. Il sentit le chasseur tressauter quand il
accrocha le brin d'arrêt — le trois, il en était sûr — puis
ralentir, même si, à le voir se ruer vers l'extrémité de la
piste en biais, on aurait pu croire qu'il allait basculer par-
dessus bord.

L'appareil s'arrêta, apparemment à quelques centimètres de la limite où l'acier bitumé dégringolait vers les
flots bleus. En vérité, c'était plus près de trente mètres.
Sanchez dégagea sa crosse d'appontage et laissa le câble
se rétracter à sa place habituelle. Un *singe* se mit à lui
faire des signes pour lui indiquer comment se rendre là
où il était censé aller, et le coûteux avion à réaction se
transforma en véhicule terrestre pataud manœuvrant sur
le parking le plus ruineux de la planète. Cinq minutes
plus tard, réacteurs coupés, chaînes arrimées, Sanchez
souleva la bulle et descendit l'échelle d'acier que son
mécano, vêtu de son blouson marron, venait de mettre en
place. « Bienvenue à bord, commandant. Des problèmes ?

— Quasiment pas. » Sanchez lui tendit son casque et
gagna l'île au petit trot. Trois minutes après, il observait
le reste des appontages.

Johnnie Reb était le surnom semi-officiel du bâtiment,
depuis qu'on l'avait baptisé, en souvenir d'un indébou-
lonnable sénateur du Mississippi, également ami fidèle de
la Navy. Le bateau avait encore cette odeur de neuf, car
il n'y avait pas si longtemps qu'il était sorti des chantiers
de construction et de carénage de Newport News. Il avait
effectué ses essais sur la côte Est, avant de descendre
contourner le cap Horn pour rejoindre Pearl Harbor. Son
petit frère, le *United States*, serait paré aux essais dès l'an
prochain, et un troisième exemplaire était en construction.
C'était réconfortant de savoir qu'au moins une branche
de la marine restait en activité — plus ou moins.

Les avions de son unité arrivaient avec quatre-vingt-dix secondes d'écart environ. Deux escadrilles, chacune de douze F-14 Tomcat, plus deux autres avec un nombre identique de F/A-18 Hornet. Une escadrille d'attaque à moyenne portée formée de dix A-6E Intruder, puis les zincs spéciaux, trois E-3C Hawkeye d'alerte avancée, deux C-2 COD, quatre EA-6B Prowler... et c'était tout, se dit Sanchez, pas aussi ravi qu'il aurait dû.

Le *Johnnie Reb* pouvait sans peine accueillir vingt autres appareils, mais les groupes aériens de porte-avions n'étaient plus ce qu'ils étaient, estima Sanchez qui se souvenait de l'encombrement des garages et des ponts d'envol, naguère encore. L'avantage était qu'il était plus facile à présent de manœuvrer les appareils sur le pont. L'inconvénient était que la force de frappe de ses escadrilles était réduite aux deux tiers de ce qu'elle avait été. Pis, c'est l'aéronavale dans son ensemble qui connaissait des temps difficiles. La conception initiale des Tomcat remontait aux années soixante. A l'époque, Sanchez s'apprêtait à entrer au lycée et se demandait quand il pourrait conduire une voiture. Le Hornet avait effectué son premier vol sous le matricule YF-17 au début des années soixante-dix. L'Intruder avait commencé sa carrière au tout début des années cinquante, à peu près à l'époque où Bud avait eu sa première bicyclette. Il n'y avait pas un seul nouveau modèle d'avion embarqué en construction. La Navy avait à deux reprises gâché ses chances de passer à la technologie furtive, d'abord en ne participant pas au projet F-117 de l'Air Force, puis en portant son choix sur le A-12 Avenger, qui s'était certes révélé furtif, mais avait les qualités de vol d'un fer à repasser. Et c'est ainsi que ce pilote de chasse, après vingt années de service sur porte-avions, ce bleu qui avait rapidement obtenu sa première assignation, et qui, avec ce commandement, décrochait aujourd'hui son bâton de maréchal, se retrouvait avec entre les mains moins de pouvoir que n'importe lequel de ses prédécesseurs. La même chose était vraie de l'*Enterprise*, qui voguait cinquante milles plus à l'est. Mais le porte-avions restait le roi des mers. Même avec sa capacité réduite, le *Johnnie Reb* gardait une puissance de frappe supérieure à celle des deux porte-avions indiens réunis, et Sanchez estimait qu'empêcher l'Inde de se montrer trop agressive ne devrait pas être une tâche trop éprouvante. Un sacré bon truc qui était à vrai dire le seul problème à l'horizon.

« Ça y est, observa le chef de pont lorsque le dernier EA-6B accrocha le câble numéro deux. Récupération achevée. Vos gars ont l'air d'être des bons, Bud.

— On a bossé pour, Todd. » Sanchez quitta son siège pour descendre dans sa cabine, où il pourrait faire un brin de toilette avant de rencontrer, d'abord ses commandants d'escadrilles, puis les officiers d'opérations afin de planifier l'exercice PARTENAIRES. Ça s'annonçait comme un bon entraînement, estima Sanchez. Ayant effectué l'essentiel de sa carrière dans la flotte de l'Atlantique, il trouvait là sa première occasion d'observer la marine japonaise, et il se demandait ce qu'en aurait pensé son grand-père. Henry Gabriel « Mike » Sanchez avait été le CAG de l'USS *Wasp* en 1942, et il avait affronté les Japonais lors de la campagne de Guadalcanal. Il se demandait ce que Big Mike aurait pensé des manœuvres qui se préparaient.

« Allez, il faut que tu me donnes quelque chose », dit le lobbyiste. C'était symptomatique de la dure réalité nouvelle que ses employeurs l'aient informé qu'ils risquaient de devoir limiter leurs dépenses dans la capitale fédérale. Voilà qui était bien fâcheux. *Et pas que pour moi*, se dit l'ancien représentant de l'Ohio. Il avait la responsabilité d'un bureau de vingt personnes et c'étaient des Américains, eux aussi, non ? C'est pourquoi il avait choisi sa cible avec soin. Ce sénateur avait des problèmes, un rival sérieux aux primaires, et un autre adversaire tout aussi solide aux élections générales. Il avait besoin de renflouer son trésor de guerre. Cela devrait le rendre raisonnable. Peut-être.

« Roy, je sais que nous avons travaillé ensemble pendant dix ans, mais si je vote contre la LRCE, je suis mort, vu ? Mort, enterré, un pieu fiché dans le cœur, retour à Chicago pour enseigner des séminaires de merde sur les opérations gouvernementales et vendre de l'influence au plus offrant. » *Et peut-être finir comme toi*, s'abstint-il d'ajouter. Il n'en avait pas besoin : le message était parfaitement clair. Ce n'était pas une perspective agréable. Presque douze années sur la Colline, et c'est qu'il se plaisait bien ici. Il appréciait son équipe, la belle vie, les facilités de stationnement, les billets d'avion gratuits pour retourner dans l'Illinois, le plaisir d'être traité comme *quelqu'un* où qu'il aille. Membre du « Club des abonnés du mardi-jeudi », il regagnait tous les jeudis soir sa circonscription pour un week-end prolongé consacré à prononcer des allocutions aux sections locales des Élans ou du Rotary, à se montrer dans les réunions de parents d'élèves, à inaugurer tous les nouveaux bureaux de poste pour lesquels il avait réussi à racler des crédits, bref, déjà en campagne, et avec le même acharnement que la première fois pour décrocher ce satané putain de mandat. L'idée de devoir en repasser par là n'avait rien de plaisant. Et ce le serait moins encore d'y être obligé en sachant que c'était en pure perte. Non, il fallait qu'il vote la LRCE. Roy ne le savait-il donc pas ?

« Je le sais, Ernie. Mais j'ai besoin de quelque chose. » Le lobbyiste insistait. Ce n'était pas comme le travail sur la Colline. Il avait une équipe de la même taille, mais cette fois, ce n'était plus le contribuable qui payait. Aujourd'hui, il devait réellement travailler pour le mériter. « J'ai toujours été ton ami, d'accord ? »

La question n'en était pas vraiment une. C'était une affirmation, lourde à la fois d'une menace implicite et d'une promesse. Si le sénateur Greening ne lui offrait pas un petit quelque chose, alors peut-être que Roy se résoudrait, discrètement au début, à contacter un de ses adversaires. Et plus certainement les deux. Roy, le sénateur le savait, ne rechignait pas à jouer sur tous les tableaux. Il était bien capable de rayer de ses listes un Ernest Greening, considéré comme une cause perdue, et d'aller briguer les faveurs de l'un, voire de ses deux éventuels remplaçants. De l'argent bien placé, en quelque sorte, un investissement destiné à rapporter à long terme parce que les Japs s'y entendaient dans ce domaine. Tout le monde savait ça. D'un autre côté, s'il arrivait à lui faire cracher quelque chose...

« Écoute, je ne peux vraiment pas changer mon vote, répéta le sénateur Greening.

— Et un amendement ? J'ai une idée qui pourrait...

— Aucune chance, Roy. Tu as vu comment travaillaient les commissions. Merde, les présidents sont encore au boulot à l'heure qu'il est, à peaufiner les ultimes détails. Tu dois bien faire comprendre à tes amis que nous nous sommes bel et bien fait rouler dans la farine, ce coup-ci.

— Autre chose ? » demanda Roy Newton, sans vraiment trahir son désarroi. *Mon Dieu, devoir retourner à Cincinnati et recommencer à enseigner le droit ?*

« Eh bien, rien sur la question, dit Greening ; en revanche, il y a quelques développements pas inintéressants, en face.

— Quoi donc ? » demanda Newton. *Comme si j'avais besoin de ça. Encore ces sempiternels cancans.* C'était drôle durant ses six mandats, mais plus aujourd'...

« On parle de l'ouverture d'une procédure de destitution à l'encontre d'Ed Kealty.

— Tu plaisantes, souffla le lobbyiste, ses réflexions soudain stoppées net. Ne me dis pas qu'il s'est encore fait prendre la braguette ouverte ?

— Pour viol, répondit Greening. Sans blague, pour viol. Le FBI est sur l'affaire depuis un certain temps déjà. Tu connais Dan Murray ?

— Le gentil toutou de Shaw ? »

Le sénateur acquiesça. « Lui-même. Il a informé la commission judiciaire de la Chambre, mais son coup a foiré et le Président y a mis le holà. Kealty lui-même n'est pas encore au courant, en tout cas, il ne l'était pas vendredi dernier — c'est te dire qu'on joue serré — mais ma principale conseillère juridique est fiancée au secrétaire particulier de Sam Fellow, et c'est un truc vraiment trop juteux pour être gardé sous le coude, non ? »

La vieille rengaine de Washington, songea Newton, désabusé. *Si deux personnes sont au courant, ce n'est plus un secret.* « C'est du sérieux ?

— A ce que j'ai cru comprendre, Ed Kealty est réellement dans la merde jusqu'au cou. Murray a été très explicite sur sa position. Il veut flanquer le bel Eddie derrière les barreaux. Une personne est morte.

— Lisa Beringer ! » Si un homme politique devait avoir une seule qualité, c'était de se souvenir des noms.

Greening acquiesça. « Je vois que tu as toujours bonne mémoire. »

Newton faillit siffler, mais en ancien parlementaire, il était censé prendre ce genre de chose avec flegme. « Pas étonnant qu'il veuille garder cette histoire sous le boisseau. La une n'est pas assez grande, c'est ça ?

— C'est bien ça le problème. Cela n'affecterait pas le vote de la loi — enfin, sans doute pas — mais qui a besoin de complications ? La LRCE, le voyage à Moscou... Alors, tout ce que tu veux qu'ils l'annonceront après son retour de là-bas.

— Il lâcherait Kealty ?

— Roger ne l'a jamais aimé. Il l'avait embarqué pour tirer parti de sa rouerie, souviens-toi. Le Président avait besoin de quelqu'un qui connaisse le système. Bon, à quoi va-t-il bien lui servir à présent, même s'il est disculpé ? Sans parler du boulet à traîner pendant toute sa campagne. Non, politiquement, ça se défend de le balancer par-dessus bord dès maintenant, tu ne crois pas ? En tout cas, sitôt que l'autre affaire sera réglée. »

Tout à fait intéressant, songea Newton, restant quelques secondes sans rien dire. *On ne peut pas arrêter la LRCE. D'un autre côté, si l'on parvenait à entacher la présidence de Durling ? Cela pourrait nous donner une nouvelle équipe gouvernementale dans les plus brefs délais, et avec l'orientation convenable, une nouvelle équipe...*

« OK, Ernie, c'est toujours mieux que rien. »

12

FORMALITÉS

Il fallait des discours. Pis, des tas de discours. Pour un événement de cette ampleur, chacun des quatre cent trente-cinq membres de chacune des quatre cent trente-cinq circonscriptions devait passer devant les caméras.

Une représentante de Caroline du Nord avait amené Will Snyder, les mains encore bandées, en veillant à ce qu'il ait un siège au premier rang dans la galerie réservée au public. Cela lui laissait le loisir de montrer son électeur, de vanter son courage, de louer les syndicats pour la noblesse de leurs adhérents, et de présenter une résolution pour gratifier Snyder de la reconnaissance officielle du Congrès pour sa conduite héroïque.

Puis un représentant du Tennessee prononça un panégyrique similaire à l'endroit de la police des autoroutes et des moyens scientifiques du laboratoire national d'Oak Ridge — bien des faveurs seraient distribuées à la suite de cette législation et le labo recueillerait encore quelques millions. La commission des finances du Congrès avait déjà estimé le surplus d'impôts sur les bénéfices qu'apporterait l'accroissement de la production automobile, et ses membres en salivaient à l'avance comme des chiens de Pavlov en entendant leur cloche.

Un élu du Kentucky fit de louables efforts pour expliquer que la Cresta était en grande partie une voiture de fabrication américaine, et qu'elle le serait encore plus avec le supplément de pièces US incluses dès la conception (la mesure avait été déjà décidée par la direction générale dans un geste d'apaisement, désespéré mais forcément vain), et il formulait le vœu que personne ne ferait retomber sur les ouvriers de sa circonscription la responsabilité de la tragédie causée, après tout, par des pièces de fabrication étrangère. L'usine Cresta du Kentucky, leur rappela-t-il, était l'unité de construction automobile la plus efficace du monde, et elle représentait un modèle, ajouta-t-il, lyrique, de la manière dont le Japon et l'Amérique pouvaient et devaient coopérer ! Et s'il votait cette loi, ce serait uniquement parce que c'était le moyen de rendre une telle coopération plus probable. Ce qui était une façon admirable d'enjamber l'obstacle, estimèrent ses collègues parlementaires.

Et cela continua. Les rédacteurs du *Trombinoscope*, la feuille locale qui couvrait les débats au Capitole, se demandait s'il y aurait quelqu'un pour oser voter contre la LRCE.

« Écoutez, expliqua Roy Newton à son principal client. Vous allez prendre une raclée, d'accord ? Personne n'y pourra rien changer. Appelez ça de la malchance, si vous voulez, mais vous êtes dans la merde. »

C'est son ton surtout qui surprit l'autre homme. Newton était presque insolent. Il ne s'excusait absolument pas pour son lamentable échec à modifier la situation, comme on le payait à le faire, comme il avait promis d'être en mesure de le faire lorsqu'il s'était engagé à faire pression pour le compte de Japon SA. Cela paraissait incongru d'entendre un employé parler en ces termes à son bienfaiteur, mais il ne fallait pas chercher à comprendre les Américains, vous leur donniez de l'argent pour faire un boulot, et ils vous...

« Mais il y a d'autres développements en cours, et si vous avez la patience d'envisager *le plus long* terme ("long terme" tout court avait déjà servi, et Newton s'estimait heureux que son client manie suffisamment bien la langue pour saisir la nuance), on peut envisager d'autres possibilités.

— Et qui seraient ? » s'enquit aigrement Binichi Murakami. Il était tellement contrarié qu'il laissait pour une fois sa colère transparaître.

C'en était simplement trop. Il était venu à Washington dans l'espoir de pouvoir exprimer lui-même son opposition à ce projet de loi désastreux, mais au lieu de cela, il s'était retrouvé assiégé par des journalistes dont les questions n'avaient fait que dévoiler la futilité de sa mission. Et c'était pour cela qu'il était parti de chez lui depuis des semaines, malgré les multiples incitations à rentrer au pays pour une réunion urgente avec son ami Kozo Matsuda.

« Les gouvernements changent, rétorqua Newton, et il passa une minute ou deux à expliquer la situation.

— Sous un prétexte aussi futile ?

— Vous savez, un de ces jours, c'est ce qui va arriver chez vous. Vous vous bercez d'illusions si vous pensez autrement. » Newton ne comprenait pas comment ils n'arrivaient pas à saisir une telle évidence. Leurs spécialistes du marketing devaient bien leur indiquer quel pourcentage de voitures était acheté en Amérique par des femmes. Sans parler du meilleur épilateur au monde. Merde, c'était une des filiales de Murakami qui le fabriquait. Ils faisaient tant d'efforts pour attirer la clientèle féminine, et pourtant ils feignaient de croire que leur pays resterait à jamais insensible à de tels arguments. C'était, pour Newton, une cécité particulièrement bizarre.

« Cela pourrait vraiment nuire à Durling ? » Pourtant, la LRCE offrait manifestement toutes sortes d'avantages politiques au Président.

« Bien sûr, en gérant ça convenablement. Il freine une enquête criminelle sur un crime grave, non ?

— Non, d'après ce que vous avez dit, il a demandé de la reporter pour...

— Pour raisons politiques, Binichi. » Newton n'appelait pas souvent son client par son prénom. Le bonhomme n'appréciait pas. Trop collet monté. Mais il payait grassement, pas vrai ? « Binichi, on n'a jamais envie de se faire pincer à tremper dans une affaire criminelle, surtout pour raisons politiques. Et encore plus lorsqu'il s'agit du viol d'une femme. C'est une excentricité du système politique américain, expliqua-t-il patiemment.

— On ne peut quand même pas se mêler de ça ? » C'était une question irréfléchie. Il n'avait jamais cherché à intervenir à ce niveau jusqu'ici.

« Vous me payez à quoi faire, à votre avis ? »

Murakami se cala contre le dossier et alluma une cigarette. Il était la seule personne autorisée à fumer dans ce bureau. « Comment pourrions-nous nous y prendre ?

— Laissez-moi quelques jours pour étudier la question, d'accord ? En attendant, rentrez chez vous par le premier avion. Vous ne faites que vous nuire à rester ici. Newton marqua un temps. Vous devez également comprendre que c'est le projet le plus compliqué que j'aie jamais entrepris pour vous. Le plus dangereux, aussi », ajouta le lobbyiste.

Mercenaire ! enragea Murakami, derrière des yeux de nouveau impassibles et songeurs. Enfin, de ce côté-là au moins, il était efficace.

« Un de mes collègues est à New York. J'envisage de passer le voir puis de rentrer directement au Japon.

— Parfait. Faites-vous discret, c'est tout. D'accord ? »

Murakami se leva et gagna l'antichambre, où l'attendaient un secrétaire et un garde du corps. C'était un homme de carrure imposante, grand pour un Japonais avec son un mètre soixante-quinze, des cheveux de jais encadrant un visage jeune qui démentait ses cinquante-sept ans. Il avait également un palmarès au-dessus de la moyenne en matière de négociations d'affaires avec les Américains, ce qui lui rendait la situation actuelle d'autant plus blessante. Il n'avait jamais acheté pour moins de cent millions de dollars de produits américains chaque année depuis dix ans, et il n'avait pas hésité, à l'occasion, à suggérer de faciliter l'accès de l'Amérique au marché alimentaire de son pays. Fils et petit-fils de paysans, il était atterré de voir le nombre de ses concitoyens désireux d'accomplir ce genre de tâche. Leur agriculture était si bigrement inefficace, après tout, quand les Américains, malgré leur flemmardise, étaient d'authentiques artistes dès qu'il s'agissait de faire pousser des trucs. Quel dommage qu'ils ne sachent pas composer un jardin décent, ce qui était la seconde passion dans la vie de Murakami.

Le bureau était situé sur la 16e Rue, à quelques pas de la Maison Blanche : en débouchant sur le trottoir, il put apercevoir, un peu plus loin, l'imposant édifice. Sans être le château d'Osaka, il irradiait la puissance.

« Enculé de Jap ! »

Murakami se retourna et découvrit le visage furieux et blême d'un ouvrier, à en juger par son allure, et il fut si surpris qu'il n'eut pas le temps d'être scandalisé. Son garde du corps s'avança vivement pour s'interposer entre son patron et l'Américain.

« Tu vas y avoir droit, trouduc' ! » lança l'Américain. Il s'éloignait déjà.

« Attendez. Qu'est-ce que je vous ai fait personnellement ? » demanda Murakami, encore trop surpris pour être fâché.

Eût-il mieux connu l'Amérique, l'industriel aurait su tout de suite que l'homme était un des sans-logis de Washington et que, comme beaucoup, il avait des problèmes. Dans son cas, c'était l'alcool qui lui avait fait perdre et son emploi et sa famille, et son seul contact avec la réalité lui venait désormais de conversations décousues avec d'autres alcooliques. A cause de cela, ses moindres griefs se trouvaient artificiellement amplifiés. Son gobelet de plastique était rempli de bière bon marché, et parce qu'il avait le souvenir d'avoir travaillé dans le temps à l'usine Chrysler de Newark, Delaware, il décida qu'il avait moins besoin de bière que d'exprimer sa colère pour la perte de son emploi, même si elle ne datait pas de la veille... Et c'est ainsi qu'oubliant ses propres difficultés qui l'avaient conduit à cet état de déchéance, il se retourna et lança le contenu de son verre sur les trois hommes en face de lui, avant de s'éloigner sans un mot, si content de lui qu'il ne regrettait même pas d'avoir perdu sa bière.

Le garde du corps fit mine de le poursuivre. Au Japon, il aurait pu jeter au sol ce *bakayaro*. On aurait appelé un agent de police, qui aurait appréhendé ce détraqué, mais le garde du corps se savait en terrain inconnu, et il se retint, puis se retourna pour s'assurer qu'il ne s'agissait pas d'une diversion destinée à le distraire d'une attaque plus sérieuse. Il vit son employeur immobile, très raide, le visage d'abord figé de surprise, puis de colère, en constatant que son coûteux pardessus anglais était trempé d'un demi-litre de mauvaise bière américaine. Sans un mot, Murakami monta dans la voiture garée qui fila aussitôt vers l'aéroport de Washington. Le garde du corps, pas moins humilié que son maître, avait pris place à l'avant.

En homme qui avait tout gagné dans sa vie grâce au mérite, qui se souvenait d'avoir dû vivre d'un potager grand comme un timbre-poste, qui avait étudié plus dur que n'importe qui pour progresser, entrer à l'université de Tokyo, bref, en homme qui avait débuté au bas de l'échelle et réussi à gagner le sommet, Murakami avait souvent nourri des doutes, émis des critiques sur l'Amérique, mais il s'était fait la réputation d'un négociateur équitable et pondéré. Mais comme il advient souvent dans la vie, ce fut un incident fortuit qui devait l'amener à réviser son jugement.

Ce sont bien des barbares, se dit-il, en embarquant dans son avion privé à destination de New York.

« Leur Premier ministre est sur le point de tomber, annonçait Ryan au Président à peu près au même moment, à quelques rues de là.

— En est-on vraiment sûr ?

— A peu près autant qu'on peut l'être, répondit Jack en prenant un siège. Nous avons deux agents sur le terrain en mission là-bas, et c'est ce qu'ils entendent répéter partout.

— Les Affaires étrangères n'en ont pas encore parlé, objecta Durling, avec une certaine candeur.

— Allons, monsieur le président, dit Ryan qui tenait une chemise posée sur ses genoux. Vous savez que cette affaire va entraîner un certain nombre de ramifications sérieuses. Vous savez que Koga s'appuie sur une coalition formée de six factions, et qu'il ne faudra pas grand-chose pour la faire sauter. » *Et nous avec.* Mais Jack garda ça pour lui.

« Bien. Et alors ? observa Durling, qui venait de recevoir les derniers résultats de ses sondages électoraux.

— Alors, le gars le plus susceptible de le remplacer est Hiroshi Goto. Il ne nous aime pas trop. Il ne nous a jamais aimés.

— Il a surtout une grande gueule, dit le Président, mais la seule fois que je l'ai rencontré, il m'a surtout fait l'effet d'un bravache. Faible, vaniteux, sans grande substance.

— Et il y a autre chose. » Ryan informa le Président de l'une des retombées de l'opération BOIS DE SANTAL.

En d'autres circonstances, Roger Durling aurait pu sourire, mais le bureau d'Ed Kealty était à moins de trente mètres du sien.

« Jack, est-ce donc si dur pour un gars de ne pas baiser tout ce qui se présente, dès que sa femme a le dos tourné ?

— Dans mon cas, c'est très facile, répondit Ryan. Je suis marié à un chirurgien, ne l'oubliez pas. » Le Président éclata de rire avant de redevenir sérieux.

« C'est un truc qu'on peut utiliser contre ce fils de pute, n'est-ce pas ?

— Oui, monsieur. » Ryan n'eut pas besoin d'ajouter : *mais avec la plus extrême prudence*, car après l'incident d'Oak Ridge, cela pouvait fort bien déclencher un tollé dans l'opinion publique. Machiavel lui-même avait mis en garde contre ce genre de procédé.

« Qu'a-t-on de prévu au sujet de cette Norton ?

— Clark et Chavez...

— Les gars qui ont embarqué Corp, c'est ça ?

— Oui, monsieur. Ils sont là-bas en ce moment. Je veux qu'ils rencontrent la fille et lui proposent un rapatriement gratis.

— Et on la cuisine au retour ? »

Ryan acquiesça. « Oui, monsieur. »

Durling sourit. « Ça me plaît bien. Bon travail.

— Monsieur le président, nous sommes en train d'obtenir ce que nous voulons, et sans doute même un peu plus que ce dont nous avions besoin, prévint Jack. Le général chinois Sun Tzu a écrit un jour qu'on doit toujours laisser une issue à son ennemi — on ne s'acharne jamais sur un adversaire vaincu.

— Au 101e, on nous disait de tous les tuer et de compter les cadavres. » Le Président sourit. Cela ne lui déplaisait pas que Ryan ait désormais une position suffisamment sûre pour se permettre de donner des conseils amicaux. « Cela sort de votre domaine, Jack. Il ne s'agit pas d'une affaire de sécurité nationale.

— Tout à fait, monsieur, j'en suis conscient. Écoutez, j'étais encore dans la finance il y a quelques mois. Je crois avoir quelques notions des affaires internationales. »

Durling lui concéda ce point avec un hochement de tête.

« D'accord, poursuivez. Ce n'est pas comme si j'avais déjà entendu un avis opposé, et je suppose que je peux vous écouter un peu.

— Nous n'avons pas intérêt à voir tomber Koga, monsieur. Il est bougrement plus facile à manipuler que le sera Goto. Peut-être qu'une déclaration apaisante de notre ambassadeur, quelque chose sur le fait que la LRCE vous donne autorité pour agir, mais que... »

Le Président le coupa. « Mais que je n'en ferai rien, c'est ça ? » Il hocha la tête. « Vous savez que je ne peux pas me le permettre. Cela équivaudrait à faire un croc-en-jambe à Al Trent, et cela, je m'y refuse. On aurait l'impression que je joue double jeu avec les syndicats, et ça non plus, je ne peux pas me le permettre.

— Avez-vous réellement l'intention d'appliquer intégralement la LRCE ?

— Oui, tout à fait. Juste pour quelques mois. Ces salauds ont besoin d'un choc salutaire, Jack. Nous l'aurons, notre accord sur des échanges équitables, après nous être fait balader pendant vingt ans, mais il faut d'abord qu'ils comprennent que, pour une fois, nous sommes sérieux. Ils vont souffrir un peu, et d'ici quelques mois, ils finiront par y croire. A ce moment-là, ils pourront commencer à modifier leurs lois, et nous en ferons de même, jusqu'à ce qu'on aboutisse à un système d'échanges qui soit parfaitement équitable pour toutes les parties.

— Vous voulez vraiment mon avis ? »

Durling opina de nouveau. « C'est à cela que je vous paie. Vous estimez que nous poussons trop ?

— Oui, monsieur. Nous n'avons pas intérêt à faire tomber Koga, et même, il faut lui offrir quelque chose de juteux si on tient à le sauver. Si vous voulez vous situer dans une perspective à long terme, vous devez envisager avec qui vous souhaitez faire des affaires. »

Durling prit une note posée sur son bureau. « Brett Hanson me dit la même chose, mais il ne se fait pas autant de souci que vous sur le sort de Koga.

— D'ici demain à la même heure, promit Ryan, vous verrez que si. »

« On ne peut même pas se promener dans les rues, dans ce pays », cracha Murakami.

Yamata avait loué l'étage entier du Plaza Athénée,

pour lui et son état-major. Les industriels étaient seuls au salon ; ils avaient tombé la veste, ôté leur cravate, et une bouteille de whisky trônait sur la table.

« On n'a jamais pu, Binichi, fit remarquer Yamata. Ici, c'est nous qui sommes les *gaijins*. Vous semblez toujours l'oublier.

— Est-ce que vous vous rendez compte du volume d'affaires que je fais ici, de tout ce que j'achète ici ? » demanda son cadet. Il sentait encore la bière. Elle avait coulé sur sa chemise, mais il était trop furieux pour se changer, il voulait garder un souvenir de la leçon apprise à peine quelques heures plus tôt.

« Et moi, alors ? rétorqua Yamata. Ces dernières années, c'est six milliards de yens que j'ai placés ici dans des entreprises d'import-export. Je n'ai arrêté qu'il y a peu, au cas où vous auriez oublié. Et maintenant, je me demande si j'arriverai un jour à les récupérer.

— Ils ne feraient quand même pas une chose pareille.

— Votre confiance en ces gens est touchante, et il faut lui rendre hommage, observa son hôte. Quand l'économie de notre pays tombera en ruine, croyez-vous qu'ils me laisseront m'installer ici pour gérer mes intérêts américains ? En 1941, ils avaient gelé nos avoirs.

— Nous ne sommes plus en 1941.

— Non, certes non, Murakami-san. C'est bien pire aujourd'hui. A l'époque, nous ne risquions pas de tomber d'aussi haut. »

« Je vous en prie, dit Chavez, en vidant son verre de bière. En 1941, mon grand-père luttait contre les fascistes aux portes de Saint-Pétersbourg...

— Leningrad, espèce de jeune chiot ! aboya Clark, assis à côté de lui. Ah, ces jeunots, aucun respect pour le passé ! » expliqua-t-il à l'intention de leurs deux hôtes.

L'un était un haut responsable des relations publiques de Mitsubishi, branche industrie lourde, l'autre un des directeurs de leur division aéronautique.

« Oui, approuva Seigo Ishii. Vous savez, des membres de ma famille ont participé à la conception des chasseurs utilisés par notre marine. J'ai même rencontré un jour Saburo Sakai et Minoru Genda. »

Ding ouvrit une autre série de bouteilles et servit à boire, en bon sous-fifre, au service de son maître Ivan Sergueïevitch Klerk. La bière était vraiment bonne ici, d'autant que c'étaient leurs hôtes qui régalaient, songea Chavez, sans mot dire, observant un maître dans ses œuvres.

« Je connais ces noms, dit Clark. De valeureux guerriers, mais... (il leva un doigt), ils ont combattu mes compatriotes. Cela aussi, je m'en souviens.

— Cinquante ans, rappela l'homme des relations publiques. Et puis votre pays était également différent.

— C'est vrai, mes amis, c'est bien vrai », admit Clark, en laissant sa tête baller sur le côté. Chavez trouvait qu'il en rajoutait un peu, question ébriété.

« Votre premier séjour ici, hein ?

— Correct.

— Vos impressions ? demanda Ishii.

— J'aime votre poésie. Elle est très différente de la nôtre. Je pourrais écrire un livre sur Pouchkine, vous savez. Peut-être qu'un jour je me déciderai, mais il y a quelques années, j'ai commencé à étudier la vôtre. Vous savez, notre poésie est faite pour exprimer toute une palette de pensées — et souvent narrer une histoire complexe — mais la vôtre est bien plus subtile et délicate, comme... comment dirais-je ? Comme une photo au flash ? Peut-être que vous pourriez m'expliquer un de ces poèmes... Je vois bien l'image, mais je n'en saisis pas le sens. Comment est-ce, déjà ? demanda Clark, d'une voix enivrée. Ah, oui : "Des fleurs de prunier s'épanouissent, et les femmes de plaisir achètent des foulards neufs dans une chambre de bordel." Bon, qu'est-ce que ça signifie au juste ? » demanda-t-il en se tournant vers l'homme des relations publiques.

Ding ne quittait pas des yeux Ishii. C'était amusant par certains côtés. D'abord de la confusion, puis il eut presque l'impression d'entendre le déclic derrière les yeux, quand la phrase codée lui traversa l'esprit comme un coup de sabre meurtrier. Les yeux de Sasaki se fixèrent sur

Clark, puis ils notèrent que c'était Ding qui continuait à le fixer.

C'est bon. T'as repris du service, mon pote.

« Eh bien, voyez-vous, tout est dans le contraste, expliqua le spécialiste des relations publiques. Vous avez d'abord l'image agréable d'une femme séduisante en train de se livrer à une activité... disons, féminine, est-ce bien le terme ? Puis en définitive, vous découvrez que ce sont des prostituées, enfermées dans un...

— Dans une prison, coupa Ishii, soudain dégrisé. Elles sont piégées à faire quelque chose. Et brusquement, le décor et la scène ne sont plus aussi agréables qu'il y paraissait.

— Ah oui, c'est parfaitement sensé. Merci. » Et Clark sourit avec un signe de tête aimable pour remercier de cette importante leçon.

Bon Dieu, c'est vrai qu'il sait s'y prendre, ce monsieur C., songea Chavez. Le métier d'espion avait ses bons moments. Ding plaignait presque Ishii, mais le bougre de fils de pute avait déjà trahi son pays, alors, inutile de verser la moindre larme sur lui à présent. La devise de la CIA était simple, même si elle était un rien cruelle : traître un jour, traître toujours. L'aphorisme correspondant en usage au FBI était encore plus cruel, ce qui était curieux, les gars du FBI étant en général toujours si polis et coincés. *Enculé un jour, enculé toujours.*

« Est-ce possible ? demanda Murakami.

— Possible ? C'est un jeu d'enfant.

— Mais les effets... » L'idée de Yamata ne manquait pas de panache, mais...

« Les effets sont simples. Les dégâts occasionnés à leur économie les empêcheront de bâtir les industries qui leur sont nécessaires pour remplacer nos produits. Une fois remis du choc initial, leurs consommateurs ayant toujours besoin des articles que leurs propres entreprises sont incapables de fabriquer, ils se remettront à nous les acheter. » Si Binichi s'imaginait avoir le fin mot de l'histoire, c'était son problème.

« Je ne crois pas. Vous sous-estimez la colère des

Américains après ce malheureux incident. Vous devez également prendre en compte la dimension politique...

— Koga est fini. C'est décidé, l'interrompit Yamata, glacial.

— Goto ? » demanda Murakami. Ce n'était pas vraiment une question. Il suivait le feuilleton politique de son pays comme tous ses concitoyens.

« Évidemment. » Un geste de colère. « Goto est un imbécile. Où qu'il aille, il suit son pénis. Je ne lui confierais même pas la ferme de mon père.

— On pourrait dire la même chose de tous. Qui dirige réellement les affaires de notre pays ? Que demander de plus d'un Premier ministre, Binichi ? ajouta Raizo avec un rire enjoué.

— Ils en ont un comme ça dans leur gouvernement, eux aussi », nota sombrement Murakami, en se reservant une généreuse rasade de Chivas ; il se demandait où Yamata voulait en venir au juste.

« Je n'ai jamais rencontré le bonhomme, mais il me fait l'effet d'un porc.

— Qui est-ce ?

— Kealty, leur Vice-président. Et vous savez quoi, ce Président si honnête ne se gêne pas pour étouffer l'affaire. »

Yamata se cala dans son fauteuil. « Je ne saisis pas. »

Murakami le mit au courant. Le whisky n'entravait en rien ses capacités mnémoniques, nota son hôte. Il faut dire que, bien que l'homme fût circonspect, et parfois excessivement généreux dans ses relations avec les étrangers, Yamata le considérait comme un de ses pairs, et même s'ils étaient souvent en désaccord, il y avait un authentique respect entre les deux hommes.

« Voilà qui est intéressant. Que comptent faire vos gars ?

— Pour l'instant, ils se contentent d'y réfléchir, répondit Binichi avec un haussement de sourcils éloquent.

— Vous vous fiez à des Américains pour ce genre de manœuvre ? Les meilleurs d'entre eux sont des *ronins*, et vous savez ce que valent les pires... » Sur quoi, Yamata-san marqua une pause et s'accorda quelques secondes

292

pour mieux réfléchir à la situation. « Mon ami, si les Américains peuvent abattre Koga... »

Murakami baissa la tête un instant. L'odeur de la bière renversée sur ses habits était plus entêtante que jamais. L'insolence de cette espèce de clochard ! Et tant qu'il y était, que dire de l'insolence de ce Président ? Un homme capable de paralyser un pays entier par sa vanité et par une colère visiblement feinte. Et pour quoi ? Un simple accident, c'est tout. L'entreprise n'avait-elle pas honorablement assumé sa responsabilité ? N'avait-elle pas promis de prendre en charge les survivants ?

« C'est un plan ambitieux et risqué que vous proposez là, mon ami.

— Il serait encore plus risqué de ne rien faire. »

Murakami y réfléchit un moment.

« Quelle serait ma tâche ?

— Des renseignements précis sur Kealty et Durling seraient les bienvenus. »

Cela ne prit que quelques minutes. Murakami passa un coup de fil, et l'information demandée fut envoyée sur le fax à liaison protégée installé dans la suite de Yamata. Peut-être que Raizo trouverait moyen d'en faire bon usage. Une heure plus tard, sa voiture le ramenait à l'aéroport Kennedy d'où il embarquait pour Tokyo sur un vol JAL.

L'autre jet privé de Yamata était également un G-IV. Il n'allait pas chômer. Sa première escale était New Delhi. Il ne resta posé que deux heures avant de repartir, cap à l'est.

« On dirait un changement de cap, annonça l'officier responsable des opérations. Au début, on a cru qu'ils faisaient simplement des exercices en vol, mais tous leurs zincs sont déjà en l'air et... »

L'amiral Dubro opina d'un signe de tête tout en considérant l'affichage Link-11 dans le centre d'information de combat du porte-avions. L'image était relayée depuis un E-2C Hawkeye de surveillance aérienne. La formation

293

circulaire avançait plein sud à la vitesse de dix-huit nœuds.

Les porte-avions étaient entourés par leur protection rapprochée de destroyers et de croiseurs armés de missiles, et il y avait également un rideau de destroyers détachés très à l'avant. Tous leurs radars étaient en service, ce qui était quelque chose de nouveau. Les bateaux indiens annonçaient à la fois leur présence et se créaient une « bulle » infranchissable à leur insu.

« A votre avis, ils nous cherchent ? demanda l'amiral.

— Faute de mieux, ils peuvent nous bloquer sur l'une ou l'autre zone d'opérations. Nous avons encore le choix d'être à leur sud-ouest ou leur sud-est, mais s'ils continuent d'avancer ainsi, ils vont assez nettement marquer la différence, monsieur. »

Peut-être qu'ils en avaient assez d'être suivis à la trace, songea Dubro. Compréhensible. Ils avaient une flotte respectable, et des équipages qui devaient être bien entraînés depuis ces derniers mois. Ils venaient de ravitailler et devaient avoir tout le carburant nécessaire pour... pour quoi ?

« Renseignement ?

— Rien sur leurs intentions, répondit le capitaine de frégate Harrison. Leurs amphibies n'ont toujours pas appareillé. Nous n'avons rien sur cette brigade qui préoccupait tant le J-2. Les mauvaises conditions météo de ces derniers jours ont interdit les survols.

— Font chier, au Renseignement », grommela Dubro. La CIA comptait tellement sur la couverture satellite que tout le monde faisait désormais semblant de croire que les caméras pouvaient percer les nuages. Alors qu'il leur aurait suffi de placer quelques éléments sur le terrain... Était-il le seul à s'en être rendu compte ?

L'affichage généré par ordinateur était projeté sur une dalle de verre plat, un nouveau modèle installé à bord depuis tout juste un an. Bien plus perfectionné que les systèmes antérieurs, il affichait une carte superbement détaillée, avec l'ensemble des données sur tous les navires et aéronefs localisés qui y étaient superposés électroniquement. La beauté du système était qu'il vous présentait dans le plus infime détail ce que vous saviez déjà. Le problème était qu'il ne vous montrait rien de plus ; or, Dubro avait besoin de meilleures données pour prendre sa décision.

« Ils ont gardé un minimum de quatre appareils en vol, ces huit dernières heures, balayant la zone vers le sud. A leur rayon d'action, je dirais qu'ils emportent des missiles air-air et des réservoirs supplémentaires pour une autonomie maximale. On peut appeler ça un gros effort de reconnaissance avancée. Leurs Harrier sont équipés de ce nouveau radar Black Fox à visée vers le bas : notre Hummer a réussi à renifler leur présence. Ils essaient de regarder aussi loin qu'ils peuvent, monsieur. Je demande la permission de retirer immédiatement le Hummer d'une centaine de milles vers le sud, et de le voir opérer un peu plus discrètement. » Entendez par là que l'appareil de surveillance n'allume son radar qu'une partie du temps et se contente à la place de suivre passivement la progression de la flotte indienne, grâce à leurs émissions radar.

« Non. » L'amiral Dubro secoua la tête. « Jouons les idiots dociles, pour une fois. » Il se tourna pour contrôler la position de son appareil. Il avait toute la puissance de feu nécessaire pour faire face à la menace, mais là n'était pas le problème. Sa mission n'était pas de vaincre au combat la marine indienne. Mais de les intimider pour les dissuader d'agir d'une manière jugée déplaisante par l'Amérique. De fait, la mission de son adversaire ne pouvait pas être non plus de combattre la marine des États-Unis, quand même pas ? Non, ce serait trop insensé. Certes, il était toujours du domaine du possible qu'un commandant de flotte indien extrêmement doué et chanceux parvienne à surpasser un commandant américain passablement abruti et jouant de malchance, mais Dubro n'avait aucune intention de courir ce risque. Non, de même que sa mission était essentiellement du bluff, la leur aussi, sans aucun doute. S'ils pouvaient chasser la flotte américaine vers le sud, alors... c'est qu'ils n'étaient pas si bêtes, en fin de compte. La question était de bien jouer les cartes qu'il avait en main.

« Ils nous poussent à l'engagement, Ed. Enfin, ils essaient. » Dubro se pencha, posa une main sur l'écran, décrivit un cercle avec l'autre. « Ils croient probablement que nous sommes au sud-est. Si oui, en descendant vers le sud, ils pensent mieux nous bloquer, et ils savent que nous allons sans doute maintenir l'écart afin de rester hors de leur portée. D'un autre côté, s'ils soupçonnent notre position exacte, ils peuvent aboutir au même résultat, ou nous contraindre à décrire une boucle par le nord-ouest pour couvrir le golfe de Mannar. Mais dans ce cas, nous nous retrouvons dans le rayon d'action de leurs forces aériennes basées à terre, avec leur flotte à notre sud, et une seule issue plein ouest. Pas mal, comme concept opérationnel, reconnut le commandant du groupe de combat. Leur patron est toujours Chandraskatta ? »

Le chef des opérations de la flotte acquiesça. « Oui, amiral. Il a repris du service après avoir passé quelque temps sur la touche. Les Anglais ont ses références. D'après eux, c'est loin d'être un idiot.

— Je suppose que je vais devoir faire avec ça pour le moment. Quel genre de renseignements ont-ils sur nous, à votre avis ? »

Harrison haussa les épaules. « Ils savent depuis combien de temps nous sommes ici. Ils se doutent forcément de notre état de fatigue. » Le chef des opérations évoquait les bateaux autant que les hommes. Tous les bâtiments de la force d'intervention souffraient désormais de problèmes matériels. Tous avaient embarqué des pièces de rechange mais une unité ne peut rester en mer qu'un temps limité entre deux révisions. La corrosion due à l'air salé, les mouvements constants, le vent et les vagues, l'utilisation d'équipement lourd signifiaient que les systèmes de bord n'étaient pas éternels. Et puis, il y avait le facteur humain. Les hommes et femmes composant les équipages accusaient la fatigue, après un trop long séjour en mer. Et la multiplication des tâches d'entretien accroissait encore celle-ci. L'expression en vogue actuellement chez les militaires pour qualifier cette combinaison de problèmes était « défi au commandement », une façon polie de dire que les officiers responsables des bâtiments et des hommes ne savaient parfois foutrement plus ce qu'ils étaient censés faire.

« Vous savez, Ed, au moins, les Russes étaient prévisibles. » Dubro se redressa, contempla la carte, et regretta d'avoir arrêté de fumer la pipe. « Très bien, en piste. Prévenez Washington qu'on dirait qu'ils sont prêts à agir. »

« C'est donc vous, Chuck Searls.

— Oui, monsieur, enchanté. » L'ingénieur informaticien savait que son costume trois-pièces et ses cheveux bien coupés avaient surpris son interlocuteur. Il tendit la main et inclina la tête, supposant que c'était le geste approprié pour saluer son bienfaiteur.

« Mes collaborateurs m'ont dit que vous étiez très doué.

— Vous êtes fort aimable. Je travaille sur ce domaine depuis plusieurs années et je suppose que j'ai acquis certains modestes talents. » Searls s'était documenté sur le Japon.

Et très gourmand, songea Yamata, *quoique bien poli.* Il s'en arrangerait. C'était somme toute un hasard heureux. Quatre ans plus tôt, il lui avait racheté son entreprise, avait laissé en place l'équipe de direction existante, comme il en avait l'habitude, avant de découvrir que cet homme était en fait le véritable cerveau de la boîte. Searls était l'équivalent d'un sorcier, au dire du représentant de Yamata dans la société, et même si les fonctions de l'Américain n'avaient pas changé, son salaire, si. Et puis, voilà un an ou deux, Searls avait remarqué qu'il commençait à se lasser de son boulot...

« Tout est prêt ?

— Oui, monsieur. La première mise à jour du logiciel est installée depuis déjà plusieurs mois. Ils ont adoré.

— Et le...

— L'Œuf de Pâques, monsieur Yamata. C'est comme ça qu'on l'appelle. »

Raizo n'avait jamais rencontré l'expression. Il demanda une explication et l'obtint — mais pour lui, elle était vide de sens.

« Est-il très difficile à installer ?

— C'est la partie délicate, dit Searls. Il se déclenche sur deux titres. Si General Motors et Merck passent sur le système avec les valeurs que j'ai assignées, à deux reprises au cours du même intervalle d'une minute, l'œuf éclot — mais uniquement si cela se produit un vendredi, comme vous l'avez demandé, et seulement si la fenêtre de cinq minutes tombe dans une période déterminée.

— Vous êtes en train de dire que cette chose pourrait se déclencher par accident ? » Yamata était un rien surpris.

« Théoriquement, oui, mais les valeurs de déclenchement pour les titres sont situées largement en dehors de leur fourchette de fluctuation habituelle, et la probabilité pour que cela se produise accidentellement sur les deux valeurs à la fois est d'environ une chance sur trente millions. C'est pour cela que j'ai choisi cette méthode pour faire éclore l'œuf. J'ai fait tourner un programme de recherche des algorithmes de cotation et... »

Un des problèmes avec les mercenaires, c'est qu'on ne pouvait jamais les arrêter de vous expliquer à quel point ils étaient brillants. Même si c'était sans doute vrai en l'occurrence, Yamata avait du mal à supporter jusqu'au bout l'exposé. Il le fit néanmoins. La politesse l'exigeait.

« Et vos dispositions personnelles ? »

Searls se contenta de hocher la tête. L'avion pour Miami. Les vols en correspondance pour Antigua, via la Dominique et la Grenade, avec à chaque fois des billets à un nom différent, réglés par des cartes de crédit différentes. Il avait son nouveau passeport, sa nouvelle identité. Sur l'île des Antilles, il avait un titre de propriété. Cela lui prendrait la journée, mais enfin, il serait là-bas, et il n'avait aucune intention d'en repartir, jamais.

Pour sa part, Yamata ne savait pas ce que comptait faire Searls et il ne voulait pas le savoir. Si l'on avait été dans un film, il se serait arrangé pour faire éliminer l'homme, mais c'eût été dangereux. Il y avait toujours le risque qu'il y ait plus d'un œuf dans le nid, n'est-ce pas ? Oui, c'était forcé. En outre, il y avait une question d'honneur. Toute cette entreprise était une question d'honneur.

« Le second tiers des fonds sera transféré dans la matinée. Dès qu'il aura eu lieu, je vous suggère d'exécuter vos plans. » *Ronin*, pensa Yamata, mais même certains de ces mercenaires étaient fidèles, à leur façon.

« Les membres, annonça le président de la Chambre après qu'Al Trent eut achevé son discours de conclusion, voteront avec leur clé électronique. »

Sur C-SPAN, le ronron des formules répétitives fut remplacé par de la musique classique, le *Concerto italien* de Bach, en l'occurrence. Chaque député disposait d'une carte électronique — à vrai dire, c'était comme de passer devant une billetterie automatique. Les votes étaient décomptés par un simple ordinateur dont l'écran était repris par les télévisions du monde entier. Deux cent dix-huit voix étaient requises pour l'adoption du texte. Ce chiffre fut atteint en un peu moins de dix minutes. Puis vint un dernier paquet de « oui », quand les parlementaires sortirent des diverses commissions ou réunions de groupes pour gagner la Chambre, enregistrer leurs votes et s'en retourner vaquer à leurs affaires.

Durant tout le vote, Al Trent resta sur le banc du gouvernement, à deviser aimablement avec un dirigeant de l'opposition, son ami Sam Fellows. C'était remarquable à quel point ils étaient d'accord, estimèrent-ils l'un et l'autre. Ils auraient pourtant eu du mal à être plus différents, l'un le libéral homo de Nouvelle-Angleterre et l'autre, le conservateur mormon natif de l'Arizona.

« Voilà qui donnera une bonne leçon à ces petits salopards, observa Al.

— Sûr que vous avez emporté le vote à la hussarde », reconnut Sam. Chacun d'eux se demandait quels en seraient les effets à long terme sur l'emploi dans leur circonscription.

Bien moins ravis étaient les diplomates en poste à l'ambassade du Japon, qui s'empressèrent de téléphoner les résultats à leur ministre des Affaires étrangères, dès que la musique s'interrompit pour laisser le président de la Chambre annoncer : « HR-12313, la loi sur la réforme du commerce extérieur, est approuvée. »

Le texte devait passer ensuite devant le Sénat, ce qui, annonçait-on, serait une simple formalité. Les seuls susceptibles de voter contre étaient les sénateurs les plus éloignés du renouvellement de leur mandat. Le ministre des Affaires étrangères apprit la nouvelle par son secrétariat aux environs de neuf heures, heure locale, et en informa aussitôt le Premier ministre Koga. Ce dernier avait déjà rédigé sa lettre de démission à l'Empereur. Un autre homme aurait pleuré devant la destruction de ses rêves. Pas le Premier ministre. Rétrospectivement, il avait eu plus d'influence concrète en tant que membre de l'opposition qu'à la tête du gouvernement. Contemplant le soleil levant au-dessus des jardins bien tenus devant sa fenêtre, il se rendit compte que ce serait une vie plus agréable, après tout.

Que Goto s'en débrouille.

« Tu sais, les Japonais fabriquent des trucs vachement bien dont on se sert à Wilmer », observa Cathy Ryan au cours du dîner. Elle estimait qu'il était temps pour elle de commenter la loi, à présent qu'elle était à moitié passée.

« Ah ?

— Le système à diode laser que l'on utilise pour opérer de la cataracte, par exemple. Ils ont acheté l'entreprise américaine qui l'avait inventé. Et leurs ingénieurs savent vraiment défendre leur matos. Ils reviennent pratiquement tous les mois avec une nouvelle version du logiciel.

— Où est située l'entreprise ? demanda Jack.

— Quelque part en Californie.

— Alors, c'est un produit américain, Cathy.

— Mais pas toutes les pièces, observa son épouse.

— Écoute, la loi permet des exceptions bien particulières pour les éléments de valeur exceptionnelle qui...

— C'est le gouvernement qui va élaborer les modalités d'application, n'est-ce pas ?

— Exact, concéda Jack. Attends une minute. Tu me disais que leurs toubibs...

— Je n'ai jamais dit qu'ils étaient idiots, juste qu'ils avaient besoin de penser de manière plus créative. Tu sais, ajouta-t-elle, exactement comme le gouvernement.

— J'ai bien dit au Président que ce n'était pas une idée si formidable. Il dit que la loi ne sera strictement appliquée que quelques mois.

— J'y croirai quand je le verrai. »

13

VENTS ET MARÉES

« Je n'ai jamais rien vu d'équivalent.

— Mais votre pays en a pourtant fabriqué des milliers, objecta le directeur des relations publiques.

— Certes, reconnut "Klerk", mais les usines n'étaient pas ouvertes au public, pas même aux journalistes soviétiques. »

Chavez se chargeait des photos, et il en faisait des tonnes, nota Clark avec un sourire : il dansait autour des ouvriers en casque et combinaison blancs, se tournait, se contorsionnait, s'accroupissait, le Nikon collé au visage, changeant de pellicule toutes les trois minutes, et engrangeant mine de rien quelques centaines de clichés de la chaîne de production de missiles. C'étaient bien des corps de SS-19, pas le moindre doute. Clark en connaissait les caractéristiques, et il en avait vu suffisamment de photos à Langley pour savoir à quoi ils ressemblaient — assez en tout cas pour repérer plusieurs modifications locales. Sur les modèles russes, l'extérieur était en général peint en vert. Tout ce que l'Union soviétique avait construit à usage militaire devait être camouflé : même les missiles installés dans des conteneurs de transport posés au fond de silos bétonnés étaient recouverts du même vert soupe de pois dont ils aimaient tartiner leurs tanks. Mais pas ceux-là. La peinture, ça faisait du poids, et il était inutile de gâcher du carburant pour propulser quelques kilos de peinture à une vitesse suborbitale. C'est pourquoi le corps de ces engins était en acier poli, resplendissant. Les raccords et les joints avaient un aspect bien mieux fini qu'on aurait pu l'escompter d'une fabrication russe.

« Vous avez modifié notre conception originale, n'est-ce pas ?

— Tout à fait. » Le gars des relations publiques sourit. « Le dessin d'origine était certes excellent — nos ingénieurs ont d'ailleurs été vivement impressionnés. Mais nous avons des normes différentes, et des matériaux de meilleure qualité. Vous avez l'œil aiguisé, monsieur

Klerk. Il n'y a pas si longtemps, un ingénieur américain de la NASA a fait la même observation. » L'homme marqua une pause. « Quel genre de nom russe est-ce là, Klerk ?

— Ce n'est pas un nom russe, dit Clark sans cesser de griffonner ses notes. Mon grand-père était anglais, et communiste. Il s'appelait Clark. Il est venu en Russie dans les années vingt pour prendre part à l'expérience nouvelle. » Clark sourit, embarrassé. « J'imagine qu'il doit être déçu, où qu'il se trouve à présent.

— Et votre collègue ?

— Chekov ? Il vient de Crimée. Le sang tartare est visible, non ? Dites voir, combien de ces engins comptez-vous fabriquer ? »

Chavez était devant la pointe du missile, en bout de chaîne d'assemblage. Quelques techniciens lui jetèrent un regard ennuyé, et il y vit la preuve qu'il jouait à la perfection son rôle de journaliste curieux et collant. Autrement, sa tâche n'avait rien de sorcier. Le hall de montage de l'usine était brillamment illuminé pour aider les ouvriers dans leur tâche, et même s'il avait utilisé son posemètre pour faire bien, la puce de contrôle de son appareil lui indiquait qu'il avait tout l'éclairage voulu. Le Nikon F-20 était un sacré bon appareil. Ding changea de pellicule. Il utilisait un film diapo 64 ASA, du Fuji évidemment, parce qu'il avait une meilleure saturation des couleurs, quoi que cela puisse vouloir dire.

La visite achevée, monsieur C. serra la main du représentant de l'usine et tous se dirigèrent vers la porte. Chavez — Chekov — démonta l'objectif du boîtier et rangea le tout dans sa sacoche. On les congédia avec force sourires et signes de tête amicaux. Ding glissa un CD dans le lecteur et monta le son. Cela rendait la conversation difficile, mais John avait toujours été intraitable avec les règles. Et il avait raison. On ne pouvait jamais savoir si quelqu'un n'avait pas installé des micros dans leur voiture de location. Chavez inclina la tête sur la droite pour qu'il n'ait pas à crier sa question.

« John, est-ce toujours aussi facile ? »

Clark avait envie de sourire mais il n'en fit rien. Quelques heures plus tôt, il avait réactivé un autre membre de

CHARDON qui avait insisté pour que Ding et lui visitent l'atelier de montage. « Tu sais, j'allais souvent en Russie, du temps où t'avais plus besoin d'un passeport que d'une carte American Express.

— Quoi faire ?

— Pour l'essentiel, extraire des gens. Parfois, récupérer des données. A deux reprises, je suis allé implanter des petits gadgets astucieux. Alors, la solitude et la trouille, je connais. » Clark secoua la tête. Sa femme était la seule à savoir qu'il se teignait les cheveux, juste un peu, parce qu'il n'aimait pas les cheveux gris. « T'as pas idée de ce qu'on aurait été prêt à payer pour entrer à... c'est à Plesetsk, je crois, qu'ils conçoivent ces trucs, au bureau d'études Tchelomei.

— Ils voulaient vraiment nous les montrer, ces trucs.

— Ça fait pas de doute, reconnut Clark.

— Les photos, j'en fais quoi ? »

John faillit lui dire de les balancer, mais c'étaient quand même des infos, et ils travaillaient pour le compte de la boîte. Il faudrait qu'il rédige un papier pour Interfax s'il voulait préserver sa couverture — il se demanda si quelqu'un le publierait. *Ce serait quand même marrant*, songea-t-il en hochant la tête. Tout ce qu'ils faisaient, en définitive, c'était tourner en rond, dans l'attente d'un ordre et de pouvoir rencontrer Kimberly Norton. Il décida que les photos et son article chemineraient par la valise diplomatique. Faute de mieux, ça faisait toujours un bon entraînement pour Ding — et pour lui, reconnut Clark.

« Baisse-moi ce foutu boucan », dit-il, et ils poursuivirent en russe. Un bon entraînement aux langues.

« Ce qui me manque, c'est les hivers au pays, observa Ding.

— Moi, pas, répondit "Klerk". Où as-tu pris goût pour cette horrible musique américaine ? » demanda-t-il en maugréant.

« Sur la Voix de l'Amérique », fut la réponse. Puis la voix se mit à rire.

« Evgueni Pavlovitch, tu n'as aucun respect. Mes oreilles ne supportent pas ce satané boucan. Tu n'as pas autre chose à nous passer ?

— N'importe quoi serait un progrès », observa par-devers lui le technicien en rajustant ses écouteurs, tout en secouant la tête, comme pour les vider de cette saleté de bruit *gaijin*. Et le pire, c'est que son fils écoutait les mêmes horreurs.

Malgré tous les échanges de démentis auxquels on avait assisté ces dernières semaines, la réalité de la chose finit par être évidente pour tout le monde. Les énormes et laids transporteurs de voitures qui se balançaient à quai dans plusieurs ports en étaient les témoins silencieux à tous les journaux télévisés de la NHK. Les constructeurs automobiles nippons en possédaient cent dix-neuf au total, sans compter les navires battant pavillon étranger utilisés en location et qui regagnaient en ce moment leurs divers ports d'attache. Des navires, qui ne restaient immo-bilisés que le temps d'embarquer une nouvelle cargaison, se trouvaient à présent entassés comme des icebergs, blo-quant les quais. A quoi bon les charger et les expédier ? Ceux qui attendaient encore un mouillage dans les ports américains prendraient des semaines à décharger. Leurs équipages en profitaient pour effectuer l'entretien de rou-tine, mais ils savaient bien que, lorsqu'ils auraient fini de faire semblant de s'occuper, ils se retrouveraient au chômage technique.

L'effet fit rapidement boule de neige. Il ne servait à rien de fabriquer des autos qu'on ne pouvait pas expé-dier : on ne savait plus où les entreposer. Une fois garnies les vastes aires de stationnement sur les ports, les wagons porte-autos sur les embranchements particuliers, et les parkings attenant aux usines d'assemblage, il n'y eut sim-plement plus le choix. Une bonne demi-douzaine d'équi-pes de télévision étaient là quand le responsable de la chaîne à l'usine Nissan tendit la main pour appuyer sur un bouton. Ce bouton fit retentir des sonneries d'un bout à l'autre de la chaîne. On y avait recours d'habitude lors-qu'il y avait un problème dans le processus d'assemblage, mais cette fois, il signifiait simplement que la chaîne était bel et bien arrêtée. De son début, là où les coques étaient passées sur le convoyeur, jusqu'à son extrémité, là où une voiture bleu marine attendait, portière ouverte, qu'un chauffeur la sorte du bâtiment, tous les ouvriers se figèrent en se regardant. Ils s'étaient tous dit que ça ne pourrait jamais arriver. Pour eux, la réalité, c'était se pointer au boulot, accomplir leur tâche, fixer des pièces, essayer, contrôler — très rarement, trouver un problème — et répéter indéfiniment les mêmes gestes pendant des heures abrutissantes mais bien payées, et voilà soudain que c'était comme si la Terre avait cessé de tourner. Ils s'en étaient doutés, plus ou moins — entre les journaux et la télé, les rumeurs qui avaient parcouru la chaîne bien plus vite que les caisses des voitures, et les avis de la direction. Malgré tout, ils restaient interdits, comme assommés par un direct en plein visage.

Au parquet de leur Bourse nationale, la plupart des courtiers étaient équipés de mini-téléviseurs portatifs, le nouveau modèle de Sony qui se pliait pour tenir dans la poche revolver. Ils virent le contremaître actionner la sonnerie, virent les ouvriers cesser le travail. Pis que tout, ils virent leurs visages. Et ce n'était qu'un début, ils le savaient. Les sous-traitants cesseraient le travail parce que les assembleurs cesseraient d'acheter leurs pièces. Les industries métallurgiques réduiraient fortement leur production, par suite de la fermeture de leurs principaux clients. Les firmes d'électronique travailleraient au ralenti, avec la perte de marchés intérieurs et étrangers. Leur pays dépendait totalement du commerce extérieur, et l'Amérique était leur principal partenaire commercial, cent soixante-dix milliards de dollars d'exportations vers ce seul pays, plus que ce qu'ils vendaient à l'ensemble de l'Asie, plus que ce qu'ils vendaient à toute l'Europe. Ils importaient pour environ quatre-vingt-dix milliards des États-Unis, mais le surplus, l'excédent de la balance commerciale, ne représentait qu'un peu plus de soixante-dix milliards de dollars américains, et cette masse monétaire, leur économie nationale en avait besoin pour fonctionner ; elle tournait grâce à cet argent ; sa capacité de production était calculée d'après ce volant de liquidités. Pour les ouvriers filmés par la télévision, le monde avait simplement cessé de tourner. Pour les financiers, c'était peut-être la fin du monde, et sur leur visage, on lisait moins la surprise qu'un sombre désespoir. La période de silence ne dura pas plus de trente secondes. Tout le pays avait vu la même scène à la télé, avec la même fascination morbide tempérée par une incrédulité têtue. Puis les téléphones se remirent à sonner. Certaines des mains qui les décrochèrent tremblaient. L'indice Nikkei devait encore dégringoler ce jour-là, pour tomber à six mille cinq cent quarante yens à la fermeture, à peu près le cinquième de sa valeur quelques années plus tôt.

Le même reportage faisait le sujet principal des infos sur tous les réseaux télévisés américains, et à Detroit, tous les ouvriers syndiqués, qui avaient connu eux aussi des fermetures d'usines, virent les visages, entendirent le bruit, se rappelèrent ce qu'ils avaient ressenti. Même si leur sympathie était tempérée par la promesse d'un retour au plein-emploi, il ne leur était pas difficile de comprendre ce que ressentaient en ce moment précis leurs collègues japonais. Il était bien plus facile de les détester quand ils travaillaient et prenaient des emplois aux Américains. A présent, eux aussi étaient les victimes de forces que peu comprenaient vraiment.

La réaction à Wall Street fut surprenante pour le commun des mortels. Malgré tous ses avantages théoriques pour l'économie américaine, la loi sur la réforme du commerce extérieur soulevait à présent un problème à court terme. Des entreprises américaines, trop nombreuses pour être citées, dépendaient plus ou moins fortement de fournisseurs japonais, et alors que les ouvriers et le patronat américains auraient pu en théorie foncer dans la brèche, tout le monde s'interrogeait en fait sur le sérieux des dispositions de la LRCE.

Si elles étaient définitives, c'était une chose, et les investisseurs avaient tout intérêt à placer leur argent dans les sociétés les mieux armées pour compenser la pénurie de produits nécessaires. Mais si le gouvernement ne s'en servait que de levier pour ouvrir le marché japonais et que les Japonais réagissait rapidement en concédant quelques points afin de limiter les dégâts ? Dans ce dernier cas, c'étaient les entreprises susceptibles de placer leurs articles sur les rayons japonais qui constituaient le meilleur placement. L'astuce était d'identifier les sociétés en position de jouer sur les deux tableaux, parce que l'une ou l'autre option pouvait entraîner de lourdes pertes, surtout après le boom que venait de connaître le marché boursier. Sans doute le dollar allait-il monter par rapport au yen, mais les techniciens sur le marché obligataire notèrent que les banques étrangères avaient réagi très vite, achetant des fonds d'État du gouvernement américain, réglés avec leurs stocks de yens, pariant à l'évidence sur la certitude d'un rapide changement des parités, générateur de profits à très court terme.

Cette incertitude provoqua une chute des titres américains, ce qui surprit un bon nombre de « boursicoteurs ». Ces derniers avaient surtout choisi des fonds communs de placement, car il était difficile, voire impossible, de suivre l'évolution du marché quand on était un petit porteur. Il était bien plus sûr de laisser des « professionnels » gérer votre argent. Le résultat était qu'il y avait désormais plus de sociétés d'investissement que d'entreprises commerciales cotées à la Bourse de New York, et qu'elles étaient gérées par des techniciens dont le boulot était de comprendre ce qui se passait sur la place boursière la plus houleuse et la moins prévisible de la planète.

Le dérapage initial ne fut que d'un peu moins de cinquante points avant de se stabiliser, stoppé par les déclarations publiques des trois grands constructeurs automobiles, affirmant être autosuffisants pour l'essentiel des pièces détachées, au point de maintenir, voire d'accroître la production intérieure d'automobiles. Malgré tout, les techniciens des grosses sociétés de Bourse se grattèrent la tête et discutèrent de la situation dans leurs cafétérias. *Vous avez une idée de la marche à suivre ?* La seule raison pour laquelle la moitié des gens posaient cette question était que c'était le boulot de l'autre moitié d'écouter, de hocher la tête et de répondre avec un bel ensemble : *Pas la moindre.*

Au siège de la Réserve fédérale, à Washington, on posait d'autres questions, mais avec aussi peu de réponses concrètes. Le spectre inquiétant de l'inflation n'était pas encore dissipé, et la présente situation n'était guère propice à l'éloigner encore. Le problème le plus évident et le plus immédiat était qu'il y aurait — bigre, nota l'un des gouverneurs : *qu'il y avait déjà* — plus de pouvoir d'achat que de produits disponibles sur le marché. Cela voulait dire une nouvelle poussée inflationniste, et même si le dollar allait très certainement monter face au yen, le résultat concret serait que le yen dégringolerait en chute libre pendant un certain temps, tandis que le dollar baisserait lui aussi par rapport aux autres monnaies. Et cela, il n'en était pas question. Ils décidèrent donc d'une nouvelle baisse d'un quart de point du taux d'escompte, effective dès la clôture du marché. Cela provoquerait une certaine confusion sur les places boursières, mais ce n'était pas un problème parce que la Réserve fédérale savait ce qu'elle faisait.

La seule bonne nouvelle ou presque, dans ce sombre tableau, était la ruée soudaine sur les bons du Trésor. Sans doute des banques japonaises, devinèrent-ils sans avoir besoin de demander, qui cherchaient à se couvrir pour se protéger. Pas bête, estimèrent-ils. Leur respect pour leurs collègues nippons était sincère, et en rien affecté par les présentes fluctuations qui, tous l'espéraient, ne seraient que transitoires.

« Sommes-nous d'accord ? demanda Yamata.

— On ne peut plus arrêter désormais », répondit un banquier.

Il aurait pu ajouter qu'eux tous, et le pays tout entier, étaient en équilibre au bord d'un gouffre si profond qu'il était insondable. Il n'en eut pas besoin. Tous étaient placés dans la même situation que lui et, quand ils baissaient les yeux, ce qu'ils découvraient, ce n'était pas la table basse en laque autour de laquelle ils étaient assis, mais un précipice au fond duquel les guettait la mort économique.

Il y eut un concert de hochements de tête autour de la

table. Après un long moment de silence, Matsuda prit la parole.

« Comment va-t-on réussir à s'en sortir ?

— Cela a toujours été inévitable, mes amis, dit Yamata-san, un soupçon de tristesse dans la voix. Notre pays est comme... comme une ville sans campagne environnante, comme un bras vigoureux sans un cœur pour l'irriguer en sang. Nous nous répétons depuis des années que c'est l'état normal des affaires, mais c'est faux, et nous devons remédier à la situation ou périr.

— C'est un grand défi que nous entreprenons.

— *Hai !* » Il avait du mal à retenir un sourire.

Ce n'était pas encore l'aube et ils partiraient avec la marée. Les préparatifs se déroulèrent sans fanfare. Quelques familles vinrent sur les quais, surtout pour accueillir les hommes d'équipage à leur descente de bateau, pour leur dernière soirée à terre.

Les noms étaient traditionnels, comme toujours dans la plupart des marines du monde — du moins, celles qui avaient survécu assez longtemps pour avoir une tradition. Les nouveaux destroyers Aegis, le *Kongo* et ses homologues, portaient des noms classiques de navires de combat, pour l'essentiel d'anciens noms de provinces du pays qui les avait construits. C'était une innovation récente. Des Occidentaux auraient trouvé ce choix bizarre pour des bâtiments de guerre, mais en maintenant les traditions poétiques de leur pays, ces noms avaient une signification lyrique, et ils étaient en gros regroupés par classes. Les destroyers avaient traditionnellement des noms terminés en -*kaze*, dénotant une variété de vent ; ainsi *Hatukaze* signifiait « Brise du matin ».

Les noms des sous-marins étaient plus logiques. Tous se terminaient par -*ushio* qui veut dire « marée ».

C'étaient dans l'ensemble des bateaux élégants, d'une propreté immaculée pour ne pas altérer la fluidité de leurs lignes. Les uns après les autres, ils mirent en route leurs moteurs à turbines et s'éloignèrent des quais pour s'engager dans le chenal. Capitaines et timoniers contemplaient les cargos entassés dans la baie de Tokyo mais, quelles

que soient leurs pensées, les navires marchands constituaient d'abord un risque pour la navigation, même quand
ils étaient au mouillage et se balançaient au bout de leurs
ancres. Sous le pont, les marins qui n'étaient pas préposés
à la manœuvre rangeaient le matériel ou se rendaient à
leur poste. On avait allumé les radars pour aider à l'appa-
reillage — une précaution presque inutile car les conditions de visibilité étaient excellentes, mais un bon
entraînement pour les hommes des divers centres d'information de combat. A la direction des officiers des systèmes d'armes, on testait les liaisons de données qui
véhiculeraient les échanges d'informations tactiques entre
les bâtiments. Dans les salles de contrôle des machines,
les « soutiers » — un terme qui remontait au temps de la
crasse et des chaudières à charbon —, confortablement
installés sur leurs sièges pivotants, surveillaient des
écrans d'ordinateur en dégustant du thé.

Le vaisseau-amiral était le nouveau destroyer *Mutsu*.
Le port de pêche de Tateyame était en vue, dernière ville
qu'ils doubleraient avant de virer bâbord toute et de mettre le cap à l'est.

Les sous-marins étaient déjà devant, le contre-amiral
Yusuo Sato le savait, mais les commandants avaient reçu
leurs instructions. Il était issu d'une famille avec une longue tradition militaire — mieux encore, une longue tradition de marins. Son père avait commandé un destroyer du
temps de Raizo Tanaka, l'un des plus grands commandants de destroyer qui ait jamais existé, et son oncle avait
été l'un des « Aigles Sauvages » de l'amiral Yamamoto,
un pilote de carrière qui avait été tué à la bataille de Santa
Cruz. La génération suivante avait repris le flambeau. Le
frère de Yusuo, Torajiro Sato, avait piloté des chasseurs
F-86 des forces aériennes d'autodéfense, avant de démis-
sionner, écœuré par le statut avilissant de l'armée de l'air,
et il était actuellement commandant de bord sur la Japan
Air Lines. Son fils Shiro avait suivi son exemple et c'était
aujourd'hui un jeune et fier commandant, pilotant des
chasseurs de manière un peu plus régulière. Pas si mal,
se dit l'amiral Sato, pour une famille qui n'avait pas d'ancêtres samouraïs. L'autre frère de Yusuo était banquier.

Sato était donc parfaitement au courant de ce qui s'annonçait.

L'amiral se leva, ouvrit la porte étanche de la passerelle du *Mutsu* et sortit sur l'aile tribord. Les matelots de quart mirent une seconde à noter sa présence et saluèrent réglementairement avant de reprendre leur visée des amers pour confirmer la position du bateau. Sato regarda vers l'arrière, et nota que les seize bâtiments du convoi étaient presque alignés, régulièrement espacés de cinq cents mètres, tout juste visibles à l'œil nu dans la lueur rose orangé du soleil levant vers lequel ils voguaient. Un bon présage, sans aucun doute, estima l'amiral. Chaque bateau arborait le même pavillon sous lequel son père avait servi ; on l'avait refusé aux bâtiments de guerre de son pays pendant tant d'années mais il avait été rétabli, et l'on voyait à nouveau flotter la fière bannière rouge et blanc sous le radieux soleil levant.

« Relève de l'équipe de mouillage », annonça la voix du commandant dans l'interphone. Leur port d'attache était déjà invisible sous l'horizon, et il en serait bientôt de même des promontoires sur leur quart bâbord.

Seize unités, songea Sato. La plus vaste force maritime qu'ait lancée son pays depuis... cinquante ans ? Il réfléchit.

En tout cas, la plus puissante : pas un bateau n'avait plus de dix ans, et tous ces superbes et coûteux bâtiments portaient fièrement des noms chargés d'histoire. Mais le seul nom qu'il aurait voulu avoir avec lui ce matin, *Kurushio*, « Marée noire », le nom du destroyer de son père qui avait coulé un croiseur américain à la bataille de Tassafaronga, appartenait malheureusement à un nouveau sous-marin, déjà en mer. L'amiral rabaissa ses jumelles et grommela, légèrement irrité. En plus, c'était un nom d'une poésie parfaite pour un bâtiment de guerre. Quel malheur de l'avoir gâché avec un sous-marin.

Le *Kurushio* et ses homologues avaient appareillé trente-six heures plus tôt. Premier bâtiment d'une nouvelle classe de sous-marins, il filait quinze nœuds afin de rejoindre au plus vite la zone d'exercice, propulsé par ses puissants moteurs diesel qui aspiraient maintenant l'air par la perche du schnorchel. Son équipage de dix officiers et soixante matelots observait le cycle de quart normal. Un officier de pont et son sous-off étaient de service dans la salle de contrôle. Un ingénieur officier était à son poste, avec vingt-quatre matelots et gradés. Tous les servants des torpilles étaient à l'œuvre, dans leur section au milieu du bateau, effectuant des tests électroniques sur les quatorze torpilles type 89 modèle C et les six missiles Harpoon. Sinon, l'activité était normale à bord et personne n'émit de remarque sur l'unique changement. Le commandant, le capitaine de vaisseau Tamaki Ugaki, était connu pour ne négliger aucun détail, et même s'il était dur à l'entraînement avec ses hommes, l'ambiance à bord était bonne parce que son bateau était toujours un bon bateau. Le commandant restait bouclé dans sa cabine, et l'équipage se doutait à peine de sa présence à bord, les seuls signes étant le mince rai de lumière sous sa porte et la fumée de cigarette qui sortait des buses de ventilation. Un homme concentré, leur pacha, songeaient ses hommes, sans aucun doute en train d'élaborer des plans et des manœuvres pour leur prochain exercice contre les submersibles américains. Ils s'étaient bien débrouillés la dernière fois, réussissant trois coups au but du premier coup en dix rencontres d'entraînement. On ne pouvait guère espérer mieux. A l'exception d'Ugaki, les hommes plaisantaient autour des tables au déjeuner. Lui, il pensait en vrai samouraï et ne voulait pas envisager d'être le second.

Dès le premier mois de son retour, Ryan avait pris l'habitude de passer une journée par semaine au Pentagone. Il avait expliqué aux journalistes que son bureau n'était pas censé être une cellule de moine, après tout, et que c'était simplement le moyen d'utiliser de manière plus efficace le temps de tout le monde. Cela n'avait pas donné matière à un article, comme c'eût été le cas sans doute quelques années plus tôt. Le titre même de chef du Conseil national de sécurité, tout le monde le savait, appartenait au passé. Même si les journalistes jugeaient Ryan digne d'occuper le bureau d'angle à la Maison Blanche, tant il leur paraissait incolore. Il était réputé pour éviter le « milieu » de Washington, comme s'il redoutait d'attraper la lèpre, apparaissait toutes les semaines au même moment, faisait son boulot durant les quelques heures que les circonstances lui allouaient — une chance pour lui, c'étaient rarement des journées de plus de dix heures —, avant de s'en retourner dans sa famille comme tout citoyen lambda ou presque. Les renseignements sur son passé à la CIA restaient fort sommaires et même si ses activités publiques de citoyen, comme de fonctionnaire gouvernemental, étaient connues, il n'y avait rien de bien neuf. C'est la raison pour laquelle Ryan pouvait se promener à l'arrière de sa voiture officielle sans que personne le remarque. Tout apparaissait si routinier chez cet homme, et Jack faisait de gros efforts pour maintenir cette image. Les journalistes remarquent rarement les chiens qui n'aboient pas. Peut-être qu'ils ne lisaient pas suffisamment pour s'informer.

« Ils mijotent quelque chose », dit Robby sitôt que Ryan se fut assis dans la salle de briefing du Centre de commandement militaire national. La carte affichée était explicite.

« Ils descendent vers le sud ?

— Sur deux cents milles environ. Le commandant de la flotte est V.K. Chandraskatta. Le bonhomme est diplômé du collège naval de Dartmouth, sorti troisième de sa promotion, et il a continué sur sa lancée. Il est venu se recycler à Newport il y a quelques années. Il était numéro un de cette classe, ajouta l'amiral Jackson. Excellentes relations politiques. Il a passé un long moment loin de sa flotte, ces temps derniers, effectuant de constants aller et retour...

— Où ça ?

— Nous supposons à New Delhi, mais en vérité, on n'en sait trop rien. Toujours la même vieille histoire, Jack. » Ryan réussit à ne pas grogner. C'était pour partie une vieille histoire, pour partie une nouvelle. Jamais aucun gradé ne se jugeait en possession de renseignements suffisants, et jamais il ne se fiait entièrement à la qualité de ceux qu'il détenait, de toute façon. Dans ce cas précis, la plainte était justifiée : la CIA n'avait pas un seul agent sur le terrain en Inde. Ryan nota mentalement de parler à Brett Hanson du problème de l'ambassadeur. Encore une fois. Les psychiatres qualifiaient son comportement de « passif/agressif », entendant par là qu'il ne résistait pas mais ne coopérait pas non plus. C'était pour Ryan une perpétuelle surprise de voir des adultes dits sérieux se comporter comme des mômes de cinq ans.

« Une corrélation quelconque entre ses voyages à terre et ses mouvements ?

— Rien de manifeste, répondit Robby avec un hochement de tête.

— *SigInt* ? *ComInt* ? » demanda Jack, en se demandant si la NSA, l'Agence pour la sécurité nationale, autre avatar de sa personnalité passée, avait déjà tenté d'écouter le trafic radio — signaux et communications — de la flotte indienne.

« On a bien quelques trucs via Alice Springs et Diego Garcia, mais ce n'est que de la routine. Des ordres de mouvements, pour l'essentiel, rien de bien significatif au niveau opérationnel. »

Jack fut tenté de grommeler que les services de renseignements de son pays n'avaient jamais eu ce qu'il désirait au moment voulu, mais la raison en était simple : les renseignements dont il disposait permettaient en général à l'Amérique de prendre des dispositions pour régler les problèmes avant qu'ils deviennent des problèmes. C'étaient les petits détails qu'on négligeait qui se muaient en crises, et on les négligeait parce qu'il y avait des choses plus importantes — jusqu'à ce que la crise éclate.

« De sorte que tout ce qu'on a, c'est ce qu'on peut déduire de leurs caractéristiques opérationnelles ?

— Que nous avons ici, dit Robby en se dirigeant vers la carte.

— Ils cherchent à nous repousser...

— En amenant l'amiral Dubro à l'engagement. Très habile, en fait. L'océan a beau être sacrément grand, il se rétrécit tout de suite dès que deux flottes évoluent dessus. Il n'a pas encore demandé une révision des règles d'engagement, mais c'est une perspective que nous devons envisager.

— S'ils embarquent cette brigade sur leurs navires amphibies, qu'est-ce qui se passe ? »

Ce fut un colonel de l'armée de terre, membre de l'état-major de Robby, qui répondit : « Monsieur, si j'étais à leur place, ce ne serait pas un problème. Ils ont déjà des troupes à terre, qui jouent à cache-cache avec les Tamouls. Cela permet d'assurer rapidement une tête de pont, et le débarquement n'est alors qu'une formalité administrative. Accoster en groupe cohérent est toujours la partie délicate dans toute invasion, mais il semble que c'est joué d'avance. Leur 3e brigade blindée est une formation solide. Pour faire bref, les Sri Lankais n'ont strictement aucun moyen de les ralentir, et encore moins de les arrêter. Prochaine étape au programme : vous occupez quelques aérodromes et vous faites amener par avion des renforts d'infanterie. Ils ont quantité d'hommes sous les drapeaux. Dégager cinquante mille fantassins pour cette opération ne devrait pas leur poser trop de problèmes.

« Je suppose que la situation dans le pays pourrait dégénérer en un état d'insurrection chronique, poursuivit le colonel, mais les tout premiers mois seraient à l'avantage des Indiens, presque par défaut, et avec leur capacité à isoler l'île avec leur marine, les quelques insurgés qui auraient le culot de se battre n'auraient plus de source de ravitaillement. Tout ce que vous voulez, mais dans l'histoire, les Indiens sont gagnants.

— Le plus délicat, c'est l'aspect politique, réfléchit Ryan. Ça va faire un sacré foin à l'ONU...

— Mais déployer des forces dans la région n'est pas une sinécure, observa Robby. Le Sri Lanka n'a pas d'alliés traditionnels, à moins de compter l'Inde. Ils n'ont ni carte religieuse ni carte ethnique à jouer. Et ils ne disposent d'aucune ressource nous permettant de justifier notre colère ou notre inquiétude. »

Ryan poursuivit sur ce thème : « Ça fera la une pendant quelques jours, mais si les Indiens sont habiles, ils feront de Ceylan leur cinquante et unième État...

— Plus précisément leur *vingt-sixième*, monsieur, suggéra le colonel, ou bien un territoire de l'État du Tamil Nadu, pour d'évidentes raisons ethniques. Cela pourrait même contribuer à désamorcer leurs propres difficultés intérieures avec les Tamouls. J'imagine qu'ils ont déjà dû nouer certains contacts.

— Merci. » Ryan remercia d'un signe de tête le colonel qui avait correctement fait son boulot.

« Bref, l'idée principale, c'est d'intégrer politiquement l'île à leur pays, avec droits civils et tout le bataclan, et tout d'un coup, ce n'est plus une affaire internationale. Malin. Mais ils ont besoin d'un prétexte politique avant de pouvoir agir. Ce prétexte, c'est la résurgence du mouvement de rébellion tamoul — qu'ils sont bien sûr les mieux placés pour fomenter.

— Ce sera notre indicateur, admit Jackson. Avant que cela se produise, il va falloir que nous précisions à Mike Dubro quelle est sa marge de manœuvre. »

Et ce ne serait pas évident à lui transmettre, songea Ryan en examinant la carte. Le Task Group 77.1 — 1er groupe de la 7e escadre de la flotte du Pacifique — se dirigeait vers le sud-ouest, à bonne distance de la flotte indienne, mais bien qu'ils aient un océan entier pour manœuvrer, pas loin à l'ouest de Dubro se trouvait un long chapelet d'atolls. A l'extrémité de celui-ci, il y avait la base de Diego Garcia : une assez piètre consolation.

Le problème quand on bluffe, c'est que l'autre peut toujours le deviner, et cette partie était bien moins aléatoire qu'une main de poker. L'équilibre des forces était à l'avantage des Américains, mais seulement s'ils étaient prêts à y recourir. La géographie favorisait l'Inde. L'Amérique n'avait pas réellement d'intérêts vitaux dans la région. La flotte américaine dans l'océan Indien était surtout là pour surveiller le golfe Persique, mais l'instabilité dans la région était contagieuse, et quand les gens commençaient à s'énerver, une synergie destructrice se mettait en place. Le proverbial *Point fait à temps qui en sauve cent* était aussi utile dans ce domaine que dans n'importe quel autre. Cela voulait dire qu'il fallait décider jusqu'à quel degré on pouvait pousser le bluff.

« Ça devient épineux, pas vrai, Rob ? demanda Jack avec un sourire qui trahissait plus d'amusement qu'il n'en ressentait en vérité.

— Ça pourrait nous aider si on savait ce qu'ils pensent.

316

— Bien noté, amiral. Je vais faire bosser des gars là-dessus.

— Et les RDE ?

— Les règles d'engagement restent les mêmes, Robby, jusqu'à ce que le Président en décide autrement. Si Dubro se croit l'objet d'une attaque directe, il peut réagir en conséquence. Je suppose qu'il a des avions armés sur le pont.

— Sur le pont ? Merde, déjà en vol, Dr Ryan, si je peux me permettre.

— Je verrai si je peux lui élargir un peu sa marge de manœuvre », promit Jack.

Un téléphone sonna juste à cet instant. Un aide de camp — un Marine récemment promu au grade de chef d'escadron — décrocha le combiné et appela Ryan.

« Ouais, qu'est-ce que c'est ?

— Les Transmissions de la Maison Blanche, monsieur, répondit un officier de garde. Le Premier ministre Koga vient de remettre sa démission. Notre ambassadeur estime que Goto va être appelé à former le nouveau gouvernement.

— Ils ont fait vite. Demandez au service Japon des Affaires étrangères de m'envoyer la doc nécessaire. Je serai de retour dans moins de deux heures. » Ryan raccrocha.

« Koga est parti ? demanda Jackson.

— On t'a filé du concentré de neurones, ce matin, Rob ?

— Non, mais je suis capable de surprendre les conversations téléphoniques. J'ai cru comprendre que nous sommes en train de devenir impopulaires, par là-bas.

— Ça a évolué drôlement vite. »

Les photos arrivèrent par le courrier diplomatique. A la grande époque, le sac aurait été ouvert à la douane, mais en ces temps plus aimables et décontractés, le fonctionnaire blanchi sous le harnais prit sa voiture de fonction et se rendit directement de l'aéroport Dulles au siège de la CIA. Là, le sac de jute fut ouvert dans une salle protégée et les divers articles qu'il contenait triés par catégories et par ordre de priorité, puis transmis par porteur à leurs divers destinataires. L'enveloppe matelassée avec les sept rouleaux de pellicule fut confiée à un employé de la CIA qui ressortit simplement du bâtiment, prit sa voiture et se rendit jusqu'au pont de la 14e Rue. Quarante minutes plus tard, les rouleaux étaient ouverts dans un laboratoire photographique conçu pour traiter microfilms et autres systèmes élaborés, mais tout à fait adapté à des matériels aussi quelconques que celui-ci.

Le technicien appréciait surtout les « vrais » films — une émulsion grand public était toujours plus facile à traiter, et elle s'adaptait sans problème aux machines de traitement classiques — et il avait depuis longtemps cessé de regarder les images, sinon pour s'assurer qu'il avait fait correctement son boulot. Dans ce cas précis, la saturation excessive des couleurs était révélatrice. Du Fuji. Qui avait dit qu'il était supérieur au Kodak ? Le film inversible fut découpé, et chaque diapo glissée dans un cache en carton dont la seule différence avec ceux employés par tous les parents pour fêter la rencontre du petit dernier avec Mickey était qu'ils portaient la mention *Secret défense*. Puis les caches furent numérotés, regroupés, et enfin rangés dans une boîte. La boîte fut mise sous enveloppe et celle-ci déposée dans la corbeille de sortie du laboratoire. Une demi-heure après, une secrétaire venait la récupérer.

Elle se dirigea vers l'ascenseur et monta au quatrième étage de l'ancien bâtiment du quartier général, qui datait de presque quarante ans et accusait bien son âge. Les couloirs étaient miteux, et la peinture des cloisons avait pris un jaune pisseux. Ici aussi, les puissants avaient chu de leur piédestal, et c'était particulièrement vrai du Bureau de recherche sur les armes stratégiques. Naguère encore l'une des sections les plus importantes de la CIA, ce service en était réduit à racler les fonds de tiroir pour survivre.

Son personnel était constitué de spécialistes des fusées dont la qualification était pour une fois authentique : leur boulot était en effet d'examiner les caractéristiques des missiles fabriqués à l'étranger et de jauger leurs capacités réelles. Cela impliquait énormément de travail théorique, ainsi que de nombreuses visites aux nombreux fournisseurs du gouvernement pour comparer ce qu'ils avaient avec ce que nous savions. Malheureusement, si l'on peut dire, les ICBM et SLBM, qui composaient le pain quotidien du BRAS, avaient presque tous disparu, et les photos aux murs de tous les bureaux du service en devenaient presque nostalgiques par leur absence de signification. A présent, les gens formés aux diverses branches de la physique devaient se recycler dans l'étude des agents chimiques et biologiques, armes de destruction massive des pays pauvres. Mais ce n'était pas le cas aujourd'hui.

Chris Scott, trente-quatre ans, avait débuté dans le service quand celui-ci représentait encore quelque chose. Diplômé de l'institut polytechnique Rensselaer, il s'était fait remarquer en découvrant les performances du SS-24 soviétique deux semaines avant qu'un agent haut placé ne détourne un exemplaire du manuel technique de ces missiles à carburant solide, ce qui lui avait valu une tape sur la tête du directeur de l'époque, William Webster. Mais les SS-24 avaient tous disparu aujourd'hui, et comme lui avait indiqué son rapport de situation matinal, il ne leur restait plus qu'un seul et unique SS-19, pendant de l'unique et dernier Minuteman-III au fond de son silo près de Minot, Dakota du Nord. L'un comme l'autre attendaient la destruction ; et il n'avait pas envie de potasser la chimie. De sorte que les diapos en provenance du Japon étaient particulièrement bienvenues.

Scott prit son temps. Ce n'est pas ce qui lui manquait. Ouvrant la boîte, il glissa les diapos dans le magasin de sa visionneuse et se les passa toutes, en prenant des notes pour chacune. Cela lui prit deux heures, mordant sur sa pause déjeuner. Les diapos étaient remballées et mises sous clé quand il se rendit à la cafétéria du rez-de-chaussée. Le sujet de conversation y était la dernière contre-performance des Redskins de Washington et les perspectives ouvertes par la vente du club à un nouveau propriétaire. Scott nota que les gens désormais traînaient à table, sans susciter de réactions du personnel d'encadrement. Le couloir principal qui traversait le bâtiment pour donner sur la cour était toujours plus encombré que dans le temps, et les gens ne se lassaient pas d'y contempler le fragment du Mur de Berlin qui y était exposé depuis plusieurs années déjà. Surtout les plus anciens, semblait-il à

Scott, qui avait déjà l'impression de faire partie du lot. Enfin, lui au moins avait du boulot aujourd'hui, et c'était un changement bienvenu.

De retour à son bureau, Chris Scott tira les rideaux et mit les diapos dans un projecteur. Il aurait pu trier uniquement celles pour lesquelles il avait consigné des notes particulières, mais c'était son boulot de la journée — voire de la semaine, s'il jouait bien ses cartes — et il comptait bien l'effectuer avec sa minutie coutumière, en comparant ce qu'il voyait avec le compte rendu de ce gars de la NASA.

« Tu permets ? » Betsy Fleming passa la tête à la porte. C'était une des anciennes — elle allait bientôt être grand-mère ; elle avait en fait commencé comme secrétaire à la DIA, le service du renseignement de la Défense. Autodidacte dans les domaines de l'analyse photographique et de l'ingénierie des lanceurs, son expérience remontait à l'époque de la crise des missiles à Cuba. Même sans diplôme officiel, elle avait une formidable expérience dans sa spécialité.

« Bien sûr. »

Scott ne voyait aucun inconvénient à sa présence. Et puis, Betsy était un peu la mamie du service.

« Notre vieil ami le SS-19, observa-t-elle en prenant un siège. Waouh, j'aime bien ce qu'ils en ont fait.

— C'est-y pas vrai ? » fit Scott en s'étirant pour chasser la somnolence postprandiale.

Ces objets jadis franchement laids étaient à présent presque beaux. Le corps des missiles était en acier inox poli, ce qui permettait de mieux en distinguer la structure. Recouvert de son vert russe d'antan, l'engin avait paru assez grossier. A présent, il ressemblait bien davantage au lanceur spatial qu'il était censé être — plus élancé, et d'autant plus impressionnant, vu sa taille.

« D'après la NASA, ils ont gagné pas mal de poids sur la structure, en améliorant les matériaux, ce genre de chose, indiqua Scott. Maintenant, je veux bien le croire.

— Dommage qu'ils aient pas pu en faire de même avec leurs bon Dieu de réservoirs d'essence », nota Mme Fleming.

Scott l'approuva en maugréant. Il possédait une Cresta,

et maintenant sa femme refusait d'en prendre le volant tant qu'on n'aurait pas remplacé le réservoir. Ce qui prendrait une bonne quinzaine, l'avait prévenu son concessionnaire. Le constructeur lui avait même prêté gratuitement un véhicule de remplacement, dans un futile effort pour se gagner la bienveillance du public. Cela l'avait obligé à demander un nouvel autocollant pour le parking — qu'il devrait racler du pare-brise avant de restituer la voiture à Avis.

« Est-ce qu'on sait qui a pris les clichés ? » questionna Betsy.

— Un des nôtres, c'est tout ce que je sais. » Scott passa une autre vue. « Pas mal de changements. Ils auraient presque l'air esthétiques, observa-t-il.

— Combien de poids sont-ils supposés avoir gagné ? » Il avait raison, pensa Mme Fleming. Le revêtement d'acier révélait les traces circulaires des passes de polissage, un peu comme le bouchonnage d'une culasse de fusil...

« D'après la NASA, plus de six cents kilos sur le corps du lanceur... » Nouveau déclic de la télécommande.

« Hmmph, mais pas là en tout cas, nota Betsy.

— Tiens, en effet, c'est marrant. »

L'extrémité supérieure du missile accueillait normalement les têtes nucléaires. Le SS-19 avait été conçu pour en transporter toute une grappe. Il s'agissait d'objets relativement petits mais denses, et la structure du missile devait supporter leur poids. Tout engin balistique intercontinental accélérait en permanence, entre l'instant initial du lancement et celui où les moteurs se coupaient, mais la phase d'accélération maximale intervenait juste avant l'extinction : à ce moment, alors que presque tout le carburant était consommé, elle avoisinait les 10 g. Dans le même temps, la rigidité structurelle procurée par la masse de carburant à l'intérieur des réservoirs était minimale ; il fallait donc que la structure soutenant les charges nucléaires soit à la fois rigide et résistante, afin de répartir également la masse inertielle de la charge utile considérablement accrue par l'accélération.

« Non, effectivement, de ce côté-là, ils n'ont rien modifié. » Scott lorgna sa collègue.

« Je me demande bien pourquoi. Ces engins sont censés placer en orbite des satellites, maintenant...

— Oui mais des lourds, disent-ils, des satellites de
communications...

— Ouais, mais regarde quand même cette section... »

Le collier d'arrimage, ou « bus » des charges militaires,
devait être solide sur tout son pourtour. L'équivalent pour
un satellite de communications se réduisait à un simple
anneau d'acier, une espèce de beignet aplati qui paraissait
toujours trop fragile pour son rôle. Or, celui-ci évoquait
plutôt une roue d'engin de chantier. Scott ouvrit un clas-
seur métallique et sortit une photo récente d'un SS-19
prise par un officier américain membre de l'équipe de
contrôle en Russie. Il la tendit sans commentaire à
Mme Fleming.

« Regarde plutôt, dit celle-ci. C'est la structure d'origine, celle conçue par les Russes, réalisée peut-être avec
un acier de meilleure qualité, et mieux finie. Ils ont
changé presque tout le reste, n'est-ce pas ? Alors, pourquoi pas cette partie ?

— C'est l'impression que j'ai eue. Garder un truc
pareil a dû leur coûter combien ? Dans les cinquante
kilos, si ce n'est plus.

— Ça ne tient pas debout, Chris. C'est le premier
endroit où l'on va chercher à gagner du poids. Chaque
kilo économisé à ce niveau en vaut quatre ou cinq sur le
premier étage. » Tous deux se levèrent pour s'approcher
de l'écran. « Attends voir une minute...

— Ouais, ça correspond au bus. Ils n'ont rien changé.
Pas de collier d'accouplement pour un satellite. Ils n'ont
absolument rien modifié. » Scott secoua la tête.

« Tu crois qu'ils auraient gardé la conception du bus
pour leur étage intermédiaire ?

— Même si c'était le cas, ils n'ont pas besoin de toute
cette masse au sommet du lanceur, non ?

— C'est presque comme s'ils avaient voulu le garder
tel quel.

— Ouais, je me demande bien pourquoi. »

14

RÉFLEXIONS

« Trente secondes », lança l'assistant réalisateur alors que passait le dernier message publicitaire destiné au public du dimanche matin. L'ensemble de l'émission était centré sur la Russie et l'Europe, ce qui convenait parfaitement à Ryan.

« La seule question que je ne peux pas poser... » Bob Holtzman étouffa un rire avant que la bande se remette à tourner. « C'est : quel effet ça fait d'être le chef du Conseil national de sécurité dans un pays qui ne connaît plus de menace contre sa sécurité intérieure ?

— Un effet relaxant », répondit Ryan en surveillant, prudent, les trois caméras du plateau. Aucune n'avait son voyant rouge allumé.

« Alors, pourquoi ces heures sup ? demanda Kris Hunter, l'air de ne pas y toucher.

— Si je ne me montre pas au boulot, mentit Jack, les gens risquent de s'apercevoir à quel point je ne suis pas indispensable. » Mauvaise nouvelle. *Ils ne sont toujours pas au courant pour l'Inde, mais ils se doutent quand même de quelque chose. Merde.* Lui qui voulait garder le secret. C'était le genre de risque que la pression de l'opinion risquait d'aggraver, sûrement pas d'aider.

« Quatre ! Trois ! Deux ! Un ! » L'assistant réalisateur agita le doigt en direction du présentateur, un journaliste de télévision nommé Edward Johnson.

« Dr Ryan, que pense le gouvernement des remaniements ministériels au Japon ?

— Eh bien, naturellement, c'est la conséquence des actuelles difficultés commerciales, qui ne sont pas vraiment de mon ressort. Pour l'essentiel, ce que nous voyons là, c'est une situation politique intérieure que le peuple japonais peut tout à fait gérer sans nous demander notre avis », déclara Jack de sa voix d'homme d'État sincère, celle qu'il lui avait fallu quelques leçons de diction pour perfectionner. Il avait surtout dû apprendre à parler plus lentement.

Kris Hunter se pencha en avant. « Mais le principal candidat au poste de Premier ministre est un ennemi de longue date des États-Unis...

— Le jugement est quelque peu excessif, objecta Ryan avec un sourire bienveillant.

— Ses discours, ses écrits, ses livres ne sont pas précisément amicaux. »

Ryan écarta l'objection d'un signe de main avec un sourire contraint. « Je suppose que la différence entre les discours concernant des pays amis et les autres, c'est, assez paradoxalement, que les premiers peuvent souvent être plus acerbes que les seconds. » *Pas mal du tout, Jack...*

« Vous n'êtes pas inquiet ?

— Non. » Ryan secoua doucement la tête. Les réponses brèves dans ce genre d'émission avaient tendance à intimider les reporters.

« Eh bien, merci d'être venu ce matin, Dr Ryan.

— C'est toujours un plaisir. »

Ryan continua de sourire jusqu'à ce que les voyants des caméras s'éteignent. Puis il compta lentement jusqu'à dix. Puis il attendit que les autres journalistes aient ôté leur micro. Puis il retira le sien, se leva et quitta le plateau. Ce n'est qu'à ce moment qu'on pouvait parler sans risque. Bob Holtzman le suivit dans la cabine de maquillage. Les maquilleuses étaient parties boire un café, et Ryan prit une poignée de cotons et passa le récipient à Holtzman. Au-dessus de la glace, il y avait une grosse planche de bois sur laquelle on avait gravé : Ici, TOUT SE PASSE HORS MICROS.

« Vous savez quelle est la véritable raison de la lutte des femmes pour l'égalité des droits ? demanda Holtzman. Ce n'était pas pour les salaires, le port du soutien-gorge ou toutes ces conneries.

— Exact, admit Jack. C'était pour avoir droit au maquillage elles aussi. On n'a jamais que ce qu'on mérite. Bon Dieu, ce que je peux détester cette merde ! ajouta-t-il en essuyant la croûte collée à son front. J'ai l'impression d'être une vieille pute.

— Ce qui n'a rien d'incongru pour un homme politique, non ? » intervint Kristyn Hunter, en prenant elle aussi des cotons à démaquiller.

Jack rigola. « Non, mais c'est assez discourtois de votre part de le faire remarquer, m'dame. » *Suis-je devenu un homme politique ?* se demanda Ryan. *Je suppose que oui. Merde, mais comment a-t-il pu m'arriver une chose pareille ?*

« Pourquoi ces habiles entrechats sur ma dernière question, Jack ? demanda Holtzman.

— Bob, si vous savez que c'étaient des entrechats, alors vous connaissez la réponse. » Jack s'approcha de la devise gravée au-dessus de la glace, puis décida de la tapoter, au cas où certains n'auraient pas encore saisi le message.

« Je sais que lorsque leur dernier gouvernement est tombé, c'est nous qui étions à l'origine de l'information sur le scandale des pots-de-vin », indiqua Holtzman. Jack lui lança un regard mais ne dit rien. Même un *pas de commentaire* aurait constitué un commentaire concret en l'occurrence.

« Cela avait ôté à Goto toutes chances de devenir Premier ministre. Il était le premier de la liste, vous vous souvenez ?

— Eh bien, il en a retrouvé une. Sa patience est récompensée, observa Ryan. S'il arrive à réunir une coalition.

— Me racontez pas de bobards. » Hunter se pencha vers le miroir pour terminer de se démaquiller le nez. « Vous avez lu comme moi ce qu'il raconte aux journaux. Il réussira à former un cabinet, et vous savez à quels arguments il recourt.

— Parler ne coûte rien, surtout pour quelqu'un de la partie », remarqua Jack. Il ne s'était toujours pas fait à l'idée de s'y inclure, lui aussi. « Sans doute un feu de paille, encore un de ces politiciens avec quelques verres de trop dans le nez, ou une mauvaise journée au bureau ou...

— Ou chez les geishas », suggéra Kris Hunter. Elle finit d'ôter son maquillage, puis s'assit à l'angle de la console et alluma une cigarette. Kristyn Hunter était une journaliste de l'ancienne école. Bien qu'encore du bon côté de la cinquantaine, cette diplômée de l'école de journalisme de Columbia venait d'être nommée chef du service étranger au *Chicago Tribune*. Sa voix était sèche et râpeuse. « Il y a deux ans, ce salaud m'avait fait du gringue. Son langage aurait fait rougir un Marine, quant à ses propositions, nous dirons qu'elles étaient... excentriques. Je présume que vous avez des informations sur ses manies personnelles, Dr Ryan ?

— Kris, jamais, au grand jamais, je ne livrerai de renseignements personnels que nous pourrions éventuellement détenir sur des personnalités politiques étrangères. » Jack marqua un temps. « Attendez... Il ne parle pas anglais, n'est-ce pas ? » Ryan ferma les yeux, essayant de se remémorer ce qu'en disait le dossier qu'on lui avait fourni.

« Vous ne saviez pas ? Il peut quand ça lui plaît, mais s'en abstient sinon. Cette fois-là, c'était un jour sans. Et son interprète était une femme, dans les vingt-cinq, trente ans. Elle n'a même pas rougi. » Hunter ricana sombrement. « Moi, je vous jure que si. Qu'est-ce que vous dites de ça, Dr Ryan ? »

Ryan doutait peu des informations issues de l'opération BOIS DE SANTAL. Malgré tout, c'était toujours réconfortant d'en avoir confirmation par une source entièrement indépendante. « Je parie qu'il aime les blondes, reprit-il d'un ton léger.

— C'est ce qu'on dit. On dit aussi qu'il s'en est trouvé une nouvelle.

— Ça devient sérieux, nota Holtzman. Des tas de gens aiment bien la bagatelle, Kris.

— Goto adore montrer aux gens qu'il est un vrai dur. Certaines rumeurs qui courent sur lui sont franchement immondes. » Kris Hunter marqua une pause. « Et j'y crois, moi aussi.

— Vraiment ? demanda Ryan avec la plus parfaite innocence. L'intuition féminine ?

— Ne soyez pas sexiste », avertit Hunter, trop sérieuse pour l'ambiance du moment.

Ryan prit un ton sincère : « Je ne le suis pas. Mon épouse a meilleur instinct que moi pour juger des gens. J'imagine que ça aide qu'elle soit toubib. Ça vous convient ?

— Dr Ryan, je sais que vous savez, vous. Je sais que le FBI a enquêté très discrètement sur un certain nombre de choses dans la région de Seattle.

— Pas possible ? »

Kris Hunter n'était pas dupe. « Vous ne gardez pas de secrets sur ce genre d'affaires, pas quand vous avez des amis au Bureau comme j'en ai, et pas quand une des jeunes filles disparues est la fille d'un capitaine de la police dont le voisin immédiat est le Centre d'analyse des signaux de la section de Seattle du FBI. Ai-je besoin de continuer ?

— Alors, pourquoi ne sortez-vous pas l'affaire ? »

Les yeux de Kris Hunter flamboyèrent. « Je vais vous dire une chose, Dr Ryan. J'ai été violée quand j'étais étudiante. J'ai cru que le salopard allait me tuer. J'ai vu la mort en face. Vous n'oubliez pas ce genre d'expérience. Si cette histoire est mal exploitée, cette fille, et peut-être d'autres avec elle pourraient bien se retrouver mortes. Un viol, on s'en remet. La mort, non.

— Merci », dit calmement Ryan. Ses yeux et son signe de tête en disaient bien plus. *Oui, bien sûr, je comprends. Et vous savez que je comprends.*

« Et c'est lui qui doit être le prochain chef du gouvernement de ce pays. »

Les yeux de Kris Hunter flamboyaient de plus belle. « Il nous déteste, Dr Ryan. Je l'ai interviewé. Il ne me voulait pas parce qu'il me trouvait attirante. Il me voulait parce qu'il voyait en moi l'archétype de la blonde aux yeux bleus. C'est un violeur. Il se délecte à faire souffrir les gens. Vous n'oubliez pas ce genre de regard une fois que vous l'avez vu. Il avait ce regard. Il faut qu'on l'ait à l'œil, ce type. Vous pouvez le dire au Président.

— Je lui transmettrai. » Et Ryan sortit.

La voiture de la Maison Blanche l'attendait à la porte des studios. Jack avait matière à réfléchir, tandis qu'ils rejoignaient le périphérique.

« Ça va être du billard, commenta l'agent du Service secret. Sauf pour après.

— Vous êtes dans la maison depuis combien de temps, Paul ?

— Quatorze années fascinantes », répondit Paul Robberton, sans cesser de surveiller les alentours depuis le siège avant. Le chauffeur était un gars des Services généraux, mais Jack avait droit désormais à un garde du corps du Service secret.

« Vous avez travaillé sur le terrain ?

— Des affaires de faux-monnayeurs. Jamais eu à dégainer mon arme, mais j'ai quand même eu quelques cas gratinés.

— Vous êtes psychologue ? »

Robberton rigola. « Dans ce métier, on a plutôt intérêt, Dr Ryan.

— Votre avis sur Kris Hunter ?

— Intelligente et solide comme le roc. Elle a dit vrai : elle s'est fait violer à la fac. Un désaxé récidiviste. Elle a témoigné malgré la loi du silence. Ça remonte à l'époque où les avocats étaient assez... cavaliers lorsqu'ils traitaient les victimes de viols : *est-ce que vous avez incité ce salaud ?* Vous voyez le topo. Ça tournait au sordide mais elle a tenu le coup jusqu'au bout et ils ont condamné le mec. Il s'est fait descendre en taule, il avait pas dû dire le truc qui fallait à un voleur armé. Pas de pot, conclut Robberton, sobrement.

— Tenez compte de ce qu'elle pense, c'est ce que vous êtes en train de me dire.

— Oui, monsieur. Elle aurait fait un bon flic. Je sais en tout cas que c'est une journaliste honnête.

— Elle a recueilli quantité d'informations », murmura Ryan. Tout n'était pas bon à prendre, l'ensemble était morcelé et teinté par son expérience personnelle, mais elle avait de bonnes sources, aucun doute là-dessus. Jack regarda défiler le paysage et tenta de rassembler le puzzle incomplet.

« Direction ? demanda le chauffeur.

— La maison », répondit Ryan, suscitant un regard surpris chez Robberton. Dans ce cas précis, « la maison » ne signifiait pas « chez moi ». « Non, attendez une minute. » Ryan décrocha son téléphone de voiture. Une chance, il savait le numéro par cœur.

« Allô ?

— Ed ? Jack Ryan. Vous êtes occupés ?

— On nous a donné notre dimanche, Jack. Les Caps jouent contre les Bruins, cet après-midi.

— Dix minutes.

— Ça marche. » Ed Foley raccrocha le téléphone mural. « Ryan va passer », dit-il à sa femme. *Et merde.*

Le dimanche était le seul jour où ils se permettaient de faire la grasse matinée. Mary Pat était encore en robe de chambre, l'air anormalement négligé. Sans un mot, elle posa le journal du matin et fila dans la salle de bains s'arranger les cheveux. On toqua à la porte un quart d'heure plus tard.

« Des heures sup ? » demanda Ed en allant ouvrir. Robberton entra avec son hôte.

« J'ai dû me taper une de ces émissions matinales. » Jack consulta sa montre. « L'enregistrement passe à l'antenne d'ici une vingtaine de minutes.

— Qu'est-ce qui se passe ? » Mary Pat entra dans la pièce, l'air à peu près normal pour une Américaine un dimanche matin.

« Le boulot, chou », répondit Ed. Il précéda tout le monde dans la salle de jeux du sous-sol.

« Bois de Santal », indiqua Jack dès qu'ils y furent entrés. Ici, il pouvait parler librement. La maison était inspectée toutes les semaines pour traquer les micros espions. « Clark et Chavez ont-ils déjà reçu l'ordre d'extraire la fille ?

— Personne ne nous a donné l'ordre d'exécution, lui rappela Ed Foley. L'affaire est à peu près montée, mais...

— L'ordre est donné. Sortez la fille, tout de suite.

— On pourrait en savoir plus ? intervint Mary Pat.

— Toute cette affaire me chiffonne depuis le début. Je crois qu'on aurait intérêt à transmettre un petit message à son gentil protecteur — et à le faire assez tôt pour attirer son attention.

— Ouais, dit M. Foley. J'ai lu le journal ce matin, moi aussi. Il ne dit pas franchement des amabilités, mais on ne leur a pas fait non plus de cadeaux, pas vrai ?

— Asseyez-vous, Jack, dit Mary Pat. Je vous fais un café ou autre chose ?

— Non merci, MP. » Il leva la tête après s'être installé dans un vieux canapé. « Un voyant vient de s'allumer. Notre ami Goto m'a l'air d'être un drôle de client.

— Il a effectivement ses bizarreries, reconnut Ed. Pas terriblement futé, beaucoup d'enflure une fois qu'on a décodé la rhétorique couleur locale, et pas tant d'idées que ça en définitive. Je suis même surpris qu'il ait cette occasion.

— Pourquoi ? » demanda Jack. Le dossier des Affaires étrangères sur Goto s'était montré typiquement respectueux à l'égard de l'homme d'État étranger.

« Comme j'ai dit, il ne risque pas de décrocher le Nobel de physique. C'est un *apparatchik*. Qui a gravi les échelons en bon politicard. Je suis sûr qu'il a dû lécher un certain nombre de culs au passage...

— Et pour couronner le tout, il a un certain nombre de mauvaises habitudes avec les dames, ajouta MP. C'est un truc fréquent, là-bas. Notre gars — Nomuri — a envoyé une dépêche fort détaillée sur tout ce qu'il a pu voir. »

C'était le fruit de la jeunesse et de l'inexpérience, le directeur adjoint le savait. Lors de leur première mission importante, presque tous les agents transmettaient absolument tout ce qu'ils relevaient, à croire qu'ils projetaient d'écrire un bouquin. C'était surtout à mettre sur le compte de l'ennui.

« Ici, il n'arriverait même pas à se faire élire président de club », nota Ed en étouffant un rire.

Tu crois ça ? se dit Ryan qui se souvenait d'Edward Kealty. D'un autre côté, ça pouvait donner à l'Amérique un moyen de pression utilisable, dans le bon cercle et au moment opportun. Peut-être qu'à leur première rencontre, si les choses tournaient mal, le Président Durling pourrait faire une discrète allusion à son ancienne petite amie, et aux conséquences de ses mauvaises habitudes sur les relations américano-japonaises...

« Comment va CHARDON ? »

Mary Pat sourit en rangeant les jeux Nintendo sur la télé du sous-sol. C'était là que les gamins donnaient leurs instructions à Mario et ses petits amis. « Deux des anciens membres ont disparu, l'un est à la retraite, l'autre en mission outre-mer, en Malaisie, si j'ai bonne mémoire. Tous les autres ont été contactés. Si jamais nous voulons...

— Très bien, réfléchissons à ce qu'on veut qu'ils fassent pour nous.

— Pourquoi ? demanda Mary Pat. Je n'y vois pas d'inconvénient, mais pourquoi ?

— On les pousse un peu trop. Je l'ai dit au Président, mais il a des raisons politiques de le faire, et il n'a pas l'intention d'en rester là. Nos décisions vont porter un rude coup à leur économie, et voilà qu'ils nomment un Premier ministre qui nourrit une véritable antipathie à notre égard. S'ils décident de mesures de rétorsion, je veux le savoir avant que ça se produise.

— Que peuvent-ils donc faire ? » Ed Foley s'était assis dans le siège Nintendo de son fils.

« Ça aussi, je l'ignore, mais je veux le savoir. Laissez-moi quelques jours pour décider des priorités. Merde, je ne les ai même pas, ajouta-t-il presque aussitôt. Il faut que je prépare le voyage à Moscou.

— De toute façon, ça va prendre du temps à organiser. On peut fournir à nos gars le matos de communication et tout le fourbi.

— Faites, ordonna Jack. Et dites-leur qu'ils sont dans l'espionnage pour de bon.

— Pour ça, il va nous falloir l'autorisation présidentielle », avertit Ed. Activer un réseau d'espionnage dans un pays ami n'était pas une mince affaire.

« Je peux me charger de vous l'obtenir. » Ryan était sûr que Durling n'y verrait aucune objection. « Et sortez-moi la fille, à la première occasion.

— Et on l'interroge où ? intervint Mary Pat. D'autre part, si elle dit non ? Vous n'êtes pas en train de nous dire de l'enlever, quand même ? »

Ouch, pensa Jack. « Non, je ne crois pas que ce serait une bonne idée. Ils savent agir avec prudence, non ?

— Clark, sûrement. » C'était un truc qu'il leur avait appris, à elle et son mari, quand ils étaient à la Ferme, bien des années plus tôt. *Peu importe où vous êtes, c'est toujours en territoire ennemi.* C'était un bon axiome pour les agents de terrain, mais elle s'était toujours demandé d'où il le tenait.

La plupart de ces gens auraient dû être au boulot, pensait Clark — mais d'un autre côté, eux aussi, et c'était bien ça le problème, non ? Il avait vu sa dose de manifestations, la plupart organisées contre son pays. Celles d'Iran avaient été particulièrement désagréables, sachant que des Américains se trouvaient alors entre les mains d'individus qui pensaient que crier « Mort à l'Amérique ! » était la façon la plus raisonnable d'exprimer leurs réserves vis-à-vis de la politique étrangère de son pays. Il était allé sur le terrain, pour participer à une mission de sauvetage qui n'avait pas marché — son seul échec, songea-t-il, dans une bien longue carrière. Se retrouver là-bas pour voir tout rater et devoir se tirer du pays en quatrième vitesse, ce n'étaient pas de bons souvenirs. Et cette scène les faisait en partie revenir à sa mémoire.

L'ambassade américaine ne prenait pas la chose trop au sérieux. Comme si de rien n'était, l'ambassadeur avait regroupé tout le personnel à l'intérieur du bâtiment de l'ambassade — autre exemple architectural de croisement Frank Lloyd Wright-Ligne Siegfried — situé, celui-ci, en face de l'hôtel Ocura. Après tout, on était en pays civilisé, non ? La police locale avait posté des éléments en nombre suffisant à l'extérieur de l'enceinte, et les manifestants avaient beau vociférer, ils n'avaient pas l'air du genre à attaquer les flics à mine sévère postés tout autour de l'édifice. Mais tous ces gens n'étaient pas des jeunes, ou des étudiants ayant séché les cours — fait notable, les médias oubliaient toujours de signaler que la majorité de ces manifestations estudiantines coïncidaient avec les examens semestriels, et le phénomène était international. Non, dans l'ensemble, ces gens avaient dans les trente-quarante ans, raison pour laquelle les slogans manquaient pour le moins de mordant. Il y avait même de la retenue dans leur langage. Comme s'ils étaient embarrassés d'être ici, gênés par la tournure des événements, montrant du désarroi plus que de la colère, estima Clark tandis que Chavez prenait ses photos. Mais ils étaient sacrément nombreux. Et leur désarroi était grand. Ils voulaient accuser quelqu'un — *eux*, ces *autres* toujours à l'origine des grandes catastrophes. Un point de vue pas exclusivement nippon, n'est-ce pas ?

Comme toujours au Japon, l'affaire était savamment organisée. Les manifestants, déjà formés en groupes avec leur service d'ordre, étaient en majorité venus par des trains de banlieue bondés ; au terminus, ils étaient montés dans des cars loués pour l'occasion, qui les avaient déposés à quelques pâtés de maisons de l'ambassade. *Qui a loué les cars ?* se demanda Clark. *Qui a imprimé les pancartes ?* Il mit du temps à réaliser que les slogans étaient impeccablement rédigés, ce qui était bizarre : bien que connaissant souvent l'anglais, les Japonais commettaient des fautes comme tout un chacun, en particulier dans les slogans. Un peu plus tôt dans la journée, il avait vu un jeune homme vêtu d'un tee-shirt portant l'inscription *Inspire in Paradise* — « Inspire au paradis » —, ce qui était sans doute chargé de sens en japonais, mais démontrait une fois encore qu'aucune langue ne peut se traduire littéralement dans une autre. Il n'y avait pourtant aucune confusion avec ces pancartes. La syntaxe en était parfaite — alors qu'on n'aurait peut-être pas pu en dire autant de toutes les manifestations aux États-Unis. Voilà un détail qui était intéressant.

Oh, et puis merde, je suis journaliste, après tout.

« Excusez-moi, dit John en touchant le bras d'un homme d'âge mûr.

— Oui ? » L'homme se retourna, surpris. Bien mis, complet sombre, cravate parfaitement nouée au col de sa chemise blanche, on ne lisait pas spécialement de colère sur ses traits, ni aucune de ces émotions qu'aurait pu inspirer le climat du moment. « Qui êtes-vous ?

— Je suis un journaliste russe, de l'agence Interfax, dit Clark en présentant une carte professionnelle rédigée en cyrillique.

— Ah. » L'homme sourit et s'inclina poliment. Clark lui répondit de même, ce qui lui valut un regard approbateur quant à ses bonnes manières.

« Puis-je me permettre de vous poser quelques questions ?

— Mais certainement. » L'homme paraissait presque soulagé de pouvoir cesser de crier. Clark ne tarda pas à apprendre qu'il était âgé de trente-sept ans, marié, un enfant, qu'il était employé dans une firme automobile, actuellement en chômage technique, et fort remonté contre l'Amérique à l'heure présente — mais sans aucune animosité particulière contre la Russie, s'empressa-t-il d'ajouter.

Tout cela l'embarrasse, se dit John en le remerciant pour son opinion.

« C'était pour quoi, tout ce cirque ? demanda tranquillement Chavez, l'œil toujours collé à son appareil photo.

— *Pa russkiy*, répondit sèchement "Klerk".

— *Da, tovarichtch.*

— Suis-moi », poursuivit Ivan Sergueïevitch en pénétrant dans la foule. Il y avait autre chose de bizarre, nota-t-il sans parvenir à mettre le doigt dessus. Après s'être enfoncé de dix mètres, ce fut limpide : les manifestants postés sur les ailes formaient le service d'ordre. A l'intérieur, la masse était composée d'ouvriers, vêtus avec moins de recherche, des gens qui avaient moins de dignité à perdre. Ici, l'ambiance était différente. La colère se lisait plus dans les regards qu'il croisait, et même s'ils se radoucissaient quand il se présentait comme non américain, la suspicion était réelle, et les réponses à ses questions, quand il en obtenait, étaient moins circonspectes que celles reçues auparavant.

Au moment prévu, la foule se déplaça, encadrée par le service d'ordre de la manifestation et les forces de police, pour se rendre à un autre point où l'on avait monté une estrade. C'est là que les choses changèrent.

Hiroshi Goto prit son temps, les faisant attendre un long moment, même dans un contexte où la patience était considérée comme une vertu cardinale. Il s'avança vers la tribune avec dignité, salua son entourage officiel, disposé en rang sur des sièges au fond de l'estrade. Les caméras de télévision étaient déjà en place : il n'y avait plus qu'à attendre que la foule se presse autour du podium. Mais il attendit encore, pour les contempler, immobile, et cette inaction les forçait à se presser toujours plus, délai supplémentaire qui ne fit qu'accroître encore la tension.

Clark la sentait à présent. Peut-être que l'étrangeté de l'événement était inévitable. Ces gens étaient hautement civilisés, ils appartenaient à une société si ordonnée qu'elle paraissait peuplée d'extra-terrestres, dont les manières policées et la généreuse hospitalité contrastaient violemment avec la méfiance manifestée envers les étrangers. La peur de Clark démarra comme un murmure, le signe discret que quelque chose était en train de changer, même si son sens de l'observation ne lui permettait pas de remarquer quoi que ce soit en dehors des conneries habituelles communes à tous les politiciens de la planète. En homme qui avait vécu l'âpreté des combats au Viêtnam et connu encore plus de dangers aux quatre coins du monde, il se sentait à nouveau en terre étrangère, mais son âge et son expérience jouaient contre lui. Même les plus excités au milieu de la foule n'avaient pas l'air si méchants que ça — et puis merde, est-ce qu'on devait s'attendre à voir un type heureux de se retrouver au chômage ? Donc, il n'y avait pas péril en la demeure. N'est-ce pas ?

Pourtant, les murmures s'amplifiaient, alors que Goto buvait une gorgée d'eau, continuant à faire mariner ses auditeurs, agitant les bras pour les inciter à s'approcher encore, même si cette partie du parc était déjà noire de monde. Combien étaient-ils ? se demanda John. Dix, quinze mille ?

La foule finit par se taire d'elle-même, elle était presque entièrement silencieuse à présent. Quelques coups d'œil alentour suffirent à l'expliquer : les membres du service d'ordre postés en lisière de la manifestation portaient des brassards à leur manche de pardessus — bigre, jura John, c'était l'uniforme du jour.

L'ouvrier moyen s'en remettait machinalement à quiconque avait la mise et le comportement d'un contremaître, et les types en brassard les poussaient à se rapprocher encore. Peut-être y avait-il eu un autre signe qui les avait amenés à se taire, mais dans ce cas, il avait échappé à Clark.

Goto se mit à parler doucement, ce qui fit taire la foule. Les têtes s'avancèrent machinalement de quelques centimètres afin de mieux saisir ses paroles.

Bordel, si j'avais eu un peu plus de temps pour apprendre la langue, se dirent les deux agents de la CIA. Ding ne perdait pas le nord, releva son supérieur : il avait changé d'objectif et détaillait chaque visage un par un.

« Ça devient tendu », nota tranquillement Chavez, en russe, tout en continuant à détailler les expressions.

Clark pouvait le voir à leur posture tandis que Goto poursuivait son allocution. Il arrivait à saisir quelques mots, une phrase par-ci, par-là — en fait, toutes ces choses insignifiantes propres à toutes les langues, ces artifices de rhétorique qu'emploie un politicien pour exprimer son humilité et le respect de son auditoire. La première ovation de la foule fut une surprise et les spectateurs étaient si serrés qu'ils durent jouer des coudes pour applaudir. Il reporta son attention sur Goto. Trop loin. Clark plongea la main dans le sac fourre-tout de Ding, en sortit un boîtier qu'il équipa d'un téléobjectif, afin de mieux scruter le visage de l'orateur se faisant acclamer par la foule, et attendant que retombent leurs applaudissements pour poursuivre son discours.

C'est qu'on sait manipuler les foules, pas vrai ?

Il essayait bien de le cacher, nota Clark, mais c'était un politicien, et même s'ils avaient tous des dons d'acteur, ils avaient encore plus goulûment besoin du public que ceux qui gagnaient leur vie en travaillant devant les caméras. Les gestes de Goto gagnèrent en intensité, au diapason de sa voix.

Pas plus de dix à quinze mille spectateurs. C'est juste un test, hein ? Un ballon d'essai. Jamais Clark ne s'était senti à ce point étranger. Presque partout ailleurs, ses traits étaient ordinaires, banals, oubliés sitôt vus. En Iran, en Union soviétique, à Berlin, il pouvait se fondre dans l'anonymat. Pas ici. Pas maintenant. Pis encore, il ne pigeait pas, pas entièrement, et ça le tracassait.

La voix de Goto monta encore. Pour la première fois, son poing s'écrasa sur le pupitre, et la foule réagit en rugissant. Son débit s'accéléra. La foule se pressait autour de l'estrade, et Clark vit dans les yeux de l'orateur qu'il l'avait remarqué, qu'il en était ravi. Il ne souriait plus maintenant, mais son regard balayait la marée des visages, de gauche à droite, s'arrêtant parfois à un endroit précis, ayant sans doute repéré quelqu'un, scrutant ses réactions, avant de passer au suivant pour voir si tout le monde réagissait de la même façon. Il avait l'air d'être satisfait de son examen. Sa voix était désormais pleine d'assurance. Il les tenait, il les tenait tous. Il lui suffisait de modifier le rythme de sa diction pour voir leur respiration changer en mesure, et leurs yeux s'écarquiller. Clark rabaissa l'appareil photo pour balayer la foule, et il nota le mouvement collectif, les réactions aux paroles de l'orateur.

Il joue avec eux.

John reprit l'appareil et s'en servit comme d'un viseur de fusil. Il mit au point sur les gorilles en complet postés en bordure de la foule. Leur mimique avait changé : ils semblaient moins s'intéresser à leur tâche qu'au discours. Une nouvelle fois, il maudit sa piètre connaissance de la langue, sans vraiment se rendre compte que ce qu'il voyait était infiniment plus important que ce qu'il aurait pu comprendre. La nouvelle réaction de la foule n'était pas seulement sonore, elle exprimait la colère. Les visages étaient comme illuminés. Goto les possédait maintenant, pour les conduire toujours plus loin sur le chemin qu'il leur avait tracé.

John effleura le bras de Ding. « Filons d'ici.

— Pourquoi ?

— Parce que ça commence à sentir le roussi. » Cela lui valut un regard intrigué.

« *Nan ja ?* répondit-il en japonais, souriant derrière son boîtier photo.

— Tourne-toi et vise les flics », ordonna « Klerk ». Ding obéit, et saisit aussitôt. D'ordinaire, la police japonaise avait toujours une allure imposante. Peut-être que les samouraïs d'antan arboraient la même confiance. Bien que toujours polis et très professionnels, leurs flics donnaient toujours plus ou moins l'impression de rouler des mécaniques. Ici, ils ne doutaient pas de représenter le bras armé de la loi. Leur uniforme était aussi net et resplendissant que celui d'un Marine en faction devant une ambassade, et le pistolet accroché à leur ceinture n'était qu'un symbole de leur fonction, qu'il n'était jamais nécessaire d'employer. Seulement, ces durs de durs paraissaient bien nerveux. Ils dansaient d'un pied sur l'autre, échangeaient des regards inquiets. Les mains frottaient contre les jambes de pantalon bleu pour essuyer la transpiration. Les hommes sentaient monter la tension, eux aussi, si clairement que cela se passait de commentaire. Même ceux qui prêtaient une oreille attentive au discours de Goto semblaient également préoccupés. Quoi qu'il advienne, si c'était au point de troubler les responsables du maintien de l'ordre dans ces rues, c'est qu'il allait y avoir du vilain.

« Suis-moi. » Clark scruta les alentours et repéra une devanture de magasin. Les agents de la CIA prirent place près de l'entrée. A part eux, pas un chat. Quelques passants s'étaient joints à la foule, et la police avait fait mouvement pour les en séparer par un barrage d'uniformes bleus. Les deux agents se retrouvaient quasiment isolés, entourés d'un vaste espace dégagé, situation pour le moins inconfortable.

« Tu sens le truc à peu près comme moi ? » demanda John. Qu'il ait posé la question en anglais surprit Chavez.

« Il est vraiment en train de les exciter, hein ? » Puis, après un instant de réflexion : « Vous avez raison, monsieur C. Ça commence à sentir le roussi. »

La voix de Goto était clairement audible dans la sono. Le ton s'était fait plus aigu, presque perçant, et la foule y réagissait comme réagissent toutes les foules.

« Déjà vu quelque chose de comparable ? » Cela n'avait rien à voir avec la mission qu'ils avaient remplie en Roumanie.

Un bref signe de tête. « Téhéran, 1979.

— J'étais à l'école primaire.

— J'avais le trouillomètre à zéro », se souvint Clark. Les mains de Goto voletaient. Clark reprit sa visée ; à travers l'objectif, l'homme semblait transformé. Ce n'était plus le même que celui qui avait entamé l'allocution. A peine une demi-heure plus tôt, il s'était montré hésitant. Plus maintenant. S'il s'était agi au début d'une simple expérience, alors elle était réussie. Les dernières envolées semblaient téléphonées, mais c'était à prévoir. L'orateur leva ses mains jointes comme un arbitre de foot américain annonçant un essai, mais les poings, nota Clark, étaient serrés. A vingt mètres d'eux, un flic se retourna et regarda les deux *gaijins*. Il y avait de l'inquiétude sur ses traits.

« Entrons plutôt essayer des pardessus, en attendant.

— Je fais du quarante », répondit Chavez, d'un ton léger, en rangeant son matériel photo.

C'était une belle boutique, et elle avait des pardessus de la bonne taille pour Chavez. Ce qui leur fournit une excellente excuse pour musarder. L'employé était attentif et poli, et sous l'insistance de John, Chavez finit par s'acheter un complet qui lui allait si bien qu'on l'aurait cru taillé sur mesure — gris foncé et banal, d'un prix excessif et parfaitement identique à ceux que portaient de nombreux employés.

Quand ils ressortirent, ils découvrirent que le petit parc était vide. Des ouvriers démontaient l'estrade. Les équipes de télé remballaient leurs projos. Tout était normal, à l'exception d'un petit groupe d'agents de police entourant trois personnes assises au bord du trottoir. C'étaient des journalistes d'une télé américaine, et l'un d'eux tenait un mouchoir plaqué contre son visage. Clark jugea préférable de ne pas s'approcher. Il nota en revanche que les rues n'étaient pas particulièrement sales — et comprit bientôt pourquoi : une équipe de balayeurs était à l'œuvre. Tout avait été parfaitement planifié. La manifestation avait été à peu près aussi spontanée qu'une finale de championnat — mais la partie s'était déroulée encore mieux que prévu.

« Ton opinion ? ordonna Clark alors qu'ils parcouraient des rues qui retrouvaient une activité normale.

— Vous connaissez mieux que moi ce genre de truc...

— Écoute voir, monsieur le futur diplômé, quand je pose une putain de question, j'attends une putain de réponse. » Chavez faillit s'arrêter, interdit, moins scandalisé que surpris par ce reproche. Il n'avait encore jamais vu son partenaire ébranlé de la sorte. En conséquence, sa réponse fut mesurée et circonstanciée.

« Je crois que nous venons d'assister à quelque chose d'important. Je crois qu'il jouait avec eux. L'an dernier, à l'un de mes cours, on nous a passé un film nazi, une étude classique sur les méthodes employées par les démagogues. Il avait été réalisé par une femme, et ça m'a rappelé...

— *Le Triomphe de la volonté*, de Leni Riefenstahl, dit

Clark. Ouais, c'est un classique, effectivement. Au fait, t'aurais besoin d'une coupe de cheveux.

— Hein ? »

L'entraînement était réellement payant, le commandant Sato le savait sans avoir à regarder. A son signal, les quatre F-15 Eagle lâchèrent leurs freins et se ruèrent sur la piste de Misawa. Ils avaient volé plus de trois cents heures au cours des douze mois écoulés, dont un tiers rien que les deux derniers, et désormais, les pilotes pouvaient risquer un décollage en formation qui aurait fait la fierté d'une patrouille acrobatique. Hormis que son escadrille de quatre n'était pas la version locale des Blue Angels. Ils étaient membres de la 3e escadre aérienne. Sato devait se concentrer, bien sûr, pour surveiller l'indicateur de vitesse relative sur son affichage tête haute, avant de faire décoller son appareil. Celui-ci s'éleva docilement, et il sut sans avoir besoin de regarder que son ailier l'avait imité, à moins de quatre mètres de son bout d'aile. Il était dangereux de décoller ainsi mais c'était toujours bon pour le moral. Ça donnait des frissons aux rampants, et ça impressionnait les badauds roulant sur l'autoroute. A mille pieds du sol, train et volets rentrés, ayant passé la barre des quatre cents nœuds, il se permit de tourner la tête à gauche et à droite. Pas de doute, la journée était limpide, l'air froid dépourvu d'humidité, encore illuminé par le soleil de fin d'après-midi. Sato pouvait apercevoir au nord de sa position l'extrémité méridionale des Kouriles. Appartenant jadis à son pays, volée par les Russes à la fin de la Seconde Guerre mondiale, c'étaient des îles escarpées et montagneuses, comme Hokkaido, la plus septentrionale des îles de la mère patrie... Mais chaque chose en son temps, se dit le commandant.

« Virez à droite », ordonna-t-il dans l'interphone, pour prendre un nouveau cap à zéro-cinq-cinq. Ils grimpaient toujours, progressivement, afin d'économiser le carburant pour l'exercice. Difficile de croire que la conception de cet avion remontait à près de trente années. Mais il ne s'agissait que de la forme et du concept. Depuis l'époque où les ingénieurs américains de McDonnell Douglas avaient imaginé cette machine, les améliorations apportées avaient été si nombreuses qu'il n'en subsistait pratiquement plus que la silhouette. Presque tout à bord du zinc de Sato était de construction japonaise, même les réacteurs. Mais tout spécialement l'électronique.

Il y avait un trafic régulier dans les deux sens, essentiellement des long-courriers gros porteurs transportant des hommes d'affaires entre le Japon et l'Amérique du Nord, sur une route commerciale bien définie qui longeait les Kouriles, dépassait la péninsule du Kamtchatka, puis continuait vers les Aléoutiennes.

Si quelqu'un nourrissait encore des doutes sur l'importance de son pays, songea Sato dans l'intimité de son habitacle, la preuve en était là. Le soleil bas se reflétait sur la dérive en aluminium de tous ces transports civils et, depuis son altitude de trente-sept mille pieds, il pouvait les voir à la file, pareils à des voitures à la queue leu leu sur une autoroute, points jaunes suivis d'un blanc panache de vapeur qui s'étirait à l'infini. Puis il fut temps de se mettre au boulot.

La formation de quatre se sépara en deux paires, de part et d'autre du couloir aérien civil. La mission d'entraînement de la soirée n'avait rien de complexe, mais elle était vitale, malgré tout. Derrière eux, à plus de cent milles au sud-ouest, un avion d'alerte aérienne avancée était en position juste au large de l'extrémité nord-est de l'île de Honshu. C'était un E-767. Basé sur le biréacteur civil de Boeing (tout comme le E-3A était basé sur la cellule, bien plus ancienne, du 707), il portait un radôme rotatif surmontant sa cellule modifiée. Tout comme son F-15J était une version locale d'un chasseur américain, le E-767 était l'interprétation japonaise considérablement améliorée d'une autre invention américaine. La leçon n'avait donc pas porté, songea Sato, tout en scrutant l'horizon toutes les deux ou trois secondes, avant de revenir à son affichage tête haute. Tant d'inventions dont ils avaient libéralement cédé les droits en cours de validité à ses compatriotes, à charge pour eux de les perfectionner. En fait, les Américains avaient joué le même jeu avec les Russes, améliorant tous les armements que ceux-ci avaient fabriqués, mais négligeant, par leur arrogance, la possibilité que quelqu'un puisse faire de même avec leurs propres systèmes magiques. Le radar du E-767 n'avait aucun équivalent au monde pour ce qui était de l'électronique embarquée. C'était la raison pour laquelle le radar de nez de son Eagle était coupé.

Simple dans son concept, l'ensemble du dispositif était d'une redoutable complexité dans son exécution. Les chasseurs devaient connaître leur position précise dans les trois dimensions, et il en était de même pour les trois avions d'alerte aérienne qui les soutenaient. En outre, les impulsions radar émises par le E-767 étaient synchronisées avec précision. Le reste n'était qu'une affaire de calcul mathématique : connaissant la position de l'émetteur et leur propre position, les Eagle pouvaient alors recevoir les échos radar et définir les signaux comme si les données étaient générées par leur propre système embarqué. Alliant le principe des radars bistatiques mis au point par les Soviétiques à la technologie américaine des radars aéroportés, ce système avait porté l'idée une étape plus loin : le radar d'alerte aérienne était *agile en fréquence,* à savoir qu'il était capable de basculer instantanément du mode de recherche à grande longueur d'onde au mode de guidage de tir en onde courte, et il pouvait effectivement guider les missiles air-air tirés par les chasseurs. Ce modèle était également d'une taille et d'une puissance suffisantes pour être capable, estimait-on, de déjouer les technologies furtives.

Il suffit de quelques minutes à Sato pour vérifier l'efficacité du système. Les quatre missiles air-air sous ses ailes étaient factices, dépourvus de leurs moteurs-fusées. Leurs têtes chercheuses en revanche étaient bien réelles, et les instruments de bord montraient que les missiles pistaient les avions de ligne qui approchaient ou s'éloignaient avec encore plus de précision que s'ils avaient été guidés par le radar de l'Eagle. C'était une première, une authentique nouveauté en matière de technologie militaire. Quelques années plus tôt, le Japon l'aurait sans doute mise en vente, et presque à coup sûr proposée à l'Amérique, parce qu'une technologie pareille valait plus que son pesant d'or. Mais le monde avait changé, et les Américains n'auraient sans doute pas vu l'intérêt de

342

dépenser leur argent pour ça. D'ailleurs, le Japon ne comptait pas la vendre à qui que ce soit. *Pas maintenant*, songea Sato. *Surtout pas maintenant.*

Leur hôtel n'était pas franchement luxueux. Même s'il accueillait les visiteurs étrangers, la direction reconnaissait que tous les *gaijins* n'étaient pas fortunés. Les chambres étaient petites, les couloirs étroits, les plafonds bas et un petit déjeuner composé d'un verre de jus de fruits, d'une tasse de café et d'un croissant ne coûtait que cinquante dollars au lieu des cent et quelques réclamés ailleurs. Comme on disait au gouvernement américain, Clark et Chavez « vivaient d'économies », c'est-à-dire frugalement, comme l'auraient fait des Russes. Ce n'était pas une bien grande épreuve. Si surpeuplé et frénétique qu'il soit, le Japon était malgré tout infiniment plus confortable que l'Afrique, et la nourriture, bien qu'étrange, était suffisamment exotique et intéressante pour que l'effet de la nouveauté ne soit pas encore dissipé. Ding aurait pu grommeler en regrettant ses hamburgers, mais exprimer un tel sentiment, même en russe, aurait trahi leur couverture. De retour après une journée fertile en événements, Clark inséra sa carte à clé dans la fente de la porte et tourna le bouton. Sans même s'arrêter, il arracha au vol, après avoir vérifié sa présence, le bout de ruban adhésif scotché sur la face interne du bouton. Une fois à l'intérieur, il se retourna et le montra simplement à Ding, qui se dirigea aussitôt vers la salle de bains pour le jeter dans les W-C.

Chavez inspecta la pièce, en se demandant si elle était sur écoute, et si tout ce cirque de film d'espionnage était vraiment justifié. L'ambiance était incontestablement au mystère. Le scotch sur le bouton de porte : quelqu'un demandait une rencontre. Nomuri. La technique était astucieuse, se dit Chavez. Qui que soit celui qui avait laissé la marque, il lui avait suffi de parcourir le couloir, et sa main avait sans doute effleuré le bouton, un geste qui aurait pu échapper même à un observateur attentif. Bon, c'était justement le but de la manœuvre.

« Je vais descendre boire un pot », annonça « Klerk » en russe. *Je vais voir ce qui se passe.*

« Vanya, tu bois trop. » *Entendu.* C'était son habitude de toute façon.

« Tu parles d'un Russe », répondit Clark, à l'adresse des micros, s'il y en avait, avant de sortir de la chambre.

Et merde, comment veut-on que j'étudie dans des conditions pareilles ? se demanda Chavez. Il avait été forcé de laisser ses bouquins en Corée — ils étaient tous en anglais, évidemment. Il ne pouvait pas prendre de notes ou faire des révisions. *Si je dois perdre du temps pour ma maîtrise*, se dit-il, *je demande à l'Agence de me rembourser les heures de cours perdues.*

Le bar, situé au bout de la rue, était fort agréable. La salle était sombre. Les alcôves étaient étroites et séparées par des cloisons épaisses ; en outre, un miroir derrière la rangée de bouteilles d'alcool facilitait la contre-surveillance. Mieux encore, presque tous les tabourets étaient pris, ce qui le força à regarder ailleurs pour manifester son désappointement. Clark gagna tranquillement le fond de la salle. Nomuri l'attendait.

« On prend des risques, non ? » lança John pour couvrir la musique. Une serveuse arriva. Il commanda une vodka, sans glaçons, en précisant une marque locale pour faire des économies.

« Ordres de la maison », lui précisa Nomuri. Il se leva sans un autre mot, manifestement vexé qu'un *gaijin* ait pu prendre le siège sans demander d'abord la permission, et s'éloignant sans même une courbette polie.

Avant que sa commande n'arrive, Clark glissa la main sous la table et trouva un paquet scotché dessous. En un instant, il était sur ses genoux et ne tarderait pas à trouver place à l'intérieur de sa ceinture, au creux des reins. Clark choisissait toujours des vêtements de travail coupés ample — le déguisement russe facilitait encore les choses — et ses larges épaules lui offraient de la marge pour planquer d'autres trucs, raison de plus pour se maintenir en forme.

La vodka arriva, et il prit son temps pour la siroter, en scrutant la glace du bar pour y chercher les reflets de visages qui auraient pu visiter sa mémoire auparavant. C'était une discipline constante, et si astreignante qu'elle soit, l'expérience lui avait appris à ne pas la négliger. Il consulta sa montre à deux reprises, discrètement, puis une troisième fois encore juste avant de se lever, en laissant derrière lui le montant exact de sa consommation. Les Russes n'étaient pas très portés sur les pourboires.

La rue était animée, même à cette heure tardive de la soirée. Clark avait pris l'habitude d'aller prendre un dernier verre au cours de la semaine précédente et, un soir sur deux, il traînait dans les boutiques du coin. Ce soir-là, il choisit d'abord une librairie, avec de longs rayonnages irréguliers. Les Japonais étaient un peuple cultivé. Il y avait toujours du monde ici. Il parcourut les rayons, choisit un exemplaire de *The Economist*, puis continua sa visite, sans but, vers le fond de la boutique, où il avisa plusieurs clients en train de lorgner l'étal des *mangas*. Plus grand qu'eux, il s'arrêta juste derrière, assez près mais pas trop, les mains devant lui, le dos faisant écran. Au bout de quatre ou cinq minutes, il regagna la caisse, régla son magazine, que l'employé lui glissa poliment dans un sac. L'étape suivante fut dans un magasin d'électronique, où il regarda des lecteurs de CD. Cette fois, il bouscula deux personnes, se confondant en excuses à chaque fois, avec une formule qu'il avait pris la peine d'apprendre dès le début de son stage à Monterey. De retour dans la rue, il regagna son hôtel, en se demandant dans quelle mesure les quinze minutes précédentes avaient été une totale perte de temps. *Non, en aucun cas*, se dit Clark. *Pas une seule seconde*.

Il entra dans la chambre et lança le magazine à Ding. Cela lui valut un regard de son cadet, avant que celui-ci ne réponde : « Ils n'ont donc rien en russe ?

— Ils font une bonne analyse des difficultés entre ce pays et l'Amérique. Lis et instruis-toi. Améliore ta connaissance des langues. »

Super, merde, vraiment super, songea Chavez en décryptant le vrai sens du message. *Cette fois, on est activés pour de bon*. Il ne terminerait jamais sa maîtrise, ronchonna-t-il. Peut-être qu'ils n'avaient pas envie de lui refiler l'augmentation statutaire à la CIA pour tout diplômé de l'université.

Clark avait d'autres chats à fouetter. Le paquet que lui

avait transmis Nomuri contenait une disquette ainsi qu'un boîtier d'extension destiné à s'insérer dans un portable. Il alluma son ordinateur, inséra la disquette dans la fente du lecteur. Le fichier qu'il ouvrit ne contenait que trois phrases, et quelques secondes après l'avoir lu, Clark l'effaça. Ensuite, il se mit à composer un texte qui avait toutes les apparences d'une dépêche d'agence.

L'ordinateur était la version en russe d'un modèle japonais courant : bien qu'il lise et parle couramment la langue, le plus dur pour Clark était qu'il avait l'habitude de taper (mal) en anglais. Le clavier cyrillique le rendait dingue, et il se demandait parfois si quelqu'un n'allait pas découvrir cette petite faille dans l'armure de sa couverture. Il lui fallut plus d'une heure pour taper l'article, et une demi-heure de plus pour faire le plus important. Il sauvegarda les deux textes sur disque dur, puis éteignit la machine. Retournant l'ordinateur, il retira le modem amovible enfiché à l'arrière, et le remplaça par le nouveau que lui avait apporté Nomuri.

« Quelle heure est-il à Moscou ? demanda-t-il d'une voix lasse.

— La même que d'habitude, six heures plus tôt qu'ici, t'as oublié ?

— Bon, je vais l'envoyer également à Washington.

— Parfait, grommela "Chekov". Je suis sûr qu'ils vont adorer, Ivan Sergueïevitch. »

Clark raccorda son modem à la prise téléphonique et composa directement au clavier le numéro établissant la liaison avec la ligne en fibres optiques vers Moscou. Le transfert de son rapport prit moins d'une minute. Il répéta l'opération avec le bureau d'Interfax situé dans la capitale américaine. C'était assez rusé, pensa John. Au moment de la connexion entre les deux modems à chaque bout de la ligne, on entendait comme un bruit de friture — rien de plus : le signal de couplage n'était qu'un sifflement rauque, à moins qu'on ne soit en possession d'une puce de décodage spéciale, et Clark se connectait exclusivement aux bureaux de l'agence de presse russe. Que ce bureau à Washington soit mis sur écoute par le FBI était une autre affaire. Quand il eut terminé, il conserva un fichier de la transaction et effaça l'autre. Encore une journée passée au service de son pays. Clark alla se brosser les dents avant de s'effondrer sur son lit.

« C'était un bien beau discours, Goto-san. » Yamata versa une dose généreuse de saké dans une fine tasse en porcelaine. « Vous avez su mettre les choses au clair.

— As-tu vu comme ils ont réagi ! » Le petit homme jubilait, son enthousiasme le faisait se gonfler sous les yeux de son hôte.

« Et demain, vous aurez votre cabinet, et le surlendemain, vous aurez un nouveau bureau, Hiroshi.

— Tu en es certain ? »

Lui répondirent un signe de tête et un sourire empreints d'un authentique respect. « Absolument. Mes collègues et moi en avons parlé avec nos amis, et ils ont bien dû admettre avec nous que vous êtes le seul homme à même de sauver notre pays.

— Quand commence-t-on ? demanda Goto, brusquement dégrisé par ces paroles, et se souvenant exactement de ce qu'allait signifier son accession au pouvoir.

— Quand nous aurons le peuple avec nous.

— Es-tu sûr que nous pouvons...

— Oui, j'en suis sûr. » Yamata marqua un temps. « Il reste toutefois un problème.

— Lequel ?

— Votre jeune amie, Hiroshi. S'il s'ébruite que vous avez une maîtresse américaine, vous serez compromis. Nous ne pouvons pas nous le permettre, expliqua patiemment Yamata. J'espère que vous comprenez.

— Kimba me procure une bien agréable diversion, objecta courtoisement Goto.

— Je n'en doute absolument pas, mais le Premier ministre a l'embarras du choix en la matière, et de toute manière, nous allons être occupés pendant le mois qui vient. » Le plus amusant était qu'il pouvait soutenir l'homme d'une main et le démolir de l'autre, aussi aisément qu'il manipulerait un enfant. Malgré tout, une chose le troublait dans toute cette histoire. Plusieurs, même. Qu'avait-il pu raconter à la fille ? Et qu'allait-on en faire à présent ?

« Pauvre bébé, la renvoyer chez elle maintenant, elle ne connaîtra plus jamais le bonheur.

— C'est incontestable, mais cela doit être fait, mon ami. Voulez-vous que je m'en occupe ? Mieux vaut régler ça en douceur, discrètement. On vous voit désormais tous les jours à la télévision. Plus question de vous voir fréquenter ce quartier comme un banal citoyen. Il y a trop de risques. »

L'homme sur le point de devenir Premier ministre baissa les yeux et but une gorgée de saké, pesant à l'évidence son plaisir personnel face à ses devoirs envers son pays ; une fois encore, il surprenait Yamata — mais non, pas vraiment. Goto était Goto, et on avait choisi de le promouvoir autant — voire plus — pour ses faiblesses que pour ses forces.

« *Hai*, dit-il après réflexion. Je t'en prie, occupe-t'en.

— Je sais ce qu'il faut faire », lui assura Yamata.

15

UNE SACRÉE BOURDE

Derrière le bureau de Ryan se trouvait un gadget appelé STU-6. L'acronyme devait signifier *Secure Telephone Unit*, « module téléphonique de sécurité », mais il n'avait jamais pris la peine de vérifier. L'appareil était contenu dans un meuble en chêne d'une soixantaine de centimètres de côté, fabriqué avec soin par les pensionnaires d'une prison fédérale. A l'intérieur, on trouvait une demi-douzaine de cartes électroniques dont la surface verte était bourrée de microprocesseurs chargés de crypter et décrypter les signaux téléphoniques. Avoir un de ces appareils dans son bureau vous désignait d'office comme un homme important au sein du gouvernement.

« Ouais, fit Jack en se penchant en arrière pour saisir le combiné.

— MP à l'appareil. Un truc intéressant vient d'arriver.

BOIS DE SANTAL. » La voix de Mme Foley était parfaitement claire sur la ligne à transmission numérique. « Vous allumez votre fax ?

— Allez-y, vous pouvez l'envoyer. » Le réseau STU-6 permettait également la transmission simultanée de données, au moyen d'un simple cordon téléphonique raccordé au télécopieur de Ryan. « Est-ce que vous leur avez bien transmis l'ordre...

— Oui.

— Parfait. Attendez une minute... » Jack prit la première page à la sortie de l'imprimante et commença à la lire. « Ça vient de Clark, n'est-ce pas ?

— Exact. C'est pourquoi je vous l'ai répercuté tout de suite. Vous connaissez le gars aussi bien que moi.

— J'ai vu le reportage télé. CNN dit que la foule était passablement excitée... » Ryan parvint au bas de la première page.

« Quelqu'un a balancé une boîte de Coca sur le crâne du réalisateur. Il s'en tire juste avec une bonne migraine, mais c'est la première fois que pareil incident se produit là-bas — en tout cas à notre souvenance, à Ed et moi.

— Bordel de merde ! s'exclama Ryan en lisant la suite.

— Je me doutais que vous apprécieriez ce passage.

— Merci pour les tuyaux, Mary Pat.

— Toujours à votre service. » On raccrocha.

Ryan prit son temps. Son emportement, il le savait, avait toujours été son pire ennemi. Il décida de s'accorder un moment pour se lever, sortir et se rendre à la première fontaine d'eau fraîche qui était installée dans le bureau de sa secrétaire. Le « Trou brumeux » où était située la capitale fédérale était, paraît-il, un joli marécage jusqu'au jour où un quelconque imbécile s'était avisé de le drainer. Dommage que le Sierra Club n'ait pas été dans le coin pour sortir une étude d'impact. Ces gars-là s'y entendaient pour faire de l'obstruction, sans s'occuper de savoir si les procédures qu'ils bloquaient étaient ou non utiles — et à l'occasion, ils rendaient un certain service à la société. Mais pas ce coup-ci, se dit Ryan, en se rasseyant. Puis il décrocha le combiné du STU-6 et pressa sur le clavier la touche mémoire du numéro des Affaires étrangères.

« Bonjour, monsieur le ministre, dit d'une voix enjouée le chef du Conseil national de sécurité. Dites donc, c'est quoi, cette histoire de manifestation devant notre ambassade à Tokyo, hier ?

— Vous avez vu CNN tout comme moi, j'en suis sûr », répondit Hanson comme si ce n'était pas le rôle des services diplomatiques américains de fournir des renseignements plus précis que ceux que pouvait découvrir le citoyen lambda à son petit déjeuner.

« Il se trouve que oui, effectivement, mais ce que j'aimerais, c'est avoir l'opinion du personnel d'ambassade, celle du conseiller politique, par exemple, ou pourquoi pas celle du CMD », répondit Ryan avec une pointe d'irritation dans la voix. L'ambassadeur Chuck Whiting n'était en poste que depuis peu de temps ; cet ancien sénateur, qui avait un cabinet d'avocat à Washington, avait certes représenté des intérêts d'affaires japonais, mais le chef de mission diplomatique était un spécialiste du Japon qui connaissait bien la culture du pays.

« Walt a décidé de garder son personnel à l'intérieur. Il ne veut risquer aucune provocation. Je ne vais pas le lui reprocher.

— C'est bien possible, mais j'ai sous les yeux le témoignage oculaire transmis par un agent confirmé qui...

— Je l'ai aussi, Ryan. Il me paraît bien alarmiste. Qui est ce gars ?

— Je vous l'ai dit, un agent confirmé.

— Hmmmm. Je vois qu'il connaît l'Iran. » Ryan entendit un crissement de papier à l'autre bout de la ligne. « Cela en fait un barbouze. J'imagine que cela colore quelque peu son jugement. Quelle expérience a-t-il du Japon ?

— Pas énorme, mais...

— Nous y voilà. Alarmiste, comme j'ai dit. Vous voulez malgré tout que j'en tienne compte.

— Oui, monsieur le ministre.

— D'accord. J'appellerai Walt. Autre chose ? Je pars bientôt pour Moscou, moi aussi.

— Je vous en prie, mettez-les en garde, d'accord ?

— Bien, Ryan. Je veillerai à ce que le message soit transmis. N'oubliez pas, c'est déjà la pleine nuit, là-bas, vu ?

— Bien. » Ryan reposa le combiné sur sa fourche et jura. *Ne jamais réveiller l'ambassadeur.* Il lui restait plusieurs possibilités. Il choisit la plus simple. Il décrocha le téléphone de son bureau et composa le numéro du secrétaire personnel du Président.

« Il faut que j'aie un bref entretien avec le patron.

— D'ici une demi-heure ?

— Ce sera parfait, merci. »

Le retard s'expliquait par une cérémonie dans le salon est, également inscrite sur l'agenda de Ryan, mais il l'avait complètement oubliée. Le Bureau Ovale était trop petit, ce qui n'était pas pour déplaire au personnel du secrétariat. Les dix caméras de télévision et une bonne centaine de journalistes étaient là pour voir Roger Durling apposer sa signature au bas de la loi sur la réforme du commerce extérieur. La nature du texte exigeait que le signataire emploie plusieurs stylos, un pour chaque lettre de son nom, ce qui rendait l'opération longuette et passablement hasardeuse. Le premier exemplaire était bien évidemment destiné à Al Trent, qui avait déposé le texte. Les autres furent distribués aux rapporteurs des diverses commissions de la Chambre et du Sénat, ainsi qu'à quelques membres de l'opposition sans qui le texte n'aurait pu faire aussi vite la navette entre les deux Chambres. Il y eut les applaudissements habituels, les poignées de main traditionnelles, et un nouvel article vint s'ajouter au *Journal officiel* des États-Unis. La loi sur la réforme du commerce extérieur était désormais loi fédérale.

L'une des équipes de télévision était celle de la NHK. Leurs visages étaient sinistres. Ils devaient ensuite filer au ministère du Commerce, interroger la commission de juristes chargée d'analyser la législation et les procédures japonaises en vue de leur duplication rapide. Voilà qui constituerait une expérience formatrice inhabituelle pour des journalistes étrangers.

Comme tant d'autres fonctionnaires du gouvernement, Chris Cook avait la télé dans son bureau. Il regarda la signature sur C-SPAN et, avec celle-ci, le report *sine die* de son entrée dans le secteur dit privé.

Ça le turlupinait de recevoir des sommes d'argent en dehors de son traitement d'agent de l'État. Certes, elles étaient virées sur un compte bancaire sûr, mais c'était tout de même illégal. Et il n'avait pas réellement intention d'enfreindre la loi. Le maintien de l'amitié américano-japonaise lui tenait à cœur. Or, elle était en train de se déliter, et à moins qu'on ne parvienne à la restaurer rapidement, sa carrière était promise à la stagnation et risquait même de prendre fin, malgré toutes les perspectives prometteuses depuis tant d'années. Et il avait besoin de cet argent. Il avait prévu de dîner ce soir avec Seiji. Il fallait qu'ils discutent des moyens d'arranger la situation, se dit le sous-chef de cabinet du ministre des Affaires étrangères.

Sur Massachusetts Avenue, Seiji Nagumo regardait la même chaîne de télévision et n'était pas non plus ravi. Rien ne serait plus jamais pareil, pensait-il. Peut-être que le nouveau gouvernement... non, Goto était un imbécile démagogue. Ses rodomontades et ses poses ne feraient que mettre de l'huile sur le feu. Ce qu'il convenait de faire, c'était... c'était quoi ?

Pour la première fois de sa carrière, Nagumo n'avait pas la moindre idée de la conduite à tenir. La diplomatie avait échoué. Le lobbying avait échoué. A tout prendre, même l'espionnage avait échoué. De l'espionnage ? Était-ce bien le terme ? Eh bien, techniquement oui, sans aucun doute. Il obtenait désormais ses informations contre de l'argent. Donné à Cook et à quelques autres. Du moins étaient-ils bien placés, ce qui lui avait permis d'avertir à temps son gouvernement. En tout cas, son ministre des Affaires étrangères savait qu'il avait agi au mieux, qu'il avait fait tout ce qui était humainement possible — et même plus, à vrai dire. Et il continuait, agissant par l'entremise de Cook pour influer sur l'interprétation américaine de la législation japonaise. Toutefois, les

Américains avaient un terme pour qualifier ce genre d'efforts : *ranger les transats sur le Titanic*.

Plus il y réfléchissait, plus ça l'inquiétait. Ses compatriotes allaient souffrir, l'Amérique aussi, et le monde entier. Et tout ça à cause d'un accident de la circulation qui avait causé la mort de six individus sans importance. C'était de la folie.

Folie ou pas, ainsi allait le monde. Un coursier entra dans son bureau pour lui apporter un pli scellé qu'il lui remit contre signature. Nagumo attendit que la porte se soit refermée pour l'ouvrir.

La couverture de la chemise lui donnait déjà une indication. Le document était classé *ultra-confidentiel*. Même l'ambassadeur n'aurait jamais connaissance de ce qu'il était en train de lire. Ses mains tremblaient quand il lut les instructions consignées sur les deux pages suivantes.

Nagumo se souvenait de ses cours d'histoire. L'archi-duc François-Ferdinand, le 28 juin 1914, dans la ville maudite de Sarajevo ; un vague nobliau anonyme, un homme si insignifiant qu'aucune personnalité de poids n'avait pris la peine d'assister à ses obsèques, et pourtant son assassinat avait été la « bêtise » qui avait déclenché la première guerre à avoir ravagé le globe. Dans le cas présent, les individus sans importance avaient été un agent de police et quelques femmes.

Et pour de telles futilités, c'est *ça* qui allait se produire ? Nagumo devint très pâle, mais il n'avait pas le choix en l'occurrence, car sa vie était gouvernée par les mêmes forces que celles qui faisaient tourner le monde sur son axe.

L'exercice PARTENAIRES DE CHANGEMENT DE DATE débuta à l'heure prévue. Comme presque toutes les manœuvres militaires, c'était une combinaison de figures libres et de règles imposées. Les dimensions de l'océan Pacifique laissaient de la marge, et la partie devait se dérouler entre l'île Marcus, possession japonaise, et Midway. L'idée était de simuler un conflit entre la marine américaine et un groupe de frégates adverse, aux unités plus modernes mais en nombre plus réduit, joué par la marine japonaise.

Cette dernière avait un handicap certain mais pas insurmontable. Pour les besoins de l'exercice, l'île Marcus *(Minari Tori-shima* sur leurs cartes) devait tenir le rôle d'une masse continentale. En fait, l'atoll mesurait à peine trois cent soixante-dix hectares, juste de quoi abriter une station météo, une petite colonie de pêcheurs et une unique piste d'aviation, d'où décollerait un trio de patrouilleurs P-3C. Ces appareils pourraient être « administrativement » abattus par les chasseurs américains, mais seraient ressuscités le lendemain. Les pêcheurs, qui avaient également une station sur l'île pour récolter les algues, ramasser les seiches et, à l'occasion, pêcher un poisson-scie pour le marché métropolitain, étaient ravis de ce surcroît d'activité. Les aviateurs avaient amené une cargaison de bière qu'ils troquaient contre du poisson frais, en se conformant à ce qui était devenu une tradition d'amitié.

Deux des trois Orion décollèrent avant l'aube, l'un vers le nord, l'autre vers le sud, à la recherche de la flotte de porte-avions américains. Leurs équipages, au courant des problèmes commerciaux entre les deux pays, se concentraient sur leur mission. Ce n'était pas un exercice inédit pour la marine japonaise, après tout. Leurs anciens avaient fait la même chose deux générations plus tôt, à bord d'hydravions Kawanishi H8K2 — pour traquer les porte-avions en maraude commandés successivement par Halsey et Spruance. Une bonne partie des tactiques qu'ils allaient employer aujourd'hui se fondaient sur les leçons tirées de ce conflit du passé. Les P-3C étaient eux-mêmes la version nippone d'un appareil américain qui avait commencé sa carrière comme avion de ligne à turbopropulseurs pour devenir un avion de patrouille maritime plus robuste, plus puissant quoique plus lent. Comme souvent pour les avions militaires japonais construits sous licence, le modèle américain en était resté à la conception de base. Les moteurs avaient entre-temps connu des évolutions et des améliorations, permettant de pousser la vitesse de croisière de l'Orion à trois cent cinquante nœuds. L'électronique interne avait été remarquablement travaillée, en particulier les capteurs, conçus pour détecter les émissions des bateaux et des avions. C'était d'ailleurs leur mission actuelle : voler en délimitant de larges secteurs circulaires, et capter les signaux radar et radio qui révéleraient la présence des bateaux et des avions américains. Reconnaissance : trouver l'ennemi. Telle était la mission, et, à lire la presse ou entendre les conversations des membres de leur famille qui travaillaient dans le civil pour l'économie de leur pays, voir dans les Américains leur ennemi n'était pas si difficile.

A bord du *John Stennis*, Bud Sanchez regarda décoller les Cat de la « patrouille à l'aube » — un terme chéri de tous les pilotes de chasse — qui allaient établir une patrouille de combat avancée. Les Tomcat partis, les suivants à se présenter sur les catapultes étaient les S-3 Viking, des zincs de lutte anti-sous-marine, avec leurs longues antennes balayant le secteur que la flotte allait traverser au cours de la journée. Puis venaient enfin les Prowler, les chiens de garde électroniques, conçus pour brouiller les signaux radar ennemis. C'était toujours excitant de les contempler depuis son perchoir sur la passerelle. Presque aussi bon que de décoller soi-même, mais il était aujourd'hui le pacha, et il était censé commander la flotte et pas une simple escadrille. Les Hornet de son groupe d'attaque avancée étaient répartis sur le pont, tous les appareils chargés de missiles d'entraînement peints en bleu, avec pour mission de découvrir les forces de combat ennemi ; dans les salles d'alerte, les pilotes attendaient assis, lisant des magazines ou échangeant des blagues, car ils avaient déjà reçu leurs instructions pour la mission.

L'amiral Sato regarda son vaisseau-amiral se dégager du pétrolier *Homana*, l'un des quatre qui ravitaillaient sa flotte. Son capitaine leva sa casquette et lui adressa un signe d'encouragement. Sato répondit de même et le pétrolier vira de bord pour s'éloigner de la force de combat. Il avait désormais suffisamment de carburant pour mener ses unités en avant toute. Le défi était intéressant — en gros, la ruse contre la force brute —, une situation qui n'était pas inhabituelle pour la marine de son pays, et pour cette tâche, il comptait recourir à la tactique japonaise traditionnelle. Ses seize bâtiments de surface étaient divisés en trois groupes, un de huit et deux de quatre, largement séparés. Similaire au plan de Yamamoto pour la bataille de Midway, son concept opérationnel était bien plus facile à mettre en pratique aujourd'hui, car grâce à la navigation au GPS, leur position était toujours connue, et les liaisons par satellite leur permettaient d'échanger des messages avec une relative sécurité. Les Américains s'attendaient sans doute à ce qu'il maintienne ses unités non loin des côtes de son pays natal, mais ce n'était pas son intention. Il allait au contraire faire son possible pour engager l'ennemi, car la défense passive n'était pas dans les traditions de son peuple, une leçon que les Américains avaient apprise mais avaient apparemment oubliée. L'idée lui parut amusante.

« Oui, Jack ? » Le Président était encore une fois de bonne humeur, tout excité d'avoir signé une loi qui, espérait-il, résoudrait un problème essentiel pour son pays et, avantage en passant, rendait plus probable la perspective de sa réélection. C'était vraiment dommage de lui gâcher sa journée, se dit Ryan, mais son boulot n'avait rien à voir avec la politique, en tout cas pas ce genre de politique.

« Ça pourra vous intéresser de jeter un œil là-dessus. » Il lui tendit le fax sans même s'asseoir.

« Encore notre ami Clark ? » demanda Durling, qui se cala contre le dossier de son fauteuil et tendit la main vers ses lunettes. Il devait les mettre pour la correspondance normale, même si le texte de ses discours ou des défilants de téléprompteurs était tapé en caractères assez gros pour épargner sa présidentielle vanité.

« Je présume que les Affaires étrangères l'ont déjà vu. Qu'est-ce qu'ils en disent ? demanda le Président quand il eut fini de lire le rapport.

— Hanson le juge alarmiste, rapporta Jack. Mais l'ambassadeur a gardé ses troupes à l'intérieur pendant les événements, parce qu'il ne voulait pas provoquer un "incident". C'est le seul témoignage oculaire que nous ayons en dehors des gars de la télé.

— Je n'ai pas encore lu le texte de son discours. Je dois l'avoir quelque part... » Durling indiqua son bureau.

« Ce ne serait peut-être pas une mauvaise idée d'y jeter un œil. Je viens de le faire. »

Le Président opina. « Et quoi d'autre ? Je sais qu'il n'y a pas que ça.

— J'ai dit à Mary Pat d'activer CHARDON. » Il expliqua brièvement de quoi il s'agissait.

« Vous devriez quand même me demander d'abord la permission.

— C'est pour cela que je suis ici, monsieur. Vous connaissez un peu le passé de Clark. Il n'est pas du genre à s'affoler aisément. CHARDON comprend deux personnes à leur ministère des Affaires étrangères et au MITI. Je crois qu'il serait intéressant pour nous de savoir ce qu'ils pensent.

— Ce ne sont pas des ennemis, observa Durling.

— C'est probable », concéda Jack, laissant pour la première fois entendre que la réponse adéquate n'était pas *c'est certain*, un détail qui amena le Président à hausser le sourcil. « Nous avons quand même besoin de savoir, monsieur. C'est ma recommandation.

— D'accord. Approuvé. Quoi d'autre ?

— Je lui ai également dit de faire sortir Kimberly Norton, et au plus tôt. L'opération devrait être réalisée dans les prochaines vingt-quatre heures.

— Histoire d'envoyer un message à Goto, c'est ça ?

— C'est en partie la raison. Schématiquement, nous savons qu'elle est là-bas, c'est une citoyenne américaine et...

— Et j'ai des gosses, moi aussi. Feu vert également. Gardez votre piété pour l'église, Jack, ordonna Durling avec un sourire. Comment comptent-ils opérer ?

— Si elle est d'accord pour partir, ils la conduisent à l'aéroport et la mettent dans l'avion pour Séoul. Ils lui ont préparé des vêtements, un nouveau passeport et des billets de première, pour elle et son accompagnatrice qui la retrouvera à l'aérogare. A Séoul, elle changera d'avion pour prendre un vol KAL à destination de New York. Là, on l'installe à l'hôtel, elle récupère, on l'interroge. On fait venir ses parents en avion de Seattle, et on leur explique qu'ils devront garder le secret. La fille aura sans doute besoin d'une aide psychologique — je veux dire, *vraiment* besoin. Côté discrétion, ça nous aidera. Le FBI y veillera. Son père est flic, il devrait jouer le jeu. » *Emballé, pesé, et parfait pour tout le monde, non ?*

Le Président regarda Ryan et hocha la tête. « Bon, et qu'est-ce qu'on va bien pouvoir raconter à Goto ?

— Ça, c'est à vous de décider, monsieur le président. Je recommanderais de ne rien faire pour le moment. Voyons d'abord ce que donne l'interrogatoire de la fille. Disons, huit-dix jours, ensuite, l'ambassadeur rendra la visite d'accréditation traditionnelle pour présenter vos vœux au nouveau chef de gouvernement...

— Et lui demander courtoisement quelle serait la réaction de ses compatriotes s'ils venaient à découvrir que Monsieur Nationalisme trempe son biscuit avec une long-nez. Et on en profite pour lui tendre un petit rameau d'olivier, c'est ça ? » Durling pigeait vite, estima Jack.

« C'est ce que je recommanderais, monsieur.

— Mais alors, tout petit, le rameau, nota sèchement le Président.

— Juste d'une seule olive, pour l'instant, concéda Ryan avec un sourire.

— Approuvé », répéta Durling, avant d'ajouter, encore plus sèchement : « Vous allez bientôt me suggérer quelle branche offrir ?

— Non, monsieur. Vous trouvez que j'y vais fort ? » demanda Jack, conscient soudain d'être allé un peu loin.

Durling s'excusa presque d'avoir passé sa mauvaise humeur sur son chef du Conseil national de sécurité. « Vous savez, Bob avait raison à votre sujet.

— Pardon ?

— Bob Fowler. » Durling lui fit signe de s'asseoir. « Vous savez que vous m'avez sacrément cassé les pieds, la première fois que je vous ai fait rentrer dans la maison.

— Monsieur, j'étais plutôt coincé, à l'époque, rappelez-vous. » Et les cauchemars n'avaient toujours pas cessé. Il se voyait assis au NMCC, le Centre de commandement militaire national, dictant aux gens ce qu'ils avaient à faire, mais dans son cauchemar, ils ne pouvaient ni le voir ni l'entendre, et les messages continuaient d'arriver sur la ligne rouge, rapprochant toujours plus son pays de la guerre qu'en fait il avait sans doute permis d'arrêter. L'histoire n'avait jamais été publiée en détail dans les médias. Ça valait mieux. Tous ceux qui avaient été sur place étaient au courant.

« Je n'avais pas compris, à l'époque. Quoi qu'il en soit... (Durling leva les bras pour s'étirer)... quand on s'est vus l'an dernier à Camp David, on a rediscuté d'un certain nombre de choses, Bob et moi. Il vous a recommandé pour le poste. Surpris ? demanda le Président avec un sourire en coin.

— Beaucoup », admit Jack, sans broncher. Arnie van Damm ne lui en avait jamais parlé. Ryan se demandait pourquoi.

« Il a dit que vous saviez garder votre putain de sang-froid en cas de coup dur. Il a dit aussi que vous étiez une putain de tête de mule bornée le reste du temps. Un bon psychologue, ce Bob Fowler. » Durling lui laissa le temps d'absorber ces remarques. « Vous êtes un homme de valeur dans la tourmente, Jack. Rendez-nous service à tous les deux en tâchant de vous souvenir qu'il n'est pas question d'aller plus loin sans mon accord. Vous avez encore joué à qui pisse le plus loin avec Brett, pas vrai ?

— Oui, monsieur. » Jack inclina la tête comme un écolier pris en faute. « Juste un petit peu.

— Ne poussez pas trop. C'est quand même mon ministre des Affaires étrangères.

— Je comprends, monsieur.

— Alors, prêts pour Moscou ?

— Cathy se fait réellement une joie de ce voyage, répondit Ryan, ravi de ce changement de sujet, en notant que Durling avait fort bien su le manipuler.

— Ça nous fera plaisir de la revoir. Anne l'aime vraiment beaucoup. Autre chose ?

— Non, pas pour l'instant.

— Et Jack, merci encore pour les mises en garde », dit Durling pour conclure sur une note positive.

Ryan quitta le bureau par la porte ouest et passa devant le salon Roosevelt (Theodore) pour regagner son bureau. Il vit qu'Ed Kealty était de nouveau dans le sien, au travail. Il se demanda quand cette affaire-là éclaterait, en se rendant compte que, même si le Président pouvait se féliciter des événements de cette journée, il avait toujours la menace de ce scandale au-dessus de sa tête. *Encore cette épée de Damoclès.* Il y était allé un peu fort, ce coup-ci, et sa mission était de faciliter la tâche du Président, pas de la compliquer. L'affaire dépassait les questions d'ingérence extérieure — et la politique, un domaine dont il avait essayé de se tenir à l'écart depuis des années, était un problème aussi concret que le reste.

Fowler ? Bigre.

Ils pourraient profiter de l'occasion, ils le savaient. Goto devait prononcer ce soir une allocution télévisée, son discours inaugural de Premier ministre, et quoi qu'il puisse raconter, c'était l'assurance qu'il ne passerait pas la soirée avec sa jeune maîtresse. Peut-être que leur mission de ce soir fournirait un contrepoint utile et intéressant aux déclarations de l'homme politique — une réponse de l'Amérique, en quelque sorte. Une idée qui était loin de leur déplaire.

A l'heure convenue, John Clark et Ding Chavez arpentaient le trottoir au pied du pâté de maisons, tout en surveillant l'immeuble de l'autre côté de la rue encombrée. Tous les bâtiments avaient ce même aspect anonyme et banal. Peut-être que quelqu'un finirait par piger qu'une façade criarde ou une tour de bureaux constituait en fait un meilleur camouflage, mais c'était douteux. Encore une fois, c'était plutôt l'ennui qui dictait sa loi. Un homme sortit et ôta ses lunettes noires, de la main gauche. Il se lissa les cheveux, se gratta deux fois la nuque, toujours de la main gauche, puis s'éloigna. Nomuri n'avait jamais pu localiser avec certitude le studio de Kim Norton. S'approcher aussi près était risqué, mais ils avaient reçu l'ordre de tenter le tout pour le tout, et maintenant qu'il avait donné le signal, il pouvait regagner tranquillement l'endroit où il avait abandonné sa voiture. Dix secondes plus tard, Clark nota qu'il s'était perdu dans la cohue des trottoirs. Lui, il pouvait. Il avait la taille et l'allure adéquates. Idem pour Ding. Avec sa carrure, ses cheveux bruns brillants et son teint basané, Chavez, de loin, pouvait presque se noyer dans la foule. La coupe de cheveux qu'il lui avait imposée aidait également. Vu de dos, il n'était qu'un passant parmi d'autres. C'était bien pratique, songea Clark, qui se sentait d'autant plus visible, lui, surtout en un moment pareil.

« En piste », souffla Ding. Les deux hommes traversèrent la rue, de l'air le plus dégagé possible.

Clark était vêtu comme un homme d'affaires, mais rarement il ne s'était senti aussi nu. Ni Ding ni lui n'avaient sur eux ne fût-ce qu'un canif. Même si l'un comme l'autre étaient formés au combat à main nue, ils avaient l'un et l'autre assez d'expérience pour préférer être armés — encore le meilleur moyen de tenir en respect ses adversaires.

La chance leur sourit. Il n'y avait personne dans le hall minuscule de l'immeuble pour relever leur présence. Ils prirent l'escalier. Premier étage, tout au fond, à gauche.

Nomuri avait bien fait son boulot. L'endroit était désert. Clark était en tête et s'enfonça rapidement dans le couloir mal éclairé. La serrure était sans complication. Tandis que Ding faisait le guet, il sortit ses outils de cambrioleur, força la porte, l'ouvrit promptement. Ils étaient déjà à l'intérieur avant de comprendre que leur mission avait foiré.

Kimberly Norton était morte. Elle gisait étendue sur un futon, vêtue d'un kimono de soie d'assez bonne qualité, remonté jusque sous les genoux et révélant ses jambes. La rigidité cadavérique commençait à colorer la face inférieure du corps, où le sang s'accumulait par gravité. Bientôt, la partie supérieure serait couleur de cendre, et les régions inférieures rouge violacé. La mort était si cruelle, songea John. Elle ne se contentait pas de voler la vie, il fallait qu'elle vole également la beauté que la victime avait pu posséder de son vivant. Celle-là avait dû être mignonne — eh oui, en effet, se dit John en comparant le cadavre avec la photo ; elle avait un faux air de ressemblance avec sa cadette, Patsy. Il tendit le cliché à Ding. Il se demanda si le gamin allait faire le rapport, lui aussi.

« C'est elle.

— Affirmatif, John, s'étrangla Chavez. C'est bien elle.

Une pause. Merde... », conclut-il d'une voix tranquille, en prenant tout son temps pour détailler ce visage, jusqu'à ce que la colère déforme ses traits. *Alors, il l'a remarqué, lui aussi.*

« T'as ton appareil ?

— Ouais. Ding sortit de sa poche de pantalon un 24x36 compact. On joue aux flics ?

— Absolument. »

Clark s'accroupit pour examiner le corps. C'était frustrant. Il n'était pas pathologiste, et même s'il connaissait bien la mort, il fallait en savoir un peu plus pour faire ce boulot correctement. Là... sur la veine au-dessus du pied, une simple petite marque. Guère plus. *Une toxicomane ?* Si oui, elle faisait ça avec soin, se dit John. Elle avait toujours l'aiguille et... Il parcourut la pièce du regard. Là. Une bouteille d'alcool, un paquet de coton hydrophile et un sachet de seringues en plastique.

« Je ne vois pas d'autres marques d'aiguille.

— Elles ne sont pas toujours visibles, mec », observa Chavez. Clark soupira, dénoua le kimono, l'ouvrit. Elle ne portait rien en dessous.

« Bordel ! » s'écria Chavez, d'une voix rauque. Il y avait du sperme à l'intérieur des cuisses.

« Le terme est particulièrement bien choisi », murmura Clark. Jamais il n'avait été aussi près de s'énerver depuis des années. « *Prends donc tes photos, merde !* »

Ding ne répondit rien. Le flash de l'appareil s'alluma, le moteur ronronna. Il enregistra la scène comme aurait pu le faire un photographe du labo de la police. Clark se mit ensuite à réarranger le kimono, dans une vaine tentative pour rendre à la jeune fille le peu de dignité que la mort et les hommes avaient consenti à lui laisser.

« Attendez voir une minute... la main gauche. »

Clark l'examina. Un ongle était cassé. Tous les autres étaient de longueur moyenne, recouverts d'un vernis transparent. Il examina les autres. Il y avait quelque chose dessous.

« Elle a écorché quelqu'un ? demanda Clark.

— Vous voyez un endroit où elle se serait grattée, monsieur C. ?

— Non.

— Alors, elle n'était pas toute seule quand ça s'est produit, mon vieux. Vérifiez encore une fois ses chevilles », insista Chavez.

Sur la gauche, celle du pied avec la piqûre, le dessous de la cheville révélait des ecchymoses déjà presque effacées par la pâleur cadavérique. Chavez termina sa pellicule.

« Je m'en doutais.

— Tu m'expliqueras plus tard. Pour l'instant, on se tire d'ici », fit John en se relevant.

En moins d'une minute, ils étaient ressortis par la porte de service, empruntaient l'allée sinueuse qui les ramena dans l'artère principale où ils retrouveraient Nomuri et leur véhicule.

« Il était moins une », observa Chavez, comme une voiture de police s'arrêtait devant le 18. Une équipe de télé la suivait à quinze secondes d'intervalle.

« C'est-y pas formidable ? Ils vont nous emballer ça vite fait, bien fait... bon alors, qu'est-ce qui te chiffonne, Ding ?

— Y a un truc qui colle pas, monsieur C. C'était censé ressembler à une overdose, pas vrai ?

— Ouais. Et alors ?

— Avec une OD, on calanche recta. D'un coup. Boum, salut la compagnie. J'ai vu un mec clamser comme ça, l'a même pas eu le temps de retirer l'aiguille de son bras. Le cœur s'arrête, la respiration s'arrête, rideau. On se lève pas pour poser la seringue, et se rallonger ensuite, d'accord ? Les bleus sur la jambe. Quelqu'un l'a piquée. On l'a assassinée, John. Et sans doute violée, en prime.

— Je vois d'ici le bazar. Encore un coup des Américains. Bien monté, leur truc. Ils referment le dossier, font retomber la responsabilité sur la fille et sa famille, et donnent une leçon de choses à leurs concitoyens. » Clark vit leur voiture déboucher au coin de la rue. « Bien vu, Ding.

— Merci, chef. » Chavez redevint silencieux, sa colère pouvait monter, maintenant qu'il n'avait plus rien pour lui accaparer l'esprit. « Vous savez, j'aimerais vraiment rencontrer ce mec.

— Sûrement pas. »

L'heure était à quelques fantasmes pervers. « Je sais, mais j'ai été Ninja, vous vous souvenez ? Ça pourrait être marrant, surtout à mains nues...

— Ouais, marrant pour se rompre les os. Surtout les tiens, en général.

— J'aimerais bien voir sa tête quand ça se produira.

— Alors, t'as intérêt à équiper ton fusil d'une bonne lunette.

— Exact, concéda Chavez. Quel genre de mec peut prendre son pied à faire des trucs pareils, monsieur C. ?

— Un putain d'enculé de malade, Domingo. J'en ai rencontré quelques-uns, dans le temps. »

Juste avant de monter en voiture, Ding vrilla ses yeux noirs dans ceux de Clark.

« Peut-être que j'aurai l'occasion de rencontrer ce type personnellement, John. *El hado*[1] peut vous jouer de ces tours. De drôles de tours.

— Où est-elle ? demanda Nomuri, derrière son volant.

— Conduisez, ordonna Clark.

— Vous auriez dû entendre le discours », dit Chet, et il remonta la rue en se demandant ce qui avait pu clocher.

« La fille est morte », annonça Ryan au Président, moins de deux heures plus tard ; il était une heure de l'après-midi à Washington.

— De mort naturelle ?

— Overdose. Sans doute provoquée par son assassin. Ils ont des photos. On devrait les avoir d'ici trente-six heures. Nos gars ont dégagé juste à temps. La police japonaise s'est pointée sacrément vite.

— Attendez voir une minute. Reprenons. Vous me parlez d'un meurtre ?

— C'est l'opinion de nos gars, oui, monsieur le président.

— En savent-ils assez pour émettre cette hypothèse ? »

Ryan prit son fauteuil et décida qu'il lui devait quelques explications.

---

1. Le destin, en espagnol *(NdT)*.

« Monsieur, notre agent responsable connaît assez bien la question, oui.

— Qu'en termes galants ces choses-là sont dites, nota sèchement le Président. Je ne veux plus entendre parler de cette histoire, c'est compris ?

— Aucune raison de le faire pour l'heure, monsieur, non.

— Goto ?

— Sans doute un de ses hommes de main. En fait, la meilleure indication sera de voir comment le rapport de police présente la chose. Si ce qu'ils racontent diverge de ce que nous avons appris de nos hommes, alors nous saurons que quelqu'un a trafiqué les résultats, et il n'y a pas des masses de gens en mesure de modifier un rapport de police. » Jack observa un long silence. « Monsieur, j'ai, par une source indépendante, d'autres éléments sur le caractère de notre homme. » Et il entreprit de narrer l'aventure de Kris Hunter.

« Vous êtes en train de me dire que vous croyez qu'il a fait tuer cette jeune fille et qu'il va se servir de sa police pour masquer les preuves ? Et que vous étiez au courant de son goût pour ce genre de pratique ? » Durling était cramoisi. « Et vous vouliez que je tende un rameau d'olivier à ce salaud ? Merde, mais ça ne tourne plus rond ou quoi ? »

Jack inspira un grand coup. « Bon, d'accord, c'est vrai, monsieur le président, je l'ai senti venir. La question maintenant est : qu'est-ce qu'on fait ? »

L'expression de Durling changea. « Vous ne méritiez pas ça, désolé.

— En vérité, si, tout à fait, monsieur le président. J'aurais pu dire à Mary Pat de la faire sortir il y a quelque temps... mais je ne l'ai pas fait, observa Ryan, lugubre. Je n'avais pas prévu un coup pareil.

— On ne les prévoit jamais, Jack. Bon, et maintenant ?

— On ne peut rien dire à leur attaché d'ambassade parce qu'on ne "sait" encore rien, à l'heure qu'il est, mais je pense qu'on pourra demander au FBI de lancer son enquête une fois qu'on aura eu la notification officielle. Je peux passer un coup de fil à Dan Murray et lui en parler.

— L'homme de main de Shaw ? »

Ryan acquiesça. « Dan et moi, on se connaît depuis un bail. Pour l'aspect politique, je ne suis pas sûr. La transcription de son discours télévisé vient d'arriver. Avant que vous le lisiez, eh bien, vous devez savoir à quel genre de paroissien on a affaire.

— Dites-moi, combien de salauds dans son genre sont à la tête de leur pays ?

— Ça, vous le savez mieux que moi, monsieur. » Jack réfléchit quelques instants à la question. « Ce n'est pas entièrement négatif. Ces gens-là sont des faibles, monsieur le président. Des couards, en définitive. Si vous devez avoir des ennemis, mieux vaut qu'ils aient des faiblesses. »

Il pourrait venir en visite officielle, songea Durling. *Il faudrait qu'on l'installe à Blair House, juste de l'autre côté de la rue. Qu'on organise un dîner d'État : on entre dans le salon est, on prononce de beaux discours, on trinque ensemble, on se serre la louche comme deux vrais potes. Merde, pas question !* Il saisit la chemise contenant le texte de l'allocution de Goto et parcourut celle-ci.

« Ce fils de pute ! "L'Amérique devra bien comprendre"... Mon cul, oui !

— La colère, monsieur le président, n'est pas le meilleur moyen de traiter les problèmes.

— Vous avez raison », admit Durling. Il garda quelques instants le silence, puis eut un sourire torve. « Et c'est vous qui avez le sang chaud, si j'ai bonne mémoire !

— On m'en a fait reproche, c'est vrai, monsieur.

— Eh bien, ça nous fera deux gros problèmes à régler, une fois rentrés de Moscou.

— Trois, monsieur le président. Nous devons décider de la conduite à tenir au sujet de l'Inde et du Sri Lanka. » Jack vit bien, au visage de Durling, que le Président s'était permis d'oublier ce dernier.

Durling s'était également permis d'oublier à moitié un autre problème.

« Combien de temps encore est-ce que je vais devoir attendre ? » demanda Mad. Linders.

Murray voyait sa douleur encore plus clairement qu'il ne l'entendait. Comment expliquiez-vous ça aux gens ? Déjà victime d'un crime odieux, elle l'avait déballé ouvertement, elle avait dénudé son âme devant toutes sortes d'étrangers. La procédure n'avait dû être marrante pour personne, mais encore moins pour elle. Murray était un enquêteur habile et expérimenté. Il savait consoler, encourager, harceler les gens pour leur soutirer de l'information. Il avait été le premier agent du FBI à recueillir son histoire, et s'était de fait retrouvé inclus dans son équipe de traitement psychiatrique au même titre que le Dr Golden. Après cela, deux nouveaux agents étaient intervenus, un homme et une femme plus spécialisés dans les cas de ce type. Puis après eux, et tour à tour, deux psychiatres, dont les questionnaires avaient eu forcément quelque chose de contradictoire, à la fois pour confirmer la véracité de son récit dans les moindres détails et lui donner un avant-goût de l'hostilité qu'elle allait rencontrer.

En cours de route, réalisa Murray, Barbara Linders était, plus qu'auparavant encore, devenue une victime. Elle avait dû puiser dans ses forces morales pour se dévoiler d'abord devant Clarice, puis de nouveau devant Murray, puis devant un troisième et même un quatrième interlocuteur. Et maintenant, elle redoutait la pire de toutes ces épreuves, car certains membres de la commission judiciaire étaient des alliés d'Ed Kealty, et ceux-ci ne se priveraient pas d'enfoncer un peu plus le témoin, soit pour s'attirer les faveurs de la presse, soit pour prouver leur impartialité et leur professionnalisme d'avocats. Barbara le savait. Murray l'avait lui-même entraînée en prévision de l'épreuve, et n'hésitait pas à lui balancer les questions les plus odieuses — toujours assorties toutefois d'un préambule le plus délicat possible, du genre : « Un des points sur lesquels vous pouvez vous attendre à être interrogée... »

Tout cela avait de quoi ébranler, et sacrément, même. Barbara — ils étaient trop proches désormais pour qu'il l'appelle encore Mad. Linders — avait montré tout le courage qu'on pouvait demander à la victime d'un crime, et même plus. Mais le courage, ça ne tombait pas du ciel.

C'était un peu comme un compte bancaire. Vous pouviez puiser dedans jusqu'à un certain point, et puis il fallait arrêter, le temps de le réapprovisionner. Attendre, ne pas savoir quand elle aurait à se présenter devant la commission pour faire sa première déclaration, face aux projecteurs de la télé, et savoir qu'elle devrait alors dévoiler son âme devant le monde entier... comme un voleur qui reviendrait nuit après nuit dans une banque pour piller ses réserves de résolution intérieure chèrement amassées. C'était dur pour Murray. Il avait monté son dossier, avait déniché un procureur, mais c'était lui qui la côtoyait tous les jours. C'était devenu sa mission à lui : démontrer à cette femme que tous les hommes n'étaient pas semblables à Ed Kealty, que de tels actes pouvaient révolter un homme autant qu'une femme. Il était désormais son chevalier servant. La disgrâce et l'emprisonnement de ce criminel étaient devenus son but dans la vie, plus encore que pour elle.

« Barb, il faut tenir le coup, ma petite. On va le coincer, ce salaud, mais on ne peut pas le faire tout de suite, à moins de... » Il lui expliqua, mettant dans ses paroles une conviction qu'il était loin de ressentir. Depuis quand la politique se mêlait-elle d'une affaire criminelle ? On avait enfreint la loi. Ils avaient des témoins, des preuves matérielles, et voilà qu'ils se retrouvaient contraints à une séance de surplace, aussi préjudiciable pour la victime que n'importe quel avocat de la défense.

« C'est trop long !

— Encore deux semaines, peut-être trois, et on engage la partie, Barb.

— Écoutez, je sais très bien que quelque chose se trame, d'accord ? Vous me prenez pour une idiote ? Comme par hasard, on ne le voit plus faire de discours, inaugurer des trucs et des machins ! Quelqu'un l'a prévenu et il est en train d'élaborer sa défense, n'est-ce pas ?

— Je crois que ce qui se passe, c'est que le Président le garde délibérément sous le coude, pour qu'au moment où le scandale éclatera il ne puisse pas se barricader derrière ses obligations d'État pour assurer sa défense. Le Président est avec nous, Barb. Je l'ai moi-même mis au courant de l'affaire et sa seule réponse a été : "un criminel est un criminel", et c'est *exactement* ce qu'il aurait dû dire. »

Barbara leva les yeux pour le regarder. Il vit qu'ils étaient emplis de larmes et de désespoir. « Je sens que je vais craquer, Dan.

— Non, Barb, sûrement pas, mentit Murray. Vous êtes une fille solide, intelligente, courageuse. Vous allez voir que vous tiendrez le coup. C'est lui qui va craquer. » Daniel Murray, sous-directeur adjoint du FBI, tendit la main par-dessus la table. Barbara Linders la prit, la serrant comme une enfant serre la main de son père, se forçant à le croire et à lui faire confiance, et Dan eut honte de la voir payer un tel prix, sous prétexte que le président des États-Unis devait faire passer la justice après les questions politiques. Cela se justifiait peut-être par de grandes considérations générales, mais pour un flic, les grandes considérations générales se ramenaient le plus souvent à un crime et à une victime.

16

CHARGES UTILES

L'ultime étape de l'armement des missiles H-11 (ex-SS-19), devait nécessairement attendre l'aval officiel du Premier ministre. Par certains côtés, cette dernière phase de la mise en œuvre avait quelque chose de décevant. Ils avaient à l'origine compté fixer un ensemble complet de charges militaires, soit un minimum de six, au sommet de chaque missile, mais cela aurait obligé à tester en vol le bus de liaison, et franchement, le risque eût été trop grand. La nature secrète du projet avait en définitive bien plus d'importance que le nombre réel de charges opérationnelles, avaient décidé les responsables au pouvoir. Et puis ils pourraient toujours rectifier le tir à une date ultérieure. C'était pour cette raison qu'ils avaient délibérément conservé intacte la coiffe du missile russe ; alors, pour l'instant, il faudrait faire avec un total de dix têtes d'une mégatonne.

Le personnel d'installation ouvrit les silos individuels l'un après l'autre, et l'un après l'autre les énormes véhicules de rentrée furent hissés de leur berceau sur les wagons plates-formes surbaissés, mis en place, puis couverts de leur coiffe aérodynamique. Une fois encore, la conception russe les servait à merveille. Chacune de ces manutentions prit à peine plus d'une heure, ce qui permit de terminer l'ensemble de la procédure en une seule nuit avec une équipe de vingt personnes.

On referma hermétiquement les silos : désormais, leur pays était une puissance nucléaire.

« Fascinant, observa Goto.

— Des plus simple, à vrai dire, répondit Yamata. Le gouvernement a subventionné la fabrication et les essais des "lanceurs" dans le cadre de notre programme spatial. Le plutonium provient du centre nucléaire de Monju. Concevoir et fabriquer les têtes a été un jeu d'enfant. Si des Arabes sont capables de bricoler une bombe artisanale dans une caverne au Liban, quelle difficulté cela peut-il réellement présenter pour nos techniciens ? »

En fait, en dehors de la fabrication des têtes nucléaires, tout le processus avait été d'une manière ou de l'autre financé par le gouvernement, et Yamata était sûr que le consortium informel responsable de la dernière phase de l'opération y trouverait son compte lui aussi. N'avaient-ils pas fait tout cela pour leur pays ?

« Nous allons immédiatement commencer l'entraînement du personnel des forces d'autodéfense pour qu'ils prennent en charge les opérations — une fois que vous leur aurez assigné cette mission, Goto-san.

— Mais les Américains et les Russes... ? »

Yamata renifla. « Ils en sont réduits à un missile chacun, et ils doivent officiellement les faire sauter cette semaine, devant les caméras de télévision. Comme vous le savez, leurs sous-marins lance-missiles ont été désactivés. Leurs missiles Trident ont déjà tous été détruits, et leurs sous-marins sont à quai à attendre leur démantèlement. Dix malheureux ICBM opérationnels nous donnent un avantage stratégique certain.

— Mais s'ils essaient d'en refabriquer ?

— Impossible — en tout cas, très difficile, se reprit Yamata. Les chaînes de production ont été arrêtées et, en accord avec le traité, tous les outils de fabrication ont été détruits sous contrôle international. Tout reprendre exigerait des mois, et on aurait très vite fait de s'en apercevoir. Notre prochaine étape importante est de lancer un programme ambitieux de construction navale » — pour lequel les chantiers de Yamata étaient prêts — « afin que notre suprématie dans le Pacifique Ouest devienne indiscutable. Pour le moment, avec de la chance et l'aide de nos amis, nous avons de quoi voir venir. Avant qu'ils soient en mesure de nous défier, notre position stratégique se sera renforcée au point qu'ils seront bien obligés d'accepter notre position et de traiter avec nous d'égal à égal.

— Alors, je dois donner l'ordre maintenant ?

— Oui, *monsieur le Premier ministre* », répondit Yamata, insistant exprès sur le titre pour lui rappeler les obligations de sa tâche.

Goto se frotta les mains un long moment, tout en contemplant le bureau richement orné, et depuis si peu devenu le sien. Toujours faible, il temporisa. « Alors, c'est donc vrai, ma Kimba était une droguée ? »

Yamata acquiesça sobrement, même s'il rageait intérieurement. « Navrant, n'est-ce pas ? C'est mon propre chef de la sécurité, Kaneda, qui l'a trouvée morte et a prévenu la police. Il semble qu'elle prenait beaucoup de précautions, mais apparemment pas assez. »

Soupir de Goto. « L'idiote. Son père est policier, tu sais. Un homme très sévère, disait-elle. Il ne la comprenait pas. Moi, si. C'était un esprit aimable et doux. Elle aurait fait une excellente geisha. »

C'était incroyable comme la mort pouvait vous transformer les gens, observa froidement Yamata. Cette idiote effrontée avait bravé l'autorité de ses parents pour se faire un chemin dans le monde, et découvrir à son grand dam que le monde ne tolérait pas l'improvisation. Mais comme elle avait su donner à Goto l'illusion qu'il était un homme, voilà qu'elle était devenue un esprit aimable et doux.

« Goto-san, pouvons-nous laisser dicter le destin de notre nation par des gens de cette sorte ?

— Non. »

Le nouveau Premier ministre décrocha son téléphone. Il dut consulter une fiche sur son bureau pour composer le bon numéro.

« Escaladez le mont Niitaka », dit-il quand la communication fut établie, répétant un ordre qui avait été prononcé plus d'un demi-siècle auparavant.

Sous bien des aspects, l'avion était singulier, mais sous d'autres, il était tout à fait ordinaire. Le VC-25B était en fait la version pour l'armée de l'air du vénérable Boeing 747 civil. Un appareil qui avait trente ans d'histoire derrière lui, mais qui était toujours produit en série dans l'usine de la banlieue de Seattle. Celui-ci était peint dans des teintes sélectionnées selon des critères politiques visant à donner une impression favorable aux pays étrangers, quoi que cela puisse vouloir dire. Isolé sur la piste en béton, il était entouré de forces de sécurité en tenue, « autorisées », selon l'euphémisme *pentagonal*, à recourir à leurs fusils automatiques M-16 bien plus facilement que les autres gardes en uniforme postés autour de la plupart des bâtiments fédéraux. C'était une façon plus polie de dire « Tirez d'abord, vous poserez les questions ensuite ».

Pas de passerelle télescopique. Les passagers devaient gravir l'échelle pour monter à bord, comme dans les années cinquante, mais il y avait quand même un portique détecteur de métaux, et il fallait toujours faire enregistrer ses bagages — en l'occurrence, auprès de membres de l'armée de l'air et du Service secret qui passaient tout aux rayons X et ouvraient une bonne partie des bagages à main pour inspection visuelle.

« J'espère que tu as laissé tout ton bazar victorien à la maison, observa Jack, narquois, tout en posant son dernier sac sur le comptoir.

— Tu verras bien quand on sera arrivés à Moscou », répondit madame le professeur Ryan avec un sourire espiègle. C'était son premier voyage officiel, et tout était nouveau pour elle à la base d'Andrews.

« Bonjour, Dr Ryan ! Eh bien, nous avons fini par nous rencontrer. » Helen D'Agustino s'approchait, la main tendue.

« Cathy, voici la plus jolie garde du corps de la planète, dit Jack pour présenter à son épouse l'agent du Service secret.

— Je n'ai pas pu assister au dernier dîner officiel, expliqua Cathy. J'avais un séminaire à Harvard.

— Ma foi, ce voyage devrait être assez passionnant », dit l'agent du Service secret, en prenant congé discrètement pour poursuivre sa tâche.

Sûrement pas autant que mon dernier, pensa Jack, en se remémorant une autre histoire qu'il ne pouvait narrer à personne.

« Où planque-t-elle son arme ?

— Je ne l'ai jamais fouillée au corps, chérie, répondit Jack avec un clin d'œil.

— Est-ce qu'on embarque maintenant ?

— Je peux embarquer quand ça me chante, expliqua son mari. Ça me donne l'air important. » Autant monter avant les autres et lui faire faire le tour du propriétaire, décida-t-il en la conduisant vers la porte. Conçu pour transporter jusqu'à trois cents passagers dans sa version civile, le 747 personnel du Président (il y en avait un second, de secours, évidemment) était aménagé pour n'en accueillir que le tiers, mais avec un confort princier. Jack montra d'abord à sa femme leur place à bord, en lui expliquant que l'ordre de placement était tout à fait explicite : plus on était près du poste de pilotage, plus on était important. Les appartements du Président étaient situés dans le nez de l'appareil, avec deux canapés transformables en lits. Les Ryan et les van Damm seraient installés dans la section suivante, dans un espace de sept ou huit mètres de large qui pouvait accueillir huit sièges, mais seulement cinq le cas présent. Les rejoindrait la directrice de la communication du Président, Tish Brown, une femme en général surmenée et survoltée, ancienne réalisatrice de télévision, divorcée depuis peu. Le reste des membres de l'entourage présidentiel étaient placés à l'arrière par ordre d'importance décroissant, jusqu'à ce qu'on aboutisse à la presse et aux médias, jugés encore moins importants.

« C'est la cuisine ? demanda Cathy.

— L'office », rectifia Jack. L'endroit était impressionnant, comme l'étaient les plats qu'on y préparait, et qui étaient réellement *cuisinés* à bord avec des produits frais, et non pas simplement réchauffés comme c'est l'habitude sur les avions de ligne.

« Mais elle est plus grande que la nôtre ! observa-t-elle, au grand amusement du chef coq, un sergent-chef de l'Air Force.

— Quand même pas, mais le chef est meilleur, pas vrai, sergent ?

— Je tourne le dos. Vous pouvez le descendre, m'dame, je dirai rien. »

Cathy se contenta de rire. « Pourquoi l'office n'est-il pas installé en haut, près du salon du pont supérieur ?

— Parce que l'étage est presque entièrement occupé par du matériel de communications. Le Président aime bien y monter pour discuter avec le personnel, mais les gars qui bossent là-haut sont surtout des cryptos.

— Des cryptos ?

— Les spécialistes des transmissions », expliqua Jack en ramenant son épouse vers leurs sièges. Ces derniers, recouverts de cuir beige, étaient extra-larges, extra-moelleux, et équipés depuis peu d'un écran de télévision rabattable, d'un téléphone personnel et autres équipements que Cathy se mit à inventorier, jusqu'aux boucles de ceinture frappées du sceau présidentiel.

« Maintenant, je sais ce que voyager en première veut réellement dire.

— Ça fait quand même toujours un vol de onze heures, chou », observa Jack, en s'installant alors que les autres étaient en train d'embarquer. Avec de la chance, il arriverait à dormir sur la majeure partie du trajet.

La déclaration télévisée pour le départ du Président se déroulait selon des règles immuables : le micro était toujours installé de manière à ce qu'*Air Force One* apparaisse dans le fond, histoire de rappeler à tout le monde qui il était et de le prouver en exhibant son avion personnel. Pour Roy Newton, la précision de l'emploi du temps passait avant tout le reste. Les déclarations comme celle-ci n'étaient jamais d'un intérêt crucial, et C-SPAN était la seule chaîne à les transmettre dans leur intégralité, même si des équipes de reportage des grands réseaux étaient toujours là avec leurs caméras, au cas où l'avion sauterait au décollage. Après avoir conclu son allocution, Durling prit son épouse Anne par le bras et se dirigea vers la passerelle, au pied de laquelle un sergent saluait au garde-à-vous. A la porte de l'avion, le Président et la Première dame se retournèrent pour adresser un dernier signe de la main, comme s'ils étaient déjà en campagne — en vérité, ce voyage faisait partie intégrante de ce processus quasiment ininterrompu —, puis ils entrèrent dans la carlingue. C-SPAN rendit l'antenne à la retransmission des débats du Parlement, où plusieurs jeunes députés prenaient la parole sur diverses questions inscrites à l'ordre du jour. Le Président serait dans les airs pendant onze heures, Newton le savait, plus de temps qu'il ne lui en fallait.

Il était temps de se mettre au travail.

Le vieil adage n'était pas faux, songea-t-il, en réarrangeant ses notes. Si plus d'une personne était au courant, alors ce n'était plus un secret. Et encore moins quand vous en connaissiez une partie et que vous saviez en outre qui savait le reste, et que cette autre personne étant convaincue que vous saviez tout, elle vous racontait donc par le menu ce que vous n'aviez pas encore appris. Quelques sourires, hochements de tête et grognements bien placés, quelques mots bien choisis suffisaient à relancer votre interlocutrice, jusqu'à ce que toute l'histoire vous soit enfin dévoilée. Newton supposait que ça ne devait pas être terriblement différent pour les espions. Peut-être qu'il en aurait fait un bon, mais ça ne rapportait pas plus que son train-train au Congrès — même moins, en fait — et il avait depuis longtemps décidé de consacrer ses talents à une activité qui lui permettrait enfin de gagner décemment sa vie. Le reste de la partie était bien plus facile. Il fallait choisir la bonne personne à qui confier l'information, et ce choix se faisait pour l'essentiel en épluchant avec soin la presse locale. N'importe quel journaliste avait son sujet favori, un truc pour lequel il ou elle se passionnait réellement, et sous cet aspect, les reporters n'étaient pas différents du commun des mortels. Si vous saviez sur quels boutons appuyer, vous pouviez manipuler n'importe qui. Quel dommage que ça n'ait pas si bien marché avec les gens de sa circonscription, songea Newton, qui décrocha son téléphone et pressa quelques touches.

« Libby Holtzman.

— Salut, Libby, c'est Roy. T'as du neuf ?

— Pas grand-chose pour l'instant, concéda-t-elle, en se demandant si Bob, son mari, aurait quelque chose de valable lors du voyage à Moscou avec la délégation présidentielle.

— Ça te dirait qu'on dîne ensemble ? » Il savait que son mari était parti.

« A quel sujet ? » Elle savait que ce n'était pas une avance ou une autre bêtise de cet acabit. Newton était joueur et, en général, il avait toujours des trucs intéressants à raconter.

« T'auras pas perdu ton temps, promit-il. Le Jockey Club, sept heures et demie ?

— J'y serai. »

Newton sourit. C'était de bonne guerre, non ? Il avait perdu son siège au Congrès sur la foi d'une accusation de trafic d'influence. Cela n'avait pas été grave au point de lui valoir des poursuites (quelqu'un s'était chargé d'y veiller), mais cela avait suffi (de justesse) à convaincre 50,7 % des électeurs (en cette année non électorale) qu'il vaudrait mieux qu'un autre se charge de les représenter. Une année d'élection présidentielle, estima Newton, il aurait sans doute réussi à s'en tirer, mais un siège de député, une fois perdu, ne se regagnait presque jamais.

Ça aurait pu être bien pire. La vie n'allait pas si mal, en définitive... Il avait conservé sa maison, gardé ses gosses dans le même lycée, en attendant de les mettre dans des universités réputées, et il était resté inscrit dans le même country-club. Il avait simplement changé d'électorat, et n'avait plus à s'embêter avec un code d'éthique —

même si ça n'avait jamais été franchement son problème
—, et en plus, ça payait sacrément mieux, non ?

PARTENAIRES DE CHANGEMENT DE DATE se déroulait via des liaisons informatiques par satellite — trois relais, en fait. La marine japonaise transmettait l'ensemble de ses données au centre d'opérations de la flotte, situé à Yokohama. La marine américaine faisait de même avec le centre opérationnel de Pearl Harbor. Les deux Q G recouraient à une troisième liaison pour échanger leurs images. Les données étaient ainsi accessibles aux arbitres chargés du décompte des points, mais pas aux commandants de chacune des flottes. Le but de l'exercice était de soumettre les deux camps à un entraînement réaliste, raison pour laquelle on évitait de tricher — « tricher » étant un concept à la fois étranger et inhérent au déroulement des guerres, évidemment.

Bien calés dans leur fauteuil, les divers commandants de la flotte du Pacifique, amiraux responsables des forces de surface ainsi que des forces aériennes, sous-marines et logistiques, surveillaient le déroulement du jeu, en se demandant comment allaient se débrouiller leurs subordonnés.

« Sato n'est pas un imbécile, n'est-ce pas ? demanda le capitaine de frégate Chambers.

— Ce garçon a réussi quelques mouvements superbes », reconnut le Dr Jones. Important fournisseur de la marine, titulaire d'un visa d'« accès exclusif » personnel, il avait eu l'autorisation de pénétrer dans le centre sous la responsabilité de Mancuso. « Mais ça ne va pas l'aider quand il se retrouvera plus au nord.

— Oh ? » Le SubPac se tourna et sourit. « Vous sauriez un truc que j'ignore ?

— Aux sections sonar du *Charlotte* et de l'*Asheville*, ce sont des tout bons, commandant. Mes gars ont bossé avec eux pour mettre au point les nouveaux logiciels de poursuite, vous vous rappelez ?

— Leurs commandants ne sont pas mauvais non plus », observa Mancuso.

Jones acquiesça. « Tout à fait, monsieur. Ils savent écouter, exactement comme vous.

— Bon Dieu, souffla Chambers en lorgnant les épaulettes neuves à quatre galons — il avait presque l'impression de sentir leur poids supplémentaire.

— Amiral, vous vous êtes déjà demandé comment on aurait pu s'en sortir sans notre ami Jonesy ?

— Nous avions le chef Laval avec nous, vous avez oublié ? répondit Mancuso.

— Le fils de Frenchy est chef sonar sur l'*Asheville*, monsieur Chambers. » Pour Jones, Mancuso serait toujours « commandant » et Chambers toujours « capitaine ». Aucun des deux officiers n'y voyait d'objection. C'était une de ces traditions de la marine qui liait officiers et (dans ce cas précis, anciens) hommes de rang.

« J'ignorais, admit le SubPac.

— Il vient d'y être affecté. Il était auparavant sur le *Tennessee*. Un gamin très brillant, il est passé sous-off trois ans après ses classes.

— Encore plus rapide que vous, observa Chambers. Il est si bon que ça ?

— Un peu, oui. Même que j'essaie de le recruter pour ma boîte. Il s'est marié l'an dernier, il a mis un gosse en route. Ça ne devrait pas être trop dur de le convaincre de retrouver la vie civile...

— Merci beaucoup, Jonesy, grommela Mancuso. Je devrais vous foutre dehors à coups de pompes dans le train.

— Oh, allons donc, commandant ! Ça remonte à quand, la dernière fois qu'on s'est retrouvés ensemble pour se marrer un bon coup ? » Réunion qui avait débouché sur l'intégration de son nouveau logiciel de détection des baleines à ce qui restait du SOSUS — le système de surveillance par hydrophone — installé au fond du Pacifique. « Il serait peut-être temps de se remettre à jour. »

Le fait que chaque camp dispose d'observateurs au QG adverse compliquait quelque peu la situation, en grande partie parce qu'il y avait de part et d'autre un certain nombre de capacités techniques qui n'étaient pas à strictement parler partagées. En l'occurrence, les tracés générés par le SOSUS, qui pouvaient (ou non) représenter des sous-marins japonais au nord-ouest de Kure, étaient en réalité meilleurs que ceux figurant sur le tableau d'affichage central. Les vrais tracés étaient transmis à Mancuso et Chambers. Chaque camp avait deux sous-marins. Aucun des bateaux américains n'apparaissait sur les tracés, mais les submersibles japonais étaient à propulsion classique et devaient donc périodiquement remonter en immersion périscopique pour faire tourner leurs diesels et recharger leurs batteries. Bien que les sous-marins japonais aient leur version personnalisée du système américain Prairie-Masker, le nouveau logiciel de Jones avait dû faire des prodiges pour percer ce dispositif de contre-mesures. Mancuso et les autres se retirèrent dans la salle des cartes du SubPac pour examiner les dernières données.

« D'accord, Jonesy, dites-moi ce que vous voyez », ordonna Mancuso en examinant les sorties papier des hydrophones sous-marins qui tapissaient le fond du Pacifique.

Les données s'affichaient sur des moniteurs électroniques en même temps qu'elles s'imprimaient sur du papier listing analogue à celui des antiques imprimantes d'ordinateur, cela pour permettre une analyse plus fouillée. Pour ce genre de travail, on préférait cette dernière méthode, et deux jeux avaient été imprimés. Le premier était déjà annoté par les techniciens océanographes du SOSUS détachés sur place. Pour en faire une analyse en double aveugle, et afin de s'assurer que Jones n'avait pas perdu la main, Mancuso avait gardé de côté celui analysé par ses hommes.

Jones n'avait pas la quarantaine mais ses épais cheveux bruns grisonnaient déjà, bien qu'il mâchât de la gomme pour ne pas fumer. Sa concentration était toujours la même, Mancuso le voyait. Le Dr Ron Jones feuilletait la liasse comme un comptable flairant une arnaque, le doigt suivant les traits verticaux sur lesquels les fréquences étaient enregistrées.

« On va supposer qu'ils montent renifler toutes les huit heures environ ?

— C'est ce qu'il y a de mieux à faire, pour garder les

batteries en pleine charge, acquiesça Chambers en hochant la tête.

— Sur quelle heure sont-ils calés ? » demanda Jones.

Classiquement, les sous-marins américains réglaient leurs pendules sur le temps moyen de Greenwich — récemment rebaptisé « Temps universel » avec la perte d'influence de la Royal Navy, dont la puissance d'antan avait donné aux Britanniques le privilège de définir le méridien d'origine.

« Celle de Tokyo, je suppose, répondit Mancuso. La nôtre, moins cinq heures.

— Donc, il s'agit de chercher des motifs caractéristiques, à partir de minuit et aux heures paires, heure de Tokyo. » Il y avait cinq grandes feuilles pliées en accordéon. Jones les étala l'une en dessous de l'autre, notant en marge les références horaires. Cela lui prit dix minutes.

« En voilà un, et là, un autre. Ces deux-là sont possibles. Celui-ci éventuellement, mais j'en doute. Je serais prêt à parier sur celui-ci... et celui-ci pour commencer. » Ses doigts tapotaient des lignes de points apparemment disséminées au hasard.

« Wally ? »

Chambers se tourna vers l'autre table et corréla les jeux de graphiques marqués avec les références horaires correctes. « Jonesy, bougre de sorcier ! » murmura-t-il. Il lui avait fallu une équipe de techniciens confirmés — tous des experts — et plus de deux heures pour faire ce que Jones avait réussi en quelques minutes sous leurs yeux incrédules.

Le fournisseur de l'armée sortit un bidon de Coca de la glacière et l'ouvrit d'un coup sec. « Messieurs, demanda-t-il, qui est le champion toutes catégories ? »

Ce n'était bien sûr qu'une partie du boulot. Les sorties d'imprimante donnaient tout au plus le relèvement d'une source de bruit suspecte, mais il y avait plusieurs réseaux SOSUS déposés par le fond, et la triangulation avait été déjà effectuée, permettant de resserrer les données à l'intérieur de cercles de dix à quinze nautiques de rayon. Même avec les améliorations logicielles apportées au système par Jones, cela faisait encore une sacrée masse d'océan à fouiller.

Le téléphone sonna. C'était le commandant en chef de la flotte du Pacifique. Mancuso prit l'appel et recommanda de diriger le *Charlotte* et l'*Asheville* sur les contacts supposés. Jones observa le dialogue en manifestant de la tête son approbation.

« Vous voyez ce que je veux dire, commandant ? Vous avez toujours su écouter. »

Murray était sorti discuter de problèmes budgétaires avec le sous-directeur responsable de la Direction des opérations à Washington, de sorte qu'il rata le coup de fil. La dépêche ultra-secrète émanant de la Maison Blanche fut archivée en lieu sûr, puis sa secrétaire avait été appelée en catastrophe pour aller chercher un de ses gosses malades à l'école. Résultat : le message manuscrit de Ryan était parvenu à son attention avec un retard inexcusable.

« La fille Norton, dit-il en entrant dans le bureau du directeur Shaw.

— Mauvaises nouvelles ?

— Elle est morte », dit Murray en lui tendant la feuille. Shaw la parcourut du regard.

« Et merde, murmura le directeur du FBI. Avait-elle des antécédents d'usage de drogue ?

— Pas que je me souvienne.

— Des nouvelles de Tokyo ?

— Je n'ai pas encore pu contacter l'attaché d'ambassade. Ça pouvait pas tomber plus mal, Bill. »

Shaw acquiesça. On devinait sans peine le fond de ses pensées. Interrogez n'importe quel agent du FBI sur l'affaire dont il se vante le plus, ce sera toujours un enlèvement. C'est à vrai dire là-dessus que le Bureau avait bâti sa réputation dans les années trente. La loi Lindbergh avait habilité le FBI à prêter assistance à toutes les forces de police locales dès lors qu'on pouvait soupçonner que la victime avait été transportée dans un autre État. Armé de cette simple hypothèse — les victimes étaient rarement emmenées aussi loin —, le premier service d'enquête policière du pays mettait en branle sa lourde machine et ses agents fondaient sur l'affaire comme une meute de loups particulièrement affamés. Leur véritable mission était toujours la même : récupérer vivante la victime, et là, les résultats étaient excellents. Le second objectif était d'appréhender, d'inculper et de faire juger les coupables, et là, statistiquement parlant, les scores étaient encore meilleurs. Ils ne savaient pas encore si Kimberly Norton avait été victime d'un enlèvement. Ce qu'ils savaient en revanche, c'est qu'elle allait revenir chez elle les pieds devant. Et ce seul fait, pour n'importe quel agent du FBI, était synonyme d'échec professionnel.

« Son père est flic.

— Je me souviens, Dan.

— Je veux aller là-bas et en discuter avec O'Keefe. » D'abord, parce que le capitaine Norton méritait de l'apprendre de la bouche d'autres flics, et pas par les médias. Ensuite, parce que les flics chargés de l'affaire en avaient l'obligation morale, celle de reconnaître devant lui leur échec. Et enfin parce que ce serait pour Murray l'occasion de se faire lui-même une idée du dossier, de se convaincre que tout ce qu'il était humainement possible de faire avait bien été fait.

« Je pourrai sans doute te dégager une journée ou deux, répondit Shaw. De toute façon, l'affaire Linders va devoir attendre le retour du Président. D'accord, boucle tes valises. »

« C'est encore mieux que le Concorde ! » lâcha Cathy en guise de compliment à la jeune femme caporal d'aviation qui servait le dîner. Son mari riait presque. Ce n'était pas souvent que Caroline Ryan écarquillait ainsi les yeux, mais enfin il avait depuis longtemps pris l'habitude de ce genre de service, et la nourriture était certainement meilleure que l'ordinaire servi à la cantine des médecins de Johns Hopkins. Et puis là-bas, les assiettes n'avaient pas un liséré d'or, une des raisons pour laquelle il y avait une telle fauche à bord d'Air Force One.

« Du vin pour madame ? » Ryan saisit la bouteille de chardonnay russe et servit, pendant qu'on déposait son assiette devant lui.

382

« On ne boit pas de vin quand on a le trac, vous savez, dit-elle à la jeune sous-off, un rien gênée.

— Tout le monde est comme ça la première fois, Dr Ryan. Si vous avez besoin de quoi que ce soit, n'hésitez pas à me sonner. » Elle retourna vers l'office.

« Vois-tu, Cathy, je t'avais prévenue, fais comme-moi.

— Je me suis toujours demandé comment t'as réussi à t'habituer à l'avion, dit-elle en goûtant les brocolis. Hum, tout frais.

— L'équipage n'est pas mauvais non plus, dit-il en indiquant la surface de leurs verres de vin. Pas une ride.

— La paie n'est peut-être pas renversante, nota Arnie van Damm, de l'autre côté de l'allée centrale, mais les avantages valent le coup.

— Le saumon grillé en croûte aussi.

— Notre chef a piqué la recette au Jockey Club. Le meilleur saumon cajun de la capitale, expliqua van Damm. Je crois qu'il a dû la troquer contre sa soupe poireaux-pommes de terre. Une bonne affaire », jugea Arnie.

« Il réussit sa croûte impec, non ? »

L'un des rares restaurants réellement excellents de Washington, le Jockey Club, était situé au sous-sol de l'hôtel Ritz-Carlton, sur Massachusetts Avenue. Établissement tranquille et discret avec ses lumières tamisées, il était depuis de nombreuses années le lieu des repas « politiques », en tout genre.

Ici, tout est bon, songea Libby Holtzman, *surtout quand c'est un autre qui régale*. L'heure écoulée avait été consacrée à toutes sortes de potins, l'échange habituel d'informations et de ragots qui étaient, à Washington, encore plus importants que dans toute autre ville américaine. Cette étape était achevée maintenant. Le vin était servi, les assiettes de hors-d'œuvre débarrassées, et le plat principal sur la table.

« Eh bien, Roy, c'est quoi, ce scoop ?

— Ed Kealty. » Newton leva la tête pour croiser son regard.

« Viens pas me dire que sa femme a finalement décidé de quitter ce salaud ?

— C'est probablement lui qui va se barrer, en fait.

— Et qui est la malheureuse greluche ? demanda Mme Holtzman avec un sourire désabusé.

— C'est pas ce que t'imagines, Libby. Ed s'en va. » C'est toujours tentant de les laisser mariner.

« Roy, il est huit heures et demie, d'accord ? fit remarquer Libby, mettant les choses au clair.

— Le FBI a ouvert une enquête sur Kealty. Pour viol. Plusieurs, en fait. L'une des victimes s'est suicidée.

— Lisa Beringer ? » On n'avait jamais parfaitement élucidé la raison du suicide.

« Elle a laissé une lettre. Le FBI a mis la main dessus. Ils ont également plusieurs autres femmes qui sont prêtes à déposer.

— Waouh », laissa échapper Libby Holtzman. Elle reposa sa fourchette. « Le dossier est solide ?

— Celui qui s'en occupe est Dan Murray. Le limier personnel de Shaw.

— Je sais, je connais Dan. Je sais aussi qu'il ne racontera rien. » On arrivait rarement à convaincre un agent du FBI de discuter des preuves dans une affaire criminelle, encore moins quand l'instruction n'était pas close. Ce genre de fuite provenait toujours d'un avocat ou d'un greffier. « Il ne se contente pas de suivre le règlement... c'est lui qui l'a écrit. » C'était la stricte vérité. Murray avait contribué à la rédaction d'une bonne partie des procédures officielles du Bureau.

« Il pourrait peut-être, ce coup-ci.

— Pourquoi, Roy ?

— Parce que Durling bloque les choses. Il croit qu'il a besoin de Kealty à cause de son influence au Capitole. T'as remarqué qu'on voit beaucoup le bel Eddie à la Maison Blanche, ces temps-ci ? Durling lui a tout rebalancé, pour qu'il puisse consolider sa défense. En tout cas, rajouta aussitôt Newton, pour se couvrir, c'est ce qu'on m'a dit. Mais ça me semble bien coller avec le personnage, non ?

— Entrave à la justice ?

— Ça, c'est le terme technique, Libby. Techniquement parlant, eh bien, je ne suis pas tout à fait sûr que ça réponde aux critères légaux. » A présent, l'hameçon était lancé, et l'appât se tortillait gentiment.

« Mais imagine qu'il bloque la procédure uniquement pour l'empêcher de faire de l'ombre à la loi sur le commerce extérieur ? » Le poisson avait jeté un œil, mais il s'interrogeait sur le truc barbelé qui brillait derrière le ver...

« Ça remonte en fait encore plus loin, Libby. Ils étoufferaient le truc depuis un sacré bail, paraît-il... Mais enfin, c'est vrai que ça leur a fourni un bon prétexte, tu crois pas ? » Pas à dire, c'était un ver bien tentant.

« Si tu crois que la politique prend le dessus sur une affaire de viol. Le dossier est solide ?

— S'il est présenté aux assises, Ed Kealty va se retrouver dans un pénitencier fédéral.

— L'affaire est solide à ce point ? » Miam, miam, quel gros ver bien juteux !

« Tu l'as dit toi-même, Murray est un bon flic.

— Qui est le procureur de la République nommé pour cette affaire ?

— Anne Cooper. Elle bosse à plein temps sur le dossier depuis des semaines. » Un putain de sacré beau ver, en fait. Et ce truc brillant et barbelé n'était pas si méchant, après tout ?

Newton sortit de sa poche une enveloppe et la déposa sur la nappe. « Les noms, les numéros, les détails, mais ce n'est pas moi qui te les ai refilés, d'accord ? » Le ver donnait l'impression de danser dans l'eau, et on ne voyait plus désormais que c'était en fait l'hameçon qui gigotait.

« Et si je ne peux rien vérifier ?

— Alors, il n'y a pas d'affaire, mes sources se trompent, et j'espère que tu as apprécié le dîner. » Bien sûr, le ver pouvait très bien s'en aller.

« Pourquoi, Roy ? Pourquoi toi ? Pourquoi sortir cette histoire ? » Toujours à tourner en rond. Mais comment ce ver avait-il pu arriver ici ?

« Je n'ai jamais apprécié le bonhomme. Tu le sais. On s'est affrontés sur deux textes importants concernant l'irrigation, et il a torpillé un projet de la défense dans mon État. Mais tu veux vraiment savoir pourquoi ? J'ai des filles, Libby. L'une termine ses études à l'université de

Pennsylvanie. L'autre vient de commencer son droit à Chicago. Toutes les deux veulent suivre la voie de leur papa, et je n'ai pas envie de voir mes petites filles siéger sur la Colline avec des salopards comme Ed Kealty dans les parages. » Et d'abord, quelle importance de savoir comment le ver était arrivé dans l'eau ?

Libby Holtzman hocha la tête d'un air entendu et prit l'enveloppe. Elle la glissa dans son sac sans l'ouvrir. Incroyable qu'ils ne remarquent jamais l'hameçon avant d'être ferrés. Et encore, parfois même pas. Le garçon fut désappointé quand il vit les deux clients négliger le chariot des desserts pour se contenter de deux cafés avant l'addition.

« Allô ?

— Barbara Linders ? demanda une voix féminine.

— Oui. Qui est à l'appareil ?

— Libby Holtzman, du *Post*. J'habite à quelques rues de chez vous. J'aimerais savoir si je peux passer vous voir pour discuter de deux ou trois choses.

— Quelles choses ?

— Ed Kealty, et la raison pour laquelle ils ont décidé de suspendre les poursuites.

— Ils ont *quoi* ?

— C'est ce qu'on entend dire, poursuivit la voix.

— Attendez une minute. Ils m'ont mise en garde contre ça, dit Linders, méfiante, ce qui était déjà un aveu implicite.

— Ils vous mettent toujours en garde contre tout un tas de choses, jamais la bonne, en général. Rappelez-vous, l'an dernier, c'est moi qui ai sorti le papier sur les pratiques pas très catholiques du député Grant à sa permanence dans sa circonscription. Et c'est aussi moi qui ai coincé ce salaud de secrétaire d'État à l'Intérieur. J'ai toujours l'œil sur ce genre d'affaires, Barbara », confia la voix, *de sœur à sœur*. Et c'était vrai. Libby Holtzman avait été à deux doigts de remporter le Pulitzer avec son reportage sur les affaires de harcèlement sexuel.

« Comment puis-je savoir que c'est réellement vous ?

— Vous m'avez vue à la télé, non ? Invitez-moi et vous verrez. Je peux être chez vous dans cinq minutes.

— Je m'en vais appeler M. Murray.

— A la bonne heure. Allez-y, appelez-le, mais promettez-moi une chose, d'accord ?

— Laquelle ?

— S'il vous confirme le fait qu'ils ne bougent pas, alors, on pourra parler. » La voix marqua une pause. « En fait, qu'est-ce que vous diriez que je passe vous voir tout de suite ? Si Dan vous donne la réponse qui convient, on pourra juste boire un café ensemble et faire un petit tour d'horizon un peu plus tard. C'est une proposition honnête ?

— Je suppose que oui... d'accord. Il faut que j'appelle tout de suite M. Murray. » Barbara Linders raccrocha et composa de mémoire un autre numéro.

« Salut, c'est Dan...

— Monsieur Murray ! » s'exclama Linda d'une voix pressante. Sa foi dans le monde était déjà sérieusement ébranlée.

« ... *et ici Liz*, enchaîna une autre voix, manifestement enregistrée. *Nous ne pouvons pas vous répondre en ce moment* », poursuivirent les deux voix en chœur...

« Où êtes-vous quand j'ai besoin de vous ? » demanda Mad. Linders au répondeur, et elle raccrocha, furieuse, avant que le message humoristique lui demande de parler au bip sonore. Était-ce possible ? Est-ce que ça pouvait être vrai ?

Tu es à Washington, lui souffla son expérience. *Tout peut être vrai.*

Barbara Linders parcourut du regard la pièce. Elle vivait à Washington depuis onze ans. Et ça lui avait rapporté quoi ? Un petit studio avec des estampes au mur. De jolis meubles dont elle était seule à profiter. Des souvenirs qui menaçaient son équilibre mental. Elle se sentait si seule, si bougrement seule avec eux, et il fallait qu'elle les abandonne, qu'elle les fasse sortir, qu'elle les étale et les renvoie à la figure de cet homme qui avait réussi à démolir entièrement son existence. Et maintenant, on lui refuserait ça aussi ? Était-ce possible ? Et le plus terrifiant, c'est que Lisa avait ressenti la même chose. Elle le tenait de la lettre qu'elle conservait, et dont elle gardait toujours une photocopie dans la boîte à bijoux sur son secrétaire. Elle l'avait conservée à la fois à titre de souvenir de sa meilleure amie et d'avertissement pour la mettre en garde contre les dangers d'un tel désespoir. C'était la lecture de cette lettre, quelques mois auparavant, qui l'avait persuadée de se confier à sa gynécologue, qui en avait à son tour référé à Clarice Golden, mettant en branle le processus qui l'avait menée... où, au fait ? La sonnette retentit à cet instant et Barbara se leva pour aller ouvrir.

« Salut ! Alors, vous me reconnaissez ? » La question était posée avec un sourire chaleureux et sympathique. Libby Holtzman était une femme de grande taille, avec des cheveux brun d'ébène encadrant un visage pâle aux yeux noisette pétillants de vie.

« Je vous en prie, entrez, dit Barbara en s'effaçant.

— Avez-vous appelé Dan ?

— Il n'était pas chez lui... ou alors, il avait laissé son répondeur, ajouta-t-elle, après réflexion. Vous le connaissez ?

— Oh, oui. Dan est une relation, dit Libby en se dirigeant vers le canapé.

— Est-ce que je peux lui faire confiance ? Je veux dire, *vraiment* confiance ?

— Honnêtement ? » Holtzman marqua un temps. « Oui. S'il était seul responsable du dossier, oui, vous pourriez. Dan est un type bien. Je pèse mes mots.

— Mais il n'est pas tout seul à s'en occuper, c'est ça ? »

Libby secoua la tête. « L'affaire est trop énorme, trop politique. L'autre problème avec Murray, c'est que... eh bien, c'est un gars très loyal. Il fait ce qu'on lui a dit de faire. Puis-je m'asseoir, Barbara ?

— Je vous en prie. » Toutes deux s'installèrent sur le canapé.

« Vous savez ce que fait la presse ? C'est notre boulot d'avoir l'œil sur tout. J'aime bien Dan. Je l'admire. C'est réellement un bon flic, un flic honnête, et je parie que quand il a travaillé avec vous... eh bien, il se comportait en grand frère bourru, pas vrai ?

— De bout en bout, confirma Barbara. Il est devenu le meilleur ami que j'aie jamais eu.

— Ce n'est pas du bidon. Il fait partie des gars bien. Je connais également sa femme, Liz. Le problème, c'est que tout le monde n'est pas comme Dan, et c'est là que nous intervenons.

— Comment cela ?

— Quand on dit aux gars comme Dan ce qu'ils doivent faire, la plupart du temps ils le font. Ils le font parce qu'ils doivent, parce que les règles sont ainsi. Et vous savez quoi ? Il déteste y être obligé, presque autant que vous. Mon boulot, Barbara, c'est d'aider les gens comme Dan, parce que j'ai le moyen de forcer ces salopards à lui lâcher la grappe.

— Je ne peux pas... je veux dire, je ne peux vraiment pas... »

Libby avança la main et l'arrêta d'un geste plein de douceur. « Je ne vais pas vous demander de me révéler quoi que ce soit d'officiel, Barbara. Cela pourrait entraver le bon déroulement de l'instruction, et vous savez que j'ai envie autant que vous de la voir aboutir. Mais vous pouvez me parler à titre... personnel ?

— Oui !... Je pense que oui.

— Cela vous ennuie si j'enregistre notre conversation ? » La journaliste sortit de son sac un mini-magnétophone.

« Qui va l'écouter ?

— La seule autre personne à part moi, ce sera mon secrétaire de rédaction. On fait ça pour être sûrs de la validité de nos sources. En dehors de ça, c'est comme si vous parliez à votre avocat, votre médecin ou votre prêtre. Ce sont les règles, et on ne les enfreint jamais. »

Intellectuellement parlant, Barbara le savait, mais ici et maintenant, chez elle, le code d'éthique du journalisme lui semblait du pipeau. Libby Holtzman le lisait sans peine dans son regard.

« Si vous voulez, je peux m'en aller tout de suite, ou nous pouvons en parler sans le magnétophone, mais... » Elle eut un sourire désarmant. « J'ai horreur de prendre en sténo. On risque toujours de faire des fautes. Si vous voulez prendre un peu de temps pour y réfléchir, pas de problème non plus. Vous avez suffisamment subi de pressions. Je le sais. Je sais quel effet ça fait.

— C'est ce que dit toujours Dan, mais il n'en sait rien de rien. Il n'en sait *vraiment* rien. »

Libby Holtzman la regarda droit dans les yeux. Elle se demanda si Murray avait vu la même détresse dans ses yeux, et s'il l'avait ressentie avec la même intensité qu'elle. Sans doute, pensa-t-elle avec honnêteté, certes d'une manière un peu différente, parce que c'était un homme, mais c'était quand même un bon flic, et il était sans doute aussi furieux qu'elle de la tournure qu'était en train de prendre l'affaire.

« Barbara, si vous voulez juste parler... de certaines choses, c'est très bien. Des fois, on a simplement besoin d'une amie à qui se confier. Je ne suis pas obligée de rester journaliste en permanence.

— Vous êtes au courant, pour Lisa ?

— On n'a jamais vraiment réussi à expliquer son décès, n'est-ce pas ?

— Nous étions les meilleures amies du monde, nous partagions tout... et puis, quand il...

— Etes-vous sûre que Kealty était impliqué ?

— C'est moi qui ai trouvé la lettre, Libby.

— Qu'est-ce que vous pouvez me raconter là-dessus ? demanda Holtzman, incapable désormais de refréner sa curiosité de journaliste.

— Je peux faire mieux que vous raconter. » Linda se leva et disparut quelques instants. Elle revint avec les photocopies qu'elle lui tendit.

Il ne fallut que deux minutes à la journaliste pour lire la lettre, deux fois de suite. La date, le lieu, le mobile. *Un message d'outre-tombe*, songea Libby. Qu'y avait-il de plus dangereux que de l'encre sur du papier ?

« Entre ce qu'il y a ici, et ce que vous savez, il y aurait de quoi l'envoyer en prison, Barbara.

— C'est ce que dit Dan. Il sourit quand il en parle. Il a envie que ça se produise.

— Pas vous ?

— Oh, que si !

— Alors, laissez-moi vous aider. »

17

PREMIÈRE FRAPPE

On appelait ça le miracle des communications modernes, uniquement parce que rien de ce qui est moderne n'est censé être une malédiction. En fait, les véritables destinataires de ce genre d'information étaient souvent atterrés par ce qu'ils recevaient.

Ç'avait été un vol sans histoire, même selon les critères de l'Air Force One, à bord duquel bon nombre de passagers — en particulier tous ces jeunes blancs-becs de l'état-major de la Maison Blanche — refusaient souvent de boucler leur ceinture, sans doute pour se prouver qu'ils étaient des hommes, estimait Ryan. L'équipage de l'Air Force n'était pas plus mauvais qu'un autre, il le savait, mais ça n'avait pas empêché un jour un incident en finale à Andrews, quand la foudre était tombée sur l'appareil transportant le ministre de la Défense et son épouse, provoquant l'embarras général. Aussi gardait-il toujours sa ceinture, même sans la serrer, exactement comme l'équipage. « Dr Ryan ? lui murmura une voix, en même temps qu'on le secouait par les épaules.

— Qu'est-ce qu'il y a, sergent ? » Inutile de s'en prendre à un pauvre sous-off.

« M. van Damm vous demande au-dessus, monsieur. »

Jack opina et releva le dossier de son siège. Le sergent lui tendit une tasse de café. Une horloge lui apprit qu'il était neuf heures du matin, mais elle ne lui disait pas *où* il pouvait bien être neuf heures, et Ryan était pour l'instant hors d'état de se rappeler sur quel fuseau elle était réglée. Tout ça, de toute façon, était bien théorique. Combien de fuseaux horaires pouvaient s'entrecroiser à l'intérieur d'un avion de ligne ?

Le pont supérieur du VC-25B contrastait fortement avec le compartiment du bas. Ici, pas d'aménagements somptueux, mais des rangées de matériels électroniques d'allure militaire, disposés en racks munis de poignées chromées pour permettre une extraction et un remplacement faciles. Une équipe conséquente de spécialistes des communications était déjà au travail, reliée en permanence à toutes les sources d'information imaginables : radio numérique, télévision et fax, toutes transmises sur des canaux cryptés. Arnie van Damm trônait au milieu de tous ces appareils et il lui tendit quelque chose. C'était un fac-similé de la dernière édition du *Washington Post*, qui allait bientôt être diffusée, à six mille kilomètres et six heures de là. LE VICE-PRÉSIDENT IMPLIQUÉ DANS UN SUICIDE, annonçait la une sur quatre colonnes. CINQ FEMMES ACCUSENT EDWARD KEALTY DE SÉVICES SEXUELS.

« C'est pour ça que tu m'as fait réveiller ? » demanda Ryan. Ça ne relevait aucunement de son domaine.

« Tu es cité dans l'article, lui indiqua Arnie.

— Quoi ? » Jack parcourut le papier. « "Le chef du Conseil national de sécurité Ryan est l'un des personnages informés de l'affaire." D'accord, j'imagine que c'est vrai, non ?

— Continue.

— "La Maison Blanche a demandé, il y a quatre semaines, au FBI de ne pas soumettre l'affaire à la commission judiciaire de la Chambre des représentants." Mais c'est faux !

— Ce truc est une combinaison superbe de vraies-fausses et de fausses-vraies nouvelles. » Arnie était encore plus en rogne que Ryan.

« D'où vient la fuite ?

— Je n'en sais rien, mais Libby Holtzman a signé le papier, et son mari roupille à l'arrière. Il t'aime bien. Va le voir et parle-lui.

— Attends une minute, c'est un truc qui s'éclaircira en son temps, quand éclatera la vérité, Arnie. Le Président n'a rien à se reprocher, que je sache.

— Ses adversaires politiques peuvent qualifier ce délai d'entrave à la justice.

— Allons donc. » Jack hocha la tête, incrédule. « Ça ne résistera jamais à l'examen.

— Ça n'a pas besoin, bordel de merde. On parle de politique, souviens-toi, pas de faits, et on a des élections qui se pointent à l'horizon. File en parler à Bob Holtzman. Maintenant », ordonna van Damm. Il ne donnait pas souvent des ordres à Ryan, mais il avait effectivement l'autorité pour le faire.

« On prévient le patron tout de suite ? demanda Jack, en pliant sa copie du journal.

— Pour le moment, on va le laisser dormir. En passant, dis à Tish de monter, veux-tu ?

— D'accord. » Ryan redescendit, secoua Tish Brown pour la réveiller, lui indiqua l'escalier, puis fila vers l'arrière trouver un steward — un membre de l'équipage, se reprit-il.

« Allez me chercher Bob Holtzman, voulez-vous ? » Par un hublot au rideau ouvert, il nota que dehors, il faisait jour. Peut-être qu'il était neuf heures à leur destination ? Ouais, ils devaient normalement arriver à Moscou à deux heures de l'après-midi, heure locale. Le chef cuistot était assis dans son office, plongé dans un exemplaire de *Time*. Ryan entra et se refit servir du café.

« On n'arrive pas à dormir, Dr Ryan ?

— Plus, non. Le devoir m'appelle.

— J'ai des croissants au four, si vous voulez.

— Bonne idée.

— Qu'est-ce qui se passe ? » Bob Holtzman passa la tête à l'intérieur. Comme tous les hommes à bord en ce moment, il aurait eu besoin d'aller se raser. Sans un mot, Jack lui tendit l'article.

« Qu'est-ce que vous en dites ? »

Holtzman lisait vite. « Bon Dieu, est-ce que c'est vrai ?

— Depuis combien de temps Libby est sur ce coup ?

— Première nouvelle, pour moi... oh, merde, désolé, Jack. »

Jack hocha la tête, avec un sourire forcé. « Ouais, je viens de me réveiller, moi aussi.

— C'est vrai, cette histoire ?

— Ça reste entre nous ?

— Entendu.

— Le FBI mène l'enquête depuis un certain temps maintenant. Les dates du papier de Libby coïncident à peu près, il faudra que je consulte les registres au bureau pour avoir les dates exactes. J'ai été mis au courant à peu près au moment où la crise commerciale a éclaté, rapport au visa de sécurité de Kealty — ce que je pouvais lui

393

dire, ce que je ne pouvais pas, enfin, vous connaissez le cirque...

— Oui, je comprends. Alors, où en est l'affaire, au juste ?

— Le Président et la chancellerie ont été informés. De même qu'Al Trent et Sam Fellows au Renseignement. Personne ne met le couvercle sur cette histoire, Bob. A ma connaissance, le Président a joué franc-jeu de bout en bout. Kealty va tomber, et une fois engagée la procédure de destitution, si ça doit aller jusque là...

— Il faudra bien, fit remarquer Holtzman.

— J'en doute. » Ryan secoua la tête. « S'il se trouve un bon avocat, ils arriveront à un arrangement. Obligé, ça fera comme avec Agnew. S'il doit être l'objet d'une procédure de destitution, puis d'une levée d'immunité devant le Sénat, Dieu lui vienne en aide quand il affrontera un jury populaire...

— Ça se tient, concéda Holtzman. Bref, vous êtes en train de me dire que l'argument principal de cet article ne tient pas debout.

— Exact. S'il y a une obstruction quelconque, je ne suis pas au courant, et moi, j'ai été informé de cette affaire.

— Avez-vous pu parler à Kealty ?

— Non, rien de précis. Sur les questions de boulot, j'informe son responsable de la sécurité nationale, qui répercute l'info à son patron. Je ne saurais pas trop bien m'y prendre, pas vrai ? Avec deux filles...

— Donc, vous connaissez les faits ?

— Pas en détail, non. Je n'ai pas besoin de les connaître. Je connais bien Murray. Si Dan dit que le dossier est solide, alors j'imagine que c'est vrai. » Jack termina sa tasse de café et prit un croissant chaud. « Le Président ne fait absolument pas d'obstruction. L'affaire a été retardée uniquement pour ne pas entrer en conflit avec d'autres dossiers. C'est tout.

— Vous n'êtes pas censé faire ça non plus, vous le savez, fit remarquer Holtzman, en prenant lui aussi un croissant.

— Bon Dieu de merde, Bob ! Les procureurs programment les dates de procès, eux aussi, non ? Tout ça, c'est juste une histoire de calendrier. »

Holtzman scruta le visage de Jack et hocha la tête.

« Je transmettrai. »

Il était déjà trop tard pour limiter convenablement les dégâts. La majorité des acteurs politiques à Washington sont des lève-tôt. Ils boivent leur café, lisent leurs journaux en détail, jettent un œil sur leur fax pour avoir des renseignements complémentaires, et bien souvent ils décrochent illico leur téléphone ou, depuis quelque temps, ils se connectent sur un serveur informatique pour lire le courrier électronique — tout cela pour s'efforcer de quitter leur domicile en sachant en gros quelle tournure va prendre leur nouvelle journée.

Dans le cas de nombreux parlementaires, les télécopies du dernier article de Liz Holtzman étaient accompagnées d'une brève page de garde précisant que le sujet pouvait être d'un grand intérêt personnel. Les phrases codées employées différaient selon la société de relations publiques à l'origine de la transmission, mais le sens général restait le même. Les parlementaires en question avaient tous été priés de taire leur hostilité à la LRCE. Cette occasion, d'un autre côté, avait été vue comme une manière de dédommagement pour leur concession précédente. Rares furent les cas où l'on s'abstint d'en profiter.

Les commentaires restaient en général officieux. « Cette affaire a l'air très sérieuse » était la phrase la plus souvent utilisée. « Il est bien malencontreux que le Président ait jugé bon de se mêler d'une affaire criminelle » revenait également souvent. Contacté aussitôt, le directeur du FBI, William Shaw, avait immanquablement répondu « sans commentaire », et ajouté la plupart du temps que la politique du Bureau était de se refuser à tout commentaire sur une affaire criminelle en cours d'instruction, pour ne pas vicier la procédure judiciaire qui pourrait être engagée par la suite, et compromettre les droits de l'éventuel inculpé. Cette dernière précision était rarement répercutée au public — si même elle l'était ; de sorte que le « sans commentaire » acquérait un tour bien particulier.

Le futur inculpé en question s'éveilla dans son domicile de l'Observatoire de la marine, sur Massachusetts Avenue, Nord-Ouest, et descendit retrouver ses principaux collaborateurs qui l'attendaient en bas.

« Oh, merde », observa Ed Kealty. C'était tout ce qu'il trouva à dire. Il était vain de nier. Ses collaborateurs le connaissaient trop bien. L'homme était un coureur de jupons, raisonnaient-ils, un trait assez fréquent chez les hommes publics, même s'il se montrait relativement discret.

« Lisa Beringer, murmura le Vice-président, dans un souffle, en découvrant l'article. Ne peuvent-ils pas laisser cette pauvre fille reposer en paix ? » Il se souvenait encore du choc en apprenant sa mort, des circonstances de sa disparition — elle avait détaché sa ceinture et était allée se jeter à cent quarante-cinq à l'heure contre une pile de pont —, du commentaire du médecin-légiste sur l'inefficacité d'une telle méthode : elle avait mis plusieurs minutes à mourir et gémissait encore, agonisante, à l'arrivée des secours.

Une enfant si douce, si gentille. Elle n'avait simplement pas compris la dure réalité de la vie. Elle avait exigé trop de lui en échange. Peut-être avait-elle cru qu'il en irait différemment avec elle. Ma foi, songea Kealty, tout le monde s'imaginait être différent.

« Il est en train de vous mettre en première ligne », observa son principal conseiller. L'important dans tout ça, après tout, c'était la vulnérabilité politique de leur patron.

« Ça c'est sûr. » *Le fils de pute*, se dit le Vice-président. *Après tout ce que j'ai fait pour lui.* « Très bien... Des idées ?

— Eh bien, naturellement, on nie tout en bloc, et avec indignation, en plus, commença son chef de cabinet, en lui tendant une feuille de papier. J'ai déjà concocté un communiqué, ensuite on tiendra une conférence de presse avant midi. » Il avait déjà appelé une demi-douzaine d'anciennes et d'actuelles collaboratrices du patron qui seraient toutes prêtes à voler à son secours. Chaque fois, il s'agissait de femmes dont le lit avait reçu le privilège de sa présence, et qui se souvenaient de l'épisode avec le sourire. Les grands hommes avaient leurs faiblesses, eux aussi. Dans le cas d'Edward Kealty, ces faiblesses étaient plus que compensées par son engagement pour les causes importantes.

Kealty parcourut rapidement la page de la déclaration. *La seule défense contre une accusation complètement fausse, c'est l'attaque... rien n'étaie réellement ces propos diffamatoires... ma vie publique est connue de tous, tout comme mon soutien à la cause des femmes et aux droits des minorités... Je requiers* (« j'exige » n'était pas le terme adéquat, estimait son conseiller personnel) *la publication immédiate de ces allégations, afin de permettre de me défendre avec vigueur... manifestement pas une coïncidence avec la proximité d'une année électorale... regrette que de telles accusations sans preuves doivent affecter notre grand Président, Roger Durling...*

« Qu'on me passe au téléphone ce bougre de fils de pute !

— L'heure est mal choisie pour une confrontation, monsieur le vice-président. Vous *comptez entièrement sur son soutien*, rappelez-vous...

— Oh, oui, n'est-ce pas ? » Cette partie du communiqué serait moins un coup de semonce qu'un bon coup dans le mille, estima Kealty. Soit Durling le soutenait à fond, soit il courait le risque d'un désastre électoral dès les primaires.

Qu'allait-il encore se passer cette année ? Bien qu'il soit trop tard pour qu'elle fasse la une des journaux du matin dans la plus grande partie du pays — trop tard même pour *USA Today* —, l'affaire Kealty avait été reprise par les médias radiotélévisés dans les revues de presse ouvrant leurs tranches d'information matinales.

Pour la majorité des acteurs financiers, le « Journal continu » sur *National Public Radio* était le programme idéal pour accompagner le trajet depuis le New Jersey ou le Connecticut, avec son module de deux heures répété en boucle. « Un reportage exclusif dans le *Washington Post* de ce matin... » Le résumé du papier faisait l'ouverture de chaque tranche horaire, avec un préambule sonore pour attirer l'attention de l'auditeur, et même si les scandales politiques à Washington étaient presque aussi banalisés que le bulletin de la météo locale, les mots « viol » et « suicide » gardaient une signification non équivoque.

« Merde », soufflèrent presque simultanément un bon millier de voix dans le même nombre de berlines luxueuses. *Qu'est-ce qui va encore arriver ?* Le marché restait toujours nerveux, et une nouvelle de ce type allait à coup sûr exercer le genre de pression à la baisse qui n'avait pas vraiment de justification économique, mais qui était si réelle que tout le monde savait qu'elle était inévitable, et donc anticipait, ce qui la rendait encore plus inévitable ; ce que les informaticiens baptisaient une « boucle de rétroaction positive ». Le marché allait encore dégringoler aujourd'hui. La tendance moyenne avait été orientée à la baisse, onze jours sur les quatorze derniers, et même si le Dow était saturé de bonnes affaires selon tous les indices techniques, les petits porteurs nerveux allaient immanquablement lancer leurs ordres de vente, et les fonds communs de placement, poussés par les coups de fil d'autres petits porteurs, feraient de même, ajoutant le poids des institutionnels à une situation totalement artificielle. L'ensemble du système était considéré comme l'archétype d'une démocratie authentique, mais si c'était le cas, alors un troupeau de moutons paniqués était également une démocratie.

« D'accord, Arnie. » Le Président Durling ne chercha pas à savoir de qui émanait la fuite. Il était un joueur suffisamment avisé pour savoir que, dans ce genre de partie, cela n'avait pas la moindre importance. « Qu'est-ce qu'on fait ?

— J'ai parlé à Bob Holtzman, dit Ryan au patron, pressé par un regard du secrétaire de la Maison Blanche.

— Et... ?

— Et, je crois qu'il m'a cru. Merde, je disais la vérité, non ? » C'était plus une question qu'une considération rhétorique.

« Oui, Jack. Ed va devoir s'en dépatouiller tout seul. » Le soulagement qui se lisait sur le visage de Ryan était si manifeste que le chef de l'exécutif s'en offusqua. « Vous imaginiez vraiment que j'allais faire une chose pareille ?

— Bien sûr que non, répondit aussitôt Ryan.

— Qui sait ?

— Dans l'avion ? demanda van Damm. Je suis sûr que Bob n'a pas dû tenir sa langue.

— Eh bien, on va leur couper l'herbe sous le pied. Tish... » Durling se tourna vers sa directrice de la communication. « On va mettre au point un communiqué. La commission judiciaire du Congrès a été informée, et je n'ai pas exercé la moindre pression sur ses membres.

— Que dit-on au sujet du retard de procédure ? demanda Tish Brown.

— Nous avons décidé en plein accord avec le gouvernement que l'affaire méritait d'avoir... comment dire ? » Le Président leva les yeux au plafond. « Qu'elle méritait d'avoir le champ libre...

— Qu'elle est suffisamment sérieuse — non, suffisamment *importante* pour mériter d'être examinée par un Congrès qui ne soit pas distrait par d'autres considérations ? » proposa Ryan. *Pas mal,* pensa-t-il.

« Je vais bien finir par faire de vous un politicien, dit Durling avec un sourire réticent.

— Vous n'allez rien dire en rapport direct avec l'affaire », poursuivit van Damm, donnant au Président un avis en forme d'ordre.

— Je sais, je sais. Je ne peux rien dire sur les faits, parce que je ne peux me permettre d'intervenir dans la procédure ou la défense de Kealty, hormis pour dire que tout citoyen est innocent jusqu'à ce qu'on ait fait la preuve du contraire ; l'Amérique est fondée sur... et tout le bastringue. Tish, pondez-moi un truc là-dessus. Je prononcerai la déclaration dans l'avion avant l'atterrissage, peut-être qu'ensuite on pourra enfin s'occuper de ce qu'on était censé venir faire. Autre chose ?

— Le ministre Hanson signale que tout est prêt. Pas de surprises, dit Ryan, abordant enfin son domaine. Le ministre Fiedler est également prêt à mettre en œuvre les accords de soutien monétaire. De ce côté-là, monsieur, cette visite devrait se dérouler comme sur des roulettes.

— Comme tout cela est rassurant, observa sèchement

le Président. Bien, laissez-moi le temps de me décrasser. » Air Force One ou pas, voyager dans une telle promiscuité était rarement confortable. L'intimité présidentielle était une aimable fiction dans le meilleur des cas, mais à la Maison Blanche, au moins, vous aviez de vrais murs pour vous isoler des autres. Pas ici. Un sergent de l'Air Force tirait sur sa longe pour avoir l'honneur de ranger ses vêtements et son nécessaire de rasage. Le gars avait déjà passé deux heures à cirer le cuir noir des souliers présidentiels jusqu'à leur donner un poli de miroir, et il aurait été mal venu de le congédier. Les gens étaient si empressés de vous prouver leur loyauté. Sauf ceux dont vous aviez le plus besoin, songea Durling en entrant dans le petit cabinet de toilette.

« On en a encore repéré. »

Sanchez émergea des tinettes adjacentes au CIC, le Centre d'information de combat, pour découvrir un attroupement autour de la table traçante principale. Y étaient maintenant inscrits trois groupes de formes en losange indiquant des navires de surface ennemis. En outre, le *Charlotte* avait accroché une forme en V signalant un sous-marin ennemi, et l'*Asheville* avait sans doute une bonne piste également. Mais le mieux, c'était que la formation de S-3 Viking en alerte avancée à deux cents milles devant le groupe de combat avait identifié ce qui ressemblait à un alignement d'autres submersibles en patrouille. Deux avaient été surpris à renifler, l'un par le réseau SOSUS, l'autre par les sonobouées, et, en prenant comme base la ligne définie par ces deux positions, on avait pu repérer deux autres unités. A présent, ils avaient même un intervalle prévisible entre les deux, pour permettre à l'avion radar de resserrer son champ de recherches.

« Demain au crépuscule ? demanda le commandant.

— Ils aiment bien le soleil levant, pas vrai ? Eh bien, on va les surprendre à l'heure du dîner.

— Pas d'objection. » Sanchez décrocha le téléphone pour alerter son officier d'opérations aériennes.

« C'est d'un long..., murmura Jones.

— Je crois me souvenir d'un temps où vous étiez capable d'assurer des quarts prolongés, dit au civil Wally Chambers.

— J'étais jeune et con, à l'époque. » *Et je fumais, en plus*, se souvint-il. Bien pratique pour la concentration et l'éveil. Mais dans la plupart des sous-marins, il était formellement interdit de fumer à bord. Incroyable qu'il n'y ait pas encore eu de mutineries. La marine n'était plus ce qu'elle était. « Vous voyez ce que je vous disais à propos de mon programme ?

— Vous êtes en train de me dire que même vous, on pourrait vous remplacer par un ordinateur ? »

Le fournisseur de matériel militaire tourna la tête. « Vous savez, commandant Chambers, plus on vieillit, plus on doit surveiller sa consommation de café.

— Encore en train de vous bouffer le nez, tous les deux ? »

L'amiral Mancuso venait de les rejoindre après être allé se raser dans les tinettes voisines.

« Je crois bien que Jonesy escomptait débarquer sur Banzai Beach dans l'après-midi. »

Le capitaine Chambers rigola en sirotant son déca. « C'est l'exercice qui commence à lui peser.

— Faut bien dire qu'ils prennent leur temps, confirma le SubPac.

— Hé, les mecs, on est quand même en train de valider mon produit, mine de rien !

— Si vous voulez un tuyau en avant-première, eh bien ouais, je compte bien recommander qu'on vous attribue le contrat. » Et le fait que Jones avait soumissionné à un bon vingt pour cent en dessous du devis d'IBM n'y était pas pour rien.

« Prochaine étape, je viens d'engager deux mecs du Woods Hole[1]. L'idée n'est jamais venue aux costumes trois pièces de chez Big Blue.

---

1. *Woods Hole Oceanographic Institution* : l'Institut de recherches océanographiques de Woods Hole (Massachusetts) est un organisme à but non lucratif fondé en 1930 avec une subvention de la fondation Rockefeller. Il travaille essentiellement sous contrat du gouvernement américain pour effectuer des recherches océanographiques et dispose pour ce faire de plu-

— Comment ça ?

— On va se lancer dans le décodage du chant des baleines, maintenant qu'on a les moyens de les entendre tellement mieux. Greenpeace va nous adorer. Mission des sous-marins pour la prochaine décennie : rendre les mers plus sûres pour nos frères mammifères. On pourra également repérer ces salauds de Japonais qui les traquent.

— Comment ça ? demanda Chambers.

— Vous voulez des crédits ? J'ai une idée qui vous permettra de les garder.

— Laquelle, Jonesy ? intervint Mancuso.

— Les gars de Woods Hole pensent avoir identifié les signaux de détresse de trois espèces : la baleine à bosse, le marsouin et le rorqual de Rodolphi. Ils les ont obtenus en écoutant avec des hydrophones pendant qu'ils naviguaient à proximité des baleiniers. Je peux les programmer en mode actif : ils sont dans la gamme de fréquence sur laquelle nous transmettons. De sorte qu'on peut sans peine imaginer des sous-marins qui filent les baleiniers en émettant le signal de détresse, et devinez ce qui se passe ? Les baleiniers vont rentrer bredouilles. Pas une seule baleine normale ne s'avisera de s'approcher à moins de vingt milles d'une congénère criant qu'elle s'est fait avoir. Les cétacés et la solidarité, ça fait deux.

— Vous nous lâchez pour les écolos ? » s'étonna Chambers. Puis, il y réfléchit et hocha lentement la tête.

« Tous ces gens doivent raconter à leurs amis au Congrès que nous faisons du bon boulot scientifique. D'accord ? Pas qu'ils nous aiment, pas qu'ils approuvent nos centrales nucléaires, juste qu'on fait du bon boulot. Eh bien, ce que je vous offre là, les mecs, c'est une mission pour les dix prochaines années. » Jones offrait également à sa compagnie du boulot pour au moins une durée égale, mais là n'était pas la question. Mancuso et tous les sous-mariniers avaient besoin de ce boulot. « En outre, j'ai toujours bien aimé les écouter quand on était sur le *Dallas*.

---

sieurs navires de recherche ainsi que d'un sous-marin d'exploration en eaux profondes *(NdT)*.

— Signal de l'*Asheville*, indiqua depuis la porte un spécialiste des transmissions, ils ont acquis leur cible.

— Eh bien, ils sont sacrément bons, commenta Jones en consultant la table traçante. Mais c'est quand même nous les chefs. »

Air Force One se posa à l'aéroport de Cheremetievo en douceur, comme toujours, et avec une minute d'avance. Il y eut un soupir collectif quand les inverseurs de poussée entrèrent en action, ralentissant rapidement le lourd appareil. Bientôt, tout le monde entendit le cliquetis des ceintures qu'on débouclait.

« Qu'est-ce qui t'a réveillé si tôt ? demanda Cathy à son mari.

— Un truc politique chez nous. Je suppose que je peux t'en parler maintenant. » Et Ryan d'expliquer, avant de se rappeler qu'il avait, toujours pliée dans sa poche, la télécopie de l'article. Il la tendit à son épouse, non sans la prévenir que tout n'était pas vrai.

« Je l'ai toujours trouvé visqueux, ce type. » Elle lui rendit le papier.

« Oh, aurais-tu oublié le temps où il était la Conscience du Congrès ?

— Peut-être bien, mais je n'ai jamais pensé qu'il en avait une à lui.

— N'oublie pas, malgré tout...

— Si quelqu'un me pose la question, je suis une femme chirurgien venue rencontrer mes collègues russes, et j'en profite pour faire du tourisme. » Ce qui était entièrement vrai. Les obligations officielles allaient accaparer une bonne partie du temps de Ryan, au titre de principal conseiller du Président. Mais, sinon, ce voyage n'était pas foncièrement différent de vacances familiales. Leurs goûts pour le tourisme se recouvraient, sans coïncider entièrement, et Cathy savait que son mari avait horreur du lèche-vitrines sous toutes ses formes. C'était une bizarrerie propre aux hommes en général, et à son époux en particulier.

L'appareil s'engagea sur la voie de circulation et c'est à ce moment qu'on passa aux choses sérieuses. Le Président et son épouse émergèrent de leur compartiment, tout prêts à se présenter comme l'incarnation de leur pays. Les autres passagers restèrent assis pour les laisser passer, encouragés en cela par la présence intimidante des hommes du Service secret et de la sécurité de l'Air Force.

« Putain de boulot », souffla Ryan, en regardant le Président arborer son visage ravi de circonstance, et sachant que c'était en partie un mensonge. Il devait s'occuper de cent choses à la fois et toujours faire comme si chacune était sa préoccupation exclusive. Il devait tout cloisonner et, lorsqu'il se consacrait à une tâche, faire comme si les autres n'existaient pas. Peut-être comme Cathy avec ses patients. N'était-ce pas une réflexion intéressante ? Ils entendirent des flonflons quand la porte s'ouvrit, la version locale de *Ruffles and Flourishes*.

« Je suppose qu'on peut se lever, à présent. »

Le protocole était déjà établi. Tout le monde se précipita aux hublots pour regarder le Président atteindre le pied de la passerelle, serrer la main de son nouvel homologue russe et celle de l'ambassadeur américain en République de Russie. Puis le reste de la délégation officielle descendit les marches, tandis que la presse quittait l'avion par la porte arrière.

C'était bien différent du dernier voyage de Ryan à Moscou. L'aéroport était le même, mais l'heure de la journée, le temps, l'atmosphère dans son ensemble n'auraient pu être plus différents. Il suffisait d'un seul visage pour s'en rendre compte. Celui de Sergueï Nikolaïevitch Golovko, directeur des services russes de renseignements extérieurs, qui se tenait en retrait de la première rangée de dignitaires. Dans le temps, jamais il n'aurait montré son visage, mais aujourd'hui, ses yeux bleus étaient fixés sur Ryan, et ils pétillaient d'allégresse tandis que Jack descendait les marches en précédant sa femme, pour rejoindre sa place avec le reste de la délégation.

Les signes initiaux étaient assez inquiétants, comme il arrivait souvent quand des facteurs politiques interféraient avec les forces économiques. Les syndicats se préparaient à l'action et, pour la première fois depuis des années, ils s'y prenaient habilement. Rien que dans la branche automobile, avec la sous-traitance, il était possible de récupérer plusieurs centaines de milliers d'emplois. Le calcul était simple : c'était pour près de quatre-vingt-dix milliards de dollars de produits qu'on avait importés l'année précédente, et qu'il allait falloir désormais fabriquer aux États-Unis. Assis face à leurs interlocuteurs du patronat, les syndicats arrivèrent à la décision collective que la dernière chose qui manquait était l'engagement du gouvernement que la LRCE ne serait pas qu'un tigre de papier, qu'on jetterait bien vite au nom de l'amitié internationale.

Pour obtenir cette assurance, toutefois, ils devaient convaincre le Congrès. Raison pour laquelle les groupes de pression étaient déjà montés au créneau, renforcés par la perspective des élections prochaines. Le Congrès ne pouvait pas faire une chose d'un côté et l'inverse de l'autre. On fit des promesses, on prit des engagements et, pour une fois, chacun fit un pas vers l'autre. La presse commentait déjà l'heureux climat dans lequel se déroulaient les négociations.

Il ne s'agissait pas simplement d'engager du personnel. Il faudrait procéder à un énorme accroissement des capacités de production. Les usines anciennes et celles qui travaillaient au-dessous de leur capacité allaient devoir être rénovées : on passa donc commande d'outillage et de matériel. La vague qui se créa aussitôt provoqua une certaine surprise, malgré tous les avertissements, car en dépit de leur sagacité, même les observateurs les plus avisés n'avaient pas vu l'ampleur réelle de la révolution que représentait ce texte.

Mais le pic dans les données statistiques était indiscutable. La Réserve fédérale avait toutes sortes de critères pour mesurer la santé de l'économie américaine, et l'un d'eux était le volume des commandes d'acier et de machines-outils. La période au cours de laquelle la LRCE avait fait la navette entre le Congrès et la Maison Blanche avait vu se produire une hausse telle que les courbes sortaient du papier. Puis les gouverneurs constatèrent une forte demande d'emprunts à court terme, en majorité de la part d'industries liées à l'automobile qui devaient financer leurs achats auprès de divers fournisseurs spécialisés. Le gonflement des carnets de commandes risquait de relancer l'inflation, or celle-ci était déjà une préoccupation permanente. L'augmentation du volume des emprunts allait réduire la masse monétaire susceptible d'être prêtée. Il fallait arrêter cela, et vite. Les gouverneurs décidèrent qu'au lieu de la hausse d'un quart de point du taux d'escompte qu'ils avaient déjà approuvée — et dont le bruit s'était déjà répandu — la hausse serait d'un demi-point et qu'elle serait annoncée à la fermeture du marché boursier le lendemain.

Le capitaine de vaisseau Ugaki était dans la salle de contrôle de son sous-marin ; comme à son habitude, il fumait comme un pompier, et comme à son habitude, il buvait du thé à profusion, ce qui l'obligeait à des allers-retours constants entre sa cabine et ses toilettes privées, sans parler des quintes de toux, encore exacerbées par l'extrême sécheresse de l'air (on le déshumidifiait pour protéger les systèmes électroniques embarqués). Il savait que devaient se trouver dans les parages au moins un, voire deux sous-marins américains — le *Charlotte* et l'*Asheville*, d'après les dépêches du Renseignement — mais ce n'étaient pas les bateaux qu'il redoutait. C'étaient leurs équipages. La force sous-marine des Américains avait été considérablement réduite en quantité, mais sûrement pas en qualité. Il s'était attendu à détecter son adversaire pour l'exercice PARTENAIRES depuis plusieurs heures. Peut-être, s'avisa Ugaki, n'avaient-ils même pas encore réussi à le détecter, mais il n'en était pas sûr, et au cours des dernières trente-six heures, il avait fini par réaliser pleinement qu'il ne s'agissait plus d'un jeu, plus depuis qu'il avait reçu la phrase de code « Escaladez le mont Niitaka ». Comme il se montrait confiant une semaine plus tôt, mais à présent, il était en mer, et en plongée. La transition de la théorie à la réalité était frappante.

« Quelque chose ? » demanda-t-il à son officier de sonar, obtenant pour toute réponse un hochement de tête. D'ordinaire, lors d'un exercice tel que celui-ci, un des sous-marins américains était « augmenté » : on mettait en service un générateur sonore, destiné à accroître le bruit émis par le bâtiment en plongée, le but étant de simuler la détection d'un sous-marin russe ; d'un côté, la manœuvre était arrogante, mais d'un autre, extrêmement habile de la part des Américains. Ils avaient si rarement l'occasion de s'exercer contre leurs alliés, voire même leurs propres forces, à un niveau correspondant à leurs capacités véritables, qu'ils avaient appris à opérer avec un handicap — comme un coureur chaussant des semelles de plomb. Le résultat était que, lorsqu'ils jouaient le jeu sans handicap, ils étaient réellement formidables.

Eh bien, mais moi aussi ! se dit Ugaki. N'avait-il pas été formé à traquer les sous-marins russes comme les Américains ? N'avait-il pas réussi à approcher un Akula russe ? Patience. Le vrai samouraï est patient. Ce n'était pas une tâche pour la marine marchande, après tout.

« C'est vraiment comme la détection des baleines, pas vrai ? observa le capitaine de frégate Steve Kennedy.

— Pas loin », répondit tranquillement l'opérateur sonar de première classe Jacques Yves Laval Jr. Sans quitter des yeux son écran il essuya ses oreilles, collantes de transpiration sous les écouteurs.

« Vous vous sentez floué ?

— Mon père, lui, il jouait pour de vrai. Vous savez, commandant, toute ma jeunesse, je l'ai entendu me raconter ses plongées dans le nord pour aller traquer les grands d'en face sur leur propre terrain. » Frenchy Laval était un nom célèbre dans la communauté des sous-mariniers, un grand opérateur sonar qui avait formé un tas d'autres grands opérateurs sonar. Il était aujourd'hui à la retraite avec le grade de major, et c'était le fils qui avait repris le flambeau.

Et le comble, c'est que le repérage des baleines s'était révélé un excellent entraînement. C'étaient des créatures discrètes, non parce qu'elles cherchaient à éviter la détection, mais simplement parce qu'elles évoluaient avec une grande efficacité. Et les sous-marins avaient découvert que les approcher suffisamment près pour pouvoir compter et identifier les membres d'un troupeau ou d'une famille était une activité à tout le moins distrayante, même si ce n'était pas franchement excitant. Pour les opérateurs sonar, en tout cas, se dit Kennedy. Du côté des torpilleurs, évidemment...

Laval gardait les yeux fixés sur l'affichage défilant. Il se cala contre le dossier de son siège, saisit un crayon gras, donna une bourrade à l'opérateur de troisième classe assis à côté de lui.

« Deux-sept-zéro, dit-il tranquillement.

— Ouais.

— Qu'est-ce que vous avez, fiston ? demanda le capitaine.

— Juste une trace, sur la bande des soixante hertz. » Puis trente secondes plus tard : « Se renforce. »

Kennedy se tenait derrière les deux opérateurs de quart. Il y avait maintenant deux lignes pointillées sur l'écran, la première dans la bande des soixante hertz du graphique, la seconde dans une bande de fréquence plus élevée. Les moteurs électriques des sous-marins japonais de la classe Harushio utilisaient du courant à soixante périodes. Une série irrégulière de traits, jaunes sur l'écran noir, s'était mise à cascader dans la colonne sous l'intitulé « 60 », comme des gouttelettes tombant au ralenti d'un robinet qui fuit, d'où l'appellation « affichage en cascade ». Laval Junior laissa la barre monter encore quelques secondes pour voir s'il pouvait s'agir d'un phénomène aléatoire, puis il décida que ce n'était sans doute pas le cas.

« Commandant, je crois que nous pourrions lancer une poursuite. Désignation du contact, Sierra-Un, possibilité contact en immersion, relèvement établi au deux-sept-quatre, signal faible. »

Kennedy relaya l'information à l'équipe de contrôle de tir, quatre mètres plus loin. Un autre technicien activa l'analyseur de suivi de rayons, un mini-ordinateur Hewlett-Packard haut de gamme, programmé pour examiner les cheminements possibles des signaux acoustiques à travers l'eau. Bien que son existence soit généralement connue, le logiciel ultra-rapide optimisé pour ce type d'appareil restait encore l'un des secrets les mieux gardés de la marine américaine, un produit, se rappelait Kennedy, conçu par Sonosystems, une entreprise installée à Groton et dirigée par l'un des principaux protégés de Frenchy Laval. L'ordinateur ne prit qu'un petit millier de microsecondes pour digérer les données avant d'afficher sa réponse.

« Commandant, c'est un écho direct. En première estimation, la distance est entre huit et douze mille mètres.

— Initialisez la séquence, ordonna l'officier d'approche au premier maître installé au poste de conduite de tir.

— Ce n'est pas une baleine à bosse, annonça Laval trois minutes plus tard. J'ai trois lignes dessus maintenant, contact Sierra-Un défini avec certitude comme un sous-marin, en propulsion électrique. » Junior s'avisa que Laval *père* [1] avait bâti sa réputation en traquant les subs russes de classe HEN, qui étaient à peu près aussi durs à repérer qu'un séisme. Il rajusta ses écouteurs.

« Relèvement stable au deux-sept-quatre, détection de battement d'hélice.

— Affichage solution, annonça le contrôleur de tir principal. J'ai une solution valide pour le tube trois sur cible Sierra-Un.

— Barre à gauche dix degrés, nouveau cap zéro-huit-zéro », ordonna ensuite Kennedy pour obtenir une triangulation, ce qui lui permettrait d'avoir une meilleure estimation de la distance de l'objectif, ainsi que des données sur la course et la vitesse du submersible. « On va ralentir, ramenez à cinq nœuds. »

La traque était toujours la partie amusante.

« Si vous faites ça, vous vous tranchez la gorge avec un couteau émoussé », dit Anne Quinlan avec son franc-parler habituel.

Kealty était assis dans son bureau. D'habitude, dans toute organisation, le numéro deux assumait les responsabilités en l'absence du numéro un, mais le miracle des communications modernes signifiait que Roger pouvait le cas échéant accomplir toutes les tâches nécessaires, même à minuit au-dessus de l'Antarctique. Y compris diffuser,

---

1. En français (cajun) dans le texte *(NdT)*.

depuis son avion garé à Moscou, un communiqué de presse annonçant qu'il laissait son Vice-président monter au créneau.

La première réaction de Kealty fut de proclamer à la face du monde qu'il était certain de garder la confiance de son Président. Cela suggérerait fortement que la teneur de l'article était vraie, et troublerait suffisamment les eaux pour lui donner une marge de manœuvre, ce dont il avait le plus besoin.

« Ce qu'il faut qu'on sache, Ed, fit remarquer son chef de campagne, et pas pour la première fois, c'est l'identité de celui qui a bien pu lancer ce truc. » C'était bien sûr le seul détail que le papier avait laissé dans l'ombre, si malins que soient les reporters. Elle ne pouvait quand même pas lui demander combien de femmes à son bureau avaient bénéficié de ses charmes. D'abord, il ne s'en souvenait sans doute pas, et ensuite, le plus dur serait d'identifier celles qui n'y avaient pas eu droit.

« Quelle que soit l'identité de cette personne, elle devait être proche de Lisa », observa un autre membre de son équipe. Cette remarque fit aussitôt clignoter des petites lampes dans toutes les têtes.

« Barbara !

— Tout juste », estima la « chef » — c'est ainsi que Quinlan aimait s'entendre appeler. « Mais il faut d'abord qu'on en ait la confirmation, et ensuite il va falloir qu'on la calme.

— Le dédain des femmes, murmura Kealty.

— Ed, je ne veux plus entendre ce genre de remarque, vu ? avertit la chef. Bon Dieu, quand est-ce que vous allez vous mettre dans la tête que "non" ça ne veut pas dire "peut-être plus tard" ? Bon, d'accord, c'est moi qui irai voir Barbara, et peut-être qu'on arrivera à la dissuader, mais bordel de merde, c'est la dernière fois, d'accord ? »

18

L'ŒUF DE PÂQUES

« C'est bien là que se trouvait la penderie ? demanda Ryan.

— J'oublie toujours à quel point vous êtes bien informé », observa Golovko, juste pour flatter son hôte, car l'anecdote était en fait bien connue.

Sourire de Jack, qui n'avait pas peu l'impression d'être Alice à travers le miroir. Le mur était percé d'une porte parfaitement banale, mais jusqu'à l'époque de Youri Andropov, une imposante penderie en bois l'avait masquée, car au temps de Beria et des autres, l'accès au bureau du directeur du KGB devait rester caché. Il n'y avait aucune porte donnant sur le couloir principal, et même pas de porte dans l'antichambre. Le côté mélodramatique avait dû paraître absurde, même aux yeux de Lavrenti Beria, que sa terreur morbide de l'assassinat — même si elle n'était pas franchement déraisonnable — avait poussé à imaginer cette mesure de sécurité débile. Cela ne l'avait d'ailleurs pas empêché de se faire tuer par des hommes qui le haïssaient plus qu'ils ne le redoutaient. Malgré tout, n'était-il pas bizarre que le chef du Conseil national de sécurité du président *américain* pénètre dans le bureau du directeur des services des renseignements extérieurs *russes* ? Les cendres de Beria devaient se retourner au fond de l'égout où on avait dû jeter l'urne, pensa Ryan. Il se tourna pour regarder son hôte, imaginant encore le bureau de chêne, et regrettant presque qu'ils n'aient pas gardé l'ancien nom de KGB, Comité pour la sécurité de l'État, pour l'amour de la tradition.

« Sergueï Nikolaïtch, le monde a-t-il donc changé à ce point en dix ans à peine ?

— Même moins que ça, mon ami. » Golovko lui indiqua un confortable fauteuil de cuir qui datait de la précédente incarnation du bâtiment en siège de la compagnie d'assurances Rossiya. « Et pourtant, il nous reste encore tant de chemin à parcourir. »

Ah, les affaires, pensa Jack. Eh bien, Sergueï n'en avait

jamais fait de secret. Ryan se souvenait encore de s'être trouvé face à lui du mauvais côté du pistolet. Mais tout cela avait eu lieu avant la prétendue fin de l'histoire.

« Je fais tout ce que je peux, Sergueï. Nous vous avons décroché les cinq milliards pour les missiles. Au fait, vous nous avez joué un joli tour. » Jack consulta sa montre. La cérémonie était prévue pour la soirée. Un seul Minuteman-III et un seul SS-19 — si l'on ne comptait pas les SS-19 japonais reconfigurés en lanceurs de satellites.

« Nous avons bien des problèmes, Jack.

— Moins que l'an dernier », observa Ryan, en se demandant quelle serait la prochaine requête. « Je sais que vos conseils au président Grouchavoï ne se limitent pas aux questions d'espionnage. Allons, Sergueï, la situation s'améliore. Vous le savez.

— Personne ne nous avait dit que la démocratie serait si difficile.

— Elle l'est pour nous aussi, mon vieux. On le redécouvre chaque jour.

— Ce qui est frustrant, c'est que nous disposons de tout ce qu'il faut pour rendre notre pays prospère. Le problème est de tout faire fonctionner. Oui, je conseille mon président sur bien des choses...

— Sergueï, si vous n'étiez pas un des hommes les mieux informés de votre pays, je serais fort surpris.

— Hum, oui. Eh bien, nous prospectons la Sibérie orientale... tant de perspectives, tant de ressources. Nous avons dû louer les services de Japonais pour s'en charger à notre place, mais ce qu'ils ont découvert là-bas... » Il laissa sa phrase en suspens.

« Vous avez une idée derrière la tête, Sergueï. Laquelle ?

— Nous pensons qu'ils ne nous disent pas tout. Nous avons déterré des études géologiques réalisées au début des années trente. Elles étaient aux archives du ministère de l'Intérieur. Entre autres, un dépôt de gadolinium à un endroit incongru. A l'époque, on avait peu l'usage de ce métal, et on l'avait oublié jusqu'au moment où certains de mes hommes sont allés fouiller en détail dans les archives. Le gadolinium a quantité d'emplois aujourd'hui, or l'une de leurs équipes de géologues campait à quelques kilomètres de ce filon. Nous sommes certains de son existence : l'expédition des années trente en avait ramené des échantillons pour évaluation. Pourtant, il n'était même pas mentionné dans leur dernier rapport.

— Et alors ? demanda Jack.

— Alors, ça m'a paru curieux qu'ils nous aient menti », observa Golovko, en prenant son temps. Un truc pareil, il fallait l'amener en douceur.

« Combien les payez-vous pour ce boulot ?

— L'accord stipule qu'ils nous aideront pour l'exploitation d'une bonne partie des ressources qu'ils trouveront. Les termes sont généreux.

— Pourquoi mentiraient-ils ? »

Golovko secoua la tête. « Je n'en sais rien. Ça pourrait être important d'en découvrir la raison. Vous êtes un historien, n'est-ce pas ? »

C'était un des traits que chacun respectait chez son vis-à-vis. Ryan aurait pu négliger les inquiétudes de Golovko en les attribuant à la paranoïa coutumière des Russes — parfois, il avait même l'impression que la notion même avait été inventée dans ce pays — mais c'eût été injuste. La Russie tsariste avait combattu le Japon en 1904-1905, et elle avait perdu, offrant au passage à la marine japonaise une victoire d'anthologie à la bataille du détroit de Tsushima. Cette guerre avait en grande partie contribué à la chute des Romanov et à l'accession du Japon au rang de grande puissance, accession qui avait conduit à son engagement dans deux conflits mondiaux. Elle avait également infligé une douloureuse blessure au psychisme russe, blessure dont Staline s'était suffisamment souvenu pour récupérer les territoires perdus. Les Japonais avaient également participé aux campagnes pour renverser les bolcheviks après la Première Guerre mondiale. Ils avaient envoyé en Sibérie une armée de taille non négligeable et s'étaient fait tirer l'oreille pour la rapatrier. La même chose s'était reproduite en 1938 et 1939, avec des conséquences plus fâcheuses, cette fois, d'abord contre le maréchal Blioukher, ensuite contre un certain Joukov. Oui, Russie et Japon partageaient bien des pages d'histoire.

« Aujourd'hui, à notre époque, Sergueï ? demanda Ryan avec une ironie désabusée.

« — Vous savez, Jack, si malins que vous soyez, vous restez un Américain, et votre expérience des invasions est bien moins sérieuse que la nôtre. Est-ce que nous paniquons ? Non, bien sûr que non. Est-ce un problème digne d'attention ? Oui, Ivan Emmetovitch, absolument. »

Il lui réservait manifestement une surprise, et avec le luxe de précautions qu'il avait pris, ce devait être un gros truc, estima Ryan. Il était temps d'en avoir le cœur net : « Eh bien, Sergueï Nikolaïtch, j'imagine que je peux comprendre votre inquiétude, mais je ne vois vraiment pas ce que je pourrais... » Golovko l'arrêta d'un seul mot.

« CHARDON.

— L'ancien réseau de Lyaline. Et après ?

— Vous l'avez récemment réactivé. » Le directeur du Renseignement russe nota que Ryan eut la bonne grâce de cligner les yeux de surprise. Un homme intelligent et sérieux, ce Ryan, mais pourtant, pas vraiment le profil d'un agent secret. Il laissait par trop transparaître ses émotions. Sergueï se dit qu'il aurait peut-être intérêt à lire un bouquin sur l'Irlande, histoire de mieux comprendre le joueur installé en face de lui dans l'antique fauteuil en cuir. Ryan avait ses forces et ses faiblesses, et il ne comprenait vraiment ni les unes ni les autres.

« Qu'est-ce qui vous a donné cette idée ? » demanda l'Américain, le plus innocemment possible, mais conscient d'avoir trahi sa réaction, encore une fois piégé par ce vieux pro astucieux. Il vit Golovko sourire de sa gêne, et se demanda si la libéralisation du pays avait permis aux gens de laisser s'épanouir leur sens de l'humour. Auparavant, Golovko se serait contenté de le fixer sans broncher.

« Jack, nous sommes des professionnels, non ? Je le sais. Comment je le sais, c'est mon problème.

— J'ignore quelles cartes vous avez en main, mon ami, mais avant qu'on poursuive, il faut qu'on décide si la partie est amicale ou pas.

— Comme vous le savez, la véritable agence de contre-espionnage japonaise est la Division d'enquête sur la sécurité publique (DESP) de leur ministère de la Justice. » La déclaration liminaire était aussi claire que possible, et sans doute était-elle sincère. Elle définissait également les termes du discours : c'était une partie amicale. Golovko venait de révéler un secret personnel, même s'il n'était pas surprenant.

On ne pouvait qu'admirer les Russes. Leur savoir-faire en matière d'espionnage était de niveau international. Non, se reprit Ryan : ils dépassaient tout le monde. Quel meilleur moyen après tout pour diriger des agents dans un pays étranger que de commencer par infiltrer un réseau au sein même des services de contre-espionnage de ce pays ? On soupçonnait toujours plus ou moins qu'ils avaient jadis pendant plusieurs années contrôlé le MI-5, le service du Renseignement britannique, et leur pénétration en profondeur du système de sécurité interne à la CIA restait encore un sujet tabou en Amérique.

« A vous la mise », dit Ryan. *Échec au donneur*...

« Vous avez au Japon deux agents qui se font passer pour des journalistes russes. Ils sont en train de réactiver le réseau. Ils sont très bons, et très prudents, mais l'un de leurs contacts est compromis avec la DESP. Ça peut arriver à tout le monde », observa Golovko, sincère. Sans triomphalisme, nota Jack. Il faut dire qu'il était trop professionnel pour ça, et la partie était plutôt amicale, dans l'ensemble. L'autre volet de la déclaration ne pouvait pas être plus clair : d'un simple geste, Sergueï était à même de griller Clark et Chavez, créant ainsi un nouvel incident international entre deux pays qui avaient déjà un contentieux délicat à régler. C'était bien pourquoi Golovko ne triomphait pas. C'était inutile.

Ryan hocha la tête. « D'accord, l'ami. Je me couche. Dites-moi ce que vous voulez.

— Nous aimerions savoir pourquoi le Japon nous raconte des bobards, et apprendre tout ce qui, de l'avis de Mme Foley, pourrait nous être utile. En échange, nous sommes en mesure d'assurer à votre place la protection de votre réseau. » *Pour l'instant*, aurait-il pu ajouter, mais il s'en abstint.

« Que savent-ils au juste ? » demanda Jack, en réfléchissant à la proposition énoncée. Golovko suggérait que la Russie couvre une opération d'espionnage américaine. C'était une première. Cela donnait une valeur élevée aux informations qui pourraient être révélées. Une valeur bougrement élevée, songea Clark. *Pourquoi ?*

« Ils en savent assez pour se faire expulser du pays, sans plus. » Golovko ouvrit un tiroir et lui tendit une feuille de papier. « C'est tout ce que Foleïeva a besoin de savoir. »

Jack la parcourut et la mit dans sa poche. « Mon pays n'a aucun désir de voir éclater un conflit entre la Russie et le Japon.

— Donc, nous sommes d'accord ?

— Oui, Sergueï. Je recommanderai qu'on approuve votre suggestion.

— C'est toujours un plaisir de traiter avec vous, Ivan Emmetovitch.

— Pourquoi ne pas l'avoir réactivé vous-même, ce réseau ? s'enquit Ryan, qui se demandait jusqu'à quel point il s'était laissé rouler dans la farine.

— Lyaline gardait pour lui l'information. Malin de sa part. Nous n'avons pas eu le temps de le... persuader ? Oui, de le persuader de la fournir — avant de le confier à votre garde. »

Qu'en termes élégants..., songea Jack. *Persuader*. Bon, Golovko avait fait ses classes sous l'ancien régime. C'eût été trop espérer qu'il ait entièrement tiré un trait dessus. Ryan sourit malgré lui.

« Vous savez, vous étiez des ennemis de valeur. » Et avec cette simple suggestion de Golovko, songea Jack en gardant des yeux d'une impassibilité clinique, peut-être qu'on allait maintenant assister à la naissance d'une autre époque. Bigre, jusqu'où irait encore la folie de ce monde ?

Il était six heures plus tard à Tokyo, et huit heures plus tôt à New York. Le décalage de quatorze heures et la ligne internationale de changement de date créaient bien des possibilités de confusion. On était déjà samedi quatorze à certains endroits et encore vendredi treize à d'autres.

A trois heures du matin, Chuck Searls quitta son domicile pour la dernière fois. Il avait loué une voiture la veille

— comme de nombreux New-Yorkais, il n'avait jamais pris la peine de s'en acheter une — pour se rendre à La Guardia. Le terminal de Delta Airlines était étonnamment bondé pour le premier vol de la journée à destination d'Atlanta. Il avait pris un billet par l'entremise de l'une des nombreuses agences de voyages de la ville, et l'avait payé en espèces, au nom d'emprunt qu'il comptait utiliser épisodiquement par la suite, et qui différait de celui inscrit sur le passeport qu'il s'était également procuré quelques mois plus tôt. Installé à la place 2-A, un fauteuil de première dont la largeur lui permettait de se tourner légèrement pour poser la tête sur le dossier, il dormit durant la majeure partie du vol vers Atlanta, où ses bagages furent transférés dans l'avion pour Miami. Il n'avait pas pris grand-chose, en fait : deux complets d'été, deux ou trois chemises et quelques articles de première nécessité, plus son ordinateur portatif. A Miami, il embarqua sur un autre vol, sous un autre nom, cap vers le sud-ouest et le paradis.

George Winston, ancien patron du Groupe Columbus, n'était pas un homme heureux, malgré le confort de sa maison à Aspen. Un genou foulé en était la cause. Même s'il avait désormais tout le temps de se consacrer à sa nouvelle passion pour le ski, il était par trop inexpérimenté, et peut-être un peu trop vieux pour emprunter les pistes rouges. Ça faisait un mal de chien. Il se leva à trois heures du matin et boitilla jusqu'à la salle de bains prendre une autre dose de l'antalgique que le médecin lui avait prescrit. Une fois devant le lavabo, il s'avisa que, maintenant qu'il était réveillé, la douleur lancinante lui laissait peu d'espoir de retrouver le sommeil. Il était un peu plus de cinq heures du matin à New York, en gros son heure de lever habituel, toujours très tôt pour coiffer les lève-tard et avoir le temps de jeter un œil sur son ordinateur, le *Wall Street Journal* et les autres sources d'information pour être parfaitement prêt à opérer ses premières transactions sur le marché boursier.

Ça lui manquait, il devait bien l'admettre. C'était bougrement dur de se l'avouer devant la glace. Bon, d'accord, il avait bossé trop dur, il s'était aliéné sa propre famille, s'était mis dans un état bien proche de l'accoutumance à la drogue, mais en sortir... n'était-ce pas une erreur ?

Enfin, non, pas exactement, songea-t-il en retournant se glisser sous la couette avec le maximum de précaution. C'était simplement qu'on ne pouvait pas vider un récipient, puis tenter de le remplir ensuite avec rien, n'est-ce pas ? Il ne pouvait pas barrer son *Cristobol* à longueur de journée, pas quand ses gosses étaient à l'école. En fait, il n'y avait qu'un truc dans la vie qu'il avait été capable de faire tout le temps, et c'est bien ce qui avait failli le tuer.

Et pourtant...

Bordel, même pas possible ici d'obtenir le *Journal* à une heure décente. Et on appelait ça la civilisation ? Une veine, ils avaient quand même le téléphone. Rien qu'en souvenir du bon vieux temps, il alluma son micro. Winston était abonné à presque tous les services télématiques possibles d'information politique et financière, et il choisit son préféré. Son épouse pousserait encore les hauts cris si elle le voyait retomber dans ses anciens travers, car c'était l'indice qu'il était loin d'être branché sur Wall Street comme il aurait aimé l'être, en joueur ou en simple spectateur. Enfin, bon, il avait quelques heures devant lui, et ce n'était quand même pas comme s'il était parti en hélicoptère raser le sommet des montagnes à l'aube, non ? Plus du tout de ski, lui avait dit fermement le toubib. Pendant une semaine au moins, en tout cas, et ensuite, uniquement sur des pistes jaunes. Ça ne serait déjà pas si mal, après tout. Il pourrait toujours faire comme s'il donnait des leçons à ses gosses... et merde !

Il s'était retiré trop tôt. Il ne pouvait pas savoir, bien sûr, mais ces dernières semaines, le marché était devenu trop tentant quand on avait ses dons pour surfer sur la tendance... Il aurait foncé sur l'acier trois semaines plus tôt, raflé la mise, puis aurait porté son attaque sur... Silicon Alchemy. Ouais, celle-là, il se la serait ramassée, fissa. Ils avaient inventé un nouveau type d'écran pour portatifs, et avec l'embargo de fait sur les machines japonaises, le titre avait explosé. Qui était le type, déjà, qui avait dirigé la stratégie de l'IPO ? Ryan... il avait le nez creux pour les affaires, ce gars, dire qu'il était allé perdre son temps dans la fonction publique. *Quel gâchis*, se dit Winston ; il sentit revenir l'élancement dans sa jambe, et essaya d'oublier qu'il perdait lui aussi son temps au milieu de la nuit dans une station de sports d'hiver dont il ne pourrait même pas profiter avant une semaine au bas mot.

A Wall Street, tout le monde semblait tellement s'agiter vainement, songea-t-il en analysant les courbes de tendance sur les titres qu'il considérait, malgré leur discrétion, comme de bons indicateurs. C'était un des trucs : repérer les tendances et les indicateurs avant les autres. Un des trucs ? Merde, *le* truc ; en fait, le seul. Mais la façon, ça c'était bougrement délicat à enseigner. Il supposa qu'il devait en aller de même dans tous les domaines. Certains étaient doués, comme lui. D'autres essayaient de parvenir au même résultat en trichant, en cherchant des informations par des moyens détournés, ou en suscitant artificiellement des mouvements pour pouvoir ensuite les exploiter. Mais ça, c'était... de la triche, non ? Et puis, quel intérêt de s'enrichir de cette façon ? Battre les autres à leur propre jeu et à la régulière, *ça,* c'était l'art du jeu boursier, et à la fin de la journée, ce qui lui plaisait le plus, c'était d'entendre les autres venir lui dire « Espèce de fils de pute ! ». Le ton employé faisait toute la différence.

Il n'y avait aucune raison à cette instabilité du marché, jugea-t-il. Les gens n'avaient pas encore bien saisi le problème, voilà tout.

Les Hornet décollèrent derrière la première vague de Tomcat. Sanchez avança doucement son zinc jusqu'à la catapulte tribord, sentit la jambe de force du train avant se caler dans le sabot. Son chasseur lourdement chargé vibrait de toute sa puissance, tandis que les servants effectuaient une ultime inspection visuelle. Satisfait, l'officier de lancement leva son drapeau vert et Sanchez salua de la main droite avant de caler sa tête contre le dossier du siège éjectable. Un instant après, l'officier abaissa son drapeau et le piston à vapeur propulsa l'avion vers l'extrémité du pont puis dans les airs. Le Hornet hésita un instant, une sensation à laquelle on ne s'habituait jamais vraiment, puis il grimpa vers le ciel, rentra son train d'atterrissage et mit le cap vers son point de rendez-vous, les ailes lestées de réservoirs supplémentaires et de missiles d'exercice peints en bleu.

Ils essayaient bien de ruser, et ils réussissaient presque, mais « presque », ça ne comptait pas vraiment dans ce jeu-là. Les photos satellite avaient révélé la présence de trois groupes de bâtiments de surface en approche. Sanchez mènerait l'escadrille de frappe Alpha contre le plus important, formé de huit unités. Deux couples de Tomcat s'occuperaient chacun de leur côté des P-3 qui étaient de sortie ; pour la première fois, ils traqueraient activement avec leurs radars de recherche au lieu de rester sous EMCON. Ce serait comme un grand coup de sabre — non, plutôt, le swing puissant d'un énorme club de golf. Les balayages intermittents d'un avion-radar E-2C Hawkeye avaient établi que les Japonais n'avaient pas déployé de chasseurs sur Marcus, ce qui aurait été une manœuvre habile, quoique difficile ; de toute façon, ils n'auraient pas été en mesure d'en faire décoller un nombre suffisant de là-bas pour avoir une influence quelconque, pas contre deux porte-avions avec leur groupe aérien complet. Marcus n'était pas une île de taille assez grande, comme Saipan ou Guam. Ce fut sa dernière pensée abstraite pendant un bout de temps. Sur l'ordre de Bud transmis par un circuit radio à faible puissance, la formation commença à se disperser selon un plan élaboré avec soin.

« *Hai.* » Sato décrocha le téléphone à vibreur sur la passerelle du *Mutsu*.

« Nous venons de détecter un trafic radio à faible puissance en vocal. Deux signaux, aux un-sept-cinq et un-neuf-cinq, respectivement.

— Il était temps », dit Sato à son responsable des opérations de groupe. *J'ai bien cru que jamais ils ne se décideraient à attaquer.* Dans une situation de guerre réelle, il aurait fait une chose. Dans ce cas précis, il allait en faire une autre. Il n'avait aucun intérêt à dévoiler aux Américains la sensibilité de son équipement d'*Elint* —

« Il lui a fallu le temps », observa le commandant Ugaki. Cela faisait près de quarante minutes qu'il avait repéré le classe 688 américain. Donc, ils étaient bons, mais pas tant que ça. Ils avaient eu un tel mal à détecter le *Kurushio* qu'ils avaient lancé leur attaque sitôt après l'avoir repéré ; Ugaki décida donc de les laisser tirer les premiers. Le CO regarda son directeur de contrôle de tir et les quatre voyants de solution allumés en rouge.

Il décrocha son propre « gertrude » pour répondre d'une voix pleine de surprise enjouée : « Mais d'où sortez-vous ? »

Les marins à portée de voix de l'hydrophone — tous les hommes à bord parlaient correctement l'anglais — furent surpris par sa remarque. Ugaki nota leur air étonné. Il les mettrait au courant plus tard.

« Même pas lancé de "tango" pour réagir. Je parie qu'il n'était pas à son poste de combat. » Kennedy pressa de nouveau la palette de l'hydrophone. « Conformément aux instructions de l'exercice, nous allons à présent nous retirer et mettre en service notre augmenteur. » Sur son ordre, l'USS *Asheville* vira à droite et porta sa vitesse à vingt nœuds. Le submersible allait reculer de vingt mille mètres et recommencer l'exercice, en donnant à l'« ennemi » une meilleure chance de s'entraîner utilement.

« Contrôle pour le sonar.

— Ici contrôle, parlez.

— Nouveau contact, désignation Sierra-Cinq, gisement deux-huit-zéro, navire de surface diesel à deux hélices, type inconnu. Au bruit des pales, vitesse approximative dix-huit nœuds », annonça l'opérateur sonar première classe Laval junior.

« Pas de classification ?

— Le bruit paraît... disons, réduit, commandant, pas le ronflement sonore d'un navire marchand.

— Très bien, faut me surveiller ça. Tenez-moi au courant.

— Sonar, bien compris. »

C'était franchement trop facile, pensa Sanchez. Tout là-haut dans le nord, leurs destroyers lance-missiles classe Kongo devaient donner plus de fil à retordre au groupe de l'*Enterprise*. Il n'insista pas mais maintint sa trajectoire à trois ou quatre cents pieds au-dessus de la mer étale, à une vitesse d'un peu plus de quatre cents nœuds. Chacun des quatre chasseurs composant l'escadrille Matraqueur était équipé de quatre missiles d'exercice Harpoon, tout comme leurs quatre homologues restés en réserve à Mauler. Sanchez contrôla leur position sur son affichage tête haute. Les données chargées dans son ordinateur moins d'une heure auparavant lui indiquaient une localisation probable de la formation, et son système de navigation par GPS l'avait amené pile à l'endroit programmé. Il était temps de s'assurer de la précision de leur système de renseignement opérationnel.

« Mauler, ici Leader, j'émerge, top ! » Sanchez ramena doucement le manche. « Passage en mode actif, top ! » Au second top, il avait activé son radar de recherche.

Et ils étaient bien là, parfaitement visibles à l'écran. Sanchez sélectionna le bâtiment de tête dans la formation et activa les têtes chercheuses des missiles, par ailleurs inertes, accrochés sous ses ailes. Les quatre témoins s'allumèrent. « Leader de Matraqueur en fréquence. Tirez tirez tirez ! Ici, quatre vampires largués.

— Ici Deux, tirés : quatre.

— Ici Trois, tirés : quatre.

— Ici Quatre, tirés : trois, un raté sur rail de lancement. » *Un sous le par,* nota Sanchez, qui se promit au retour de sonner les cloches de son chef mécano. Lors d'une attaque réelle, une fois tirés leurs missiles, les avions auraient piqué vers la surface pour ne pas s'exposer. Pour les besoins de l'exercice, ils descendirent jusqu'à deux cents pieds en maintenant leur cap, afin de simuler leurs propres missiles. Les enregistreurs de bord consigneraient les signaux de détection radio et radar des bâtiments japonais, afin d'évaluer leurs performances, qui n'avaient jusqu'ici rien de renversant.

Confrontée à l'irritante nécessité d'autoriser des femmes à intégrer de vraies escadrilles de combat basées sur de vrais porte-avions, la marine américaine avait d'abord opté pour un compromis, en les affectant aux appareils de guerre électronique, raison pour laquelle la première femme chef d'escadrille dans la Navy était le commandant Roberta Peach de la VAQ-137, « les Freux ». La plus élevée en grade des aviatrices de carrière, elle avait eu la chance insigne qu'une autre pilote de l'aéronavale ait déjà pris l'indicatif « la Pêche », ce qui lui avait permis d'opter pour « Robber » — voleur, en anglais —, un nom auquel elle tenait pour les communications radio.

« Signaux détectés, Robber, annonça l'officier de détection avancée, depuis l'arrière de son Prowler. On en chope un paquet.

— Éteignez-moi ça, ordonna-t-elle sèchement.

— Merde, un sacré paquet... Attribution d'un HARM sur un SPG-51. Acquisition de la cible. Cible acquise.

— Lancement », dit Robber. L'ordre de tir lui revenait, en tant que pilote. Aussi longtemps que le radar d'illumination de missiles SPG-51 resterait allumé et continuerait d'émettre, le missile anti-radar Harm était virtuellement assuré de faire mouche.

Sanchez apercevait maintenant les bateaux, silhouettes grises à l'horizon visuel. Un crissement strident dans ses écouteurs lui apprit qu'il était illuminé à la fois par un radar de recherche et par un radar de contrôle de tir, ce qui n'était jamais une bonne nouvelle, même lors d'un exercice, surtout quand l'« ennemi » en question était équipé de missiles surface-air Standard SM-2 de conception américaine dont il connaissait parfaitement les performances. Le bâtiment avait l'air d'un classe Hatakaze. Deux radars de guidage SPG-51C. Une seule rampe de lancement unique. Il ne pouvait guider que deux missiles à la fois. Son avion en représentait déjà deux. Le Hornet était certes une cible plus large qu'un Harpoon, et il ne pouvait pas voler aussi bas et aussi vite que le missile. Mais d'un autre côté, il avait à bord un brouilleur, ce qui égalisait plus ou moins les chances. Bud inclina légèrement le manche sur la gauche. C'était contraire aux règles de sécurité de survoler directement un navire dans des circonstances telles que celles-ci et, quelques secondes plus tard, il passait à trois cents mètres devant la proue du destroyer. Il estima qu'au moins un de ses missiles aurait dû faire mouche, or c'était un rafiot de cinq milles tonnes maxi. Un seul Harpoon suffirait à le désemparer, rendant d'autant plus meurtrier son deuxième passage avec des charges en grappe.

« Matraqueur, ici Leader. Suivez-moi en formation.

— Deux...

— Trois...

— Quatre », signalèrent les trois autres appareils de son escadrille.

Encore une journée de pilote de l'aéronavale, songea le chef d'escadre. Il pouvait désormais songer à l'appontage ; ensuite il gagnerait le CIC et passerait le reste des prochaines vingt-quatre heures à faire le décompte des points depuis le poste de commandement. Non, ce n'était plus vraiment le pied. Il avait descendu de vrais zincs, et rien ne pouvait se comparer à ça. Mais enfin, voler, c'était toujours voler.

Le rugissement d'avions en survol avait toujours quelque chose de grisant. Sato regarda le dernier des chasseurs américains peints en gris filer en grimpant en chandelle, et il prit ses jumelles pour voir leur direction. Puis il se leva et redescendit au PC.

« Eh bien ? demanda-t-il.

— La trajectoire de départ corrobore nos prévisions. » Le chef des opérations navales tapota la photo satellite montrant les deux groupes de combat américains qui maintenaient leur cap à l'ouest, face aux vents dominants, afin de poursuivre les opérations aériennes. La photo ne datait que de deux heures. L'écran radar montrait l'escadrille américaine qui se dirigeait vers le point prévu.

« Excellent. Adressez mes respects au commandant, et mettez au un-cinq-cinq, en avant toute. »

Moins d'une minute après, le *Mutsu* trembla sous le surcroît de poussée de ses moteurs diesel, et le bâtiment

426

se mit à fendre plus rudement la molle houle du Pacifique pour gagner son rendez-vous avec l'escadre américaine. Il importait de respecter l'horaire.

Au parquet de la Bourse de New York, un jeune grouillot commit une erreur de transcription sur l'action Merck, précisément à 11 heures 43 minutes 2 secondes, heure de la côte Est. La valeur entrée dans le système apparut sur le tableau lumineux à 23 1/8, largement en dessous de sa cote habituelle. Trente secondes plus tard, il tapa de nouveau le même chiffre, pour le même montant. Cette fois, il se fit engueuler. Il expliqua que c'était le putain de clavier qui était collant et le débrancha pour l'échanger contre un autre. Ça se produisait assez souvent. Les gens renversaient du café et tout un tas de trucs dans ce souk. La correction fut aussitôt consignée et le monde reprit son cours normal. Au même instant, un incident identique se produisit avec l'action General Motors, et quelqu'un fit la même excuse. Le coup était sans risque : les gens de ce kiosque n'avaient guère de contacts avec ceux qui s'occupaient de Merck. Aucun des deux employés n'avait la moindre idée de ce qu'il faisait, tout ce qu'ils savaient, c'est qu'ils étaient payés cinquante mille dollars pour commettre une erreur qui n'aurait pas la moindre conséquence sur le système. Ils l'ignoraient, mais s'ils ne l'avaient pas fait, un autre couple d'individus aurait touché la même somme pour accomplir la même chose dix minutes plus tard.

Dans l'unité centrale des ordinateurs Stratus de la DTC, la Compagnie fiduciaire de dépôt — ou, plus exactement, dans les programmes qui y étaient chargés —, les valeurs furent notées, et l'Œuf de Pâques commença à éclore.

Caméras et projecteurs étaient installés dans la salle Saint-Vladimir du palais du Kremlin — lieu traditionnel de signature des traités que Jack avait visité en d'autres temps et en des circonstances bien différentes. Dans deux pièces annexes séparées, le président des États-Unis

427

d'Amérique et le président de la République de Russie étaient au maquillage, une opération irritante surtout pour le Russe, Ryan n'en doutait pas. Bien passer à l'écran n'était vraiment pas le souci premier des personnalités politiques locales. La plupart des invités étaient déjà assis, mais les principaux responsables des deux délégations officielles pouvaient enfin se détendre : les derniers préparatifs étaient à peu près achevés. Les verres en cristal attendaient sur les plateaux, les cols des bouteilles de champagne étaient déshabillés, les bouchons n'attendaient qu'un ordre pour sauter.

« Au fait, j'y pense, vous ne m'en avez jamais expédié, de ce champagne géorgien, dit Jack en se tournant vers Sergueï.

— Eh bien, aujourd'hui, ça peut se faire, et je peux même vous avoir un bon prix.

— Vous savez qu'avant, j'aurais dû le refuser pour cause de code d'éthique.

— Oui, comme je sais que tout fonctionnaire américain est un escroc potentiel, nota Golovko, tout en inspectant du regard les lieux pour voir si tout avait été fait dans les règles.

— Vous auriez dû être avocat. » Jack vit le chef des agents du Service secret franchir la porte et se diriger vers son siège. « Un sacré coin, pas vrai, chérie ? dit-il à sa femme.

— Les tsars savaient vivre », murmura-t-elle, alors que tous les projecteurs de la télévision s'allumaient simultanément. En Amérique, toutes les chaînes interrompirent leurs programmes réguliers. L'horaire était un peu bizarre, avec ce décalage de onze heures entre Moscou et la côte Ouest des États-Unis. Sans parler de la Russie, qui recouvrait au bas mot dix fuseaux horaires à elle toute seule, conséquence à la fois de la taille du pays et, dans le cas de la Sibérie, de la proximité du Cercle polaire. Mais c'était un événement que nul n'aurait voulu manquer sous aucun prétexte.

Les deux présidents apparurent, sous les applaudissements des trois cents invités. Roger Durling et Edouard Grouchavoï se rejoignirent derrière la table en chêne et se serrèrent chaleureusement la main, comme seuls savent le faire deux anciens ennemis. Durling, l'ancien para qui avait connu le Viêt-nam ; Grouchavoï, lui aussi ancien militaire, spécialiste tactique et membre des premiers contingents à envahir l'Afghanistan. Formés dans leur jeunesse à se vouer une haine réciproque, ils allaient désormais clore cette ère pour de bon. En cette heure, ils mettraient de côté tous les problèmes intérieurs qui les assaillaient l'un et l'autre chaque jour de la semaine. Car aujourd'hui, grâce à eux, le monde allait changer.

Étant l'hôte, Grouchavoï invita Durling à s'asseoir, puis il s'approcha du micro.

« Monsieur le président, commença-t-il, relayé par un interprète dont il aurait fort bien pu se passer, je suis ravi de vous accueillir pour la première fois à Moscou... »

Ryan n'écouta pas le discours, prévisible dans ses moindres phrases. Ses yeux restaient fixés sur une boîte en plastique noire qu'on avait posée sur la table, exactement à mi-distance des sièges des deux chefs d'État. Elle était munie de deux boutons rouges et d'un câble qui courait au sol. Deux moniteurs de télévision avaient été installés contre le mur le plus proche et, au fond de la salle, deux grands rétroprojecteurs permettaient à toute l'assistance de voir. Les écrans montraient des sites similaires.

« Drôle de façon quand même de gérer une compagnie ferroviaire », remarqua un chef d'escadron de l'armée de terre des États-Unis. La scène se passait à trente kilomètres de Minot, Dakota du Nord. Il venait de serrer la dernière cosse. « OK, les circuits sont branchés. Le courant est mis. » Seul un interrupteur de sécurité empêchait les explosifs de détoner, et sa main était posée dessus. Il avait déjà effectué personnellement une vérification générale, et le site était bouclé par une compagnie entière de la police militaire parce que les Amis de la Terre menaçaient d'entraver la cérémonie en plaçant des militants à l'endroit où l'on avait posé les explosifs ; c'est avec plaisir que l'officier aurait vu sauter ces bougres d'emmerdeurs, mais il devait néanmoins désarmer le circuit de mise à feu si jamais cela arrivait. *Mais pourquoi, bordel de merde, quelqu'un voudrait manifester contre ça ?* Il avait déjà perdu une heure à essayer de l'expliquer à son vis-à-vis soviétique.

« Ça ressemble tellement à la steppe de chez nous », nota l'homme en frissonnant dans le vent. Tous les deux surveillaient un petit téléviseur pour guetter le signal. Ils grelottaient.

« Dommage qu'on n'ait pas de politiciens avec nous pour nous échauffer les oreilles. » Il ôta la main du bouton d'armement. Ils ne pouvaient donc pas en finir tout de suite ?

L'officier russe connaissait suffisamment l'anglais pour rire de la remarque, et il tâta l'intérieur de son immense parka — il avait une surprise pour l'Américain.

« Monsieur le président, l'hospitalité que nous avons rencontrée dans cette grande cité est la preuve tangible que devrait, que peut et que va se développer une amitié entre nos deux peuples — une amitié tout aussi forte que purent l'être nos sentiments anciens, mais ô combien plus productive. Aujourd'hui, nous tirons définitivement un trait sur la guerre », conclut Durling sous de chaleureux applaudissements, et il se retourna pour serrer de nouveau la main de Grouchavoï. Les deux hommes s'assirent. Bizarrement, tous deux devaient à présent attendre le bon vouloir d'un réalisateur de télévision américain qui parlait à toute vitesse dans le casque-micro plaqué contre son visage.

« Et maintenant, dirent les interprètes dans les deux langues, si l'auditoire veut bien se tourner vers les écrans de télévision...

— Quand j'étais lieutenant chez les pionniers, murmura le président russe, j'adorais faire sauter des trucs. »

Durling sourit et pencha la tête vers lui. Certaines phrases n'étaient pas faites pour les micros. « Vous savez ce que j'ai toujours voulu faire quand j'étais petit — je ne sais pas si vous avez ça, chez vous...

— Quoi donc, Roger ?

— Le type qui manœuvre une grue avec cette grosse boule d'acier, pour démolir les immeubles. Ça doit être le meilleur boulot qui soit au monde.

— Surtout si on a pu mettre l'opposition parlementaire dans l'immeuble auparavant ! » C'était un point de vue qu'ils partageaient. Durling vit le signe du réalisateur : « C'est l'heure. »

Chaque homme posa le pouce sur son bouton.

« A trois, Ed ? demanda Durling.

— Oui, Roger !

— Un, dit Durling.

— Deux, continua Grouchavoï.

— Trois ! » firent-ils en chœur, en pressant sur les boutons. Les deux interrupteurs fermaient un banal circuit électrique relié à une antenne satellite installée dehors. Il fallut à peu près un tiers de seconde au signal pour monter jusqu'au satellite et redescendre, puis un autre tiers de seconde pour que le résultat parcoure le même chemin en sens inverse, et durant une éternité, beaucoup de gens crurent à une panne. Mais non.

« Waouh ! » observa le chef d'escadron quand les cinquante kilos de C-4 explosèrent. Le bruit était impressionnant, même à huit cents mètres de distance, et il fut suivi d'une colonne de flammes due à l'ignition du moteur-fusée à poudre. Cette partie de la cérémonie avait été la plus délicate. Il avait fallu s'assurer que la combustion se ferait exclusivement de haut en bas. Sinon, le missile aurait pu tenter de s'échapper du silo, et franchement, ça l'aurait fichu mal. A vrai dire, toute l'opération était inutilement compliquée et dangereuse. Le vent froid chassa vers l'est le nuage toxique, et le temps qu'il atteigne des lieux habités, ce ne serait plus qu'une mauvaise odeur, symbole somme toute assez juste des conditions politiques qui avaient engendré l'existence de ce moteur-fusée actuellement en train de brûler... Le spectacle avait malgré tout quelque chose d'intimidant. Le plus gros pétard du monde, brûlant à rebours durant trois minutes avant de se réduire à un nuage de fumée. Un sergent actionna les extincteurs du silo, qui fonctionnèrent parfaitement, ce qui ne manqua pas de surprendre le chef d'escadron.

« Vous savez, on a tiré au sort pour savoir à qui reviendrait cet honneur. J'ai gagné, dit l'officier en se relevant.

— Moi, on m'a simplement donné ordre. Mais je suis content que ce soit tombé sur moi. Il n'y a plus de risque, à présent ?

— Je ne crois pas. Venez, Valentin. On a encore un truc à faire, pas vrai ? »

Les deux hommes montèrent dans un HMMWV, nouvelle incarnation de la jeep de l'armée, et l'officier américain démarra et se dirigea vers le silo pour l'aborder dans le sens du vent. Ce n'était plus maintenant qu'un trou dans le sol d'où s'échappait un panache de vapeur. Une équipe de CNN suivait, continuant de tourner en direct, secouée par les cahots de leur véhicule sur le sol inégal de la prairie. A leur grand dépit, ce dernier s'immobilisa à deux cents mètres du site, tandis que les deux officiers descendaient du leur, en portant des masques à gaz, au cas où il resterait assez de fumée pour entraîner des risques. Mais non. L'officier américain fit signe à l'équipe de télé d'approcher, puis il attendit que les techniciens soient prêts. Cela prit deux minutes.

« Prêt ! indiqua le réalisateur.

— Sommes-nous d'accord pour constater que le silo et le missile sont détruits ?

— Absolument », répondit le Russe avec un salut. Puis il glissa la main derrière lui et sortit de ses poches deux verres en cristal. « Voulez-vous tenir ceci, je vous prie, camarade chef d'escadron ? »

Vint ensuite une bouteille de champagne géorgien. Le Russe fit sauter le bouchon avec un grand sourire et remplit les deux verres.

« Je vais vous enseigner la tradition russe, à présent. D'abord, vous buvez », dit-il. Les gars de la télé étaient aux anges.

« Je crois que je connais cette partie. L'Américain vida son verre. Et ensuite ?

— On n'a pas le droit réutiliser les verres pour une occasion moins importante. Alors, vous devoir faire comme moi. » Sur ces mots, le Russe se retourna et se mit en position pour balancer son verre dans le trou béant. L'Américain rigola et en fit de même.

« Maintenant ! »

Au signal, les deux verres disparurent dans le dernier silo de Minuteman américain. Ils se noyèrent dans la fumée, mais les deux hommes purent les entendre se briser contre les parois de béton noirci.

« Heureusement, j'en ai apporté deux autres », annonça Valentin, en les sortant de ses vastes poches.

« Putain de merde », souffla Ryan. Il se trouva que l'Américain du silo russe avait eu la même idée, et il était en train d'expliquer à ses collègues la signification du slogan l'« heure d'une Miller » ! Malheureusement, les boîtes de bière en alu, ça ne se casse pas quand on les jette.

« Un peu mélodramatique, commenta son épouse.

— D'accord, ce n'est pas précisément du Shakespeare, mais même si on y a mis le temps, cette fois, c'est fait et bien fait, chérie. » Puis ils entendirent sauter les bouchons au milieu d'un tonnerre d'applaudissements.

« Dis, c'est vrai, le coup des cinq milliards de dollars ?

— Ouais.

— Alors, Ivan Emmetovitch, nous pouvons être réellement amis, désormais ? demanda Golovko en apportant des verres. Nous aurons fini par faire connaissance, Caroline, dit-il aimablement à Cathy.

— Serguéï et moi, ça remonte à un bail, expliqua Jack en prenant le verre pour trinquer avec son hôte.

— Au temps où je tenais un pistolet plaqué contre votre tempe [1] », observa le Russe. Ryan se demanda s'il faisait une référence historique... ou s'il saluait l'événement.

« Quoi ? » Cathy faillit s'étrangler avec son champagne.

« Vous ne lui avez jamais dit ?

— Bon Dieu, Serguéï !

— Mais de quoi parlez-vous, tous les deux ?

— Dr Ryan, il fut un temps où votre mari et moi, nous avions un... désaccord professionnel qui a abouti à ce que

---

1. Voir *Le Cardinal du Kremlin, op. cit. (NdT)*.

je lui mette un pistolet sous le nez. Je ne vous l'ai jamais dit, Jack, mais l'arme n'était pas chargée...

— Eh bien, je ne serais pas allé bien loin, de toute façon.

— Mais de quoi êtes-vous en train de parler, tous les deux ? C'est une blague intime ou quoi ? insista Cathy.

— Ouais, chérie, en gros, c'est ça. Au fait, comment va Andreï Ilitch ?

— Il va bien. Du reste, si vous voulez le voir, ça peut s'arranger. »

Jack acquiesça. « Avec grand plaisir.

— Excusez-moi, mais qui êtes-vous ?

— Chérie, je te présente Sergueï Nikolaïevitch Golovko, directeur des services de renseignements extérieurs russes.

— Le KGB ? Vous vous connaissez ?

— Pas le KGB, madame. Nous sommes beaucoup plus petits, aujourd'hui. Mais, effectivement, nous sommes, votre mari et moi... en compétition depuis des années maintenant.

— Bien, et qui a gagné ? »

Les deux hommes pensèrent la même chose, mais Golovko fut le premier à l'exprimer : « Les deux, bien sûr. Maintenant, si vous me permettez, laissez-moi vous présenter mon épouse, Yelena. Elle est pédiatre. » Un point sur lequel la CIA n'avait jamais cherché à s'informer, observa Jack.

Il se retourna pour regarder les deux présidents, ravis de la cérémonie bien qu'ils soient assaillis par la presse. C'était la première fois qu'il était convié à un événement de ce genre, mais il était certain qu'ils n'avaient pas toujours été aussi copains. Peut-être était-ce la libération de toute cette tension accumulée, la compréhension qu'enfin oui, Virginie, la guerre était finie. Pour de bon. Il vit des gens apporter de nouvelles bouteilles de champagne. Il n'était pas mauvais du tout, et il avait bien l'intention d'y faire honneur. Les journalistes de CNN ne tarderaient pas à se lasser de la fête, mais sûrement pas ces gars-là. Tous ces militaires, ces hommes politiques, ces espions et ces diplomates... merde, peut-être qu'ils finiraient tous par être vraiment des amis.

19

FRAPPE DEUX : FAITES LE 1-800-PANIQUE[1]

Bien que le minutage général soit fortuit, le plan pour exploiter cette chance était diabolique, fruit d'années d'études, de modélisation et de simulation. En fait, l'opération avait déjà débuté quand six grosses banques d'affaires de Hongkong avaient commencé à se trouver à court de bons du Trésor américain. Ces derniers avaient été achetés quelques semaines auparavant, dans le cadre d'un échange complexe contre des avoirs en yens, une manœuvre classique pour se prémunir contre les fluctuations monétaires. Ces mêmes banques étaient sur le point de subir un choc — le changement du propriétaire du sol même sur lequel elles se trouvaient — et les deux facteurs donnaient à leurs achats massifs l'allure de mouvements parfaitement normaux dans la perspective d'accroître au maximum tant leurs liquidités que leur flexibilité. En liquidant leurs bons, elles ne faisaient que tirer profit, quoique sur une grande échelle, du changement de parité relative du dollar et du yen. L'opération leur permettrait de réaliser un bénéfice de dix-sept pour cent, en fait, puis de racheter du yen, qui, tous les experts monétaires de la planète l'annonçaient, avait atteint désormais un cours plancher et ne tarderait pas à rebondir. Malgré tout, c'était l'équivalent de deux cent quatre-vingt-dix *milliards* de dollars de bons du Trésor américain qui se retrouvait jeté sur le marché et, qui plus est, à un cours sous-évalué. Ils furent bientôt raflés par des banques européennes. Les banquiers de Hongkong passèrent les écritures électroniques appropriées et la transaction fut conclue. Puis ils câblèrent la nouvelle à Beijing, gênés d'être ravis de montrer qu'ils avaient suivi les ordres et prouvé leur obéissance à leurs prochains maîtres politiques. Autant valait qu'ils aient pris leur bénéfice dans l'affaire.

---

1. Aux États-Unis, les numéros de téléphone comportant l'indicatif 800 sont des numéros verts — en général utilisés par les services de renseignement ou de publicité. Si l'histoire se déroulait en France, on aurait pu dire : « Faites le 3605-PANIQUE » *(NdT)*.

Au Japon, la transaction fut notée. Tokyo restait encore la principale place boursière de la planète et, avec quatorze heures de décalage par rapport à New York, il n'était pas franchement inhabituel de voir des agents de change avoir des horaires en général calqués sur ceux des veilleurs de nuit — de toute manière, les services télématiques qui transmettaient les informations financières fonctionnaient sans interruption. Pas mal de gens auraient été surpris d'apprendre que les dirigeants de ces sociétés de Bourse étaient des personnages importants et qu'au cours de la semaine écoulée on leur avait installé tout exprès une salle particulière, au dernier étage d'un grand immeuble de bureaux. Baptisée le PC de guerre par ses actuels occupants, elle était équipée de lignes téléphoniques reliées à toutes les villes du monde ayant une activité boursière, et d'écrans d'ordinateur pour montrer ce qui s'y passait.

D'autres banques asiatiques prirent le relais, répétant la même procédure que leurs collègues de Hongkong, et les occupants du PC de guerre regardèrent leurs machines. Juste après midi, heure de New York, ce vendredi — ce qui faisait deux heures trois, le samedi matin à Tokyo —, ils virent une masse supplémentaire de trois cents millions de dollars en bons du Trésor américain jetée sur le marché, à un prix encore plus attractif que ceux qui venaient d'être offerts à Hongkong, et ces derniers furent tout aussi rapidement achetés par d'autres banquiers européens pour qui la journée et la semaine de travail venaient de s'achever. Jusqu'ici, il ne s'était rien passé de franchement inhabituel. C'est à ce moment seulement que les banques nippones passèrent à l'action, bien couvertes par l'activité des autres. Les banques de Tokyo se mirent à leur tour à bazarder leurs bons du Trésor américain, manœuvre évidente pour renforcer le yen, semblait-il. Dans l'opération, toutefois, la totalité des liquidités en dollars disponibles sur les marchés internationaux avaient été utilisées en l'espace de quelques minutes. On aurait pu n'y voir qu'une simple coïncidence, mais les négociants en devises — du moins ceux qui n'étaient pas en train de déjeuner à New York — avaient désormais la puce à l'oreille : toute nouvelle transaction sur ces monnaies (si improbable soit-elle, vu la fermeté actuelle du dollar) risquerait de déstabiliser le marché.

Le dîner officiel reflétait la traditionnelle hospitalité russe, et ce avec d'autant plus d'intensité qu'il célébrait la fin d'un demi-siècle de terreur nucléaire. Le métropolite de l'Église orthodoxe de Russie psalmodia une longue et digne invocation. Ayant lui-même connu par deux fois l'emprisonnement politique, son invitation à se réjouir venait du fond du cœur, et tira même quelques larmes, bientôt balayées par le début du festin. Il y avait de la soupe, du caviar, du gibier, et un plat de bœuf exquis ; plus d'énormes quantités d'alcool que, pour cette fois au moins, tout le monde se sentait prêt à absorber. Le vrai boulot était terminé. Il ne restait plus vraiment de secrets à cacher. Demain, on était samedi, et tout le monde aurait la chance de pouvoir faire la grasse matinée.

« Toi aussi, Cathy ? » demanda Jack. Sa femme n'était pas d'habitude une grande buveuse, mais ce soir, elle se rattrapait.

« Ce champagne est merveilleux. » C'était son premier dîner officiel à l'étranger. Elle avait eu une journée intéressante, elle aussi ; elle avait rencontré des collègues chirurgiens ophtalmologistes russes et en avait même invité deux, parmi les meilleurs, l'un et l'autre grands professeurs, à venir à l'Institut Wilmer s'informer sur sa spécialité : la chirurgie au laser. Cathy était dans la course au prix Lasker pour son travail dans ce domaine ; c'était l'aboutissement de onze années de recherche clinique, et la raison pour laquelle elle avait par deux fois refusé une chaire à la tête d'un département à l'université de Virginie. Son grand article annonçant les percées qu'elle avait faites devait être bientôt publié dans le *New England Journal of Medicine*, et, pour elle également, ce voyage et cette soirée marquaient le couronnement de bien des choses.

« Tu vas le payer demain », l'avertit son époux. Jack y allait mollo sur les alcools, quels qu'ils soient, même s'il avait déjà dépassé sa dose normale pour une soirée, qui était d'un verre. C'étaient les toasts qui allaient achever tout le monde, il le savait : il avait déjà pris part à des banquets à la russe. C'était une simple affaire de culture. Les Russes étaient capables de faire rouler sous la table n'importe quel Irlandais, il en avait fait la cruelle expérience, mais la plupart des invités américains, soit n'avaient jamais appris la leçon, soit avaient décidé ce soir de passer outre. Le chef du Conseil national de sécurité hocha la tête. Sûr qu'ils auraient retenu la leçon demain matin. Le plat de résistance arriva à cet instant, et un vin d'un rouge profond emplit les verres.

« Oh, mon Dieu, ma robe va craquer !

— Cela devrait ajouter au spectacle, observa son mari, ce qui lui valut un regard furieux.

— D'ailleurs, vous êtes bien trop maigre, remarqua son voisin Golovko, trahissant un autre préjugé russe.

— Dites-moi, quel âge ont vos enfants ? » demanda Yelena Golovko. Mince elle aussi (du moins selon les canons russes), elle était professeur de pédiatrie et une fort agréable convive.

« Une coutume américaine, répondit Jack en sortant son portefeuille pour lui montrer ses photos. Voici Olivia... je l'appelle Sally. Là, c'est petit Jack, et voici notre petite dernière.

— Votre fils vous ressemble, mais les filles sont le portrait de leur mère.

— Encore heureux », sourit Jack.

Les grandes sociétés de Bourse n'ont rien de bien mystérieux, malgré ce que s'imaginent la majorité des petits porteurs. Wall Street était un lieu propice aux termes prêtant à confusion, à commencer par le nom de la rue qui n'était pas plus large qu'une bande allée desservant une résidence ; et même les trottoirs paraissaient bien étroits pour le flot de passants qui s'y déversait. Quand des ordres d'achat parvenaient à une société de Bourse importante, comme la première de la place, Merrill Lynch, les négociants ne se mettaient pas à chercher (en personne, ou par des moyens électroniques) un vendeur pour ce titre particulier. En fait, c'était la compagnie qui, de sa propre initiative, achetait chaque jour des quantités précises des divers titres susceptibles d'être négociés, puis elle attendait que les clients se manifestent. Acheter en assez gros volumes permettait d'avoir un certain pourcentage d'escompte, et les ventes, en général, s'effectuaient à un prix relativement plus élevé. De cette façon, les firmes gagnaient de l'argent sur ce que les contrepartistes appelaient une position « moyenne », typiquement, un huitième de point par titre. Un point représentait un dollar, et donc un huitième faisait douze cents et demi. Une marge apparemment infime pour des actions dont la cote pouvait aller jusqu'à plusieurs centaines de dollars (dans le cas de quelques valeurs phares), mais une marge qui se répétait sur une masse de titres échangés chaque jour, et qui s'accumulait avec le temps pour engendrer un énorme profit potentiel, si tout se passait bien.

Mais tout ne se passait pas bien tout le temps, et il était tout aussi possible de perdre d'énormes sommes quand le marché chutait plus vite que les estimations. Quantité d'aphorismes circulaient pour mettre en garde contre ce risque. Sur une place importante et active comme Hongkong, on disait que le marché « montait comme un escalator et descendait comme un ascenseur », mais la phrase la plus essentielle était inculquée de force dans la cervelle de tous les « astro-scientifiques » lâchés dans la salle de transactions informatisée du quartier général de Merrill Lynch sur le Lower West Side : « Ne jamais s'imaginer que ce qu'on a à vendre trouvera acheteur. » Bien évidemment, tout le monde l'imaginait quand même, parce qu'il en avait toujours été ainsi, du moins aussi loin que remontât la mémoire collective de la firme, et celle-ci remontait fort loin.

L'essentiel des transactions, toutefois, ne concernait pas les investisseurs individuels. Depuis les années soixante, les fonds communs de placement avaient progressivement pris le contrôle du marché. Appelés « institutionnels » et regroupés sous ce titre avec les banques, les compagnies d'assurances et les gestionnaires de fonds de retraite, ils finissaient par être plus nombreux que les valeurs industrielles cotées à la Bourse de New York, un peu comme si les chasseurs surpassaient en nombre le gibier, et ces investisseurs institutionnels géraient des masses d'argent si considérables qu'elles défiaient l'entendement. Ils étaient si puissants que dans une large mesure, leur politique pouvait bel et bien avoir un effet sur les titres pris individuellement et même, momentanément, sur le marché dans son entier ; or, dans bien des cas, ces « zinzins » étaient contrôlés par un petit nombre d'individus — voire par un seul.

La troisième (et la plus importante) vague de ventes de bons du Trésor fut une surprise pour tout le monde, mais surtout pour le quartier général de la Réserve fédérale, dont le personnel avait noté les séries de transactions de Hongkong et de Tokyo, les premières avec intérêt, les secondes avec un début d'inquiétude. Le marché de l'eurodollar avait permis de redresser la barre, mais ce marché était à présent fermé pour l'essentiel. C'étaient de nouveau des banques et des institutions asiatiques qui établissaient la tendance, non plus en Amérique mais au Japon : leurs techniciens avaient également noté le déversement de titres sur le marché et passé aussitôt quelques coups de fil dans la région. Ces coups de fil avaient tous abouti dans un bureau unique au sommet d'une tour de bureaux, où quelques banquiers très rassis, après avoir râlé qu'on les avait tirés de leur sommeil, avaient examiné la situation qui leur avait paru tout à fait sérieuse — d'où la deuxième vague de ventes —, avant de recommander qu'on opère, avec précaution, en bon ordre mais sans traîner, un mouvement de repli par rapport au dollar.

Les bons du Trésor américain étaient le moyen de créance du gouvernement des États-Unis, ainsi que le principal mur de protection pour garantir la valeur de la monnaie américaine. Considérés depuis un demi-siècle comme l'investissement le plus sûr de la planète, les T-Bills donnaient à tout un chacun, et pas seulement aux citoyens américains, la possibilité de placer son capital dans un titre qui représentait l'économie la plus puissante de la planète, protégée à son tour par l'institution militaire la plus puissante, et gérée par un système politique qui garantissait les droits et les chances de chacun par l'entremise d'une Constitution qui faisait l'admiration générale, même si on ne la comprenait pas toujours parfaitement. Quelles qu'aient pu être ses faiblesses et ses erreurs —

d'ailleurs parfaitement connues des investisseurs internationaux —, l'Amérique était restée, depuis 1945, le seul endroit au monde où l'argent était relativement en sûreté. Il y avait une vitalité inhérente à ce pays qui permettait de faire de grandes choses. Si imparfaits soient-ils, les Américains étaient également le peuple le plus optimiste de la planète ; ce pays était encore jeune en comparaison du reste du monde, doté de tous les attributs d'une jeunesse vigoureuse. De sorte que, lorsque les gens avaient une fortune à protéger mais hésitaient sur la meilleure méthode, ils se rabattaient le plus souvent sur les bons du Trésor américain. Leur rapport n'était pas toujours séduisant, mais la sécurité qu'ils représentaient, si.

Pas aujourd'hui, pourtant. Sur toutes les places, les banquiers virent que Hongkong et Tokyo s'étaient dégagés dans une proportion importante, et très vite ; transmis par les télex, le prétexte d'un repli du dollar sur le yen n'expliquait pas tout, surtout après quelques coups de fil permettant de vérifier les raisons réelles de l'opération.

Puis on apprit que d'autres banques japonaises étaient en train de se libérer de leurs bons du Trésor, avec précaution, en bon ordre, mais sans traîner. Aussitôt, dans toute l'Asie, les autres banques se mirent à les imiter. La troisième vague de ventes avoisinait les six cents milliards de dollars, presque l'équivalent de l'ensemble des effets à court terme avec lesquels l'actuel gouvernement américain avait décidé de financer son déficit budgétaire.

Le dollar était déjà en train de dégringoler et, dès le début de la troisième vague de ventes, en moins de quatre-vingt-dix minutes, cette dégringolade s'accentua. En Europe, les courtiers déjà en route vers leur domicile entendirent leur téléphone cellulaire se mettre à biper pour les rappeler. Il se passait un événement imprévu. Des analystes se demandèrent si cela pouvait avoir un rapport avec le scandale qui était en train d'éclabousser le gouvernement américain. Les Européens s'étonnaient toujours de la fixation des Américains sur les incartades sexuelles de leurs hommes politiques. C'était stupide, puritain et irrationnel, mais c'était également un élément concret de la vie politique de ce pays, et donc tout à fait susceptible d'influer sur le marché boursier. La valeur des bons d'escompte à trois mois était d'ores et déjà descendue de 19/32 de point (on les exprimait en effet par de telles fractions), avec pour résultat immédiat que le dollar avait chuté de quatre cents face à la livre britannique, de plus encore face au mark allemand, sans parler du yen japonais.

« Bon Dieu, mais qu'est-ce qui se passe ? » demanda l'un des gouverneurs de la Réserve fédérale. L'ensemble du conseil — de son nom officiel Comité du marché ouvert — était réuni autour d'un seul écran d'ordinateur et il observait l'évolution de la tendance dans un climat d'incrédulité générale. Aucun de ces hommes n'était capable de discerner une raison logique à ce chaos. Certes, il y avait les attaques contre le Vice-président Kealty, mais il n'était justement que le *Vice*-président. Le marché avait été incertain pendant un temps, par suite de la confusion concernant les effets de la loi sur la réforme du commerce extérieur. Mais quelle sorte de synergie diabolique était-ce là ? Le problème, comprirent-ils sans avoir à se concerter, c'était qu'ils pouvaient fort bien ne jamais savoir ce qui se passait. Quelquefois, il n'y avait pas de véritable explication. Quelquefois, les choses survenaient, voilà tout, comme lorsqu'un troupeau de bétail décide de partir en débandade sans que ses gardiens sachent pourquoi. Quand le dollar fut descendu de cent points par rapport au taux de base — ce qui voulait dire qu'il avait perdu un pour cent de sa valeur —, les gouverneurs de la Réserve fédérale regagnèrent tous le sanctuaire de leur salle de conseil et s'assirent. La discussion fut rapide et décisive. Il y avait une attaque sur le dollar. Ils devaient la stopper. Au lieu de la hausse d'un demi-point du taux d'escompte qu'ils avaient prévu d'annoncer à la clôture du marché boursier, ils allaient monter jusqu'à un point. Une forte minorité proposa même un taux supérieur mais accepta le compromis. L'annonce serait faite aussitôt. Le chef du service des relations publiques de la Réserve prépara le premier jet d'une déclaration que lirait le gouverneur devant les caméras des chaînes de télévision qui voudraient bien répondre à leur convocation, et son texte serait diffusé simultanément sur tous les services télématiques.

Quand les courtiers retournèrent au bureau après l'heure du déjeuner, ce qui s'annonçait comme un vendredi relativement calme avait changé du tout au tout. Chaque bureau disposait d'un télex fournissant les dépêches d'actualité nationale et internationale, car de tels événements avaient une influence sur le marché. L'annonce que la Réserve fédérale venait de relever d'un point son taux d'escompte provoqua vingt à trente secondes de silence dans la plupart des salles de transactions, ponctué par un bon nombre de *Putain de merde*. Les techniciens lancèrent des modélisations sur leurs terminaux d'ordinateurs et virent que le marché réagissait déjà. Une hausse du taux d'escompte annonçait à coup sûr une plongée rapide du Dow, tout comme les cumulo-nimbus annoncent l'orage. Et la tempête n'aurait rien de plaisant.

Les grandes sociétés de Bourse comme Merrill Lynch, Lehman Brothers, Prudential-Bache et les autres étaient extrêmement automatisées, et toutes étaient organisées de manière similaire. Dans presque tous les cas, il y avait une vaste salle unique équipée de rangées de terminaux. La taille de cette salle était invariablement dictée par la configuration de l'immeuble et, malgré leurs hauts salaires, les techniciens y étaient aussi entassés que des cadres dans un bureau japonais, à cette différence près que, dans les centres d'affaires américains, il était interdit de fumer. Quelques hommes avaient gardé leur veston et la plupart des femmes étaient en pantalon.

Tous étaient des professionnels très brillants, même si leur formation aurait pu surprendre le visiteur occasionnel. Naguère encore, ces salles étaient peuplées d'anciens élèves des grandes écoles de commerce de Harvard ou Wharton ; la nouvelle promotion était celle des « astroscientifiques », en général détenteurs de diplômes scientifiques, en particulier en maths et en physique. Le MIT était l'école la plus souvent choisie, en concurrence avec une poignée d'autres. L'explication était simple : toutes les sociétés de Bourse se servaient d'ordinateurs et ces ordinateurs se servaient de modèles mathématiques complexes, à la fois pour analyser et prévoir l'évolution du marché. Les modèles étaient basés sur de laborieuses compilations d'archives qui recouvraient l'histoire de la

Bourse de New York, quasiment depuis l'époque où elle n'était qu'un campement installé à l'ombre d'un platane. Des équipes d'historiens et de mathématiciens avaient consigné chaque mouvement du marché. Ces archives avaient été analysées, comparées avec tous les facteurs extérieurs identifiables, puis modélisées mathématiquement, et le résultat était une série de modèles d'une précision et d'une complexité surhumaines, censés expliquer comment le marché avait fonctionné jadis, fonctionnait aujourd'hui, et devrait fonctionner à l'avenir. Toutes ces données, toutefois, s'appuyaient sur l'idée que les dés avaient bel et bien une mémoire, une notion appréciée des propriétaires de casinos, mais parfaitement fausse.

Il fallait être un génie mathématique, se plaisait-on à dire (en particulier les génies mathématiques), pour comprendre comment fonctionnait cette usine à gaz. Les vieux de la vieille préféraient en majorité ne pas y toucher. Tous ceux qui avaient appris le commerce dans les écoles de commerce, voire ceux qui avaient commencé comme grouillots, puis avaient grimpé les échelons grâce à leurs efforts et leur astuce, avaient laissé la place à la nouvelle génération — sans avoir vraiment de regrets. Le rythme au parquet était tuant, et il fallait être jeune et con, en plus d'être jeune et brillant, pour survivre dans un endroit pareil. Les anciens qui avaient souffert pour arriver au sommet laissaient ces jeunots piloter les ordinateurs, n'étant pour leur part que vaguement familiarisés avec cet équipement, et ils s'occupaient de superviser, noter les tendances, définir la politique de la maison, bref, jouer l'oncle aimable avec ses neveux, lesquels considéraient l'encadrement comme un ramassis de braves vieux chnoques vers lesquels on se précipitait en cas de coup dur. Le résultat était que personne n'était vraiment responsable de quoi que ce soit — sauf, peut-être, les modèles informatiques ; or tout le monde utilisait les mêmes. Certes, ils possédaient d'infimes variantes, car leurs auteurs avaient reçu instruction de pondre quelque chose de spécial pour leurs commanditaires : le principal avantage était la prospérité desdits consultants qui se contentaient en gros de répéter le même boulot pour tous leurs clients, non sans leur facturer à chaque fois ce qu'ils prétendaient être un produit unique.

Le résultat en termes militaires était une doctrine opérationnelle à la fois identique et rigide pour l'ensemble de la profession. Le comble étant qu'elle était connue de tous, mais qu'on ne la comprenait qu'en partie.

Le Groupe Columbus, l'une des plus grosses sociétés de fonds communs de placement, disposait de ses propres modèles informatiques. Contrôlant plusieurs milliards de dollars, ses trois fonds principaux, baptisés « Niña », « Pinta » et « Santa Maria », étaient en mesure d'acheter de gros volumes de titres à des prix planchers et, par ces seules transactions, d'influer sur la cote des valeurs individuelles. Cet énorme pouvoir sur le marché était aux mains de trois individus seulement, mais ce trio rendait compte à un quatrième homme et c'était lui qui prenait toutes les décisions réellement importantes. Le reste des astro-scientifiques de la firme recevaient salaire, primes et promotions selon leur capacité à conseiller leurs aînés, mais ils n'avaient aucun pouvoir réel. La parole du patron faisait loi, et tout le monde l'acceptait sans discuter. Le patron était invariablement un homme qui avait investi sa fortune personnelle dans le groupe : chacun de ses dollars avait la même valeur que le dollar du plus modeste investisseur, et ceux-là étaient des milliers. Chacun de ces dollars courait les mêmes risques, recueillait les mêmes bénéfices et, à l'occasion, supportait les mêmes pertes que le dollar de tout un chacun. Voilà en fait quel était le seul et unique fusible intégré à l'ensemble du système boursier. Le péché mortel pour un courtier, c'était de faire passer ses intérêts personnels avant ceux de ses investisseurs. Vous n'aviez qu'à placer vos intérêts avec les leurs pour avoir l'assurance de bénéficier de la solidarité générale, et les petits porteurs qui n'avaient pas le moindre début de compréhension des arcanes du fonctionnement du marché étaient rassurés à l'idée que les pontes qui savaient s'occupaient de tout. Ce n'était pas foncièrement différent du Far West à la fin du XIXe siècle, quand les petits éleveurs confiaient leur maigre cheptel aux gros éleveurs pour assurer la transhumance des troupeaux.

Il était treize heures trente quand Columbus effectua

son premier mouvement. Convoquant ses hauts responsables, le principal lieutenant de Raizo Yamata évoqua brièvement la brusque attaque sur le dollar. On acquiesça. C'était sérieux. Pinta, le fonds à risque moyen de cette « flotte », détenait un joli stock de bons du Trésor, toujours considérés comme une bonne valeur refuge pour placer des liquidités en attendant que survienne une meilleure occasion. Or, la valeur de ces titres dégringolait. Le représentant de Yamata annonça qu'il ordonnait leur conversion immédiate en deutsche Mark, une fois encore la monnaie la plus stable en Europe. Le gestionnaire de Pinta opina, décrocha son téléphone, passa l'ordre, déclenchant une nouvelle transaction volumineuse, la première à émaner d'un négociant américain.

« Je n'aime pas la tournure que prennent les événements, déclara peu après le Vice-président. Je veux que tout le monde serre les coudes. » Il y eut de nouveaux hochements de tête. Les nuages d'orage s'accumulaient, et le troupeau devenait nerveux en apercevant les premiers éclairs. « Quels sont les titres bancaires les plus vulnérables avec un dollar faible ? » demanda-t-il. Il connaissait déjà la réponse, mais il était de bon ton de demander.

« Citibank », répondit le responsable de Niña. Il était responsable de la gestion des *blue chips*, les trente titres phares servant au calcul de l'indice Dow Jones. « On en a une tonne.

— Commencez à vous dégager, ordonna le Vice-président, en utilisant le jargon du métier. Je n'aime pas voir les banques exposées de la sorte.

— En totalité ? » Le responsable était surpris. Citibank venait de se révéler un bon placement sur le dernier trimestre.

Un hochement de tête grave. « En totalité.

— Mais...

— En totalité, répéta le Vice-président d'une voix douce. Immédiatement. »

A la DTC, la Compagnie fiduciaire de dépôt, le brusque accroissement de l'activité fut relevé par ceux dont le boulot était de noter chaque transaction. Leur rôle était de collationner l'ensemble des données à l'issue de la journée boursière, de noter qui avait acheté quelle quantité de titres à quel vendeur, puis de consigner les transferts d'argent d'un compte à un autre, bref, de jouer les caisses enregistreuses pour l'ensemble du marché boursier. Leurs écrans montraient une accélération du rythme des transactions, mais les ordinateurs tournaient tous avec le programme ELECTRA-CLERCK 2.4.0 de Chuck Searls, et les unités centrales Stratus tournaient à plein régime. Il y avait trois périphériques de sortie par machine. Une première ligne allait vers les écrans des moniteurs, une seconde vers les sauvegardes sur bande, et une troisième sur une imprimante, le moyen d'archivage ultime, bien que le moins pratique.

La nature des interfaces exigeait que chaque périphérique soit alimenté par une carte spécifique à l'intérieur des unités centrales, mais les données restaient les mêmes, de sorte que personne ne se souciait d'avoir un archivage permanent. Après tout, il y avait un total de six machines réparties sur deux sites différents. On ne pouvait guère envisager de système plus sûr.

La procédure aurait pu être différente. Chaque ordre d'achat ou de vente aurait pu être émis immédiatement, mais ça n'aurait pas été commode : le volume de paperasse administrative aurait suffi à épuiser l'ensemble des ressources de la profession. A la place, le rôle de la DTC était de faire naître l'ordre du chaos. A la fin de chaque journée, les transactions étaient classées par compagnies boursières, par titres et par clients, de manière hiérarchique, de façon que chaque compagnie n'ait qu'à rédiger un nombre limité de chèques — les transferts de fonds étaient pour l'essentiel effectués électroniquement, mais le principe demeurait. Ce qui permettait aux différentes charges à la fois d'économiser sur leurs frais de fonctionnement, et de fournir aux acteurs du marché quantité de données pour suivre et mesurer leur activité afin d'établir leurs statistiques internes et d'affiner de nouveaux modèles mathématiques du marché dans son ensemble. Le recours à l'informatique avait rendu ces opérations, apparemment d'une complexité insurmontable, aussi routinières (et bien plus efficaces) que des écritures sur un livret de caisse d'épargne.

« Waouh, quelqu'un est en train de se débarrasser de ses Citibank », annonça le contrôleur système.

Le parquet de la Bourse de New York était divisé en trois parties, la plus vaste ayant été jadis un garage. Une quatrième salle de transactions était en cours de construction, et les pessimistes de service notaient déjà que chaque fois que le Stock Exchange avait gagné de l'espace, il était survenu une catastrophe. Formée d'individus parmi les plus rationnels et les plus endurcis qui soient au monde, cette communauté de professionnels avait malgré tout ses superstitions. Le parquet était en fait un ensemble de sociétés de Bourse ou *firmes*, chacune ayant son domaine réservé et la responsabilité d'un portefeuille de titres regroupés par catégories. Telle firme pouvait gérer par exemple quinze titres pharmaceutiques. Telle autre gérer un nombre équivalent de titres bancaires. La véritable fonction de la Bourse était à la fois de fournir des liquidités et d'établir une cote. Les gens pouvaient acheter et vendre des actions depuis n'importe quel endroit, du cabinet d'un avocat à la salle à manger d'un country-club. Mais les transactions sur les plus gros titres se déroulaient à New York parce que... parce que c'était la tradition, un point c'est tout. Le New York Stock Exchange, le NYSE, était la plus ancienne place boursière. Mais il y avait également l'American Stock Exchange, l'AMEX, et la petite dernière, la National Association of Securities Dealers Automatic Quotation, dont la dénomination contournée d'« Association nationale de cotation automatique des titres en continu » était contrebalancée par un acronyme cinglant : NASDAQ. Le NYSE restait la place la plus traditionaliste par son organisation, et d'aucuns disaient qu'il avait fallu la violer pour lui faire intégrer l'univers de l'automation. Un rien hautaine et coincée — pour elle, les autres places jouaient en seconde division, elle seule jouait en première —, la Bourse de New York était formée de professionnels qui passaient l'essentiel de leur journée dans leur cabine à surveiller les écrans, acheter et vendre, et, comme dans toutes les sociétés de Bourse, à gagner de l'argent en jouant sur les « moyennes » ou les « fourchettes » de valeurs qu'ils anticipaient. Si le marché et les investisseurs étaient un troupeau, alors ils en étaient les cowboys : leur boulot était de suivre en permanence la situation, de fixer les indices qui faisaient référence, bref de maintenir en bon ordre le troupeau, en échange de quoi les meilleurs gagnaient suffisamment pour compenser les contraintes d'un environnement de travail qui, dans le meilleur des cas, était déplaisant et chaotique et, dans le pire, vous donnait l'impression de vous retrouver au milieu d'une charge de bisons.

Les premiers grondements de cette charge étaient déjà perceptibles. La liquidation des bons du Trésor fut scrupuleusement rapportée au parquet, provoquant échanges de signes de tête et de regards inquiets devant ce rebondissement absurde. Puis on apprit que la Réserve avait réagi vigoureusement. La ferme déclaration de son gouverneur ne put dissiper le malaise et n'aurait eu, de toute manière, aucune influence.

D'aucuns relevèrent surtout l'annonce de hausse du taux d'escompte. C'était cela la nouvelle. Le reste n'était que blabla, et les investisseurs n'en tinrent aucun compte, préférant se reposer sur leurs analyses personnelles.

Les ordres de vente commencèrent à arriver. Le contrepartiste spécialisé dans les valeurs bancaires fut surpris par le coup de téléphone de Columbus, mais peu importait. Il annonça qu'il « avait cinq cents Citi à trois » — entendez, cinq cent mille actions de la First National City Bank de New York à quatre-vingt-trois dollars, deux points entiers en dessous du cours normal : à l'évidence un mouvement de retrait précipité. C'était certes un bon prix, fort attirant, mais le marché hésita brièvement avant de rafler les titres, et encore, à « deux et demi ».

Les ordinateurs suivaient également la trace des échanges, parce que les courtiers ne se fiaient pas complètement à leur capacité à tenir compte de tout. Après tout, on pouvait rater un mouvement important parce qu'on était au téléphone, de sorte qu'une proportion notable des principales institutions boursières étaient en vérité gérées par les ordinateurs ou, plus précisément, par le logiciel installé dessus, et ce logiciel avait été écrit par des programmeurs qui avaient arbitrairement sélectionné un nombre limité de critères de mesure. Les ordinateurs ne comprenaient pas mieux le marché que les informaticiens qui les avaient programmés, bien sûr, mais ils avaient en revanche des instructions précises : si « A » se produit, alors faire « B ». Ces programmes de nouvelle génération regroupés sous le terme de « systèmes-experts » (l'expression était plus séduisante qu'« intelligence artificielle »), pour traduire leur haut degré de complexité, étaient mis à jour quotidiennement à partir de l'évolution d'un nombre réduit de valeurs de référence, à partir desquelles ils extrapolaient électroniquement sur la santé de segments entiers du marché. Rapports trimestriels, tendances de l'industrie, changements de politiques de gestion, tous ces éléments se voyaient affecter d'une pondération numérique avant d'être inclus dans les bases de données dynamiques qu'examinaient les systèmes-experts pour décider de leur action, et tout cela sans la moindre intervention du jugement d'opérateurs humains.

Dans ce cas précis, la chute massive et instantanée du cours de l'action Citibank indiqua aux ordinateurs qu'ils devaient émettre des ordres de vente sur d'autres titres bancaires. La Chemical Bank, qui avait récemment traversé une mauvaise passe, se souvenaient les ordinateurs, avait également chuté de quelques points au cours de la semaine écoulée, et dans les trois institutions boursières qui utilisaient le même programme, des ordres de vente furent émis électroniquement, faisant instantanément chuter d'un point et demi le titre. Ce mouvement sur le titre Chemical Bank, couplé à la chute de Citibank, attira aussitôt l'attention d'autres systèmes-experts dotés du même protocole de traitement mais calés sur des indices clés différents, ce qui garantissait un effet de réaction en chaîne sur l'ensemble du secteur bancaire. Manufacturers Hanover fut le troisième titre à plonger : désormais, les programmes avaient lancé une recherche dans leurs procédures internes pour y trouver ce qu'un repli sur les titres bancaires devait entraîner comme mouvement défensif dans les autres secteurs clés de l'économie.

Avec les sommes tirées des ventes de bons du Trésor, Columbus se rabattit sur le métal jaune, achetant aussi bien des valeurs minières que de l'or à terme, ce qui déclencha un mouvement de retrait des monnaies au profit des métaux précieux. Hausse brutale qui fut à son tour répercutée sur les réseaux télématiques et notée par les courtiers, humains et électroniques. Dans tous les cas, l'analyse était en gros la même : une liquidation des obligations d'État, plus une hausse soudaine du taux d'escompte, plus une attaque sur le dollar, plus un début de krach des valeurs bancaires, plus une ruée sur les métaux précieux... tout cela se combinait pour annoncer une dangereuse poussée inflationniste. L'inflation avait toujours fait le malheur des actions cotées en Bourse. Pas besoin d'avoir une intelligence artificielle pour saisir ça. Aucun programme d'ordinateur, aucun opérateur humain ne paniquait encore, mais chacun surveillait attentivement les réseaux pour avoir des indications sur la tendance, et si possible la devancer, afin de mieux protéger ses investissements et ceux de ses clients.

Dans l'intervalle, le marché obligataire s'était trouvé sérieusement ébranlé. Un demi-milliard de dollars, lâchés au bon moment, et c'étaient dix de mieux qui venaient d'être libérés sur le marché. Rappelés en toute hâte à leur bureau, les cambistes spécialisés en eurodollars n'étaient pas vraiment en situation pour prendre des décisions rationnelles. Les dernières semaines et surtout les derniers jours avaient été fort longs, avec cette tension sur le commerce international, et, dès leur arrivée, ils interrogèrent leurs collègues pour apprendre qu'une masse de bons du Trésor américain venaient d'être jetés sur le marché, et que la tendance continuait, encore renforcée maintenant par un gros institutionnel américain plus malin que les autres. *Mais bordel, pourquoi ?* voulurent-ils tous savoir. Cela les conduisit à chercher un complément d'information sur les réseaux, pour avoir les dernières nouvelles en provenance d'Amérique. On cligna les yeux, on hocha la tête, et faute de temps pour analyser toutes les données, tous ces agents de change se rabattirent sur leurs propres systèmes-experts pour faire leurs analyses, parce que les raisons de ces mouvements désordonnés n'étaient tout simplement pas assez évidentes pour être vraies.

Mais peu importait le pourquoi, en définitive ; il fallait bien que ce soit vrai. La Réserve fédérale venait de relever d'un point le taux d'escompte, et ça ne s'était pas produit par accident. Pour l'heure, et en l'absence d'orientations de leurs gouvernements ou banques centrales, ils décidèrent de différer l'achat de bons du Trésor américain ; en outre, ils entreprirent aussitôt un examen détaillé de leur portefeuille d'actions cotées en Bourse, car il semblait bien que celles-ci risquaient de dégringoler, et de dégringoler très vite.

« ... entre le peuple russe et le peuple américain », conclut le président Grouchavoï en réponse au toast du Président Durling, son invité, conformément à l'étiquette. On leva les verres, on trinqua. Ryan laissa une ou deux gouttes de vodka humecter ses lèvres. Même avec ces verres minuscules, on avait vite fait d'être parti — il y avait des serveurs partout, prêts à les remplir — et on n'en était qu'au début des toasts. Il n'avait jamais participé à un dîner d'État aussi... décontracté. L'ensemble du corps diplomatique était là — du moins, les ambassadeurs de tous les pays importants. L'ambassadeur japonais semblait particulièrement jovial, passant de table en table pour échanger quelques mots.

Le ministre des Affaires étrangères Brett Hanson se leva à son tour. Il leva son verre et récita laborieusement le texte préparé d'une ode à l'ampleur de vision de son homologue russe, célébrant leur coopération non seulement avec les États-Unis mais avec l'Europe tout entière. Jack jeta un œil à sa montre. Dix heures trois, heure locale. Il avait déjà descendu trois verres et demi, et s'estimait le plus sobre des convives présents. Cathy commençait à le regarder en gloussant. Ça ne lui était plus arrivé depuis un sacré bail, et il comptait bien la charrier avec ça dans les années à venir.

« Jack, vous n'appréciez pas notre vodka ? » demanda Golovko. Lui aussi buvait sec, mais il était apparemment habitué.

« Je n'ai pas trop envie de me couvrir de ridicule, répondit Ryan.

— Il me semble que vous auriez du mal, mon ami, observa le Russe.

— On voit bien que vous n'êtes pas marié avec lui », nota Cathy, l'œil pétillant.

« Hé, attends voir une minute », s'exclama un spécialiste du marché obligataire, assis devant son ordinateur à New York. Sa firme s'occupait de plusieurs gros fonds de retraite, qui géraient les cotisations de plus d'un million de travailleurs syndiqués. A peine revenu de déjeuner chez son traiteur préféré, il s'était mis à proposer des bons du Trésor à un prix bradé, suivant les ordres de sa direction, et voilà qu'ils lui restaient sur les bras sans trouver preneur. Pourquoi ? Un ordre prudent apparut, émis par une banque française, apparemment pour se couvrir contre les pressions inflationnistes sur le franc. Une offre pour un malheureux milliard, à 17/32 sous le cours d'ouverture, l'équivalent international d'un vol à main armée. En revanche, il nota que Columbus avait saisi la balle au bond et pris les francs, pour les convertir presque aussitôt en deutsche Mark, afin de se couvrir à son tour. L'homme sentit le sandwich au corned-beef se transformer en boulet glacé au creux de son estomac. Il se tourna vers sa voisine :

« Quelqu'un ne lancerait pas une attaque contre le dollar ?

— M'en a tout l'air », répondit-elle. En une heure, les options d'achat sur le dollar avaient dégringolé à la valeur plancher autorisée pour la journée, après être montées sans interruption toute la matinée.

« Qui ?

— Je n'en sais rien, en tout cas Citibank vient de s'en prendre un sacré coup sur la tronche. Et Chemical dégringole aussi.

— Un réajustement technique ?

— Réajustement de quoi ? Vers quoi ?

— Bon, alors, qu'est-ce que je fais, moi ? On achète ? On vend ? On se planque ? » Il avait des décisions à prendre. Il avait les économies d'épargnants en chair et en os à protéger, mais il n'arrivait pas à comprendre le comportement actuel du marché. Tout partait à vau-l'eau, et il ne savait pas pourquoi. Et pour faire son boulot convenablement, il fallait qu'il sache.

« Toujours cap à l'ouest à notre rencontre, *Shoho* », annonça le responsable des opérations à l'amiral Sato. « On ne devrait pas tarder à l'avoir au radar.

— *Hai*. Merci, *Issa* », répondit Sato, manifestant un rien de mauvaise humeur. C'était délibéré, il voulait que ses hommes le voient ainsi. Les Américains avaient gagné l'exercice, ce qui n'était pas vraiment une surprise. Comme il n'était pas surprenant de voir son équipage quelque peu déçu par le résultat. Après des jours d'entraînement et de manœuvres, ils avaient été annihilés « administrativement », et le ressentiment qu'ils éprouvaient, sans être terriblement professionnel, était parfaitement humain. *Encore une fois*, se disaient-ils, les Américains nous ont eus *encore une fois*. C'était parfait pour le commandant de la flotte. Leur moral était l'un des éléments primordiaux de l'opération qui, l'équipage l'ignorait, n'était pas encore achevée, mais tout au contraire sur le point de débuter.

Le phénomène qui avait commencé avec les bons du Trésor affectait à présent tous les titres bancaires négociés sur le marché public, à tel point que le directeur de la Citibank crut bon de convoquer une conférence de presse pour protester contre l'effondrement du cours de son établissement, en insistant sur les derniers résultats positifs et la bonne santé financière manifeste de l'une des plus grosses banques du pays. Personne n'écouta. Il aurait mieux fait de passer quelques coups de fil à une poignée d'individus soigneusement choisis — mais ça non plus, ça n'aurait sans doute pas marché.

Le seul banquier qui aurait pu arrêter les choses ce jour-là était en train de prononcer un discours dans un club du centre-ville quand son bip se manifesta. C'était

Walter Hildebrand, président de la filiale new-yorkaise de la Banque fédérale de réserve ; seul le dépassait en importance le responsable du siège principal à Washington. Lui-même héritier d'une grosse fortune, il avait néanmoins débuté au bas de l'échelle de la finance (même si à l'époque, il habitait déjà un confortable douze pièces), et gagné sa place au sommet par son seul mérite personnel. Hildebrand y avait également gagné son boulot actuel, qu'il considérait comme la meilleure façon pour lui de se rendre utile à la société. Fin analyste financier, il avait publié un livre décortiquant le krach du 19 octobre 1987, et le rôle joué par Gerry Lornigan, son prédécesseur à la branche new-yorkaise de la Réserve fédérale, dans le sauvetage du marché. Il venait juste de terminer un discours sur les ramifications de la loi sur la réforme du commerce extérieur, et consulta son bip qui, sans surprise, lui indiquait de rappeler le bureau. Mais le bureau était à quelques rues de là, et il décida d'y retourner à pied plutôt que d'appeler pour s'entendre demander de se rendre à Wall Street. Mais cela n'aurait rien changé.

Hildebrand sortit seul de l'immeuble. L'air était vif et clair, un temps idéal pour une promenade digestive. Il n'avait pas voulu s'encombrer d'un garde du corps, comme certains de ses prédécesseurs, même s'il avait un port d'arme qu'il justifiait parfois en emportant un pistolet.

Les rues du bas de Manhattan sont étroites et encombrées, livrées surtout aux camionnettes de livreurs et aux taxis jaunes qui déboulent à chaque carrefour comme autant de dragsters. Les trottoirs étaient tout aussi étroits et encombrés. Pour avancer, il fallait slalomer sans arrêt. L'itinéraire le plus dégagé passait le plus souvent au ras du caniveau, et c'est celui qu'emprunta Hildebrand, en essayant de gagner du temps pour être au plus vite rendu à son bureau. Il ne releva pas la présence de l'individu qui le filait, trois pas derrière lui. L'homme était bien mis, cheveux bruns, visage ordinaire. Il s'agissait simplement de guetter l'instant favorable, et la densité du trafic rendait cet instant inéluctable. C'était un soulagement pour l'homme aux cheveux bruns qui ne voulait pas recourir au pistolet pour le contrat. Il n'aimait pas le bruit. Le bruit attirait les regards. Les regards, donc les souvenirs, et même s'il comptait être dans un avion pour l'Europe d'ici deux heures tout au plus, on n'était jamais trop prudent. C'est pourquoi il tourna la tête, pour surveiller la circulation devant et derrière, et choisir son moment avec soin.

Ils approchaient de l'angle de Rector et Trinity Streets. Le feu devant passa au vert, laissant une tranche de cinquante mètres de voitures se ruer en avant et progresser encore de cinquante mètres. Puis le feu derrière changea à son tour, libérant l'énergie accumulée d'un nombre équivalent de véhicules. Parmi eux, des taxis, qui fonçaient particulièrement vite parce que les chauffeurs de taxi adorent changer de file. Un taxi jaune brûla le feu pour obliquer sur la droite. La situation idéale. L'homme brun pressa le pas jusqu'à ce qu'il se retrouve juste derrière Hildebrand : il n'avait plus qu'à pousser. Le président de la Réserve fédérale de New York trébucha sur le bord du trottoir et tomba sur la chaussée. Le chauffeur de taxi le vit, braqua avant même d'avoir eu le temps de pousser un juron, mais pas suffisamment. Dans son malheur, l'homme au pardessus en poil de chameau eut de la chance. Le taxi s'arrêta aussi vite que le permettaient ses freins refaits à neuf, et la vitesse d'impact était inférieure à trente kilomètres-heure, suffisante pourtant pour catapulter Walter Hildebrand une dizaine de mètres plus loin, contre un réverbère en acier, et lui briser le dos. L'agent de police sur le trottoir d'en face réagit aussitôt, en appelant une ambulance avec sa radio portative.

L'inconnu aux cheveux bruns se fondit de nouveau dans la foule et se dirigea vers la première bouche de métro. Il ignorait si l'autre était mort ou pas. Il n'était pas réellement nécessaire de le tuer, lui avait-on dit, ce qui, sur le coup, lui avait paru bizarre. Hildebrand était le premier banquier qu'on lui ait dit de ne pas tuer.

Le flic penché au-dessus du corps de l'homme d'affaires remarqua la stridulation répétée du bip. Il avait appelé le numéro affiché dès l'arrivée de l'ambulance. Son principal souci pour l'instant était d'entendre le chauffeur de taxi protester que ce n'était pas de sa faute.

Les systèmes-experts « savaient » que, lorsque des titres bancaires chutaient rapidement, invariablement la confiance dans les banques elles-mêmes était sérieusement ébranlée et que les gens auraient le réflexe de retirer leur argent des établissements qui semblaient le plus menacés. Cela forcerait les banques, à leur tour, à faire pression sur leurs emprunteurs pour qu'ils remboursent leurs créances. Mais, plus important encore pour les systèmes-experts capables de décrypter l'évolution du marché avec quelques minutes d'avance sur tout le monde, les banques ayant tendance à se transformer elles aussi en sociétés d'investissement, elles allaient être amenées à liquider leurs avoirs financiers pour répondre à la demande des déposants venus solder leur compte. Les banques étaient par nature des investisseurs prudents sur le marché boursier, qui se cantonnaient aux valeurs refuges et aux autres titres bancaires, de sorte que la prochaine plongée, toujours selon les ordinateurs, devrait toucher les titres phares, en particulier les trente valeurs qui servaient au calcul de l'indice Dow Jones. Comme toujours, l'impératif était de prévoir la tendance et de l'anticiper, afin de sauvegarder les fonds que les grandes institutions avaient pour mission de protéger. Bien entendu, comme tous les investisseurs institutionnels utilisaient plus ou moins les mêmes systèmes-experts, tous agirent quasiment en même temps. Il avait suffi qu'un seul éclair jaillisse un peu trop près du troupeau pour que tous ses membres entament un mouvement de repli dans la même direction, lentement mais sûrement.

Au parquet de la Bourse, tout le monde le sentit arriver. Les contrepartistes recevaient pour l'essentiel des ordres programmés sur ordinateur, et l'expérience leur avait appris à prédire le comportement des machines. *Et c'est parti*, fut le murmure unanime dans les trois salles de cotation, et le seul fait que l'événement fût prévisible aurait dû être un indicateur de ce qui se produisait réellement, mais il est difficile pour les cow-boys de venir se placer à la lisière même du troupeau pour le diriger, le détourner, l'apaiser, sans se laisser engloutir par lui. Si ça devait se produire, ils étaient condamnés à perdre, parce qu'un sérieux mouvement vers le bas risquait de bouffer les maigres marges sur lesquelles vivaient leurs firmes.

Le directeur du NYSE contemplait la scène depuis la galerie, en se demandant où diable était donc Walt Hildebrand. Comme s'ils avaient besoin de ça. Tout le monde écoutait Walt. Il saisit son téléphone cellulaire et rappela son bureau, pour entendre encore une fois sa secrétaire lui confirmer que Walt n'était pas encore revenu de son allocution au club. Oui, elle l'avait bien bipé. Oui, absolument.

Il pressentit la catastrophe. Au parquet, on commençait à s'agiter. Tout le monde était là, maintenant, et le bruit qui montait atteignait un niveau assourdissant. Toujours mauvais signe quand les gens se mettent à crier. L'affichage électronique déroulait sa propre version des faits. Les *blue chips*, les trente valeurs de l'indice, dont les acronymes à trois lettres lui étaient aussi familiers que les prénoms de ses enfants, représentaient plus du tiers des transactions, et leur cote était en train de plonger. En vingt minutes à peine, le Dow Jones avait chuté de cinquante points, et, si terrible et brutal que fût ce mouvement, ce fut comme une libération.

Automatiquement, les ordinateurs de la Bourse de Wall Street cessèrent d'accepter les ordres de vente générés par leurs frères électroniques. Ce seuil des cinquante points était baptisé « ralentisseur ». Installé après le krach de 1987, son but était de ralentir les transactions à un rythme plus humain. Le seul détail que tout le monde avait négligé, c'est que les gens pouvaient continuer à prendre leurs instructions — on ne se souciait même plus de les qualifier de « recommandations » — de leurs propres ordinateurs, puis transmettre eux-mêmes leurs ordres par téléphone, télex, télécopie ou courrier électronique ; le ralentisseur avait tout au plus permis de rallonger de trente secondes le processus des transactions. De sorte que, après une pause d'une minute maximum, le rythme des échanges reprit de plus belle, toujours orienté à la baisse.

Dans l'intervalle, la panique au sein de toute la communauté financière était devenue bien réelle. Elle se reflétait par la tension et le sourd bourdonnement des conversations qui régnaient dans les salles de transaction de toutes les grandes sociétés de Bourse. CNN retransmettait à présent une édition spéciale en direct depuis son perchoir au-dessus de l'ancien parking de Wall Street. L'incrustation de l'indice en télétexte sur leur service général « Headline News » permettait d'informer également les investisseurs qui voulaient aussi rester au courant des événements touchant le reste de la planète. Pour les autres, ils avaient maintenant droit à une journaliste en chair et en os pour leur expliquer que l'indice Dow Jones des valeurs industrielles avait chuté de cinquante points en un clin d'œil, qu'il venait d'en perdre encore vingt, et que la spirale descendante ne semblait pas vouloir s'inverser. Suivirent des questions du présentateur en studio à Atlanta, entraînant des spéculations sur les causes du phénomène, et la journaliste, qui n'avait pas eu le temps de vérifier ses sources, rajouta son grain de sel en annonçant qu'il y avait eu une attaque mondiale sur le dollar que la Réserve fédérale n'avait pas réussi à endiguer. Elle n'aurait pas pu trouver pire à dire. Désormais, tout le monde était au courant de ce qui se passait, plus ou moins, et le grand public se retrouva emporté par ce vent de panique.

Même si les professionnels toisaient avec mépris tous ces béotiens incapables de saisir les arcanes des mécanismes d'investissement, ils se refusaient à admettre qu'il y avait un élément de similitude foncière dans la réaction des uns et des autres. Le grand public avait admis le fait que lorsque le Dow Jones montait, c'était bon signe et que lorsqu'il descendait, c'était l'inverse. Or il en allait exactement de même pour les courtiers, persuadés pour leur part de réellement comprendre le système. Certes, les professionnels de l'investissement en savaient bien plus sur les mécanismes du marché, mais ils avaient perdu tout contact avec le monde concret sur lequel se fondaient ses valeurs. Pour eux comme pour le public, la réalité s'était réduite à des tendances, et souvent, ils exprimaient leurs intentions à l'aide d'indices et de dérivées, indicateurs numériques fluctuants qui se trouvaient d'une année sur l'autre toujours plus déconnectés de la réalité concrète que symbolisaient ces titres. Après tout, les certificats d'actions n'étaient pas des entités théoriques mais des parts du capital d'entreprises qui avaient une réalité physique. Avec les années, les « astro-scientifiques » du parquet avaient fini par l'oublier, et, si férus qu'ils soient d'analyse de tendance et de modélisation mathématique, la valeur sous-jacente des titres qu'ils négociaient leur était devenue étrangère — les faits étaient devenus plus théoriques que la théorie qui était en train de s'effondrer sous leurs yeux. Privés des fondements de leur action, manquant d'une ancre où se raccrocher au milieu de la tempête qui balayait le parquet et l'ensemble du système financier, ils ne savaient tout bonnement plus quoi faire, et les quelques anciens qui auraient encore pu réagir n'avaient ni les données chiffrées, ni le temps nécessaire pour apaiser leurs cadets.

Rien de tout cela ne tenait vraiment debout. Le dollar aurait dû résister, et même se renforcer après quelques soubresauts mineurs. La Citibank venait de publier de bons résultats, même s'ils n'étaient pas spectaculaires, et la Chemical Bank était fondamentalement en bonne santé elle aussi, après quelques remaniements à sa direction. Pourtant, la valeur des deux titres avait chuté brutalement. Les programmes informatiques disaient que la combinaison de ces facteurs était un très mauvais signe, et les systèmes-experts ne se trompaient jamais, n'est-ce pas ? Ils étaient établis sur des données historiques précises, et ils prévoyaient l'avenir mieux que n'importe quel être humain. Les techniciens du courtage croyaient aux modèles, en dépit du fait qu'ils ne discernaient pas quel raisonnement avait amené lesdits modèles à émettre les recommandations affichées sur leurs terminaux d'ordinateur ; et, de la même manière, M. Tout-le-Monde voyait maintenant les nouvelles à la télé et savait désormais qu'il se passait quelque chose de grave, sans comprendre pourquoi, et il se demandait ce qu'il allait bien pouvoir faire.

Les « professionnels » étaient aussi mal lotis que M. Tout-le-Monde captant les infos sur sa radio ou à la télé ; en tout cas, c'est ce qu'il semblait. En fait, c'était bien pire pour eux. Leur compréhension des modèles mathématiques n'était plus désormais un avantage mais un inconvénient. Pour M. Tout-le-Monde, ce qu'il voyait était a priori incompréhensible, et, en conséquence, à de rares exceptions près, il décida de ne pas bouger. Il observait, attendait ou, dans la majorité des cas, se contentait de hausser les épaules, vu qu'il ne possédait pas d'actions. En fait, si, mais sans le savoir. Les banques, les compagnies d'assurances, les caisses de retraite qui géraient l'argent des citoyens avaient pris de fortes participations dans toutes sortes d'émissions publiques. Ces investisseurs institutionnels étaient tous dirigés par des « professionnels » à qui leur formation et leur expérience soufflaient qu'ils *devaient* paniquer. Et c'est bien ce qu'ils firent, entamant un processus que l'homme de la rue eut tôt fait d'identifier. C'est à cet instant que les particuliers commencèrent à se ruer sur leurs téléphones, et que la pente s'accentua pour tout le monde.

C'était déjà effrayant, ça le devint encore plus. Les premiers coups de fil venaient des personnes âgées, des gens qui regardaient la télé dans la journée et papotaient sans arrêt au téléphone, partageant leurs craintes et leur choc devant ce qu'ils voyaient. Beaucoup avaient investi leurs économies dans des fonds de placement parce qu'ils avaient un meilleur rendement que les comptes bancaires rémunérés — ce qui était la raison pour laquelle les banques s'y étaient mises elles aussi, pour protéger leurs propres profits. Les fonds de placement prenaient maintenant de rudes coups, et, même si pour le moment ces coups se limitaient pour l'essentiel aux valeurs refuges, quand les particuliers commencèrent à appeler pour se dégager et récupérer leur argent, les institutionnels se virent obligés de brader des titres jusqu'ici épargnés afin de compenser les pertes sur d'autres titres qui auraient dû rester intacts mais ne l'étaient plus. En bref, ils devaient se débarrasser d'actions qui avaient réussi à maintenir leur cours, entamant un processus que résume fort bien cet aphorisme : *La mauvaise monnaie chasse la bonne.* C'était presque la description littérale de ce qu'ils étaient en train de faire.

Le résultat obligé fut une panique générale, la chute de l'ensemble des valeurs sur toutes les places boursières. A trois heures de l'après-midi, le Dow Jones était descendu de cent soixante-dix points. L'indice Standard & Poor's Five Hundred était en fait encore plus mauvais, mais c'était l'indice NASDAQ du hors-cote qui était le plus désastreux, avec tous les petits porteurs de l'Amérique profonde qui s'étaient rués sur le numéro vert de leur fonds de placement.

Les dirigeants de toutes les places boursières organisèrent une téléconférence avec les membres de la Commission des opérations de Bourse réunis à Washington, et, durant les dix premières minutes de confusion complète, toutes les voix exigèrent en chœur des réponses aux questions que chacun posait simultanément. On n'aboutit à rien de concret. Les représentants du gouvernement demandèrent des informations et des rapports, en gros pour savoir à quelle distance du gouffre se trouvait le troupeau et à quelle vitesse il s'en approchait, mais sans contribuer le moins du monde aux efforts pour ramener le bétail en lieu sûr. Le directeur de Wall Street résista à son impulsion première : fermer ou, par un moyen quelconque, ralentir les transactions. Pendant le temps que dura leur discussion — vingt minutes à peine —, le Dow Jones était encore descendu de quatre-vingt-dix points, avait franchi la barre des deux cents points de dégringolade en chute libre et il s'approchait maintenant de celle des trois cents. Après que les commissaires de la COB eurent levé la séance pour tenir leurs propres conférences dans leurs établissements respectifs, les dirigeants des places boursières enfreignirent les instructions fédérales en discutant ensemble de l'éventualité de prendre des mesures communes, mais malgré leur habileté, il n'y avait rien à faire pour le moment.

Désormais, tous les petits porteurs attendaient, pendus au téléphone d'un bout à l'autre du pays. Ceux dont les fonds de placement étaient gérés par des banques apprirent une nouvelle particulièrement inquiétante. Oui, leurs fonds étaient dans les banques. Oui, ces banques étaient garanties par l'État. Mais *non*, les fonds de placement gérés par ces banques au nom de leurs déposants n'étaient *pas* protégés par la Caisse fédérale de dépôt. Ce n'était donc pas uniquement l'intérêt des placements qui était en jeu, mais également le *principal*. La réponse à cette nouvelle était en général un silence d'une dizaine de secondes, et, dans la plupart des cas, les gens prirent leur voiture pour se précipiter à la banque et solder tous leurs autres comptes de dépôt.

L'affichage de la cote à Wall Street avait maintenant quatorze minutes de retard, nonobstant les ordinateurs ultra-rapides qui enregistraient les fluctuations des cours. Une poignée de titres arrivaient malgré tout à monter, mais c'était pour l'essentiel les métaux précieux. Sinon, la chute était générale. A présent, tous les grands réseaux télévisés faisaient des directs depuis Wall Street. A présent, tout le monde était au courant. Cummings, Cantor & Carter, une firme qui était sur le marché depuis cent vingt ans, se retrouva à court de liquidités, obligeant son président à faire appel en catastrophe à Merrill Lynch. Ce qui mettait son homologue dans une position bien délicate. Lui qui était l'aîné et le plus fin des professionnels du marché, il avait failli se briser le poignet une demi-heure plus tôt en frappant son bureau pour exiger des réponses que personne n'avait. Des milliers de gens non seulement achetaient des actions par l'intermédiaire de sa société, mais ils avaient pris des participations dans celle-ci, séduits par son sérieux et son intégrité. Le président pouvait opérer un mouvement stratégique pour protéger un autre pilier du système contre une panique infondée, ou bien il pouvait refuser, en préservant l'argent de ses actionnaires. Le dilemme était sans issue. Refuser d'aider la CC&C allait presque à coup sûr entraîner une escalade dans la panique et nuire à tel point au marché que l'argent préservé en refusant d'aider son rival se retrouverait perdu de toute manière. Mais proposer son aide à la CC&C pouvait ne s'avérer être qu'un geste stérile qui, sans stopper quoi que ce soit, ferait perdre là aussi l'argent des autres.

« Bon Dieu de merde », murmura le président, en se retournant pour regarder dehors. L'un des sobriquets donnés à la maison était « le Troupeau Grondant ». Eh bien, il ne faisait pas de doute que le troupeau grondait maintenant... Il mettait en balance sa responsabilité vis-à-vis de ses actionnaires contre sa responsabilité à l'égard de tout le système sur lequel ils s'appuyaient, lui comme tous les autres. Les actionnaires devaient passer en premier. Il le fallait. Il n'avait pas le choix. Et c'est ainsi que l'un des principaux acteurs du système précipita l'ensemble de la machine financière au fond du gouffre.

Les transactions sur le parquet de Wall Street s'interrompirent à quinze heures vingt-trois, quand le Dow Jones atteignit son seuil de chute maximale autorisée, qui était de cinq cents points. Ce chiffre ne représentait que la moyenne des trente titres de l'indice ; la chute des autres actions dépassait de loin la perte sur les principales valeurs phares du marché. Le déroulant mit encore une demi-heure à réagir, donnant l'illusion d'une poursuite de l'activité, alors que tout le monde au parquet se dévisageait sans un mot, au milieu du plancher recouvert d'un tapis de bouts de papier. On était vendredi, se disaient-ils tous. Demain, c'était samedi. Tout le monde se retrouverait chez soi. Tout le monde pourrait souffler un bon coup et réfléchir. Il ne leur fallait rien de plus, en définitive : juste un peu de temps pour réfléchir. Rien de tout cela ne tenait debout. Tout un tas de gens avaient salement morflé, mais le marché allait réagir, et, le temps aidant, ceux qui auraient eu l'astuce et le cran de résister pourraient récupérer l'intégralité de leur mise. *Encore faudrait-il que tout le monde emploie son temps intelligemment,* se dirent-ils, *et que ne survienne pas un* nouveau *vent de folie.*

Ils avaient presque raison.

Au siège de la DTC, tout le monde avait dénoué sa cravate et faisait de fréquents allers-retours aux toilettes, à cause des quantités de café et de soda ingurgitées durant cet après-midi de folie, mais à quelque chose malheur est bon. On avait décidé d'anticiper la clôture, ce qui leur permettait de se mettre au boulot sans tarder. Une fois consignés les ordres émanant des diverses places, les ordinateurs basculèrent d'un mode d'opération à un autre. Les enregistrements sur bande des transactions de la journée furent relus pour être collationnés et transmis. Il était près de dix-huit heures quand un bip d'alerte retentit sur l'une des stations de travail.

« Rick, j'ai comme un petit problème, là ! »

Rick Bernard, responsable contrôleur système, s'approcha et regarda l'écran pour voir la raison du signal d'alarme.

La dernière transaction qu'ils pouvaient identifier, à midi pile ce jour-là, était pour Atlas Milacron, une société de machines-outils en pleine expansion grâce aux commandes des constructeurs automobiles, avec un ordre d'achat de six mille actions à 48 1/2. Comme Atlas était cotée à la Bourse de New York, son action était identifiée par un acronyme de trois lettres, AMN en l'occurrence. Les titres cotés au NASDAQ employaient des codes à quatre lettres.

L'inscription suivante, immédiatement après AMN 6000 48 1/2 était AAA 4000 67 1/8, et la suivante encore, AAA 9000 51 1/4. En fait, lorsqu'on faisait défiler l'écran, toutes les transactions inscrites après 12:00:01 portaient le même code d'identification de trois lettres parfaitement dénué de sens.

« Passe sur le Bêta », dit Bernard. La cartouche de sauvegarde du premier système de secours fut chargée. « Fais défiler.

— Merde ! »

En cinq minutes, les six systèmes avaient été contrôlés. Chaque fois, toutes les transactions enregistrées n'étaient que du charabia. Il n'y avait pas le moindre archivage directement accessible des transactions effectuées après douze heures. Pas une société de Bourse, pas un investisseur institutionnel, pas un particulier n'avait le moyen de savoir ce qu'il avait acheté ou vendu, ni à qui, ni pour combien ; et donc, aucun n'était en mesure de savoir quelle quantité d'argent était disponible pour d'autres activités commerciales ou, tout bêtement, pour aller faire des courses chez l'épicier du coin.

20

FRAPPE TROIS

La fête s'acheva bien après minuit. Le spectacle officiel avait été une sorte de ballet donné sur une scène centrale. Le Bolchoï n'avait rien perdu de sa magie, et la disposition du salon permettait aux invités de voir les danseurs plus près qu'ils ne les avaient jamais contemplés, mais, maintenant que les derniers rappels s'étaient tus et que les mains étaient encore rougies par trop d'applaudissements, l'heure était venue pour le personnel de sécurité de faire évacuer la salle. Presque tous les convives avaient la démarche hésitante ; pas de doute, nota Ryan, c'était effectivement lui le moins pompette de tous les invités, y compris son épouse.

« Alors, Daga, qu'est-ce que vous en pensez ? » demanda Ryan à l'agent spécial Helen D'Agustino. Sa garde du corps allait chercher les pardessus.

« J'en pense que, rien qu'une fois, j'aimerais bien pouvoir faire la fête avec les pontes. » Puis elle secoua la tête comme une mère déçue par ses enfants.

« Oh, Jack, je sens que demain je vais être dans un état... » annonça Cathy. La vodka d'ici passait vraiment trop bien.

« Je t'avais prévenue, chérie. D'ailleurs, ajouta méchamment son mari, *on est déjà demain*.

— Excusez-moi, il faut que j'aille m'occuper de Sauteur. » Qui était le nom de code employé par le Service secret pour désigner le Président, hommage au temps de son service dans les paras.

Ryan fut surpris d'apercevoir un Américain vêtu d'un complet ordinaire — le dîner officiel était habillé, encore un changement récent dans la vie mondaine moscovite — qui l'attendait à la porte. Il tira sa femme par le bras pour s'approcher.

« Qu'est-ce qui se passe ?

— Dr Ryan, il faut que je voie le Président immédiatement.

— Cathy, peux-tu rester ici une seconde ? » Puis, au fonctionnaire de l'ambassade : « Suivez-moi.

— Oh, Jack... » Sa femme s'accrocha à son bras.

« Vous l'avez par écrit ? demanda Ryan, la main tendue.

— Tenez, monsieur. » Ryan prit les télécopies et les parcourut en retraversant le salon.

« Bordel de merde. Venez... » Le Président Durling bavardait encore avec le président Grouchavoï quand Ryan apparut avec le jeune attaché d'ambassade sur les talons.

« Quelle soirée, Jack », observa Roger Durling, ravi. Puis son expression changea. « Des problèmes ? »

Ryan acquiesça, en prenant son air de conseiller. « On a besoin de Brett et Buzz, monsieur le président, immédiatement. »

« Les voilà. » Le radar SPY-1D du *Mutsu* dessina la pointe avant de la formation américaine sur l'écran quadrillé. Le contre-amiral — *Shoho* — Sato contempla son officier d'opérations avec un air impassible qui restait indéchiffrable pour le reste de la passerelle mais en disait long au capitaine de frégate — *Issa* — qui savait, lui, en quoi consistait réellement l'exercice PARTENAIRES. Le moment était venu désormais de discuter de choses sérieuses avec le CO du destroyer. Les deux formations étaient éloignées de cent quarante nautiques et devraient se rencontrer en fin d'après-midi, estimaient les deux officiers, en se demandant comment le capitaine du *Mutsu* réagirait à la nouvelle. Non qu'il ait vraiment le choix, de toute façon.

Dix minutes plus tard, un *Socho*, ou maître principal, sortait sur le pont pour vérifier le lance-torpilles Mark 68 bâbord. Ouvrant d'abord la trappe de visite à la base de sa monture, il lança un test de diagnostic électronique des trois « poissons » installés dans le lanceur tri-tubes. Satisfait du résultat, il referma le panneau, puis ouvrit successivement la trappe de culasse de chacun des tubes, pour ôter le verrouillage des propulseurs sur chaque torpille Mark 50. Le *Socho* avait vingt ans de service dans la marine, et il s'était acquitté de la tâche en moins de dix minutes. Puis il prit ses outils et gagna le flanc tribord pour répéter la manœuvre sur le lanceur symétrique installé de l'autre côté du destroyer. Il n'avait aucune idée de la raison pour laquelle on lui avait donné cet ordre, et il n'avait rien demandé. Encore dix minutes et le *Mutsu* passa en configuration de lancement. Modifié à partir des plans d'origine, le destroyer exhibait maintenant un hangar télescopique qui lui permettait d'embarquer un unique hélicoptère SH-60J de lutte anti-sous-marins, également bien utile pour les missions de surveillance. On avait réveillé l'équipage et préparé l'appareil, ce qui exigeait près de quarante minutes, mais finalement il décolla, commença par décrire un cercle autour de la formation, avant de s'éloigner, son radar à visée vers le bas examinant la formation américaine qui poursuivait sa route vers l'ouest en filant dix-huit nœuds. L'image radar était retransmise au vaisseau-amiral *Mutsu*.

« Ce doit être les deux porte-avions, à trois mille mètres d'écart, dit l'officier de commandement en tapotant l'écran.

— Vous avez vos ordres, commandant, dit Sato.

— *Hai !* » répondit le capitaine commandant le *Mutsu*, en gardant pour lui son opinion.

« Bon Dieu, mais qu'est-ce qui s'est passé ? » demanda Durling. Ils s'étaient réunis dans un coin, isolés des autres par le personnel des services de sécurité russe et américain.

« On dirait bien que Wall Street nous a fait une grosse colère », répondit Ryan, qui avait eu plus de temps pour considérer la situation. Ce n'était pas exactement une analyse pénétrante.

« La cause ? intervint Fiedler.

— Aucune raison logique à ma connaissance », dit Jack, en cherchant des yeux le café qu'il avait demandé. Il en avait bien besoin, et ses trois interlocuteurs encore plus.

« Jack, c'est vous qui avez l'expérience la plus récente

en matière boursière, observa le ministre des Affaires étrangères.

— Ouvertures de portefeuille, conseil en investissement, non, je n'ai pas vraiment fréquenté Wall Street, Buzz. » Le chef du Conseil national de sécurité marqua un temps, indiqua les télécopies. « Apparemment, on n'a pas grand-chose à se mettre sous la dent. Quelqu'un s'est excité sur les bons du Trésor, l'hypothèse pour l'heure la plus probable est qu'on aura voulu jouer sur les parités relatives du dollar et du yen, et que les choses se seront quelque peu emballées.

— Quelque peu ? intervint Bob Hanson, juste histoire de faire remarquer sa présence.

— Écoutez, le Dow Jones a accusé une grosse chute, jusqu'à un seuil plancher, et les gens ont deux jours devant eux pour se ressaisir. C'est déjà arrivé. On reprend l'avion demain soir, exact ?

— Il faut absolument réagir tout de suite, décida Fiedler. Faire une déclaration quelconque...

— Quelque chose de neutre et de rassurant, suggéra Ryan. Le marché est comme un avion. Il est tout à fait capable de voler de ses propres ailes si on le laisse faire. On a déjà connu ça, vous vous souvenez ? »

Le ministre Bosley Fiedler — « Buzz » remontait au temps du base-ball chez les minimes — était un universitaire. Il avait écrit des essais sur le système financier américain, sans en avoir jamais été vraiment un acteur. L'avantage, c'est qu'il savait prendre du recul et resituer l'économie dans sa perspective historique. Sa réputation professionnelle était celle d'un expert en politique monétaire. L'inconvénient, Ryan le voyait maintenant, c'est que Fiedler n'avait jamais été courtier, qu'il n'avait même jamais vraiment réfléchi au problème, et qu'il manquait par conséquent de la confiance caractéristique d'un vrai joueur dans une telle situation, ce qui expliquait son empressement à solliciter l'avis de Ryan. *Ma foi,* se dit ce dernier, *c'est plutôt bon signe, non ?* Il savait ce qu'il ne savait pas. Pas étonnant que tout le monde le dise intelligent.

« Nous avons installé des ralentisseurs et autres garde-fous après l'expérience de la dernière fois. Ce phénomène-ci les a tous pulvérisés. Et en moins de trois heures », ajouta, gêné, le ministre des Finances, en se demandant, en bon universitaire, pourquoi d'excellentes mesures théoriques n'avaient pas réussi à marcher comme prévu.

« Exact. Ce sera intéressant de savoir pourquoi. Rappelez-vous, Buzz, c'est déjà arrivé.

— La déclaration », dit le Président : un mot, un ordre.

Fiedler opina, réfléchit un instant avant de parler. « Bien, on dit que le système est foncièrement sain. Nous avons toutes sortes de protections automatiques. Il n'y a pas de problème sous-jacent avec le marché boursier ou l'économie américaine. Merde, on est en pleine croissance, non ? Et la LRCE va générer au bas mot un demi-million d'emplois industriels dans l'année qui vient. C'est un chiffre concret, ça, monsieur le président. C'est ce que je dirais, pour l'instant.

— Et pour le reste, on verra après notre retour ?

— C'est mon avis », confirma Fiedler.

Ryan opina d'un hochement de tête.

« Parfait, mettez la main sur Tish et sortez-moi ça tout de suite. »

Il y avait un nombre inhabituel de vols charters, mais l'aéroport international de Saipan n'avait pas une telle activité, malgré la longueur de ses pistes, et tout accroissement des mouvements signifiait un accroissement des taxes aéroportuaires. Du reste, on était en fin de semaine. Sans doute une quelconque association, estima le chef contrôleur dans sa tour, quand le premier 747 arrivé de Tokyo entama son approche finale. Depuis peu, Saipan connaissait un surcroît de popularité auprès des hommes d'affaires nippons. Une récente décision de justice avait annulé les dispositions constitutionnelles interdisant aux étrangers d'être propriétaires de terres. Et de fait, plus de la moitié de l'île était entre des mains étrangères, ce qui ne laissait pas d'inquiéter les indigènes Chamorros, mais pas au point d'en empêcher un bon nombre de prendre l'argent et de quitter la terre. La situation devenait délicate. Certaines fins de semaine, les Japonais étaient plus

470

nombreux que les résidents du cru et, comme de juste, ils traitaient ces derniers comme des... autochtones.

« Et doit aussi y en avoir un paquet pour Guam », nota le radariste, en examinant sur son écran la file de trafic qui poursuivait sa route vers le sud.

« Le week-end. Golf et pêche au gros », observa son supérieur qui attendait avec impatience la fin de son quart. Les Japs — il ne les aimait pas trop — n'allaient plus aussi souvent en Thaïlande pour leurs escapades sexuelles. Ils étaient trop nombreux à en avoir ramené des cadeaux désagréables. En tout cas, ils n'hésitaient pas à claquer du fric ici, des masses de fric, et pour avoir le privilège de le faire ce week-end, ils avaient embarqué sur leurs jumbo-jets aux alentours de deux heures du matin...

Le premier 747 affrété par la JAL se posa à quatre heures trente, heure locale, ralentit et vira pour dégager la piste juste à temps pour laisser l'appareil suivant achever son approche. Le commandant Torajiro Sato prit à droite la voie de circulation, en cherchant des yeux un détail inhabituel. Il n'en escomptait pas, même pour une mission comme celle-ci. Une *mission* ? songea-t-il. C'était un terme qu'il n'avait plus utilisé depuis qu'il pilotait un F-86 dans les forces aériennes d'autodéfense. S'il y était resté, il serait aujourd'hui un *Sho*, voire commanderait l'armée de l'air de son pays. Est-ce que ça n'aurait pas été magnifique ? Au lieu de ça... au lieu de ça, il avait quitté ce service pour entrer chez Japan Air Lines, car en ce temps-là, on y était bien plus respecté. Il en avait eu honte à l'époque et, aujourd'hui, il espérait bien changer définitivement cet état de fait. Ce serait une authentique *armée de l'air* désormais, même si elle était loin d'être commandée par un homme de son envergure.

Il restait toujours un pilote de chasse dans l'âme. On n'avait guère l'occasion de faire des trucs palpitants aux commandes d'un 747. Certes, il avait connu une sérieuse alerte en vol huit ans auparavant, une panne hydraulique partielle qu'il avait gérée avec une telle maîtrise qu'il n'avait pas cru bon d'en avertir les passagers. Hormis l'équipage, personne n'avait rien remarqué. Son exploit était désormais intégré au programme de base de l'entraînement sur simulateur pour les pilotes de 747. En dehors de ce moment de tension bref mais gratifiant, il était un parangon de précision. Il était devenu une légende dans une compagnie aérienne mondialement réputée pour son excellence. Il savait lire les cartes météo comme un devin, décider du point précis où son train principal toucherait le bitume de la zone de contact, et il n'avait jamais eu plus de trois minutes de retard sur l'horaire d'arrivée.

Même en roulage au sol, il conduisait son engin monstrueux comme si c'était une voiture de sport. Et il en était de même aujourd'hui, alors qu'il approchait des passerelles, réduisait la puissance, orientait la roulette du train avant, puis serrait enfin les freins, pour s'arrêter avec précision.

« Bonne chance, *Nisa* », dit-il au lieutenant-colonel Seigo Sasaki qui s'était installé sur le strapontin de cabine pour l'approche, tout en continuant de parcourir du regard le sol, sans rien y découvrir de particulier.

Le commandant du groupe d'opérations spéciales se précipita vers l'arrière. Ses hommes appartenaient à la 1re brigade aéroportée, d'habitude basée à Narashino. Il y avait deux compagnies à bord du 747 : trois cent quatre-vingts hommes. Leur première mission était de s'assurer le contrôle de l'aéroport. Il espérait que ce ne serait pas difficile.

Le personnel de la JAL à la porte d'embarquement n'avait pas été prévenu des événements de la journée ; ils furent surpris de découvrir que tous les passagers débarquant du vol charter étaient des hommes, à peu près tous du même âge, qu'ils portaient tous en bandoulière des sacs allongés parfaitement identiques, et que les cinquante premiers avaient leur blouson dégrafé et la main glissée à l'intérieur. Quelques-uns portaient des écritoires à pince avec les plans du terminal, car ils n'avaient pas eu le temps de répéter convenablement la mission. Pendant que les bagagistes s'occupaient d'extraire les conteneurs des soutes arrière, d'autres soldats se rendirent vers la zone des bagages et, passant sans encombre sous les pancartes marquées Réservé au personnel, ils entreprirent de déballer l'armement lourd. A une autre passerelle, un deuxième avion de ligne venait d'arriver.

Le colonel Sasaki s'immobilisa au milieu du terminal, regarda à gauche et à droite pour surveiller le déploiement d'une quinzaine de ses hommes, et constata qu'ils faisaient leur boulot correctement et dans le calme.

« Excusez-moi », dit un sergent à un vigile assoupi qui avait l'air de s'ennuyer. L'homme leva les yeux pour découvrir un sourire et, les baissant, il vit que le sac à dos de l'homme était ouvert et que sa main tenait un pistolet. Le garde resta comiquement bouche bée et le soldat le désarma sans la moindre résistance. En moins de deux minutes, les six autres gardes de quart au terminal étaient également neutralisés. Un lieutenant mena une escouade au bureau de la sécurité où trois autres hommes furent désarmés et menottés. Durant tout ce temps, leur colonel recevait un flot continu de brefs messages radio.

Le chef de la tour pivota quand la porte s'ouvrit — un garde n'avait pas eu besoin d'être trop encouragé pour donner sa carte magnétique et taper le code d'entrée sur le clavier —, révélant trois hommes armés de fusils automatiques.

« Bon Dieu, qu'est-ce qui...

— Vous allez poursuivre votre tâche comme si de rien n'était », lui dit un capitaine — *ichii* pour les Japonais. « Mon anglais est excellent. Alors je vous en prie, pas de bêtises. » Sur quoi, il saisit un micro et s'exprima en japonais. La première phase de l'opération KABOUL était achevée avec trente secondes d'avance, et sans la moindre violence.

Le second contingent de soldats neutralisa la sécurité de l'aéroport. Ces hommes, qui étaient en uniforme pour être sûrs que tout le monde sache ce qui se passait, prirent place à toutes les entrées et tous les points de contrôle, réquisitionnant des véhicules officiels pour aller installer de nouveaux barrages sur les voies d'accès à l'aéroport. Ce n'était pas franchement difficile, vu que celui-ci était situé à l'extrême pointe méridionale de l'île et que toutes les approches se faisaient par le nord. Le commandant du second détachement releva le colonel Sasaki. Le premier se chargerait de superviser le débarquement du reste des éléments de la 1ʳᵉ brigade aéroportée affectée à l'opération KABOUL. Le dernier avait d'autres tâches à accomplir.

Trois bus d'aéroport rejoignirent le terminal et le colonel Sasaki embarqua dans le dernier, après une ultime inspection pour s'assurer que tous ses hommes étaient présents et convenablement organisés. Ils filèrent aussitôt vers le nord, longeant le club de golf de Dan Dan, qui jouxtait les pistes, puis tournèrent à gauche sur Cross Island Road, qui les amena en vue de la plage de l'Invasion. Saipan n'était pas une grande île, il faisait sombre — il y avait fort peu de lampadaires — mais cela ne diminua pas l'impression qui frappa l'officier japonais comme un direct à l'estomac. Il devait accomplir sa mission dans les temps et conformément au planning, sinon il risquait la catastrophe. Le colonel consulta sa montre. Le premier avion devait être en train d'atterrir à Guam, où la possibilité d'une résistance organisée était bien réelle. Enfin, c'était le boulot de la 1ʳᵉ division. Il avait le sien, qui devait être accompli avant l'aube.

La nouvelle se répandit comme une traînée de poudre. Rick Bernard donna son premier coup de fil à la Bourse de New York pour signaler le problème et demander conseil. Assuré qu'il ne s'agissait pas d'un accident, il fit les recommandations évidentes, puis avisa aussitôt le FBI, installé près de Wall Street, dans le bâtiment fédéral Javits. Le responsable était un sous-directeur qui dépêcha illico trois de ses agents au bureau principal de la DTC situé au cœur de Manhattan.

« Apparemment, quel est le problème ? » s'enquit le policier fédéral. La réponse nécessita dix minutes d'explications détaillées, et fut immédiatement suivie d'un appel au sous-directeur responsable.

Le MV *Orchid Ace* était resté à quai suffisamment longtemps pour qu'on ait pu débarquer une centaine de voitures. Toutes des Toyota Land Cruiser. S'emparer de la cabane de sécurité avec son unique vigile assoupi se fit, là encore, sans effusion de sang, et permit aux bus d'entrer dans le parc fermé. Le colonel Sasaki avait avec lui un effectif suffisant pour attribuer trois hommes à chaque véhicule, et tous savaient parfaitement ce qu'ils avaient à faire. Le poste de police de Koblerville et celui installé sur la colline du Capitole devaient être les premiers points visés, maintenant que ses hommes disposaient d'un moyen de transport. Quant à lui, sa mission allait le conduire sur ce dernier site, à la résidence du gouverneur.

C'était pure coïncidence si Nomuri avait passé la nuit en ville. Il s'était accordé une soirée de liberté, ce qui ne lui arrivait pas souvent, et il s'avisa que pour récupérer d'une soirée en ville, rien ne valait un passage aux bains, une vérité que ses ancêtres avaient découverte près de mille ans plus tôt. Une fois lavé, il prit sa serviette et se dirigea vers le bain chaud, où les vapeurs se chargeraient de lui éclaircir les idées bien mieux que tous les cachets d'aspirine. Il était persuadé d'émerger revigoré de cet établissement civilisé.

« Kazuo, observa l'agent de la CIA. Que fais-tu ici ?

— Surmenage, expliqua l'homme avec un sourire las.

— Yamata-san doit être un patron exigeant », nota Yomuri en se laissant à son tour glisser doucement dans l'eau brûlante. Il avait émis la remarque en passant ; la réponse lui fit tourner la tête.

« Jamais encore je n'avais vu l'histoire en train de se faire », dit Taoka qui se frotta les yeux et se tortilla légèrement dans l'eau ; il sentait la tension évacuer ses muscles, mais était encore bien trop tendu pour pouvoir s'assoupir, au sortir de dix heures de réunion dans la Salle de guerre.

« Eh bien, mon histoire personnelle de la nuit passée avait les traits d'une hôtesse bien agréable », répondit Nomuri avec un haussement de sourcils. *Une charmante jeune femme de vingt et un ans, en plus,* omit-il d'ajouter. Une jeune femme fort intelligente, entourée de nombreux prétendants pour se disputer ses faveurs, mais Nomuri était le plus proche d'elle par l'âge, et elle était ravie de pouvoir enfin discuter avec un homme comme lui. Ce n'était pas toujours une question d'argent, songea Chet, en fermant les yeux, un sourire aux lèvres.

« Eh bien, la mienne était autrement excitante.

— Vraiment ? Je croyais que tu avais dit que tu travaillais. » Nomuri se força à rouvrir les yeux. Kazuo avait-il trouvé quelque chose de plus intéressant qu'un fantasme sexuel ?

« Effectivement. »

Il y avait quelque chose dans son ton. « Tu sais, Kazuo, quand tu commences à raconter une histoire, tu dois la finir. »

Un rire, accompagné d'un hochement de tête. « Je ne devrais pas, mais ce sera dans les journaux dans quelques heures.

— Quoi donc ?

— Le système financier américain s'est effondré la nuit dernière.

— Vraiment ? Que s'est-il passé ? »

L'homme tourna la tête et c'est avec le plus grand calme qu'il formula sa réponse. « J'y ai contribué. »

Cela lui parut incongru, alors qu'il était assis dans une cuve en bois remplie d'une eau à quarante-deux degrés, mais Nomuri ressentit un frisson.

« *Wakarémasen*. Je ne comprends pas.

— Ce sera clair dans quelques jours. Pour l'heure, je dois rentrer. » L'employé se leva et sortit, tout content d'avoir pu partager son rôle avec un ami. A quoi bon détenir un secret, après tout, s'il n'y avait pas une personne au moins à le savoir ? Un secret pouvait être sublime et, dans une société comme celle-ci, d'autant plus précieux qu'il demeurait jalousement gardé.

Bon sang, que se passe-t-il ? se demanda Nomuri.

« Les voilà. » La vigie tendit le doigt et l'amiral Sato éleva ses jumelles pour regarder. Pas de doute, sur le ciel limpide du Pacifique ressortait à contre-jour le sommet des mâts des bâtiments de tête repérés sur leur écran : des frégates FFG-7, à en juger par la forme de leurs barres de flèche. L'image radar était claire désormais : une formation circulaire classique, les frégates à l'extérieur, puis

476

un second anneau de destroyers, et au centre deux ou trois croiseurs Aegis, pas très différents de son propre vaisseau-amiral. Il vérifia l'heure. Les Américains venaient de prendre le quart du matin. Même s'il y avait toujours des hommes de quart sur un bâtiment de guerre, les corvées sérieuses étaient toujours synchronisées avec le jour, et les marins devaient être en train de quitter leurs couchettes, prendre une douche et se préparer à petit déjeuner.

L'horizon visuel était à environ douze nautiques. Son escadron de quatre bâtiments progressait vers l'est à trente-deux nœuds, leur vitesse de croisière maximale. Les Américains filaient plein ouest à dix-huit.

« Signalez par lampe Aldis à la formation : pavoisez les navires. »

Les principales installations de liaison montante satellite de Saipan étaient situées à l'écart de Beach Road, la route de la plage, non loin du Sun Inn Motel. La station était exploitée par MTC Micro Telecom. C'était une installation civile parfaitement banale, le principal souci de ses constructeurs ayant été de la protéger des typhons d'automne qui venaient régulièrement cingler l'île. Dix soldats, sous les ordres d'un chef de bataillon, gagnèrent la porte principale et n'eurent aucun mal à entrer et maîtriser le gardien qui n'avait pas la moindre idée de ce qui se passait et, là non plus, ne chercha même pas à dégainer son arme de service. L'officier qui accompagnait le détachement était un capitaine formé aux transmissions. Il lui suffit d'indiquer les divers appareils installés dans le PC de combat. Aussitôt, les liaisons téléphoniques avec les satellites du Pacifique par lesquelles transitaient les diverses communications entre Saipan et l'Amérique furent coupées ; seules les liaisons montantes vers le Japon restaient maintenues — elles passaient par un autre satellite et étaient doublées par câble —, sans interférer avec les liaisons descendantes. A cette heure matinale, ce n'était pas vraiment une surprise qu'aucun circuit téléphonique avec l'Amérique ne soit actif. Cette situation allait se prolonger un certain temps.

« Qui êtes-vous ? demanda la femme du gouverneur.

— Il faut que je voie votre mari, répondit le colonel Sasaki. Il y a urgence. »

Un fait aussitôt confirmé par le premier coup de feu de la journée, lorsque le garde posté devant le bâtiment législatif réussit à dégainer son pistolet. Il n'eut pas le temps de tirer une balle — un sergent parachutiste zélé y veilla — mais cela suffit pour que Sasaki fronce les sourcils avec colère et bouscule la femme. C'est alors qu'il avisa le gouverneur Comacho qui s'approchait, en peignoir.

« Qu'est-ce que c'est ?

— Vous êtes mon prisonnier », annonça Sasaki ; trois autres hommes l'avaient rejoint et prouvaient qu'il n'était pas un cambrioleur. Le colonel se sentait gêné. Il n'avait encore jamais rien fait de semblable et, bien que soldat de métier, comme tout un chacun il voyait d'un fort mauvais œil l'invasion du domicile d'un tiers, quelle que puisse en être la raison. Il se prit à espérer que les coups de feu entendus n'avaient pas été fatals. Ses hommes avaient des ordres en ce sens.

« Quoi ? s'exclama Comacho. Sasaki se contenta d'indiquer le divan.

— Asseyez-vous, vous et votre femme, je vous prie. Nous ne vous voulons aucun mal.

— Que se passe-t-il ? demanda l'homme, soulagé de constater que son épouse et lui ne couraient sans doute aucun danger immédiat.

— Cette île appartient dorénavant à mon pays », expliqua le colonel Sasaki. Ça ne devait pas pas être si grave, non ? Le gouverneur avait plus de soixante ans, et il devait bien se rappeler l'époque où il en était déjà ainsi.

« Ça lui a fait un putain de chemin pour arriver ici », observa le capitaine Kennedy après avoir pris connaissance du message. Il s'avéra que le contact en surface était le *Muroto*, une vedette des gardes-côtes japonais qui participait à l'occasion aux manœuvres navales, en général à titre de cible d'entraînement. Élégante, avec sa faible hauteur de franc-bord typique des bâtiments de guerre nippons, elle était équipée à l'arrière d'une grue pour récupérer les torpilles d'exercice. Apparemment, le *Kurushio* avait escompté en tirer quelques-unes dans le cadre de l'exercice PARTENAIRES. L'*Asheville* n'en avait-il pas été averti ?

« Première nouvelle, commandant, dit le navigateur qui feuilletait l'interminable listing de l'ordre de mission.

— 'S'rait pas la première fois que les gratte-papier s'emmêlent les pinceaux. » Kennedy se permit un sourire. « C'est bon, on en a suffisamment tué. » Il pressa de nouveau la palette du micro. « Très bien, commandant, nous allons rejouer le dernier scénario. Démarrage dans vingt minutes à compter de maintenant.

— Merci, commandant, vint la réponse sur la VHF. Terminé. » Kennedy reposa le micro. « Barre à gauche, dix degrés. En avant un tiers. Profondeur trois cents pieds. »

Au central machines, on confirma et exécuta les ordres, amenant l'*Asheville* cinq milles plus à l'est. A cinquante milles à l'ouest de sa position l'USS *Charlotte* décrivait en gros la même manœuvre, exactement au même moment.

La partie la plus délicate de l'opération KABOUL se déroulait à Guam. L'île, qui était possession américaine depuis bientôt un siècle, était la plus vaste de l'archipel des Mariannes, et possédait un port et de véritables installations militaires. Rien que dix ans plus tôt, l'opération eût été impossible. Naguère encore, le défunt Strategic Air Command y avait basé des bombardiers nucléaires. La marine américaine y entretenait une base de sous-marins lance-missiles, et les mesures de sécurité exigées par les deux armes auraient fait d'une telle mission une folie. Mais les armes nucléaires avaient toutes disparu — les missiles, en tout cas. Aujourd'hui, la base d'Andersen, à trois kilomètres au nord de Yigo, n'était guère plus qu'un aérodrome commercial qui servait d'escale aux vols transpacifiques de l'armée américaine. Aucun appareil n'y était réellement affecté, à l'exception d'un unique jet d'affaires utilisé par le commandant de la base, reliquat du temps où le 13e escadron aérien était basé sur l'île. Les avions-ravitailleurs qui avaient jadis leur base permanente sur Guam étaient désormais des formations de réserve transitoires qui allaient et venaient à la demande. Le commandant de la base était un colonel qui n'était plus loin de la retraite, et il n'avait sous ses ordres que cinq cents hommes et femmes, des techniciens pour l'essentiel. Il n'y avait que cinquante soldats armés, appartenant à la police militaire de l'aviation. Le schéma était à peu près identique à la base navale qui partageait désormais l'aérodrome avec l'Air Force. Les Marines jadis chargés de la sécurité à cause des stocks d'armes nucléaires avaient été remplacés par des gardiens civils, et les superstructures grises avaient déserté le port. Pourtant, cette phase de la mission demeurait la plus délicate. Les pistes d'Andersen allaient être cruciales pour le bon déroulement de l'opération.

« Jolis bâtiments », remarqua tout haut Sanchez, en les contemplant à la jumelle, depuis son siège sur la passerelle. « Et en formation bien serrée, en plus. »

Les quatre Kongo se couvraient mutuellement, à huit milles environ de distance, nota le CAG.

« Ils ont déployé leurs tubes ? » demanda le chef d'escadre aérienne. Il semblait en effet apercevoir des traits blancs sur les flancs des quatre destroyers en approche.

« Ils rendent les honneurs, mouais, sympa de leur part. » Sanchez décrocha le téléphone et pressa le bouton de la passerelle de navigation. « Commandant ? Ici le CAG. Il semble que nos amis tiennent à respecter les formes.

— Merci, Bud. » L'officier commandant le *Johnnie Reb* avertit à son tour le commandant du groupe de combat de l'*Enterprise*.

« Quoi ? fit Ryan en décrochant son téléphone.

— Décollage dans deux heures et demie, lui dit le secrétaire du Président. Soyez prêt à partir dans quatre-vingt-dix minutes.

480

— Wall Street ?

— Exact, Dr Ryan. Il pense que nous ferions mieux de rentrer un peu plus tôt. Nous avons informé les Russes, le président Grouchavoï comprend.

— Parfait, merci », dit Ryan, qui n'en pensait pas un mot. Lui qui avait eu l'intention de faire un saut voir Narmonov, juste une petite heure. Puis ce fut le moment de la partie de rigolade. Il se pencha et secoua sa femme pour la réveiller.

Un grognement : « Surtout, me dis rien...

— Tu pourras finir ta nuit dans l'avion. Faut qu'on ait remballé et dégagé d'ici une heure et demie.

— Hein ? Pourquoi ?

— On part plus tôt. Des problèmes chez nous. Une nouvelle dégringolade à Wall Street.

— Grave ? » Cathy ouvrit les yeux, se massa le front, reconnaissante de voir qu'il faisait encore nuit, jusqu'à ce qu'elle consulte sa montre.

« Sans doute une mauvaise indigestion.

— Quelle heure est-il ?

— L'heure de se préparer à partir. »

« On a besoin d'espace pour manœuvrer, dit le capitaine de frégate Harrison.

— Pas con, le mec, hein ? » La question de l'amiral Dubro était toute rhétorique. L'ennemi, en la personne de l'amiral Chandraskatta, avait viré à l'ouest la nuit précédente, ayant sans doute enfin saisi que le groupe de combat de l'*Eisenhower* et du *Lincoln* n'était pas là où il l'avait supposé en définitive. Cela ne lui laissait clairement qu'une seule possibilité : filer vers l'ouest, et coincer les Américains contre l'archipel appartenant en grande partie à l'Inde. La moitié de la VIIe flotte de la marine américaine, cela représentait certes un arsenal puissant, mais cette puissance serait réduite de moitié si sa position venait à être connue. Tout l'intérêt des manœuvres de Dubro, jusqu'ici, avait été de maintenir l'autre dans l'expectative. Bon, il avait fait son choix. Et pas mauvais, en vérité.

« Quel est l'état de nos réserves en carburant ? »

demanda Dubro, en pensant à ses navires d'escorte. Les deux porte-avions pouvaient tenir jusqu'à ce qu'ils soient à court de vivres. Pour leur combustible nucléaire, ça n'arriverait pas avant des années.

« Tout le monde est à quatre-vingt-dix pour cent. La météo s'annonce bonne pour les prochaines quarante-huit heures. On pourra pousser les machines s'il le faut.

— Vous pensez la même chose que moi ?

— Il ne va pas laisser ses avions s'approcher trop près de la côte sri lankaise. Ils risqueraient d'apparaître sur les radars de contrôle aérien et d'amener les gens à se poser des questions. Si on met le cap au nord-est, puis à l'est, on pourra doubler le cap de Dondra dans la nuit, et redescendre en contournant vers le sud. On a une chance sur deux de passer inaperçus. » L'amiral n'aimait pas les paris joués dans ces conditions. Cela voulait dire qu'il y avait tout autant de chances que quelqu'un voie leur formation, et dans ce cas, la flotte indienne pourrait virer au nord-est, contraignant les Américains soit à s'éloigner un peu plus de la côte qu'ils pouvaient ou non chercher à protéger, soit à engager la confrontation. On ne pouvait pas s'amuser longtemps à ce petit jeu, estimait Dubro, sans que quelqu'un demande à voir vos cartes.

« On force le passage aujourd'hui sans se faire repérer ? » Solution évidente, également. La formation enverrait ses avions sur les Indiens directement depuis le sud, dans l'espoir de les leurrer dans cette direction. Harrison présenta son plan d'opérations aériennes pour la journée.

« Faites. »

Huit sonneries retentirent sur le réseau d'interphone 1-MC du bâtiment. Il était seize heures. Les équipes du soir relevèrent celles assurant le quart de l'après-midi. Les officiers et les hommes — parmi eux, désormais, également des femmes — échangèrent leurs postes. Les pilotes du *Johnnie Reb* étaient dans leurs quartiers, soit à se reposer, soit à revoir les résultats de l'exercice maintenant achevé. Leurs appareils étaient pour moitié garés sur le pont d'envol, et pour moitié entassés dans les hangars inférieurs. Quelques-uns étaient en révision, mais la majorité des personnels d'entretien étaient également au repos et se consacraient à un passe-temps connu dans la marine sous le nom de « plage d'acier ». Sûr que ce n'était plus comme dans le temps, remarqua Sanchez, en contemplant les plaques d'acier à revêtement antidérapant. A présent, on voyait aussi des femmes faire de la bronzette, d'où un recours accru aux jumelles pour les hommes de quart sur la passerelle, et un nouveau problème administratif pour sa marine. Quel type de costume de bain convenait à des femmes matelots de la marine américaine ? Au grand dépit de certains, mais au soulagement de la majorité, le verdict avait été les maillots une-pièce. Mais même ceux-là valaient le coup d'être contemplés, quand ils étaient convenablement remplis, se dit le CAG, avant de reporter ses jumelles sur la formation japonaise qui faisait route vers eux.

Les quatre destroyers approchaient rapidement en formation serrée — ils devaient bien filer leurs trente nœuds, histoire de mieux en imposer à leurs hôtes et ennemis de jadis. Les pavillons de circonstance claquaient au vent et les hommes vêtus de blanc étaient alignés aux bastingages.

« Attention à tous, aboya l'interphone. Les hommes au bastingage bâbord. Parés à rendre les honneurs. »

Tous les marins vêtus d'un uniforme présentable se dirigèrent vers les galeries bâbord sous le pont d'envol, regroupés par sections. C'était un exercice inhabituel sur un porte-avions, et son organisation prit un certain temps, surtout un jour de « plage d'acier ». Qu'il soit intervenu au moment de la relève facilita quelque peu les choses : les effectifs décemment vêtus étaient suffisants, bon nombre de marins n'étant pas encore descendus dans leurs quartiers pour se mettre en tenue de bain de soleil.

Pour Sato, le dernier acte important de sa mission consista à transmettre par satellite un top horaire. Parvenu au quartier général de la flotte, il fut aussitôt relayé sur un autre circuit. Il n'était désormais plus possible d'interrompre l'opération. Les dés étaient pour ainsi dire jetés. L'amiral quitta le PC de combat du *Mutsu* après l'avoir confié à son officier d'opérations, pour regagner la passe-relle et piloter l'escadre.

Le destroyer arriva par le travers des USS *Enterprise* et *John Stennis*, exactement à mi-distance des deux porte-avions, à moins de deux mille mètres d'eux. Il filait trente nœuds, tous les hommes étaient à leur poste, à l'exception de ceux montés aux bastingages. Au moment où sa passe-relle croisa la ligne invisible reliant celles des deux bâti-ments américains, les marins alignés saluèrent à bâbord et à tribord, rendant impeccablement les honneurs, dans la plus stricte tradition.

Un seul coup de sifflet du bosco retentit dans les haut-parleurs, suivi d'un ordre : « Salut... repos ! » Tous les marins alignés sur les galeries du *John Stennis* cessèrent de saluer. Aussitôt après, ils rompaient les rangs sur trois coups de sifflet lancés par le quartier-maître de quart.

« Bon Dieu, on va peut-être pouvoir se rentrer, mainte-nant ? » rigola le chef d'escadre aérienne.

L'exercice PARTENAIRES était désormais achevé et l'es-cadre pouvait regagner Pearl Harbor, avec à la clé une nouvelle semaine de maintenance et de permission pour l'équipage, avant son prochain déploiement dans l'océan Indien. Sanchez décida de se caler bien à l'aise dans le fauteuil en cuir pour parcourir quelques documents en profitant de la brise. La vitesse combinée des deux forma-tions entrecroisées entraînait un passage rapide.

« Waouh ! » s'exclama une vigie.

La manœuvre était allemande à l'origine, et portait le nom de *Gefechtskehrwendung*, « virement bord sur bord au combat ». Dès que le pavillon de signalisation fut hissé, les quatre destroyers virèrent brusquement sur la droite, à commencer par le dernier de la file. Sitôt que la proue entama son mouvement, le troisième bâtiment vira de bord, puis le second, et enfin le vaisseau-amiral. C'était une manœuvre destinée à susciter l'admiration des Américains, mais aussi une certaine surprise, vu l'espace de manœuvre réduit entre les deux porte-avions. En l'af-faire de quelques secondes, les destroyers japonais avaient habilement viré de bord, pour filer désormais vers l'*ouest* à trente nœuds, redépassant les porte-avions qu'ils avaient approchés de face un instant plus tôt. Sur la passerelle, plusieurs hommes sifflèrent pour approuver l'audace de la manœuvre. Déjà, les marins japonais avaient quitté les bastingages des quatre destroyers Aegis.

« Eh bien, voilà qui était habilement manœuvré », commenta Sanchez, en reportant son attention sur ses documents.

L'USS *John Stennis* filait normalement, ses quatre hélices tournant à soixante-dix tours-minute, son équipage en condition trois. Ce qui voulait dire que tous les hommes étaient à leur poste, à l'exception des pilotes de l'aviation navale, qui étaient au repos après plusieurs jours d'activité soutenue. Des vigies étaient postées tout autour de l'île centrale, et surveillaient normalement le secteur qui leur avait été assigné, même si tous finirent par jeter un coup d'œil sur les bâtiments japonais parce qu'ils étaient, après tout, fort différents des navires américains. Certains utilisaient des jumelles 7x50 de marine, en majorité de fabrication japonaise. D'autres étaient penchés sur des « gros yeux », des binoculaires 20x120 autrement plus massives, montées sur des pieds-colonnes tout autour de la passerelle.

L'amiral Sato était à présent installé sur son siège de commandement, mais il n'avait pas quitté ses jumelles. Quel dommage, franchement. C'étaient de si belles unités, de si fiers bâtiments. Puis il se rappela que celui à bâbord était l'*Enterprise*, un nom chargé d'histoire dans la marine américaine, et qu'un vaisseau portant le même nom avait tourmenté son pays, escortant Jimmy Doolittle jusqu'aux côtes japonaises, combattant à Midway, aux Salomon orientales, à Santa Cruz, participant à tous les grands engagements de la flotte, plus d'une fois touché, mais jamais sévèrement. Le nom d'un ennemi honorable, mais d'un ennemi. C'était ce bâtiment qu'il comptait observer. Il n'avait aucune idée de qui avait pu être *John Stennis*.

Le *Mutsu* était passé bien au-delà des porte-avions, pour arriver presque à la hauteur des destroyers d'escorte avant de faire demi-tour, et revenir à leur hauteur prit une éternité. L'amiral qui avait enfilé ses gants blancs tenait ses jumelles juste sous la rambarde du bastingage et regardait changer leur angle relatif.

« Relèvement objectif un, trois-cinq-zéro. Objectif deux calé maintenant au zéro-un-zéro. Allumage solution », annonça le premier maître. L'*Isso* se demandait ce qui se passait et pourquoi, mais surtout, il se demandait s'il survivrait pour raconter un jour cette histoire ; probablement pas.

« Je prends le relais », dit l'officier d'opérations en se glissant sur son siège. Il avait pris le temps de se familiariser avec le directeur de torpilles. L'ordre avait été déjà transmis et il n'attendait plus désormais que le feu vert. L'officier tourna la clé du verrou d'armement, rabattit le couvercle masquant le bouton de la batterie bâbord et pressa sur celui-ci. Puis il fit de même pour le flanc tribord.

Les batteries tritubes montées de chaque côté pivotèrent sèchement vers l'extérieur, jusqu'à former un angle d'une quarantaine de degrés avec l'axe du navire. Les couvercles hémisphériques protégeant les six tubes sautèrent et les « poissons », éjectés par l'air comprimé, plongèrent dans l'eau, de part et d'autre, à dix secondes d'écart. Leur hélice tournait déjà au moment de l'éjection. Chaque torpille traînait derrière elle un fil de contrôle qui la reliait au PC de combat du *Mutsu*. Les tubes, désormais vides, pivotèrent pour reprendre leur position d'attente.

« Dieu me tripote ! lança une vigie sur le *Johnnie Reb*.

— Qu'est-ce qui se passe, Cindy ?

— Ils viennent de larguer une putain de torpille ! » dit-elle. C'était un matelot breveté (on n'osait pas encore dire *matelote*), d'à peine dix-huit ans ; c'était sa première affectation et elle apprenait à jurer pour pouvoir rivaliser avec les plus dessalés des membres de l'équipage. Elle tendit brusquement le bras. « Je l'ai vue partir... là !

— T'es sûre ? » demanda l'autre vigie à ses côtés, en faisant pivoter ses binoculaires sur leur monture. Cindy n'avait que des jumelles à main.

La jeune femme hésita. Elle n'avait encore jamais rien fait de semblable et se demandait quelle serait la réaction de son chef si elle se trompait. « Passerelle, vigie six, le dernier bâtiment du convoi japonais vient de lancer une torpille ! » Vu les dispositions en cours à bord du porte-avions, le message fut retransmis par la sonorisation de la passerelle.

Un niveau en dessous, Bud Sanchez leva les yeux. « Qu'est-ce que c'était que ça ?

— Répétez, vigie six ! répéta l'officier de pont.

— Je confirme que j'ai bien vu ce destroyer jap lancer une torpille de son flanc tribord !

— Ici vigie cinq. Je ne l'ai pas vue, monsieur, dit une voix masculine.

— Un peu que je l'ai vue, putain de merde ! » s'écria une voix de jeune femme particulièrement excitée — assez fort pour que Sanchez entende son exclamation, sans même l'aide des haut-parleurs. Il lâcha ses papiers, se leva d'un bond et fonça vers la porte d'accès au poste de vigie. Le capitaine dérapa sur les échelons, déchira son pantalon, s'écorcha le genou et il jurait lorsqu'il déboucha sur la galerie.

« Racontez-moi tout, mon chou !

— Je l'ai vue, monsieur, je vous jure que je l'ai vue ! »

Elle ne savait même pas qui était Sanchez, et les aigles d'argent cousus à son col le rendaient suffisamment imposant pour l'effrayer encore plus que la perspective des engins dirigés sur eux, mais elle avait bel et bien vu la torpille, et elle n'en démordait pas.

« Je ne l'ai pas vue, capitaine », rétorqua l'autre vigie.

Sanchez braqua ses jumelles sur le destroyer qui n'était plus maintenant qu'à six cents mètres. *Que diable*... Il bouscula l'homme pour s'approprier les binoculaires qu'il orienta vers la plage arrière du vaisseau-amiral japonais. Le triple tube lance-torpilles était bien orienté comme il fallait... mais la bouche des tubes était noire, pas grise. Les bouchons de protection avaient été ôtés... Sans regarder, le capitaine Rafael Sanchez saisit l'interphone de l'homme de guet.

« Passerelle, ici le CAG. Torpilles à l'eau ! Torpilles approchant du quart bâbord ! » Il braqua les binoculaires vers l'arrière, cherchant un sillage en surface, mais en vain. Peu importait. Il jura avec violence et se redressa pour découvrir le matelot breveté Cynthia Smithers. « Vrai ou faux, matelot, vous avez fait exactement ce qu'il fallait », dit-il alors que l'alarme commençait à retentir sur tous les ponts. A peine une seconde plus tard, une lampe à éclats se mit à clignoter sur le vaisseau-amiral japonais, à l'adresse du *Johnnie Reb*.

« Alerte ! Alerte ! Nous venons d'avoir une défaillance à bord, nous avons lancé plusieurs torpilles », annonça le commandant du *Mutsu* au micro du réseau de transmissions tactiques, honteux d'un tel mensonge, alors qu'il entendait les échanges de conversations sur le circuit FM de communications entre navires.

« *Enterprise*, ici le *Fife*, nous avons des torpilles à l'eau, annonça une autre voix, encore plus fort.

— Des torpilles... Où ça ?

— Ce sont des nôtres. Nous avons eu un claquage au PC de combat, reprit aussitôt le *Mutsu*. Il se peut qu'elles soient armées. » Il vit que le *Stennis* virait déjà, l'eau bouillonnait à sa proue, brassée par le battement accéléré des hélices. La manœuvre était vaine même si, avec de la chance, on ne déplorerait pas de victimes.

« Qu'est-ce qu'on fait, maintenant, monsieur ? demanda Smithers.

— Réciter deux "Je vous salue Marie", peut-être », répondit Sanchez, l'air sombre. C'étaient des torpilles ASW, n'est-ce pas ? Comme l'indiquait leur sigle, elles étaient destinées à la lutte anti-sous-marins : les charges étaient légères. Elles ne pouvaient pas vraiment faire de mal à un truc aussi gros que le *Johnnie Reb*, pas vrai ? Il regarda le pont en dessous de lui : des hommes couraient en tous sens, beaucoup encore munis de leur serviette de bain, pour se précipiter à leurs postes de combat.

« Monsieur, je suis censée rejoindre l'équipe d'inspection des dégâts numéro neuf, au hangar principal.

— Non, vous restez ici, ordonna Sanchez. Vous, vous pouvez disposer », dit-il au matelot.

Le *John Stennis* gîtait fortement sur bâbord. Le brusque virage à tribord en était la cause et le pont vibrait, résonnant du bruit des machines. Un avantage des porte-avions à propulsion nucléaire : ils avaient de la puissance à revendre, mais le bâtiment pesait plus de quatre-vingt-dix mille tonnes et il lui fallait du temps pour accélérer. A moins de deux milles de là, l'*Enterprise* était plus long à la détente : il venait tout juste d'amorcer son virage. *Oh, merde...*

« Attention ! Attention ! Dispersez les Nixie ! » lança la voix de l'officier de quart dans les haut-parleurs.

Les trois torpilles anti-sous-marins Mark 50 qui fonçaient vers le *Stennis* étaient des petits instruments de destruction intelligents conçus avant tout pour infliger des blessures fatales aux sous-marins en transperçant leur coque. Leur capacité de destruction contre un bâtiment de quatre-vingt-dix mille tonnes était à vrai dire limitée, mais il était possible de choisir quel genre de dégâts elles allaient occasionner. Se suivant avec un écart d'une centaine de mètres, elles filaient soixante nœuds, guidées chacune par un mince fil isolé. Leur avantage de vitesse sur la cible et la portée réduite garantissaient presque un coup au but, et le brusque virage de bord entrepris par le porte-avions américain n'avait servi qu'à leur offrir un meilleur angle, car toutes étaient ciblées sur les hélices. Au bout de neuf cents mètres de parcours, la tête chercheuse du premier « poisson » entra en activité. Retransmise au PC de combat du *Mutsu*, l'image sonar qu'elle générait apparaissait comme une cible jaune vif sur le fond noir de l'écran de guidage, et l'officier de tir la dirigea droit dessus, les deux autres torpilles suivant automatiquement. La zone cible se rapprochait. Huit cents mètres, sept cents, six cents...

« Vous deux, je vous tiens », dit l'officier. Un instant plus tard, l'image sonar montra le brouillage confus des leurres Nixie, le système américain qui imitait les fréquences ultrasons des torpilles à tête chercheuse. Une récente amélioration du système était d'intégrer un puissant champ magnétique pulsé destiné à neutraliser les mines à influence magnétique mises au point par les Russes. Mais la Mark 50 était une arme à déclenchement par contact, et grâce au guidage par fil, il pouvait les forcer à ignorer les interférences acoustiques. Ce n'était pas juste, ce n'était pas sportif, mais d'un autre côté, qui a dit que la guerre devait l'être ? demanda-t-il à l'écran de direction de tir — sans obtenir de réponse.

C'était une étrange sensation de déconnexion de la vue, de l'ouïe et du toucher. Le navire tressaillit à peine quand la première colonne d'eau s'éleva vers le ciel. Le bruit était incontestablement réel et, survenant sans prévenir, il fit sursauter Sanchez, à l'angle bâbord arrière de l'île. Sa première impression fut qu'il n'y avait pas eu trop de bobo, que la torpille avait peut-être explosé dans le sillage du *Johnnie Reb*. Il se trompait.

La version nippone de la Mark 50 était équipée d'une tête à charge réduite, soixante kilos seulement, mais c'était une charge creuse, et la première explosa sur le moyeu de l'hélice numéro deux — l'hélice intérieure gauche. Le choc arracha trois des cinq pales, déséquilibrant une masse qui était en rotation à cent trente tours-minute : les forces en action étaient immenses et firent sauter les paliers et les roulements qui maintenaient l'ensemble du train de propulsion. En un instant, la section postérieure du puits d'arbre de transmission était inondée, et l'eau se mit à pénétrer dans la coque par le point le plus vulnérable. Ce qui se passait plus en avant était encore pire.

Comme la plupart des grands bâtiments de guerre, le *John Stennis* était propulsé par des turbines à vapeur. Dans son cas, c'étaient deux réacteurs nucléaires qui produisaient celle-ci par vaporisation directe dans un circuit primaire. Cette vapeur entrait dans un échangeur pour transmettre sa chaleur (mais pas sa radioactivité) à l'eau d'un circuit secondaire, dont la vapeur allait à l'arrière alimenter une turbine à haute pression. La vapeur frappait les pales de la turbine qui tournait un peu comme les ailes d'un moulin à vent ; à la sortie de cet étage primaire, la pression résiduelle de vapeur alimentait un second étage de turbine à basse pression. Ces turbines avaient leur meilleur rendement pour un régime de rotation élevé, bien supérieur à celui qui pouvaient atteindre les hélices ; aussi, pour permettre à l'arbre de transmission de tourner à un régime compatible avec la propulsion d'un navire, on intercalait un ensemble motoréducteur — en gros, la version embarquée d'une boîte de vitesses automobile. Les pignons hélicoïdaux finement usinés de ce chef-d'œuvre de mécanique marine étaient l'élément le plus délicat de la chaîne de transmission du navire, et l'onde de choc de l'explosion avait remonté l'arbre jusqu'à l'entrée du réducteur, grippant des pignons qui n'avaient jamais été conçus pour absorber une telle énergie. Cela, plus les vibrations dues à l'asymétrie de l'arbre déséquilibré, acheva de détruire l'ensemble du train réducteur numéro deux. Le bruit fit sursauter les matelots avant même que la seconde charge ait fait mouche sur le numéro trois.

Cette explosion se produisit à l'angle extérieur de l'hélice intérieure droite, et les dégâts secondaires arrachèrent la moitié d'une pale de la numéro quatre. Les dégâts sur l'arbre numéro trois étaient identiques à ceux subis par le deux. Le quatre eut plus de chance : les mécaniciens de cette salle des machines renversèrent la vapeur au premier signe de vibrations. Des soupapes de régulation s'ouvrirent aussitôt : des jets de vapeur vinrent frapper la face opposée des pales de turbine, arrêtant l'arbre avant que les dégâts ne se transmettent au train réducteur, au moment précis où la troisième torpille achevait de détruire l'hélice extérieure droite.

La sonnerie d'arrêt complet retentit aussitôt, et les mécaniciens des trois autres salles des machines lancèrent à leur tour la procédure entamée par leurs collègues de tribord quelques instants plus tôt. D'autres alarmes résonnaient. Les équipes d'inspection des dégâts foncèrent évaluer l'ampleur de l'inondation à l'arrière de la coque, tandis que le porte-avions poursuivait sur son erre, glissant par le travers avant de s'arrêter enfin. L'un de ses gouvernails avait été également endommagé.

« Merde, mais qu'est-ce qui s'est passé ? demanda l'un des mécaniciens à son voisin.

— Mon Dieu », murmura Sanchez, sur le pont supérieur. Apparemment, l'*Enterprise*, deux milles plus loin, avait subi des dégâts encore plus graves. Divers signaux d'alarme retentissaient encore et, en dessous, sur la passerelle de navigation, des voix criaient si fort pour réclamer des informations que les circuits d'interphone semblaient superflus. Tous les bâtiments de la formation avaient entamé des manœuvres radicales : le *Fife*, un des navires d'escorte, avait changé de cap pour dégager au plus vite, son capitaine redoutant à l'évidence la présence d'autres torpilles. Quelque part, Sanchez savait qu'il n'y en aurait pas. Il avait vu trois explosions à l'arrière du *Johnnie Reb* et trois autres sous la poupe de l'*Enterprise*.

« Smithers, venez avec moi.

— Monsieur, mon poste de combat...

— Ils pourront se passer de vous, et il n'y a pas grand-chose à inspecter pour le moment. Nous n'allons pas bouger d'ici un bout de temps. Vous allez parler au capitaine.

— Mon Dieu ! » C'était moins une exclamation qu'une prière pour qu'on lui épargne cette épreuve.

Le CAG se retourna. « Respirez un grand coup et écoutez-moi bien : vous pourriez bien être la seule et unique personne sur ce sacré putain de rafiot à avoir fait convenablement son boulot au cours des dix dernières minutes. Suivez-moi, Smithers.

— Les arbres deux et trois ont sauté, commandant », apprirent-ils une minute plus tard en arrivant sur la passerelle. Le CO du navire se tenait en plein milieu du compartiment et ressemblait à la victime d'un accident de la route. « L'arbre quatre est également endommagé... le un paraît intact, pour le moment.

— Parfait », grommela le capitaine, avant d'ajouter, pour personne en particulier : « Bon Dieu, mais qu'est-ce qui...

— Nous avons pris trois torpilles ASW, monsieur, répondit Sanchez. Le matelot Smithers, ici présent, les a vu lancer.

— Est-ce une certitude ? » Le CO toisa la jeune femme en uniforme. « Mademoiselle, vous allez vous asseoir dans mon fauteuil. Quand j'aurai terminé de maintenir à flot mon bateau, je veux vous parler. » Puis vint la partie délicate. Le capitaine de l'USS *John Stennis* se tourna vers son officier de transmissions et rédigea rapidement un message destiné au CincPacFlt, le commandant en chef de la flotte du Pacifique. Il porterait l'indicatif BLEU MARINE.

« Contrôle, ici sonar, détection torpille, relèvement deux-huit-zéro, on dirait une de leurs type 89 », annonça Laval junior, sans affolement particulier. Les sous-marins se faisaient régulièrement tirer dessus par des amis.

« Machines, en avant toute ! » ordonna le capitaine Kennedy. Exercice ou pas, il s'agissait d'une torpille, et ce n'était pas une chose à prendre à la légère. « Profondeur six cents pieds.

— Six cents pieds, paré, confirma l'homme de barre, à son poste d'officier de plongée. Barres de plongée à moins dix degrés. » Le timonier poussa la barre, inclinant l'USS *Asheville* pour descendre vers le fond et passer sous la thermocline.

« Estimation de la portée du poisson ? demanda le capitaine.

— Trois mille mètres.

— Contrôle, ici sonar, nous l'avons semée en changeant de couche. Signal toujours présent en mode recherche, vitesse estimée quarante à quarante-cinq nœuds.

— On coupe l'augmenteur, monsieur ? » demanda le second. Kennedy fut tenté de répondre par l'affirmative, histoire de connaître avec précision la qualité de cette torpille japonaise. A sa connaissance, aucun submersible américain n'avait encore été confronté à ce modèle-ci en exercice. On supposait qu'il s'agissait de la version nippone de la Mark 48 américaine.

« La voilà, annonça le sonar. Elle vient de passer sous la couche de surface. Relèvement stable au deux-huit-zéro, force du signal approchant les valeurs d'acquisition.

— Barre à droite vingt degrés, ordonna Kennedy. Chambre du cinq-pouces, soyez prêts.

— Vitesse trente nœuds dépassée, annonça un matelot tandis que l'*Asheville* prenait de la vitesse.

— Barre à droite vingt degrés, oui, pas d'indication de nouveau cap.

— Très bien, confirma Kennedy. Chambre du cinq-pouces largage des leurres, top, top, top ! Timonier, remontez-nous à deux cents !

— Oui, commandant. Barres de plongée à plus dix !

— On leur donne du fil à retordre ? demanda le second.

— Pas de cadeau. »

Un conteneur fut éjecté du compartiment du lance-leurres, appelé chambre du cinq-pouces à cause du diamètre de celui-ci. Le récipient se mit aussitôt à dégager des bulles comme un comprimé d'Alka-Seltzer, engendrant un nouvel écho, immobile celui-ci, pour le sonar de guidage de la torpille. Et le brusque changement de cap du submersible avait créé dans l'eau une turbulence de cavitation, un « doigt de gant », pour perturber un peu plus les détecteurs de la type 89.

« Couche traversée, cria le technicien au bathythermographe.

— Annoncez votre cap ! lança Kennedy.

— Arrive au un-neuf-zéro, ma barre est à vingt-droite.

— Redressez la barre, prenez le deux-zéro-zéro.

— Barre redressée, cap deux-zéro-zéro.

— En avant, machines un tiers.

— En avant, machines un tiers, oui. »

Le transmetteur d'ordres changea de position et le sous-marin ralentit, maintenant qu'il était remonté à deux cents pieds au-dessus de la thermocline, en laissant derrière lui une cible superbe, quoique fausse.

« Parfait. » Kennedy sourit. « On va voir maintenant si elle est si maligne.

— Contrôle, ici sonar, la torpille vient de traverser le doigt de gant. » Il y avait un rien d'inquiétude dans le ton, crut noter Kennedy.

« Oh ? » Le commandant fit quelque pas pour gagner le poste du sonar. « Un problème ?

— Commandant, cette torpille vient de traverser le doigt de gant comme si de rien n'était.

— C'est censé être un modèle intelligent. Vous croyez qu'elle ignore les leurres, comme la version ADCAP ? » Il faisait allusion aux derniers modèles à capacités améliorées.

« Montée du Doppler, annonça un autre technicien sonar. Le rythme des tops vient d'accélérer... un changement de fréquence, elle pourrait bien nous avoir, commandant.

— A travers la thermocline ? Habile. »

Les événements commençaient à se précipiter, au goût

de Kennedy, comme en situation de combat véritable, même. La nouvelle torpille japonaise était-elle si perfectionnée qu'elle ait réussi à ignorer leurre et cavitation ? « On enregistre toute la séquence ?

— Absolument, commandant. » Et l'opérateur sonar de première classe Laval leva la main pour donner une tape sur le magnétoscope. Une cassette neuve était dedans ; un autre système vidéo enregistrait déjà les écrans à cascade. « Ça, c'est les moteurs, montée en régime. Changement d'aspect... elle nous a accrochés ! Aspect zéro sur l'image acoustique, extinction du bruit d'hélice. » Ce qui signifiait que le bruit de propulsion de la torpille était à présent bloqué par le corps même de l'engin : elle fonçait droit sur eux.

Kennedy tourna la tête vers l'équipe de détection. « Distance du poisson ?

— Moins de deux milles, commandant, en approche rapide, estimation vitesse : soixante nœuds.

— Deux minutes pour nous rattraper, à cette vitesse-là.

— Regardez ça, commandant. » Laval tapota l'affichage en cascade. Il montrait la trajectoire de la torpille, ainsi que les dernières traces de bruit du leurre, qui terminait de larguer ses bulles. La type 89 avait traversé le nuage en plein milieu.

« Qu'est-ce que c'était que ça ? » demanda Laval en scrutant l'écran. Un important bruit à basse fréquence venait de s'y inscrire, au trois-zéro-cinq. « On aurait dit une explosion, très loin, c'était un signal par CZ, pas par transmission directe. » Un signal par zone de convergence signifiait qu'il provenait de fort loin, plus de trente milles.

A cette nouvelle, Kennedy sentit son sang se glacer dans ses veines. Il tourna de nouveau la tête vers le PC de combat.

« Où sont le *Charlotte* et l'autre sous-marin japonais ?

— Au nord-ouest, commandant, soixante à soixante-dix milles.

— Machines, en avant toute ! » Kennedy avait lancé l'ordre automatiquement. Lui-même n'aurait su dire pourquoi.

« Machines, en avant toute, oui ! » confirma le timonier en tournant le cadran du transmetteur. Pas à dire, ces exercices étaient excitants. Sans attendre confirmation des machines, le capitaine avait repris son communicateur : « Salle du cinq-pouces, lancement tube deux, top, top, top ! »

Le sonar d'acquisition de cible d'une torpille en fin de course émet à une fréquence bien trop élevée pour être audible par l'oreille humaine. Kennedy savait que l'énergie sonore frappait son sous-marin et se réfléchissait sur la coque, car les fréquences ultrasons étaient arrêtées par l'interface air-acier et rebondissaient en direction de la source qui les avait émises. Ça ne pouvait pas être possible. Sinon, d'autres l'auraient remarqué, non ? Il regarda autour de lui. Les hommes étaient à leur poste de combat. Toutes les portes étanches étaient fermées et verrouillées, comme en situation de combat. Le *Kurushio* avait lancé une torpille d'exercice, en tous points identique à un modèle opérationnel, excepté la charge militaire, remplacée par une loge d'équipements. Elles étaient également conçues pour *ne pas* toucher leur cible, mais pour s'en détourner, parce qu'un contact métal contre métal risquait toujours de provoquer des dégâts, et réparer ce genre d'avarie pouvait s'avérer coûteux.

« Elle ne nous lâche pas, monsieur. »

Mais la torpille avait *traversé en plein milieu* la turbulence de cavitation.

« En plongée immédiate ! » ordonna Kennedy, conscient qu'il était déjà trop tard.

L'USS *Asheville* piqua du nez aussitôt, avec un angle de vingt degrés, repassant au-dessus des trente nœuds. La chambre des leurres lâcha un autre conteneur à bulles. L'accroissement de la vitesse dégradait les performances du sonar, mais il était clair, à voir l'écran, que la type 89 avait une fois encore traversé tout droit l'image artificielle d'une cible et continuait d'approcher.

« Distance inférieure à cinq cents », annonça la détection. L'un des hommes nota que le capitaine était pâle et se demandait pourquoi. *Ma foi, personne n'aime perdre, même lors d'un exercice.*

Kennedy essayait d'imaginer d'autres manœuvres alors que l'*Asheville* repassait encore une fois sous la thermocline. La torpille allait le rattraper. Elle pouvait le rattraper, et toutes les tentatives de brouillage avaient échoué. Il était à court d'idées. Il n'avait pas le temps d'y réfléchir plus.

« Bon Dieu ! » Laval ôta ses écouteurs. La type 89 était maintenant parvenue à hauteur du sonar de traîne du sous-marin, et le bruit était passé largement au-dessus de l'échelle.

« Elle devrait tourner d'une seconde à l'autre, à présent... »

Le capitaine resta figé, regardant autour de lui. Était-il fou ? Était-il le seul à imaginer que...

A la dernière seconde, l'opérateur sonar de première classe Laval se retourna pour regarder son supérieur. « Commandant, elle n'a pas tourné ! »

21

BLEU MARINE

Air Force One décolla avec quelques minutes d'avance, encore pressé par l'heure matinale. Le VC-25B n'avait pas atteint son altitude de croisière que les journalistes avaient déjà quitté leur siège pour se rendre à l'avant afin de réclamer au Président une déclaration expliquant ce départ prématuré. Abréger un voyage officiel traduisait plus ou moins une réaction de panique, non ? Tish Brown s'occupa de la presse, expliquant que les malheureux développements survenus à Wall Street exigeaient un retour rapide pour que le Président puisse rassurer le peuple américain... et ainsi de suite. Pour le moment, poursuivit-elle, ce ne serait peut-être pas une mauvaise idée que chacun rattrape son retard de sommeil. Après tout, il y avait quatorze heures de vol pour regagner Washington, avec les vents dominants qui soufflaient sur l'Atlantique à cette période de l'année, et Roger Durling avait besoin de dormir, lui aussi. L'astuce marcha pour plusieurs raisons, et la moindre n'était pas que tous ces reporters souffraient de l'excès d'alcool et du manque de sommeil, comme tout le monde à bord — excepté l'équipage, espéraient-ils tous. De toute manière, des agents du Service secret et des personnels armés de l'Air Force faisaient barrage devant les appartements présidentiels. Le bon sens reprit bien vite le dessus et chacun s'en retourna vers son siège. Bientôt, le calme était revenu et presque tous les passagers à bord soit étaient endormis, soit feignaient le sommeil. Et ceux-là regrettaient de ne pas pouvoir dormir.

Aux termes d'une loi fédérale, l'officier commandant le *Johnnie Reb* était un aviateur. La disposition, qui remontait aux années trente, avait été prise pour empêcher les officiers de la marine de guerre classique de s'accaparer la nouvelle branche convoitée de l'aéronavale. A ce titre, il avait plus l'expérience du pilotage des avions que de la manœuvre des navires, et puisqu'il n'avait jamais eu encore de commandement en mer, sa connaissance des systèmes embarqués s'était plus nourrie d'éléments grappillés ici ou là que d'une étude systématique et de l'expérience. Par chance, son chef mécanicien avait fait ses classes sur un destroyer et il avait déjà un commandement à son actif. Son supérieur savait tout de même que l'eau était censée se trouver à l'extérieur de la coque, pas à l'intérieur.

« C'est grave, chef méc ?

— Grave, commandant. » Il indiqua le platelage du pont, encore recouvert de trois centimètres d'eau que les pompes chassaient progressivement par-dessus bord. Au moins, les voies d'eau étaient-elles colmatées. Cela avait pris trois heures. « Les arbres d'hélice deux et trois sont complètement bousillés. Roulements fusillés, axe vrillé et fendu, pignons de réduction bons pour la casse — totalement irrécupérables. Les turbines sont okay. Les réducteurs ont encaissé tout le choc. L'arbre numéro un est okay. Quelques dégâts mineurs aux roulements arrière. Ça, je peux réparer. Le gouvernail tribord est bloqué, mais ça aussi, je peux l'arranger, encore une heure de boulot, et il sera calé dans l'axe. Il faudra peut-être le remplacer, tout va dépendre de l'étendue des dégâts. On se trouve réduits à un arbre et une hélice. On peut filer dix, douze nœuds, et on peut manœuvrer, mais mal.

— Délai de réparation ?

— Des mois — quatre ou cinq, c'est ma meilleure estimation, pour l'instant, monsieur. » Quatre ou cinq mois, le commandant le savait, qui exigeraient sa présence, afin de superviser le travail des ouvriers du chantier naval qui devraient quasiment reconstruire la moitié, sinon les trois quarts de la transmission du bâtiment. Il n'avait pas encore entièrement évalué les dégâts occasionnés à l'hélice quatre. C'est à ce moment que le capitaine perdit réellement patience. Il était temps, estima le chef méc.

« Si je pouvais lancer une frappe aérienne, je coulerais ces fils de pute ! » Mais lancer quoi que ce soit en tablant sur la seule vitesse fournie par une seule hélice était une idée hasardeuse. Par ailleurs, il s'était agi d'un accident, et le capitaine ne pensait pas vraiment ce qu'il venait de dire.

« Je partage votre opinion, commandant », lui assura le chef méc, sans vraiment le penser, lui non plus, car il ajouta aussitôt : « Peut-être qu'ils auront l'élégance de payer les réparations. » Un hochement de tête accueillit son observation.

« Nous allons pouvoir repartir ?

— L'arbre numéro un a été légèrement voilé, mais je peux vivre avec, oui, commandant.

— Parfait. Soyez prêt à répondre au signal. Je m'en vais ramener à Pearl cette barge de luxe.

— A vos ordres, commandant. »

L'amiral Mancuso avait regagné son bureau pour analyser les résultats préliminaires de l'exercice quand son enseigne entra avec une dépêche télégraphique.

« Amiral, il semblerait que deux porte-avions aient des ennuis.

— Qu'est-ce qui leur est arrivé ? Ils se sont rentré dedans ? demanda Jones qui, assis dans un coin, examinait d'autres données.

— Pire », dit au civil l'enseigne.

Le ComSubPac parcourut la dépêche. « Oh, manquait

plus que ça. » Puis son téléphone se mit à sonner ; c'était une ligne protégée en liaison directe avec le commandement opérationnel de la flotte du Pacifique. « Ici l'amiral Mancuso.

— Amiral, ici le lieutenant de vaisseau Copps, aux transmissions de la flotte. J'ai une balise de détresse de sous-marin, position approximative 31-nord, 175-est. Nous sommes en train d'affiner la position. Le numéro de code correspond à l'*Asheville*, monsieur. Aucune transmission vocale, juste la balise. Je viens de lancer les opérations de recherche SUB DISPARU/SUB COULÉ. Les appareils de l'aéronavale les plus proches disponibles sont ceux des deux porte-avions...

— Bon Dieu. » La marine américaine n'avait plus perdu de submersible depuis le *Scorpion*, et il était au lycée à l'époque. Mancuso secoua la tête. Il avait du pain sur la planche. « Ces deux unités sont probablement hors service, amiral.

— Oh ? » Assez curieusement, le lieutenant Copps n'avait pas encore appris la nouvelle.

« Demandez les P-3. J'ai du boulot à leur confier.

— A vos ordres, amiral. »

Mancuso n'avait pas besoin de consulter de carte. Il y avait quatre mille cinq cents mètres de fond dans cette partie du Pacifique, et aucun sous-marin militaire existant ne pouvait résister au tiers de cette profondeur. S'il y avait eu un accident, et s'il y avait des survivants, les secours devraient être sur place en quelques heures, sinon le froid de l'eau en surface les tuerait.

« Ron, nous venons de recevoir un signal. L'*Asheville* pourrait avoir été touché.

— *Touché ?* » Ce n'était pas le genre de terme qu'un sous-marinier aimait entendre, même s'il était moins brutal que *coulé*. « Le gosse de Frenchy...

— Et cent autres avec lui.

— Que puis-je faire, commandant ?

— Filer au SOSUS et consulter les données.

— A vos ordres, amiral. » Jones sortit en hâte tandis que le SubPac décrochait son téléphone et se mettait à presser les touches. Il savait déjà la futilité de son geste. Tous les submersibles de la flotte du Pacifique étaient désormais équipés d'une balise de détresse AN/BST-3, réglée pour se détacher de la coque dès qu'ils franchissaient la profondeur de rupture de la coque, ou bien si le maître de manœuvre de quart négligeait d'en remonter le mécanisme d'horlogerie. Cette dernière possibilité, toutefois, était improbable. Avant que les boulons explosifs ne sautent, la BST déclenchait en effet un raffut de tous les diables pour secouer les puces du matelot négligent... Non, l'*Asheville* était presque certainement perdu, et pourtant, il devait aller jusqu'au bout, dans l'espoir d'un miracle. Quelques hommes auraient peut-être réussi à s'en tirer.

Malgré l'avis de Mancuso, le groupe de porte-avions ne reçut jamais le message. Une frégate, l'USS *Gary*, s'était aussi détournée vers le nord pour faire route à toute vapeur vers l'endroit où l'on avait repéré la balise, répondant comme l'exigeaient les lois de la mer. Dans un délai de quatre-vingt-dix minutes, elle serait à même de faire décoller son hélicoptère pour effectuer une recherche en surface et servir ensuite de base de relais aux autres hélicos chargés de la poursuite des opérations si nécessaire. Le *John Stennis* vira lentement face au vent et réussit à catapulter un unique S-3 Viking ASW, dont l'équipement de bord en instruments de lutte anti-sous-marine pourrait être utile à une recherche en surface. Le Viking était sur site en moins d'une heure. Il n'y avait rien à voir au radar, hormis une vedette des gardes-côtes japonais, en route également vers la balise, à dix milles environ. Le contact fut établi, et la vedette blanche confirma sa détection de l'alerte radio et son intention de participer à la recherche des survivants. Le Viking se mit à survoler la balise. Seule une tache de kérosène signalait la disparition du bateau, avec quelques fragments de débris flottants, mais malgré des passages répétés à basse altitude et quatre paires d'yeux, il fut impossible de repérer le moindre survivant.

Le préfixe « Bleu Marine » sur un signal dénotait une information susceptible d'intéresser l'ensemble de la flotte, éventuellement *sensible*, plus rarement classée *Secret défense* ; en l'occurrence, la nouvelle était trop grosse pour demeurer secrète. Deux des quatre porte-avions de la flotte du Pacifique étaient hors service pour une période indéterminée. Les deux autres bâtiments, l'*Eisenhower* et le *Lincoln*, étaient dans l'océan Indien, et sans doute allaient-ils y rester. Il n'y a guère de secrets à bord d'un navire, et, avant même que l'amiral Dubro n'ait entre les mains sa copie de la dépêche, la nouvelle se répandait déjà dans toutes les coursives de son vaisseau-amiral. Aucun officier ne jura plus grossièrement que le commandant de la force de combat, lui qui avait déjà pas mal de soucis de son côté. La même réaction accueillit les personnels des transmissions qui informèrent les amiraux de service au Pentagone.

A l'instar de la plupart des agents en mission à l'étranger en période de tension, Clark et Chavez n'étaient pas prévenus. S'ils l'avaient été, ils auraient sans doute pris le premier avion, quelle que soit sa destination. Les espions n'ont jamais été populaires, et la Convention de Genève se contentait d'indiquer une règle valable en temps de guerre qui stipulait qu'après leur arrestation on pouvait les exécuter par tous moyens appropriés — en général, c'était le peloton d'exécution.

Les usages en temps de paix étaient un petit peu plus civilisés, mais ils aboutissaient généralement au même résultat. Ce n'était pas un point sur lequel s'attardait la CIA lors des entretiens d'embauche. Les règles de l'espionnage international tenaient compte de ce fait malencontreux en procurant dans la mesure du possible une couverture diplomatique, assortie de l'immunité, à leurs agents sur le terrain. Ces derniers étaient qualifiés d'agents « officiels », et ils étaient protégés par les traités internationaux comme s'ils étaient les authentiques diplomates que leur passeport prétendait qu'ils étaient. Clark et Chavez étaient des « clandestins », et ils ne bénéficiaient pas de la même protection — en fait, John Clark n'avait jamais bénéficié une seule fois d'une couverture légale. L'importance de ce fait devint manifeste quand ils durent quitter leur hôtel miteux pour se rendre à un rendez-vous avec Isamu Kimura.

C'eût été un après-midi agréable, sans les regards que leur valait leur statut de *gaijins* : terminé, ce mélange de curiosité et de dégoût, c'était désormais une franche hostilité.

Concrètement, l'atmosphère avait changé depuis leur arrivée dans le pays, même si, détail remarquable, elle devenait beaucoup plus cordiale dès qu'ils se présentaient comme des citoyens russes, ce qui poussa Ding à envisager un moyen de rendre leur identité d'emprunt plus évidente pour les passants. Les vêtements civils, hélas, n'offraient pas cette possibilité, et il leur fallait donc supporter les regards et se sentir en gros comme des Américains perdus dans un quartier à forte criminalité. Kimura les attendait à l'endroit convenu, un modeste bistrot. Il avait déjà quelques verres derrière la cravate.

« Bon après-midi », lança Clark aimablement, en anglais. Une pause. « Des ennuis ? »

— Je ne sais pas », répondit Kimura quand leurs consommations arrivèrent. Il y avait bien des façons d'énoncer cette phrase. Celle-ci révélait qu'il savait quelque chose. « Goto vient de convoquer un Conseil des ministres extraordinaire. Il dure déjà depuis des heures. Un des mes amis à la Défense n'a plus quitté son bureau depuis jeudi soir.

— *Da*... et alors ?

— Vous ne l'avez pas vu, n'est-ce pas ? La façon dont il a parlé de l'Amérique... » Le fonctionnaire du MITI vida son verre, puis leva la main pour renouveler sa commande. Comme de juste, le service était rapide.

Ils auraient pu répondre qu'ils avaient assisté à son premier discours, mais à la place, « Klerk » demanda à Kimura son analyse de la situation.

« Je ne sais pas », répéta l'homme, mais ses yeux et son intonation contredisaient quelque peu sa réponse. « Je n'ai jamais rien vu de semblable. Cette — quel est le mot ? — cette *rhétorique*. Au ministère, on attend les instructions depuis le début de la semaine. Il faudrait qu'on rouvre les négociations commerciales avec les Américains, qu'on parvienne à un accord, mais on n'a aucune instruction. Nos délégués à Washington restent les bras croisés. Goto a passé l'essentiel de son temps en réunions avec la Défense, ou avec ses amis des *zaibatsus*. Ce n'est plus du tout comme d'habitude.

— Mon ami, sourit Clark qui n'avait plus touché son verre après la première gorgée, à vous entendre, on dirait qu'il se trame quelque chose.

— Vous ne comprenez pas. Il ne se trame rien du tout. Quoi qu'il se passe, le MITI n'y participe pas.

— Et ?

— Dans ce pays, le MITI fourre son nez partout. Mon ministre a fini par être convoqué, mais il ne nous a rien dit. » Kimura marqua un temps. Ces deux-là n'étaient-ils donc au courant de rien ? « Qui fait notre politique étrangère, ici, à votre avis ? Ces balourds du ministère ? C'est à nous qu'ils viennent rendre compte. Et le ministère de la Défense, qui se soucie de son opinion sur quoi que ce soit ? Non, c'est nous qui modelons la politique de notre pays. On collabore avec les *zaibatsus*, on coordonne, on... représente le milieu des affaires dans le cadre des relations avec les pays tiers et leurs marchés, on rédige les prises de position que fera connaître le Premier ministre. Ç'a été la raison première de mon entrée au ministère.

— Mais plus maintenant ? demanda Clark.

— Maintenant ? Goto les rencontre lui-même, et il passe le reste de son temps avec des sous-fifres, et ce n'est que maintenant qu'il daigne convoquer mon ministre — enfin, il l'a convoqué hier, rectifia Kimura. Et il est toujours là-bas. »

L'homme semblait terriblement désemparé par ce qui n'était aux yeux de Chavez qu'une banale histoire de rivalité bureaucratique. Le ministre du Commerce international et de l'Industrie était en train de se faire doubler. Bon, et après ?

« Ça vous embête que les dirigeants de l'industrie rencontrent directement votre Premier ministre ?

— Si souvent, et si longtemps, oui. Ils sont censés passer par nous, mais Goto a toujours été le petit chien de Yamata. » Kimura haussa les épaules. « Peut-être qu'ils

504

veulent décider directement de la politique, désormais, mais comment pourront-ils y arriver sans nous ? »

Entendez sans moi, pensa Chavez avec un sourire. Crétin de bureaucrate. La CIA aussi en était pleine.

Cela n'avait pas été calculé délibérément, ce genre de chose ne l'était d'ailleurs jamais. La plupart des touristes qui visitaient Saipan étaient japonais, mais pas tous. L'île du Pacifique offrait tout un éventail d'activités. L'une d'elles était la pêche au gros et la mer, ici, n'était pas aussi embouteillée qu'au large de la Floride et du golfe de Californie. Pete Burroughs était bronzé, crevé, et totalement satisfait de sa sortie de onze heures en mer. C'était vraiment l'idéal, se dit l'ingénieur informaticien en sirotant une bière, assis dans son siège de combat, pour vous changer les idées après un divorce. Il avait passé les deux premières heures à gagner le large, puis les trois suivantes à pêcher à la cuiller, et quatre enfin à se battre contre le plus gros thon albacore qu'il ait vu de toute sa putain de vie. Le vrai problème serait de convaincre ses collègues de bureau que ce n'était pas un mensonge. Le monstre était trop gros pour trôner au-dessus du manteau ; de toute façon, c'est son ex qui avait gardé la maison et la cheminée. Il devrait se contenter d'une photo, et tout le monde connaissait les histoires qui couraient là-dessus, merde. La technique du fond bleu avait touché même les pêcheurs. Grâce à la palette électronique, vous pouviez pour vingt sacs vous choisir la prise monstrueuse à incruster, pendue par la queue, derrière vous. Bon, s'il avait capturé un requin, il aurait toujours pu ramener la mâchoire et les dents, mais un albacore, si magnifique soit-il, n'était jamais qu'un thon. Et puis merde, sa femme n'avait pas cru non plus à ses histoires de soirées de travail à rallonge. La salope. Enfin, à quelque chose malheur est bon : elle n'aimait pas non plus la pêche et, à présent, il pouvait pêcher tout son soûl. Qui sait, même se pêcher une nouvelle fille. Il ouvrit une autre boîte de bière.

La marina n'avait pas l'air trop active pour un week-end. En revanche, la zone portuaire principale, si, avec trois gros cargos — des machins hideux, même s'il ne reconnut pas au premier abord ce qu'ils pouvaient transporter. Sa boîte était établie en Californie, assez loin de la mer, et il pêchait surtout en eau douce.

Ce voyage concrétisait l'ambition de toute une vie. Demain, peut-être, il prendrait autre chose. En attendant il contempla l'albacore, sur sa gauche. Il devait bien faire ses sept cents livres. Bien loin du record, certes, mais sacrément plus gros que le saumon géant pris l'année précédente avec sa fidèle canne à moulinet Ted Williams. L'air vibra encore une fois, le dérangeant dans sa contemplation. L'ombre au-dessus de lui annonçait le décollage d'un autre de ces putains de 747. Il ne faudrait pas longtemps pour que ce coin soit gâché à son tour. Merde, il l'était déjà. La seule bonne nouvelle, à peu près, c'était que les Japonais venus s'éclater ici et sauter les barmaids philippines n'appréciaient pas spécialement le poisson.

Le chef de bord manœuvrait avec dextérité. Il s'appelait Oreza et c'était un major honoraire, retraité des gardes-côtes des États-Unis. Burroughs quitta son fauteuil tournant et monta sur la passerelle de navigation s'asseoir à côté de lui.

« Fatigué de causer avec votre poisson ?

— Et j'aime pas non plus boire tout seul. »

Oreza secoua la tête. « Jamais quand je barre.

— Les mauvaises habitudes de l'ancien temps ?

— Je suppose, ouais. Mais je vous paie quand même un coup au club, tout à l'heure. Belle prise, en tout cas. Et c'est la première fois, vous dites ?

— La première dans le grand bleu, oui, confirma Burroughs, fièrement.

— Je l'aurais deviné, monsieur Burroughs.

— Pete, corrigea l'ingénieur.

— Pete, confirma Oreza. Et moi, c'est Portagee.

— Vous n'êtes pas d'ici, n'est-ce pas ?

— Originaire de New Bedford, Massachusetts. Mais les hivers là-bas sont trop froids. J'ai eu l'occasion de servir par ici, dans le temps. Il y avait un poste de gardes-côtes à Punta Arenas, fermé aujourd'hui. Ma femme et moi, on aimait bien le climat, on aimait bien les gens, et puis, bon sang, il y a trop de compétition maintenant pour ce genre de boulot, expliqua Oreza. Et puis les gosses sont grands, aujourd'hui, alors en fin de compte, on a échoué ici.

— En tout cas, vous savez manier un bateau. »

Portagee hocha la tête. « Fallait bien. J'ai fait ça pendant trente-cinq ans, sans compter les sorties avec mon vieux... » Il appuya sur bâbord pour contourner l'île de Mañagaha. « Et puis la pêche au large de New Bedford, c'est plus ça non plus.

— C'est quoi, ces trucs ? demanda Burroughs en désignant le port commercial.

— Des cargos transports de voitures. Quand je suis arrivé, ce matin, ils étaient en train de débarquer des jeeps de celui-ci. » Le chef de bord haussa les épaules. « Toujours plus de ces putains de bagnoles. Vous savez, quand je suis venu m'installer ici, c'était un peu comme le Cap Cod en hiver. Maintenant, ce serait plutôt le cap en plein été. Pare-chocs contre pare-chocs. » Portagee haussa les épaules. Plus de touristes, cela voulait dire davantage d'embouteillages, davantage de pollution dans l'île, mais aussi davantage de boulot.

« La vie est chère, dans le coin ?

— Ça en prend le chemin », confirma Oreza. Un autre 747 décolla de l'île. « Tiens, c'est marrant...

— Quoi donc ?

— Celui-ci ne venait pas de l'aéroport.

— Comment ça ?

— Il venait de Kobler. C'est un ancien terrain du SAC. Une piste pour BUFF.

— Les BUFF ?

— Les Big Ugly Fat Fucker », expliqua Portagee en traduisant le sobriquet donné aux bombardiers géants américains, « Gros Salauds Moches ». « Les B-52. Il y a cinq ou six pistes dans les îles en mesure d'accueillir les gros porteurs, des terrains dispersés qui datent des mauvais jours. Kobler est situé juste à côté de mon ancienne station de LORAN. Je suis étonné qu'ils le maintiennent encore en service. Merde, je savais même pas qu'ils l'avaient gardé.

— Je ne comprends pas.

— Il y avait une base du Strategic Air Command à Guam, dans le temps. Vous savez, les bombes atomiques, tout ça ? En cas de grabuge, ils avaient prévu de disperser les effectifs de la base d'Andersen, pour ne pas risquer d'être détruits d'un seul coup au but. Il y a deux pistes pour gros porteurs à Saipan : l'aéroport et Kobler, deux autres sur Tinian, des souvenirs de la Seconde Guerre mondiale, et encore deux à Guam.

— Elles sont toujours utilisables ?

— Pas de raison que non. » Oreza tourna la tête. « On n'a pas trop de grosses gelées par ici pour tout bousiller. » Le 747 suivant avait décollé de Saipan International, et dans l'air limpide du soir, ils en voyaient déjà un autre en provenance de la côte est de l'île.

« Il y a toujours autant de trafic dans le coin ?

— Non, jamais. Putain, les hôtels doivent être bondés. » Portagee haussa encore les épaules. « Ma foi, ça veut dire aussi que vous trouverez acheteur pour votre pêche.

— A combien ?

— Assez pour rembourser la location, Pete. C'est une sacrée pièce que vous avez ramenée là. Mais demain, faudra avoir autant de chance.

— Hé, vous m'en retrouvez un pareil, et je ne regarderai pas au prix de la location.

— J'adore quand les clients me disent ça. » Oreza réduisit les gaz à l'approche de la marina. Il se dirigea vers le quai principal. Ils auraient besoin du treuil pour hisser le poisson. L'albacore était le troisième en taille de tous ceux qu'il avait ramenés, et ce Burroughs était loin d'être un mauvais bougre.

« Vous arrivez à gagner votre vie avec ça ? »

Portagee acquiesça. « Avec ma retraite, ouais, j'ai pas à me plaindre. Une trentaine d'années à piloter les bateaux de l'Oncle Sam, et maintenant, je peux piloter le mien — et en plus, on me paie. »

Burroughs était en train d'examiner les cargos. Il saisit les jumelles du skipper. « Vous permettez ?

— Passez la courroie autour du cou, si ça ne vous dérange pas. » Incroyable le nombre de gens qui devaient prendre ça pour un truc décoratif.

« Bien sûr. » Burroughs obtempéra, puis régla la mise

au point pour examiner l'*Orchid Ace*. « Quelles horreurs, ces trucs...

— Sont pas faits pour être beaux. Mais pour transporter des voitures. » Oreza entamait la manœuvre d'accostage.

« C'est pas une voiture. On dirait plutôt un engin de travaux publics, une espèce de bulldozer...

— Oh ? » Portagee appela son mousse, un petit gars du coin, pour qu'il monte sur le pont s'occuper des aussières. Un brave gamin, d'une quinzaine d'années ; ça vaudrait le coup qu'il tente d'entrer dans les gardes-côtes et passe quelques années à apprendre correctement le métier. Oreza y travaillait.

« L'armée de terre a une base, ici ?

— Négatif. L'aviation et la marine entretiennent encore quelques effectifs du côté de Guam, et encore, même là-bas, il ne reste plus grand monde. Là... » Il coupa les gaz et le *Springer* dériva jusqu'à l'arrêt. Parfait. *Une fois de plus*, songea Oreza, comme toujours ravi de bien faire son boulot de marin. Sur le quai, un homme fit pivoter la grue pour amener le palan au-dessus du plat-bord arrière, et il leva le pouce quand il vit la taille du poisson. Après avoir vérifié que le bateau était convenablement amarré, Oreza se rassit, arrêta les moteurs et put enfin envisager sa première bière de la soirée.

« Hé, regardez voir. » Burroughs lui tendit les jumelles.

Portagee fit pivoter son siège et régla les jumelles à sa vue tout en les braquant sur le porte-voitures, plus loin sur la côte. Il savait comment ces navires étaient disposés. Il y avait effectué des inspections de sécurité quand il était de service à terre. En fait, il avait même inspecté justement celui-ci, l'un des premiers transbordeurs spécialisés dans le transport d'automobiles, conçus pour transporter aussi bien des véhicules légers que des camions ou autres engins lourds. On avait prévu certains des ponts avec une garde au toit élevée.

« Quoi ?

— Vous savez ce que c'est ?

— Non. »

C'était un engin chenillé. Il était dans l'ombre, à cause du soleil bas, mais sa peinture était incontestablement foncée, et l'on distinguait comme une espèce de grosse caisse sur la plate-forme arrière. Puis un déclic se produisit : c'était un genre de lance-missiles. Oreza se rappelait en avoir vu à la télé pendant la guerre du Golfe, juste avant son départ à la retraite. Il se leva pour avoir une meilleure vue. Il y en avait deux autres sur le parking...

« Oh, ça y est, j'ai pigé... ça doit être des manœuvres militaires, dit Burroughs en descendant l'échelle pour regagner le pont. Regardez, c'est un chasseur, là-bas. Mon cousin pilotait le même avant d'entrer chez American Airlines. C'est un F-15 Eagle, un zinc de l'Air Force. »

Oreza fit tourner ses jumelles et saisit le chasseur en train de survoler l'île. Pas de doute, il y en avait deux, en formation serrée, des F-15 Eagle, tournant autour du centre de l'île, dans une manœuvre classique de protection de leur sol natal... à un détail près. La cocarde nationale sur les ailes était un simple cercle rouge.

Encore une fois, Jones préférait les sorties d'imprimante à l'affichage sur écran. Ce dernier était préférable pour l'action en direct, mais le défilement en accéléré fatiguait trop vite les yeux et c'était un boulot qui exigeait du soin. Des vies pouvaient en dépendre, se dit-il, déjà convaincu que c'était un mensonge. Deux maîtres principaux océanographes épluchaient les pages avec lui. Ils commencèrent à minuit, et ils devaient vérifier scrupuleusement. La zone de manœuvres des sous-marins au large de l'atoll de Kure avait été choisie pour sa proximité d'une série d'hydrophones appartenant au système SOSUS de surveillance du Pacifique. Le réseau voisin était l'un des derniers à avoir été installés au fond, et il avait la dimension d'un garage ou d'un abri de jardin. Intégré en fait à un mégaréseau, il était en liaison électronique avec une installation similaire située à cinquante nautiques, mais celle-ci était plus ancienne, plus petite et moins performante. Un câble les reliait, rejoignant d'abord Kure, puis Midway, d'où partait une liaison montante satellite pour dédoubler le câble qui continuait jusqu'à Pearl Harbor. Pendant un bon bout de temps durant la guerre froide, la marine américaine en avait posé presque autant que la Bell Telephone, au point qu'il lui était arrivé parfois de louer ses navires-câbliers.

« Bien, là, c'est le *Kurushio* qui renifle, dit Jones en entourant en rouge les marques noires.

— Merde, comment vous faites pour arriver même à déjouer Masker ? demanda l'un des sous-officiers.

— Eh bien, c'est un bon système, mais vous l'avez déjà vraiment écouté ?

— J'ai passé dix ans en mer, répondit le plus haut gradé, un maître principal.

— Quand j'étais sur le *Dallas*, on a passé une semaine à jouer avec le *Moosbrugger* ; à l'époque, je bossais pour l'Autec, dans les Bahamas.

— Le Moose a une sacrée réputation...

— Et elle n'est pas usurpée. On arrivait pas à l'accrocher, il arrivait pas à nous accrocher, le vrai cirque. » Jones poursuivit l'évocation de ses souvenirs au Centre d'essais et d'évaluation de sous-marins dans l'Atlantique : ce n'était plus désormais le fournisseur de l'armée titulaire d'un doctorat qui s'exprimait, mais le fier opérateur sonar qu'il avait été et qu'il restait toujours, se rendit-il compte.

« Et ils avaient un pilote d'hélico qui nous a fait piquer de ces crises. Enfin bref... » Il feuilleta une autre page. « Puis j'ai fini par piger. Le Masker évoque des gouttes de pluie crépitant à la surface, comme une averse de printemps. Pas aussi bruyant, mais la bande de fréquences est caractéristique, on peut aisément la repérer. Alors, je me suis rendu compte que tout ce que j'avais à faire, c'était de vérifier quelle était la météo en surface ! Si le ciel est bleu et que vous entendez la pluie tomber au zéro-vingt, c'est votre gars. C'était manifeste, hier, au nord-ouest de Kure. J'ai vérifié avec la météo marine avant de venir. »

Le maître principal hocha la tête avec un sourire. « Je tâcherai de m'en souvenir, monsieur.

— Bien. Donc nous avons notre Jap, ici, à minuit. A présent, voyons voir ce qu'on peut trouver d'autre. » Il déplia la page-accordéon suivante. En d'autres circonstances, il aurait pu y voir une de ces ribambelles en papier découpé qui étaient la distraction préférée de son jeune fils. « Ça, ça devrait être l'*Asheville*, en train de filer pour rejouer le scénario. Il est bien équipé d'une hélice de vitesse, n'est-ce pas ?

— Je n'en sais rien.

— Moi, si. Je ne crois pas qu'on aurait réussi autant de relevés s'il avait eu une hélice de patrouille. Reconstituons sa trajectoire.

— C'est en cours, j'en ai déjà une partie », annonça un autre officier marinier. Le processus était largement assisté par ordinateur, désormais. Dans le temps, c'était réellement un art ésotérique.

« Position ? » Jones releva la tête.

« Juste ici, comme la balise, enfin presque, monsieur, poursuivit l'officier-marinier avec patience, en inscrivant une marque noire sur la carte murale plastifiée, nous savons où il se trouve, je veux dire, les équipes de sauvetage...

— Il n'y aura pas de sauvetage. » Jones tendit la main pour piquer une cigarette à un matelot qui passait. *Et voilà, je l'ai finalement dit tout haut.*

« On n'a pas le droit de fumer ici, dit l'un des maîtres. Il faut qu'on sorte...

— Donnez-moi plutôt du feu et faites comme moi », ordonna Jones. Il avança d'une page, scrutant toujours la bande des soixante hertz. « Rien... rien de rien. Ces diesels sont sacrément efficaces... mais s'ils sont silencieux, c'est qu'ils ne respirent pas, et s'ils ne respirent pas, ils ne peuvent pas aller bien loin... l'*Asheville* filait dans cette direction, et c'est sans doute à ce moment qu'il est revenu... » Nouvelle page.

« Pas de sauvetage, monsieur ? » Il avait fallu une bonne demi-minute pour que quelqu'un se décide à poser la question.

« Vous avez vu la profondeur ?

— Je sais bien, mais les caissons de sauvetage... je veux dire, j'ai bien vu, il y en a trois. »

Jones ne leva même pas la tête, en tirant sur sa première cigarette depuis des années. « Mouais, la couvée de maman [1], comme on disait sur le *Dallas*. "Tu vois,

---

1. Jeu de mots sur l'anglais *hatch* qui signifie « couvée » mais aussi « écoutille » *(NdT)*.

m'man, si jamais y a un problème, on pourra toujours se planquer au nid." Chef, on se tire jamais d'un piège de ce genre, d'accord ? Jamais. Ce bateau est perdu, et son équipage aussi. Je veux savoir pourquoi.

— Mais on a déjà les bruits d'écrasement.

— Je sais. Je sais aussi que deux de nos porte-avions ont eu un petit accident aujourd'hui. » Ces bruits étaient également sur les relevés du réseau d'hydrophones.

« Qu'est-ce que vous racontez ?

— Je ne raconte rien du tout. » Encore une page. Au pied de celle-ci, il y avait une large tache noire, le bruit intense qui marquait la fin de l'USS *Asheville* et de tout son... « Voyez, encore un autre.

— Le *Charlotte* ? »

C'est à ce moment que Jones sentit le froid le gagner un peu plus. La cigarette lui donnait un léger vertige, et il se rappela pourquoi il avait cessé de fumer. La même signature sur le papier : un submersible diesel remonté respirer et, un peu plus tard, un classe 688 qui détale. Les sons étaient si proches, quasiment identiques, et cette coïncidence des relevés par le nouveau réseau d'hydrophones sous-marins aurait pu conduire presque tout le monde à penser...

« Appelez l'amiral Mancuso et vérifiez si le *Charlotte* s'est signalé.

— Mais...

— Immédiatement, maître principal ! »

Le Dr Ron Jones se leva et regarda autour de lui. C'était pareil qu'avant, ou presque. Les hommes étaient les mêmes, ils accomplissaient un travail identique, ils faisaient preuve de la même compétence, mais il manquait quelque chose. Ce qui n'était plus pareil, c'était... quoi ? Dans la grande salle, une immense carte de l'océan Pacifique était accrochée au mur du fond. Naguère, cette carte était piquetée de symboles rouges, repérant les diverses classes de submersibles soviétiques, lanceurs d'engin et sous-marins d'attaque, souvent accompagnés d'une autre silhouette, noire, pour montrer que le réseau SOSUS du Pacifique repérait les subs « ennemis », qu'il les faisait marquer par des sous-marins d'attaque américains, qu'il guidait dessus des P-3C Orion de lutte anti-sous-marine chargés de les filer, et éventuellement de les harceler et de leur lancer des coups de semonce, histoire de leur faire comprendre qui était le patron sur les océans du globe. Aujourd'hui, les marques sur la carte murale représentaient des baleines, certaines identifiées par des noms, comme les subs russes, mais ces noms étaient du genre « Moby et Mabel », pour qualifier telle ou telle balise attachée à un couple particulier. Il n'y avait plus d'ennemi désormais, et l'état d'urgence avait disparu. Ces hommes n'avaient plus le même état d'esprit que lui, quand il fonçait « plein nord » à bord du *Dallas*, pour traquer des gars qu'un jour peut-être il aurait à tuer. Jones n'avait jamais réellement escompté en venir là, pas vraiment-vraiment, mais c'était une éventualité qu'il ne s'était jamais permis d'oublier. Ces hommes et ces femmes, en revanche, si. Il le voyait bien, et il en avait une autre preuve en écoutant le ton employé au téléphone par l'officier marinier pour s'adresser au commandant de la flotte du Pacifique.

Jones traversa la salle et s'empara simplement du combiné. « Bart ? C'est Ron. Est-ce que le *Charlotte* s'est manifesté ?

— On essaie de le contacter.

— Je ne crois pas que vous y arriverez, commandant, observa sombrement le civil.

— Que voulez-vous dire ? » La repartie était éloquente. Les deux hommes avaient toujours su communiquer à un niveau non verbal.

« Bart, vous feriez mieux de venir ici. Je ne plaisante pas, chef.

— Dix minutes », promit Mancuso.

Jones écrasa son mégot et le jeta dans une poubelle métallique avant de retourner à ses listings. La tâche n'avait rien de facile pour lui, mais il feuilleta la liasse pour retrouver les pages où il s'était arrêté. Les tracés étaient faits par des stylets fixés sur des barrettes métalliques oscillantes : chacune correspondait à une bande de fréquences précises, classées de gauche à droite des plus basses aux plus élevées. Toute variation du tracé dans une bande de fréquences dénotait un changement de cap. Les tracés décrivaient des méandres, et ressemblaient à s'y méprendre à des photos aériennes de dunes de sable dans quelque désert sans piste, mais si vous saviez quoi chercher, la moindre patte-de-mouche, la moindre sinuosité avait sa signification. Jones décida de prendre son temps pour examiner jusqu'au plus infime écho relevé sur le graphique qu'il scrutait de gauche à droite, cochant et notant à mesure. Les officiers mariniers chargés de l'assister se tenaient maintenant en retrait : ils avaient compris qu'un expert était à l'œuvre, capable de discerner des choses qu'ils auraient dû voir mais n'avaient pas vues, et compris pourquoi un homme plus jeune qu'eux appelait un amiral par son prénom.

« Garde à vous ! venait d'annoncer une voix. Le commandant des forces sous-marines du Pacifique sur la passerelle ! »

Mancuso arriva, accompagné du capitaine de frégate Chambers, son officier responsable des opérations, et d'un aide de camp qui restait en retrait. L'amiral se contenta de dévisager Jones.

« Vous avez pu contacter le *Charlotte*, Bart ?
— Non.
— Venez par ici.
— Qu'est-ce que vous cherchez à me dire, Jonesy ? »

Jones cocha le bas de la page au feutre rouge. « Voilà l'écrasement, c'est la coque qui cède. »

Mancuso hocha la tête, soupira. « Je sais, Ron.
— Regardez là. Ça, c'est une manœuvre à grande vitesse...
— Un truc cloche, alors on met toute la sauce en essayant de regagner la surface », observa le capitaine Chambers, qui n'avait pas encore vu le graphique — ou plutôt, préférait ne pas le voir, pensa Jones. Enfin, M. Chambers avait toujours été un officier fort aimable quand il s'agissait de travailler pour lui.

« Mais il ne remontait pas droit vers la surface, commandant Chambers. L'aspect change, ici, et ici », dit Jones en déplaçant son feutre vers le haut sur la page imprimée, remontant dans le temps, cochant les endroits où la largeur des traces variait ; le relèvement changeait de manière subtile. « Et il virait de bord en même temps, machines à fond sur l'hélice de vitesse. Là, c'est probablement une signature de leurre. Et ceci... » Sa main fila tout à droite du graphique. « C'est une torpille. Silencieuse, mais regardez la fréquence des changements de cap. Elle a viré, elle aussi, sur les trousses de l'*Asheville*, et ça nous donne ces traces-là, qu'on peut faire remonter jusqu'à cet instant précis. » Ron entoura les deux tracés ; bien que séparés sur le papier par trente-cinq centimètres, la succession de leurs courbes et contre-courbes était presque identique. Le feutre reprit sa danse, cette fois vers le haut de la feuille, avant de filer vers une autre bande de fréquences. Il poursuivit : « Jusqu'à un pic transitoire... un lancement. Pile là.

— Bordel », souffla Chambers.

Mancuso se pencha sur la feuille, à côté de Jones ; tout était limpide, maintenant. « Et ceci ?

— Probablement le *Charlotte*, en train de manœuvrer rapidement, lui aussi. Regardez, là et là, sur ces traces : m'est avis que ce sont des changements d'aspect. Pas de transitoires, le signal vient sans doute de trop loin, ce qui explique aussi pourquoi on n'a pas de relevé de la torpille. » Jones ramena son crayon vers la trace de l'USS *Asheville*. « Et ici. C'est ce diesel japonais qui l'a lancée. Là. L'*Asheville* a voulu l'esquiver, en vain. Voici la première explosion, correspondant à la charge de la torpille. Les bruits de moteur cessent ici — le sub a pris le coup par l'arrière. Là, c'est la coque qui cède. Monsieur, l'*Asheville* a été coulé par une torpille, probablement une type 89, à peu près au moment précis où nos deux porte-avions subissaient leur petite avarie.

— Ce n'est pas possible », fit Chambers.

Quand Jones tourna la tête, ses yeux ressemblaient à ceux d'une poupée en Celluloïd. « Parfait, monsieur, alors dites-moi ce que traduisent ces signaux. » Quelqu'un devait bien le forcer à voir la réalité.

« Mon Dieu, Ron !

— Du calme, Wally », dit tranquillement le ComSub-Pac, tout en examinant les données, à la recherche d'une autre interprétation plausible. Il fallait qu'il regarde, même s'il savait qu'il n'y avait pas d'autre conclusion possible.

« Vous perdez votre temps, chef. » Jones tapota la trace

de l'USS *Gary*. « Mieux vaudrait avertir cette frégate qu'elle n'est pas sur une mission de sauvetage. Elle est en train de foncer vers les ennuis. Il y a deux SSK dans le coin, armés de torpilles, et ils en ont déjà tiré deux. » Jones se dirigea vers la carte murale. Il chercha autour de lui un feutre rouge, le prit et traça deux cercles, tous deux d'environ trente milles de diamètre. « Ils sont quelque part dans le secteur. On aura une meilleure estimation dès qu'ils remonteront en immersion périscopique. Cette trace en surface, là, c'est qui, au fait ?

— Apparemment une de leurs vedettes garde-côtes se portant sur les lieux pour le sauvetage, répondit l'amiral.

— Il faudra peut-être envisager de nous couler ça », suggéra Jones, et il cocha également ce contact en rouge avant de reposer le stylo-feutre. Il venait d'accomplir le dernier pas : le bâtiment de surface dont il venait de marquer la position était devenu « ça » : un objet ennemi. Une cible.

« Il va falloir aviser le CINCPAC », nota Mancuso.

Jones acquiesça. « Oui, monsieur, c'est bien mon avis. »

22

LA DIMENSION GLOBALE

La bombe était impressionnante. Elle explosa devant le *Trincomalee Alizé*, un hôtel de luxe flambant neuf, bâti avec une majorité de capitaux indiens. Quelques passants, tous situés à plus d'un demi-pâté de maisons, devaient se souvenir du véhicule, une fourgonnette blanche assez grande pour contenir cinq cents kilos d'AMFO, un explosif composé d'un mélange d'engrais azoté et de gazole. La mixture était facile à préparer dans une baignoire ou une simple lessiveuse et, dans ce cas précis, suffisante pour défoncer la façade d'un hôtel de dix étages, tuer vingt-sept personnes et en blesser une centaine d'autres.

Le bruit de la déflagration roulait encore que le téléphone sonnait au bureau local de l'agence Reuters.

« La phase finale de la libération a commencé », dit la voix, lisant sans doute une déclaration rédigée à l'avance, comme souvent avec les terroristes. « Les Tigres tamouls obtiendront leur patrie et leur autonomie, ou il n'y aura plus de paix au Sri Lanka. Ce n'est que le début de la fin de notre lutte. Nous ferons sauter une bombe par jour jusqu'à ce que nous ayons atteint notre objectif. » *Clic.*

Depuis plus d'un siècle, Reuters était l'une des agences de presse les plus efficaces de la planète, et le bureau de Colombo ne faisait pas exception, même un week-end. En dix minutes, la dépêche était câblée — transmise par satellite, aujourd'hui — au siège londonien de l'agence, d'où elle fut instantanément répercutée sur le réseau d'informations planétaire, sous la forme d'un « flash spécial ».

Bon nombre d'agences de presse américaines surveillent systématiquement tous les réseaux d'informations, y compris les divers services de renseignements, le FBI, le Service secret et le Pentagone. C'était également vrai du service des transmissions de la Maison Blanche : moins de vingt-cinq minutes après l'explosion de la bombe, une femme sergent de l'armée de l'air posa sa main sur l'épaule de Jack Ryan. Le chef du Conseil national de sécurité ouvrit les yeux et découvrit un doigt pointé vers le pont supérieur du Boeing présidentiel.

« Dépêche urgente, monsieur », chuchota la voix.

Ryan hocha la tête, l'air endormi, puis il détacha sa ceinture en remerciant le ciel de n'avoir pas trop bu à Moscou. Dans la pénombre de la cabine, tout le monde était avachi, ratiboisé. Pour ne pas réveiller sa femme, il dut enjamber la tablette. Il manqua se casser la figure mais la femme sergent le rattrapa par le bras.

« Merci, m'dame.

— De rien, monsieur. » Ryan la suivit dans l'escalier en spirale pour gagner la zone des transmissions au pont supérieur.

« Qu'est-ce qui se passe ? » Il résista à la tentation de demander l'heure. On lui aurait répondu par une autre question : l'heure à Washington, l'heure à bord de l'avion, ou l'heure d'émission de la dépêche ? Encore un signe de progrès, se dit Ryan en s'approchant de l'imprimante thermique : vous étiez obligé de demander quand se trouvait « maintenant ». L'officier de transmissions de quart était une jeune lieutenant d'aviation, noire, mince et jolie.

« Bonjour, Dr Ryan. Le bureau du Conseil national de sécurité a dit de vous transmettre ceci. » Elle tendit à Jack le papier luisant qu'il détestait. Les imprimantes thermiques étaient malgré tout silencieuses, et comme toutes les salles des transmissions, celle-ci était déjà bien assez bruyante. Jack lut la dépêche de Reuters, encore trop récente pour avoir été analysée par la CIA ou un autre service.

« C'est le signal que nous cherchions. Parfait, donnez-moi une ligne téléphonique protégée.

— Ça aussi, on vient de le recevoir, intervint un aviateur en lui tendant d'autres papiers. La marine semble avoir eu une sale journée.

— Oh ? » Ryan s'assit dans un fauteuil capitonné et alluma une lampe de lecture. « Oh, merde, s'exclama-t-il aussitôt, avant de lever les yeux. Un café, voulez-vous, lieutenant ? » L'officier envoya un simple soldat lui chercher une tasse.

« Le premier appel ?

— Du NMCC, l'officier de garde. » Un message du *National Military Command Center*, le Commandement militaire national. Le chef du Conseil national de sécurité consulta sa montre, fit le calcul, et estima qu'il avait dû réussir à dormir cinq heures au total. Apparemment, il avait peu de chances de pouvoir finir sa nuit entre ici — où que ce puisse être — et la capitale.

« Ligne trois, Dr Ryan. Vous avez l'amiral Jackson au bout du fil.

— Ici FINE LAME », dit Ryan, employant son nom de code officiel pour le Service secret. Ils avaient essayé de lui flanquer un FINE GÂCHETTE, en hommage équivoque à ses exploits passés.

« Ici STANDARD. Alors, on apprécie le vol, Jack ? » La qualité de transmission sur ces lignes numériques codées était pour Ryan une surprise sans cesse renouvelée. Il reconnaissait sans peine la voix de son ami, et même l'humour de son ton. Il pouvait même déceler qu'il était légèrement forcé.

« Ces chauffeurs de l'Air Force sont des as. Tu devrais peut-être songer à leur demander des leçons. Bon, alors, qu'est-ce qui se passe ? Qu'est-ce que tu fous à la boutique ?

— La flotte du Pacifique a eu un petit incident il y a quelques heures.

— C'est ce que je vois. Mais le Sri Lanka d'abord, ordonna Fine lame.

— Pas grand-chose de plus que la dépêche d'agence. On a aussi quelques photos, et on espère des images vidéo d'ici une grosse demi-heure. On vient d'avoir le consulat de Trincomalee. Ils confirment l'incident. Un citoyen américain blessé, pensent-ils, un seul, et pas trop grièvement, mais le gars demande son évacuation en urgence. Mike se retrouve coincé là-bas. Il va tenter une manœuvre pour s'en sortir à la faveur de la nuit. Il semblerait que nos amis commencent à devenir sérieusement nerveux. Leurs amphibies sont toujours près de la côte, mais nous avons perdu la trace de cette brigade. Le secteur qu'ils avaient choisi pour effectuer leurs manœuvres paraît désert. Nos dernières vues aériennes datent de trois heures, or le champ est vide. »

Ryan secoua la tête. Il fit coulisser le rideau de plastique masquant le hublot près de son fauteuil. Dehors, il faisait noir. Pas une lumière n'était visible. Soit ils étaient déjà au-dessus de l'océan, soit il y avait des nuages. Tout ce qu'il distinguait, c'était le feu clignotant en bout d'aile.

« Des risques immédiats ?

— Négatif, répondit l'amiral Jackson, après réflexion. Nous estimons le délai à une semaine, minimum, avant une action concrète, mais nous estimons également qu'une telle action est désormais probable. Les gars sur l'autre rive sont d'accord avec nous. Jack, ajouta Robby, l'amiral Dubro a besoin d'instructions sur la conduite qu'il doit tenir et il en a besoin au plus vite.

— Compris. » Ryan prenait des notes sur un calepin aux armes de l'avion présidentiel, que les journalistes n'avaient pas encore réussi à piquer. « Ne quitte pas. » Il leva les yeux vers le lieutenant. « Heure prévue d'arrivée à Andrews ?

— Dans sept heures et demie, monsieur. Les vents sont assez forts. Nous approchons de la côte islandaise. »

Jack acquiesça. « Merci... Robby, on est au bercail dans sept heures et demie. Je vais en toucher un mot au patron d'ici là. Vois si tu peux organiser une réunion deux heures après notre atterrissage.

— Compris.

— Parfait. Bon, alors qu'est-ce qui leur est arrivé, à ces porte-avions ?

— Il semblerait qu'un des rafiots japonais ait eu un petit pépin technique et qu'il ait balancé ses Mark 50. Nos deux bâtiments se les sont prises dans le cul. L'*Enterprise* a ses quatre hélices endommagées. Le *Stennis* en a trois H-S. Pas de victimes, juste quelques blessés légers.

— Robby, comment bon Dieu...

— Hé, FINE LAME, moi je fais que bosser ici, souviens-toi.

— Délai d'immobilisation ?

— Quatre à six mois pour procéder à la remise en état, c'est l'estimation actuelle. Attends, Jack, ne quitte pas... » La voix se tut et Jack crut percevoir des murmures, un froissement de papier. « Attends une minute — un autre truc vient d'arriver.

— Je ne quitte pas. » Ryan but une gorgée de café et tenta une nouvelle fois d'estimer l'heure actuelle.

« Jack, un gros pépin. On a un avis SUB DISPARU/SUB COULÉ pour la flotte du Pacifique.

— Qu'est-ce que tu me racontes ?

— L'USS *Asheville*, c'est un 688 tout neuf, sa BST-3 vient de se mettre à gueuler. Le *Stennis* a fait décoller un zinc pour aller y jeter un œil, et on a également une unité qui se rend sur zone. Mais, ça s'annonce plutôt mal.

— Combien d'hommes d'équipage ? Une centaine ?

— Plus, dans les cent vingt, cent trente. Oh, merde. La dernière fois que ça s'est produit, j'étais cadet...

— Ils participaient à un exercice, n'est-ce pas ?

— PARTENAIRES, oui. Il venait de s'achever hier. Jusqu'à ces deux dernières heures, tout semblait s'être bien passé. Et puis, d'un seul coup, le merdier... » La voix de

Jackson s'éteignit. « Encore un signal. Premier rapport, le *Stennis* a lancé un Hoover...

— Un quoi ?

— Un S-3 Viking, un zinc de lutte anti-sous-marine. Quadriplace. Ils ne signalent aucun survivant. Merde, ajouta Jackson, comme si ce n'était pas vraiment une surprise. Jack, je vais avoir du boulot, ici, d'accord ?

— Pigé. Tiens-moi au courant.

— Sans problème. Terminé. » La ligne devint muette.

Ryan termina son café et jeta le gobelet de plastique dans une corbeille boulonnée au plancher de l'avion. Il était inutile de réveiller déjà le Président. Durling allait avoir besoin de sommeil. Il rentrait chez lui pour trouver une crise financière, des bruits de guerre dans l'océan Indien, et maintenant, les relations avec le Japon qui ne pourraient que s'envenimer après ce putain de stupide accident dans le Pacifique. Durling avait bien le droit de profiter de ce bref répit, non ?

Coïncidence, le véhicule personnel d'Oreza était un Toyota Land Cruiser blanc, un 4x4 fort répandu sur l'île. Son client et lui s'apprêtaient à y monter quand deux de ses sosies entrèrent dans le parking du port de plaisance. Six individus en sortirent qui se dirigèrent droit sur eux. L'ancien maître de manœuvre principal, major de réserve, s'immobilisa aussitôt. Il avait quitté Saipan juste avant l'aube, après être allé prendre Burroughs directement à son hôtel, pour avoir de meilleures chances d'attraper les thons en quête de nourriture au petit matin. Même si la circulation sur la route du port avait été... eh bien, un peu plus dense que d'habitude, le reste de son univers avait gardé jusqu'ici son apparence habituelle.

Mais plus maintenant. Maintenant, il y avait des chasseurs japonais qui survolaient l'île, maintenant il y avait six bonshommes en treillis, pistolet à la ceinture, qui se dirigeaient vers eux. Il avait l'impression de se retrouver dans un téléfilm, une de ces mini-séries débiles du temps où les Russes jouaient les méchants.

« Bonjour, alors, bonne pêche ? » demanda l'homme. Il avait le grade de capitaine, nota Oreza, et un insigne de parachutiste ornait sa poche de poitrine gauche. Souriant, le mec, tout ce qu'il y avait d'amical.

« Je me suis fait un putain d'albacore », dit Pete Burroughs, son orgueil encore amplifié par les quatre bières qu'il avait absorbées en cours de route.

Le sourire s'agrandit. « Ah ! Puis-je le voir ?

— Bien sûr ! » Burroughs fit demi-tour pour les ramener vers le quai où sa prise était toujours suspendue par la queue au palan.

« C'est votre bateau, capitaine Oreza ? » demanda le soldat. Un seul autre homme avait suivi leur capitaine sur le quai. Les autres restaient en retrait, l'air faussement dégagé, comme s'ils avaient reçu l'ordre de ne pas se montrer trop... trop quelque chose. Portagee nota également que cet officier avait pris la peine d'apprendre son nom.

« C'est exact. Ça vous dit, une petite partie de pêche ? demanda-t-il avec un sourire innocent.

— Mon grand-père était pêcheur », lui confia l'*ishii*.

Portagee hocha la tête et sourit. « Comme le mien. Tradition de famille.

— Longue, la tradition ? »

Oreza acquiesça tandis qu'ils approchaient du *Springer*.

« Plus de cent ans.

— Ah, c'est un bien beau bateau que vous avez là. Vous permettez que j'y jette un œil ?

— Bien sûr. Montez. » Portagee passa le premier et lui fit signe de le suivre. Il nota que le sergent qui avait accompagné le capitaine et restait sur le quai avec M. Burroughs prenait soin de garder la distance réglementaire de six pieds. Il y avait un pistolet dans son étui, un SIG P220, l'arme de service classique des militaires nippons. Dès lors, toute une série d'alarmes se mirent à clignoter dans la tête d'Oreza.

« Que veut dire "Springer" ?

— C'est une race de chien de chasse.

— Ah, oui, très bien. » L'officier regarda autour de lui. « Quel genre d'équipement radio vous faut-il sur un bateau pareil ? Du matériel coûteux ?

— Je vais vous montrer. » Oreza le conduisit au salon.

« Tout vient de chez vous, capitaine : c'est du NEC. Une radio VHF-marine classique, plus une autre en secours. Là, c'est mon système de navigation par GPS, le profondimètre, le sonar de pêche, le radar... » Il tapota chaque appareil. En fait, ils étaient tous de fabrication japonaise : qualité élevée, prix raisonnable, et une fiabilité à toute épreuve.

« Vous avez des armes à bord ? »

Oh-oh. « Des armes ? Pour quoi faire ?

— N'y a-t-il pas beaucoup d'insulaires qui sont armés ?

— Pas que je sache. » Oreza secoua la tête. « En tout cas, jamais aucun poisson ne m'a agressé. Non, je n'en ai pas, pas même à la maison. »

A l'évidence, la nouvelle ravissait l'officier japonais. « Oreza, quel genre de nom est-ce là ? » Pour le capitaine, il avait une consonance autochtone.

« Comme origine, vous voulez dire ? Il y a très longtemps, ma famille est venue du Portugal.

— Votre famille est installée ici depuis longtemps ? »

Oreza acquiesça. « Je veux. » Cinq ans, ça faisait longtemps, non ? Et deux époux, ça constituait une famille, pas vrai ?

« La radio, une VHF, dites-vous ? A courte portée ? »

L'homme scrutait la cabine, cherchant des yeux d'autres appareils, mais à l'évidence il n'y en avait pas.

« Visuelle, oui, tout au plus.

— A la bonne heure. » Le capitaine était satisfait. « Merci. Magnifique bateau. Vous en êtes très fier, n'est-ce pas ?

— Oui monsieur, certainement.

— Merci pour la visite. Eh bien, vous pouvez disposer », conclut l'homme, sans trop se rendre compte de l'incongruité de cette dernière phrase. Oreza l'escorta jusqu'au quai et le regarda partir pour rejoindre ses hommes sans un mot de plus.

« Qu'est-ce que...

— Pete, voulez-vous la boucler une minute ? » Portagee avait pris son ton d'officier-marinier, avec l'effet désiré. Ils regagnèrent sa voiture, laissant les autres se retirer en bon ordre, au rythme régulier de cent vingt pas à la minute, le sergent, un rang sur la gauche de son capitaine et un demi-rang en arrière, marchant exactement au même pas. Le temps d'arriver à la hauteur de son 4x4, le pêcheur s'avisa qu'un autre Land Cruiser était venu se garer à l'entrée du parking de la marina. A l'intérieur, trois hommes en uniforme, impassibles.

« Un exercice ? Des manœuvres militaires ? Enfin, qu'est-ce qui se passe ? demanda Burroughs, dès qu'ils furent montés en voiture.

— Franchement, ça me dépasse, Pete. » Oreza démarra et prit à droite à la sortie du parking, vers le sud, la route de la plage. Au bout de quelques minutes, ils longeaient le port de commerce. Portagee prenait tout son temps, respectant le code et les limitations de vitesse, et remerciant sa bonne étoile d'avoir une voiture du même modèle et de la même couleur que celles utilisées par les soldats.

Ou presque. Les véhicules déchargés de l'*Orchid Ace* étaient à présent surtout vert olive. Un flot continu de bus d'aéroport débarquaient leurs passagers vêtus d'uniforme de la même couleur. Ils se rassemblaient apparemment en un point central, avant de se disperser, soit vers les véhicules militaires garés, soit vers le bateau, peut-être pour y décharger le matériel qui leur était attribué.

« C'est quoi, ces espèces de grosses caisses ?

— Ça s'appelle des MLRS, *Multiple-Launch Rocket System*. Des systèmes de missiles à lancement multiple. » Oreza vit qu'il y en avait maintenant six.

« A quoi ça sert ?

— A tuer des gens », répondit Oreza, sèchement. Alors qu'ils passaient devant la route d'accès aux entrepôts, un soldat leur adressa des signes frénétiques. Encore des camions, des deux tonnes cinq. Encore des soldats, peut-être cinq ou six cents en tout. Oreza poursuivit vers le sud. A chaque carrefour important, un Land Cruiser avait pris position, avec jamais moins de trois soldats, certains le pistolet à la ceinture, d'autres, parfois, le fusil à l'épaule. Il lui fallut plusieurs minutes pour se rendre compte qu'il n'y avait pas une seule voiture de police en vue. Il prit à gauche la grand-route, Wallace Highway.

« Mon hôtel ?

« Qu'est-ce que vous diriez de dîner chez moi ce soir ? » Oreza gravit la colline, passa devant l'hôpital et tourna enfin à gauche dans son lotissement. Bien que marin, il préférait habiter sur les hauteurs. Cela lui offrait en outre une jolie vue sur la partie méridionale de l'île. Sa maison, de taille modeste, était pleine de fenêtres. Son épouse Isabel travaillait au service administratif à l'hôpital, et leur domicile en était assez proche pour qu'elle puisse se rendre au travail à pied si l'envie lui en prenait. L'ambiance, ce soir, n'était pas à la rigolade. À peine avait-il arrêté sa voiture dans l'allée que sa femme apparut sur le pas de la porte.

« Manni, qu'est-ce qui se passe ? » C'était le sang qui parlait. Petite, boulotte et basanée, elle était maintenant livide.

« Retournons à l'intérieur, veux-tu ? Chérie, je te présente Pete Burroughs. Nous sommes sortis pêcher aujourd'hui. » Sa voix était calme mais ses yeux scrutaient les alentours. Les feux d'atterrissage de quatre avions étaient visibles dans le ciel à l'est ; espacés de quelques kilomètres, ils se présentaient dans l'alignement des deux grandes pistes de l'île.

Dès qu'ils furent entrés tous les trois et que l'on eut refermé la porte, la conversation put commencer.

« Le téléphone est coupé. J'ai voulu appeler Rachel et je suis tombée sur un disque. Les lignes transocéaniques sont en dérangement. Quand je me suis rendue à la galerie marchande...

— Des soldats ? l'interrompit Portagee.

— Des tas, des tas... et c'est tous des...

— Japs, acheva l'ex-maître de manœuvre principal Manuel Oreza, des gardes-côtes des États-Unis, aujourd'hui en retraite.

— Hé, c'est pas une façon polie de...

— Une invasion non plus, monsieur Burroughs.

— Quoi ? »

Oreza décrocha le téléphone de la cuisine et pressa la touche mémoire du numéro personnel de sa fille, dans sa maison du Massachusetts. « *Nous vous prions de nous excuser, mais une avarie de câble a temporairement interrompu les liaisons transpacifiques. Nos personnels*

travaillent à réparer la panne. Merci de votre compré-
hension... »

« Mon cul ! dit Oreza à l'enregistrement. Le câble, ben merde ! Et les paraboles satellite, c'est pour les chiens ?

— Impossible d'avoir l'inter ? » Burroughs était long à la détente, mais ça au moins, c'était dans ses cordes.

« Non, apparemment.

— Essayez voir avec ça. » L'ingénieur informaticien sortit de sa poche son téléphone cellulaire.

« J'en ai un, dit Isabel. Il ne marche pas non plus. Je veux dire, pas de problème pour les appels locaux, mais...

— Quel numéro ?

— L'indicatif est le 617, dit Portagee avant de donner le reste du numéro.

— Attendez, j'ai besoin du préfixe des États-Unis.

— Ça marchera pas, s'entêtait Mme Oreza.

— Vous n'avez pas encore de téléphone par satellite dans le coin, hein ? » Burroughs sourit. « Ma boîte vient tout juste de nous en fournir. Je peux le brancher sur mon portatif, envoyer des fax avec, tout le tremblement. Tenez... » Il lui tendit l'appareil. « Ça sonne. »

Le système était tout nouveau, et l'on n'en avait pas encore vendu un seul exemplaire dans les îles, détail que les militaires nippons avaient pris la peine de vérifier au cours de la semaine écoulée, mais la couverture du service était mondiale, même si les commerciaux n'avaient pas encore entamé les ventes sur place. Le signal émis par le petit appareil monta vers l'un des trente-cinq satellites à défilement en orbite basse qui le renvoya à la station au sol la plus proche. C'était Manille, battant Tokyo d'une petite cinquantaine de kilomètres, mais un seul kilomètre d'écart aurait suffi pour le programme routeur qui gérait le système. La station réceptrice de Luçon (mise en service depuis huit semaines à peine) relaya l'appel vers un autre satellite, celui-ci, construit par Hughes, et placé en orbite géosynchrone au-dessus du Pacifique, qui le renvoya sur une station de réception en Californie, d'où il repartit enfin, par fibres optiques, jusqu'à Cambridge, Massachusetts.

« Allô ? dit la voix, un rien irritée — il faut dire qu'il était cinq heures du matin, heure de la côte Est.

— Rachel ?

— Papa ?

— Ouais, mon chou.

— Tout va bien, chez vous ? demanda sa fille, inquiète.

— Comment ça ?

— J'ai voulu appeler maman, mais je suis tombée sur un enregistrement qui disait que vous aviez une grosse tempête et que les lignes étaient coupées.

— Il n'y a pas eu la moindre tempête, Rach, dit Oreza, sans réfléchir plus avant.

— Mais alors, qu'est-ce qui se passe ? »

Bon Dieu, par où je commence ? se demanda Portagee. Et si personne n'était... était-ce possible ?

« Euh... Portagee, dit Burroughs.

— Qu'y a-t-il ? demanda Oreza.

— Quoi, qu'y a-t-il ? fit sa fille en écho.

— Attends une minute, chou. Qu'y a-t-il, Pete ? » Il plaqua la main sur le micro.

« Vous voulez dire, comme une invasion, une guerre, un putsch, ce genre de truc ? »

Portagee acquiesça. « Oui, monsieur, c'est bien à cela que ça ressemble.

— Raccrochez, tout de suite ! » Le ton d'urgence était sans équivoque. Aucun n'y avait encore entièrement réfléchi, et l'un et l'autre étaient parvenus à la même conclusion par des voies et à des vitesses différentes.

« Ma chérie, je te rappelle, d'accord ? Tout le monde va bien. Allez, au revoir. » Oreza pressa la touche CLEAR. « Quel est le problème, Pete ?

— C'est pas une blague, hein ? Vous êtes pas en train de me monter un coup, genre numéro pour touriste, tout le bazar, n'est-ce pas ?

— Seigneur, je crois que j'ai besoin d'une bière. » Oreza ouvrit la porte du frigo. Qu'elle soit japonaise n'importait guère pour le moment. Il en lança également une à son hôte. « Pete, c'est pas du cinéma, d'accord ? Au cas où vous n'auriez pas remarqué, on a vu au moins l'équivalent d'un bataillon d'hommes, des engins nécanisés, des chasseurs à réaction. Et l'autre connard au port avait l'air vachement intéressé par ma radio de bord.

528

— D'accord. » Burroughs ouvrit sa bière et en but une grande lampée. « Bon, on va dire que c'est pas de la connerie. Le problème avec ces joujoux, c'est qu'on peut les repérer par RG.

— Par *ergé* ? C'est quoi ça ? » Une pause, juste le temps de dépoussiérer quelques vieux souvenirs. RG... radiogoniométrie. « Oh... vu. »

Il régnait une activité fébrile au quartier général du commandant en chef de la flotte du Pacifique. Le CINC-PAC était un officier général appartenant à la Navy, une tradition qui remontait à l'amiral Chester Nimitz. Pour l'heure, tout le monde s'affairait. Presque tous ces hommes étaient en uniforme. Les employés civils étaient rarement là le week-end, et de toute façon il était trop tard pour eux. Dès qu'il eut franchi le barrage de sécurité, Mancuso sentit l'ambiance générale : les gens, tête basse, sourcils froncés, qui s'agitaient comme pour mieux s'évader du climat pesant d'un service en complet désarroi. Personne n'avait envie de se retrouver pris dans la tempête.

« Où est l'amiral Seaton ? » demanda le ComSubPac au premier sous-officier qu'il rencontra. Ce dernier lui indiqua le bureau privé. Mancuso y guida les deux autres.

« Bon Dieu, où étiez-vous passé ? demanda le CINC-PAC lorsqu'ils entrèrent.

— Au SOSUS, monsieur. Amiral, vous connaissez déjà le capitaine de vaisseau Chambers, mon officier d'opérations. Je vous présente le Dr Ron Jones...

— L'opérateur sonar dont vous m'avez toujours dit monts et merveilles ? » L'amiral David Seaton s'accorda un petit instant de plaisir. Il ne dura pas.

« Tout à fait, monsieur. Nous étions à côté, au SOSUS, à vérifier les données concernant...

— Aucun survivant, Bart. Désolé, mais l'équipage du S-3 dit que...

— Monsieur, ils ont été tués », l'interrompit Jones, fatigué par ces préliminaires. Sa déclaration jeta un froid.

« Que voulez-vous dire, Dr Jones ? demanda le commandant en chef après un silence qui s'éternisa bien une bonne seconde.

« — Je veux dire que l'*Asheville* et le *Charlotte* ont été torpillés et coulés par des sous-marins japonais, amiral.

— Bon, attendez une minute, fiston. Vous me dites que le *Charlotte* aussi ? » Seaton tourna la tête. « Bart, qu'est-ce que c'est que cette histoire ? » Le SubPac n'eut pas le loisir de répondre.

« Je peux vous le prouver, amiral. » Jones brandit la liasse de papiers qu'il gardait sous le bras. « J'aurais besoin d'une table bien éclairée. »

Le visage de Mancuso était figé. « Amiral, Jonesy m'a tout l'air d'avoir raison. Ce n'étaient pas des accidents.

— Messieurs, j'ai quinze officiers japonais au PC opérationnel, ils sont en ce moment même en train d'essayer d'expliquer le fonctionnement de la conduite de tir sur leurs rafiots et ils...

— Vous avez des Marines, n'est-ce pas ? demanda Jones, froidement. Et ils sont armés ?

— Montrez-moi ce que vous avez là. » Dave Seaton indiqua son bureau.

Jones déchiffra les sorties imprimante pour le CINC-PAC, et si l'amiral n'était pas l'auditeur idéal, au moins était-il silencieux. Un examen plus attentif du graphique SOSUS permettait même de détecter les bâtiments de surface et la torpille anti-sous-marins Mark 50 qui venait de désemparer la moitié de la flotte de porte-avions du Pacifique. Le nouveau réseau installé au large de Kure était vraiment quelque chose, se dit Jones.

« Regardez l'heure, monsieur. Tout cela s'est produit dans un intervalle de combien... ? Une vingtaine de minutes, à tout casser. Vous vous retrouvez avec un total de deux cent cinquante marins tués, et c'est tout sauf accidentel. »

Seaton secoua la tête comme un cheval chassant des insectes importuns. « Attendez une minute, on ne m'a prévenu d'aucun... je veux dire, il n'y a aucune menace déclarée. Il n'y a pas la moindre indication de...

— Maintenant, il y en a une, monsieur. » Jones ne cédait pas d'un pouce.

« Mais...

— Bordel de merde, amiral ! s'emporta Jones. Vous l'avez là, votre menace, noir sur blanc, d'accord ? On en a d'autres copies dans le bâtiment du SOSUS, il y a un enregistrement sur bande, et je peux même vous l'afficher sur un putain d'écran de télé. Vous voulez peut-être que vos experts aillent vérifier sur place, enfin merde, vous avez toutes les preuves ici, sous les yeux, d'accord ? » Le fournisseur de l'armée indiqua Mancuso et Chambers. « Nous avons été *attaqués*, monsieur.

— Quelles sont les chances qu'il puisse s'agir d'une erreur quelconque ? » demanda Seaton. Son visage était aussi pâle que le tissu blanc cassé de sa chemise d'uniforme.

« A peu près égales à zéro. Bien sûr, vous pouvez toujours attendre qu'ils se paient une page de publicité dans le *New York Times*, si vous voulez une confirmation supplémentaire. » La diplomatie n'avait jamais été son fort, et Jones était de toute façon trop furieux pour de telles considérations.

« Écoutez, mon ami..., commença Seaton, avant de se mordre les lèvres et de lever les yeux vers son homologue. Bart ?

— Je ne peux guère contester les données, amiral. S'il y avait eu la moindre éventualité, Wally et moi, nous l'aurions trouvée. Les gens du SOSUS partagent son avis. J'ai du mal à le croire, moi aussi, avoua Mancuso en conclusion. Le *Charlotte* n'a plus donné signe de vie et...

— Sa balise ne s'est donc pas déclenchée ?

— Le gadget est fixé sur la coque, à l'arrière. Certains de mes skippers les ont fait souder. Vous vous souvenez de la résistance des commandants de SMA à leur installation, l'an dernier ? D'ailleurs, la torpille peut fort bien avoir détruit la BST, ou il est également possible qu'elle ne se soit pas déployée normalement. Nous avons ce signal de bruit, à la position approximative du *Charlotte*, et il n'a pas réagi à un ordre exprès d'entrer en communication avec nous. Non, amiral, rien ne nous permet de supposer qu'il soit encore en vie. » Et voilà, Mancuso l'avait dit, c'était officiel. Il restait encore une chose à ajouter.

« Vous êtes en train de m'expliquer que nous sommes

en guerre. » La phrase avait été prononcée sur un ton d'un calme inquiétant. Le ComSubPac acquiesça.

« Oui, monsieur, absolument.

— Je n'ai reçu aucun avertissement, objecta Seaton.

— Ouais, de ce côté, on est bien obligés d'admirer leur sens des traditions, n'est-ce pas ? » observa Jones, oubliant que, la dernière fois, ils avaient eu tous les avertissements imaginables, qui tous étaient passés inaperçus.

Pete Burroughs ne termina pas sa cinquième bière de la journée. La nuit ne lui avait pas apporté l'apaisement. Même si le ciel était clair et constellé d'étoiles, des feux plus brillants continuaient d'approcher de Saipan par l'est, tirant parti des alizés pour arrondir leur approche sur les aérodromes de l'île construits par les Américains. Chaque jumbo-jet devait transporter au moins deux si ce n'est trois cents soldats. D'ici, ils pouvaient voir les deux terrains. Les jumelles d'Oreza étaient parfaites pour repérer les avions et les camions-citernes qui faisaient d'incessantes navettes pour ravitailler les jets dès leur arrivée et leur permettre de redécoller au plus vite chercher une nouvelle fournée de soldats. Aucun des deux hommes n'eut l'idée d'en tenir le compte avant qu'il ne soit déjà trop tard.

« Une bagnole dans l'allée ! » avertit Burroughs, alerté par la lueur de phares qui venaient de tourner. Oreza et lui reculèrent à l'angle du pignon, espérant se noyer dans l'ombre. Le véhicule était encore un Toyota Land Cruiser qui s'engagea dans leur allée de desserte, fit demi-tour au bout de l'impasse et repartit vers la sortie du lotissement après avoir tout au plus vaguement inspecté les lieux, peut-être pour comptabiliser les voitures garées dans les allées, plus probablement pour voir s'il n'y avait pas d'attroupement inopportun. Burroughs se tourna vers Oreza dès que la jeep fut partie : « Vous avez une idée de ce qu'on peut faire ?

— Eh, j'étais dans les gardes-côtes, moi, rappelez-vous. Ce genre de merdier, c'est pour la Navy... non, pour les Marines, même.

532

— En tout cas, pour un beau merdier, c'est un beau merdier. Vous pensez que quelqu'un est au courant ?

— Il faut bien. Obligé, dit Portagee en abaissant ses jumelles pour regagner la maison. On pourra surveiller de l'intérieur, depuis la chambre. Je laisse toujours ouvertes les fenêtres, de toute manière. » La douceur des soirées, toujours agréables et vivifiantes grâce aux brises océaniques, avait également joué dans sa décision de venir s'installer à Saipan. « C'est quoi votre métier au juste, Pete ?

— Je bosse dans l'informatique... En fait, je fais plusieurs choses à la fois. Je suis ingénieur électricien. Mais ma véritable spécialité, c'est les communications, les protocoles de dialogue entre ordinateurs. J'ai déjà fait deux ou trois petits boulots pour le gouvernement. Ma boîte travaille beaucoup avec eux, mais c'est surtout une autre branche. » Burroughs parcourut du regard la cuisine. Mme Oreza avait préparé un dîner léger, qui paraissait succulent, même s'il était en train de refroidir.

« Vous redoutiez que quelqu'un localise votre téléphone ?

— C'est peut-être juste de la parano, mais ma boîte fabrique les puces des scanners que l'armée utilise précisément à cette fin. »

Oreza s'assit et commença à remplir son assiette de petite friture. « Je n'ai plus l'impression que quoi que ce soit relève de la parano, mon gars.

— Je vous comprends, chef. » Burroughs décida de l'imiter et considéra les plats avec approbation. « Hé, vous cherchez à perdre du poids ? »

Oreza grommela. « Ça nous ferait pas de mal, Izzy et moi. Elle suit des cours de diététique. »

Burroughs regarda autour de lui. Leur maison possédait une salle à manger, mais à l'instar de bien des couples de retraités (c'est ainsi qu'il les voyait, même si manifestement, ce n'était pas le cas), ils préféraient manger autour d'une petite table dans la cuisine. L'évier et la paillasse étaient impeccablement rangés et l'ingénieur avisa le service à salade en inox. L'acier étincelait. Isabel Oreza, elle aussi, menait sa barque d'une main ferme, et il n'y avait aucun doute à avoir sur qui tenait la barre à la maison.

« Est-ce que je vais travailler demain ? demanda-t-elle,

songeuse, essayant encore d'appréhender ce changement dans la vie locale.

— Je n'en sais rien, ma chérie », répondit son époux, soudain interdit par cette question. Et lui, qu'allait-il faire ? Retourner à la pêche comme si de rien n'était ?

« Attendez une minute », dit Pete, qui fixait toujours les jattes en inox. Il se leva, fit deux pas pour rejoindre la paillasse et prit la plus grande, un saladier de quarante centimètres de diamètre et presque quinze de haut. Le fond en était plat, avec un diamètre de six ou sept centimètres, mais la courbure des flancs était sphérique, presque parabolique. Pete sortit de sa poche de chemise son téléphone satellite. Il n'avait jamais mesuré la longueur de l'antenne, mais en la déployant, il put constater qu'elle faisait moins de dix centimètres de long. Il se retourna vers Oreza. « Vous avez une perceuse ?

— Ouais, pourquoi ?

— La RG, merde ! J'ai trouvé la parade !

— Là, je suis largué, Pete.

— On perce un trou dans le fond, on y glisse l'antenne. Le saladier est en acier. Il réfléchit les ondes radio aussi bien qu'une antenne micro-ondes. Tout le faisceau se retrouve concentré vers le haut, sans lobes de dispersion latérale. Merde, ça devrait même améliorer le rendement.

— Vous voulez dire comme pour *"E.T. téléphoner maison"* ?

— Pas loin, chef. Imaginez que personne ne téléphone à la maison, ce coup-ci ? » Burroughs essayait toujours d'analyser la situation, et découvrait peu à peu ce qu'elle avait de terrifiant. « Invasion » signifiait « guerre ». Et cette guerre, en l'occurrence, était entre l'Amérique et le Japon... Si bizarre que ça puisse paraître, c'était également la seule explication aux événements qu'il avait vus aujourd'hui. S'ils étaient en guerre, alors il était un ressortissant ennemi. Tout comme ses hôtes. Pourtant il avait vu Oreza jouer un drôle de petit jeu avec les soldats, au port.

« Attendez que j'aille récupérer ma perceuse. Il vous faut un trou de combien ? » Burroughs lui tendit le téléphone. Il avait failli le lui lancer, mais s'était retenu en se rendant compte que c'était désormais peut-être leur bien le plus précieux. Oreza mesura le diamètre du petit bouton à l'extrémité du mince fouet métallique et fila chercher sa caisse à outils.

« Allô ?

— Rachel ? C'est papa.

— T'es sûr que tout va bien ? Je peux vous rappeler, maintenant ?

— Chérie, on va tous très bien, mais il y a un léger problème, ici... » Merde, comment lui expliquer ça ? Rachel Oreza Chandler était avocat général à Boston ; elle cherchait en fait à quitter le parquet pour ouvrir un cabinet dans le privé : les satisfactions professionnelles y étaient plus rares, mais les revenus, comme les horaires, bien plus intéressants. A l'approche de la trentaine, elle était parvenue au stade où c'était elle qui se faisait du souci pour ses parents, un peu comme jadis ils s'en étaient fait pour elle. Son père décida qu'il était inutile de l'inquiéter pour l'instant. « Pourrais-tu me trouver un numéro de téléphone ?

— Bien sûr, lequel ?

— Le quartier général des gardes-côtes. Dans le district de Columbia, à Buzzard's Point. Je veux le centre de surveillance. Je vais attendre. »

L'avocate mit la ligne en attente et appela les renseignements du district fédéral. Une minute après, elle donnait le numéro à son père qu'elle entendit lui répéter pour confirmation. « C'est bien cela. T'es sûr que tout va bien ? Tu as une voix un peu crispée...

— Je t'assure que ta mère et moi nous allons bien, franchement, mon bébé. » Elle avait horreur qu'il l'appelle « mon bébé », mais il était sans doute trop tard pour le changer. *Papa ne pourrait jamais faire un bon conseiller juridique.*

« D'accord, puisque tu le dis. Il paraît que vous avez eu une sacrée tempête. Le courant est rétabli ? demanda-t-elle, en oubliant qu'il n'y avait jamais eu la moindre tempête.

— Pas encore, chou, mais ça ne devrait plus tarder, mentit-il. A plus tard, mon bébé. »

« Gardes-côtes, centre de surveillance, maître principal Obrecki à l'appareil, cette ligne n'est pas protégée, annonça l'homme, le plus vite possible, pour empêcher la personne à l'autre bout du fil de saisir un traître mot.

— Est-ce que t'es en train de me dire que le gamin presque imberbe qui naviguait sur le *Panache* a réussi à décrocher ses galons de maître *principal* ? »

C'était bien trop tentant de pouvoir surprendre son interlocuteur, et sa réaction était bien compréhensible.

« Vous parlez au chef Obrecki. Qui est à l'appareil ?

— *Major* Oreza, s'entendit-il répondre.

— Ben merde alors, comment ça va, Portagee ? J'ai appris que vous étiez parti à la retraite. » L'officier-marinier de garde se cala dans son fauteuil. Maintenant qu'il avait pris du galon, il pouvait se permettre d'appeler par son prénom l'homme qu'il avait au bout du fil.

« Je me suis retiré à Saipan. Bon, écoute-moi bien, gamin : passe-moi fissa ton officier de quart.

— Qu'est-ce qui se passe, major ?

— Pas le temps, vu ? Fonce.

— D'accord. » Obrecki mit la communication en attente. « Commandant, vous pouvez prendre un appel, m'dame ? »

« NMCC, ici le contre-amiral Jackson », fit Robby, la voix lasse, et de fort méchante humeur. Ce n'est qu'à contrecœur qu'il avait décroché le combiné, poussé par un jeune commandant d'aviation.

« Amiral, ici le capitaine de corvette Powers, des gardes-côtes, à Buzzard's Point, dit une voix féminine. J'ai un appel en provenance de Saipan. Le correspondant est un major à la retraite. Un des nôtres. »

Sapristi, j'ai déjà sur le dos deux groupes de porte-avions en rade, pesta mentalement Jackson. « C'est parfait, capitaine. Vous voulez m'informer rapidement ? On est pas mal occupés, ici.

— Monsieur, il indique la présence de nombreuses troupes japonaises sur l'île de Saipan. »

Jackson quitta des yeux les dépêches amoncelées sur son bureau. « Quoi ?

— Je peux vous basculer son appel, amiral.

— D'accord, fit Robby, méfiant.

— Qui est à l'appareil ? » intervint une autre voix, âgée, bourrue. *Une voix de sous-off*, songea Robby.

« Je suis le contre-amiral Jackson, au Commandement militaire national. » Il n'avait pas besoin d'ordonner qu'on enregistre la communication. Elles l'étaient toutes.

« Amiral, je suis le major Manuel Oreza, gardes-côtes des États-Unis, retraité, matricule 3286-14030. J'ai pris ma retraite il y a cinq ans pour aller m'installer à Saipan. J'y exploite un bateau de pêche. Amiral, il y a sur ce bout de caillou toute une quantité — et quand je dis ça, je veux dire une sacrée polymégachiée — de soldats japonais, en uniforme et portant des armes, ici même, en ce moment, amiral. »

Jackson plaqua la main sur le combiné et fit signe à un autre officier de décrocher. « Major, j'espère que vous comprenez que je trouve tout cela assez difficile à croire, n'est-ce pas ?

— Merde, amiral, vous devriez voir ça d'ici. Je suis en train de regarder de ma fenêtre. J'ai vue jusqu'à l'aéroport et à l'aérodrome militaire de Kobler. Je compte un total de six jumbo-jets, quatre à l'aéroport et deux à Kobler. J'ai observé deux F-15 Eagle à cocardes hamburger saignant qui tournaient autour de l'île il y a quelques heures. Question : est-ce qu'il y aurait des manœuvres conjointes prévues en ce moment dans le secteur ? » demanda la voix. Elle était parfaitement sobre, estima Jackson. Sûr que c'était une voix de major.

Le commandant d'aviation à l'écoute à cinq mètres de là était en train de griffonner des notes, même si une invitation à Jurassic Park ne lui aurait pas semblé plus irréaliste.

« Nous venons effectivement de conclure des manœuvres conjointes, mais Saipan n'était absolument pas concernée.

— Alors amiral, c'est pas un putain d'exercice. Il y a

trois cargos porte-autos à quai au port de commerce, un peu plus haut sur la côte. L'un d'eux est l'*Orchid Ace*. J'ai personnellement pu observer des véhicules de type militaire, je pense qu'il s'agit de MLRS — Mike Lima Romeo Sierra — dont six sont actuellement garés sur l'aire de stationnement du port de commerce. Amiral, vous pouvez vérifier auprès des gardes-côtes mes états de service. J'ai passé trente ans sous l'uniforme. Je déconne pas. Vérifiez par vous-même : les lignes téléphoniques avec le caillou sont coupées. Paraît qu'on aurait eu une grosse tempête, qui aurait tout fichu en l'air. On n'a pas eu un poil de vent. Amiral, je suis sorti pêcher en mer toute la journée, vu ? Z'avez qu'à contrôler avec vos pontes de la météo, ça aussi, ils vous le confirmeront. Il y a des troupes japonaises sur cette île, en treillis et en armes.

— Vous les avez comptées, major ? »

La meilleure confirmation de cette histoire abracadabrante, estima Robby, était le ton embarrassé de la réponse à sa question : « Non, désolé, monsieur, je n'ai pas pensé à compter les avions. Je dirais qu'il y a eu de trois à six atterrissages à l'heure, du moins au cours des six dernières heures, sans doute plus, mais ce n'est qu'une estimation. Attendez... à Kobler, un des zincs a bougé, comme s'il allait décoller. C'est un 747, mais je n'arrive pas à distinguer son immatriculation.

— Attendez voir... si le téléphone est coupé, comment se fait-il que vous me parliez ? » Oreza lui expliqua, avant de lui donner un numéro à rappeler. « D'accord, major. Je m'en vais effectuer de mon côté quelques vérifications. Je vous recontacte d'ici une heure. Ça vous va ?

— Oui, amiral, je suppose qu'on a fait notre boulot. » La communication fut coupée.

« Commandant ! » cria Jackson sans lever la tête. Quand il la releva, il vit que l'homme était déjà là.

« Monsieur, je sais qu'il avait l'air parfaitement normal, mais...

— Mais appelez la base d'Andersen, immédiatement.

— A vos ordres. » Le jeune pilote retourna à son bureau et ouvrit son répertoire à commutation électronique. Trente secondes plus tard, il levait les yeux et secouait la tête. Il faisait un drôle d'air.

Jackson leva les yeux au ciel. « Est-ce que quelqu'un cherche à me faire comprendre qu'une base aérienne de l'US Air Force vient de décrocher aujourd'hui du réseau et que personne ne l'a remarqué ?

— Amiral, le CINCPAC sur votre ligne protégée. La communication a le code CRITIQUE. » CRITIQUE était un ordre de priorité encore supérieur à FLASH et le préfixe n'était pas souvent utilisé, même par un commandant en chef sur le théâtre d'opérations. *Merde*, pensa Jackson, *pourquoi ne pas demander ?*

« Amiral Seaton, Robby Jackson à l'appareil. Dites-moi, est-ce que nous sommes en guerre ? »

Son rôle dans l'exercice avait été relativement facile, estima Jang Han San. Rien qu'un vol vers une certaine destination, pour s'entretenir d'abord avec une certaine personne, puis avec une autre, et tout s'était déroulé encore plus facilement que prévu.

Enfin, il n'aurait pas dû être surpris, en regagnant l'aéroport à l'arrière de la voiture de l'ambassade. La Corée allait se trouver isolée, durant plusieurs mois à coup sûr, et peut-être indéfiniment. Agir autrement aurait fait courir de grands dangers à un pays dont les forces armées avaient été réduites, alors que son plus proche voisin était la nation possédant la plus grande armée de la planète, et qui plus est, un ennemi historique. Han n'avait même pas eu à évoquer cette idée malséante. Il s'était contenté de livrer une observation. Il semblait y avoir des difficultés entre l'Amérique et le Japon. Ces difficultés ne concernaient pas directement la république de Corée. Et il n'était pas si évident que la Corée ait un moyen direct d'aplanir ces divergences, hormis peut-être en proposant ses services pour le jour où s'ouvriraient des négociations diplomatiques : à ce moment-là, les bons offices de la république de Corée seraient les bienvenus pour les deux parties en présence, et certainement pour le Japon.

Il n'avait pas tiré de plaisir particulier de la gêne que ses paroles modérées avaient suscitée chez ses hôtes. Il y avait bien des traits admirables chez les Coréens, estimait Jang, un fait qui échappait aux Japonais, aveuglés par leur racisme. Avec un peu de chance, il pourrait renforcer les relations commerciales entre la République populaire de Chine et la République de Corée : leurs deux pays profiteraient également de l'objectif ultime — après tout, pourquoi pas ? Les Coréens n'avaient aucune raison d'aimer les Russes, et moins encore les Japonais. Il leur suffisait simplement de surmonter leur regrettable amitié avec l'Amérique pour s'intégrer à une réalité nouvelle. Pour l'heure, c'était déjà bien qu'ils aient effectivement partagé ses vues, et que le dernier allié de l'Amérique dans cette partie du monde se retrouve en dehors du coup, maintenant que leur président et leur Premier ministre avaient vu la lumière de la raison. Et la chance aidant, la guerre, si même on pouvait parler de guerre, pouvait bien être déjà terminée.

« Mesdames et messieurs. » La voix venait du séjour, où Mme Oreza avait laissé la télé en marche. « Dans dix minutes, vous sera diffusé un message spécial. Veuillez rester à l'écoute.

— Manni ?

— J'ai entendu, chérie.

— Vous avez une cassette vierge pour votre scope ? » demanda Burroughs.

23

RATTRAPAGE

Pour Robby Jackson, la journée avait plutôt mal commencé. Il en avait déjà connu de mauvaises, y compris celle, alors qu'il était capitaine de corvette au centre d'essais en vol de la base aéronavale de Patuxent River, Maryland, où un instructeur avait décidé sans crier gare de les expédier, lui et son siège éjectable, à travers la bulle de l'habitacle, ce qui lui avait valu une fracture de la jambe et plusieurs mois d'inaptitude au vol. Il avait vu des amis mourir dans des accidents divers et, plus souvent encore, participé à des recherches de disparus qu'il avait rarement retrouvés en vie : en général, il n'arrivait qu'à localiser une tache de kérosène, voire quelques débris. Au titre de chef d'escadrille, puis ensuite de chef des opérations navales c'était lui qui était chargé d'écrire les lettres aux parents et aux veuves, pour leur annoncer que leur gars — et plus récemment, leur gamine — était mort au service de son pays, et chaque fois il se demandait ce qu'il aurait dû faire pour éviter d'en arriver là. La vie d'un aviateur de la marine était faite de telles journées. Mais cette fois-ci, c'était pire, et sa seule consolation était d'être sous-directeur du J-3, c'est-à-dire responsable de la mise en œuvre des plans opérationnels stratégiques de son pays. S'il avait appartenu au J-2, le Renseignement, son sentiment d'échec aurait été total.

« C'est confirmé, monsieur. Yakota, Misawa et Kadena ont décroché du réseau. Personne ne répond.

— Ça représente combien d'hommes ?

— Au total, deux mille, essentiellement des mécaniciens, des contrôleurs radar, des routeurs, ce genre de poste. Peut-être un ou deux appareils bloqués en transit, mais sans doute pas plus. Je suis en train de faire vérifier, répondit le commandant. Et du côté de la marine ?

— Nous avons des hommes à Andersen, dans l'île de Guam, ils partagent votre base. Le port, également, peut-être un millier d'hommes au total. Bien moins que dans le temps. » Jackson décrocha le téléphone STU à ligne cryptée et composa le numéro du CINCPAC. « Amiral Seaton ? C'est encore Jackson. Du nouveau ?

— On n'arrive plus à contacter personne à l'ouest de Midway, Rob. Ça commence à devenir sérieux. »

« Comment marche ce truc ? demanda Oreza.

— J'avoue à ma grande honte que je n'en sais trop rien. Je n'ai pas pris la peine de lire la notice », admit Burroughs. Le téléphone satellite était posé sur la table basse, son antenne déployée passait par le trou percé au fond du saladier en inox, lui-même posé en équilibre sur deux piles de bouquins. « Je ne sais pas s'il transmet ou non périodiquement sa position aux satellites. » Raison pour laquelle ils avaient cru nécessaire de recourir à ce bricolage comique.

« Le mien reste en veille tant qu'on n'a pas rétracté l'antenne », observa Isabel Oreza. Les deux hommes se tournèrent vers elle. « Vous feriez peut-être mieux d'ôter les piles, non ?

— Merde. » Burroughs fut le premier à le dire, mais de justesse. Il saisit le saladier, rentra la petite antenne, puis souleva le couvercle et retira les deux piles A4. Le téléphone était dorénavant complètement éteint. « M'dame, le jour où vous voulez vous inscrire en maîtrise à Stanford, recommandez-vous de moi, d'accord ? »

« Mesdames et messieurs... » Dans le séjour, trois têtes se tournèrent avec ensemble pour découvrir sur l'écran de télé un homme souriant, vêtu d'un treillis vert. Son anglais était impeccable. « Je suis le général Tokikichi Arima, des forces terrestres d'autodéfense japonaises. Permettez-moi de vous expliquer ce qui s'est passé aujourd'hui.

« Avant tout, laissez-moi d'abord vous rassurer entièrement. Il s'est produit une malencontreuse fusillade devant le poste de police adjacent à votre parlement régional, mais les deux policiers blessés au cours de l'incident ont été transportés à l'hôpital de votre ville, et leurs jours ne sont pas en danger. Si vous avez entendu parler de morts ou de violences, ces rumeurs ne sont pas fondées, assura le général aux vingt-neuf mille citoyens de Saipan.

« Mais vous voulez sans doute savoir ce qui s'est passé, poursuivit-il. Tôt aujourd'hui, des forces placées sous mon commandement ont commencé d'arriver à Saipan et à Guam. Comme vous l'ont appris vos livres d'histoire, et comme s'en souviennent sûrement les plus anciens des citoyens résidant sur cette île, jusqu'en 1944 les îles Mariannes étaient une possession japonaise. Certains d'entre vous seront peut-être surpris d'apprendre que, depuis la décision de justice d'il y a quelques années autorisant les citoyens japonais à acheter des biens immobiliers sur les îles, la majorité des terres de Saipan et de Guam est détenue par mes compatriotes. Vous connaissez

542

également notre amour et notre affection pour ces îles et les gens qui vivent ici. Nous y avons investi des milliards de dollars et suscité la renaissance de l'économie locale après des années d'abandon honteux par le gouvernement américain. Par conséquent, nous ne sommes pas franchement des étrangers ici, n'est-ce pas ?

« Vous savez sans doute également que sont apparues de grandes difficultés entre le Japon et l'Amérique. Ces difficultés ont forcé mon pays à réviser ses priorités en matière de défense. Nous avons, par conséquent, décidé de rétablir notre souveraineté sur les îles Mariannes, une mesure purement défensive destinée à protéger nos propres côtes contre toute éventualité d'intervention américaine. En d'autres termes, il nous est nécessaire de maintenir ici des forces de défense, et par conséquent de ramener les Mariannes dans le giron de notre pays.

« Maintenant, poursuivit le général Arima, tout sourire, qu'est-ce que cela signifie pour vous, citoyens de Saipan ?

« A vrai dire absolument rien. Tous les commerces resteront ouverts. Nous aussi, nous croyons aux vertus de la libre entreprise. Vous pourrez continuer à gérer vos affaires par l'entremise de vos élus locaux, avec l'avantage supplémentaire que vous aurez désormais le statut de quarante-huitième préfecture du Japon, avec une représentation pleine et entière à la Diète. Ce à quoi vous n'avez jamais eu droit au titre de *commonwealth* américain — ce n'est jamais qu'un autre terme pour colonie, n'est-ce pas ? Vous bénéficierez de la double nationalité[1]. Nous respecterons votre culture et votre langue. Votre liberté de déplacements ne sera pas entravée. Vous bénéficierez des mêmes libertés que tous les autres citoyens japonais : liberté d'expression et de réunion, liberté de la presse, liberté de culte resteront strictement identiques à celles dont vous jouissez à l'heure actuelle. En bref, vous ne constaterez absolument aucun changement dans votre vie quotidienne. » Nouveau sourire enjôleur.

---

1. Rappelons que depuis le changement de statut du 13 novembre 1986, les résidents des Mariannes du Nord bénéficient de la nationalité américaine *(NdT)*.

« Pour dire vrai, vous tirerez grand profit de ce changement de statut. En tant que membres de la nation japonaise, vous participerez en outre à l'économie la plus dynamique, la plus bouillonnante de la planète. Votre île recevra encore plus d'argent qu'aujourd'hui. Vous connaîtrez une prospérité inespérée. Les seuls changements que vous connaîtrez seront positifs. De cela, vous avez ma parole et la parole de mon gouvernement.

« Peut-être allez-vous dire que ce sont de belles paroles, et vous aurez raison. C'est pour cela que, dès demain, vous verrez dans les rues et sur les routes de Saipan travailler des techniciens, des géomètres et des enquêteurs qui interrogeront la population. Notre première tâche d'envergure sera d'améliorer le réseau routier de votre île, ce qu'ont toujours négligé de faire les Américains. Nous voulons avoir votre avis sur la meilleure façon d'y parvenir. En fait, nous accueillerons volontiers votre aide et votre participation à toutes nos actions.

« A présent (et Arima se pencha légèrement vers la caméra), je sais que certains parmi vous sont mécontents de cette situation, et je tiens ici à leur présenter sincèrement mes excuses. Nous n'avons aucun désir de nuire à quiconque, mais vous devez comprendre que toute agression contre l'un de mes hommes ou contre tout citoyen japonais sera considérée comme un délit grave. J'ai également pour charge de prendre un certain nombre de mesures destinées à protéger mes troupes, ainsi qu'à mettre la législation locale en conformité avec la législation japonaise.

« Toutes les armes à feu détenues par des particuliers sur Saipan devront être remises aux autorités dans les prochains jours. Vous pourrez les rapporter dans les commissariats. Si vous avez la facture de ces armes, ou si vous pouvez prouver leur valeur commerciale, nous vous les rembourserons en espèces. De même, nous devons demander à tous les cibistes et radioamateurs de nous confier leur matériel, à titre temporaire, et dans l'intervalle, de s'abstenir de les utiliser. Là encore, nous vous dédommagerons en espèces pour la valeur de vos biens, et dans le cas des émetteurs radio, lorsque nous vous les restituerons, vous pourrez garder cet argent à titre de gratification pour votre coopération. Ces points mis à part (il eut un nouveau sourire), c'est à peine si vous noterez notre présence. Mes troupes ont reçu l'ordre strict de traiter tous les résidents de cette île comme des concitoyens. Si vous êtes la victime, ou simplement le témoin d'un seul cas de manque de respect d'un soldat japonais envers un citoyen local, je vous demanderai de venir le signaler à mon quartier général. Comme vous le voyez, nos lois s'appliquent également à nous.

« Pour l'heure, vous pouvez continuer de vaquer normalement à vos occupations. » Un numéro apparut sur l'écran. « Si vous avez la moindre question précise, appelez ce numéro ou n'hésitez pas à venir à mon quartier général, installé dans votre bâtiment parlementaire. Nous serons heureux de vous aider dans la mesure du possible. Merci de votre attention. Bonne nuit. »

« Ce message sera répété tous les quarts d'heure sur le canal six, la chaîne d'informations locales », annonça une autre voix.

« Le fils de pute, grommela Oreza.

— Je me demande quelle est leur agence de pub, nota Burroughs en se levant pour presser la touche rembobinage du magnétoscope.

— Est-ce qu'il faut y croire ? demanda Isabel.

— Qui sait ? Vous avez des armes ? »

Signe de dénégation de Portagee. « Non pas. J'sais même pas si l'on doit légalement en déclarer le port sur ce caillou. De toute façon, faudrait être cinglé pour descendre des soldats, non ?

— Oui, mais ça leur facilite bougrement la tâche s'ils n'ont pas à surveiller leurs arrières en permanence. » Burroughs entreprit de remettre les piles de son téléphone satellite. « Vous avez le numéro de cet amiral ? »

« Jackson.

— Major Oreza, monsieur. Vous avez un magnéto qui tourne ?

— Oui. Qu'est-ce que vous avez trouvé ?

— Eh bien, c'est officiel, amiral, annonça sèchement Oreza. Ils viennent de faire la déclaration à la télé. Nous l'avons enregistrée. Je mets la cassette en route. Je vais coller le combiné contre le haut-parleur. »

Le *général Tokikichi Arima*, nota Jackson sur un calepin qu'il tendit à un sergent de l'armée. « Filez-ça au
Renseignement, qu'ils m'identifient ce bonhomme.

— A vos ordres, amiral ! » Le sergent s'éclipsa aussitôt.

« Commandant ! lança ensuite Robby.

— Oui, amiral ?

— La qualité sonore m'a l'air excellente. Vous allez
me transmettre une copie de cette bande aux barbouzes
pour qu'ils passent la voix à l'analyseur de stress.
Ensuite, j'en veux illico une transcription dactylographiée
pour qu'on puisse en faxer un peu partout.

— D'accord. »

Cela fait, Jackson se contenta d'écouter, îlot de calme
dans un océan de folie, du moins en apparence.

« Et voilà, dit Oreza à la fin de la cassette. Vous voulez
le numéro pour me rappeler, amiral ?

— Non, pas pour l'instant. Bon boulot, major. Autre
chose à signaler ?

— Le pont aérien continue. J'ai compté quatorze appareils depuis notre dernière conversation.

— OK. » Robby nota les éléments. « Vous estimez
courir un danger particulier ?

— Je ne vois personne courir en tous sens avec des
fusils, amiral. Vous avez remarqué qu'ils n'ont rien dit
concernant les ressortissants américains résidant sur
l'île ?

— Non, effectivement. Un bon point. » *Ouille*.

« Tout ça ne me dit rien qui vaille, monsieur. » Et
Oreza lui fit un bref résumé de l'incident sur son bateau.

« Je serais le dernier à vous le reprocher, major. Votre
pays s'attelle au problème, d'accord ?

— Si vous le dites, amiral. Je vais cesser de communiquer pendant un certain temps.

— Parfait. Tenez bon », ordonna Jackson. C'était une
directive bien creuse, et les deux hommes en étaient conscients.

« Bien compris. Terminé. »

Robby reposa le combiné sur sa fourche. « Opinions ?

— En dehors de : "C'est du délire complet" ? demanda
une femme, officier d'état-major.

— C'est peut-être du délire pour nous, mais ça doit bien être bougrement logique pour quelqu'un. »

Il était inutile de l'engueuler pour sa remarque, Jackson le savait. Il allait falloir un peu plus de temps pour qu'ils appréhendent réellement la situation.

« Y a-t-il encore quelqu'un ici pour douter des éléments dont nous disposons désormais ? » Il jeta un regard circulaire. Sept officiers étaient là, et les membres du NMCC n'étaient pas choisis pour leur stupidité.

« Ça peut paraître incroyable, amiral, mais on retrouve partout le même scénario : aucun des postes que nous avons tenté de contacter n'est accessible. Ils sont tous censés avoir des officiers de quart, mais personne ne répond au téléphone. Les liaisons satellite sont coupées. Nous avons perdu le contact avec quatre bases aériennes et un poste de l'armée. C'est pour de bon, monsieur. » La jeune femme se rachetait en lui donnant cet état de la situation.

« Des nouvelles des Affaires étrangères ? Et du côté du Renseignement ?

— Rien, dit un colonel du J-2. Je peux vous fournir un passage satellite sur les Mariannes d'ici une heure à peu près. J'ai déjà informé le contrôle aérien tactique du caractère prioritaire de la tâche.

— Un KH-11 ?

— Oui, monsieur, et toutes ses caméras sont opérationnelles. Le temps est clair. Nous aurons de bons clichés de survol, lui garantit l'officier de renseignements.

— Pas de tempête signalée dans le secteur, hier ?

— Négatif, annonça un autre officier. Aucune raison d'avoir une coupure des télécommunications. Ils ont un câble Transpac, et une station montante satellite. J'ai appelé l'opérateur qui gère les faisceaux. Ils n'ont reçu aucun avertissement ; ils ont essayé de leur côté de contacter leurs agents pour avoir des infos. Pas de réponse. »

Jackson hocha la tête. Il avait attendu tout ce temps, rien que pour avoir la confirmation dont il avait besoin pour passer à l'étape suivante.

« Bien, préparons un signal d'alerte, à distribuer à tous les commandements intégrés. Alertez le ministre de la

Défense et les chefs d'état-major. J'appelle tout de suite le Président.

« Dr Ryan, le NMCC sur le STU, code CRITIQUE. Encore l'amiral Robert Jackson. » L'énoncé du mot CRITIQUE fit tourner un certain nombre de têtes, tandis que Ryan décrochait le téléphone à ligne protégée.

« Robby ? C'est Jack. Qu'est-ce qui se passe ? » Dans la salle de transmissions, tout le monde vit le chef du Conseil national de sécurité blêmir. « Robby, t'es sérieux ? » Il jeta un œil sur l'officier de quart. « Où sommes-nous en ce moment ?

— On approche de Goose Bay, sur la côte du Labrador, monsieur. Environ trois heures de l'arrivée.

— Allez me chercher l'agent spécial D'Agustino, voulez-vous ? » Ryan retira sa main du micro. « Robby, j'aurais besoin de documents écrits... d'accord... non, il doit encore dormir. Laisse-moi une demi-heure pour organiser tout ça. Rappelle-moi si t'as besoin. »

Jack quitta son siège pour se rendre aux toilettes situées juste derrière le poste de pilotage. Il réussit à ne pas se regarder dans la glace en se lavant les mains. L'agent du Service secret l'attendait à la sortie.

« Pas trop dormi, n'est-ce pas ?

— Le patron est déjà levé ?

— Monsieur, il a laissé des instructions pour qu'on ne le réveille qu'une heure avant l'atterrissage. Je viens de me renseigner auprès du pilote et...

— Secouez-le, Daga, et tout de suite. Et réveillez aussi les ministres, Hanson et Fiedler, tant que vous y serez. Et aussi Arnie.

— Qu'est-ce qui se passe, monsieur ?

— Vous serez là pour l'apprendre. » Ryan prit la bande de papier issue du fax à ligne cryptée et se mit à lire. Puis il leva les yeux. « Je ne plaisante pas, Daga. Tout de suite.

— Il y a un risque pour le Président ?

— On va faire comme si », répondit Jack. Il réfléchit un instant. « Où se trouve la base de chasseurs la plus proche, lieutenant ? »

L'étonnement se lisait sur ses traits avec éloquence. « Eh bien, il y a des F-15 à Otis, sur le Cap Cod, et des F-16 à Burlington, Vermont. Ce sont deux escadrilles de la garde nationale, chargées de la défense territoriale.

— Appelez-les et dites-leur que le Président aimerait être entouré d'une compagnie amicale, fissa. » L'avantage, avec les lieutenants, c'est qu'ils n'avaient pas coutume de discuter les ordres, même quand ils n'avaient pas de raison évidente. Avec le Service secret, c'était une autre paire de manches.

« Doc, si vous devez faire ça, alors j'ai besoin de savoir, moi aussi, au plus vite.

— Ouais, Daga, je m'en doute. » Ryan déchira la première page de papier thermique quand le fax commença d'imprimer le deuxième feuillet de la transmission.

« Bordel de merde, dit tout haut l'agent, en lui rendant le feuillet. Je m'en vais réveiller le Président. Il faudra que vous préveniez le pilote. Leurs procédures changent légèrement dans ce genre de circonstances...

— Tout à fait. Quinze minutes, Daga, c'est bon ?

— Oui, monsieur. » Elle redescendit l'escalier en colimaçon tandis que Jack se dirigeait vers le poste de pilotage.

« Encore cent soixante minutes, Dr Ryan. Ça a été long, ce coup-ci, pas vrai ? » lança le pilote, un colonel, sur un ton enjoué. Le sourire s'effaça instantanément de ses traits.

C'est le pur hasard qui les fit passer devant l'ambassade des États-Unis. Peut-être avait-il juste voulu revoir le drapeau, se dit Clark. C'était toujours une vision rassurante en terre étrangère, même s'il flottait au-dessus d'un bâtiment dessiné par un bureaucrate doué d'un sens artistique de...

« Quelqu'un a l'air de faire une fixation sur la sécurité, nota Chavez.

— Evgueni Pavlovitch, je sais que ton anglais est bon. Inutile de t'exercer sur moi.

— Pardon. Les Japonais redoutent une émeute, Vania ? Cet incident mis à part, il n'y pas eu beaucoup de hooliganisme... » Sa voix s'éteignit. On voyait deux escouades de fantassins déployés autour de l'immeuble. Franchement bizarre. D'habitude dans ce pays, songea Ding, un ou deux agents de police semblaient suffire à assurer...

« *Iob'tvoïou mat.* »

Clark se sentit tout d'un coup très fier du gamin. Si grossière que soit l'imprécation, c'était précisément celle qu'aurait choisie un Russe. Et pour une raison manifeste : les gardes autour du périmètre de l'ambassade regardaient tout autant vers l'intérieur que vers l'extérieur, et les Marines demeuraient invisibles.

« Ivan Sergueïevitch, il y a quelque chose de bizarre, ici.

— Assurément, Evgueni Pavlovitch », assura Clark sur un ton égal. Il ne ralentit pas, en espérant que les troupes massées sur le trottoir ne remarqueraient pas les deux *gaijins* passant en voiture et n'auraient pas l'idée de relever le numéro. Ce serait peut-être une bonne idée de changer de voiture de location.

« L'homme s'appelle Arima, prénom Tokikichi, amiral. Général de corps d'armée, cinquante-trois ans. » Le sergent de l'armée de terre était un spécialiste du Renseignement. « Diplômé de leur académie militaire, il a commencé comme simple fantassin, puis est monté en grade, toujours bien noté. Il a le brevet de para. Il est venu faire un stage de perfectionnement à Carlisle, il y a huit ans. Excellents résultats. "De l'astuce politique", note son dossier. De bonnes relations. Il est général en chef de leur armée de l'est, en gros l'équivalent d'un corps d'armée chez nous, mais avec moins de matériel lourd, en particulier pour l'artillerie. Cela fait deux divisions d'infanterie, la 1re et la 12e, leur 1re brigade aéroportée, la 1re brigade du génie, le 2e groupe antiaérien, plus les personnels administratifs. »

Le sergent lui tendit le dossier, complété par deux photos. *L'ennemi a un visage, maintenant*, pensa Jackson. *Au moins un visage.* Jackson l'examina quelques secondes, puis il referma la chemise.

Au Pentagone, on n'allait pas tarder à passer en phase FRÉNÉTIQUE. Le premier des chefs d'état-major interarmes était déjà arrivé au parking, et ce serait lui qui s'y collerait pour leur annoncer la nouvelle, en définitive.

Jackson rassembla les documents et se dirigea vers la Cuve, une salle agréable au demeurant, située à l'extérieur de l'aile E du bâtiment.

Chet Nomuri avait passé sa journée à rencontrer trois de ses contacts hors des heures régulières, sans apprendre grand-chose, sinon qu'il se tramait un truc fort bizarre, même si personne n'aurait su dire quoi. Il décida que le mieux était de retourner aux bains, en espérant que Kazuo Taoka s'y montrerait. Ce fut le cas, mais dans l'intervalle, Nomuri était resté si longtemps à mariner dans l'eau bouillante qu'il se sentait comme un plat de nouilles oublié depuis un mois dans une casserole.

« Je te raconte pas la journée que j'ai passée, réussit-il à dire avec un sourire en coin.

— Alors, elle était comment, la tienne ? » demanda Kazuo. Son sourire était las mais enthousiaste.

« Imagine une jolie fille dans un certain bar. Trois mois que je la travaille au corps, mais on a passé un après-midi... vigoureux. » Nomuri glissa la main sous la surface de l'eau, feignant un type de courbature particulièrement éloquent. « D'ici qu'elle n'arrive plus à servir...

— Je regrette que cette Américaine ne soit plus là », observa Taoka en se laissant à son tour glisser dans le bassin avec un *Ahhhhh* prolongé. « Je me sens prêt pour ce genre de fille, maintenant.

— Elle est partie ? demanda innocemment Nomuri.

— Morte, répondit l'employé, maîtrisant sans grand mal son sentiment de perte.

— Que s'est-il passé ?

— Ils devaient la renvoyer chez elle. Yamata a chargé Kaneda, son homme de main, de régler cette affaire. Mais il semblerait qu'elle faisait usage de drogue, et on l'a retrouvée morte d'une overdose. C'est bien regrettable, observa Taoka, comme s'il évoquait la disparition du chat de la voisine. Mais il y en a d'autres comme elle dans son pays. »

Nomuri se contenta de hocher la tête avec une impassibilité un peu lasse, remarquant pour lui-même que cet aspect du personnage était encore inédit pour lui. Kazuo était le cadre japonais typique. Il était entré dans son entreprise dès la sortie de l'université, débutant à un poste tout juste supérieur à celui d'un employé aux écritures. Au bout de cinq ans d'activité, on l'avait envoyé dans une école de commerce, qui dans ce pays était l'équivalent d'un pénitencier avec un côté camp de concentration. Il y avait quelque chose de scandaleux dans le fonctionnement de ce pays. Nomuri aurait voulu qu'il en aille autrement. C'était un pays étranger, après tout, et chaque pays avait sa spécificité, ce qui en soi était une bonne chose, l'Amérique en était la preuve. L'Amérique faisait son miel de la diversité qui parvenait sur ses côtes, chaque communauté ethnique ajoutant son ingrédient à la soupe nationale, créant une mixture souvent explosive, mais toujours originale et inventive. Pourtant, ce n'est que maintenant qu'il saisissait pleinement pourquoi tout ce monde venait aux États-Unis, et en particulier les gens de ce pays.

Le Japon exigeait beaucoup de ses citoyens — ou plus exactement, sa culture. Le chef avait toujours raison. Un bon employé était un employé qui faisait ce qu'on lui disait. Pour progresser, il fallait lécher quantité de culs, chanter l'hymne de la compagnie, s'entraîner tous les matins comme un légionnaire dans un putain de camp, se pointer au boulot avec une heure d'avance pour montrer son dévouement au travail. Le plus incroyable avec de telles méthodes, c'était qu'ils arrivaient encore à être créatifs. Sans doute les meilleurs éléments réussissaient-ils à se frayer un chemin jusqu'au sommet, en dépit de tous ces obstacles, à moins qu'ils n'aient l'intelligence de dissimuler leurs sentiments jusqu'à ce qu'ils aient atteint un poste de réelle autorité. Mais quand enfin ils y étaient parvenus, ils devaient avoir accumulé tellement de haine en eux qu'en comparaison Hitler aurait eu l'air d'un joyeux drille. Dans l'intervalle, ils faisaient passer la pilule avec des cuites et des séances de débauche comme celles qu'il entendait nar-

er dans ces bains brûlants. Les histoires de virées en Thaï-
ande, à Taiwan, ou plus récemment aux Mariannes, étaient
particulièrement intéressantes ; des trucs à faire rougir ses
copines de fac à l'université de Los Angeles. Tous ces éléments étaient symptomatiques d'une société qui cultivait la
répression psychologique, dont l'aimable façade de courtoisie et de chaleur humaine était comme un barrage retenant des monceaux de rage contenue et de frustration. Ce
barrage fuyait parfois, le plus souvent de manière ordonnée, maîtrisée, mais la pression n'en était pas libérée pour
autant, et cette tension se révélait, en particulier, à certaine
façon de regarder les autres, surtout les *gaijins*, que Nomuri
ressentait comme une insulte et un affront aux conceptions
égalitaristes que lui avait inculquées sa culture américaine.
Il ne faudrait pas longtemps, se rendit-il compte, pour qu'il
se mette à détester cet endroit. Ce serait malsain et non professionnel, jugea l'agent de la CIA qui se souvenait des
leçons serinées à la Ferme : un bon espion était celui qui
s'identifiait le plus à la culture qu'il attaquait. Or, il était en
train de glisser dans la direction opposée, et le plus ironique
était que la raison fondamentale à cette antipathie crois-
sante venait de ce que ses racines plongeaient dans cette
terre même.

« Tu en veux vraiment d'autres comme elle ? demanda
Nomuri, les yeux clos.

— Oh, que oui. Baiser tout ce qui est américain va
bientôt devenir notre sport national. » Taoka étouffa un
rire. « On s'est bien éclatés ces deux derniers jours. Et
j'étais placé aux premières loges », conclut-il, la voix
empreinte d'une terreur respectueuse. Cela avait valu le
coup d'attendre. Vingt années d'humiliation et de
patience pour connaître enfin la récompense de se trouver
au PC de guerre, de pouvoir tout écouter, tout suivre, et
ainsi voir l'histoire s'écrire sous ses yeux. Le modeste
employé avait laissé sa marque et, plus important encore,
il avait été remarqué. Par Yamata-san en personne.

« Eh bien, quelles grandes prouesses se sont donc
accomplies pendant que je réalisais les miennes, hein ?
demanda Nomuri, rouvrant les yeux avec un sourire narquois.

— Nous venons de déclencher la guerre contre l'Amérique et nous avons gagné ! proclama Taoka.

— La guerre ? *Nan ja ?* Nous avons réussi à leur racheter la General Motors, c'est cela ?

— Non, une vraie guerre, mon ami. Nous avons gravement endommagé leur flotte du Pacifique et les Mariannes sont de nouveau japonaises !

— Mon ami, l'abus d'alcool ne te vaut rien, lança Nomuri, qui croyait réellement ce qu'il venait de dire à ce vantard.

— Je n'ai pas bu un verre depuis quatre jours ! protesta Taoka. Ce que je t'ai dit est vrai !

— Kazuo, dit Chet, sur le ton patient qu'on adopte pour raisonner avec un gamin capricieux, tu sais raconter des histoires mieux que personne. Tes descriptions de femmes me font autant d'effet que si j'y étais moi-même. » Nomuri sourit. « Mais là, tu exagères.

— Pas cette fois, mon ami. Vraiment. » Taoka voulait réellement être cru, aussi se mit-il à lui fournir des détails. Nomuri n'avait pas vraiment de formation militaire. L'essentiel de ses connaissances en ce domaine provenait de ses lectures et des films qu'il avait vus. Ses instructions pour opérer au Japon ne concernaient en rien la collecte de renseignements sur les forces nippones d'autodéfense, mais plutôt le commerce et les affaires étrangères. Mais Kazuo Taoka était effectivement un bon conteur, avec un sens aigu du détail, et il ne fallut pas trois minutes pour que Nomuri doive à nouveau clore les yeux, un sourire aux lèvres.

Deux gestes qui résultaient de son entraînement à Yorktown, Virginie, tout comme l'entraînement de sa mémoire, qui tâchait en ce moment précis d'emmagasiner mot après mot ces informations, tandis qu'une autre partie de son esprit se demandait comment diable il allait s'y prendre pour les faire sortir du pays. Son autre réaction était de celles que Taoka ne pourrait jamais voir ou entendre, la quintessence de l'américanisme, énoncée du tréfonds de son âme d'agent de la CIA : *You motherfuckers !* Bande d'enculés...

« Parfait, SAUTEUR est levé et à peu près en forme, annonça Helen D'Agustino. JASMIN (c'était le nom de code d'Anne Durling) sera dans une autre cabine. Les ministres de la Défense et du Trésor sont debout également, ils boivent leur café. Arnie van Damm est sans doute en meilleure forme que n'importe qui à bord. En piste ! Et les chasseurs ?

— Ils nous rejoindront d'ici une vingtaine de minutes. Nous avons pris les F-15 basés à Otis : meilleur rayon d'action, ils pourront nous accompagner jusqu'au bout. Je deviens vraiment parano, pas vrai ? »

Les yeux de Daga trahissaient une froide ironie, toute professionnelle. « Vous savez ce que j'ai toujours apprécié chez vous, Dr Ryan ?

— Quoi donc ?

— Je n'ai pas besoin de vous expliquer les problèmes de sécurité comme j'y suis obligée avec tous les autres. Vous pensez comme moi. » C'était un sacré aveu pour un agent du Service secret. « Le Président vous attend, monsieur. » Elle le précéda dans l'escalier.

Ryan se cogna contre sa femme en se dirigeant vers l'avant. Comme toujours aussi jolie, elle n'avait apparemment pas souffert de la soirée précédente, en dépit des avertissements de son mari, et, en voyant Jack, ce fut elle qui faillit se moquer de son époux avec son air de...

« Que se passe-t-il ?

— Le boulot, Cathy.

— Grave ? »

Son mari se contenta de hocher la tête et poursuivit son chemin, passant devant un agent du Service secret et un garde armé de la police militaire de l'Air Force. Les deux canapés-lits avaient été repliés. Le Président Durling était assis, en pantalon et chemise blanche. Sa cravate et son veston n'étaient pas encore visibles à cette heure matinale. Une cafetière en argent était posée sur la table basse. Ryan pouvait voir dehors, par les hublots de part et d'autre de la cabine située dans le nez du jumbo-jet. Ils volaient à un millier de mètres au-dessus de cumulus moutonnants.

« J'ai appris que vous êtes resté debout toute la nuit, Jack, observa Durling.

— Depuis avant l'Islande, en tout cas, je ne sais pas quand c'était, monsieur le président », lui dit Ryan. Il ne s'était ni lavé ni rasé, et ses cheveux devaient ressembler à ceux de Cathy après un long séjour sous son bonnet de chirurgien. Mais le pire, c'était son regard, alors qu'il s'apprêtait à lui annoncer la plus sinistre des nouvelles.

« Vous avez un air épouvantable. Quel est le problème ?

— Monsieur le président, d'après les informations reçues au cours des dernières heures, tout me porte à croire que les États-Unis d'Amérique sont en guerre avec le Japon. »

« Tout ce qu'il vous faut, c'est un bon chef de bord sur qui vous reposer, observa Jones.

— Ron, encore une comme ça, et je vous balance par-dessus bord, vu ? Vous vous êtes suffisamment fait remarquer pour aujourd'hui, d'accord ? rétorqua Mancuso d'une voix lasse. Tous ces hommes étaient sous mes ordres, vous vous souvenez ?

— Ai-je été odieux à ce point ?

— Ouais, Jonesy, absolument. » C'est Chambers qui lui avait soufflé la réponse. « Peut-être que Seaton avait besoin de se faire remonter les bretelles, mais vous en avez un peu trop fait. Et ce dont on a besoin maintenant, c'est de solutions, pas de conneries d'un monsieur je-sais-tout. »

Jones hocha la tête, mais il n'en pensait pas moins. « Très bien, monsieur. Quelles sont les forces en présence ?

— Meilleure estimation, ils peuvent déployer dix-huit bateaux. Deux sont en radoub et seront sans doute indisponibles pendant au moins plusieurs mois, répondit Chambers, commençant par l'ennemi. Avec le *Charlotte* et l'*Asheville* rayés de la partie, nous avons de notre côté un total de dix-sept. Quatre sont en cale sèche pour révision et donc indisponibles. Quatre autres sont en refonte, à quai ici ou à Dago. Quatre encore croisent dans l'océan Indien. On pourra peut-être les récupérer, mais pas sûr. Restent cinq. Trois accompagnent les porte-avions pour ce fameux "exercice", un autre est là, en bas, à quai.

Enfin, le dernier est en mer, quelque part tout là-haut dans le golfe d'Alaska, en mission d'entraînement. Il a un nouveau commandant — ça fait quoi, trois semaines, qu'il a son affectation ?

— Correct, confirma Mancuso. Il apprend le métier.

— Bon Dieu, on est donc démunis à ce point ? » Jones regrettait à présent ses remarques sur la nécessité d'un bon chef de bord. La puissante flotte du Pacifique de la marine des États-Unis, naguère encore — cinq ans à peine — la plus formidable armada de l'histoire de la civilisation, était désormais réduite à une marine de frégates.

« Cinq contre dix-huit, et tous équipés pour la vitesse. Ils se sont entraînés sans discontinuer depuis deux mois. » Chambers considéra la carte murale et fronça les sourcils. « C'est un putain de vaste océan, Jonesy. » C'était le ton de cette dernière remarque qui préoccupa le civil.

« Les quatre en refonte ?

— L'ordre est parti : "Prenez la mer dès que disponible". Et cela porte le chiffre à neuf, d'ici une quinzaine, et si on a de la chance.

— Monsieur Chambers, amiral ? »

Chambers se retourna. « Ouais, premier maître Jones ?

— Vous vous souvenez du temps où on fonçait vers le nord, livrés à nous-mêmes, et qu'on traquait quatre ou cinq méchants en même temps ? »

L'officier acquiesça sobrement, presque avec nostalgie. Sa réponse fut tranquille : « Cela fait bien longtemps, Jonesy. On affronte des SSK, aujourd'hui, sur leur propre terrain, et...

— Est-ce que vous avez revendu vos couilles pour vous payer ce quatrième galon sur vos épaulettes ? »

Chambers fit volte-face, blême de rage.

« Bon, écoutez-moi bien, mon garçon, je... » Mais Ron Jones poursuivit, sur le même ton.

« "Je quoi" ?... Merde, dans le temps, vous étiez un putain d'emmerdeur d'officier ! Je comptais sur vous pour savoir exploiter les données que je vous fournissais, comme je comptais sur lui... » Jones désigna l'amiral Mancuso. « Quand je naviguais avec vous, les gars, on était le dessus du panier. Et si vous avez toujours fait correctement votre boulot de commandant, et si *vous*, sur-

tout, vous avez fait correctement votre boulot de chef
d'état-major, Bart, eh bien, pour tous ces petits gars, en
mer, c'est pareil. Bordel de merde ! Quand j'ai balancé
mon barda par l'écoutille du *Dallas*, la première fois, je
comptais sur vous, les mecs, pour faire votre putain de
boulot. Me serais-je trompé, messieurs ? Vous vous souvenez de la devise du *Dallas* ? *Toujours premiers face au
danger !* Bordel, qu'est-ce qui se passe ici ? » La question
demeura en suspens plusieurs secondes. Chambers était
trop furieux pour réagir. Pas le SubPac.

« On a l'air si nuls ? demanda Mancuso.

— Ça, certainement, amiral. Bon, d'accord, on s'est
fait avoir par ces salauds. S'rait peut-être temps de songer
à reprendre le dessus. L'université, c'est nous, non ? Qui
est mieux placé que nous pour donner des leçons ?

— Jones, vous avez toujours eu une grande gueule,
observa Chambers avant de se retourner vers la carte.
Mais j'imagine qu'il est peut-être temps de se mettre au
boulot. »

Un maître principal passa la tête à la porte. « Amiral,
le *Pasadena* vient de se signaler. Paré à plonger, le commandant attend ses ordres.

— Son armement ? » répondit Mancuso, conscient que
s'il avait fait correctement son boulot ces derniers jours,
la question n'aurait pas été nécessaire.

« Vingt-deux ADCAP, six Harpoon, et douze TLAM-
C. Que des armes de guerre, monsieur, répondit l'officier
marinier. Il est paré à foncer dans le tas, amiral. »

Le ComSubPac opina. « Dites-lui d'être prêt à recevoir
son ordre de mission.

— A vos ordres, amiral.

— Bon skipper ? demanda Jones.

— Il a acquis l'échelon E l'an dernier, dit Chambers.
Tim Parry. Il était mon second sur le *Key West*. Il fera
l'affaire.

— Donc, maintenant, tout ce qu'il lui faut, c'est du
boulot. »

Mancuso décrocha le téléphone crypté pour appeler le
CINCPAC. « Ouais. »

« Signal des Affaires étrangères, annonça l'officier de transmissions en entrant dans la pièce. L'ambassadeur du Japon demande d'urgence une entrevue avec le Président.

— Brett ?

— Voyons ce qu'il aura à dire », répondit le ministre des Affaires étrangères. Ryan acquiesça.

« Une chance quelconque qu'il y ait pu avoir erreur ? demanda Durling.

— Nous attendons d'un instant à l'autre des informations concrètes depuis un passage satellite à la verticale des Mariannes. Il fait nuit, là-bas, mais peu importe. » Ryan avait terminé son exposé, et les données qu'il avait réussi à fournir paraissaient bien minces, en définitive. La vérité vraie était que ce qui venait à l'évidence de se produire dépassait tellement les limites de la raison qu'il ne serait pas lui-même entièrement satisfait tant qu'il n'aurait pas vu de ses propres yeux les dépêches.

« Si c'est vrai, alors quoi ?

— Ça va prendre un petit moment, admit Ryan. On aurait intérêt à écouter ce que leur ambassadeur a à nous dire.

— Qu'est-ce qu'ils nous mijotent ? demanda Fiedler, le ministre des Finances.

— Mystère, monsieur. Chercher à nous harceler serait un mauvais calcul : on a des ogives nucléaires. Pas eux. C'est complètement dingue..., observa calmement Ryan. Ça ne tient pas debout. » Puis il se souvint qu'en 1939 le premier partenaire commercial de l'Allemagne était... la France. La leçon la plus souvent donnée par l'histoire était que la logique n'était pas le moteur essentiel du comportement des nations. Mais l'étude de l'histoire n'était pas toujours bilatérale. Et les enseignements qu'on pouvait en tirer dépendaient de la qualité de l'étudiant. C'était toujours utile de s'en souvenir, estima Jack, vu que le mec en face pouvait l'avoir oublié.

« Il doit y avoir eu erreur quelque part, annonça Hanson. Deux accidents. Peut-être que nos deux subs sont entrés en collision sous l'eau, et peut-être que nous avons des gens un peu trop émotifs à Saipan. Je veux dire... rien de tout ça ne tient debout.

— Je suis bien d'accord, les renseignements ne composent pas une image cohérente, chaque pièce du puzzle, en revanche... enfin, merde, je connais bien Robby Jackson, je connais bien Bart Mancuso.

— Qui est-ce ?

— Le ComSubPac. Il a sous ses ordres tous nos subs dans le secteur. J'ai déjà navigué avec lui. Jackson est J-3 adjoint et nous sommes amis depuis l'époque où nous enseignions tous les deux à Annapolis. » Dieu, tant d'années déjà...

« D'accord, dit Durling. Vous nous avez dit tout ce que vous saviez ?

— Oui, monsieur le président. Mot pour mot, sans aucune analyse.

— Vous voulez dire que vous n'en avez pas ? » La critique était cuisante, mais l'heure n'était pas à la dentelle. Ryan acquiesça.

« Correct, monsieur le président.

— Donc pour l'instant, on attend. Combien de temps d'ici Andrews ? »

Fiedler regarda par le hublot. « C'est la baie de Chesapeake que j'aperçois, là en dessous. On ne doit plus être trop loin.

— Des journalistes à l'aéroport ? demanda-t-il en se tournant vers Arnie van Damm.

— Juste ceux qui sont à l'arrière, monsieur.

— Ryan ?

— Nous essayons de confirmer nos informations au plus vite. Tous les services sont en alerte.

— Qu'est-ce que ces chasseurs viennent foutre ici ? » demanda Fiedler. Ils volaient désormais de conserve avec Air Force One, deux appareils en formation serrée à quinze cents mètres environ, et leurs pilotes s'interrogeaient sur la raison de cet exercice. Ryan se demanda si les journalistes allaient le remarquer. Mouais, combien de temps allaient-ils pouvoir garder le secret sur cette affaire ?

« Une idée à moi, Buzz », dit Ryan. Autant qu'il en assume la responsabilité.

« Un peu mélodramatique, non ? observa le ministre des Affaires d'étrangères.

560

— On ne s'attendait pas non plus à voir attaquer notre flotte, monsieur.

— Mesdames et messieurs, ici le colonel Evans. Nous approchons maintenant de la base aérienne d'Andrews. Nous espérons que vous aurez apprécié le vol. Veuillez redresser vos sièges et... » A l'arrière, les jeunes cadres de la Maison Blanche refusèrent ostensiblement d'attacher leur ceinture. Le personnel de cabine fit bien sûr ce qu'il était censé faire.

Ryan sentit le train principal toucher la piste zéro-un droite. Pour la majorité des passagers, à savoir les journalistes, c'était la fin du voyage. Pour lui, ce n'était que le début. Le premier signe était le contingent de forces de sécurité plus important que d'habitude qui les attendait au terminal, et surtout un certain nombre de membres du Service secret particulièrement nerveux. Dans un sens, le chef du Conseil national de sécurité qu'il était se sentait presque soulagé. Presque plus personne ne croyait encore à une erreur, mais c'eût été tellement mieux, songea Ryan, s'il avait pu se tromper, rien qu'une fois. Sinon, ils étaient confrontés à la crise la plus complexe de toute l'histoire de son pays.

LEXIQUE

Le lecteur trouvera dans ce lexique la liste des principaux sigles et acronymes techniques, politiques, économiques, financiers ou militaires rencontrés dans le cours du récit. Ils sont accompagnés de leur traduction française, d'une courte définition et, le cas échéant, d'un bref descriptif technique, à moins qu'ils aient été déjà explicités par l'auteur... ou qu'ils désignent des engins ou systèmes nés de ses capacités d'extrapolation technologique à la date où ont été rédigées ces lignes.

Le traducteur

Le passionné pourra trouver d'autres renseignements, entre autres bibliographiques, en se reportant au glossaire du précédent roman de Tom Clancy, *Sans aucun remords*, Albin Michel, 1994. Progrès oblige, la bibliographie citée pourra désormais s'enrichir des références suivantes sur CD-ROM, disponibles pour ordinateur PC-Multimédia ou Macintosh :

TITRES GÉNÉRALISTES :

Encyclopédie Encarta (Microsoft PC/MAC)
The New Grolier Encyclopedia (Grolier/EuroCD PC/MAC)

Compton's Multimedia Encyclopedia (Compton's News-media PC/MAC)

RAPPEL DE QUELQUES NOTIONS UTILES

UNITÉS DE MESURE

En navigation maritime ou aérienne [1], on emploie toujours ces *unités non métriques* :
1 mille (nautique) = 1852 mètres.
1 nœud (mesure de vitesse) = 1 mille nautique à l'heure.
1 pied (mesure d'altitude ou de profondeur) = 0,3048 cm.
  En gros, on multiplie par trois dixièmes pour avoir la mesure en mètres : 30 000 pieds = 9 000 mètres.
1 pouce = 2,54 cm.
1 livre = 453,6 grammes.

DÉNOMINATIONS DES MATÉRIELS

  Comme presque toutes les forces armées, les armées

---

1. En revanche, lorsqu'il s'agit des caractéristiques d'un appareil aérien (portée de tir, autonomie...), les Américains ont encore souvent recours au mile — unité terrestre qui vaut 1609 mètres...

américaines attribuent à leurs matériels une ou deux lettres préfixes indiquant la catégorie de l'engin, suivies de chiffres précisant son type (les numéros sont en général attribués dans l'ordre chronologique de réception par les diverses armes), éventuellement complété d'une ou deux lettres-indices pour distinguer les variantes ou évolutions dans la série du type. En outre, ces appareils héritent traditionnellement d'un nom de baptême : ainsi le F-105G est un chasseur (F = Fighter), type 105, dit « Thunderchief », en l'occurrence du modèle biplace équipé pour les contre-mesures électroniques (série G).

En voici, pour les matériels aériens, les principales catégories (éventuellement précédées d'une lettre-indice complémentaire précisant les attributions de l'appareil : D (Drone) avion sans pilote téléguidé (servant d'engin-cible ou d'appareil de reconnaissance), W (Weather) avion de surveillance météo, K (Kerosene) avion-citerne de ravitaillement en vol, etc.

A	[Attack]	appareils d'appui tactique
B	[Bomber]	bombardier
C	[Cargo]	avion ou hélicoptère de transport (matériel/personnel)
E	[Eye = Œil]	[devenu : Electronic warfare = guerre électronique] appareil d'observation/avions-radar
F	[Fighter]	chasseur
H	[Helicopter]	hélicoptère (AH : attaque, CH : transport, etc.)
P	[Pursuit]	ancien qualificatif des chasseurs et intercepteurs (exemple : le Lockheed P-38) abandonné après 1945.
R	[Recon]	appareil de Reconnaissance
T	[Training]	avion d'entraînement
V	[vertical]	appareil à décollage vertical
X	[eXperimental]	prototype expérimental (XB : bombardier prototype, FX : chasseur prototype, etc.)
Y		prototype d'évaluation (avion de présérie) avec la même déclinaison :YB...

Pendant la guerre froide, l'OTAN a systématisé le procédé avec les appareils et engins soviétiques (dans l'attente de connaître leur désignation officielle), en leur attribuant un surnom dont l'initiale faisait référence à la classification américaine : chasseurs MiG-25 « Foxbat » ou Sukhoï Su-15 « Flagon », bombardiers Myasichtchev Mya-4 « Bison » ou Tupolev-22 « Backfire ».

Ce système de codification avec lettres-indices et numéros matricules s'applique également aux autres armes et matériels (véhicules de l'armée de terre, bâtiments de la marine, armes d'infanterie, radars, missiles, etc.) : ainsi les porte-avions sont-ils affectés des lettres-indices CV (Carrier Vessel) et CVN lorsqu'ils sont à propulsion nucléaire.

NOTA : Pour les divers engins, la définition est généralement indiquée à l'entrée correspondant au nom sous lequel ils apparaissent dans le corps du récit, mais des renvois permettent à chaque fois, quelle que soit la dénomination, d'établir les correspondances. Les entrées sont classées successivement par ordre numérique, puis alphabétique. Pour ce qui est des bâtiments de guerre, seules les unités les plus caractéristiques ont été référencées.

A

A-4 « Skyhawk »
Bombardier d'attaque léger à aile delta de l'aéronavale américaine, construit par McDonnell Douglas. Livré entre 1956 et 1972.

A-6 « Intruder »
Avion d'attaque subsonique tout-temps embarqué. Construit par Grumman et livré entre 1963 et 1975. Il a été utilisé jour et nuit au Viêt-nam pour ses qualités de pénétration et de bombardement précis grâce à ses équipements de navigation évolués.

A-6B « Prowler »
Évolution du précédent aux capacités ECM renforcées.

A6M3 « Zero » [code allié ZEKE]
Célèbre chasseur pour porte-avions construit à 10 449 exemplaires par Mitsubishi, entre 1939 et la

fin de la guerre. Les derniers exemplaires furent modifiés pour les attaques suicides des kamikaze.

A-7A « Corsair »

Bombardier d'attaque monoplace monoréacteur embarqué, dérivé du Crusader. Construit par Vought et mis en service dès fin 1967, dans le golfe du Tonkin dans sa version A, fabriquée à 199 exemplaires.

AAA « Triple-A » [Anti-Aircraft Artillery]

Artillerie antiaérienne. Regroupe la DCA classique et les missiles surface-air.

ADAMS [classe Charles F. Adams]

Classe de 33 destroyers lance-engins (DDG) construits au début des années soixante, équipés de lanceurs balistiques Tartar et de tubes lance-missiles ASROC en sus de leurs canons de 127 mm. Mais il leur manque une plate-forme pour hélicoptère.

ADCAP [ADvanced CAPabilities]

= à capacités améliorées. Désigne en particulier les dernières versions de la torpille américaine Mark-48.

AEGIS [Airborne Early warning Ground environment Interface Segment]

Dispositif aussi contourné que le libellé de son sigle, le système AEGIS est un système de défense intégré américain couplant radars aéroportés d'alerte avancée et radars au sol (ou sur navire) chargés du guidage des missiles. Ce système a été également vendu aux forces armées d'autres pays.

AEW [Airborne Early Warning]

= Alerte aérienne avancée. Qualifie les radars aéroportés (voir AWACS).

AFB [Air Force Base]

Voir BA.

AGI [Auxiliary General Intelligence]

= Auxiliaire des services de renseignements.

AGILITÉ EN FRÉQUENCE

Caractérise la faculté d'un radar à passer immédiatement d'un mode de travail à un autre (détection, acquisition et suivi de cible, par exemple). C'est devenu possible grâce à l'utilisation d'antennes entièrement électroniques capables de modifier quasi instantanément de manière radicale leurs caractéristiques techniques (fréquences d'émission, vitesse de balayage, polarisation, etc.), alors qu'une antenne classique rotative est limitée à une fonction unique par ses caractéristiques matérielles (dimensions, tête d'émission, vitesse de rotation, etc.). Voir RIDEAU DE PHASE.

AH-1 « HueyCobra »
Hélicoptère biplace d'attaque [=AH] construit par Bell et utilisé en grand nombre au Viêt-nam à partir de septembre 1967. Dérivé du célèbre hélicoptère de transport multi-tâches *Bell Huey Iroquois*, il s'en distingue par une cellule affinée grâce à sa disposition biplace en tandem — mitrailleur à l'avant, pilote en retrait au-dessus — et par un armement puissant qui peut être extrêmement varié.

AIRGROUP
Commandement aérien tactique (voir CAG).

AIRPAC
Commandant des opérations aéronavales dans le Pacifique.

AK-47
Fusil d'assaut soviétique de calibre 7,62 mm utilisé surtout au Viêt-nam (la fameuse *Kalachnikov)*, et remplacé depuis par l'AKM et l'AKS-74.

AMEX [American Stock Exchange]
Deuxième place boursière sur le marché de New York.

AMRAAM [Advanced Medium Range Air to Air Missile]
Missile air-air à moyenne portée perfectionné.

AMTRAK [National Railroad Passenger Corporation]
Compagnie ferroviaire créée en 1973 pour gérer l'ensemble du trafic voyageurs longue distance aux États-Unis, à la suite des faillites en cascade des compagnies classiques que les lois anti-trusts avaient poussées à se livrer à une concurrence suicidaire.

ASAP [As Soon As Possible]
Jargon militaire : « Le plus vite possible ».

ASHEVILLE
Sous-marin nucléaire d'attaque américain, classe 688. Voir LOS ANGELES.

ASM [Air Surface Missile]
Missile air-surface.

ASM [Anti-sous-marins]
Caractérise les armes (avions, hélicoptères, bâtiments de guerre, missiles, etc.) engagées dans les opérations de lutte anti-sous-marine.

ASROC [Anti-Submarine Rocket]
Engin mer-mer ou air-mer anti-sous-marins.

ASW [Anti-Submarine Warfare]
Arme de lutte anti-sous-marins. Exemples : torpilles, mines, charges de fond, missiles ASROC...

ATLAS
Voir Convair « Atlas-Centaur ».

AUSTIN [classe]
Série de douze navires d'assaut amphibies de la marine américaine, construits à partir de 1964. Il s'agit d'une variante rallongée (coque de 183 m) des navires de transport d'assaut de la classe RALEIGH. Équipés de quatre tourelles doubles de 76 mm, ils emportent 6 hélicoptères Seaknight, et sont équipés d'un radier de 50 m (pouvant abriter jusqu'à vingt péniches de débarquement) recouvert d'un pont d'envol. Leur taille leur permet d'emporter, outre les barges, le matériel et les troupes.

AUTEC [Atlantic Undersea Test and Evaluation Center]
Centre d'essais et d'évaluation de sous-marins dans l'Atlantique. Centre de la marine américaine installé aux Bahamas.

AWACS [Airborne Warning and Control System]
Système de contrôle et d'alerte aérien, utilisant des avions-radar. Par extension, ces avions.

AWG-9
Radar à impulsion Doppler construit par Hugues, couplé à un système de contrôle de tir. Il équipe entre autres le F14A Tomcat.

B-1B

Bombardier stratégique américain, construit par Rockwell, théoriquement destiné à remplacer les B-52 arrivés en bout de course. Le projet initial (B1-A) à géométrie variable s'étant avéré trop coûteux, le Président Carter l'avait arrêté après la construction de quatre prototypes. Le Président Reagan le relança sous une version simplifiée à ailes fixes, mais ses caractéristiques étaient tellement dégradées que l'appareil n'avait quasiment plus aucun intérêt stratégique...

B-2 « Spirit »

Bombardier révolutionnaire américain construit par Northrop : ce quadriréacteur, longtemps resté secret, est un appareil qui reprend la conception de l'aile volante (sans fuselage ni queue), abandonnée depuis le avionique prototype XB-35 de 1947. Mais les progrès de l'avionique (pilotage informatisé) ont permis de résoudre les problèmes de stabilité aérodynamique inhérents à ce dessin qui, couplé à l'utilisation de matériaux absorbants, permet par ailleurs d'avoir un engin extrêmement furtif malgré une taille pratiquement équivalente à celle de ses prédécesseurs : sa surface équivalente radar est en effet d'1 m^2 seulement contre 10 m^2 pour un B-1 et 100 m^2 pour un B-52 ! Autre caractéristique révolutionnaire, ce bombardier stratégique qui peut évoluer à très haute altitude n'a en revanche qu'une vitesse maximale de 750 km/h ! En 1994, le constructeur en avait livré 20 exemplaires.

B-52 « Stratofortress »

Bombardier stratégique octoréacteur construit par Boeing. Sans doute l'appareil le plus célèbre au monde. Tout, dans cet engin, dépasse les normes : son poids (229 tonnes dans sa version B-52H), son rayon d'action (plus de 20 000 km), sa capacité d'emport (grappes de plusieurs dizaines de missiles nucléaires dans sa version stratégique), le nombre d'exemplaires construits (744, dont la moitié est encore en service) et la longévité : l'avant-projet date de 1946, les prototypes XB et YB-52 ont volé en 52, la mise en service est intervenue en 55 et il est probable que, faute de remplaçant après les déboires du projet B-1, cet appareil volera encore en 2005...

Le « Buff » a été décliné en de nombreuses versions : bombardier stratégique nucléaire ou classique (les B-52D et F engagés au Viêt-nam), plate-forme de contre-mesures électroniques, lanceur de missiles de croisière.

BA

Base Aérienne [aux États-Unis, AFB = Air Force Base].

« BACKFIRE »

Voir Tu-26.

« BADGER »

Voir Tu-16.

BELL AH-1 « Huey-Cobra »

Voir AH-1.

BIG BLUE

« Le Grand Bleu » : surnom donné à IBM, par référence à sa taille de géant de l'informatique et à la couleur de son sigle.

« BLACKHAWK »

Voir UH-60.

BOEING B-52 « Stratofortress »

Voir B-52.

BOEING C-135 « Stratolifter »

Voir C-135.

BOEING CH-46 « Seaknight »

Voir CH-46.

BOEING E-3A AWACS « Sentry »

Voir E-3A.

BOEING KC-10

Voir KC-10.

BOEING KC-135 « Stratotanker »

Voir KC-135.

BRITISH AEROSPACE « Harrier »

Voir « Harrier ».

BST [Boat Surveillance and Tracking System]

= Système de surveillance et de suivi de bateau.

Balise de détresse automatique déclenchée en cas d'avarie. Équipe en particulier les submersibles.

BUFF [Big Ugly Fat Fucker]
= « Gros salaud moche » : sobriquet des bombardiers B-52.

C

C-2A « Greyhound »
Version avion de transport (39 passagers) du biturbopropulseur Grumman E-2 « Hawkeye », utilisé comme avion-radar d'alerte avancée par la marine américaine.

C-4 [Composition 4]
Type de charge explosive.

C-5A « Galaxy »
Quadriréacteur de transport stratégique construit par Lockheed de 1968 à 1973. Cet avion géant capable d'emporter 100 tonnes sur 6 000 km peut décoller de pistes sommairement aménagées grâce à son train d'atterrissage suspendu muni de 28 roues.

C-17A « Globemaster III »
Quadriréacteur de transport stratégique à long rayon d'action construit par McDonnell Douglas à partir de 1991, et devenu opérationnel en 1994. Il devait être construit à 120 exemplaires. Les restrictions budgétaires ont conduit à réduire ce chiffre et réorienter l'affectation de l'avion vers une utilisation tactique et opérationnelle — avec possibilité d'utiliser des pistes sommaires. D'où un appareil polyvalent, qui a les dimensions d'un C-141 Starlifter, les possibilités de décollage court d'un C-130 Hercules et la capacité d'emport d'un C-5A Galaxy — avec des possibilités de largage par parachute de charges lourdes depuis la porte de soute arrière.

C-20A à C-20E
Version transport militaire du biréacteur d'affaires Gulfstream Aerospace « Gulfstream III » (C-20A,B,C pour l'US Air Force, C-20D à la Navy, et C-20E à l'Army).

C-135 « Stratolifter »
Version militaire du célèbre quadriréacteur civil

Boeing 707, décliné en de nombreuses variantes, dont le C-135, transport de troupes et le KC-135, « Stratotanker », ravitailleur en vol.

C-141 « Starlifter »
Quadriréacteur de transport stratégique construit par Lockheed. C'est l'avion le plus utilisé par le MAC (Commandement du transport aérien militaire). Pendant la guerre du Viêt-nam, il effectuait des missions d'approvisionnement à l'aller et des rapatriements sanitaires au retour.

CAG [Commander Air Group]
Dans l'armée américaine, chef d'escadre aérienne.

CAR-15
CAR = carabine. 15 = nombre de balles par chargeur. Fusil automatique léger de l'armée américaine.

CHARLOTTE
Sous-marin nucléaire américain, classe 688. Voir LOS ANGELES.

CH-46 « Seaknight »
Hélicoptère birotor construit par Boeing-Vertol et affecté au transport d'assaut (25 hommes avec leur équipement), à la recherche/sauvetage et au dragage de mines ; utilisé par la Navy et le Corps des Marines.

CIA [Central Intelligence Agency]
Service central du Renseignement américain.

CIC [Combat Information (ou Intelligence) Centre]
= Poste d'information de combat. P.C. de combat à bord d'un bâtiment de guerre où sont centralisées toutes les informations radio, radar, sonar, télémétrie, etc.

CINCPAC [Commander IN Chief PACific]
= Commandant en chef des opérations dans le Pacifique. CincPacFlt = Commandant en chef de la flotte du Pacifique.

CNO [Chief of Naval Operations]
= Chef des opérations navales.

CO = [Commanding Officer]
Dans la marine américaine, acronyme désignant le commandant d'un bâtiment ou d'une flotte.

COB [Commission des Opérations de Bourse]
    Voir SEC.
« COMANCHE »
    Voir Sikorsky « Comanche ».
COMINT [COMmunications INTelligence]
    = renseignements obtenus par l'interception des communications.
COMPAC
    = Commandant des forces dans le Pacifique.
COMSUBPAC
    = Commandant des forces sous-marines dans le Pacifique.
CONSTELLATION (CV-64)
    Porte-avions de la classe « Kitty Hawk », construits entre 1957 et 1961. Le « Connie » et ses sister-ships reprennent le plan des porte-avions de la classe « Forrestal » avec des améliorations, en particulier par déplacement des ascenseurs pour dégager le pont et accélérer les manœuvres de catapultage et d'appontage.
CONVAIR « Atlas Centaur »
    Engin intercontinental équipé d'une tête nucléaire (similaire au Martin « Titan ») et d'une portée de 8 000 km, construit à partir de 1956 par les États-Unis pour répondre à la menace soviétique (en particulier lors de la crise de Suez).
C-SPAN [Congress-Senate PArliementary Network]
    = Canal parlementaire. Chaîne de télévision américaine par câble et satellite retransmettant les informations officielles, les débats parlementaires, et les travaux des commissions du gouvernement américain.
CTF [Commander Task Force]
    = Commandant de la Task Force.
CZ [Convergence Zone]
    = Zone de convergence des signaux acoustiques : par le jeu favorable de réflexions successives, un écho sonar lointain peut se trouver renforcé en certains points particuliers. Un effet de loupe qui s'apparente aux courbes *caustiques* bien connues en optique. CZ Signal = signal obtenu par ce phénomène.

DANIEL WEBSTER [SSBN-626]

Sous-marin lanceur d'engins appartenant aux 31 bâtiments de la classe La Fayette construits dans les années soixante. Il s'en distingue par la disposition particulière de ses gouvernails de profondeur (sur le sonar de coque et non sur le kiosque). Long de 130 m et jaugeant 8 250 tonnes en immersion, il est équipé de missiles Poseidon.

DC-130 « Hercules »

Version transport (indice C) et commandement d'engins-cibles (indice D pour Drone) d'un quadri-turbopropulseur multirôle construit par Lockheed, décliné en quantité de variantes (transport d'assaut, contre-mesures électroniques, avion-citerne, sur-veillance météo, interdiction de nuit, etc.) et livré à plus de 1600 exemplaires à 30 armées de par le monde !

DDG [Guided Missile Destroyer]

Destroyer lance-missiles.

DFC [Distinguished Flying Cross]

= Croix de la valeur militaire. La plus haute distinc-tion décernée aux aviateurs américains.

DIA [Defense Intelligence Agency]

Service du renseignement de la Défense.

DRONE

Engin-cible sans pilote utilisé pour l'entraînement des pilotes de chasse, la formation des servants de batteries de DCA ou de missiles sol-air, ainsi que pour l'espionnage et la reconnaissance photographi-que. Le qualificatif officiel est RPV [Remotely Pilo-ted Vehicle : Engin piloté à distance].

DSCS [Defense Satellite Communications System]

= Système de communications par satellite de défense.

DTC [Depository Trust Company]

= Compagnie fiduciaire de dépôt. Équivalent amé-ricain de la Caisse des dépôts et consignations. Elle a succédé en 1973 au CS [Central Certificate Service], service informatisé de répartition des actions, permettant leurs transferts sans mouvements de fonds ou échanges de certificats. Mis en service à partir de 1969 au traitement des actions, ce système a été étendu dès l'année suivante au marché obligataire.

E

E-AD [Emergency Airworthiness Directive]
= Directive urgente de navigabilité.

E-2C « Hawkeye » [œil de faucon]
Premier appareil conçu dès l'origine comme plate-forme d'alerte avancée et de surveillance, ce bimoteur construit par Grumman entre 1960 (E-2A) et 1976 (E-2C) est équipé d'un radar monté sous un radôme de 7 m de diamètre. La version E-2C est dotée d'équipements électroniques permettant le traitement direct des données radar. 198 appareils de diverses variantes ont été livrés aux États-Unis. Le Japon en possède 13.

E-3A AWACS « Sentry » [Sentinelle]
Plate-forme d'alerte volante conçue par Boeing en 1972, sur la base du quadriréacteur 707. Reconnaissable à son énorme radôme tournant de 9 m, installé sur la partie supérieure du fuselage. Équipe depuis 1977 l'USAF, les forces de l'OTAN, et d'autres aviations occidentales.

EC-121 « Warning Star »
Quadrimoteur de transport tactique reconverti en appareil de surveillance électronique pour son engagement au Viêt-nam.

ECM [Electronic Counter Measures]
= Contre-mesures électroniques : dispositifs électroniques embarqués ou au sol, destinés à brouiller les moyens de repérage adverses — radars et systèmes de guidage.

EISENHOWER [CVN-69] [USS Dwight D. Eisenhower]
Porte-avions nucléaire américain de 81 600 tonnes (91 400 tonnes à pleine charge) [classe NIMITZ].

ELINT [ELectronic INTelligence]
= Renseignements électroniques : ensemble des dispositifs de collecte de renseignements par des moyens de surveillance électronique, équipant des

engins terrestres, aériens ou maritimes spécialement équipés *(plates-formes de surveillance électronique)*.

EMCON [EMission CONtrol]
= Contrôle d'émissions.

ENTERPRISE
Porte-avions américain de la classe ESSEX, construit pendant la Seconde Guerre mondiale, et engagé dans la flotte du Pacifique.

ENTERPRISE [CVN-65]
Premier porte-avions nucléaire américain (et dans le monde), mis en service en novembre 1961. Long de 326 m, il pèse 89600 tonnes en charge, possède huit moteurs nucléaires. Son équipage est de 5500 hommes. Il emporte 90 appareils (avions et hélicoptères) dont, depuis 1975, un certain nombre d'engins anti-sous-marins (ce qui l'a fait passer dans la catégorie CVN).

ESM [Electronic Support Measures]
= Mesures de soutien électroniques. Désigne l'ensemble des dispositifs radio et radar assurant le soutien logistique d'une mission.

EXOCET
Missile mer/mer de fabrication française, portée 150 km, vitesse Mach 1, charge 165 kg, utilisé par de nombreuses marines de par le monde (France, Argentine, Inde, Irak, etc.). C'est un missile Exocet argentin qui a coulé le croiseur britannique *Sheffield* en 1982 durant la guerre des Malouines.

F

F-3 [désignation temporaire en 1994 : SX-3]
Version de production japonaise du Lockheed (ex-General Dynamics) F-16, choisie en 1987 dans le cadre de l'appel d'offres du programme FS-X [chasseur tactique expérimental], destiné à remplacer le Mitsubishi F-1, lui-même copie conforme du « Jaguar » franco-britannique.
Mitsubishi a été choisi en 1988 pour construire cet appareil qui est une variante du F-16C, bénéficiant de l'agilité du F-16A, grâce à une envergure aug-

mentée de 25 % et l'utilisation de commandes de vol électroniques. L'appareil, partiellement construit en matériaux composites pour accroître sa furtivité, est en outre équipé d'une avionique Mitsubishi sophistiquée (radar à rideau de phase, guidage électronique des missiles — également construits par Mitsubishi — systèmes de contre-mesures électroniques, etc.) Voir également F-16 « Fighting Falcon ».

F-4 « Phantom » II

Biréacteur construit par McDonnell Douglas à partir de 1961 et utilisé, entre autres, par l'aéronavale américaine comme intercepteur puis comme chasseur multirôle et avion de reconnaissance. Construit à plus de 5 000 exemplaires en 1977, cet appareil capable d'atteindre Mach 2,6 a équipé également les Marines et l'US Air Force ainsi que de nombreuses armées alliées.

F-5R « Harrier »

Version utilisée par la marine indienne du monoplace d'attaque tactique à décollage vertical construit par British Aerospace. Voir « HARRIER ».

F-14 « Tomcat »

Chasseur multirôle biplace embarqué, étudié par Grumman à partir de 1969. Les premiers exemplaires ont été embarqués sur l'*Enterprise* en 1974. Il a été construit à près de 500 exemplaires, malgré un coût de production bien plus élevé que prévu.

F-15 « Eagle » [Aigle]

Chasseur monoplace tout-temps de supériorité aérienne construit par McDonnell Douglas à partir de 1972. Hyper-maniable, hyper-équipé (radar Doppler, pod ECM...), hyper-armé (canon de 20mm multitubes, 4 engins *Sparrow* et 4 *Sidewinder)* et hyper-coûteux...

F-16 « Fighting Falcon »

Chasseur-bombardier monoplace [ou biplace d'entraînement TF-16A], armé d'un canon de 30 mm, construit par General Dynamics (aujourd'hui Lockheed, depuis son rachat en 1992), et mis en service à partir de 1978. Bien que monoréacteur, ses performances (Mach 2, taux de montée 12 200 m/mn, plafond 18 000m) sont équivalentes à celles du F-15 biréacteur. Développé en de multiples variantes et vendu dans 18 pays, hors des États-Unis, il est construit sous licence au Japon (F-3), en Israël et dans plusieurs pays européens.

FA-18A « Hornet » [Frelon]

Chasseur multirôle embarqué, conçu par Northrop et construit par McDonnell à partir de 1979. Ce biréacteur est équipé d'un canon *Gatling* et de missiles *Sparrow* et *Sidewinder*. Existe en version F-18A (chasseur), A-18A (appui tactique), TF-18A (biplace d'entraînement). A noter que le FA-18 est le premier (et le seul) appareil américain à avoir mérité la double qualification F (Fighter) et A (Attak), pour ses aptitudes équivalentes de chasseur et d'avion d'attaque.

F-22A/B « Rapier »

Chasseur américain construit par Lockheed-Boeing [également surnommé Lightning II, en hommage à son illustre devancier], successeur du F-15. En réponse à l'appel d'offres sur un ATF [*chasseur tactique avancé*], deux groupes de constructeurs ont été invités à construire un prototype : Northrop/McDonnell Douglas avec le YF-23, et Lockheed/Boeing avec le YF-22. C'est ce dernier qui remporta le marché (qui se montait initialement à 659 appareils !).

Pour répondre aux exigences du programme (agilité, furtivité, large rayon d'action en supersonique, avionique évoluée pour faciliter la charge de travail du pilote), ce biréacteur se caractérise par une silhouette à la fois anguleuse et lisse pour diffracter l'énergie des signaux radar, de larges surfaces de contrôle et un système de poussée vectorielle qui lui procurent une grande agilité à toute vitesse. Ses systèmes électroniques intégrés par TRW, Inc. sont trois fois plus puissants et rapides que ceux équipant le F-15.

Le F-22A doit entrer en service opérationnel à la fin des années quatre-vingt-dix. Le F-22B est sa version biplace de combat et d'entraînement.

F-86 « Sabre »

Construit par North American en 1949, c'est le premier chasseur américain de série à ailes en flèche. Appareil remarquable, extrêmement maniable, il s'est illustré dans la guerre de Corée face aux MiG-15 soviétiques. Construit à près de 6000 exemplaires dans les années cinquante, il a équipé une trentaine d'armées de l'air, dont les Forces aériennes japonaises.

F-86H

Ultime évolution du F-86 « Sabre » en 1959.

F-89D « Scorpion »

Chasseur biplace, premier intercepteur tout-temps produit par Northrop jusqu'en 1956. Mais, avec sa voilure droite, il n'avait que des performances subsoniques.

F-104G « Starfighter »

Construit par Lockheed à partir de 1954 (et par la suite, sous licence, par Canadair, Fiat, Mitsubishi...), ce chasseur construit à plus de 2 000 exemplaires a été décliné en de multiples versions mono et biplace (chasseur-bombardier, appareil de reconnaissance ou d'entraînement), qui n'ont pas été, pour certaines, sans influer défavorablement sur ses qualités de vol initiales.

F-105 « Thunderchief » ou « Thud »

Chasseur-bombardier construit par Republic-Fairchild, décliné en de nombreuses versions mono et biplace. La version G « Wild Weasel » (Fouine enragée) est un biplace ECM (équipé de matériels de contre-mesures électroniques).

F-117A « Nighthawk »

Premier « chasseur furtif », issu d'un programme de recherche lancé en 1975. Mis en service en 83, son existence restera démentie jusqu'en novembre 88. Ce biréacteur monoplace en forme d'aile volante avec empennage papillon (longueur 20 m, envergure 13 m) a été étudié pour être le plus discret possible : dilution du flux de sortie des réacteurs, recours aux matériaux composites, systèmes de détection et de navigation passifs (infrarouge, laser, balises radio...) et surtout silhouette caractéristique « en pointe de diamant » pour réfléchir les ondes radar dans toutes les directions. Le revers de la médaille est que l'appareil est relativement lent (Mach 0,9 à l'altitude de croisière) et peu armé (les nacelles d'armement accroissent en effet la signature radar).

FBI [Federal Bureau of Investigation]
= Bureau fédéral d'enquêtes.

FFG [Guided Missile Frigate]
Frégates de patrouille de la marine américaine, armées de canons et de deux tubes lance-missiles ASM (surface-air).

« FIREBEE »
Variante de l'engin RPV 147SC construit par Teledyne Ryan et employé à l'origine comme engin-cible.

FOD [Foreign Object Damage]
Terme de vocabulaire aéronautique. Dégâts occasionnés par des corps étrangers (par introduction dans les tuyères d'entrée de réacteurs). Par extension, désigne une inspection effectuée sur le pont d'envol d'un porte-aéronefs ou autour d'une plate-forme d'atterrissage d'hélicoptère, visant à éliminer de tels corps suspects.

FS-X
Désignation du projet japonais de chasseur tactique expérimental destiné à remplacer le Mitsubishi F-1. L'appareil choisi est une variante du F-16C (voir F-3).

G

« GALAXY »
Voir C-5A.

GENERAL DYNAMICS F-16
Voir F-16.

GERTRUDE
Acronyme des hydrophones utilisés par la marine américaine pour les communications avec et entre submersibles.

GPS [Global Positioning Satellite System]
= Système de localisation global par satellite. Étudié par l'armée américaine et mis à la disposition du public (quoique avec une précision moindre), ce sys-

tème permet à toute personne équipée d'un récepteur GPS (autonome, ou intégré à une carte connectée à un micro-ordinateur), qu'elle soit immobile ou en mouvement (jusqu'à 400 m/s), de connaître à quelques mètres près sa position en latitude, longitude et altitude, en se repérant par triangulation avec les signaux radio de quatre satellites sur un réseau de 24 placés en orbite défilante à 20 000 km d'altitude (on peut éventuellement y ajouter des balises à terre pour affiner la précision du relèvement).

GRU [Glavnoï Razvedyvatelnoï Upravlenyïe]
Service du renseignement militaire soviétique.

GRUMMAN C-2A
Voir C-2A « Greyhound ».

GRUMMAN G-123 E-2C
Voir E-2C « Hawkeye ».

GRUMMAN F-14
Voir F-14 « Tomcat ».

« GULFSTREAM III »
Biréacteur d'affaires américain à long rayon d'action (24 m d'envergure, 920 km/h, 19 passagers), construit par Grumman à partir de 1980 — puis par Gulfstream Aerospace. Les forces armées américaines en ont acheté 18 exemplaires (C-20A à C-20E) pour le transport rapide des personnalités officielles et des personnels d'état-major. Voir C-20.

H

H-2
Lanceur spatial japonais capable de satelliser des charges de quatre tonnes.

HARM [Texas instruments AGM-88A]
Engin anti-radiations à haute vitesse fabriqué par Texas Instruments et livré à la marine et à l'aviation américaines. C'est une évolution du missile anti-radar Strike.

HARPOON [Donnell McDouglas AGM/RGM-84A]
Missile tout-temps fabriqué par McDonnell Douglas, lancé d'avion (version air-air AGM), de navires de surface ou de sous-marins (version mer-mer RGM).

« HARRIER »

Construit par British Aerospace (et McDonnell Douglas pour la version AV-8B) depuis 1969, ce monoplace d'appui tactique est équipé de volets et tuyères rotatives déviant vers le bas la poussée de son réacteur, qui lui permettent d'utiliser des plates-formes rudimentaires (terrain court, navire de petites dimensions) pour décoller et atterrir (capacités ADAC/ADAV) et qui accroissent sa manœuvrabilité au combat. Il équipe de nombreuses marines (Grande-Bretagne, États-Unis, Inde, Australie, etc.)

HELLFIRE [Rockwell International Hellfire]

Missile antichar à autoguidage laser. Ce nom Hellfire (« Feu de l'enfer ») est en réalité l'acronyme de « HELicopter Launched FIRE and forget » : « On tire de l'hélico et on oublie » — sous-entendu, à l'engin de se débrouiller tout seul...

HF [High Frequency]

Gamme de fréquences entre 3 et 30 MHz, utilisées pour les communications radio civiles (CB, radio-amateurs) et militaires (radio-téléphonie, talkie-walkie, etc.)

HMMWV [Highly Mobile Multipurpose Wheeled Vehicle]

= Véhicule à roues multi-usages à grande mobilité (sic !). Le sigle a changé, l'aspect aussi, mais il s'agit du nouvel avatar de la Jeep (rappelons que ce terme dérive de GP Vehicle = Véhicule à usage général), c'est-à-dire le véhicule léger tout-terrain multitâches des forces armées américaines. Le nouveau modèle, mis en service au milieu des années quatre-vingt, a forci en taille, en puissance et en vitesse de pointe, et se distingue par sa silhouette aplatie caractéristique due à sa grande largeur.

« HOOVER » [voir S-3 Viking].

Sobriquet donné à certains avions de surveillance et de lutte anti-sous-marine.

« HUEYCOBRA »

Voir AH-1 (BELL AH-1).

HUGHES AIM-54

Voir « PHOENIX ».

HUGHES AWG-9
    Voir AWG-9.
« HUMMER »
    Voir GRUMMAN E-2.

                            I

ICBM [InterContinental Ballistic Missile]
    Missile balistique intercontinental.
IDS = Initiative de Défense Stratégique.
    Programme de recherche dit de « Guerre des Étoiles », lancé par le Président Reagan en 1983 et quasiment abandonné à partir de 1990.
IFF [Identification Friend or Foe]
    = Identification ami ou ennemi. Système de balise électronique permettant l'identification automatique d'une cible : lors de l'acquisition de celle-ci, l'IFF lui envoie un signal qui « interroge » sa balise. S'il s'agit d'un appareil ami, la réponse codée est validée par le système d'identification, interdisant alors le déverrouillage de l'arme ; dans le cas contraire, un signal d'alerte est émis. L'IFF peut équiper armes aériennes, navales ou terrestres, voire de simples lance-missiles de fantassins (STINGER).
IL-86 « Mainstay »
    Version avion-radar d'alerte à grande distance du quadriréacteur civil russe Ilyouchine 86, développée au début des années quatre-vingt. Il en existe également une version ravitailleur en vol.
« INTRUDER »
    Voir A-6.

                            J

JOHN STENNIS [CVN-74]
    Porte-avions nucléaire américain : doit être lancé en 1996. Voir à NIMITZ.
JP [Jet Petroleum]
    = kérosène aviation. Carburant pour les moteurs à réaction. Classé en différentes catégories (JP-3, JP-5) en fonction de son indice d'octane.

584

K

KAMAN SH-2 « Seasprite »
  Voir SH-2.
KASHIN [Classe]
  Classe de destroyers soviétiques de grande taille
  assimilés à des croiseurs. Conçus pour accompagner
  les croiseurs lance-missiles, ils ont un équipement
  anti-aérien et anti-sous-marins et sont propulsés par
  des turbines à gaz.
KAWANISHI H8K2 « Emily »
  Gros hydravion quadrimoteur japonais, utilisé
  comme avion de reconnaissance mais également
  comme bombardier, construit à 167 exemplaires
  pendant la Seconde Guerre mondiale.
KAWASAKI P-2J
  Avion-radar japonais.
  Successeur du Lockheed P2V-7 « Neptune », cons-
  truit sous licence.
KCIA [Korean Central Intelligence Agency]
  Service du Renseignement de la Corée du Sud.
KC-10
  Version ravitailleur en vol du triréacteur de transport
  civil Boeing 727.
KC-135 « Stratotanker »
  Évolution du Boeing C-135 destinée à servir à la fois
  de citerne volante de ravitaillement en vol pour le
  Strategic Air Command, et de transport logistique
  pour le commandement aérien. Cette dernière utilisa-
  tion ne fut d'ailleurs qu'épisodique.
KGB [Komitet Gosudartsvennoy Bejopasnosti]
  = « Comité pour la Sécurité de l'État » : Service du
  renseignement soviétique.
KILO (Classe)
  Classe de sous-marins d'attaque soviétiques à propulsion diesel. Longueur 73 m, vitesse maxi 25
  nœuds, équipés de six tubes lance-torpilles.
KITTY HAWK [CV-63]
  Porte-avions de 61000 tonnes (80 000 en charge) et
  324 m de long. Construit à la fin des années cinquante, il reprend la disposition des bâtiments de la
  classe FORRESTAL mais avec des améliorations

substantielles (déplacement des ascenseurs et de l'île latérale pour accélérer la rotation des appareils sur la piste d'envol et la piste oblique). Malgré des dimensions légèrement différentes, on range dans la même classe les porte-avions *Constellation*, *America* et *Kennedy* construits par la suite.

Ku [Bande Ku]

Gamme de fréquences radio dans la bande SHF, situées entre 10 et 12,7 GHz, utilisées pour les transmissions par satellite, mais aussi par les radars d'acquisition et de conduite de tir.

L

L-1011 « Tristar »

Triréacteur de 345 places, marquant le retour de Lockheed aux avions de ligne, en 1971. Il a équipé de nombreuses compagnies américaines intérieures et internationales.

LAMPE ALDIS

Lampe de signalisation à volets basculants utilisés dans la marine pour la transmission optique des signaux Morse. Également appelée *lampe à éclats*.

LEMOSS [Long-Endurance Mobile Submarine Simulator]

= Simulateur mobile de sous-marin à grande autonomie. Leurre formé d'une torpille désarmée équipée d'un générateur sonore pour simuler le bruit d'un sous-marin.

« LIGHTNING »

Voir P-38E.

« LIGHTNING II »

Voir F-22A/B.

LOCKHEED C-5A « Galaxy »

Voir C-5A.

LOCKHEED C-141 « Starlifter »

Voir C-141.

LOCKHEED C-130 « Hercules »

Voir DC-130.

LOCKHEED F-16 « Fighting Falcon »

Nouvelle désignation du F-16, depuis le rachat de

General Dynamics par Lockheed en 1992. Voir F-16.

LOCKHEED F-104G « Starfighter »
Voir F-104G.

LOCKHEED F-117A « Nighthawk »
Voir F-117A.

LOCKHEED-BOEING F-22 « Rapier »
Voir F-22A/B.

LOCKHEED L-1011 « Tristar »
Voir L-1011.

LOCKHEED P-3 « Orion »
Voir P-3C.

LOCKHEED P-38 « Lightning »
Voir P-38E.

LOCKHEED S-3 « Viking »
Voir S-3.

LOCKHEED SR-71 « Blackbird »
Voir SR-71.

LOCKHEED UGM-93 Trident
Voir Trident II.

LORAN [LOng RAnge Navigation]
= Navigation à longue distance. Système d'aide à la navigation aérienne à l'aide d'un réseau de balises radio (LORAN-C).

LOS ANGELES [SSN-688]
Premier sous-marin nucléaire d'attaque américain, construit en 1976. Long de 109 m, pour un poids de 6 900 tonnes en immersion, équipé de quatre tubes lance-torpilles. Ses deux turbines à gaz alimentées par un réacteur nucléaire lui permettent d'atteindre la vitesse de 35 nœuds en plongée. Son nom a été donné à la classe commandée sur son modèle et forte d'une trentaine d'unités.

LPI [Low Power Illuminator]
= Illuminateur à faible puissance. Se dit d'un radar de guidage à puissance réduite pour minimiser les risques de détection.

LST [Landing Ship / Tank]
Navire de débarquement de blindés. (Voir [classe] NEWPORT).

M-16A1

Fusil automatique de 5,56 mm. Dérivé du fusil d'assaut AR-10, utilisé par l'aviation puis l'armée américaines au Viêt-nam, et devenu depuis l'arme standard des forces armées américaines.

M-60

Mitrailleuse légère de calibre 7,62 mm, équipement standard de l'armée américaine depuis 1959.

M-79

Lance-grenades de 40 mm utilisé par l'infanterie américaine. D'une portée maximale de 400 m et 150 m en tir précis.

MAC [Military Airlift Command]

Commandement du transport aérien militaire américain.

MAD [Mutual Assured Destruction]

= Stratégie de la *destruction mutuelle assurée*. Acronyme bien choisi (MAD, veut dire FOU, en anglais) puisqu'il désigne la stratégie de dissuasion dite de l'« équilibre de la terreur » dans laquelle on prend en otages les cités adverses pour rendre a priori la guerre impossible. A la seule condition, bien sûr, que l'adversaire joue le jeu.

La dissémination nucléaire, le développement des armes biologiques et chimiques, l'instabilité politique globale, sans parler des risques terroristes, ont progressivement fait renoncer à ce concept à la fin des années soixante-dix au profit de celui de « riposte graduée », avant que la détente, puis l'effondrement du bloc soviétique ne remettent entièrement en cause les stratégies globales de dissuasion.

MARK 48

Torpille américaine pour navires et sous-marins, construite par Gould. Longue de 5,80 m pour un poids de 1250 kg, et équipée d'une charge de 375 kg, cette torpille est filoguidée puis à autoguidage par sonar actif ou passif en fin de trajectoire. Équipant en standard l'US Navy, elle se caractérise par sa très longue portée (50 km) et sa capacité à plonger profondément.

MARKERS

Terme de navigation aérienne. Lors d'un atterrissage aux instruments, système de trois balises émettrices situées dans l'alignement d'une piste à des distances étalonnées (5 milles, 3500 pieds, seuil de piste) et permettant de contrôler l'approche ; lorsque l'appareil les survole, elles déclenchent un signal sonore et allument en succession trois voyants colorés au tableau de bord (marker extérieur : *bleu*, médian : *ambre*, intérieur : *blanc*).

McDONNELL DOUGLAS C-17A « Globemaster III »

Voir C-17A « Globemaster III ».

McDONNELL DOUGLAS F-4 « Phantom »

Voir F-4 « Phantom ».

McDONNELL DOUGLAS F-15 « Eagle »

Voir F-15 « Eagle ».

McDONNELL DOUGLAS/NORTHROP FA-18A « Hornet »

Voir FA-18A « Hornet ».

McDONNELL DOUGLAS AGM/RGM-84A HARPOON

Voir « HARPOON ».

MICHIGAN [SSBN-727]

Sous-marin nucléaire lanceur d'engins. Voir [classe] OHIO.

MiG

Avions militaires soviétiques issus des usines du constructeur Mikoyan-Gourevitch.

MiG-17 « Fresco »

Chasseur soviétique, construit à partir de 1954, évolution directe du MiG-15 et rival direct du F-86 américain.

MiG-25 « Foxbat »

Intercepteur soviétique. Il avait été mis en chantier au début des années soixante pour répondre à la menace du futur bombardier supersonique B-70 américain, destiné à succéder au B-52. Après l'abandon de ce projet, le MiG-25, armé de missiles AA-6 ou AA-7, n'a retrouvé un emploi possible que plusieurs années plus tard, comme appareil d'interception de missiles de croisière.

MiG-29 « Fulcrum »

Appareil soviétique de la nouvelle génération d'avions « agiles » à profil instable et commandes de vol électroniques leur procurant une maniabilité extrême même à basse vitesse (comme le Sukhoï SU-27 ou le F-22 américain).

MINUTEMAN

Missile balistique intercontinental américain construit par Boeing (LGM-30) et déployé en silos.
Poids : 31 800 kg, portée : 11 000 à 12 500 km selon les versions. Armement : une à trois têtes nucléaires.

MIRV [Multiple Independently targetable Re-entry Vehicle]

= Véhicule de rentrée à ogives multiples guidables indépendamment vers leur objectif. D'où : « Missile mirvé ».

MISSISSIPPI

L'un des derniers cuirassés américains, en service jusqu'à la fin des années quarante. A ne pas confondre avec son homonyme, qui est un croiseur nucléaire mis en service en 1976.

MITI [Ministry of International Trade and Industry]

Ministère japonais du Commerce international et de l'Industrie.

MITSUBISHI A6M3 ZERO

Voir A6M3.

MITSUBISHI F-3

Voir F-3 / SX-3.

MLRS [Multiple Launch Rocket System]

= Système de missiles à lancement multiple : Lance-roquettes multitubes.

MOSS

Voir LEMOSS.

MX « Peacekeeper » [Pacificateur]

Projet de missile intercontinental étudié dans le cadre de l'IDS. Montés sur plates-formes mobiles sur voies ferrées, ils devaient être virtuellement invulnérables.

NASA [National Aeronautic & Space Administration]
Administration nationale de l'aéronautique et de l'espace.

NASDAQ [National Association of Securities Dealers Automatic Quotation]
Société boursière de cotation automatisée, dévolue en particulier au marché hors-cote, traité hors de la Bourse grâce aux transactions par téléphone et par ordinateur (correspond approximativement au système français COCA de Cotation en continu assistée par ordinateur). En 1988, le NASDAQ était devenu le second marché américain en volume, et le premier par la croissance, avec 31,1 milliards de dollars de transactions, soit 75 % de la Bourse de Wall Street.

NAUTILUS [SSN-571]
Premier navire à propulsion nucléaire jamais construit, ce sous-marin mis en service début 1955 était équipé d'une coque à dessin traditionnel, inspirée de celle des submersibles allemands de la Seconde Guerre mondiale. Avec le *Seawolf* [SSN-575], il servit de prototype aux sous-marins nucléaires employés par la suite par la marine américaine.

NCA [National Command Authority]
= Autorité nationale de commandement.

NEWPORT [Classe]
Navires de débarquement blindés de fort tonnage. Longs de 160 m, capables d'atteindre 20 nœuds, ils sont armés de plusieurs tourelles de 76 mm et peuvent emporter jusqu'à 500 tonnes de matériel.

NEWPORT NEWS
Croiseur de la classe BALTIMORE. Ces croiseurs de 13 700 tonnes furent les plus puissants croiseurs lourds jamais construits. Ils avaient été équipés de trois tourelles triples de 203 mm, six tourelles doubles de 127 mm et 48 tubes de 40, 22 et 20 mm. Une partie de ces bâtiments datant de la Seconde Guerre mondiale furent refondus dans les années cinquante (superstructure allégée, canons de gros calibre supprimés) pour être reconvertis en croiseurs lance-engins.

« NIGHTHAWK »
     Voir F-117A.
NIMITZ [CVN-69]
     Porte-avions nucléaire américain, évolution de l'*En-terprise*, mis en service en 1975. Plus grand et de plus grande capacité (81 600 tonnes, 333 m), il est équipé de deux réacteurs au lieu de huit, alimentant quatre turbines à gaz. La classe NIMITZ comprend deux autres bâtiments, dont le *Eisenhower* [CVN-69] et le *Carl Vinson* [CVN-70]. Le *John Stennis* [CVN-74], en service, et le *United States*, en cours de construction à l'époque du récit, appartiendraient à cette classe.
NMCC [National Military Command Center]
     = Centre de commandement militaire national.
NOAA [National Oceanographic and Atmospheric Administration]
     = Institut océanographique et météorologique national américain.
NORTH AMERICAN F-86 « Sabre »
     Voir F-86.
NORTH-AMERICAN ROCKWELL RA-5 « Vigilante »
     Voir RA-5 « Vigilante ».
NORTHROP B-2 « Spirit »
     Voir B-2.
NORTHROP F-89D « Scorpion »
     Voir F-89D.
NRO [National Reconnaissance Office]
     = Service national de reconnaissance.
     Organisme chapeautant la reconnaissance aérienne et satellitaire aux États-Unis.
NSA [National Security Agency]
     = Agence pour la sécurité nationale.
NSC [National Security Council]
     = Conseil national de sécurité.
NTSB [National Transport Safety Board]
     = Commission nationale sur la sécurité des transports.

NYSE [New York Stock Exchange]
La principale place boursière de New York, c'est aussi la plus ancienne (elle a été créée en 1792). Elle regroupe à la fois des courtiers individuels (charges d'agent de change) et des sociétés de Bourse (les *firmes*).

O

OCS [Officer Candidate School]
= École d'élèves officiers (équivalent américain des EOR français, *Élèves Officiers de Réserve)*.

OGDEN
Transport d'assaut amphibie de la classe AUSTIN. Voir [classe] AUSTIN.

OHIO [SSBN-726]
Sous-marin nucléaire lanceur d'engins. Voir classe OHIO.

OHIO [Classe]
Classe de sous-marins nucléaires lanceurs d'engin de 16000 tonnes et 170 m de long, équipés de 24 tubes lance-missiles verticaux disposés derrière le kiosque et de quatre tubes lance-torpilles. Le premier de la série (SSBN-726 *Ohio)* a été mis en chantier en 1976. Suivi par le *Michigan* (SSBN-727) et huit autres unités.

« ORION »
Voir P-3C « Orion ».

OSS [Office of Strategic Services]
= Bureau des Services stratégiques : services du renseignement militaire américain pendant la Seconde Guerre mondiale. Remplacé en 1947 par la CIA.

OTC [Over The Counter]
Marché hors-cote dans le système boursier américain. C'est le marché qui traite tous les titres en dehors des places boursières (voir NASDAQ).

P

PAC-2 « Patriot »
Voir PATRIOT.

P-3C « Orion »

Quadrimoteur de reconnaissance et de lutte anti
sous-marins construit par Lockheed depuis 1958
plus de 500 exemplaires. Dérivé de son quadrimo
teur de ligne Electra. La version C est une évolutio
équipée de systèmes tactiques de détection et d'ar
mements pilotés par ordinateur.

P-38E « Lightning »

Chasseur bimoteur construit par Lockheed à 992
unités de 1941 à 1945. Caractérisé par sa silhouett
bipoutre et sa cellule étroite, cet appareil révolution
naire pour l'époque est celui qui abattit le plu
d'avions japonais durant la Seconde Guerre mon
diale — entre autres, en avril 43, celui qui transpor
tait l'amiral Yamamoto, responsable de l'attaque d
Pearl Harbor.

A été décliné en appareil de reconnaissance [P-38F]
chasseur-bombardier [P-38L], chasseur de nuit [P
38M].

PARQUET [Bourse]

Dans les principales places boursières, a remplac
la proverbiale *corbeille* ; ne s'y traitent plus que le
valeurs hors-cote et les emprunts d'État ; les autre
titres sont désormais négociés depuis des terminau
informatisés.

PATRIOT [RAYTHEON/MARTIN XMIM-104A/PAC-2
« Patriot »]

Missile antimissile américain à courte portée (5
km) pour la défense du champ de bataille. Tiré à
partir d'une plate-forme mobile motorisée regrou
pant quatre engins similaires logés dans un conte
neur fermé, il est couplé à un système radar de zon
qui assure surveillance, acquisition de la cible
déclenchement du tir et guidage de l'engin. Ce
ensemble (lanceur, boîtes-conteneurs, plates-forme
de transport, radars d'acquisition et de guidage, ordi
nateurs et générateurs), en théorie particulièremen
efficace car parfaitement autonome, a nécessité prè
de vingt ans de mise au point avant son déploiemen
au milieu des années quatre-vingt.

PHOENIX [Hughes AIM-54]
Engin air-air à très longue portée (plus de 210 km), étudié à l'origine pour le F-111B, puis adapté au F-14. Équipé du radar de guidage AWG-9 en vol et d'un autoguidage radar Doppler en phase terminale, il est armé d'une grosse charge conventionnelle.

POWER PC
Micro-processeur électronique né de la collaboration Apple-IBM-Motorola. Il s'agit d'un processeur RISC (à jeu d'instructions réduit, par opposition aux processeurs classiques, d'architecture plus complexe), permettant de fabriquer des ordinateurs compatibles avec les deux grandes familles de machines existant sur le marché micro-informatique : le Macintosh d'Apple et le PC d'IBM. Par extension, ces ordinateurs.

PPV Préparation Pré-Vol
Vérifications techniques avant le décollage d'un avion.

PUEBLO
Navire-espion américain arraisonné par les Nord-Coréens le 23 janvier 1968, ce qui provoqua une grave crise diplomatique. Les 82 marins ne furent libérés que onze mois plus tard.

PVO-Strany [Protivo Vojdouchnoï Oboronyi-Strany]
Forces de défense aérienne de l'URSS.

R

RA-5 « Vigilante »
Version reconnaissance (RA-5C) de l'avion d'attaque embarqué (A-5A ou B) construit par North American Aviation (aujourd'hui, Rockwell International). Ce biréacteur révolutionnaire étudié dès 1956 pouvait emporter des charges nucléaires. Tous les appareils des séries initiales ont été reconvertis en RA-5C, suréquipés en matériel photo et électronique pour assurer la surveillance de la flotte et des autres forces armées.

RAM [Radar-Absorbing Material]
Matériau absorbant les ondes radar.

« RAPIER »
Voir F-22.

RAPPAHANNOCK
Pétrolier ravitailleur américain de 38 000 tonnes à pleine charge [classe WICHITA].

RAYTHEON/MARTIN XMIM-104A / PAC-2
Voir PATRIOT.

RCS [Radar Cross Section]
= Surface équivalente radar. Voir SER.

REMF [REserve Military Forces]
Réservistes de l'armée américaine.

REPUBLIC-FAIRCHILD F-105
Voir F-105.

RESCAP [RESCUE Air Patrol]
Patrouille héliportée spécialisée dans le sauvetage et la récupération des aviateurs abattus.

RIDEAU DE PHASE (Radar à —)
Type d'antenne radar plate formée par un dallage de mini-émetteurs/récepteurs couplés entre eux. Le déphasage programmé de chaque ligne ou colonne successive permet d'« orienter électroniquement » l'antenne, sans déplacement matériel. Dérivée des antennes radio utilisées pour les communications militaires, cette technologie a gagné aujourd'hui le marché civil, avec les antennes plates de réception de télévision par satellite.

ROCKEYE
Bombe à fragmentation utilisée en particulier par l'US Navy dans la lutte anti-sous-marine.

ROCKWELL B1-B
Voir B1-B.

RPV [Remotely Piloted Vehicle]
Engin piloté à distance, du sol ou généralement d'un autre appareil en vol (voir DRONE).

S

S-3 « Viking »
Biréacteur quadriplace embarqué de lutte anti-sous-marine construit à 184 exemplaires par Lockheed entre 1973 et 1980. Il est doté d'un équipement électronique de détection, de contre-mesures et d'analyse

tactique qui dépasse largement le prix de l'appareil proprement dit.

SA
Désignation OTAN pour les missiles sol-air soviétiques.

SA-2 « Guideline »
Principal type de missile sol-air soviétique, déployé par batteries de 6, et guidé par radar.

SA-6 « Gainful »
Missile soviétique de théâtre d'opérations, également utilisé pour protéger les districts militaires.

SAC [Strategic Air Command]
Commandement aérien stratégique américain.

SAM ou SA [Surface to Air Missile]
Missiles sol-air.

SB2-C « Helldiver »
Bombardier en piqué monomoteur embarqué sur les porte-avions utilisé durant la guerre du Pacifique. Construit par Curtiss, à plus de 7000 exemplaires, de 1943 à 1950.

SCSI [Small Computer System Interface]
Norme d'interface pour micro-ordinateurs introduite à l'origine par Apple sur le Macintosh et permettant de raccorder aisément en série toutes sortes de périphériques, avec un débit élevé de transmission (imprimantes laser, fax, modem, CD-Rom, unités de sauvegarde extérieures, scanner, etc.)

SEALION [Classe]
[*Lion marin*] : classe de sous-marins de patrouille de la marine britannique, utilisés pour les manœuvres de l'Alliance atlantique, et caractérisés par leur très bas niveau sonore en manœuvre.

SEC [Securities and Exchange Commission]
= COB, *Commission des Opérations de Bourse*. Comme son équivalent français, cette commission est chargée de contrôler la validité des transactions boursières sur les divers marchés américains. Dès 1969, la Cour suprême l'a autorisée en particulier à bloquer les opérations de fusion et les OPA, lorsqu'elle soupçonnait un délit d'initié.

S & P 500 [Standard & Poor's 500]
　　Indice boursier américain introduit en 1941 et calculé sur 500 valeurs industrielles.

727 = B-727
　　Triréacteur civil construit par Boeing.

747 = B-747
　　Quadriréacteur civil gros porteur construit par Boeing, à partir de 1970.

767 = B-767
　　Biréacteur civil gros porteur construit par Boeing.

SER [Surface Équivalente Radar]
　　Indice de réflectivité des ondes-radar d'un appareil volant et caractérisant sa furtivité (le terme officiel français est *discrétion*). C'est ainsi que le bombardier américain B-2 a une SER équivalente à celle d'une mouette — malgré une taille équivalente à celle d'un B-52, lequel a en revanche la SER d'un autobus...

SH-2 « SeaSprite »
　　Hélicoptère multirôle embarqué construit par Kaman de 1959 à 1972. Utilisé d'abord pour le transport, l'observation, la recherche et le sauvetage, il a été progressivement modifié pour la défense anti-sous-marins et le lancement de missiles air-surface.

SH-6OJ
　　Hélicoptère monorotor biturbine de lutte anti-sous-marine construit par Sikorsky, sur la base de l'UH-60 « Black Hawk ». Il s'agit d'une évolution bourrée d'équipements électroniques et armée de deux torpilles Mk 46.

SHINKANSEN
　　(En japonais : *Nouveau train*). Train à grande vitesse japonais, mis pour la première fois en service en 1964, sur la ligne du *Tokaïdo*, Tokyo-Osaka. Le réseau du Shinkansen est à écartement normal (1,435 m), contrairement au reste du réseau nippon qui est à voie métrique (1,067 m). Depuis, d'autres lignes ont été ouvertes et la vitesse des rames de 16 voitures, dont 10 motrices, a été portée de 250 à 270 km/h.

SIDEWINDER »

> Missile air-air à courte distance autoguidé, mis au point par le centre de recherche de la Navy à China-Lake, et fabriqué en grande série par de nombreux constructeurs. Équipe l'USAF, l'US Navy et les Marines. [Nom de code AIM9-A à L, selon constructeur].

SIGINT [SIGnals INTelligence]

> Branche du Renseignement chargée d'intercepter et décrypter les communications radio.

SIKORSKY « Comanche »

> Hélicoptère d'attaque américain, successeur de l'AH-64 « Apache ». Doté de capacités furtives.

SIKORSKY SH-60J « Sea Hawk »

> [Faucon des mers] voir SH-60J.

SIKORSKY UH-60 « Black Hawk »

> [Faucon noir] voir SH-60J.

SIOP [Single Integrated Operational Plan]

> = Plan opérationnel intégré unique. Ce plan, déclenché par le commandement national des États-Unis, organise à l'avance la chronologie et la coordination de l'ensemble des opérations militaires à partir de scénarios simulés sur ordinateur.

SKATE [Classe]

> Classe de 4 sous-marins à propulsion nucléaire de l'US Navy, construits entre 1955 (SSN-578 *Skate*) et 1959 (SSN-584 *Seadragon*) et premiers submersibles opérationnels après le prototype *Nautilus*. Armés de six tubes lance-torpilles, ils étaient dotés d'une coque dessinée pour optimiser les performances en immersion.

SLBM [Submarine Launched Ballistic Missile]

> = Missiles balistiques lancés à partir de sous-marins.

SM-2

> Voir Standard SM-2.

SMA

> Sous-marin d'attaque.

SOG [Special Operations Group]

> Groupe d'Opérations Spéciales = commando.

SONOBOUÉE

> Bouée équipée d'un émetteur-sonar, larguée par un

avion ou un navire, ou descendue au bout d'un filin par un hélicoptère.

SOSUS [SOund SUrveillance System]

= Système de surveillance par hydrophones.

« SPIRIT »

Voir B-2.

SPRUANCE [USS-963]

Destroyer américain mis en service à la fin des années soixante-dix et spécialisé dans la lutte anti-sous-marine : rapide, silencieux, il est équipé d'une plate-forme pour deux hélicoptères, d'un sonar de proue et de 24 missiles ASROC.

SPRUANCE [Classe]

Navires escorteurs de flotte de porte-avions construits à 30 exemplaires sur le modèle de l'USS-963 *Spruance*.

SR-71 « Blackbird »

Appareil de reconnaissance américain construit par Lockheed. Il s'agit d'un biréacteur révolutionnaire dont la cellule est construite en titane. Capable de voler à 3 000 km/h à 30 000 m d'altitude.

SRS [Strategic Reconnaissance Squadron]

Escadron (armée de terre) ou Escadrille (aviation) de reconnaissance stratégique.

SS-6

Désignation OTAN de la première génération de missiles à moyenne portée soviétiques, utilisant des carburants liquides.

SS-19

Désignation OTAN du RS-18 [R = *Rakete*, fusée en russe], dernière génération des missiles stratégiques intercontinentaux, à deux étages, de 10 000 km de portée et d'une capacité de charge de 3 tonnes. Abandonné dans le cadre des accords de désarmement, il a été reconverti en lanceur civil (rebaptisé *Rokot*) par les usines du groupe Krounitchev. Le premier tir de ce lanceur léger capable de placer 1,8 tonne en orbite basse a été effectué du cosmodrome de Baïkonour le 26 décembre 1994.

SS-24

Missile balistique intercontinental soviétique, de

10 000 km de portée, porteur de charges nucléaires multiples (10 x 550kt).

SK [SubSurface Kerosene powered]
Sous-marin d'attaque à propulsion classique (diesel/électrique).

SN [SubSurface Nuclear powered]
Sous-marin nucléaire.

TANDARD SM-2 [General Dynamics RIM67A]
Système naval surface-air, opérationnel depuis 1982, intégré au système de défense aérienne AEGIS. Le missile d'une portée pouvant aller jusqu'à 100 km est guidé jusqu'à mi-course par le radar de son navire de lancement, puis il passe en autoguidage pour sa course terminale, tout en se protégeant par des contre-mesures électroniques.

TART [STrategic Arms Reduction Talks]
Négociations sur la réduction des armements straté-giques, entamées en 1982 dans le prolongement des négociations SALT, qui ne visaient que leur limi-tation.

TINGER [General Dynamics XFIM-92]
Engin surface-air de faible portée (5 km) à autogui-dage infrarouge passif. Il équipe, entre autres, les fantassins.

TU [Secure Telephone Unit]
= Ligne téléphonique protégée.

U-27 « Flanker »
Chasseur-intercepteur soviétique construit par Sukhoï d'une maniabilité extrême au combat malgré ses 30 tonnes, grâce entre autres à ses commandes de vol électroniques : ce fut, avec le MiG-29, le premier appareil de cette classe à réussir en 1989 la figure spectaculaire du « cobra » — cabrage à incidence supérieure à 90 ° suivi d'une abattée pour reprendre de la vitesse.

ubPac Forces = Forces sous-marines du Pacifique.

UKHOI SU-27 « Flanker »
Voir SU-27.

TASK FORCE
> Escadre de la marine américaine, composée de plu
> sieurs groupes (TASK GROUPS) réunissant force
> navales et aériennes déployées de concert.

TCA-S [Threat and Collision ou Traffic Alert/Collisio
Avoidance System]
> = Système de balises émettrices équipant les appa
> reils civils et permettant un espacement automatique
> du trafic.

TEXAS INSTRUMENTS AGM-88A
> Voir HARM.

TF-77 [Task Force = Escadre]
> L'une des six escadres composant la VIIᵉ flotte de la
> marine américaine (flotte du Pacifique ouest, basée
> Yokosuka au Japon) et constituée de 2 porte-avion
> et 19 bâtiments de surface.

« THUD »
> Sobriquet affectueux (« Tonnerre sourd »), donn
> par les pilotes américains au chasseur-bombardier F
> 105 « Thunderchief », à cause de ses dimension
> volumineuses et de sa capacité d'emport respectable
> (plus de 6 tonnes d'armes). Voir F-105.

TLAM-C [TOMAHAWK Land Attack Missile]
> Voir TOMAHAWK.

TO & E [Table of Organization and Equipment]
> = tableau d'affectation.

TOMAHAWK BGM-109
> Missile de croisière construit par General Dynamic
> depuis 1976. La version pour sous-marins, lancée d
> tubes lance-torpilles, est armée d'une tête nucléair
> (stratégique), ou d'une charge classique (tactique).

TRIDENT II [Lockheed UGM-93 Trident]
> Engin balistique à trois étages lancé de sous-marin
> équipé de têtes nucléaires multiples et qui a remplac
> les missiles Poseidon à partir de 1979.

TRIPLE-A
> Voir AAA.

TU-16 « Badger »
> Construit par Tupolev, ce bombardier biréacteur es
> utilisé par l'aviation navale soviétique comme avio

« VIGILANTE »

Voir RA-5 « Vigilante ».

« VIKING »

Voir S-3 « Viking ».

W

« WILD WEASEL »

[Fouine enragée] : nom générique des avions d'attaque tactique de l'armée américaine équipés de systèmes d'arme anti-radar, en particulier les F-4G et F 105G. Par extension, nom des aviateurs et spécialistes radar composant leur équipage (voir F-105G).

X Y Z

XO = Executive Officer

Dans la marine américaine, acronyme désignant le second.

YF-17

Prototype d'évaluation du F-18A « Hornet ».

YUKON

Pétrolier ravitailleur américain de 38 000 tonnes [classe WICHITA].

ZA

Zone d'Atterrissage d'hélicoptère [= LZ, Landing Zone].

REMERCIEMENTS

Carter et Wox pour les procédures,
Russ, à nouveau, pour la physique,
Tom, Paul et Bruce pour la meilleure cartographie au
monde,
Keith pour le point de vue général de l'aviateur,
Tony pour la disposition d'esprit,
Piola et ses amis à Saipan pour la couleur locale,
et Sandy pour une fabuleuse virée à bord d'un Serpent.

Composition réalisée par NORD COMPO

IMPRIMÉ EN FRANCE PAR BRODARD ET TAUPIN
Usine de La Flèche (Sarthe).
LIBRAIRIE GÉNÉRALE FRANÇAISE - 43, quai de Grenelle - 75

ISBN : 2 - 253 - 17015 - 1